소년들

LES GARÇONS
by Henry de Montherlant

이 도서의 국립중앙도서관 출판예정도서목록(CIP)은 서지정보유통지원시스템 홈페이지(http://seoji.nl.go.kr)와
국가자료공동목록시스템(http://www.nl.go.kr/kolisnet)에서 이용하실 수 있습니다.
(CIP제어번호: CIP2018028717)

세계문학전집
168

Henry de Montherlant : Les garçons

소년들

앙리 드 몽테를랑 장편소설

유정애 옮김

문학동네

일러두기

1. 번역 대본으로는 *Les garçons*(Henry de Montherlant, Gallimard folio classique, 1998)을 사용했다.
2. 원주 표시가 있는 주석은 작가의 첨언이고, 그 외는 옮긴이의 것이다.
3. 본문 중 고딕체는 원서에서 이탤릭체로 강조한 부분이다.
4. 옮긴이주를 제외한 본문의 모든 요소는 갈리마르 출판사 폴리오판의 구성을 따랐다.

차례

두 개의 메모 7
서문 13
제1부 아이들의 천국 19
제2부 신비한 작용 193

해설 | 사랑의 콜레주 471
앙리 드 몽테를랑 연보 477

두 개의 메모

메모 1

1969년 1월, 이 년 전에 완성한 이 작품을 출판사에 보내려고 보니, 또 나의 나쁜 습관에 끌려가고 말았다는 걸 깨닫게 되었다. 그러니까, 이야기를 지나치게 길게 서술하는 습관 말이다. 『포르루아얄』과 『카오스와 밤』에서는 사건이 작품의 중간쯤에서야 비로소 시작된다. 『소년들』에서도 마찬가지다.

『소년들』의 원고는 수년 전부터 가지고 있었다. 그런데, 작품을 너무 오랫동안 서랍에 방치해두면 매우 좋지 않다는 걸 나는 경험으로 배웠다. 그러면 작품은 변질된다. 앞부분을 다시 손질하면서, 나는 출간을 늦추지 않는 게 좋겠다고 생각했다. 그래서 1969년 4월 정해진 날에 소설을 출간하기로 하고, 너무 늘어지는 앞부분 중 몇 단락을 그대로 지워버렸다.

『소년들』은 지금 이대로 충분하다. 손에 넣은 멀쩡한 골동품의 팔이나 손을 부러뜨리는 골동품 애호가들이 있다. 파르테논의 기사騎士 조각은 대리석 군데군데 난 큰 흠집들을 지워 없애기도 한다. 하지만 그런 것들은 다시 나타나기 마련이다. 나는 사라진 것들을 아쉬워하지 않는다. 그 빈자리는 몽상의 자리다.

메모 2

'알방 드 브리쿨의 청춘'을 시리즈 제목으로 달고 있는 세 권의 소설은 결국 한 이야기를 펼쳐놓는다. 『투우사들』(투우), 『소년들』(콜레주), 『꿈』(전쟁)이 이야기의 순서다. 한 소설을 완성하고 다른 소설을 쓸 때까지의 기간이 워낙 길었던 터라—예를 들어 『꿈』(1922) 이후 『소년들』(1969)이 나오기까지 사십칠 년이 걸린다—사건 전개중에 표시되는 날짜들이 서로 일치하지 않을 때도 있고, 몇몇 중대한 착오가 있는데(『소년들』에서 드 브리쿨 부인은 1913년에 사망하는데, 『꿈』의 몇몇 문장에서는 1918년에도 살아 있는 채로 다시 나타난다!), 작가로서 나는 이에 대해 용서를 구한다. 분명 작가의 잘못이지만, 사실 그렇게 중요한 문제는 아니다. 각각의 소설은 따로 읽을 수 있도록 구상되었고, 자전적인 내용도 아니기 때문이다. 자전적 요소는 거의 없이, 매우 자유롭게 구성된 이야기들이다.

이런 연대상의 실수는 톨스토이나 졸라, 프루스트에게도 있는 일이다……

지적인 이들과

감수성 예민한 이들에게

이 작품을 바친다

"내가 너를 이토록 사랑하지 않았다면, 모든 게 훨씬 더 쉬웠을 거야."

『소년들』, 제2부

예카테린부르크 부대는 제4호 보루 맞은편에 있는 적의 참호를 불시에 점령하여 적들을 죽이거나 몰아낸 뒤, 부상자들을 데리고 후퇴했다. 이 출격을 명령했던 장교가 니콜라이 니콜라예비치 대공 앞에 출두했다.

"이 사건의 장본인이 당신이오?" 대공이 말했다. "일이 어떻게 된 것인지 말해보시오."

"보루를 떠나 적의 참호를 눈앞에 두었을 때, 병사들은 발을 멈추었고 더이상 앞으로 나아가려 하지 않았습니다……"

"그게 무슨 뜻이오?" 이렇게 묻더니 대공은 그에게서 멀어졌다.

"당신, 창피하지도 않소!" 필로소포프가 지적했다.

"꺼지시오!" 멘시코프가 이야기를 끝냈다.

톨스토이, 「일기」, 1853년, XI.

트리아농 출판사, 216쪽.

사물을 보는 방식이 낯설지 않다면 그건 잘못된 것이다.

폴 발레리, 「입을 다문 사물들」

플레이아드, 2권, 501쪽.

서문

사십여 년 전 어느 유명한 수도원에서 며칠을 보낸 적이 있다. 나와 동행한 친구가 말하기를, 거기 신부는 '백 퍼센트' 불신자不信者이며 이는 어느 정도 알려진 사실이라고 했다. 나는 미사를 집전하는 그의 모습을 보았다. 육십대가량의 잘생기고 위엄 있는 외모에, 높은 지위의 자신이 찬양하는 종교에 대한 존경심이 분위기 전체에서 풍겼다. 매우 인상적이었다. 이후, 신부가 스스로 무신론자임을 누군가에게 암시적으로 털어놓았다는 소리를 서너 명에게서 들었다. 그 누군가는 이처럼 희귀한 비밀을 누설하는, 그 천한 즐거움을 물리칠 수 없었던 것이다.

내게 무신론자 사제는 경이로운 인물이었다. 나는 무신론자 사제에 대한 소설을 구상하기 시작했다. 감히 훌륭한 사제라고 말할 수는 없지만 신자들의 가장 큰 선을 위해, 그리고 그들을 부단히 교화하기 위해 끝까지 임무를 완수하는 사제. 여기에 바로 나 자신, 그리스도교를 느끼면서도 신앙이 없는 나와 같은 사람을 위한 주제가 있었다. 1929년부터 나는 임종 앞에서 신앙에 대한 긍정과 부정이 서로 교차하며, 결국은 그것들을 완전히 끌어안는 사제의 죽음을 생각해왔다. 이는 서른 이전부터 늘 내 머리 한구석을 차지하고 있던 생각이었다. 즉 불신자 사제의 그리스도교적 죽음은 나의 인생 내내 머리를 떠나지 않은 주제인 셈이다. 그리고 교황 레오 13세는 신은 "우리의 거짓말을 필요로 하지 않는다"고, 그러니 교회 안에서 두려워하지 말고 인간성을 연구하라고 용기를 북돋우지 않았던가!

1929년 나는 나의 희곡 『망명』의 초판을 막 다시 읽은 참이었는데, 그로 인해 1914년부터는 스스로 매우 등한시해온 극적 표현으로 돌아가게 되었는지, 바로 그해에 나는 『크레타섬 사람들』과 『동 파드리크』, 두 편의 희곡을 썼다. 그리고 서랍에는 열일곱 살 때 쓴 희곡 『왕자가 어린아이인 도시』의 초벌 원고가 들어 있었다.

그때 동일한 주제를 소설과 희곡이라는 형식으로 다루고 싶다는 욕망, 그 억제할 수 없는 욕망이 나를 괴롭히기 시작했다. 이것은 글쓰기 전문가를 열광시킬 만한 작업이었다. 소설은 희곡보다 더 깊이 나아갈 수 있고, 또 그래야만 한다. 소설은 표현의 제약도 없고 전체를 구성해야 하는 어떤 필연성에도 구애받지 않는다(물론 소설을 통해서도 진실은 절반밖에 표현되지 않지만 이 절반의 진실만으로도 충분하다고, 나는 종종 그렇게 썼다). 내가 쓴 미완의 희곡 중 어느 작품을 소설로 다룰 것인가? 『왕자가 어린아이인 도시』가 이 작업에 가장 적합했다. 그리고 나의 무신론자 사제는 여기서 드 프라츠 신부로 등장할 터였다!

『크레타섬 사람들』과 『동 파드리크』에 대해 말하자면, 일찌감치 포기했다.

한편 나는 생트뵈브의 『포르루아얄』을 읽고 매우 감동받았다. 도덕적 개혁에 첫발을 내딛는 작품이었기에, 장세니슴* 정신의 측면에서 나 자신의 엄격한 부분을 만족시켰다—나 역시 청소년 시절 콜레주에서 이런 종류의 개혁을 시도한 적이 있었다. 내가 읽은 책 가운데, 특히 그리스도교로 접근하게 하는 이런 유의 책 가운데 불신자가 쓴 것이면서도 목표를 제대로 달성한 유일한 책이었기 때문에 나는 감동하지 않을 수 없었다. 그처럼 희곡 『왕자가 어린아이인 도시』의 주제가 핵심이 되는 작품을 쓰면서, 나는 세 가지 욕망을 충족시키고자 한다. 먼저 소설과 희곡에서 동일한 주제를 다루고, 다음으로 무신론자 사제를, 마지막으로 개혁의 움직임을 다룰 것이다.

『소년들』의 집필을 시작하고(1929년), 오십 쪽가량** 쓴 뒤 일단 중단했다. 그리고 『왕자가 어린아이인 도시』의 완성을 미룰 때와 마찬가지로, 나의 정신과 경험이 특히 사제의 묘사에서 보다 성숙해질 적당한 때를 기다리며 작업을 연기했다. 『왕자가 어린아이인 도시』를 위한 그 순간은 1951년이었고 소설을 위한 시기는 1965년이었다. 이렇게 해서 희곡 『왕자가 어린아이인 도시』의 아들, 『소년들』이 태어났다.

그런데 1932년, 나보다 나이가 많고 인품이 고귀한 지인으로부터 프

---

* 네덜란드 신학자 얀선이 주장한 은총에 관한 교의로, 17~18세기 프랑스 종교계에 큰 영향을 미쳤다.

** 이것은 1948년에 『세르주 상드리에』라는 제목으로, 마리에트 리디(Mariette Lydis)의 석판화 삽화와 함께 출판되었다. 초판은 262권이었다(드루앵, 에디퇴르, 파리). (원주)

랑스의 한 지방에 있는 어느 콜레주의 관습*에 대한 정보를 듣게 되었다. 1880년과 1881년 그는 이 학교에서 교육받았는데, 그가 준 정보들은 허구보다도 더 믿을 수 없는 어떤 현실에 대해 매우 놀라울 정도로 상세히 알게 해주었고, 또 그것들은 내가 늘 생각해온 게 틀리지 않았음을 증명해주었다. 그래서 나는 이것들을 내 소설에 유익하게 이용할 수 있겠다고 생각했고, 작업을 재개할 날이 왔다. 이렇게 해서 소설은 점차 『왕자가 어린아이인 도시』의 자전적 성격을 잃어갔다. 그렇다고 순수한 창작이라고는 할 수 없는데, 그도 그럴 것이 적지 않은 요소들을 현실에서 빌려왔으니 말이다. 나는 들은 이야기를 메모했다. 이렇게 해서 지금의 이 소설이, 기억**과 정보, 그리고 상상력으로 마련된 것이다.

앞에서 말했듯이, 앞부분 오십 쪽가량을 제외한 『소년들』의 집필 작업은 1965년 7월부터 1967년 3월까지 이루어졌다. 희곡 『왕자가 어린아이인 도시』가 극장 무대에 오르는 1967년 12월 이전에 소설 『소년들』이 출간되는 것은 생각할 수 없었다. 1968년은 더더욱 아니었다. 1968년에는 『사막의 장미』 초판을 서점에 선보여야 했으니까. 결국 『소년들』의 출판은 1969년으로 계획할 수밖에 없었다.

---

* 모두가 나에게 확인해주기를, 이는 이미 지난 시대의 관습이라고 했다. 그 시기는 내가 소설의 배경으로 삼은 시기와 비슷하다. (원주)

** 여기서는 '자전적 요소'와 '기억'을 바탕으로 함을 뜻한다. 픽션 작가는 인물을 어떻게 형성할까? 처음은 씨앗으로 시작하지만 끝으로 가보면 잔가지들은 씨앗과 닮은 구석이 조금도 없다. 허구의 인물이 그 씨앗의 어떤 요소를 늘 가지게 되는 것은 아니지만, 나뭇가지는 처음의 수액을 간직하기 마련이다. 그러니 '모델'이나 '유사성'에 관한 잡담은 그만두자. 이런 잡담은 우리를 둘러싸고 뒤덮은 전체적인 오류에 약간의 오류를 더 추가할 뿐이다. (원주)

『소년들』에서 나는 『왕자가 어린아이인 도시』를 쓰는 내내 염두에 둔 이야기를 하고자 한다. 이 책을 읽는 독자가 그리스도인이라면 더욱 독실해질 것이며, 그렇지 않은 경우에는 전보다 그리스도교에 공감을 느낄 수 있을 것이다. 내가 생트뵈브의 『포르루아얄』을 읽고 난 뒤 그랬듯이. 물론 그러한 의도로 쓴 건 아니지만 말이다*.

미국의 비평가 헨리 콥스는 현재 미국에 살고 있다. 그래서 『왕자가 어린아이인 도시』의 사백오십 회 공연 결과에 따르면 이 작품이 상연되는 파리 극장을 찾는 사람들 가운데 남자보다 여자의 수가 많다는 유명한 사실을 모르고 있다. 그는 이 작품에 대해 "뱀이 병아리를 홀리듯 여성을 홀리는" 작품이라고 〈북스 어브로드〉에 썼다. 라신이 희곡 『안드로마케』의 서문에서 "부인의 마음에"(왕**의 제수) 뛰어난 정신의 '명민함'을 헌정했던 것처럼, 나는 나의 독자들 중 언제나 가장 인간적이고 통찰력 있는 이 할머니들, 어머니들, 젊은 여성들의 마음에 남자들의 무정함을 바치고 싶다. 이 작품과 꼭 닮은 극에 매혹되었듯이, 그들이 『소년들』에 '매혹되길' 바란다***.

1969년 파리.

---

* 1937년부터 『선의 악마』의 서문, 이후 모든 작품을 새로 찍어낼 때마다 개정된 서문에서 나는 『소년들』이 '종교적인 책'임을 알렸다. (원주)

** 루이 14세를 가리킴.

*** 『소년들』의 교정쇄를 읽은 어느 젊은 어머니는 나에게 "동화군요"라고 말했다. 이는 매우 놀랍고도 예기치 못한 평가이기에 여기에 기록하고 싶었다. (원주)

제1부

아이들의 천국

오퇴유 몽모랑시대로에 있는 에콜 노트르담(멋진 정원이 있어서 보통 '노트르담 뒤 파르크'*라 불리는)의 원장 신부는 1912~1913년도 새 학년을 위해 아카데미라는 새로운 기구를 개설하기로 했다. 아카데미는 일학년과 이학년 철학반 학생 열 명으로 구성되며, 회원은 매년 자체 선거—학교 당국이 비준하고 관리하는—를 통해 교체될 것이다. 이들은 '품행 전반'은 물론 문학과 탁월한 지성에 있어 학교를 대표하는 엘리트로 간주될 터였다. 삼학년, 사학년, 오학년(열두 살에서 열네 살까지) 학생들을 위한 '아카데미 지망' 반도 생겼다. 사실 프랑스인들

에콜 노트르담의 1912년 신학기 개학

콜레주**의 아카데미

* 프랑스어로 '정원의 노트르담'이라는 뜻.

** 이 소설 속 콜레주는 1975년 프랑스 교육 개혁 이전의 중고등학교 과정이 통합된 교육기관이다.

의 유일한 목표란 사회의 중요한 인물이 되는 것이다. 따라서 학교 당국은 열두 살쯤 된 아이들이 허영심이란 걸 무시할 정도로 불행하리만큼 어리석지 않고서야, 스스로든 혹은 가족에게 떠밀려서든 언젠가 아카데미에 들어가려 할 것임을 의심치 않는다. 거기에서 각자에게 잠재된 남다른 장점을 지워버리고, 남의 환심을 사려 노력하고, 무엇보다 진실이 기존 관념을 해칠 경우 결코 그것을 입 밖에 내지 않는 법을 배우기 위해 요구되는 습관을 들이지 않을 수 없을 것이다. 왜냐하면 콜레주의 이 아카데미는 기성 사회에 존재하는, 재능과 실력으로만 들어갈 수 있는 유사한 기관들을 조금도 모델로 삼고 있지 않기 때문이다. 요컨대 개성을 죽이고 각자가 원하는 출세 지향에 따라, 그리고 자신이 처한 상황에 따라 유순하게 굴며, 총애를 받는 자가 되는 것이 바로 아카데미의 기반인 질서 유지 활동의 목적이었다. 아카데미는 부모들의 환영을 받았다. 말하자면, 그들은 사랑스러운 자식이 세상 물정에 밝아지리라 기대했던 것이다!

그렇지만 공정하게 보자면 아카데미의 지도 활동은 무른 편이라 할 수 있었다. 파르크 콜레주의 교육 방침은 엄격함을 목적으로 삼지 않았기 때문이다.

열여섯 살 육 개월의 나이에 철학을 공부하기 시작한 알방 드 브리쿨 군은 콜레주의 유명인으로, 학교 당국이 지목한 첫 아카데미 회원 여섯 명 중 하나였다. 이들 여섯은 네 명의 동료를 선정해야 하는 임무를 띠고 있었다.

아카데미의 설립과 그 회원 모집 방식이 알려졌을 때, 일학년 학급 분위기는 즉시 가라앉았다. 학교생활에 한차례 길들여진 가장 의젓하고 가장 위엄 있는 야수들은 점심시간에 애걸을 했다. 어느 날 하굣길에 알방은 이학년 학생인 마케가 다가오는 것을 보았다. 그는 초췌한 모습에 온통 굳은 얼굴로 다짜고짜 그에게 말했다.

"모두 날 모범생으로 여기는 것 같은데 사실 난 전혀 아니거든. 내가 형을 위해 무얼 하면 좋을지 말해줘, 무엇이든 할 테니—뭐든지 말해봐. 어쨌든 난 그래야 하니까."

야생의 큰개미핥기가 결연히 다가오기라도 한 듯, 알방은 일종의 두려움을 갖고 그를 쳐다보았다. 알방이 아무 말도 하지 않자 상대는 어찌할 바를 몰라 웃었다. 알방이 계속해서 아무 말 없이 바라보자, 그는 한번 더 웃더니 멀어져갔고, 이내 시야에서 사라졌다. 잠시 후 알방은 유령이라도 본 양 성호를 그었다. 이것이 바로 시대의 유령, 처음으로 이 아이들에게 출몰한 시대의 유령이었다.

알방 학년의 학생주임인 프레보텔 신부는 그에게 아카데미의 새 동료들이 될 만한 학생들의 이름을 지나가는 말로 슬쩍 귀띔해주었다.

사실 알방은 학생들의 재능을 보고 아카데미 회원이 될 만한지 제대로 판별해낼 줄 알았다. 하지만 이번 경우 그는 제 나이답지 않게, 어른들이 하는 식으로 처신했다. 그는 지부아를 회원에 넣고 싶었다. 단순히 자신의 친구라는 이유에서였다. 지부아가 들어오면 아카데미 모임 때, 다른 애들이 많은 장점에도 불구하고 그를 다소 지루하게 할 경우에도 자신과 이야기를 나눌 수 있는 누군가가 곁에 있을 것이기 때문이었다.

그래서 그는 재능 있는 다른 친구들 중 하나를 희생시키고 지부아에게 힘을 실어주었으며, 그리하여 지부아가 아카데미에 들어오게 되었다.

열 명의 아카데미 회원은 이어서 회장을 선출해야 했다. 이 문제로 그들 사이에 동요가 일었다. 알방이 적격이라는 게 중론이었지만, 그가 즐거워하리라는 생각이 모두의 마음을 괴롭히며 가로막았다. 그래서 그들은 입만 멍하니 벌린 채, 차라리 학교 당국이 결정을 내려 투표라는 의무에서 자신들을 해방시켜주기를 기대하고 있었다.

학교 당국에서도 한 이름이 거론됐으니, 바로 알방의 이름이었다. 학교측도 망설이고 있었다. 프레보텔 신부와 이학년 학생주임인 드 프라츠 신부가 그러했는데, 특히 드 프라츠 신부는 그리 신뢰할 수 없는 누군가에게 너무 중요한 임무를 주면 위험하다고 강조했다. 아카데미의 회장이 된다는 건 정말로 학교의 으뜸이 되는 셈이었다. 그러나 원장 신부인 프라도 드 라 알은 알방이 이 책무를 맡게 되면 소속감을 가질 거라는 의견을 냈다. 그들은 이 의견을 유보했지만 원장 신부는 더 멀리 내다보았다. 그는 선을 향해서든 악을 향해서든 무차별적으로 치우치는 어떤 막연한 열정이 알방에게 있다고 보았다. 그러니 그에게 신뢰를 보내며 솔직한 성격을 살려주고 책임 있는 일을 맡겨 명예심을 키우는 한편 약간 돋보이게 함으로써 자존심을 세워준다면, 살짝 건드리기만 해도 그를 선으로 이끌기에 충분하다는 것이었다. 그에게 꼭 필요한 건 지지였다. 이것이 없다면, 기질상 쉽게 양극으로 치닫는 그는 잠깐 한눈을 파는가 싶다가 그대로 올바른 길에서 벗어날 수 있는 인물이었다. 그리고 원장 신부는 천성적으로 팽팽한 긴장을 좋아했다. 이 긴장 속에서 그는 아이와 같은 용기를 갖고 전진했다.

다음날 저녁 선거가 치러졌다. 알방이 자기 동료 폴 드 랭스부르에게 준 한 표를 제외하고, 만장일치로 알방이 선출되었다.

그는 아카데미 회원으로서 빨간색과 노란색 리본으로 된 휘장을 받았다. 휘장의 십자가는 흰색 에나멜이었다. 회장인 그의 휘장은 보다 크고 멋졌으며 십자가에는 초록빛도 들어가 있었다. 물론 이 모든 게 중요한 건 아니었다.

그의 어머니, 드 브리쿨 부인은 기뻐 어쩔 줄 몰랐다. 그녀는 아들이 받아온 휘장을 집안 거실의 유리 진열장 속에 레지옹 도뇌르 훈장과 생루이 훈장과 나란히 놓고 싶어했다.

"아! 나중에는 어머니를 행복하게 하기 위해 무슨 수라도 써야 하는 건 아닌지 모르겠군!" 알방은 중얼거렸다. 보잘것없는 명예에 집착하도록 만드는 게 바로 부모들, 부인들, 아이들, 정부情婦들이라는 사실을 그는 벌써부터 잘 알고 있었다. 그리고 고독이라는 날개가 이 난처한 상황에서 해방시켜주리라는 것도.

방벽

1912년 11월 4일, 하루가 저물어갈 즈음 시작되는 네시의 쉬는 시간에, 두 그룹이 여느 때보다도 더욱 밀집해서 방벽 양쪽으로 모여들었다. 한쪽은 '고학년 선배'(철학반, 일학년과 이학년: 열다섯 살에서 열일곱 살), 다른 한쪽은 일명 지옥의 학년이라고 하는 '중급 학년'(삼학년, 사학년, 오학년: 열두 살에서 열네 살)이다.* 운동장을 두 구간으로 나눈 목재 방벽은 마치 거기 기대라고 낮게 세운 듯 팔꿈치 정도의 높이였다. 몇몇 선배들과 중급 학년들로 구성된, 언제나 같은 아이들은 거리낌없이 거기 기대곤 했다. 다들 그곳에서 모이는 게 습관이 된 터

* 프랑스에서는 초등학교 졸업 후 가장 낮은 학년이 6학년으로 한국의 학제와는 역순이다.

라 쉬는 시간 삼십 분 내내 놀 생각도 없이 비밀회의를 했다. 그 모습이 18세기 기사들이 서로 비슷하게 생긴 방벽 양쪽에서 아름다운 마을 아가씨들의 환심을 사려고 수작을 부리며 대화를 나누는 채색 석판화 속 풍경을 떠오르게 했다. 전날 아카데미 회장 선거가 치러진데다 그중 몇몇은 넉 달 전 일차 바칼로레아를 통과했다는 명성에 회원으로서의 명성까지 얻은 경우도 있어서, 후배들은 그들을 신기한 동물이라도 보듯 바라보았다.

"우리를 구경하고 싶으면 2수씩 내라고. 성가대 스콜라가 우리한테 밀리는군!" 폴 드 랭스부르가 말했다.

"스콜라 말인데, 너 제네랄레를 거기 넣어줄 수 없어? 그에 대해선 내가 보답할게." 알방이 그에게 말했다.

아이메리 드 라 메종포르

알방은 어린 아이메리 드 라 메종포르를 제네랄레라고 불렀다. 그의 아버지가 장군이기 때문이었다.* 랭스부르와 지부아는 스콜라 소속이었지만, 알방은 아니었다. 그리고 중급 학년 학생들과 어린 학생들은 선배들의 도움을 받지 않고는 거의 들어갈 수 없었다.

"너, 라 메종포르한테 관심 있어?"

"으으…… 응, 그런지도 모르지……"

"그 녀석, 가성으로 노래하는데."

"그게 뭐 어쨌다고. 스콜라에 들어가게 해주는 건 목소리가 아니라, 바로 얼굴이야. 그리고 라 메종포르는 매력적이지. 라므네의 성채**처럼 '귀염둥이'라 불리는 건 아니지만, 그렇게 불릴 만하잖아."

* '제네랄레'는 프랑스어로 '장군'을 뜻하는 '제네랄(général)'에 '에(-et)'를 더한 조어다.
** 펠리시테 로베르 드 라므네 신부의 성채. 아름다운 모습으로 유명하다.

“장딴지가 너무 굵어.”

“넌 아무것도 몰라. 그애 장딴지는 비할 데 없이 멋지다고. 그리고, 그애가 뭐랬는지 알아? ‘나는 로마 전쟁이 좋아. 감미롭잖아!’”

“로마인에 대한 사랑, 그리고 적절한 형용사…… 그래서 그 녀석이 아카데미 회원이라는 거군.”

맞든 아니든 라 메종포르는 아둔함으로 유명했지만, 어쨌든 그는 활발했고 선배들의 관심을 받기에는 그걸로 충분했다. 지부아가 중급 학년을 향해 아무에게나 말하듯 말했다.

“가서 그 머저리를 찾아와. 일단 장딴지를 보고 그가 노래를 제대로 할 줄 아는지 확인해야겠어.”

잠시 뒤, 네 명의 소년이 전속력으로 달려 한 어린 남자아이의 양팔을 잡아끌고 달려와 울타리 앞에 세웠다. 아이는 의아한 눈으로 선배들을 보았다. 금발에 ‘백합과 장미’ 빛 피부, 매끈하고 성숙하면서도 약간 굵직한 장딴지와 대조를 이루는 섬세한 이목구비는 귀여운 새끼 거위를 연상시켰다. 선명한 보랏빛이 배어 있는 지극히 순결한 빛, 순결함 그 자체였다. 그는 이제 막 열두 살이 된 참이었다.

살랭이 진하게 요오드를 바른 라 메종포르의 한쪽 무릎을 가리켰다.

“이거 진짜야? 아니면 관심 끌기 위한 거야?”

그렇다는 듯한 아름다운 미소.

“너 스콜라에 들어갈 마음이 있니?”

“나요? 오, 그럼요! 하지만 아버지가 바라지 않아요. 내 시간만 뺏길 거래요. (그가 랭스부르 쪽을 돌아다보았다.) 이미 아버지한테 물어보았던 거, 선배가 잘 아는데.”

"뭐? 너한테 벌써 얘기한 사람이 있다는 거야?"

"그럼요…… 랭스부르 선배가……"

"이것 봐라! 우리한테는 제네랄레를 스콜라에 넣지 말라더니, 그를 거기 넣으려고 이미 손을 썼군!"

랭스부르가 당황하는 척하다가 배시시 웃으며 마침내 입을 열었다.

"왠지 모르겠지만 뭔가 모자라 보이는 저애가 좋더라고. 팔 기통짜리 드 디옹부통을 타고 학교에 오는 이 장군의 아들이 신은 저 커다란 초등생 구두라든지…… 그래서, 뭐 어쩌겠어? 난 커다란 발이 좋거든."

"그럼 수플리에는?" 살랭이 장난기어린 눈으로 알방을 흘끗 보며 물었다.

"수플리에는 아카데미에도, 스콜라에도 필요한 인물이 아냐."

"수플리에한테 가서 아카데미 선배들이 할말이 있다고 해." 랭스부르가 후배들에게 말했다.

알방이 주머니에서 수첩을 꺼내며 말했다.

"자, 1912년 11월 4일자 아카데미 그룹 구성원이야. 고학년 여섯 명, 중급 학년 여섯 명. 고학년 여섯 명 중 먼저 세 명은……"

그가 이름을 읽기 시작했다.

"……드 랭스부르, 드니."

살랭이 그의 말을 끊었다.

"명단은 우리도 이미 알아. 우리뿐 아니라 전교생이 알고 있지. 비네(역사 교사) 선생님이 어제 수업시간에 교단에 서서 나에게 이렇게 물었거든. '살랭 군, 귀군貴君이 아끼는 후배는 누구인가요?' 그래서 내가 대답했지. '선생님, 그 질문에는 대답할 수 없습니다. 직무상 비밀입니다.' 그러자 비네 선생님이 그룹에 속하는 모든 이름을 읊더군. 선후배 짝을 지으면서. 어디 하나 틀린 데가 없었어."

"브라보! 어쨌든 우리더러 음모꾼들이라고 하지는 않을 거 아냐. 나는 지하활동이라면 질색이거든. 여긴 유리로 된 집이야. 그러니까, 비네 선생님이 다 보고 있었다는 거잖아?"

이들의 말을 듣고 있던 소년이 끼어들었다.

"비네 선생님이 살랭에게 이렇게 말했어. '브륄라를 보호해주는 후배로 뽑다니, 말도 안 됩니다! 귀만 커다란 그 녀석을 왜 뽑았는지 난 이해가 안 돼요. 보호해주는 학생을 고를 땐 예쁜 얼굴을 보고 뽑는 거예요.' 그래서 내가 선생님한테 물었지. '그러면 선생님, 선생님도 우리 나이 때 보호해주는 어린 후배가 있었나요?' 그러니까 이러더군. '오! 나야 무더기로 있었지요!'"

이때, 중급 학년 학생들이 방벽으로 돌아와 알렸다.

"수플리에는 오고 싶지 않대요."

"그 끔찍한 성격을 내가 알지." 알방이 말했다.

거의 완전히 어둠이 내린 어둑한 운동장에서 어린 소년들의 약간 새된 목소리와 몇몇 조숙한 사춘기 소년들의 굵직한 남자 목소리가 들렸다(그 빈약한 몸에서 나오는 남자의 목소리는 얼마나 괴상한가……). 그리고 반대로 몇몇 젊은 청년들의 아이 같은 목소리, 파리의 젊은이들에게서만 들을 수 있는 여성적인 목소리도. 알방은 멀리서, 그 어느 때보다도 분주하게 이 끝에서 저 끝으로 뛰어다니고 있는 수플리에의 모습을 알아보았다. 알방의 눈에는 오로지 그만 보였다. 일학년 학생주임인 프레보텔 신부도 달리고 있었다. 그는 공놀이를 하는 소년들 사이로 세 걸음쯤 달리다가 숨이 차 갑자기 멈추며 되는대로 "잘했다!" 하고 소리를 지르고는 이어 몸을 흔들어 매우 천진하게 기쁨을 드러냈다. 그 바람에 그의 허리에 두른 허리띠 자락이 살랑거렸다. 선배를 비롯해 어린 후배에 이르기까지, 소년들은 서로에게 '고문'을 가했다. 라 포베트라 불리는 열두 살 비노가 땅바닥에 쓰러지자, 한 선배가 머리카락을 잡아당기더니 먼지를 일으키며 그의 발을 질질 끌고 갔다. 비노는 이것을 몹시 재미있어했다. 또 한 선배는 후배의 손목을 잡고 계속해서 비틀었다. '고문'은 종종 대담한 애무나 마찬가지였다. 적어도, 감히 표현하지 못하는 애정의 표시였던 셈이다. 예를 들어 마케는, 쉬는 시간 내내 드니가 놀지 못하도록 가로막으며 그의 두 팔을 붙들고 늘어지는 행동으로 애정을 드러내곤 했다. 그런 식으로 드니의 팔을 만지작거리며 좋아했다. 그리고 자신의 수줍은 성격을 드니가 노는 걸 방해하며 때웠다. 이것이야말로 사랑의 극치가 아니고 무엇이겠는가.

학교 담장과 방벽 끝이 만나는 지점에 작은 공간이 있었다. 라 메종포르는 슬그머니 이 은신처로 들어갔는데, 마치 선배들과 가까워지고 싶은 미묘한 욕망을 표현하는 듯 보였다. 물론 고학년과 저학년, 그리고 중급 학년 학생들은 하루에도 수없이 이곳을 들락거리며 직접 만남을 가졌다. 이때, 옆에 서 있는 방벽은 이들의 만남에 가장 내밀한 분위기를 만들어주었다. 방벽이란 일종의 방어물이 되기 마련이니까.

알방은 에콜 모코르네에서 일 년 전 처음 만난 세르주 수플리에
를 떠올린다. 이제 수플리에는 노트르담 파르크의 삼학년이다.

원장 신부와 드 프라츠 신부의 대화

콜레주의 원장인 프라도 드 라 알 신부는 책상 위에 널려 있던 서류들을 다시 분류하는 중이었다.

"새 학기는 곧 불안을 뜻하는 말입니다. 우리 아이들을 다시 만날 때 어떤 자세로 대해야 할까요? 아이들은 방학을 마치고 더 크고 튼튼하고 아름다워지고 충만해져 돌아왔지만, 여기와는 다른 환경의 여운이 몸에 한가득 배어 있습니다. 그 환경에서 아이들은 세 달을 보냈어요. 때로는 염려스러운 정신 상태로요. 말하자면 긴 방학 동안 정신적으로 유기 상태였어요…… 이 공백기 동안 뭔가 어긋나지 않는 경우는 아주 드물죠. 학교로 돌아오자마자 그들은 다시 지도를 받았습니다. 이번 10월은 매우 좋았습니다. 우리의 일에 신의 축복이 있었습니다. 학생 수가 늘어난 것에 대해서는 말할 필요도 없고요…… 신부님은 학생 수를 다 기억하십니까? 나는 모두 기억합니다. 일학년이 쉰네 명, 신부님이 맡고 있는 학년이 예순여덟 명에, 삼학년이 여든일곱 명, 집에서 통학하는 학생들이 백서른한 명, 그리고 기숙하는 학생들이 아흔 명입니다. 학업 수준은 모두 최고입니다. 품행도 좋고요. 그렇지만 이런 위안도, 교단 회원 수가 작년 10월보다 열일곱 명이 증가하고 더 많은 학생들이 예배당을 방문했다는 사실도, 신앙이 여전히 취약점으로 남아 있다는 걸 잊게 하지는 못하는 것 같습니다."

"안타깝게도 그것이 우리 학교 전체의 약점입니다."

"신부님도 아시겠지만, 고학년들과 졸업생들이 자신들의 신앙적 열정이 사그라졌다고 솔직하게 고백했을 때, 그들은 하나같이 그 원인을 긴 미사 시간과 잦은 횟수 탓으로 돌렸습니다. 그들에게 학교는 그런 곳이었습니다. 어리석고 불순한 생각이지만 어쩔 수 없는 사실이고, 우리가 그런 점에 대해서는 충분히 신경쓰지 않았어요. 제 경우 몇몇 미사 때 결석을 눈감아주기도 했습니다. 경험삼아 한번 해본 거죠."

"어쨌든 형제님들 자제의 경험이 어떠했는지 분명하군요."

"이곳엔 경험이 없습니다. 결코 일탈하지 말아야 할 행동의 규칙만 있죠. 만일 이 규칙을 적용하는 일에 전권이 주어지지 않았다면 나는 이 자리를 받아들이지 않았을 겁니다." 원장 신부가 약간 신경을 건드리는 투로 말했다.

프라도 드 라 알 신부는 해맑은 얼굴에 눈은 밝은 푸른빛이었고, 머리칼은 밤색인데 육체의 겸허함을 위해 무릎을 꿇고 손수 삭발을 했으며, 턱에는 보조개가 있었다. 그의 앞에 앉아 있는, 중급 학년 학생주임인 드 프라츠 신부는 프랑스 남부지방 특유의 섬세한 이목구비에 얼굴은 잿빛이었다. 매우 가는 주름이 얼굴 전체에 그물처럼 복잡하게 얽혀 있었고, 매우 좁은 이마 아래의 청록색 눈은 이상하게 작고 날카로웠으며 원숭이 눈처럼 서로 약간 붙어 미간이 좁았다. 얼굴은 아래쪽으로 내려갈수록 눈에 띄게 좁아져, 마치 태어날 때 의사가 손으로 턱 아래를 죄기라도 한 것 같았다. 이 두 얼굴에 대해 간단히 말하자면, 한쪽은 관념론적 이상주의자의 얼굴이고 다른 쪽은 체험에 근거한 성스러운 지혜를 풍기는 지적인 얼굴이었는데, 둘 다 신중한 우아함을 풍겼다. 파르크 콜레주로 온 초창기 시절 드 프라츠 신부는 수단의 단춧구멍에 작은 은 십자가를 달고 은 시곗줄을 늘어뜨렸으며 목에는 작은 검은색 리본 매듭도 걸었다. 하지만 이 모든 것은 하나씩 사라지기 시작했고, 모두 떼어버렸을 때 그는 더 나아 보였다. 반면 원장 신부는 수단이나 고해 복장이나 삭발처럼 눈에 띄는 것, 주목을 끄는 것을 좋아했다. 드 프라츠 신부는 수단을 별로 좋아하지 않았다. 아이들과 공차기를 할 때 거추장스럽다고 말이다. 대신 그는 수단을 멋스럽게 꾸미고 싶어했다. 수단을 좋아하지 않았지만 드 프라츠 신부는 단 몇 시간일지라도 제복을 벗고 사복을 입는 걸 매우 끔찍해했다.

마른 체격에 엄격한 제복 차림, 기품과 위엄 넘치는 모습에서 이 두 남자는 비슷했지만 이들의 신발을 볼 여유가 있는 사람이라면—신발은 사람을 말해준다—이들의 차이를 찾아내게 될 것이다. 발목 위까지 올라오는 원장의 구두는 병사의 군화 같은 모양인 데 반해(물론 어떤 부자연스러운 면이나 스스로를 프롤레타리아로 보이고자 꾸미는 태도 같은 건 전혀 없었다), 주임신부의 단화는 무도화 모양이었다. 허리띠도 마찬가지로, 원장 신부의 것은 면직물에 술 장식이 없는 반면 주임신부의 허리띠에는 술 장식이 달려 있었다. 또한 원장 신부의 손은 약간 거칠고 두툼했으며 주임신부의 손은 길고 섬세한, 보통 마돈나의 손 같다고 하는 그런 손이었는데 보기에 따라서는 원숭이 손 같기도 했다. 원장 신부는 서른여섯 살이고 드 프라츠 신부는 서른세 살이지만, 드 프라츠 신부가 훨씬 더 나이들어 보였다.

원장 신부의 사무실은 최소한의 것들만 갖추고 있었다. 소파도 없었고, 책상 위에는 잉크병과 문진, 노트, 수첩, 종이 몇 장과 책(미사 경본 세 권)뿐이었다. 벽에도 십자가와 압정으로 고정시킨 종잇장 말고는 아무것도, 그야말로 아무것도 없었다. 벽에 붙은 종이에는 시간표와 콜레주의 교육 프로그램이 손글씨로 소박하게 적혀 있었다. 책꽂이 대신 나무 선반들이 있었는데, 대충 가제본된 블롱델, 고요, 라베르토니에르, 사니에의 책들이, 제본된 것으로는 라코르데르, 몽탈랑베르, 오자남, 그라트리의 책 등이 열두어 권, 그리고 몇몇 신앙서들이 있었고, 이중 왕정복고 시대 이전에 출간된 책은 하나도 없었다. 제이제정 시대 양식의 기도대를 감싸고 있는 천은 다 닳아서 올이 풀린 채였다. 벽 높은 곳과 두 개의 문 주위에는 장식물을 떼어낸 쇠시리 흔적이 남았는데 그 위로 초벌 페인트칠이 되어 있었다. 두 문 중 하나는 콜레주의 복도 쪽으로, 다른 하나는 면담대기실 쪽으로 연결되었다. 면담대기실은 감시가 엄중한 감옥처럼 학부모들이 수위를 동반하고서야 출입할 수 있는 곳이었다.

원장이 대화를 이어갔다.

"주님께서 파르크 콜레주를 나에게 맡겼을 때, 이곳에는 오만함이 약간 있었습니다. 형제님들의 자제를 받아들이고 남들만큼 부유하지 않은 집안에 편의를 제공하기로 하면서, 나는 새로운 피를 수혈했지요. 그리고 융합은 어떤 어려움도 없이 이루어졌습니다. 담당한 학년과 관련해서, 신부님이 그 증인입니다."

"어떤 어려움도 없었죠, 초기를 빼면요. 초기의 어려움이라는 것도 사실 별건 아닙니다…… 이번 신학기에도 마찬가지입니다. 콜레주 정문 앞에서 학생 두세 명이 자신과는 다른 계층의 학생에게 머뭇머뭇 모자를 벗고, 먼저 손을 내밀까 망설이더군요. 그러면서도 눈은 내리깐 채였어요. 그리고 처음 며칠은 너가 아니라 당신이라고 불렀고요. 저는 이 학생들을 불렀죠. 얘기를 좀 했습니다. 곧 모든 게 바로잡히더군요."*

---

* 물론, 이 모든 대화는 1912년 당시 프랑스의 사회적 관점으로 읽어야 한다. (원주)

머저리라
불리던
프레로들

"우리는 미랄이라는 프레로*를 알고 있습니다. 어느 일요일 오후 그는 우연히 살랭을 만나 영화관에 가자는 제안을 받았는데, 집으로 돌아가 일요일에 입는 정장으로 갈아입어야 한다며 사양했다고 합니다. 평상복을 입고 있었거든요. 바로 이런 반응을 없애야 합니다."

"어쩌면 미랄은 같은 학년이 아니고 잘 알지도 못하는 선배와 함께 극장에 가고 싶지 않았는지도 모르지요."

"그렇게 생각하세요?" 원장 신부가 물었다. "내 생각엔 복장 문제 같은데요. 그쪽이 훨씬 사실임직합니다."

"조금만 조사를 해보면 알게 되겠지요……"

"조사라고요! 무얼 조사하겠다는 건가요! 약간의 수줍음 같은 건 금방 사라질 겁니다. 중요한 것은 프레로들끼리의 관계를 푸는 일입니다. 삶의 방향과 역사의 방향**이 이를 절대적으로 요구하고 있습니다. 오퇴유 사람들과 오베르빌리에 사람들을 섞으려는 건 아닙니다. 그 일은 우리가 아닌 다른 사람들이 할 일이니까요. 우리는 오퇴유와 오퇴유를 섞어 어울리게 하려는 건데 이는 보다 쉬우면서도 보다 어려운 일입니다. 이곳에서 우리에게 맡겨진 평민의 자녀들은 약간 특별한 상황입니다. 아시다시피, 이들의 부모들은 그들 동급생의 부모 집에서 일하기도 합니다. 르누아르의 부모는 보테레 집안이 주요 층을 차지하고 있는 건물의 수위로 일하고 있지요. 우리는 모든 학생의 가정에 대해 알고 있어

---

* 프랑스어로 '형제'를 뜻하는 '프레르(frère)'에 '오(-ot)'를 더한 조어. 평민 출신 학생을 가리킨다.

** '역사의 방향'이라는 표현은 (1969년에) 매우 현대적인 것으로 여겨졌다. 그렇지만 사실은 1905년부터, 그리고 그 이전에도 사회 연구 집단에서 사용한 표현이다. (원주)

야 합니다. 이게 바로 상세하고 체계적인 조사가 필요한 부분이죠."

"그렇게 했습니다, 원장 신부님, 이미 했어요. 저는 최고 참모부의 서류가 부러울 게 없을 정도로 조사해서 카드를 작성했습니다. 그리고 이건 하루아침에 해결될 일이 아닙니다."

"그럼요, 잘 압니다. 처음에 형제님들의 자제에게 붙었던, 그 용납할 수 없는 별명에는 전혀 악의가 없었고, 학생들이 그때 라틴어를 너무 열심히 배운 나머지 발생한 일이라는 것을—프레보텔 신부 덕분에—제가 알기까지 거의 일 년이 걸렸던 걸 생각해보세요!"

드 프라츠 신부는 새끼 여우처럼 좁은 턱에 주름을 잡으며 보일 듯 말 듯 미소를 지었다.

원장 신부의 부임과 더불어 대거 들어온 형제님들의 자제들은 당시 부르주아 학생들로부터 퀴퀼*이라는 별명을 얻었다. 원장 신부는 이 별명을 금지시켰고, 퀴퀼이라는 별명은 프레로라는 호칭으로 변했다. 드 프라츠 신부가 미소를 지은 것은 프레보텔 신부의 설명에 대해 의구심을 품었기 때문이다. 분명, 쿠쿨루스는 로마인들이 쓰던 두건 달린 망토였는데 이는 프랑스에서 평민층 학생들이 입는 두건 달린 망토와 비슷했다. 하지만 드 프라츠 신부는, 프레보텔 신부가 '퀴퀼'이라는 이 명칭에 너무 현학적인 의미를 부여했다고, 학생들의 머릿속에는 그저 머저리라는 저속한 의미만 있을 거라고 생각했던 것이다.

이번에는 원장 신부가 희열에 찬 미소를 지었다.

"이 별명을 즉시 사라지게 하는 데에는 우리가 그러자고 제안하는

* 프랑스어로 '머저리'라는 뜻.

것만으로도 충분했습니다! 보세요, 아이들이 얼마나 착한지! 나는 프레르라는 말이 참 좋습니다. 로마의 그리스도인들이 초기 공동체 시절 서로를 부르던 호칭, 프레르*라는 말이 떠오르거든요. (드 프라츠 신부가 다시 미소를 지었지만 이번에는 눈만 웃었다. 재기 넘치는 사람들이 흔히 그러듯, 감정 표현 없이 눈만 웃는 것이 그의 버릇이었다.) 그런데 우리 학생들이 정확한 말을 찾아낸 겁니다. 정말 잘됐죠. 파르크 콜레주는 형제애입니다. 우리 교회에 자유, 평등, 형제애라고 새겨져 있는 걸 보고 왜 우파 사람들이 펄쩍 뛰는 걸까요? 이것은 우리 파르크 콜레주의 좌우명이 될 수 있고, 필요하다면 난 이를 콜레주 정문에 새기는 것도 주저하지 않겠습니다."

자유, 평등, 형제애

드 프라츠 신부가 가볍게 이맛살을 찌푸렸다. 원장 신부가 본 걸까? 그가 힘주어 말했다.

"작년 마지막 사분기에 내가 퇴학 처분을 내려야만 했던 두 학생에 대해, 적어도 한 학생에 대해 몇몇이 안타까워한다는 건 알고 있습니다. 소설 『마담 보바리』를 학교로 가져와 돌렸던 로게를 퇴학시킨 것, 이 처사에 대해서는 더 말할 필요가 없을 것 같습니다. 그런 건 그리스도인 학생들이 읽을 책들이 아니니까요. 삶의 현실 속으로 던져지면 이들은 금세 그런 책들을 알게 될 겁니다. 반면 드 마르장시에 대해서는 약간 망설였습니다. 내가 무슨 일을 하는 건지는 나 자신이 잘 알고 있습니다. 랭스부르처럼 귀족 신분이면서 집이 아주 부자이거나, 이런저런 귀족 칭호가 붙는 집안이거나, 바우어나 비노처럼 대갑부의 자제인

---

* 프랑스어로 '형제'라는 뜻.

우리 학생들 중 어느 누구도 동료들에게 조금이라도 교만하게 구는 걸 본 적이 없습니다. 그런 생각이 그들 머리에는 떠오르지 않아요. 아니, 그들 마음에 일어나지 않는다고 하는 게 좋겠군요. 그들은 이 콜레주에서 배우게 될 사회계층 간의 평등을 평생 잊지 않을 것입니다. 어쩌면 평등보다 더 훌륭한 걸 배울지도 모르죠. 역사가 길이 간직하는 우정은 모두 전장이나 콜레주에서 탄생합니다. 드 마르장시의 태도는 뻔뻔스러웠습니다. 용인할 수 없었어요. 물론 우등생이긴 하죠. 그래도 내겐 마음이 머리보다 훨씬 중요합니다."

'많이 사랑하기. 많이 포용하기. 많이 기도하기'

"원장 신부님이 우리 학교에 세운 규칙은 '많이 사랑하기. 많이 포용하기. 많이 기도하기'*입니다. 저도 그것에 전적으로 동의하고요……"

"그리스도에 대한 의식이 있는 자라면 누구나, 그리스도교가 세 마디, 즉 믿기, 사랑하기, 기도하기를 중시한다는 걸 압니다."

"성 바오로는 이렇게 썼습니다. '자비는 모든 것을 감내한다.' 하지만

---

* 장세니슴은 그리스도교 민주주의 교육과는 거리가 아주 멀어 보인다. 그렇지만 노트르담 뒤 파르크 콜레주의 정신에 매우 어울리는 표어는 생시랑에서 착안했다. '작은 학교'에서는 "보통 아이들에게 반드시 교육시켜야 할 내용, 즉 '적게 말하기, 많이 참기, 그리고 더욱더 기도하기'를 경시하곤 한다." 아셰트판 생트뵈브 제3권 498쪽에 있는 이 문구는 아마도 퐁텐을 인용한 듯하다.

한편, 생트뵈브는 특이하게도 생시랑의 교육 경구를 라므네와 제르베 신부가 적용한 경구(493쪽)에 접근시킨다. 내가 '특이하게도'라고 말한 이유는 프라도 드 라 알 신부의 서재에 라므네의 책이 있기 때문이다.

그리고 우리가 이미 보았고 앞으로 이 책에서 보게 될, 원장 신부와 드 프라츠 신부의 '장식'에 대한 무관심은 역시 장식에 대한 포르루아얄의 무관심과 연결시킬 수 있지 않을까?

미래의 변화와 그 변화를 좋아하는 파르크 콜레주는 모든 면에서 포르루아얄과는 거리가 먼 듯 보인다. 하지만 그럼에도 불구하고, 이들은 경우에 따라서는 아주 가깝게 이웃한다. (원주)

원장 신부님은 드 마르장시를 감내하지 못하셨습니다."

"만일 우리 학교가 파리에 있는 유일한 자유 교육기관이었다면, 나는 그를 감내했을 겁니다. 그로 인해 내가 부딪히게 될 모든 곤란한 일에도 불구하고요. 하지만 파리에는 어떤 지원자도 거부하지 않는 다른 그리스도교 학교들이 있습니다(이 점은 당시 우파였던 예수회를 겨냥한 것이었다. 원장 신부는 예수회를 싫어했고, 신부 또한 그들에게 증오의 대상이었다). 나는 그를 다른 학교로 보낸 것뿐입니다. 지금까지 그랬듯이, 나는 건전한 학교를 원합니다. 건전하다는 건 품행은 물론 정신 또한 건전하다는 뜻이죠. 그리고 그리스도인으로서 교만한 정신과 타협할 수는 없습니다. 어쩌면 내가 당신을 놀라게 하고 있는지도 모르겠군요. 그래도 이 얘기만은 하겠습니다. 부득이하게 한 번 친구의 답안지를 베낀 학생은, 꾸지람을 받은 뒤 우리 학생으로 남아 있을 수 있습니다. 하지만 교만한 태도로 동료들을 무시한 학생은 우리 학생이 아니며, 결코 우리 학생으로 지낼 수 없습니다. 우리는 한 가족입니다. 우리는 우리 사이에서 우리라고 느껴야 합니다. 그리고 '향수에 빠져 죽는 파리는, 단 한 마리뿐이라 해도 좋은 향기를 모두 망쳐버리는 법'입니다."

이 모든 것은 원장 신부가 빠져 있는 레룸 노바룸* 회칙의 정신이었다. 회칙들은 가수들이 음반을 내듯 잇달아 나타났고, 때때로 그중 하나는 대대적인 성공을 거두기도 했다. 그러나 우리는 아직 잘 알지 못하지만 일명 '파르크'라 불리는 이 콜레주를 잘 알고 있는 사람이라면,

* Rerum novarum. 1891년 교황 레오 13세가 발표한 회칙.

여기서 강하게 반발할 것이다. 오만함으로 인해 어린 마르장시가 내쳐졌고 이에 대해 드 프라츠 신부는 유감스러워하는 듯한데, 어쨌든 학생들 사이에 오만함이 있어서는 안 되었다. 그러나 소위 학교의 운영위라는 사람들, 말하자면 교장과 네 명의 주임신부—교감 자리는 없었다—는 학생이 아닌 모든 사람들, 즉 학부모와 교사와 자습 감독과 하급 직원, 무엇보다 특히 임시 고용된 경리 담당자에게 오만했다. 주임신부와 학생 간의 면담은 권장되었지만(보통 자습 시간 동안) 일반 교사와의 면담은 그렇지 않았고, 답안지 채점만 해도 주임신부들로부터 여러 차례 가혹한 검사를 받아야 했는데 그러면 또다시 학생이 옳았고 교사가 어리석다고 밝혀지는 것이었다. 아카데미 회원들의 글도 교사가 아니라 주임신부들이 먼저 읽었다. 아카데미에 관여할 수 있는 교사는 극소수였다. 두 사제, 라틴어 교사와 역사 교사는 일반 속인 교사들과 같은 대우를 받았다. 자습 감독이 학생에게 조금이라도 영향을 미치거나 학생과 친분을 쌓는 경우, 아무리 사심 없는 관계라 해도, 조심성 없는 행동으로 간주되어 비난받았다. 자습 감독은 글자 그대로 어떤 인정도 받지 못했다. 한 존재에 대해 관심을 가질 수 있고, 관심을 가져야만 하는 모든 사항(가족 상황이라든가 직업적 포부……)이 자습 감독과 관련해서는 완전히 무시되었다. 그도 삼사 년 전, 콜레주의 학생이었던 시절에는 모두의 사랑을 받던 명예로운 프레로였다. 그러나 학교를 졸업하고 '자습 감독'이 되어서는 모두에게 무시당했다. 그는 더이상 '영혼'이 있는 사람이 아니라, 따돌림을 받는 천민일 뿐이었다. 학부모들에 관해서는 한번 더 말할 기회가 있을 것이다. 기다려서 손해볼 건 없다. 어쨌든 이렇게 하여, 민주주의와 자유주의 정신을 토대로 설립된 이 콜레주에서 중세의 수도사 혹은 기사 계급과 같은 특권의식이 다시 태어났다. 특권계급에는 운영위의 다섯 사제와 수위의 아들을 포함한 모든 학생들이 속했다. 이들을 제외한 다른 이들은 어떤가 하면, 바로 이들을 깎아내리고 제외시키는 게 특권계급의 유일한 규칙이었다. 운영위와 소년들은 은근하고도 집요하게 우월감으로 서로 결속되어 있었다. 운영위에는 '우리는 소년들을 다룰 줄 알지……'라는 식의 우월감이 있었다. 아이들을 다루는 성스럽고도 교묘한 기술은, 이렇게 말할 수 있다면, 운영위에만 국한되어 있었다.

누군가 살짝 문을 두드린 건 바로 이 순간이었다. 그러더니 원장 신부의 대답도 기다리지 않고 열네 살쯤 된 소년이 안으로 들어왔다. 이마 위를 덮은 머리카락은 살면서 단 한 번도 빗질이라고는 해본 적이 없는 것 같았다. 눈물이 볼을 타고 내려 굵은 빗방울처럼 스웨터 위로 떨어졌다. 어머니가 돌아가셨다 해도 그렇게 울지는 않을 것이다.

"원장 신부님, 방과후에 시모노와 싸우는 걸 허락받으러 왔습니다. 쉬는 시간에 그애가 날 아파치족 취급을 했어요. 길에서 싸우지는 않을 겁니다. 그건 나쁜 행동이니까요. 운동장에서 싸우겠습니다. 다들 돌아간 뒤라 다른 학생들 눈에 띄지는 않을 겁니다."

"완전히 정신이 나간 거 아닙니까? 그리고 먼저, 누가 허가증 없이 내 방에 들어와도 좋다고 했습니까?"

"원장 신부님은 어제 허가증 없이 트레비에를 받아주셨습니다. 그리고 그에게 말씀하시기를, 아주 위급한 경우에는……"

"됐습니다. 드 프라츠 신부님이 방과후 귀군의 행동을 특별히 지켜볼 겁니다. 잠시 뒤에, 그리고 앞으로 쭉." 수플리에는 코를 훌쩍였다.

흐느끼는 울음에 맞추어 가슴이 이따금 위로 들썩거렸다. "이런 우스꽝스러운 요청으로 나를 방해할 것 없이 처음부터 드 프라츠 신부님께 청하지 그랬습니까?"

대답이 없다. 매 순간, 습관처럼 아이는 스웨터를 아래로 잡아당겼다.

프라도 드 라 알 원장 신부의 얼굴에 즐거워하는 기색이 돌았다.

"그리고 그게 무슨 말도 안 되는 이야기지요? 아파치족은 영토를 침략당해 다 같이 쫓겨나고도, 아무도 공격하지 않은 사람들입니다. '아파치'는 모욕적인 말이 전혀 아니에요. 우정의 표현이지요."

아이는 여전히 훌쩍거렸다.

"네, 하지만 머리털을 잘라버렸잖아요."

"아마 귀군의 갈기 역시 자르고도 남았겠죠. 나가서, 무엇보다 머리를 빗어요. 귀군의 갈기가 단정해지면, 시모노도 귀군의 머리를 가지고 장난칠 맘이 없어질 겁니다."

그쳤던 훌쩍거림이 다시, 이번에는 더욱 심하게 시작되었다.

"제 머리는 갈기가 아니에요."

"왜 아니라고 하죠? 한 마리의 사자! 아주 좋은데요! 이제 충분히 했습니다. 어서 자습실로 돌아가세요."

수플리에가 나갔다. 이 짧은 시간 동안 드 프라츠 신부는 무표정이었다. 이제 그가 머리를 흔들었다.

"그렇게 하찮은 이유로 아기처럼 눈물을 흘리다니!"

"이 세상에 비웃을 수 있는 눈물은 없습니다." 원장 신부가 말했다. "하지만 아이들이 어떤지 좀 보십시오! 허가증 없이 나에게 온 학생이 벌써 두번째입니다. 신중하지 못하게도 내가 갑작스레 찾아온 트레비에를 받아들였기 때문이지요. 반쯤 열린 문을 본 강아지들처럼 약간 긁어대다가 방으로 들어오는 겁니다. 허락도 없이 자습실을 나와 이렇게 내 방에 온다니까요! 그래도 나는 군대식으로 교육받은 아이들보다는 약간 제멋대로인 아이들이 좋습니다. 이런 말이 있지 않습니까. '사랑 없는 질서보다는 사랑이 있는 무질서가 낫다.'"*

"흠!"

"그래요! 이름은 정확히 모르지만, 슈브리에라는 신부의 말입니다. 이 문장을 생활 규범으로 삼으라는 건 아닙니다. 내가 보기에 이 말은 과한 것 같고, 특히 공동체의 책임자로서는 그렇게 생각할 수밖에 없지요. 그러나…… 질서…… 질서는…… (그는 거의 찡그린 얼굴이 되었다.) 예를 들어 나는 파리에 있을 때(파르크는 보호받는 지역이었고, 보존구역이었다), 러시아워에 전철 입구에서 쏟아져나오는 남자들과 여자들과 청소년들을 보며, 삶이 규범을 무너뜨리고 앞서 말한 이 '질서'를 망가뜨리는 순간은 언제나 있기 마련이라는 생각을 합니다. 삶을 너무 가로막지는 맙시다. 신앙의 측면에서, 나는 성인보다도 아주 어린 아이가 지니고 있는 인간의 자유를 더욱 존중합니다. 아이는 무방비 상태이기 때문이죠. 한 가지 잘못에 대해서는 눈을 감아주는 편이 나아요. 그리고 이어지는 다른 잘못에 대해서 훨씬 더 엄한 태도를 취하면 됩니다. 언제나 엄격히 처벌하고, 언제나 금지만 하는 건 문제입니다. 어머니가 아이와 함께 숲에 있는 걸 본 적이 있습니까? 가끔 나는 그들이 공

---

* 존자(尊者) 앙투안 슈브리에 신부, 『우리 주 예수그리스도의 진정한 제자』. 리옹의 주교인 S. E. 모랭 추기경의 승인 편지에 앞선 작품. 파리-리옹, 1925. (원주)

놀이하는 모습을 멀리서 지켜볼 때가 있습니다. '뛰지 마라! 모래 만지지 마! 그것 봐, 또 손이 더러워졌잖아! 손을 반바지에 닦지 말랬지? 세상에, 이젠 머리에 닦는 거야? 구두 버린다! 얼른 돌에 털어! 뛰지 말라고 했지! 너 한 번만 더 뛰면 엉덩이 맞을 줄 알아!' 이 금기들 가운데 의미가 있는 건 하나도 없습니다. 마음이 편협해서 그저 명령하고 또 명령하는 것이고, 하지 못하게 금하는 것입니다. 우리는 이 어머니들과 완전히 달라야 합니다. 그들을 감시만 해서는 안 됩니다. 믿고 존중해야죠. 아니, 정말로 그들을 존중한다면 믿어야 한다고 말하는 게 좋겠군요. 말고삐를 늦출 때에야 말을 휘어잡을 수 있는 법이라지요. 아이들과는 할 수 있는 한—'무조건'이라고 하지 않았습니다—공정하게 승부해야 합니다. 잘되지 않을 수도 있습니다. 하지만 잘될 경우에는, 얼마나 대단한 일입니까! 이렇게 생각할 수도 있겠죠. '나는 가장 높은 곳을 겨냥했다. 그래서 명중할 수 있었다!' 사실, 우리는 이성과 논리보다는 삶에 의해, 삶 속에서 진실에 도달합니다."

매우 열정적인 원장 신부에 비하면 반쯤 경직된 태도로 미소만 짓고 있는 드 프라츠 신부의 모습은 냉담해 보였다. 하지만 그는 냉담하지 않았고, 잿빛 얼굴 뒤에서는 불길이 타오르고 있었다. 그는 열렬한 마음으로 원장 신부의 말에 귀를 기울였다. 말 한마디 한마디를 녹음이라도 하는 것처럼. 의자에 평온하게 앉은 호랑이들이 단 한 순간도 사육사의 움직임을 놓치지 않고 눈으로 따르듯, 드 프라츠 신부의 청록색 눈은 원장 신부의 푸른 눈에서 잠시도 눈길을 떼지 않았고 원장 신부의 고개가 움직일 때마다 따라 움직였다.

성가 연습을 하고 돌아오는 소년들의 목소리가 복도에서 들려왔다.

한 아이가 말했다(하지만 아이가 말한 첫마디는 거의 들리지 않았다).

"……신부님은 못됐어……"

원장 신부가 말했다.

"로게의 목소리군요. 보다시피 입이 거칠어요. 부르주아 학생 중 하나죠. 프레로들에게서 저속한 말을 들어본 적이 있나요?"

"부르주아 동료들을 신경쓰느라 말을 조심하는 거라면, 그 역시 풀어야 할 문제가 되겠죠."

원장 신부는 듣지 못한 양 계속 말했다.

"사랑하기 때문에 엄격하다, 이것은 절대적 진리로 여겨지지요. 하지만 사랑하기 때문에 너그럽다는 말도 있지 않습니까? 나는 아이들이 우리 가운데서 행복하길 바랍니다. 어느 날 아침, 교실 칠판에 '학교 만세!'라고 적혀 있는 걸 볼 수 있는 콜레주는 프랑스 전체에서 우리가 유일할 겁니다."

"아! 코르데르 선생님이 말씀하셨군요……"

"네. 그리고 집에서 통학하는 학생들도 기숙사생이 되고 싶어하는, 프랑스에서 보기 드문 학교 중 하나이기도 하지요. 이따금 이렇게 묻는 선생님들이 계십니다. '애들은 정말 견딜 수 없이 끔찍합니다. 이런 아이들을 어떻게 사랑합니까?' 그럼 나는 이렇게 대답합니다. '아이들이 어떻든, 그들을 사랑하는 건 우리에게 어려운 일이 아닙니다. 아이들의 영혼을 믿는 걸로 충분해요.' 나는 진정한 애정의 힘을 믿습니다. 그 힘을 영원히 믿어요. 사랑받는 자는 어디서든 사랑하기가 쉽습니다. 어느 정도는 그렇지 않은가요? 그게 인간 감정의 움직임 아닙니까?"

"저는 확신할 수 없습니다. 어쨌든 언제나 그런 것은 아니니까요."

“인간에게 ‘언제나’인 것은 아무것도 없습니다. 내세를 빼고는요. ‘언제나’ 어디서나 변함없는 것은 아무것도 없습니다. 저는 그렇게 생각합니다. 자, 프레로들이 왜 그렇게 훌륭한 구성원인지 아십니까? 그들은 여기 오기 전에 사랑을 받고 자란 존재들이기 때문입니다.”

“우리가 이곳에서 너무 자주 사용하는 ‘사랑’이라는 말 대신 ‘애정’이라는 말은 어떨까요? 단순하게 ‘호의’라는 말은 또 어떨까요? 진심에서 나오고 그 증거들을 보이는 한, 호의는 의미가 대단한 말입니다.”

“성 요한이 ‘사랑하지 않는 자는 죽음 속에 있다’고 했을 때, 그는 호의를 말한 게 아닙니다. 나는 말을 두려워하지 않습니다. 젊은 사제 시절, 그르넬에서 성 요셉 그룹을 맡았을 때, 거리의 어느 소년과 알게 되었습니다. 그를 우리에게로 이끌기 위해 이렇게 물었죠. ‘너는 가톨릭이니?’ 그러고는 이렇게 설명했습니다. ‘너는 가톨릭이니?’ 하고 묻는 것은 ‘너는 사랑을 믿니?’ 하고 묻는 것과 같다고요. 그리고 아이에게 미소를 지었습니다. 나중에 그가 우리에게로 왔고 내가 그를 질책할 일이 생겼다 해도, 호통을 친 뒤 그에게 미소 짓지 않을 거라면 결코 질책하지 않았을 것입니다. 장황한 훈계보다 한 번의 미소가 더 많은 걸 가르칩니다. 우리는, 우리는 아이들의 웃음소리로 아이들을 판단합니다—그들의 미소가 아니라요. 미소는 사춘기 청소년들이 가끔 짓지, 아이들은 미소 짓지 않습니다—웃음소리로 아이들의 상태를 판단하는 일에는 거의 실수가 없지요. 아이들은 우리의 미소를 보고 우리를 판단합니다. 하지만 미소는 자연스러워야겠죠. 물에 돌멩이를 던졌을 때 수면 위로 퍼지는 원처럼 입가에 떠올라야 해요. 억지 미소라면 끔찍할 겁니다. 끝으로, 미소 너머에, 애정 너머와 호의 너머에도 기도가 있습니다. 기도는 모든 걸 대신하지 않습니까? 구체적인 영역에서야 그렇지 않지만요. 그러나 기도 없이는 모든 게 아무것도 아닙니다—자, 친애하는 친구여, 이제 당신을 연구실로 돌려보내드려야 할 시간입니다. 당신의 연구라고 하지는 않았습니다. 우리 학생들은 자기들 공부를 하면서도 우리에게 연구할 시간을 남겨주지 않지요."

"소교구의 동료들은 주임신부로서의 삶을 부러워하더군요! 우리에게 여유가 많은 줄 알지요. 시간이 계속 끊기고, 여기저기 도처에 가보아야 하고, 거의 언제나 긴장 상태를 유지해야 하는데 말입니다."

"'지켜보라, 그리고 기도하라.' 우리의 정신적 긴장은 바로 여기, 이 짧지만 놀라운 말, '지켜보라'에 있지요."

원장 신부는 일어나서 주임신부를 안내했다. 극도의 정중함에 학교 운영위에 속한 두 사제의 관계가 드러났다. I자처럼 꼿꼿하게 서 있는 원장 신부의 얼굴은 빛났고, 약간 등이 굽은 드 프라츠 신부의 얼굴은 이상하게 잿빛이었다. 그들은 원장 신부의 방 앞에 자리한 비좁은 대기실을 가로질렀다. 대기실에는 콜레주가 스포츠 시합에서 받아온 상패들과 은도금 우승컵들, 모조 청동으로 된 육상선수의 동상이 전시되어 있었고, 공증인 사무실에 있을 법한 망가진 소파가 놓여 있었다. 그리고 봉건주의의 발상인 옛 원장 신부의 초상화 하나가 거기 걸려 벌을 받고 있었다. 원장 신부의 사무실은 평범했다. 그게 전부였다. 반면 대기실은, 거기에 치워둔 잡다한 공예품들의 옹색함에서나 비좁은 공간에서나 방문자들에게, 특히 학부모들에게 훌륭하고 성스러운 곳으로 여겨지고자 하는 욕망이 느껴졌다. '믿는' 사람은 신부나 성직자가 될 수밖에 없다고 원장 신부는 생각했다. 일반 평신도들은 부수적인 그리스도인인 양. 물론 이를 분명하게 의식하지는 않았다. 그저 어렴풋이 생각만 했다. 한편 대기실에는 기분좋은 구석도 있었다. 한쪽 벽면, 꼭대기, 굽도리널 옆에 두 아기 천사가 환조丸彫로 조각되어 있었다. 천사가 있는 것이야 놀라울 게 없었지만, 사실 이들은 큐피드들이었다. 이 건물은 18세기 귀족의 시골 저택, 정확히 말하자면 지난 세기말에 여기저기 조금씩 손을 본 호화 별장으로, 이에 대해서는 나중에 다시 얘기하겠다. 원장 신부 사무실의 천장에는 원래 밀랍이 입혀져 있었는데 아마도 수년 전부터는 더이상 밀랍 칠을 하지 않은 듯했다. 반면 합판을 이어붙인 대기실 천장은, 한 백오십 년 전쯤에는 밀랍을 입혔을지 몰라도 이제는 그 흔적조차 보이지 않았다. 나무 합판들은 물로 씻겨져 있었다. 실내가 너무 비좁아 방문자들이 많을 경우 나중에 도착한 사람들은 복도에 서서 기다려야 했다. 대기실 창문 앞을 지나치던 원장 신부는 덧문이 열려 있는 창문 너머를 바라보며, 콜레주 건물 박공에 자리잡은 금도금된 마리아상으로 시선을 던졌다. 가슴에 아기 예수를 안은 마리아상이 다른 창문에서 새어나오는 빛을 받아 어둠 속에서 반짝였다. 창백한 미소가 다시 나타났다.

애송이들의 노트르담

"학생들은 저걸 '애송이들의 노트르담'이라고 부르는 것 같더군요. 매력적이지 않습니까? 아이들에겐 그들만의 창의력이 있지요……"

과거로 거슬러 올라가, 세르주 수플리에, 에콜 모코르네에 들어가다 (1911년 10월)

잠시, 과거로 거슬러올라가보자.

1911년 10월 새학기의 시작, 그러니까 방금 우리가 묘사한 장면들로부터 정확히 일 년 전에, 에콜 모코르네(오퇴유 수르스가 소재)에 신입생 하나가 들어왔다. 그는 고함을 지르는 듯한 커다란 목소리—입심이 걸쭉했다—와 거친 말투로 곧바로 이목을 끌었다. 단정한 차림새는 아니었지만 저속하지 않았고 거무스름한 얼굴에 작은 갈색 눈은 재치 있어 보였고, 이마는 곧게 내려온 밤색 앞머리로 덮여 있었다. 늘 이마 위, 눈썹까지 내려오는 이 앞머리는 걸을 때마다 약간씩 들썩였다. 에콜 모코르네는 전교생이 예순 명 정도밖에 되지 않는 작은 기숙학교였다. 소년들의 나이는 모두 열 살에서 열다섯 살 사이였고, 모두가 서로를 잘 알고 있었다. 자습 시간이나 쉬는 시간, 그리고 몇몇 합반 시간—예를 들면 미술 데생 시간—에 한 교실을 썼다. 새로 온 신입생이 학교에 도착한 시간은 여덟시였다. 그리고 그날 열한시 삼십분, 외출 시간에 학교 전체는 신입생 '세르주'에 대해 이야기하고 있었다. 처음에는 아무도 신입생의 성을 알지 못했다. 그는 그냥 세르주였다. 이 이름은 모두의 관심을 끌었고, 모두가 재미있어하며 그의 이름을 불러보았다. 매우 부르주아적인 학교 분위기에 이국적이며 소설적인 무언가를 가져다주는 이름이었다. "너 러시아 출신이니?" "아니, 루마니아." "루마니아인데 성이 수플리에라고?" "멍청이 같으니! 내가 루마니아 사람이라고 누가 그래? 난 부쿠레슈티에서 십 년 살았을 뿐이야." "아버지는 뭐하는 분이야?" "우리 아버지는 보험회사 부소장이야." 그는 나이가 열네 살 삼 개월이라고 했다. "열네 살이라고? 아직도 입에서 젖비린내가 나는데? 그리고 열네 살인데 아직도 사학년이라니, 왜 이렇게 늦은 거야?" 그는 자신이 일 년 늦다고 인정했다. (또한 부쿠레슈티에서는 오 년밖에 살지 않았고, 아버지는 이등급 보험회사의 사무실 실장일 뿐이라는 것도.)

"아, 뭐 저런 애가 다 있어?" 세르주 수플리에에게 늘 붙어다니는 말이었다. 이상야릇한 작은 괴물. 학교의 말썽꾸러기. 그는 끊임없이 남들의 웃음거리가 될 만한 짓을 찾아다녔다. 구슬치기를 할 때도 노골적으로 속임수를 써서 모두를 황당하게 했다. 책상 위에 놓인 잉크병에 물을 채우며 장난을 치기도 했다. 그가 사용하는 어휘들은 기가 막혔다! 속어란 속어는 모두 그의 입에서 나왔다. 첫 주부터, 모코르네 교장은 전교생을 모아놓고 점수를 발표하는 자리에서 세르주에게 주의를 주었다. "벌써 다른 학부모들이 귀군에 대해 불만을 토로하고 있습니다. 모두들 나에게 와서 '아니, 대체 어디서 온 건가요, 저 학생은요?' 하고 물어요." 세르주는 아주 무심한, 심지어 약간 도발적인 표정으로 듣고 있었다. 그러나 모코르네 교장이 말을 끝낸 지 채 이 분도 지나지 않아, 갑자기 그의 울음이 터졌다. 어느 순간 이제 진정이 되었나 싶다가 다시금 울음소리가 올라오는 식이었다. "징징대는 소리로 내 동정심을 얻을 생각 따위는 조금도 하지 마시오!" 모코르네 교장이 호통을 쳤다(그렇다, 그는 **조금도**라고 했다). 하지만 그 고독한 울음은 억제할 수 없이 언제든 다시 올라왔다. 다른 애들이 소리를 죽이고 웃으며 우스꽝스럽게 울음소리를 흉내냈다. 누군가 내뱉었다. "자기가 뭐나 되는 줄 알아! 가만있질 못하는군!" 이미 다른 애들은 그를 좋아하지 않았다.

이틀 동안 그는 첫영성체 때 신는 에나멜 가죽 구두를 신고 왔다. 하지만 그건 아무때나 신는 신발이 아니었다. 그 구두가 사라졌다. 그는 학교에서는 조롱받기 일쑤였고 집에서는 절망적인 언쟁이 오갔다. 세르주 수플리에는 오로지 극단적인 두 기분 상태를 오갔다. 몹시 신나 흥분하거나 아니면 울거나. 그는 시도 때도 없이 마구 떠들어대고, 자기 자랑을 일삼고, 수업시간에는 답도 모르면서 질문에도 대답하려 손을 번쩍 들곤 했다. 놀이 규칙을 전혀 모르면서 자신이 놀이를 주도하려 하고—"너, 내 편에 껴줄게. 하지만, 알지? 대장은 나야!"—아무에게나 조롱 섞인 말을 던지고—"멍청이! 바보!"—그럴 때는 너무 흥분한 나머지 입에선 침이 흘러나왔다. 또 힘없는 꼬맹이들 무리에서 난폭하게 싸움질을 하며 소란을 피웠다. 그는 아무것도 아닌 일로 아무때나 울었다. 예를 들면 베레모를 잃어버렸을 때나 애들이 그의 빨간 잉크병을 감추었을 때도 말이다. 이삼일 동안 그의 눈에서 눈물이 흐르는 걸 보지 못하는 일은 아주 드물었다. (또 그를 쉽게 믿어서는 안 되었다. 그가 넘어져 울고 있을 때, "아파?" 하고 물으면 "아니, 하지만 울면서 아프다는 티를 내지 않으면 감독 선생님이 날 혼낼 거야" 하는 식이었다.) 그는 교사들과 자습 감독이 싫어하는 골칫덩이가 되었다. 그에게 온갖 벌들이 쏟아졌다. 품행 점수가 이십 점 만점에 오 점이었다. 그런 점수는 학교에서 결코 볼 수 없는 점수였다. 그는 학교에서 모두가 견딜 수 없어하는 존재가 되었다. 그래서 무슨 일이 일어나건 모두 그의 책임으로 돌렸고 모두가 지나치게 그를 비난했다. 필통이 없어지거나 유리창이 깨지는 일이라도 생기면, 즉시 교실 어디선가 "틀림없이 수플리에 짓이야" 하는 누군가의 목소리가 들려왔고, 그러면 확인도 없이 곧바로 그에게 벌이 떨어졌다. 어느 날, 그에게 떨어지는 이 부당한 벌에 대해, 알방 드 브리쿨이 모든 교사가 있는 앞에서 아주 큰 목소리로 항의했다. "다른 학생들의 몫까지 값을 치르는 사람은 언제나 모두의 웃음거리인 수플리에네요."

이 학생은 정의에 대해 매우 예민한 감각을 지닌 젊은이였다. 하지만 수플리에의 일과 관련해서는, 보다 내밀한 무언가가 섞여 있었다.

브리쿨은 첫날부터 세르주 수플리에를 향한 어떤 감정의 움직임을 느꼈던 것이다.

열다섯 살 반 알방 드 브리쿨의 지나간 사랑들

사실, 이는 이미 익히 경험한 바 있는 비슷한 부류의 감정의 움직임에 하나 더 추가되는 정도일 뿐이었다. 나이 열다섯 살 반쯤 되면 사랑에 빠지는 덴 이골이 붙는다. 알방 드 브리쿨이 사랑이라는 감정을 처음 알게 된 그 첫 대상은 바로 그의 수호천사였다. 그는 미사 경본에 있는 수호천사를 볼 때마다 가슴이 두근거리는 걸 느끼지 않을 수 없었다. 이 천사가 너무나 아름다웠던 건 사실이다.

아홉 살에는 사촌누이에게 마음이 흔들렸었다. 아이들 간식 시간이 끝난 뒤 가족들은 그 자리에 모인 여자애들 중에서 '가장 예쁜 여자아이'를 뽑았다. 알방은 자신이 좋아하는 사촌이 뽑히게 하기 위해 투표 결과를 약간 고쳐 적었다. 열 살 때는 교리 수업이 그에게 운명이 되었다. '여자아이'가 있었다. 그는 소녀의 이름을 알고 있었지만 언제나 '여자아이'라고 불렀다. 그는 소녀가 교리 수업에 오지 않은 날들을 일기장에 모두 기록했고, 소녀가 걸치고 오는 원피스와 모자와 구두를 상세히 묘사하는가 하면 그것들을 다시 그림으로 그리고, 거기에 크레용으로 색칠을 하기도 했다. 물론 소녀와 함께 오는 소녀의 어머니 옷도 그렸지만 색칠은 하지 않았다. 교리 수업이 끝나면 소녀의 집을 알아내기 위해 귀여운 작전을 펴서 가정교사를 끌고 소녀와 그 어머니의 뒤를 쫓기도 했지만 한 번도 성공한 적이 없었다. 그의 어머니, 드 브리쿨 부인도 이 '여자아이' 이야기를 알고 함께 관심을 보이며 무척 흥미로워했다. '소녀'가 귀족이 아닌 것은 유감스러운 일이었다. 그러나 소녀의 성은 두 개의 성이 하이픈으로 이어져 표기되는 성이었고, 따라서 다행스럽게도 거의 귀족인 셈이었다.

드 브리쿨 부인은 그다음으로 이어진 사랑의 에피소드는 별로 좋아하지 않았다. 알방(열한 살)의 새로운 열정은 성서의 삽화에 나오는 하갈의 아들에게로 쏠렸다. 삽화 속 하갈의 아들은 모래사막에 완전한 나체로 배를 깔고 엎드려 있었다. 알방은 종종 저녁때 어머니의 침대 옆에 앉아 성서를 넘기며 훑어보곤 했다. 그러다가 문제의 그림이 있는 장이 가까워지면 마음의 동요가 매우 커져 겉으로 드러났고, 그의 어머니마저 눈치챌 정도였다. 한번은 얼굴이 빨개질까 걱정되어 그 두려운 그림이 나올 때쯤 한꺼번에 두 장을 넘기기도 했다. 그런데 삼 주 뒤에 알방이 다시 성서를 열어보니, 누군가 하갈의 아들에게 크레용으로 팬티를 그려 입혀놓았다.

열두 살이 될 때까지—그렇다, 열두 살이 지나도록!—알방은 잠자러 가기 전에 어머니의 침대로 가서 삼십 분가량 함께 있었다. 잠옷 차림의 어머니는 새끼 거위를 품듯 그를 따뜻하게 안아주었다. 그들은 이야기를 나누고 때로는 같이 책을 읽기도 했다. 이렇게 해서 그들은 『쿠오바디스』*의 시작 부분을 함께 읽었다. 로마인들의 사랑은 이불 아래서 싹이 텄다는데, 이는 이들에게도 완전히 들어맞았다. 집에서 지내던 영국인 가정교사는 정확히 아홉시가 되면 와서 문을 두드리고 영어로 알렸다. "알비, 시간이 되었어." 가정교사가 등을 돌리기 무섭게 드 브리쿨 부인은 정숙지 못한 말을 퍼부으며 그녀를 저주했다. 어느 날, 역시 열두 살 때였는데, 알방은 무의식적으로 어쩌다가 어머니의 건드리

---

* 폴란드 작가 시엔키에비치의 장편소설. 폭군 네로 치하의 로마를 배경으로 하고 있다.

지 말아야 하는 신체 부위를 건드렸다. 다음날 어머니는 그에게 말했다. "더이상 내 침대에 들어오지 마라. 너는 이제 너무 컸어." 그는 어머니의 말을 별생각 없이 받아들였다. 별생각 없이 그런 행동을 했던 것처럼. 그러나 어머니는 이 작고 따뜻한 남자가 몹시도 아쉬웠다.

1910년 여름방학 때(열네 살 삼 개월), 알방의 몸과 마음이 갑자기 성숙해졌다. 먼저 정신적인 성숙이 있었다. 이전부터 그는 수첩이나 백지에 자신의 감정을 적곤 했는데 전에 이 감정들은 그의 펜대 아래서 미화되고 왜곡되었다. 즉 상투적인 말들이 지배적이었다. 아무때나 대문자가 등장했고, 말줄임표투성이였다. 이런 종류의 자기기만이 심해지면서 자신이 쓰는 글에 인용 부호도 없이 『젊은 베르테르의 슬픔』부터 르네 메주루아의 작품까지 소설에서 베낀 사랑의 문장들을 끼워넣는 데까지 나아갔다. 그는 자기 자신만을 위해서 글을 썼고 자신을 속이려 애썼다! 그런데 바로 정신적 성숙 이후부터, 이런 나쁜 버릇은 사라졌다. 마침내 그는 명철하고 솔직해져, 고약한 허위에서 벗어났다. 신체적 성숙도 마찬가지였다. 그는 자신이 갑자기 커버렸고, 그래서 불가피하게 자전거의 안장을 높이지 않을 수 없다는 걸 깨달았다. 목소리도 변했다. 미끄러운 바닥을 걷는 이가 미끄러지지 않으려 발에 힘을 주고 걷듯이, 그는 이 신체 기관이 자신에게 속한다는 것을 확인하기 위해 보다 큰 소리로 말해야 했다. 그는 이 상태가 영원히 지속되는 건 아닐까 약간 불안해했다. 얌전하게 있긴 하니 유일하게 허락되는 감정을 움직이기에는 학기가 유리한 반면, 여가 시간이 많은 긴 방학은 특히 음란한 생각(얼마 전까지만 해도 '불경한'이나 '거친'(?)이나 '신성모독적' 생각이라는, 유치하고 부적절한 표현으로 칭하던)을 하기 좋았다. 비록 행동으로 옮겨지진 않았지만 육체적 쾌락은 그 모든 못 쓰는 죽은 나무와, 유치하고 하찮은 덤불숲을 몽땅 불태워버렸다. 게다가 매우 선명하고 매우 감각적이고 매우 고전적인, 어린아이에서 청소년으로의 이 변천에는 엄숙한 무언가가 있었다. 그렇다, 1910년 여름방학 때, 어린아이는 사라졌다.

1910에서 1911학년도. 열다섯 살. 긴 바지, 높아진 칼라, 흡연 허용. 어린 사촌누이와의 결혼을 탐색. 이 탐색을 하는 동안, 그리고 부동자세로 있어야 하는 미사의 긴 거양성체 시간 동안 그 작은 손은 누군가의 손 안에 있고, 그 누군가의 손은 서서히 그 작은 손을 힘주어 쥔다. 다른 아가씨, 그녀는 스물두 살. 반쯤 과감해진다. 그는 그녀의 허리를 감싸안는다. 하지만 작은 크기에 익숙해 있던 터라, 그녀는 너무 크게 느껴진다! 약간 겁을 먹는다. 작년부터, 은밀한 포부의 갖가지 징후를 수반하는 좌우명, 즉 '알기—원하기—과감하게 행하기—입다물기'를 정해두었지만 이 세번째 강령은 거의 실행할 수 없다. 9월, 알방의 아버지 드 브리쿨 씨의 사망. 10월 새 학기 시작(1911년): 세르주.

그런데 드 브리쿨 부인은 이 모든 것을 알고 있었을까? 그렇다면 어떻게 적응했을까?

알방을 유일한 자식으로 둔 드 브리쿨 부인은 1911년 서른여덟 살이었음에도 서른다섯이나 서른여섯으로 보였다. 아들을 낳고 어떤 병증이 나타나기 시작했는데 결코 회복되지 못했다. 그래서 거의 늘 침대나 긴 의자에 누워 있었다. 그녀에게는 모든 힘든 일이 금지되었고, 정원을 조금 산책할 뿐 외출하는 일이 결코 없었다. 한때 집에는 많은 남성 일족, 알방의 아버지와 할아버지, 그리고 삼촌들이 있었다. 그러다

드 브리쿨 부인

가 알방의 어머니와 아버지, 그리고 할머니만 남았고, 곧 할머니가 세상을 떠났다. 사실, 알방을 돌본 이는 어머니와 할머니, 그리고 여자 가정교사들뿐이었다. 흔히, 여자 손으로 기른 아이는 잘 자라지 못한다고들 한다. 이 기준으로 보면 우리의 친구도 예외는 아닌 듯하다. 하지만 이 점에 대해서는 코리올라누스*가 여자들에 의해 길러졌다는 사실을 상기해보자. 언제나 성스러운 역사와 연결시켜보는 것은 중요하기 때문이다. 여기서 말하는 역사란 로마 역사다.

교육과 성장 환경, 그리고 우리가 여기 묘사하는 시대에 비춰볼 때 드 브리쿨 부인은 예외적으로 자유로운 정신의 소유자였다. 결혼 전 그녀는 매우 활동적이었다. 무도회를 좋아하고 연애, 보석, 팔레 드 글라스 극장, 숲속에서의 승마, 희가극 등을 아주 좋아했는데, 이 모든 것은 어떤 한계를 넘어서지 않았다. 그러나 원래 자신의 모습이 왜곡되는 상황에 처하면 그녀는 그 한계들을 가볍게 넘어섰다. 그녀는 예쁜 편이었는데, 가는 허리와 아주 드물게 작은 자신의 발 크기에 관심이 많았다. 사교성 좋은 그리스도인에 공작부인처럼 당당했고 오늘날 상상할 수 없을 정도로 새침데기이기도 했다. 이 점이 아마도 그녀의 감상적인 성격과 함께 가장 놀라운 면모였을 것이다.

백작부인(우리는 이 호칭을 예의상 그녀에게 준다. 왜냐하면 그녀는 간신히 백작이기 때문이다)은 알방 때문에 빛에서 어둠과 칩거로 접어들었지만 결혼 전에는 연애를 몹시 좋아하는 열정적인 취향이었다. 언제나, 그리고 끊임없이 그녀에겐 마음을 사로잡는 누군가가 있었다. 주

* 기원전 5세기경의 로마 장군.

치의라든가—남편의 친구인 막연한 클럽 회원—또는 이탈리아 출신의 기타리스트 아니 어쩌면 부랑자. 이 사내는 그녀의 창 밑에서 연주하기도 했었다. 이름이 안젤로인 그는 저항할 수 없는 사람이었다. 그녀의 늙은 어머니와 어린 알방은 언제나 누군가에게 마음이 빼앗겨 있는 그녀의 모든 연애를 지켜보았다. 그들은 또한 그녀를 돕기도 했다. 왜냐하면 그녀가 그들에게 다소 속내를 털어놓기도 했기 때문이다. 집안 분위기는 그녀의 행복과 불행에 따라 변했다.

드 브리쿨 부인은 아들을 몹시 사랑했다. 알방은 어머니를 아주 좋아했다. 이들의 관계는 기수와 까다로운 암말 같았는데, 특히 시간이 갈수록 더욱 그렇게 되어갔다. 그가 어떤 이름을 서너 번 말하기만 해도 그녀는 아들의 마음을 알아차렸다. 그는 그 이름을 입 밖에 내지 않고는 못 배겼다. 그로서는 어쩔 수 없는 일이었다. '소녀들'에 이어서 로베르 M과 로제 D가 있었고, 그다음은 다행히도 한 무더기의 여배우들이었다. 집밖에 내놓는 족족 사랑에 빠지고 마는 고양이처럼, 아들은 극장에 다녀올 때마다 사랑에 빠져서 돌아왔다. 그는 잡지에서 사진을 오려내어 앨범에 모았고, 어머니는 그뢰즈, 노리, 방퇴라, 디에테를, 브레로 이어지는 일련의 여배우들에 대해 아들과 언쟁할 필요가 없었다. 열네 살이 되기 전까지 알방은 감추고 거짓말하고, 그저 견디는 것으로 만족했다. 애처롭지만 가엾은 아이들이 취할 수 있는 유일한 태도였다. 열네 살 때부터 그는 공격의 발톱을 세웠고 경우에 따라서 그는 어머니를 조종하기도 했다. 가령 다음과 같은 식이다.

이유는 알 수 없으나 어쨌든 어머니의 뜻에 따라, 알방은 자전거가 있는데도 타도 좋다는 허락을 받지 못했다. 그런데도 어느 날 그는 자전거를 타고 학교에 갔다. 수업중에 창문 너머로 자전거를 찾으러 온 에밀(하인)이 보였다. 집에 돌아가니 어머니는 우선 머리를 매만졌고 (아들이 방에 들어올 때면 그녀는 언제나 머리를 매만졌다), 이어서 말다툼이 일었다. "게다가 난 다 안다. 특히 봄에 있었던 사건을 다 안다고. 너희들은 셋이 있었던 게 아니잖아. 너하고 D하고 단둘이 있었지. 너희들을 보았다는 사람이 있어."

드 브리쿨 부인의 첫번째 실수

놀라운 일이다. 알방은 태어나서 처음으로 어머니의 거짓말을 포착했다. 왜냐하면 '봄에 있었던 사건'이란 없는 일이고 결코 일어나지 않은 일이었기 때문이다. 뭐가 있다면, 4월에 알방이 어머니에게 뤼나파르크에서 로제 D와 오후 시간을 보냈다는 말을 했던 것뿐이다. 아니, 꼬마 유람 열차였나…… 어머니가 "그에게 입을 맞추었니?" 하고 물었을 때 그는 부정하지 않았고, 자신들만 있었던 게 아니라 이 모든 걸 준비한 그 유명한 삼학년도 함께 있었다고 말했다. 그런데 사실 이 이야기에는 진실성이 조금도 없었다. 뤼나파르크도, 유감스럽게도 입맞춤도 모두 사실이 아니었다! 단지 허풍, 거짓말하는 즐거움, 어머니를 틀린 방향으로 몰아가려는 짓궂은 장난기뿐이었다. 가장 놀라운 점은 이렇게 이야기를 꾸며낼 때 그의 얼굴이 빨개졌다는 것이다.

어머니와의 충돌은 알방의 내면에 두 가지 움직임을 일으켰다. 먼저, 공격적인 흥분이었다. 매우 격해진 그는 일기장에 다음과 같이, 매우 간결한 방식으로 쏟아냈다. "얼마나 행복한 일인가! 지금껏 내게 없던 유일한 것이 바로 엄마와의 대립이었는데, 이제 생겼다니. 아! 공개적인 싸움을 원하는군요! 받아들이죠. 내 앞길의 자갈돌이 되어 날 방해하고 싶은 거겠죠. 이제 내가 할 일은 당신의 반대를 꺾는 겁니다. 당신이 날 공격할 생각을 했으니까요. 날 조용히 내버려두는 게 나았을 거예요. 그랬다면 나도 당신을 내버려두었을 텐데. 하지만 당신이 날 공격했으니, 난 응수합니다. 매우 격렬한 싸움이 될 겁니다. 당신에게 감당할 능력이 있다면 말이지만."

그다음, 마지막 줄에는 괄호가 쳐져 있었다. ("더 오래 열네 살일 수 있을까?")

내면의 두번째 움직임은 어머니가 초라한 모습으로 거짓말을 했다는 사실의 의미를 평가하는 것이었다. 어머니는 거짓말을 했다. 그녀는 아무 일도 없었는데도, "난 다 안다"고 말하곤 했다. 이 시기에 〈난 다 안다〉라는 이름의 잡지가 출간되어 대중적으로 잘 알려져 있었다. 알방은 어머니에게 '척척박사 엄마'라는 별명을 붙였다.

이 모든 일은 세 가지 결심으로 귀착되었다. 1. 어머니를 더욱 불신하기 2. 다시 자유롭게 지낼 수 있는 날을 기다리며 모범적으로 행동하기 3. 어머니가 금지하려는 듯하니, 전보다도 더욱 로제 D를 사랑하기.

세르주 수플리에에 대한 알방의 사랑

10월 새 학기에 세르주 수플리에는 학교에 왔지만 로제 D는 돌아오지 않았다.

세르주. 태도가 딱딱하고 불량스럽다. 호감이 가지만 거칠고, 괴롭힘을 당하는 아이. 그보다 어린 소년들이 머리가 헝클어져 이마가 앞머리로 덮여 있듯, 그의 머리는 온통 헝클어져 있다. 투우를 좋아하고 남부 지방에서 투우 경기를 보았다고 주장한다. 하기야 루마니아 사람이나 스페인 사람이나 같은 부류다(둘 다 갈색 피부). 한마디로 알방과 마찬가지로 남들과 다른 아이다. 게다가 그가 정말로 루마니아 사람이라면, 약간 더 별난 셈이다. 어쨌든 알방은 정말로 사랑에 빠졌다. 그는 세르주가 빌려준 연필에 입을 맞추고, 세르주가 탈의실의 자기 외투걸이 위에 붙여놓은 이름표를 떼어오고—세르주가 혀로 침을 발라 붙여놓은 이름표!—세르주의 책상 속에 굴러다니는 오래된 과제물을 몰래 꺼내서 집으로 가져와 이마 위에 얹고 냄새를 맡고, 또 세르주가 손으로 만지작거리거나 입에 넣어 물어뜯곤 하던 그의 펜대를 손에 넣기 위해 그것과 똑같은 펜대를 마련해서 바꿔치기했다. 운동장에서 놀 때 세르주와 다른 편이 되는 것이 그에게는 가장 힘들고 견딜 수 없는 일이었다. 반대의 경우는 그들이 함께 공격을 할 때(새잡기놀이에서), 그리고 세르주와 손을 잡고 있을 때였다! 세르주가 평소보다 공부를 약간 더 열심히 했을 때, 알방은 들키면 퇴학당할 위험을 무릅쓰고 몰래 교장실에 들어가 그의 점수를 알아내어 가르쳐준 적도 있다. 꾀를 써서—소위 내기를 걸어—그는 세르주의 머리카락 한줌을 얻어 수납형 펜던트 안에 넣고, 그것이 죽은 어린 고양이의 털인 척 세르주를 포함하여 모두에게 보여주었다(실제로 펜던트의 다른 쪽에는 아끼던 폭스테리어의 털이 들어 있었는데, 그 개 역시 죽었다). 세르주한테서는 특별한 냄새가 났다. 어디서 나는 건지 알방이 평생 궁금해한 일종의 향기였다. 그의 몸에서 나는 걸까? 아니면 세일러복 칼라에 먹인 풀에서 나는 걸까?—러시아 가죽 냄새와 약간 비슷한 그 향기가 마치 꽃향기처럼 그의 곁을 지나갈 때마다 느껴졌다. 운이 좋으면 자습실에서 수업을 할 땐 세르주의 자리에 앉을 수 있었다. 그러면 맨 먼저 알방은 세르주의 책상에 머리를 대고 그의 냄새를 맡고, 그런 다음 나머지 시간 동안은 책상 속에 손을 넣어 세르주가 머리에 쓰고 다니는 베레모 속에 자신의 손을 쑤셔넣은 채 세르주의 향기가 배어들게 했다. "비비앙의 냄새는 박하와 향초보다 좋다"(무훈시 「비비앙의 동맹」).

처음에 알방은 쉬는 시간마다 그에게 작은 돌멩이들을 던지며 사랑을 표현하기 시작했다. 이어서 그를 볼 때마다 머리카락을 잡아당기거나, 넥타이를 헝클어놓거나, 아주 작은 소리로 "바보!" 하고 놀리거나 또는 그의 책가방을 쳐서 바닥에 떨어뜨렸다. 세르주가 알방에게 이맛살을 찌푸리던 날, 그는 자신이 더이상 그 아이에게 무관심의 대상이 아니라는 걸 알았다. 그리고 이어서 이루 말할 수 없는 도취의 순간들이 이어졌다. 어느 날, 세르주와 알방이 구슬치기를 하고 있을 때 티에리가 와서 끼워달라고 하자, 세르주가 그에게 소리쳤다. "우릴 그냥 내버려둬!"(우리라니!) 세르주가 그림 도구를 몽땅 떨어뜨렸을 때, 즉시 고개를 돌려 돌아다본 쪽도 바로 알방이 있는 방향이었다. 세르주는 웃었고, 이어서 둘이 같이 웃었다. 한번은 어떤 아이가 잡으려고 쫓아오자 세르주는 알방에게로 달려와 그의 뒤에 숨으며 이렇게 말했다. "브리쿨 형, 나 좀 지켜줘!" 세르주는 지나가면서 알방의 등을 살짝 치기도 했고, 공놀이를 할 때 알방에게 공을 넘겨주기도 했다! (이 모든 짧은 순간에, 알방은 마치 꿈속에 있는 기분이었다. 그 순간에는 모든 게 굉장한 듯하지만 깨어나면 아무것도 아닌 꿈.)

알방이 희망하는 건 소박한 것들이었다. 세르주를 보고, 그와 얘기하고, 그의 눈에 띄는 것. 그를 지켜주고, 그를 보호해줄 기회를 잡는 것. 세르주가 토요일 제도 데생 시간에 그의 옆에 자리를 잡았던 건 우연이 아니었다. 그건 치밀한 전략, 종종 새롭게 바뀌기도 하는 전략의 결과였고, 매주 기다리는 한 주의 목표였었다. 여러 반이 함께 어울려 받는 이 수업에서 학생들은 원하는 자리에 마음대로 앉을 수 있었다. 알방과 세르주가 그린 제도는 두 사람의 공동작업이나 다름없었다. 그들은 그림물감 접시와 중국제 잉크를 나눠 썼고, 많은 말들을 주고받으며 천진하기 그지없는 손장난을 했다. 선생님이 잠시 다른 곳에 관심을 두는 사이, 그들은 몰래 같이 책을 읽기도 했는데 그때 세르주가 알방의 어깨에 손을 올려놓거나 크세노폰의 『향연』에 나오는 소년들처럼 둘의 머리가 맞닿았고(알방에게는 약간 두려운 순간이었다), 그러면 세르주는 아주 재밌어하며 머리로 알방의 머리를 받으며 장난을 쳤다. 그런가 하면 잠시 서로 다리를 맞대고 있기도 했다. 게다가 세르주의 그 미친 듯한 웃음소리! 여백을 15센티미터를 넣어야 하는데 실수로 3센티미터만 넣은 것이다! 수업이 끝나자 알방은 애정의 결정적인 증거로 세르주의 그림물감 접시를 세면대로 들고 가서 씻어주었다.

어떤 면에서는 세르주도 거의 '훌륭했다'. 첫영성체 때, 이튼식 복장을 입었고 베레모에는 영국 전함의 이름이 금박으로 박혀 있었다…… 알방에겐 짜증나는 일들이 있었지만 다 괜찮았다. 어머니가 끼어들지 않아야 할 때 끼어들 경우 모든 것을 무시한 덕이다……

세르주가 "브리쿨 형, 사랑해! 사랑해!" 하면서 그에게 입맞춤을 보내놓고 그다음날 매우 무관심한 태도로 돌변해도 알방은 놀라지 않았다. 이런 개구쟁이 짓들은 글자 그대로 아무 의미가 없으니까. 세르주의 태도는 늘 그런 식이었다. 누군가 자기를 공격하며 온갖 욕설을 퍼부어도 세르주는 그를 조금도 원망하지 않았다. 망갱과 싸우다가 하마터면 그에게 큰 상처를 입힐 뻔했는데, 그러고도 다시 한판 더 붙겠다고 길모퉁이에서 그를 기다렸다. 그리고 십 분쯤 지나자 그들은 그 어느 때보다도 다정한 친구가 되었다. 쉬는 시간 내내 베르제와 떨어질 줄 모르고 그의 팔을 붙잡은 채 아양을 떨더니 저녁때 하굣길에서는 그를 떼어버리려고 달아나기도 했다. 알방은 세르주의 아이같이 변덕스러운 행동에 적응이 되지 않아 완전히 혼란스러웠다.

후배에 대한 드 브리쿨 군의 감정은 순수함 그 자체였다. 요컨대 그는 수플리에에게 주려고만 했다. 미리 귀띔해주고, 숙제를 도와주고, 학기말 시험 땐 정보를 주었다. (하지만 작문은 아니었다. 말썽꾸러기 세르주는 작문은 결코 베끼지 않겠다고 했다. 반 친구들에게 피해를 줄 거라면서 말이다. 정작 드 브리쿨 군은 그렇게 까다로운 편이 아니라서 몇 번인가 작문을 베껴 썼다.) 신뢰의 모든 과정이 여기 있었다. 운동장에서 새잡이놀이를 할 때, 알방은 그에게 말했다. "그냥 지나가. 너는 붙잡지 않을 거야." 후배가 그의 솔직함을 믿기까지는 얼마간의 시간이 걸렸다. 그는 조심스레 위험을 무릅썼다. 마침내 그가 자신을 믿는 걸 보았을 때 알방은 얼마나 기뻤는지! 알방은 언제나 그를 보호하고 지켜주고 싶었다. 어느 날 자습 시간에 세르주가 우스꽝스러운 짓을 하고 있을 때, 알방은 감독 선생의 눈이 그에게 고정되어 있음을 알아차렸다. 세르주는 전혀 눈치채지 못하고 여느 때보다 소란스러웠다. 선배는 사전더미를 쓰러뜨리며 "젠장……!" 하고 모두에게 들리도록 크게 내뱉었다. 웃음바다가 되고 야단법석이었다. "브리쿨! 두 시간 금족." 세르주는 이미 머릿속에 없었다. 알방은 세르주에게 이 일을 얘기하면서 투우의 비유를 들었다. 투우사는 위험에 빠진 동료를 구하기 위해 소의 관심을 자기에게로 돌린다는 것이다. 세르주는 건성으로 몇 마디 대꾸할 뿐이었다. 알방은 상상력을 발휘해 친구를 위로하는 데 뛰어난 재주가 있었다. 그러나 세르주가 꾸지람을 듣고 한참 아무 말이 없다가 울음을 터뜨렸을 때, 알방은 무슨 말을 해야 할지 몰랐다. 그는 속수무책이었다. 알방이 그를 사랑한다는 증거는 바로 이런 것이었다.

세르주도 알방이 자신을 좋아한다는 걸 알았다. 워낙 뻔히 보였으니까. 반면 세르주에게 알방은 자기가 좋아하는 서너 명의 '선배들' 중 하나였다. 그럼에도 누군가 "이게 누구야, 브리쿨이잖아. 물론 수플리에와 함께 있겠지" 하고 말할 때, 그의 얼굴에는 미소가 없었다. 있다 해도 희미했다. 알방에 대한 수플리에의 호감에 무게라고는 거의 없었다. 하굣길에 그는 알방의 팔을 잡고 이렇게 말한다. "나랑 같이 가자!" 하지만 오 분 정도 걷다가 알방을 팽개쳐버리는 것이다. 알방이 그에게 무언가(멋지게 조각된 펜대)를 주었을 때 세르주는 자습 시간에 그것을 자랑스럽게 내보였다. "이것 봐, 브리쿨 형이 준 거야! 다른 애한테는 이런 걸 줄 리가 없지!" 그러고 한 시간쯤 지나서, 알방은 그 펜대가 바보 같은 클루제의 손에 들려 있는 것을 보았다. 세르주가 그에게 선물로 줘버린 것이다. 언젠가 공개적으로 점수를 발표할 때, 좋은 점수를 받은 세르주는 그 성적을 선배에게 선물이라도 하듯 즉시 환한 눈빛으로 알방을 돌아다보았다. 하지만 오 분 뒤 쉬는 시간에 알방이 사이 나쁜 녀석과 있는 힘을 다해 싸우고 있을 때, 세르주는 상대편의 발치로 돌멩이를 밀어주며 그의 편을 들었다. 또 어느 날은 지극히 단순한 이유로 이런저런 핑계를 대며, 많은 노력으로 얻은 알방의 옆자리를 떠나기도 했다. 알방은 "어린애잖아!" 하고 말하며 모든 걸 관대하게 넘기며 가장 솔직한 말을 덧붙이곤 했다. "그애가 행복하기만 하다면 괜찮아, 중요한 건 그뿐이야." 그는 진심으로 그에게 이렇게 이야기했다. "네가 나에게서 관심을 거두더라도 나는 언제나 똑같이 널 사랑할 거야."

집에 돌아온 지 얼마 지나지 않아, 척척박사 엄마가 다시 그를 들볶기 시작했다.

어머니와 아들 사이의 새로운 말다툼

"천사는 어떻게 되었니?"

"천사라뇨?"

"그러니까, 자, 경탄스러운 사람 중 가장 경탄스러운 유일한 존재. 그 잘난 꼬마 로제 말이다."

"이번 학기 개학 때 돌아오지 않았어요."

"뭐라고! 너 어쩜 그 얘기를 그렇게 아무렇지도 않게 할 수 있니! 아무래도 거짓말 같아. 그래, 넌 거짓말을 하는 거야. 이렇게 빠져나갈 수 있을 거 같니? 내가 맘만 먹으면 사실을 알아보는 게 그렇게 어려운 일이 아니거든."

드 브리쿨 부인은 결코 일어난 적조차 없는 사건에 대해서도 '다 안다'고 생각했다. 이제 더이상 학교에 나오지 않는 소년 역시 아직 다니고 있다고 굳게 믿었다. 이 시절 유명한 소설이 있었는데, 제목이 『직감하는 엄마』였다. 브리쿨 부인은 이제 아들에 관해선 척척박사 엄마가 아니라, 착각하는 엄마가 되었다.

아무래도 상관없다. 그는 세르주 얘기를 할 때 몹시 조심하며 자기 검열을 했다. 다른 아이들의 경우, 그 일들은 일시적인 애정이었다. 그러나 세르주의 경우에는 무언가 매우 흥분되고, 심각하고, 약간 고통스러운 면이 있었다. 진짜 사랑은 아니라 해도, 적어도 그 전조인 셈이다. '중요한 건, 한 번이라도 엄마에게 말해선 안 된다는 거야. 단 한 번만 말해도 엄마는 눈치챌 테니까.' 그는 이렇게 삼 주를 버텼지만, 그 이상은 가지 못했다. 그는 '감탄할 만큼 잘 뛰는' 한 아이가 나타났다고 꾸며냈다. 하지만 세르주는 반대로 달리기가 아주 서툴렀다. 뒤에서 보면 그의 다리는 허겁지겁 줄행랑치는 것처럼 보였다. 그런데 이 상황은 『쿠오바디스』와 약간 닮은 데가 있다. 탐미주의자들인 네로와 페트로니우스……

한 주가 지나서 드 브리쿨 부인이 물었다.

"그 뛰어다니는 애는?"

"뛰어다니는 애라뇨?"

"아니, 그렇게 뛰어다니는 애가 있다며. 아! 그래, 그애도 이제 학교에 안 나오나보지?"

그걸로 충분했다. 알방은 새빨개진 얼굴을 접시에 박았다. 드 브리쿨 부인은 내킬 때마다 이 새로운 인물을 이용해 그의 감정을 쥐락펴락할 수 있음을 알아차렸다. 이게 무슨 일인지 알기 위해 파리가 유리문에 부딪치듯, 그녀는 '이 문제' 주변을 끊임없이 맴돌았다. 알방이 느끼기에 이 호기심은 병적이었다.

며칠 뒤에 그녀가 말했다.

"그러니까, 이제 로제가 떠났으니……"

"아! 확인해보셨군요."

"아니, 나는 네 말을 믿는다."

"이 일에 관심이 굉장히 많으시네요."

"활기를 주니까. 그래, 이제 그애는 떠났으니, 다른 누군가와 다시 시작하겠구나. 그래, 누구야? 뛰어다니는 애?"

"뛰어다니는 애한테 관심 없어요."

"나는 그냥 싸잡아서 뛰어다니는 애라고 말한 건데. 이 시기에 학급 단체사진을 찍지 않는 것이 참 유감이구나. 사진에서 예쁜 얼굴을 본다면, 그애를 가지고 널 괴롭힐 수 있을 텐데. 인기 있는 반이 오반이지? 나도 기숙사 생활을 할 때, 우리 반의 한 학생과 매우 친밀한 우정을 나누었지."

사실이 아니다. 그녀에게 이와 유사한 경험은 전혀 없었다. 그저 아들의 세계에서 인정받기 위해 이렇게 말한 것뿐이었다.

물론 '뛰어다니는 애' 얘기를 꺼낸 것도, 그의 관심을 끌려는 그녀의 방식이었다. 그리고 그녀 안에서 뚜쟁이 역할을 하려는 저항할 수 없는 유혹이 은밀하고 엉큼하게 일어나기 시작하는 참이기도 했다. 모든 여자들, 특히 외로운 여자들, 나이 먹은 모든 외로운 여자들에게 있는 그 유혹 말이다. (게다가 그녀는 행복하지 않았다. 정확히 말하자면, 그녀가 인생에서 행복했던 때는 단지 삼 년뿐이었다. 그녀의 나이 열아홉 살 때부터 아들이 태어나기 전까지.) 그리고, 뚜쟁이가 아니라면 적어도 공모의 역할이었다.

그녀는 그에게서 눈을 떼지 않았다. 아들에게 입맞춤하고 싶은 욕망이 끊임없이 일었다. 아들은 은밀히 그녀를 곁눈질하며 막연히 생각했다. '내가 저런 시선을 받을 만한 무슨 문제라도 있는 건가?'

이 시기에 이탈리아인 기타리스트는 자기 나라로 돌아갔다. 브리쿨 부인이 자기 돈으로 그를 도왔다면 아마 더 일찍 돌아갈 수 있었을 것이다. 하지만 그녀는 그렇게 하지 않았다. 물론 인색해서가 아니라 그를 곁에 두고 싶었기 때문이다.

어머니가 눈물을 흘릴 때가 있었다. 어머니의 눈에 눈물이 비칠 때마다, 알방은 사랑하는 사람 때문인지, 또는 자신 때문인지 알 수 없었다. 그러나 이번에는 잘못 생각할 수 없었다. 눈물이 있었고 이어서 드 샹토세 씨가 있었다. 이름은 크리스티앙, 동부 모某 수비대에서 파견되어 앵발리드 사무소로 온 경기부대의 중대장이자 어머니의 사촌.

샹토 우리의 이야기에는 드 브리쿨 부인과 드 샹토세 중대장의 이름이 언뜻언뜻 나타나게 될 것이다. 밝은 피부의 이 브르타뉴 남자는 비단같이 곱고 밝은 빛깔 콧수염에 맑은 청록색 눈빛을 가진, 한마디로 유혹적이고 품위가 있는 남자였다. 브르타뉴도, 대서양도 본 적 없는 드 브리쿨 부인은 그의 눈을 보고 "브르타뉴 대서양의 눈빛"이라 말하곤 했다. 그런데 이 '연인들'은 어떤 연인들이었을까? 아마도 '정숙한' 연인들이었을 텐데, 그것은 매우 쇠약해진 부인의 건강 때문에도 그렇고, 굳이 종교적인 측면까지 들먹일 것 없이 원래 그녀의 성격이 그랬다. 연인 사이의 포옹까지는 짐작할 수 있다. 그 이상의 친밀한 행위도 있었을까? 이에 대해 궁금해하는 것도, 이에 대해 아는 것도 우리의 목적에는 필요하지 않다. 다만 이들의 사랑이 이 이야기의 주제인 다른 사랑에 미치는 음영만이 중요하다.

드 브리쿨 부인이 용기를 내어 '샹토'에 대해 말하게 되는 때는(소년들이 그러하듯 그녀도 이름을 줄여서 불렀다) 폴 델메*의 멜로디나 〈부에노스아이레스의 카니발〉이 흘러나오는 축음기의 쉰 목소리가 더이상 귀에 거슬리지 않는 시간, 대체로 전등불이 켜지기 전, 적당히 어스름이 깔리는 애매한 저녁나절이었다. 말을 시작하며 그녀는 이렇게 변

* 프랑스 작곡가이자 가수(1862~1904).

명하기도 했다. "너한테 아주 조금만 얘기할게." 또는 혼란스럽게 늘어놓다가 중간에 말을 멈추고 이렇게 말하는 거였다. "내 시시한 이야기들로 널 귀찮게 하는구나……" 그녀의 목소리에 약간 겸손함이 배어 있는 이 순간, 알방은 감동을 받았다. 어느 날 그녀는 날 선 말투로 아들에게 말했다. "어제저녁에 그가 어땠는지 넌 묻지 않는구나. 그래, 말하지 않을게. 넌 관심이 없으니까." 샹토에 대해 얘기할 때, 알방의 눈이 다른 곳에 가 있고, 그가 자신의 말을 듣고 있지 않다는 걸 알면서도 그녀는 계속해서 말했다. 그만큼 그녀에게는 표현하는 게 필요했다. 그녀가 대화를 나눌 사람은 아들이 유일했다. 그렇게 그녀는 칩거 생활을 했다.

그때는 아들에게 속마음을 털어놓고 충고까지 구하는 연애 초기였기에, 그녀는 자잘한 연애 사건들로 머릿속이 가득차 더이상 '뛰어다니는 애'를 생각하지 않았다. 그렇다고 그 아이가 그녀의 관심에서 떠난 것은 아니었다. 드 샹토세 씨의 기세가 잦아들고 새로운 이야깃거리가 없어진 어느 날, 그녀는 그 아이 이야기를 다시 시작했고 자신이 많은 기대를 하고 있음을 깨달았다.

"그런데 그 뛰어다니는 애는 어떻게 되었니? 이제 그애 얘기를 하지 않는구나. 아! 얼굴이 빨개질까봐 두렵나보구나. 블뢰 옆으로 몸을 숨기는 걸 보니……"

알방은 동요를 감추기 위해 얼굴을 블뢰(푸른 페르시안 고양이)의 털 속에 묻고 있었다. 최근 그는 마치 예심판사 앞에 나아가기 전에 준비를 하듯, 황혼녘에 벌어질 어머니와의 말다툼에 대비해 마음의 준비를 해왔다. 거짓 진술, 알리바이, 몹시 놀라는 표정, 거침없는 태도 등

고전적인 수법을 모두 동원했다. 하지만 자기 자신과 샹토에 대해서만 말하는 어머니의 독백을 듣고 있다보니 긴장이 풀려 약간 둔한 상태였다.

“아니, 그렇게 얼굴이 빨개지다니! 그애는 여전히 너에게 친절하니? 넌 그애의 숙제를 도와주고?”

전에 그는 세르주가 시험 때 도와줬다고 말을 꾸며댔었다. 중요한 건 남들이 그를 사랑하게 만들고 그가 사랑스럽다는 걸 알게 하는 것이었으니까. 하지만 오늘은 상황이 달랐다.

“요즘은 자주 보지 않아요. 확실히 말할 수 있는 건, D하고는 아무 관계가 없다는 거예요……”

“난 너에게 샹토에 대해 자주 얘기하는데, 왜 너는 네가 좋아하는 사람에 대해 얘기하지 않니? 아니라고 부정해도 소용없어. 말하지는 않지만 나는 많은 것들을 알고 있단다. 네 방에서 위험스러운 쪽지 하나를 주웠어. 알다시피 내가 약간 탐정 기질이 있잖아……”

기분이 상했던 그녀는 그를 놀라게 할 만한 것을 찾기 시작했다. 하루종일 방에 누워 있겠다고 말해놓고 갑작스레 나타나는가 하면 올라오지 않겠다고 (그녀의 방에서 위층에 있는 알방의 방으로) 하더니 노크도 없이 느닷없이 그의 방문을 열기도 했다. 어느 저녁, 그가 세르주에 대해 쓰고 있을 때 그녀가 그렇게 나타났다. 그는 아주 침착하게 메모지를 둥글게 말아 책상 아래, 신발 속으로 밀어넣었다. 어머니가 그 모습을 본 것 같았다.

수납장은 열린 채였다. 선반에 공책들, 서류들, 아주 부드러운 종이들이 종류별로 쌓여 있었다. 그가 ‘비밀의 정원’이라고 부르는 노트는 열쇠로 잠그는 정리함 속에 있었다.

"저 안에는 뭐가 들어 있니? 물어보나마나겠지만. 하루 날 잡아서 이 모든 걸 정리해야 할 것 같구나."

"그것도 나쁘지 않겠죠."

"절대 저 안쪽은 뒤지지 않을 거라고 미리 말해두겠다."

"어련하시겠어요."

"만일 네가 나에게 수납장을 보여준다 해도 볼만한 건 이미 거기 없겠지."

"그럼 내가 어디에 뒀을까요?"

그녀는 노련하게 미소를 지었다.

"정리함."

그는 일어나서 재빨리 정리함 쪽으로 갔다.

"보시겠어요? 자, 이게 두 팔 벌려 어머니를 환영하고 있어요. 열쇠는 자물쇠에 꽂혀 있으니 돌리시기만 하면 되죠. 왜 열어보지 않으세요? 자, 여세요!"

그녀는 소파에 앉아 있었고 그는 그녀 옆에 서 있었다. 그녀는 그의 팔을 잡아 소파 팔걸이에 앉히고, 그를 자신 쪽으로 끌어당겨 손을 그의 이마에 댔다.

"이 머리 안에 대체 뭐가 들어 있는 거니? 정리함이니, 수납장이니, 다른 상자니, 다 나쁜 생각들뿐이지. 고약한 녀석! 널 겁주고 싶었다."

자신을 쓰다듬도록 내버려두는 게 알방의 기본적인 요령이었다. 그러나 그의 깊은 속마음은 굳게 닫혔고—허락하면, 아무것도 할 수 없게 되지—결국 그는 몸을 살짝 빼며 일어섰다. 너무 빨리 움직이는 바람에 이마에 하려던 그녀의 입맞춤이 미끄러져 그의 머리에 닿았다. 그녀는 아들이 자신에게서 벗어나고자 힘을 쓰느라 근육이 수축되는 걸 느꼈다. 그녀에게서 벗어나자 그는 작게 안도의 한숨을 내쉬었다. 그녀는 그 소리를 아주 분명하게 들었지만 그래도 그를 강제로 끌어안고 입맞춤을 했다.

"내가 뭘 모른다고 생각한다면, 어디 너 하고 싶은 대로 해봐. 그래, 당연히 내가 욕 좀 보겠지. 네 허세 때문에. 하지만 두고 보자! 어떻게 해야 널 굴복시킬 수 있는지 내가 잘 안다. 넌 아플 때만 온순하게 굴잖아. 그래, 그때는 허세부리지 않지. 그러다가 낫기만 하면 다시 참아줄 수 없는 상태가 되고."

"절 두들겨패셔야겠네요. 그래야 제가 기가 죽어 다시 온순해지지 않겠어요?"

"널 두들겨팰 정도로 내 기운이 좋지 않다는 건 너도 잘 알잖아."

이 절망적인 사실을 확인하고 그녀는 자기 방으로 내려갔다.

어머니가 화가 났을 때 이따금 폭발시키는 극도의 저속함이 알방으로서는 언제나 매우 놀라웠다. 매우 섬세하며 '기품'이라는 말의 의미를 이상적으로 구현하는 그녀가 그럴 때면 히스테리와 무기력으로 가득했는데, 사실 이는 적어도 석기시대까지 거슬러올라가는 내력이다. 어떻게 보면, 아마도 '욕 좀 보겠지' 같은 말은 16세기나 17세기 공작부인의 전형적인 언어인지도 모른다. 하지만 다른 측면에서 보면 시장바닥의 언어였다.

알방은 스코틀랜드식 질책에 이제 익숙했다. 하루는 다정하고 부드러운 말들이었다가, 그다음날은 얼룩진 심술. 하루는 위협적인 얼굴로 무슨 짓이라도 할 듯한 태세였다가, 그다음날이면 달콤하게 속삭이는 거였다. "너도 알지, 난 네가 원하는 것만을 원한다는 거." 그러면서 그녀는 이것 하지 마라, 저것 하지 마라 잔소리를 하며 시간을 보냈다. 알방은 어머니의 어투가 드 샹토세 씨와의 관계에 따라 그때그때 달라진다는 것을 깨닫기 시작했다.

3월(1912년) 알방이 갑작스레 심한 피로로 쓰러졌을 때 상황은 이러했다. 아버지의 갑작스러운 죽음, 이 일로 그는 큰 충격을 받은 것이다…… 에콜 모코르네 교사진의 수준은 중등 학년들에게야 충분했지만 바칼로레아를 준비하는 학년에게는 아니었다. 그래서 바칼로레아를 준비하는 학생들은 개인적으로 굉장한 노력을 해야 했다…… 의사는 휴식, 즉각적인 휴양을 처방했고, 드 브리쿨 부인은 아들을 한 달간 안달루시아로 보냈다. 이것이 그를 몹시 기쁘게 했으니 확실한 치유책임은 분명했다. 우리는 그 이유를 곧 알게 될 것이다. 아니, 어쩌면 이미 알고 있다.

투우 경기를 본 몇 년 전부터 알방은 투우술에 열정적으로 빠져 있던 터라, 투우에 대한 욕망이 어느 때보다도 그를 자극했다. 오래전, 즉 대략 일 년 반 전부터 그는 제 나이에 맞는 어린 수송아지를 타고 이 기술에 입문하기를 꿈꿔왔다. 남쪽에서와는 달리, 당시 프랑스인들에게 이는 매우 놀라운 일이었다. 프랑스인들은 투우가 엄청난 용기를 필요로 한다고 생각했기 때문이다. 하지만 스페인 청소년들에게는 계층을 막론하고, 우리네 아이들이 공놀이를 하는 것과 마찬가지로 일반적인 일이었다. 용기에 대해 말하자면 투우는 오늘날 모든 젊은이들, 이제 갓 열여섯 살이 지난 모든 젊은이들이 그러듯 도로에서 자동차를 타고 질주하는 것보다 용기가 더 필요한 일은 아니었다. 알방의 타고난 산그레 토레로('투우사의 피')가 투우 고유의 기술에 특화되어 나타나는 게 아니라 그의 삶 전반에 걸쳐 두드러지는 점은 매우 이례적인 일이다. 그 기질 때문에 알방은 투우 경기를 관람하기만 하는 게 아니라 경기에 직접 참여했다. 도발하고 위험에 맞서는 성향—이는 기술적인 면에서 투우의 기본이다—과 지배 취향과 여론을 고려하지 않는 성향, 그리고 공포에 대한 애호라고 칭해야 할 듯한 어떤 성향. 그래서 음식물이나 마약으로 욕구를 채울 때처럼 탐욕스러움을 갖고 이 모든 성향을 만족시킨다. 바로 이것이 알방이 생각하는 투우술의 본질이었다. 생동감이나 장식, 세부 사항은 부수적인 면이었다.

심벌즈의 울림처럼 퍼지는 행복감! 분명하게 말해보자. 세르주도 투우의 행복한 급류에 휩쓸려 지푸라기처럼 떠내려가지 않았는가. 그러나 스페인으로 떠나기 전, 알방은 앞으로의 상황에 대해 생각해보았다. 그는 사실 부활절 방학 전에 세르주에 대한 새 소식을 알게 되었다. 세르주는 에콜 모코르네를 그만두고, 역시 같은 구역에 있는 그 잘난 미션 스쿨인 에콜 노트르담으로 '옮길' 것이라고 했다. 그는 세르주를 따라가기 위해 어머니를 설득하고 분위기를 조성했다. 어려운 일은 아니었다. 바칼로레아 시험을 위해 마지막 박차를 가해야 하는데, 멍청한 에콜 모코르네보다 학업 수준이 분명하게 월등한 좋은 학교로 옮기는 건 두말할 것 없이 적절한 일이었다.

스페인으로 간 알방 (1912년 3~4월)

알방은 안달루시아로 떠났고(1912년 3~4월) 거기서 투우를 배웠다. 그리고 황소 사육사의 딸, 솔레다드 데 라 쿠에스타와 잠시 사랑에 빠졌다. 그는 '입술을 선물'하겠다는 그녀의 약속을 거절했는데, 왜냐하면 그녀가 그 대가로 터무니없고 끔찍한 조건을 내세웠기 때문이었다. 즉 투우를 해서 사나운 황소 한 마리를 죽이라는 것이었다. 이는 프랑스 중학생의 경험과 투우에 관한 지식을 감안하지 않고 내세운 조건이었다. 우리는 이 모든 것을 『투우사들』*에서 이미 보았다.

우리는 또한 아들이 부재하는 동안 드 브리쿨 부인이 아들의 정리함을 강제로 여는 것도 보았다. 그가 떠나며 정리함의 열쇠를 그녀에게 내밀었지만 그녀는 거절했었다. 그러고서 그녀는 반격을 가했다. "네가 나에게 그 열쇠를 준다는 것은 나에게 감추고 싶은 걸 이미 모두 꺼냈다는 뜻이지." 아들은 말했다. "열어보세요, 그러면 아시게 되겠죠."

여느 때와 같은 말다툼 초반부의 반복이었지만, 이번에는 더이상 견딜 수 없었다. 다시 한번, 그는 투우사가 황소를 다루듯 그녀에게 위험한 장난을 쳤던 것이다.

"아! 얘야, 너 날 속이려는 거지! 한번 해보자는 거지! 그래, 어디 두고 보자."

욕실에 천으로 만든 작은 주머니가 하나 있는데 그 안에는 오래전부터 자물쇠에서 떨어져나온 열쇠들이 들어 있었다. 모두 넓은 집의 광에서 주워모은 것이었다. 그녀는 그 안에서 하나가 아닌 두 개의 열쇠를 찾아내 그것으로 알방의 정리함을 열려고 시도했다.

마침내 정리함이 열렸는데, 그 안에서 잎이 다 떨어지고 뿔처럼 딱딱해진 작은 포도송이 하나가 나왔다. 몇 년 전 아무 생각 없이, 혹은 재미삼아 그녀가 아들에게 준 것이었다. 그걸 그는 감상적으로 자신만

* 1926년 출간된 몽테를랑의 소설.

의 장소에 보관하고 있었던 것이다. 이후 그녀는 정리함을 뒤지는 일을 그만두었을 뿐만 아니라 이제 절대로 정리함을 열지 않겠다고 마음먹었다.

세르주와 알방, 함께 파르크에 들어가다 (1912년 4월)

4월 22일, 아직 부활절 방학이 끝나기 전에 알방이 집으로 돌아왔다. 그가 처음으로 한 일은 일요일 아침 세르주의 집 근처에서 그를 기다리는 것이었다. 시간이 되면 미사에 가기 위해 소년이 나올 게 분명하니, 그때 그에게 다가가 말을 걸 수 있을 터였다. 하지만 세르주가 나왔을 때, 그는 누나와 함께였다. 알방은 그가 파르크로 옮겼다는 걸 안 지 나흘 만에 어머니의 결정을 얻어내어 자신 또한 파르크로 옮기기로 했다. 갑작스럽게 학교를 바꾼 진짜 이유를 그는 수플리에에게 말하지 않았다. 자신이 그에게 얼마나 큰 애착을 갖고 있는지 보이는 게 창피하고 신중하지 못한 일이라 판단했기 때문이다. 알방은 세르주를 얼마나 좋아하는지 그에게 드러낼 만큼 아직 그를 충분히 사랑하지는 않았다.

이제 우리는 온화한 지역, 이 특별한 우정의 동산을 떠난다. 이제부터는 산봉우리와 낭떠러지, 그리고 사납게 후려치는 비구름을 보게 될 것이다. 그림자가 짙어지고, 분위기가 무거워진다. 대망의 비바람이여, 일어나라!

(계속되는) 과거 회상

드 브리쿨 아드님은 4월 26일(1912년)에 몸을 정결히 하고, 27일에는 영성체를 했다. 이 두 가지 의식은 과거 귀족 집안의 젊은이들이 기사 작위를 받기 전날 목욕을 하고 영성체를 하는 것과 유사했다. 드 브리쿨 아드님은 28일 노트르담 뒤 파르크에 '들어갔다'. 아버지 상중이라 여전히 검은 옷차림이긴 했지만, 그는 왕자처럼 시선을 끌 정도로 아침부터 아주 말끔하게 차려입고서 세르주의 집 근처에서 그를 기다렸다. 알방은 파르크의 첫 등굣길을 그와 함께 걷고, 모르는 아이들로 가득한 이 문턱을 그와 함께 처음으로 넘어, 자신의 친구와 함께 이 새로운 집단에 처음으로 모습을 보이고 싶었다. 이 모든 상징적인 행동들이 약간은 앞으로의 일들에 영향을 미치리라 그는 생각했다. 하지만 그의 기다림은 헛된 일이었다. 그는 끔찍한 예감에 사로잡혀 불안한 마음으로 길을 걸었다. 혹시 세르주의 부모가 마지막 순간 생각을 바꿔 그를 그냥 모코르네에 다니게 한 것은 아닐까?

쉬는 시간에 그가 세르주를 찾으며 방황하고 있을 때, 프레보텔 신부가 알방을 부르더니 그를 데리고 가 면담을 시작했다. 신부는 젊었고, 족제비 같은 얼굴에 말투가 따분했다. 친절하게 대하려 애썼지만 약간 겁먹은 듯 보이기도 했다. 소심한 성격인지, 이마에는 땀방울이 흘렀다. 그와 이야기를 나누는 동안, 오 이렇게 기쁜 일이! 세르주가 나타났다. 그는 알방에게 다가와 손을 내밀었다. "아! 서로 아는 사이군!" 사제가 말했다. "그럼요! 그것도 오래전부터요." 세르주가 말했다. "오늘 아침, 널 기다렸어." 알방이 말했다. "아, 나는 기숙사생이라서……"

이럴 수가! 그럼 서로 볼 시간이 별로 없지 않은가! 그는 즉시 깨달았다. 일요일 열시, 모두 외출하는 시간에만 볼 수 있을 터였다. 하지만 그는 "그럼요! 그것도 아주 오래전부터요"라는 세르주의 말에서 느껴진 다정한 억양 때문에 기분이 좋았다. 그리고 새로운 학교에서 첫 시간부터 수플리에와의 관계가 이렇게 가시화된 게 기뻤다.

면담을 마치고 프레보텔 신부와 악수를 하고 돌아서며 알방은 큰 소리로 외쳤다. "오트로 토로!" 투우 마니아들이 너무 시시해 보이는 투우 대신에 다른 투우를 요구할 때 하는 말이었다.

이어지는 쉬는 시간에 그는 세르주를 다시 보았다. 세르주는 발정난 낙타가 무리 속을 헤치고 다니듯 운동장을 좌우로 맹렬하게 달리는가 하면, 그 학교에 다닌 지 여섯 달이나 된 아이처럼 아주 익숙하고도 '자기집'에 있는 듯 아주 편하게 약간 굵고 목멘 소리로 크게 고함을 치며 아이들의 이름을 부르기도 했다. 그처럼 자신 있고 편안한 모습에 알방은 약간 실망했다.

최고 학년에는 열 명 정도가 있었다. 알방은 그중 네 명의 특징을 곧장 구분해냈다.

페르낭 르 베, 상냥한 얼굴, 귀여운 치아, 매우 호감형.

장 아를레, 잘생기고 멋짐, 똑똑해 보이는 얼굴, 호감형.

필리프 레스토나, 우등생, 붙임성 있는 다정한 성격.

폴 드 랭스부르, 잘생기지는 않았지만 똑똑해 보임.

다른 애들은 그저 그런 애들 같았다.

알방은 눈에 띈 그 아이들과 먼저 친해지게 되리라 생각했다. 하지만 반쯤은 틀린 예감이었다. 그는 살랭이라는 친구와 랭스부르, 또 지부아라는 친구와 가까워졌다. 처음에 지부아는 그저 그런 아이 같았다. 우등생도 아니었고. 장 아를레에 관해 말하자면, 그는 사흘 뒤에 사라졌다. 소문에 의하면 에우리피데스의 알케스티스 역을 잘못 연기했다는 이유로 벌을 받았는데, 그후 기숙사 담장을 넘어(그는 기숙사생이었다) 집으로 돌아가는 바람에 퇴학당했다고 했다. 그러니까 그는 연극적 재능이 부족하다는 이유로 벌을 받고 기숙사에서 나갔는데, 여기에는 왠지 어떤 품위가 있는 것 같았다. 에콜 모코르네와는 너무나 달랐다.

알방의 새 동료들은 약간 거리를 두고 그를 조심스레 대했다. 학교 생활에 열심인 그로서는 이 점이 약간 괴로웠다. 별 볼 일 없어 보이는 애들은 그에게 친절했지만, 그가 눈여겨보고 관심을 가진 애들은 그와 거리를 두고 있었다. 그가 아침에 학교에 나타나도 그들 중 어느 누구도 먼저 그에게 손을 내밀지 않았다. 랭스부르에 대해 말하자면, 첫 수업 때 그와 알방은 처음 만났는데 그들은 보자마자 시선으로 기싸움을 벌였다. 보다 뜨거운 피가 흐르는 시대였다면 단 한 번의 시선 충돌로도 그들은 무기를 빼 들고 서로에게 겨누었으리라. 정말로 우스꽝스러운 꼴이긴 하지만. 성이 난 두 마리 수탉은 아무 이유 없이, 그러니까 타당한 이유 없이, 그저 자신들이 동료라는 사실 하나로 화가 나는 법이다. 그들은 서로 말 한마디 주고받지 않았음에도 상대의 이름은 알고 있었다. "나한테는 백작이라는 한마디면" 충분했다. 그러니 같은 환경에서 자랐어도 낯선 장소에서 격리되어 있는 두 소년이 곧장 어울리리라고 누가 생각할 수 있겠는가? 이런 이유로 그들은 서로에 대해 신경을 곤두세우고 있었다.

물질이 서로 '엉겨붙지' 않도록 저어주듯이, 에콜 모코르네에서는 쉬는 시간 동안 학생들이 잘 지내도록 자습 감독이 계속해서 끼어들었다. 이와 반대로 파르크에서는 쉬는 시간 내내 학생들이 떠들고 서 있어도 누가 뭐라고 끼어들지 않았다. 모코르네 같았으면 둘이 이야기만 하고 있어도 곧바로 사달이 났을 텐데 말이다.

파르크로 등교한 지 다섯번째 날에 알방은 우연히 운동장을 가르는 방벽 근처에 모인 고학년의 한 그룹과 함께 있게 되었다. 건너편에서 얼굴이 아주 예쁘장하게 생긴 소년이 동료들에게 둘러싸여 오는 모습

앙드레 라파이, 일명 봉봉

이 그의 눈에 띄었다. 그는 열네 살쯤 되어 보였고 반바지 차림이라 장딴지가 다 드러나 있었다. 곱슬거리는 검은 머리가 목 언저리까지 자연스럽게 흘러내려 윤곽이 뚜렷하고 약간 뾰족한 귀 가장자리를 에워쌌다. 목에는 프랑스 남부지방에서 행복을 약속하는 표시로 알려진 세모꼴 작은 점이 있었다. 생글거리는 눈, 갓 피어난 장미처럼 연한 분홍빛 피부, 보조개가 파인 좁은 턱, 가늘고 활처럼 휜 허리. 작은 목신을 연상시키는 모습이었다. 그가 먼저 울타리 너머로 모든 선배들에게 손을 내밀어 악수했고, 알방에게도 "안녕, 브리쿨 형" 하고 말하며 손을 내밀었다. 알방은 다른 학년 학생이 자신의 이름을 안다는 것, 그리고 매우 다정하게 다가와 말을 걸었다는 것에 약간 놀랐다. '목신'은 주머니에서 캐러멜 갑을 꺼내 선배들에게 나눠주기 시작했다. 알방도 받았다. 그는 아주 사소한 일로도 웃었는데, 그럴 때마다 볼에 핏기가 올라 붉어졌다. 금세 다른 중급 학년들이 그의 주변으로 모여들었다. 그들은 감탄과 흥분의 시선으로 그를 바라보았다. 그가 그들 가운데서 왕으로 군림한다는 사실을 즉시 알 수 있었다. 그들 중 하나가 그의 어깨에 팔꿈치를 괴었다. 다른 하나가 그의 외투 단추를 잠가주었다. 또다른 하나가 그의 주머니에서 손수건을 꺼냈다. 다른 하나가 손목을 잡고 그를 일으켜세우자 그는 스스로 일어나 이 놀이를 다시 시작했다. 그를 봉봉이라고 부르는 소리를 듣고, 알방은 이미 지부아와 랭스부르의 입을 통해 이 별명을 여러 차례 들었던 게 떠올랐다. 봉봉에게는 적어도 네 가지 이상의 별명이 있었는데, 이는 그가 어느 정도로 사랑받고 있는지 잘 말해주는 셈이었다. 봉봉, 새끼 고양이, 분홍 병아리(왜냐하면 그는 대리석처럼 차가웠고, 대리석은 부아대로에 있는 보니 드 카스텔란의 분홍 궁전을 연상시켰기 때문이다), 예쁜 얼굴. 아이들은 이 네 가지 별명 중 하나로 되는 대로 그를 불렀다. 파르크에서 오가는 대화를 이해하기 위해서는 안내가 있어야 하겠지만, 독자들이 혼란을 느끼지 않도록 여기서는 봉봉이라는 별명만 사용하겠다.

다음날 아침, 처음으로 랭스부르와 지부아가 알방에게 먼저 손을 내밀었다. 랭스부르는 유행을 따라 우스꽝스럽게 팔꿈치를 들어올리고 악수했다. 팔에 종기가 난 영국 여왕이 팔꿈치를 들어올리고 악수를 하자, 세상에서 잘난 척하는 모든 이들이 팔꿈치를 들어올리고 악수를 했던 것이다. 그다음날 쉬는 시간에 지부아는 알방을 데리고 운동장 근처에 있는 아름다운 정원—오래전부터 '프티트 에스프랑스'*라는 수수께끼 같은 이름을 달고 있는 정원—으로 가서 그와 중요한 대화를 나누며 학교를 가리고 있는 비밀의 장막을 약간 열어주었다. 봉봉의 악수와 캐러멜 덕분에—얼마나 대단한 녀석인가!—그는 반의 거물들에게 받아들여지게 되었다. 야릇한 취임식이지만 의미심장하다. 이는 다음 이야기에서 보게 될 것이다.

노트르담 뒤 파르크의 관례와 풍습. 학교에는 선배가 한 후배를 책임지는 '보호'라는 시스템이 있다. '그룹'이라 칭하는 몇몇 선배들의 관례다. 말하자면, 과거 '고등 전문학교'에 있던 전통의식과 유사한 무엇이다. 폴 드 랭스부르가 이 보호 클럽의 우두머리다.
최고 학년과 두번째 학년 학생 몇몇의 초상.
여기 폴 드 랭스부르(열여섯 살 육 개월)의 친구인 기 드니(열네 살 육 개월)의 초상이 있다.

---

* 프랑스어로 '작은 희망'이라는 뜻.

드니 기 드니, 대형 직물 상사 창고 관리자의 아들인 그는 악동의 화신이었다. 아주 생기발랄한 그의 작은 얼굴 전체에, 특히 심하게 움직이는 그의 입과 반짝거리는 조각들로 가득찬 듯한 눈동자에 악동의 모든 본능이 집중되어 있었다. 잘생긴 얼굴은 아니었지만 퇴폐적인 천재성으로 빛이 났다. 세르주의 쾌활한 성격과 엉뚱한 언행들과는 비교할 수 없는 치사하고 지독한 악동. 시계의 시간을 앞당겨놓기, 청소부가 방금 닦은 접시를 다시 더럽히기, 전등을 켜려 할 때 차단기를 내려 퓨즈가 나간 것처럼 꾸미기, 여동생의 책을 훔쳐 내다팔기, 긴 바지를 사달라고 하기 위해 반바지를 찢기, 어버이날 헌금 때 헌금 주머니를 너무 빨리 돌려 아무도 돈을 넣을 수 없게 해서 수금액을 적게 만들기, 무고한 반 친구들 중 누군가의 필체를 모방해서 화장실에 음란한 낙서 하기, 어떤 물건이고 손만 댔다 하면 망가뜨리기, 문을 닫을 때 쾅 소리 내기, 자기 것을 잃어버리고 다른 사람들 것을 빼앗기, 심지어 칫솔까지도. 이 모든 일을 학교 책임자들은 보지 못하거나 보려 하지 않았다. 반면 세르주와 관련해서는 그가 저지르지 않은 일까지도 똑똑히 보았다. 드니는 랭스부르의 보호를 받았고, 랭스부르는 자기 아버지의 보호를 받았다. 생트뵈브가 샤토브리앙에 대해, 그는 이따금 좋은 기회를 잡아 우연인 듯 쓰고 있던 가면을 떨어뜨린다고 썼듯이, 드니 역시 위선자이지만 품위가 없지 않다는 점도 말해두겠다.

알방이 새로운 학교에 들어간 지 얼마 지나지 않아, 드 브리쿨 부인은 미셸앙주 거리의 마구 상인네 아들이 알방과 같은 학교에 다닌다는 걸 알게 되었다. 마구 상인이라, 그래 좋아. 말의 귀족성은 상인에게도, 심지어 마부에게까지 해당되니까. 하지만 창고 관리인의 아들이라니,

그건 너무하잖아. 그녀는 격해져서 펜을 들어 원장 신부에게 편지를 쓰기 시작했다. 어머니를 제지하기 위해 알방은 애원하지 않으면 안 되었다. 그야말로 극적인 한 장면이었다. 그녀는 거드름을 피우며 분개했는데 아마 죽는 날까지 이럴 터였다. 알방은 평민이 정말 좋았다. 그는 평민에게서 더 진정성을 발견했다. 동료들과 게임을 할 때나 다른 모든 경우, 그는 본능적인 편파심으로 가장 가난한 쪽을 편들지 않기 위해 스스로 조심하지 않으면 안 되었다. 파르크 학교의 친평민 정서를 어머니에게 감추기 위해 그가 세운 전략보다 더 우스운 일은 없을 것이다. "너, 그애 아버지가 무슨 일을 하는지 아니?"와 같은 질문이 끊임없이 쏟아질 때 뻔뻔스럽게 거짓말을 하기도 하고, 때로는 직공장의 아들 이름에 귀족을 나타내는 소사*를 하나 덧붙이는 것도 주저하지 않았고, 드De나 뒤Du로 시작하는 이름들은 일부러 끊어 발음하기도 했다. 이 모든 일들은 학기말에 들통나 어머니의 격노를 불러일으켰다. 학기말 수상 명단 탓에 그동안 기를 쓰고 감췄던 진실이 드 브리쿨 부인의 눈에 모조리 모습을 드러냈던 것이다.

보호 그룹.
보호 그룹의 '일리아스'. 그 순간과 주인공들.

약삭빠른 새끼 뱀들

나이가 열한 살이 되어 스스로 자신의 인생을 살고자 하면 끊임없이, 그리고 모두에게 거짓말을 하게 된다—이는 자연스러운 현상이다. 낭비할 시간이 없기 때문이다. 거짓말은 유일한, 거의 유일한 방어 수

* 小辭. 귀족의 성 앞에 붙는 de, du, des, d' 따위를 가리킨다.

단이다. 여자들의 거짓말 앞에서 황홀경에 빠지는 자들은 결국 그녀들에 대한 욕망에서 비롯되는 숭배를 정당화하기 위해 선의로, 혹은 악의로 온갖 경탄을 바치는 족속에 속한다. 아이들의 거짓말도 그에 못지않게 대단하지만 덜 알려져 있다. 영향력이 적기 때문이다.

프레로들이야말로 거짓말의 대가다. 어른들에게서 스스로를 지키고자 하는 아이들의 거짓말에다, 강자에 대항하는 약자의 사회적 거짓말이라는 오랜 유산까지 덧붙기 때문이다. 이 약삭빠른 새끼 뱀들이 빠져나가는 방법들은 다양하다. 시간을 끄는 수법, 더이상 풀 수 없을 때까지 일을 뒤엉키게 만드는 기술, 고의로 의미를 없앤 말들, 말을 바꾸는 천재적 기질, 그저 도망쳐버리기(알방에 의하면 이 모든 건 새끼 뱀보다는 정신없는 황소들을, 일관성 없는 행동만으로도 투우사들의 전의를 앗아가는 위험한 황소들을 연상시킨다), 그러나 무엇보다도 거짓말이 있다. 각자 거짓말의 성전에서 살고 있는 이 아이들이 선생님의 곤란한 질문을 받고 잠시 멍해질 때 거짓말을 지어내는 신속한 속도에는 뭔가 대성당처럼 일종의 신성함이 있었다. 살랭이 '외출'에 합류했을 때 르포르는 환한 미소로 그를 맞이했지만 이미 벌써 자전거에 오른 상태였다. "안 가?" "오! 안 가. 난 그냥 자전거나 타보려고." 상대가 자신을 내버려두고 가버릴 가능성은 절반이다. 손을 허벅지 맨살 위에 놓으면 소리친다. "차가워! 차갑다고!……" 그런데 손을 만져보면 뜨겁다. 베르넬이 단호한 어조로 "분명하고 확실한 거야" 하고 말하면, 그때 분명하고 확실한 점은 그가 약속을 이행하지 않으리라는 것이다. "분명하고 확실한 거야"라고 덧붙이지 않았다면 아마 약속을 지켰을 것이다. 공을 들일 때마다 거짓말을 하기 때문이다. 이를테면 이렇게. "일요일에 엄마가 집에 있으래. 그날 저녁에 샤토루에서 사촌이 오거든." 또는 "내가 열한시 십오분이나 열한시 이십분쯤에 갈게. 응, 그래, 열한시 이십분, 정확히 말해서"라고 할 경우, 이는 약속 시간에 오지 않겠다고 단호하게 작정했음을 뜻한다. "날 믿어"라는 단언은 소름이 끼친다. 이 약삭빠른 새끼 뱀들이 말할 때 나타나는 구체성은 의심의 여지 없이 거짓말의 신호다. 보호 그룹은 거짓말의 대양에서 행복과 불행의 노를 저으며 나아간다.

약삭빠른 새끼 뱀들의 허튼소리를 다른 종류, 즉 성실한 아이들의 엉뚱한 소리와 혼동해서는 안 된다. "너희 공동 침실에 모두 몇 명이나 있어?" "마흔 명." 사실은 스무 명이다. "언제부터 파르크에 다녔어?" "사 년 전부터." 사실은 이 년 전부터다. "바캉스 어디로 갈 거야?" "파리에 있을 건데." 여드레 뒤 그에게 똑같이 다시 묻는다. "로제르에 있는 할머니 할아버지 댁에 갈 거야." "파리에 있을 거라고 했잖아." "그렇게 말한 적 없는데." 이 모든 게 진심이다. 이따금 이러한 현상은 열 살, 열한 살 소년들과 애교 떠는 소녀들의 고유한 천재성, 순진하면서도 은밀한 천재성과 결합한다. 완전한 비밀, 거짓말, 온갖 의혹으로 가득한 친구 관계 외에는 아무것도 없다. '악'이라기보다는 '악'의 외관, 즉 불 없는 연기다. 친절한 태도로 기만하고 투명함으로 위협하는 이 분별없고도 양심적인 바람잡이들. "그들은 자신들이 무엇을 생각하는지도, 무엇을 말하는지도, 무슨 일을 하고 있는지도 모른다." 나중에 보게 되겠지만, 드 프라즈 신부는 그들에 대해 이렇게 요약한 바 있다. 그러나 그들은 자신이 무엇을 원하는지 알고 있었고, 그래서 선배에게 매몰차게 대하기도 했다. "너는 왜 이렇게 의욕이 없어?" "그냥." "너 지금 어디가?"

"아무데도 안 가." "내일 몰리토르로 와. 거기서 멋진 영화를 해, 〈코끼리들의 반항〉이라고." "난 코끼리 싫어하는데." 이 이야기는 이제 그만 두자.

조리 없는 횡설수설, 꾸며낸 이야기, 거짓 맹세, 거짓 증언 등 무엇이 되었든 순진하거나 약삭빠른 새끼 뱀들에 의해 탄생한 유치하고도 청소년다운 모든 몽환극 때문에 파르크가 예의 그 생동감으로 끊임없이 진동하는 건 당연한 일이었다.

그래서 열광으로 가득하다가도 서글픔이 이어지고, 또 반대로 서글펐다가 열광하기도 한다. 그도 그럴 것이 보통 어린아이들끼리의 규칙은 냉수와 온수를 번갈아가며 끼얹는 스코틀랜드식 샤워 같기 때문이다. 희망과 그 계기들, 지키지 않는 약속, 소중한 존재에 대한 기대, 그리고 절친한 친구에 대한, 똑같은 간절함이 깃든 기대, 급속도로 증대하는 만성적인 사소한 불화, 학교의 감시를 따돌리기 위한 속임수들, 언제나 섭리로 돌리는 온갖 종류의 우연들, 쉼없이 변화하는 상황과 감성, 이 모든 일들 때문에 결국 소식을 보내거나 암호로든 아니든 쪽지를 전하고 급히 충고를 구하게 된다. 요컨대 샘물이 흘러드는 곳에 물이 부단하게 찰랑거리듯, 이 집단은 과잉된 흥분으로 끊임없이 들끓는다.

이 소년들을 연결하는 중요한 요소는 저마다 경험한 '최근' 모험 이야기다. 여기서—귀머거리를 자청한 아이들이 벌이는—우스꽝스러운 장면들이 나타난다. 랭스부르와 지부아가 서로 바짝 붙어 대화를 나눌 때, 한쪽은 다른 쪽이 하는 말을 거의 듣지 않은 채 손가락을 두드려 조급함을 드러내며 오로지 한 가지에만 촉각을 곤두세운다. 즉 언제 끼어들어 자기 얘기를 할 수 있을지. 이따금 이런 소리도 들린다. "여하튼,

제기랄! 나도 말 좀 하자!" 말하던 사람은 자기 이야기를 끝맺고 이어서 상대방이 이야기를 하게 한다. 그렇게 각자는 자기 이야기를 상세하게 늘어놓는데, 서로의 일을 잘 알고 있어야 할 이야기도 많아지기 때문에 소년들은 인내심을 가져야 했다. 거침없이 이야기를 할 수 있을 때에는 지칠 줄 모르고 무궁무진 말을 쏟아냈다. 한 번 경험한 것을 세 번 이야기하면 도합 네 번을 경험하니, 그야말로 이득인 셈이다. 오후 일곱시에 헤어져서 다음날 아침 여덟시에 다시 만나기 전, 밤에 전화통화를 하는 아이들도 드물지 않게 있었다. 학교에서 마저 하지 못한 이야기가 잔뜩 있는데 다음날까지 기다릴 수 없었기 때문이다. 통화할 때 그들은 남이 알아들을 수 없는 알쏭달쏭한 말들을 사용했다. 심지어 사이가 좋지 않은 이에게도 속내를 털어놓았다(그리고 충고를 구했다). 밤에 말하지 않는 날이면, 그들은 서로에 대한 꿈을 꾸었다. 알다시피 기록하지 않고는 못 배기는 알방은 다음날 이야기할 거리들을 목록으로 만들었다.

그리고 이 수다에는 언제나 속삭임과 웃음이 있었다! 현대를 묘사하는 클리셰 중 하나는 사람들이 권태로워하는 모습이다. 하지만 보호 그룹에서는 결코 권태를 몰랐다. 보통 보호받는 후배들은 서로를 싫어한다지만 선배들 사이의 쾌활함은 보호 그룹의 특징 중 하나였다. 식당에서, 자습실에서, 교실에서, 운동장에서 유쾌한 웃음이 폭발하는 작은 무리가 있다면 언제나 보호 그룹이었다. 이 점이 언젠가 보호받을 후배들의 관심을 끌었다. 웃음은 특히 아이들에게서 전염성이 강하다. 고학년과 중급 학년과 저학년이 다 같이 웃을 때 어린 후배들은 매료되었다. 이런 유혹의 힘은 선배들의 힘이라기보다는 자연의 속임수라고 할 수 있다. 반면에, 그들의 모습이자 그들이 보여주고자 하는 이 가시적인 즐거움을 다른 학생들은 망연하게 지켜보았다. 망연하다는 말로는 충분치 않다. 지나친 쾌활함은 기분을 상하게 하는 법이다. 그들이 너무 웃을 때, 다른 아이들은 뾰로통한 얼굴이 되었다. 이들 중 한 아이가 다가가 그들의 얘기를 들을라치면, 그들은 입을 꾹 다물거나 대화 주제를 바꾸거나 흩어지며 웃음을 멈췄다. 그렇지만 다른 이들의 생각과 달리, 이들은 누군가를 모욕하면서 웃는 게 아니었다. 그들의 말에는 결코 명확함이 없었다. 누군가 수년 동안 보호 그룹의 대화를 듣는다 해도 정확히 무엇과 관계된 말인지 알 수 없었으리라. 극단적인 곡언법의 승리.

이 시절, 캉봉 거리 모퉁이와 만나는 리볼리 거리(또는 생토노레 거리)에는 매우 유명한 어린이 장난감 가게가 있었는데 간판이 아이들의 천국이었다. 알방은 콜레주의 입구를 바라볼 때마다 가게 간판이 학교 정문에 걸린 모습을 상상하지 않을 수 없었다.

놀라운 장식

뭔가 잊은 게 있다. 자유분방한 고백과 불경한 의식으로 가득찬 이 학교의 장식을 소개하는 것. 그럼에도 불구하고 다음 내용에서 알 수 있듯이 학교는 아주 훌륭하다. 방금 언급한 학교의 자유로운 분위기는 모두 이 손상된 건물 안에서 나온다. 거기 있는 작은 나선계단들은 성채 같은 분위기를 풍겼고, 은밀한 혹은 금지된 작은 문들은 투우장 같은 분위기를 자아냈으며, 일층 창문에 달린 철창살들은 꼭 감옥처럼 보였다. 이 시커먼 철창으로 흘러내린 빗물은 벽을 따라 시커먼 액체를 인도까지 끌고 내려갔다. 18세기 귀족의 시골 저택이었던 이 건물은 매우 음산해 보이긴 해도 호화로운 별장이었다. 오퇴유가 아직 황량한

들판이었을 때 세워져, 이후 19세기 말에 증축되고 아름다움은 전혀 고려되지 않은 채 수리된 건물이다. 특히 소성당은 1893년으로 거슬러 올라간다. 응접실이 교실로 쓰였고, 방도 교실로 쓰였다(철학 교실에는 학생이 일곱 명 이상 들어갈 수 없었다). 학생들의 환상은 어쩌면 공간의 환상에서 영감을 얻어 생겨났는지도 모른다. 길에서 보면, 콜레주는 두 가지 특성으로 눈에 띈다. 첫번째는 매우 크고 위엄 있는 건물의 정면부로, 아주 좁은 길에 위치한 탓에 건물을 돋보이게 하는 '전망'이 없다(파리에서 이런 성당의 예를 들자면, 노트르담 드 본누벨이 있다). 또 하나는 일층 위에 단지 두 층만 더 있다는 것, 말하자면 건물이 낮다는 점이다. 게다가, 군데군데 허물어진 누렇고 칙칙한 외부 담장은 뚱뚱한 배처럼 불쑥 튀어나와 있다.

노트르담 뒤 파르크가 성채나 감옥, 혹은 투우장처럼 보인다면 그건 큰 착각이다. 장소의 주용도와 앞에서 언급한 현판에 쓰여 있는 말, 즉 아이들의 천국이 이를 부정한다. 그러나 이 건물이 비밀 집회 장소로도 보인다면, 정말 그렇기 때문이다. 건물 안에는 많은 패거리들과 보이지 않는 위계질서, 그리고 공개적인 의식과 유사한, 알려지지 않은 의식들이 많으니 말이다.

노트르담 뒤 파르크의 낙후된 모습에는 명예로운 이유가 없지 않았다. 부분적으로 허영을 줄이면서 학교에 가난한 아이들을 받아들일 수 있게 되었으니 말이다. 그리고 원장 신부는 매 순간 영적인 면만이 중요하다는 사실을 상기시키는 이러한 결함이 마음에 들었다. 그래서 거의 '현대적'이라 할 수 있는 건물은 재차 장세니슴의 색조를 띠게 되었다. 벽에 걸려 있는 축성받은 회양목 가지에는 먼지가 뽀얗게 앉아 있었는데, 이 역시 그 상태 그대로가 선호되기 때문이었다. 주임신부들의 문을 장식하는 이름표에 적힌 글씨는 여덟 살짜리 어린아이가 쓴 듯했지만 일부러 꾸민 게 아니었다. 이러한 유치함이 모든 것을 지배했다. 콜레주의 정신적 이인자인 드 프라츠 신부 또한 이 고색창연한 분위기를 좋아했는데, 그의 경우는 잘못된 반동적 편향 때문이었다. 과거를 상기시키는 모든 게 그에게는 몹시 감동적이었고, 건물의 지저분한 때는 긴 세월에 걸쳐 만들어졌든 아니든, 그에게 '그리스도교의 정수'를 구성하는 필수적인 것까지는 아니더라도, 적어도 매우 적절한 요소로 여겨졌다. 마지막으로 학생들은 새 신축 건물보다 몹시 더러운 옛날 건물에 있는 걸 훨씬 편안해했다. 지저분한 음영이 그들 안의 모든 음영을 감추고 지워줬다. 공간에 대한 무관심은 그들 자신의 옷이나 몸에 대한 무관심을 허락했다(누군가는 여기에 영혼도 덧붙이겠지만, 이에 대해서는 논의가 필요할 것이다). 하지만 그들이 몸이나 옷차림을 포기한 건 아니다. (랭스부르의 아버지는 유행에 매우 민감하고 에베르식 운동법*을 지지하는 사람으로, 돈을 댈 테니 콜레주에 수영장을 만들자고 제안하기도 했다. 드 라 알 원장 신부가 끔찍이 싫어하며 거절했지만.) 오히려 식사 전에 학생들의 손을 씻게 하자 학부모들이 아이들 손에 동상이 걸릴지도 모른다며 이의를 제기해 이 관행은 쉽게 사라져버렸다.

독일 점령기 동안, 아동 자선사업을 맡고 있던 어느 부인이 이들을 위해 사드 후작의 소유였던 지방의 어떤 성을 빌려줄 생각을 했었다.

---

* 프랑스 해군 장교인 조르주 에베르가 창안한 새로운 체육 교육법.

그녀가 지인에게 이 생각을 털어놓자 상대방은 급히 만류했다. 사드 때문이었다. "그 정도로 미신을 믿으시나요?" "아닙니다, 사실 이 건물에 아이들에게 악영향을 줄 만한 신비한 힘이 살아 있다고 진지하게 믿지는 않아요. 그러나 어린아이들과 청소년들이 사드 후작이 살았던 공간에서 지낸다는 게 가슴 아파 견딜 수가 없습니다." 부인은 결국 성을 빌려주지 않았는데, 잘한 일이다.

과거로 거슬러올라가, 1912년 5월. 지부아의 사랑.

6월 15일(1912년)은 성체축일이었다. 많은 책에서 '사랑의 축제'라고들 이야기하는 날 말이다. 축제는 프티트 에스페랑스 정원에서 진행되었는데, 여기서 알방과 랭스부르는 이동식 닫집을 담당했다. 봉봉은 목에 작은 바구니를 매달고 성체 앞에 꽃잎을 뿌리는 무리에 속했다. 어린 후배들은 천상의 아이들처럼 노래를 했다. 미사가 끝난 뒤, 랭스부르와 알방과 살랭은 정해진 대로 성가대장인 페리테의 사무실로 가서 그를 기다렸다. 거기서 봉봉이 늑장을 부리는 틈에 랭스부르는 자신이 보호하는 후배 라 포베트, 줄여서 포베트를 위해 일종의 서사시를 암송했다. 포베트의 나이는 열두 살 칠 개월이었고, 얼마 전 명예로운 황금 단추 기사에 임명되었다. 그가 이 직위 이상은 받지 않겠다며 아이 특유의 황소고집으로 버텼던 것이다. 보호 그룹의 '일리아스'에는 감동적인 장면들이 꽤 많다. 여기 결정적인 한 장면을 짧게 보여주고자 한다. 음유시인 역을 맡은 랭스부르가 주인공에 대해 이야기할 때, 알방과 살랭은 코러스로 감동적이고 순수한 감정들을 표현하는 데 라 포베트에 그친다.

코러스

우리 밤샘의 동반자, 매우 소중한 우리의 리트레 사전은 '여자와 관련해 능숙하고 꾀바른 사내'를 가리켜 꾀꼬리잡이*라 부른다. 또한 사전에 따르면 연애 문학 작품집에서는 남성명사 '포베fauvet'를 사용한다고 한다. 어쩌면 그 작품집에는 보호 그룹에 관한 연애 문학이 수록되어 있는지도 모르겠다. 꾀꼬리잡이여, 그러니 말해다오, 너의 암컷 꾀꼬리 또는 수컷 꾀꼬리를 어디서 꾀어냈는가?

음유시인

내가 그를 처음 본 건 1월 개학날 강당에서였어. 그는 자전거 더미, 강철더미에서 나오고 있었지. 하늘색과 에메랄드색 자전거들이 마치 일본의 소관목 같더라. 그는 걷다가, 마치 비상하려는 듯 잠시 깡충깡충 뛰었고, 또 휘파람으로 노래를 부르는가 싶더니 조용해졌다가 또다시 노래 몇 곡을 휘파람으로 불었어. 살짝 뛰어오르던 그 도약과 작은 휘파람소리, 그리고 커다란 검은 눈과 귀여운 이마가 한 마리 새를 연상시켜 나는 즉시 마음속으로 그를 라 포베트**라 불렀지. 말하는 걸 잊을 뻔했는데, '학교가 만든 기형(오른쪽 어깨가 왼쪽보다 약간 더 높았어)'이 그의 매력을 더했어. 나는 그에게 고전적인 질문들을 던졌지. "너의 아버지는 뭐하는 분이셔?" "아버지는 지도자야." "물론 그렇겠지.

---

* dénicheur de fauvettes. 프랑스어로 '여자 뒤꽁무니를 쫓는 사내'라는 뜻.

** la Fauvette. 프랑스어로 '꾀꼬리'라는 뜻.

그런데 무슨 지도자?" "몰라." "혹시, 영적 지도자?" 여기서 반응이 애매하더라. "넌 국어를 잘해, 수학을 잘해?" "수학이 뭔데?" "계산하는 거." "나는 수학을 아주, 아주 잘해, 소수점이 있는 나눗셈만 빼고." "어떻게 수학을 잘할 수 있는지 궁금하네." "자세히 설명해주면 나는 아주 빨리 이해하거든."

코러스의 얼굴에 기쁨의 물결이 넘실거렸다. 우아한 꽃이 방금 프티트 에스페랑스 화단에서 새롭게 꽃봉오리를 피웠음을 모두가 인정했다.

음유시인

모든 아이들과 마찬가지로 그에게는 넘쳐흐르는 무언가가 있는데, 그 정도가 달랐어. 전철 안에서는 내 앞에 서서 머리는 내 가슴팍에 기대고 손을 내 외투 안쪽으로 찔러넣은 채 한참을 있었어. 그때 내가 그의 머리에 입을 맞췄지. 언젠가 다쳤던 자국인 듯한 조그만 세모꼴 하얀 부분에. 달리 무얼 할 수 있겠어? 또 아무것도 하지 않는다면 내가 어떻게 보이겠어? 내가 그에게 물었지. "이렇게 누가 너에게 입맞춤을 한 적이 있니?" "응." (나는 전율했어.) "누가?" "우리 엄마." 지하철의 다른 사람들이 감동어린 시선으로 우리를 보았어. 두 형제가 이렇게 사랑하는 건 참으로 보기 좋은 광경이니까. 그가 내 옆구리를 머리로 콕콕 찌르는데, 다른 아이들이 팔꿈치로 찌르는 것과 비슷하더라. 그는 언제나 내 손을 잡고자 했어. 함께 걸을 때, 그는 내 손을 잡거나 팔짱을 꼈지. 그리고 더이상 길에서 내 손을 잡지 않는 날이 왔고(첫번째 과정),

그리고 더이상 내 팔짱을 끼지 않는 날이 왔어(두번째 과정)……

코러스

라 포베트가 날아갈 수 없으면 좋겠구나. 아이들은 언제나 날아가기 마련, 우리는 그걸 알지.

음유시인

페리테가 없을 때, 우리는 이따금 여기서 만났어. 내가 앉아 있으면 그녀*가 다가와 주머니에서 손수건을 꺼냈지. 거리를 둔 채 그녀는 목과 얼굴을 내밀어 나에게 입맞춤을 보냈어. 고양이가 좀 떨어진 곳에서 허공에 '발길질'을 하며 우리를 부르듯. 그러고는 내 다리를 가지런히 해서 나는 왜 그러는지 의아했는데, 그건 내 무릎에 앉아 두 팔을 내 목에 두르기 위함이었지. 그의 두툼한 스웨터 팔꿈치에 구멍이 나 있었어. "늘 구멍이 많구나!" "나한테 구멍이 있다고?" "그래, 이것 봐." "이건 구멍이 아니라 통로야." 한데 부잣집 아이에게서 나는 탁아소, 아니 미안, 육아실냄새를, 그 우유냄새를 나는 그리 좋아한다고 할 수는 없어. 하지만 좋았으니 바로 그 아이였기 때문이겠지. 내가 그에게 말했어. "너 장딴지에 털이 있네, 열두 살 사내애가 말이야!" "수영 때문이야." "수영하면 털이 자란대? 누가 그런 말을 했어?" "모두가." 그가 말했어. "날 안아줘. 내가 어리광쟁이라는 거 알잖아." "그런데 너의 아버지는 널 쓰다듬어주시지 않아?" "아니, 아버지는 어머니한테 해. 일주일에 한

---

* 라 포베트를 가리킨다. 프랑스어로 '꾀꼬리'가 여성명사여서 '그녀'로 지칭하고 있다.

번씩 날 안아서 무릎 위에 앉히긴 하지만……" 내가 그의 두 눈꺼풀에 입맞추자 그가 소리치더라. "고작 그뿐이야!"

코러스

그를 전부터 라 포베트로 부르고 있지 않았더라면, '그뿐이야' 혹은 주근깨가 있으니 '가을 나뭇잎'이라 부를 텐데.

음유시인은 라 포베트에게 '아빠' '엄마'라고 부르지 말라고, 바보 같아 보인다고, 대신 '아버지' '어머니'라고 부르라 했다고 덧붙였다. 부모와 언제나 거리를 둘 것. 파르크에서는 어느 누구도 부모의 선의를 믿지 않는다. 무엇보다 학교를 믿지 않는다. 그러나 보호 그룹은 우연히 학교의 체제에 기여했으니, 무엇보다 원칙에서 그러했다.

그가 다시 말을 이었다.

음유시인

그의 머리칼은 짙은 밤색, 거의 까만색에 가깝고, 얼굴은 붉은 주근깨로 덮여 있어. 이 까만 머리와 붉은 주근깨의 기묘함이라니. 그의 머리는 밀밭 같아. 바람 때문에 이쪽저쪽으로 휩쓸린 이삭처럼 머리칼이 사방으로 갈라져 있어. 가르마가 없으니 머릿속 흐릿한 자국이 보이지 않는다면 평생 머리 한 번 빗지 않았다고 여겨질 거야. 아마도 아주 오래전의 가르마인 듯한 그건 결코 완전히 없어지지는 않겠지—아, 돼지같이 지저분하기도 하지!(그는 중급 학년의 페를을 생각하기 시작했다.)

코러스

그의 별명에 맞는 성性을 부여할 수가 없다. 포베트 또는 라 포베트. 그 혹은 그녀에 대해 말할 때, 그 혹은 그녀라는 단어를 몇 분 간격으로 번갈아 사용하고 있다. 파르크에 '고정되지 않은 것'이 많은 건 사실이다.

음유시인(제1연)*

그가 말했어. "일요일에 여자애랑 트로카데로에서 〈오이디푸스왕〉을 보기로 했었어. 그런데 마지막 순간에 우리 부모가 못 가게 막았어. 그 여자애가 그러는데 그건 곤충**이래." (녀석들이 재밌어하며 낄낄대고 웃는다.) 그가 나에게 사진을 주었어. 좀더 커 보이려고 발돋움을 하고 찍었더라. 또 이렇게 말했지. "지난밤에 형 꿈을 꿨어. 오! 꿈에서 내가 형을 얼마나 사랑했던지! 내가 형을 위해서 무언가를 했는데, 무엇이었는지는 기억나지 않아." 또 이렇게 말했어. "지붕 좀 긁어줘." "무슨 지붕?" "머리. 어떤 날은 가려운데 또 어떤 날들은 아무렇지도 않아. 거기. 좀더 오른쪽. 왼쪽으로 좀더. 아니! 거기가 아니고, 어휴, 답답해! 아, 그래, 바로 거기야! 조금 더! 더 세게!" "그런데 넌 머리 안 감아?" "아니, 감아. 일요일마다." "그런데 왜 나한테 머리를 긁어달라고 해?"

---

* 작가는 그리스비극에서 코러스에 연이 부여된다는 점을 모르지 않는다. 하지만 음유시인에게도 이 특성을 줄 수 있다고 생각했다. 오늘날 프랑스에서는 아무도 이런 것에 관심을 두지 않는다. (원주)

** 여기서 '곤충(insecte)'은 '근친상간(inceste)'을 가리켜 한 말이다. 분명히 해두어야 하는 것은 오늘날 프랑스에서는 아무도 〈오이디푸스왕〉에 근친상간이 나온다는 걸 모른다는 점이다. (원주)

"그러면 내가 낄낄거리며 웃을 수 있으니까." "난 네가 낄낄거리며 웃는 소리 못 들었는데." "난 속으로 낄낄거려."

(제2연)

그가 말했어. "부모님 다음으로 내가 제일 사랑하는 사람은 형이야. 나는 우리 삼촌보다 형을 더 좋아해. 내가 형을 사랑하는 방식은 종족을 영속시키는 일이야." "그게 무슨 말이야?" "우리 선생님이 그러는데 사랑은 종족을 영속하게 해준대. 내가 언제 처음으로 형한테 진짜 우정을 느꼈는지 알아? 그건 바로 형이 나에게 은단 한 갑을 주었을 때야. 난 그걸 두 입에 다 비워버렸어." "그렇지만 넌 부자잖아. 은단 한 갑이 너에게 뭐 대단하다고?" "난 돈은 있지만 그걸 갖고 있을 수는 없어. 기숙사에서 내게 돈이 떨어지면, 지로드가 주곤 해." "지로드가 누군데?" "우리 반 친구야." 자연히 난 침울해졌지. "지로드가 왜 너에게 돈을 주는데?" "그야 날 기쁘게 하기 위해서지."

코러스

두말할 나위 없이 숭고하다. "그가 왜 너에게 돈을 주는데?" "그야 날 기쁘게 하기 위해서지." 여기에 뭐라고 답할 수 있을까? 호메로스의 문장이나 라신의 운문과 마찬가지로 이 얼마나 숭고한 말인가!

음유시인

내가 그에게 말했어. "화요일에 다시 만나고 싶으면 오늘과 같은 시간에 페리테의 방으로 와. 너, 손목시계 있어?" "아니, 없어." "왜 없어?"

"깨뜨렸어." "그럼 어떻게 시간 맞춰 학교에 오는데?" "난 태양을 쳐다봐." 그야말로 숭고한 아이야!

(코러스가 킥킥대고 웃는다.)

음유시인

여전히 내 무릎 위에 앉은 채 그녀가 내게 말했어. "있잖아, 목울대가 큰 사람은 나쁜 생각을 많이 하는 거래. 뒤통수 아래 혹이 있는 사람도. 자, 만져봐. 난 목울대도 없고 혹도 없어. 아이들은 왜 외설스러운 얘기만 하는지 이유를 잘 모르겠어. 아주 웃겨, 성적인 것 말이야! 괴상망측해. 내가 왜 형을 사랑하는지 알아? 형은 정숙하기 때문이야." 처음에는 그가 날 무시한다고 생각했어. 그런데 그게 아니었으니, 그는 정말 놀라울 정도로 순수한 아이야. 그의 말에 모호한 점이라곤 조금도 없더라고. '음탕해! 더러워!' (그는 다시 페를을 생각했다.)

코러스

그는 이미 라 포베트로, 그리고 순결한 천사로 불린다. 이제부터는 학교의 천사*로 불리리라.

음유시인

이 점에서 그는 노련하면서도 다정하더라고. 그에게는 지식과 무지가 기이하게 나란히 있었어. 그애 덕분에 나는 아니 땐 굴뚝에 연기가

---

* 성 토마스의 별명. (원주)

날 수 있다는 것도 알게 되었어. 학교 전체가 믿고 있는 것…… 그녀도 그걸 알고 있지. 그녀가 나에게 말했어. "있는 그대로의 내가 나라는 걸 믿으면 돼! 사람들이 뭐라고 얘기하는지는 하나도 중요하지 않아."

"이게 나야!" 열두 살 칠 개월의 나! 라신 다음의 코르네유. 보호 그룹의 탁월함에 익숙해 있었는데도, 알방과 살랭은 이 이야기를 듣고 깜짝 놀랐다.

코러스

그대의 포베트가 돈 많은 포베트라는 건 주목할 만한 사실이다. 사실 그녀의 집안은 학교에서 가장 부유한 집안 중 하나다. 저택, 운전하면서 모양을 바꿀 수 있는 리무진, 가정부, 카부르의 별장…… 이런 환경에 속한다는 건 매우 어색한 일이다. 하지만 그는 말할 수 없이 자연스럽다.

음유시인

한 가지 얘기해볼게. 포베트는 매우 스스럼없는 성격인데, 자기 나이에 비해 약간 늦되었기 때문이야. 명확히 말하자면, 나이에 비해 분명 뒤처져 있어. 상의에는 언제나 얼룩이 져 있고, 구두끈이 풀려 땅에 질질 끌리는 걸 모두 봤을 거야. 특히 이 순결한 아기 천사에게서 눈에 띄는 것은 바지 앞쪽 단추가 늘 제대로 채워지지 않았다는 점이야. 언제나 똑같은 위치의 단추가 없으니…… 그래서 벌어진 사이로, 두 구름 사이로 내비친 푸른 하늘 조각처럼 팬티 양쪽 가장자리에 삐죽 나와 있는 푸른 셔츠가 보이더라. 아빠도, 엄마도, 유모도, 누이도, 여자애도, 가정부도, 운전수도, 요리사도, 정말 아무도 이 단추를 다시 달아줄 생각을 않고, 그 자신 또한 바느질할 생각을 하지 않으니, 이런 게 대가족인가봐. 확신하는데, 그 집에서는 그를 약간 창피하게 여기는 듯해. "가엾은 필리프……" 그렇다고 버려진 아이는 아니야. 우둔한 애들은 학대를 받기도 하지만 반대로 부모가 약간 너그러운 경우, 동정심으로 다른 자식들보다 더 사랑을 받는 법이지. 포베트는 자신의 부모를 무척 사랑하며, 그가 부모에 대해 말하는 방식으로 보아 그들에게서 매우 사랑받는 아이임은 틀림없어. 때에 맞지 않는 엉뚱한 옷을 입는 건, 아마 뭐라 해도 소용없기 때문이겠지. 결국 포베트는 자기 나이에 비해 늦되어서 그렇게 스스럼없을 뿐 아니라, 그토록 다정하기까지 한 거겠지. 한마디로, 그의 고귀한 성격은 나이에 비해 늦된 성장 때문이야. 나로 말하자면 난 언제나 이랬는데, 즉 늦된 아이들이나 조숙한 아이들을 똑같이 좋아하는 성향이 있었어.

과거로 거슬러올라가, 1912년 6월—장터 축제 속에서 감동적인 산책을 하는 알방과 세르주. 알방은 사랑을 고백하려 준비하지만 그만둔다.

알방이 바칼로레아를 통과하다

이어서 바칼로레아가 다가왔다. 그 전날 랭스부르는 영성체를 했다. 게다가 오퇴유 고아원의 책임자는 고아원의 모든 소년들을 동원하여 그를 위해 기도하게 했다. 알방은 종교가 없었다. 다만 자신이 원하는 일이 일어나게 해달라고, 또는 원하지 않는 일이 일어나지 않게 해달라고 비는 속된 미신의 작은 불티가 이따금 깜빡거릴 뿐이었다. 그리고 소원이 이루어질 때는 언제나 촛불과 미덕과 자선을 약속하지만, 그 약속은 결코 지켜진 적이 없다.

알방과 랭스부르는 평점 '우'로, 지부아는 평점 '양'으로 합격했다. 살랭은 간신히 합격했다. 어쨌든 성공적인 결과였다.

시험 다음날부터, 며칠 사이 알방은 세 번이나 학교에 가서 거드름을 피웠다. 한번은 커다란 책더미를 팔에 끼고 돌아가던 중(모두 책상을 비워야 해서), 그걸 떨어뜨리고 말았다. 그때, 그는 자신을 놀리는 무리 속에서 세르주를 얼핏 보았다. 이 어린 친구의 마지막 모습이었다.

학생들은 뿔뿔이 흩어졌다. 부족한 천재 포베트는 자그마치 요트로 유람 여행을 하러 떠났다. 봉봉은 제일 먼저 콜레주를 떠나는 학생 중 하나였다. 그러자 학년 전체가 갈피를 못 잡았는데 바로 이게 그의 '존재감'이었다. 소년들은 형벌받은 영혼들처럼 방황했다…… 얼마나 공허하겠는가! 그리고 지부아는 다시 그 숙명적인 눈, 눈물어린 커다란 소의 눈으로 돌아갔다. 드니와 랭스부르는 감동적인 작별을 나누었다. 그들이 서로 편지를 주고받기로 하자 살랭은 각자에게 자신이 직접 쓴 편지봉투를 주었다. 그들 부모가 안전하기로 이름난 살랭에게서 오는 편지라고 믿게 하기 위해서였다. 봉봉, 잔인한 봉봉은 지부아에게 기념으로 선화가 그려진 찻잔과 제도용 오구烏口, 그리고 구슬 주머니를 맡겼다. 그런데 알방은 어린 친구의 조롱 섞인 웃음만 안고 학교에서 돌아온 것이다.

그의 일기장은 학기중의 다음과 같은 메모에서 멈춰 있었다. "나는 그가 나쁜 짓을 해도 그를 사랑한다. 앞으로도 그럴 거다. 그가 나를 위해 무언가를 하지 않아도 그를 사랑하고, 그가 내게 반대해서 무언가를 해도 그를 사랑할 거다."

여름방학의 엄청나게 긴 시간은 모두에게 끔찍하게 느껴졌다. 이제 자식한테 시달릴 부모들은 만일 악마가 나타나 자신에게 아이를 맡기라고 제안한다면 흥분해서 이렇게 대답하리라. "오, 감사합니다! 악마님! 우리 귀한 자식에게 관심을 가져주셔서 감사합니다!" 신부들은 방학을 콜레주의 선행 정신에서 풀려나는 때로 여겼다. 몇몇 교사들은 학기의 마무리와 더불어 자신들의 귀염둥이와 영영 헤어져 고학년으로 옮겨야 했다. 학생들의 경우, 적어도 보호 그룹의 학생에게 방학이란 이런 것이었다. 사랑하는 이와 떨어지고, 바닷가나 전원의 친구들이 생긴다. 사랑하는 이는 나 없이 재미있게 놀고, 나와 멀리 떨어진 곳에서 활짝 피어난다. 활짝 핀 그 모습은 망가지거나, 혹은 시간이 흘러 만회할 수 없을 만큼 추해져서 돌아온다. 결국 부재는 언제나 그렇듯이 '잘 되어가던 일'을 망칠 수 있는 것이다. 9월은 행복한 날들로의 귀환을 예고한다. 큰 사건은 심한 비로 예고된다고 믿었던 고대 로마의 민간신앙처럼, 추분의 비는 소년들에게 앞으로 일주일 안에 진짜 삶이 다시 시작되리라고 예고해주었다.

오퇴유에서 보낸 방학

여름 내내, 알방은 오퇴유 집 정원을 떠나지 않았다. 그는 스페인에서 삼 주를 보내고 돌아왔는데, 드 브리쿨 부인 생각에 그걸로 충분했다. 긴 방학이 그를 지루하게 했다고는 할 수 없다. 왜냐하면 그는 결코 지루하지 않았으니까.* 열정의 대상이 아닌 모든 것에 그는 무관심했다. 반면 열정의 대상—콜레주, 세르주, 투우—에는 줄곧 차고 넘칠 정

* 그렇다, 종종 힘든 때가 있긴 했다. 에두아르 삼촌과 생트샤펠을 방문하고, 노트르담대성당의 보물전을 보러 갔을 때…… (원주)

도까지 몰두했다. 사진 찍기도, 자전거 타기도, 마르쿠스 아우렐리우스와 파스칼을 읽고 주석 달기도, 투우 개요서를 읽고 주석 달기까지도. 세르주는 그의 상상 속에서 현존하고 있었다. 아마도 그의 마음속에서보다도 더욱 그랬던 듯하다—특히 6월과 7월의 비장하고 아름답지도 않았던 세르주가. 그는 그의 집을 사진에 담았다. 그리고 늘 세르주와 함께 거닐던 익숙한 거리가 인쇄된 우편엽서를 샀다. 숲에 가서는 지난 겨울 그들이 '산책'을 하고 모코르네 시절 함께 놀던 장소들을 다시 찾아보았다. 육 개월 전의 추억들을, 그는 사십 년 전 일을 떠올리듯 되살려냈다. 그는 어느 덤불 속에서 이미 2월부터 그 자리에 떨어져 있던 오렌지 껍질을 발견했다. 그때 그게 눈에 띄었던 이유는 S자 모양을 하고 있어서였다. S…… 세르주! 세르주! 세르주! 세르주! 8월 초부터 낮이 현저하게 짧아지자, 개학이 다가왔음이 느껴졌다.

어머니가 열어보지는 않았는지 몹시 걱정스러운 가운데 그는 지부아로부터 평범한 편지 세 통과 랭스부르로부터 한층 더 평범한 우편엽서 하나를 받았다. 보호 그룹 얘기가 아니면 이 소년들은 서로 할말이 하나도 없는 듯했다. 지부아는 자기 이름의 이니셜과 라파이의 이니셜을 섞어 사인을 했다. 그가 보낸 편지 하나의 겉봉에는 이렇게 적혀 있었다. "수취인 주소 변경시 변경된 주소로 전달 바람." 드 브리쿨 부인은 이 표현이 품위 있고 우아하다고 했다. 그래서 파르크 콜레주의 주가가 다시 올랐다.

알방과 세르주의 '관계 맺기'(파르크 스타일)—어느 목요일, 그들은 스페인 음악을 들으러 대로변의 음악감상실에 함께 간다—그리고 돌아올 때 삯마차를 타고 온다—그들의 애정이 더욱 커진다.

그들은 신중하게도 세르주의 집에서 충분히 멀리 떨어진 거리에 삯마차를 세웠다. 세르주가 모자를 쓰려 하자 알방이 물었다.

"너, 갖고 다니는 빗이 없니?"

"없어."

"자, 여기 내 거. 이걸로 머리를 다시 빗어."

"알았어, 그런데 너무 잘 빗으면 안 돼. 내 머리가 단정하게 빗질되어 있는 걸 보면 집에서 이상하게 생각할 거야."

세르주는 가로등 불빛 아래서 가르마를 다시 탔다. 아이들이 그러듯이 아주 꼼꼼하게 힘을 들였지만 너무 비뚤어서 알방은 참견하지 않을 수 없었다. 이마 가까이, 가르마가 시작되는 부분에 1~2센티미터 길이의 아주 짧은 잔머리들이 제각기 다른 방향으로 뻗어 있었다. 가르마는 시작 부분만 있고 오솔길은 금방 흐릿해졌다. 열두 살쯤 된 소녀가 지나가다가 아주 놀란 표정으로 그들을 쳐다보았고, 그들이 한번 더 입맞출 때는 아예 걸음을 멈추더니 그들이 서로에게서 떨어진 뒤에야 멀어졌다. 다친 새들이 나뭇가지에서 떨어지듯, 11월의 잎새들이 가로등 불빛을 받으며 나무에서 떨어졌다. 상가에 모두 불이 켜져 꿀빛 같은 조명이 흘렀다.

"곧장 들어가지 마. 너 아직도 얼굴이 아주 빨개." 알방이 말했다.

"빨갛다고?"

"응, 입맞춤 때문에."

그들은 손을 잡았다. 알방이 잡고 있는 세르주의 손바닥 안쪽 깊숙한 곳에 그가 뱉어낸 추잉검이 붙어 있었다. 얄궂기도 하지.

오후 다섯시 십 분 전이었다. 알방은 금지된 모든 일을 하는 데 두 시간밖에 걸리지 않았다는 게 놀라웠다. 이날 저녁, 집에서 그는 너무나 큰 행복에 젖었다. 말조차 할 수 없어, 경찰서에 앉아 있는 용의자처럼 꼼짝 않고 의자에 앉아 있었다. 어머니가 그에게 물었다. "무슨 걱정 있니? 얼굴이 아주 어두워 보이는데……" "아니요." "아니다, 너 무슨 걱정이 있어. 나한테 말해주지 않을래?" "아니, 아무 걱정도 없다니까요!" "너는 내가 모를 거라고 생각하니?"

그는 어머니에게 오후에 생디디에 스케이트장에 갔었다고 말했다. 정확히 같은 시간에, 세르주는 어머니에게 전교생이 '외출'해서 소르본 교육 극장에서 영화를 보았다며 그 영화에 대해 이야기하고 있었다. 이어서 알방은 아들에게 속고 있는 모든 어머니들에 대해 생각했다. 그에 대해 뭔가 엄격한 도덕적 판단을 내리지는 않고, 그냥 생각만. 그리고 대체 그가 무슨 판단을 내릴 수 있었겠는가? 생각하는 것만으로도 이미 대단했다. (아, 이렇게 자문해볼 수는 있었을 것이다. 요컨대, 어머니가 아들에게 속으려 하지 않는다면, 왜 어머니겠는가?)

저녁 식탁에서도 행복은 불변의 존재처럼 그의 앞에 있었다. 게다가 자신이 보호하는 주인공도 마찬가지일 것 같았다. 행복이 수호천사처럼 그들 앞에 있었다. 보호 그룹에 대해 알려주면서 보호받는 자들은 결국 자신들의 수호천사라고 결론짓던 랭스부르의 말을 들을 때 그는 웃었다. 그러나 이제 더이상 웃을 일이 아니었다.

다시 방으로 올라와서 그는 거울을 보았다. 그토록 행복에 젖어 있을 때 자신이 어떤 얼굴인지 보고 싶었다. 그러나 그의 얼굴은 평소와 다름없었다. 세르주와 헤어지고 조금 시간이 지난 뒤 알방은 이렇게 생각했었다. '지금쯤 그는 거짓말을 하고 있겠구나.' 저녁식사를 하면서는 이렇게. '지금은 마음이 동요되어 뭘 먹고 싶은 맘이 없겠지.' 알방은 불을 끄고 침대에 누워 행복에 취한 흥분을 진정시키려 했다. 그러다가 다시 일어나 불을 켰다. 그는 사포를 들고 어깨띠의 한 면에 그려진 성심회의 문양을 지웠다. 그리고 그 자리에 서로 얽힌 S자 두 개를 잉크로 그려넣었다. '겁이 날 정도로 행복하다. 나는 그애를 너무 사랑한다. 이렇게 계속된다면 미쳐버릴 거다. 그런데 나는 그렇게 되기를 열렬히 바라고 있다.' 그는 생각했다. 또 이런 생각도 해보았다. '앞으로, 지금 이 순간과 같은 강렬한 느낌이 없는 시간을 어떻게 견딜 수 있을까?' 이는 어쩌면 톨스토이가 소피야 베르스와 약혼한 저녁 일기장에 적은 메모와 같은 반응인지도 모른다. "어마어마한 행복. 이 모든 게 그저 삶과 함께 끝나는 건 아닐지도 모른다."

알방과 세르주, 극장에 간다—알방이 '어떤 후배'와 함께 삯마차를 탔다는 것을 '한 제보자를 통해 알게 된 마리(가정부)'로부터 전해들은 드 브리쿨 부인의 분노—어머니의 모욕적이고 근거 없는 비난으로 화가 난 알방은 세르주와 함께 바스크식 펠로타 경기장*에 가기로 결심한다—그들은 그곳에 간다. 다음은 그 일의 마지막 부분이다.

목요일 저녁 일곱시, 바스크식 펠로타 경기장에서 돌아오는 길에 알방은 넋나간 사람처럼 생각에 빠져 거리를 걸었다. 그는 믿을 수 없이 놀라운 무언가에 도달했고, 그런 의미에서 이제 무슨 일이 일어난다 해도 결코 그 이상 나아갈 수는 없을 거라고. "꿈만 같아." 알방은 말

---

* 콜레주 근처에 바스크식 펠로타 게임을 위한 벽이 있었다. 그곳에는 개인 탈의실이 상당수 있었는데, '그룹'의 주요 멤버는 그 열쇠를 갖고 있었다. (원주)

했다. 이에 세르주는 이렇게 답했다. "꿈보다 더한 거지." 그러고는 잠시 뒤 이렇게 덧붙였다. "존재하는 건 이 순간뿐이야." 밖에는 남자 몇 명이 벽 앞에서 펠로타 게임을 하고 있었다. 어둠이 내리는 시간에 정말 이상한 광경이었다. 개 짖는 소리가 들렸다. 또다른 이상한 점은, 탈의실 부스들을 비추는 빛이 없다는 사실이었다. 못에 걸려 있는 알방의 전기 램프에서 나오는 작은 불빛뿐이었다. 격해진 감정으로 이리저리 더듬던 알방은 집게손가락에 약간 상처를 입었다. 피를 멈추게 하기 위해 손수건으로 상처 부위를 감싸야 했다. 바닥에는 움직임이 없는 까만 뱀, 세르주의 허리띠가 똬리를 틀고 있었다. 이제 밤이 자신의 어둠에 취해 있는 것 같았다. 가로등은 자신의 백열에 취해 있었다. 벤치는 방치된 자신에 취해 있었다. 미래에는 어떤 회한도, 어떤 불안도 없었다. 사 년간의 관념론 이후 찾아온 이 충만감. 그는 정신이 혼미했다. 너무 행복해서 기절할 것 같았다. 흥분이 가라앉지 않아 어떤 일도 할 수 없었다. 마치 주사를 맞은 것처럼 그 부위만 빼고 몸 전체가 마비된 듯했다.

집으로 돌아와 외투를 벗고 보니 안감에 아주 크게 찢긴 부분이 있었다. 분명 아침에는 없었던 것이다. 손가락에 상처가 생기기 전인지 후인지, 이 불상사가 일어난 건 아마도 부스가 어둡고, 그가 제정신이 아니었기 때문이리라. 그의 도덕에는 아무 상처도 없었지만 그의 집게손가락과 외투에는 상처가 생겼다.

드 브리쿨 부인은 눈이 충혈되었고 얼굴도 새빨개져 있었다. 그 모습에 그는 매우 만족스러웠다. 경기장에 있는 내내, 자신의 행동으로 그녀에게 복수를 한다고 생각했으니까. 그렇지만 돌아오는 길에 베르

사유대로에 건축중인 주택 앞을 지나면서 그녀에 대한 사랑이 샘솟는 걸 느꼈다. 왜냐하면 방금 그는 그녀를 심하게 속였기 때문이다. 오, 아이들은 바다의 물결처럼 변화무쌍하구나……

드 브리쿨 부인의 눈이 빨개진 건 샹토가 두 번이나 연속해서 약속만 해놓고 오지 않았기 때문이었다.

"그가 날 버린 거야. 이젠 확실해. 나한테 준 피델리스*(향수의 이름이었다)는 날 우롱하려는 뜻이었어. 피델리스라니! 사내들에게는 비열한 의미가 될 수도 있는 모양이군." 백작부인이 말했다.

그녀는 계속했다. 이제 알방이 비행청소년이라 해도 상관없었다. 그는 속내 이야기를 들어주는 친한 친구니까. 마지막으로 그녀가 이렇게 말했다.

"여드레 전에, 마리를 통해서 이미 그에게 속달우편을 보냈단다. 그래서 마리한테도 에밀한테도 또 보내달라고 부탁할 수가 없어. 이상하게 보일 것 같아. 네가 나 대신 우체국에 가서 속달을 부쳐줄 수 없겠니?"

"할게요. 내일 아침, 학교 가는 길에요."

그리고 무엇에 관한 것인지는 모르지만 이런저런 대화가 오갔는데, 드 브리쿨 부인은 건성이었다. 잠시 뒤, 그녀가 난처한 기색으로 말했다.

"지금 곧장 속달우편을 보내주면 정말 고맙겠는데. 그러면 우편물이 내일 아침 일곱시에 출발할 수 있거든."

---

* 라틴어로 '신뢰할 수 있는'이라는 뜻.

학교에 가다가 부치면 일곱시 사십오분쯤 될 텐데, 일곱시 사십오분 대신에 일곱시라! 그는 집을 나와 우편물을 보냈다.

오, 비너스의 증오여! 오, 피할 수 없는 분노여!
사랑이 나의 어머니를 이토록 방황하게 하다니!

드 프라츠 신부는 자습 감독을 통해 수플리에와 알방의 관계를 알게 된다. 파렴치한 사랑.

다음날, 세르주는 아침 약속으로 길에서 기다리고 있던 알방에게 가까이 다가가자마자 이렇게 말했다.

드 프라츠 신부의 훈계

"어제저녁에 뭔가 놀라운 일이 있었어. 자습실에서, 드 프라츠 신부가 교단으로 올라가 이렇게 말했어. '여러분은 철학반 선배들이 자신들의 미래보다 더 관심을 두는 게 뭔지 모르죠?' 이러더니 그룹에 대해 말하는 거야. '바보, 멍청이들……' 그러곤 호령하는 목소리로 '나는 이제 지부아-라파이, 랭스부르-드니, 브리쿨-수플리에끼리 한쌍인 이단짝들이 없어졌으면 좋겠습니다' 하더니 나머지 이름도 다 댔어. 교실에서 나왔을 때, 덜떨어진 드니는 웃었지. 그리고 애들은 내게 이렇게 물었어. '창피하지 않아?' 그땐 정말 난처했어. 하지만 이후 다시 침착해졌지."

"그래서, 어떻게 할 생각인데?" 침울한 얼굴로 알방이 물었다.

"난, 계속하지."

"난, 사람들이 못하게 하는 것 같으니까 더욱더 네가 좋아져. 나도 계속할 거야."

지부아가 그들에게 다가왔다. 매우 흥분한 모습이었다.

"우리는 아카데미 회원이야. 그런데 우리를 공개적으로 어떻게 취급하는지 봐. 애들 앞에서 그랬으니 다들 가족한테 가서 말하겠지. 그러면 우리는 사방에서 신용을 잃게 된다고!"

"아카데미 얘기는 집어치워. 아카데미는 별것도 아냐. 보호 그룹이 문제지."

지부아가 기분 나빠했던가? 그가 말했다.

"그런데 드 프라츠 신부는 대체 왜 특히 너와 수플리에한테 뭐라고 하는 거지?"

"나한테……?"

"수플리에가 드 프라츠 신부 얘기를 다 전하지 않았나보군. '그중에서도 브리쿨과 수플리에의 관계가 불쾌하군요.'"

"그가 그렇게 말했어? 왜 나에게는 얘기 안 했어?"(세르주에게)

"괜히 귀찮게만 할 거라고 생각했지. 하지만 이제 형도 알게 된 이상 그가 한 말을 덧붙일게. '브리쿨은 완전 미쳤고, 지부아는 반쯤 미쳤죠. 그리고 랭스부르는 강하게 영향을 받았고요.'"

그들은 학교에 도착했다. 아이들이 낄낄대며 그들을 쳐다보았다.

알방은 원장 신부를 만나러 가고, 신부는 순수한 애정으로 그를 지도한다

교실에 이르렀을 때, 알방이 지부아에게 말했다.

"열시에 프라도 드 라 알 신부님을 보러 가야겠어."

"그래, 그게 좋을 것 같아. 그런데 네가 어떻게 생각하든, 드 프라츠 신부가 아카데미에 비열한 짓을 했다는 건 잊지 말고 말해야 해."

열시에, 알방은 무엇보다도 보호 그룹에 대해 공개적으로 언급한 점

에 대해 드 라 알 신부에게 항의했다. 콜레주가 그 여파에 휩싸여 있다고 말이다. 원장 신부는 옆에 빈약한 스토브를 둔 채 책상 아래 다리에 회색 담요를 덮고 있었다. 그가 하는 모든 말은 꽁꽁 언 사람에게서 나오는 말이었지만, 그래도 좋은 내용이었다.

"이번 일에서는 나도 어느 정도 귀군과 의견이 같습니다. 나라면 여러분 각자에게 개인적으로 얘기했을 겁니다. 그런데 여러분의 일을 공개적으로 만들기 시작한 게 누구였던가요? 바로 여러분 자신입니다. 여러분 자신이 그런 일을 하면서 그걸 과시했어요. 왜 과시하는 건가요? 이미 작년에, 우스꽝스러운 약혼반지 사건이 있었고……"

"약혼반지요?"

"그래요, 나도 알고 있어요."

"하지만 우리 사이에 반지는 결코 없었습니다! 절대로요!……"

"내가 들은 바로는 그게 아니던데."

"며칠 동안 배지를 달고 있었을 뿐이에요. 일종의 장식처럼요…… 아마 그 얘기인 것 같습니다."

"아! 그래요, 그런 것 같군요. 이번 실수가 그리 대단치 않은 것처럼요." 원장 신부가 말했다.

알방은 어이가 없었다. 원장 신부의 "알고 있어요"는 그의 어머니의 "다 안다"와 마찬가지로 우스웠다. 아니, 우습다기보다 매우 끔찍했다. 모든 게 어쩌면 그렇게 쉽게 왜곡되고, 그 왜곡을 어쩌면 그렇게 가볍게 다룰 수 있는지! 황금 단추 배지가 약혼반지로 변하다니!……

"여하튼, 드 프라츠 신부는 자신이 관심을 둔 아이를 빼앗겼다고 격분했었죠…… 드 프라츠 신부가 훌륭한 분이라는 걸 귀군이 잘 알고 있는지 모르겠군요. 또한 그는 열정적인 사람입니다. '이 단짝들이 없어졌으면 좋겠습니다'라고 한 신부의 말을 글자 그대로 받아들이지 말아요. 중요하게 생각할 것 없습니다! 아무도 귀군들에게 절교하라고 (이건 너무 심하니까요) 요구할 생각은 없어요. 게다가 귀군들이 계속해서 숨긴다면 결국 멸시를 받게 될 겁니다. 그러니까……"

마치 결정을 내리듯, 그는 불쑥 말했다.

"자, 여기 책이 한 권 있습니다(그는 책을 돌려 제목을 가렸다). 교육자인 어느 사제가 청소년 종교교육에 관해 쓴 겁니다. 큰 판형으로 사백 쪽 가까이 되지요. 그런데 읽고 나면, 예수그리스도, 교회 전체, 종교 전체, 이 모든 것, 거대하고, 우주처럼 광활한 이 모든 것이 오로지 하나의 사실로 수렴한다고 생각하게 될 겁니다. 불행한 아이는 다른 아이들이 침대에서 하는 짓을 하지 않는다는 거죠. 참 괴상망측하지요. 난 이렇게 말하는 것도 두렵지 않습니다. 가증스러운 책이라고요. 종교는 이와는 달라요. 종교는 우선 자비입니다. 난 이 점을 여러분에게 백번도 더 되풀이해 말했습니다. 여러분은 어린 후배들에게 애착을 품지요. 나는 여러분이 그들에게 영향을 주기를 원합니다. 진정으로 좋은 영향을 말이죠, 나쁘거나 의심스러운 영향이 아니라요. 선한 신께서는 귀군에게 은총을 내리며, 귀군이 누군가를 사랑하는 데에 동의했습니다. 나는 애정이야말로 지상에 존재하는 가장 강력한 지렛대라고 생각해요. 하늘과 땅 사이에서 사랑하는 게 왜 안 되겠습니까? 우리가 신을 위해 애정을 갖는 게 그토록 자연스럽고 옳은 일인데, 왜 애정에 대해 말하지 말아야 하나요? 귀군에게 말한 '은총'은 어린 후배들과 관련한 것입니다. 라코르데르 신부의 말씀을 하나 인용해볼까 합니다. '다른 존재를 사랑하면서 신을 사랑하는 일은 엄청난 신비다.' '엄청난 신비', 이건 은총입니다. 어린 후배들을 사랑하는 게 그런 것이죠. 단 귀군의 애정이 현실적이라는, 말하자면 후배의 행복을 기원하는 정도라는 전제하에 그렇습니다. 무엇보다 귀군에게 그게 하나의 놀이가 되어서는 안 됩니다. 장난 연애! 소녀들에 대한 말일 때, 이는 이미 매우 비속한 의미를 지닙니다. 하물며 소년들, 신의 아이들과 장난 연애를 한다뇨! 귀군도 알겠지만, 나는 귀군이 용기 있고 정직하다고 생각합니다. 내가 기대는 면도 바로 그 부분입니다. 내기를 해도 좋아요. 페늘롱*이 일찍이 아이들의 감수성을 깨우는 선행에 대해 쓴 걸 귀군도 알고 있겠지요. 귀군의 감수성을 발휘하여, 후배들의 감수성을 깨우세요. 하지만 한창 사춘기의 혼란 속에 있는 가련한 아이들을 더욱 나약하게 만드는 방식으로는 안 됩니다. 그건 너무 쉬운 일이죠! 네, 정말, 너무 쉬워요! 반면 그들을 견고하게 세워주고, 더 올바르게 성장하도록 이끄는 건 쉽지 않죠. 귀군은 그들 부모도, 그들 선생도 할 수 없는 일을 그들에게 해줄 수 있습니다. 부모나 선생은 그들의 적이 아님에도 그들에게는 언제나 경계의 대상으로 여겨지지요. 그래서 나이가 비슷하여 보다 빈번하고 보다 내밀하게 접촉하면서 그들의 고백을 들을 수 있는 귀군은 우리보다 그들을 더 잘 압니다……"

알방은 원장 신부의 충고에 대해 조금도 숙고해보지 않았다. 이에 대해 숙고하는 일은 나중에야 일어나게 된다. 알방은 사제의 매력에 압도되었다. 성당에서 어떤 설교자가 잔 다르크에 관해 설교했을 때 그

---

* 프랑스 절대왕정 시기의 대주교이자 교육자 프랑수아 드 페늘롱(1651~1715).

가 여성이었다는 사실이 더해지자 너무도 감동받아서 헌금함에 10수를 넣었던 날처럼 감동을 받았다. 지금까지 그에게 이런 식으로 이야기한 사람은 없었다. 체로 거른 듯 종교적인 내용은 아무것도 받아들이지 않았지만, 나머지는 커다란 존경심과 함께 받아들일 수 있었다. 원장 신부는 도덕적 측면에서 그의 가장 훌륭한 면을 자극하며 자신의 이야기를 연결시키고 그의 허영심을 만족시켰다. 이 세 가지 조합으로 일은 최악으로 흘러갈 수도 있었으나, 결국은 숙달된 솜씨의 걸작으로 드러났다.

모두가 입을 다물거나 완곡하게 얘기해야 한다고 생각할 때, 오히려 어떤 것들은 있는 그대로 말해야 나쁜 일이 일어나지 않는다고 평소 생각하는 알방은, 역시 그답게 대답했다.

"신부님처럼 말해주는 사람은 그동안 아무도 없었습니다. 약간 어리석은 고백처럼 들릴지 모르지만, 사실 파르크 콜레주에 처음 왔을 때, 선생님들이 우리에게 '군'이라고 존칭을 붙여 부르는 걸 듣고 저는 몹시 감동을 받았어요……"

"보쉬에가 '교회 내 가난한 자들이 지닌 훌륭한 존엄성'에 대해 말한 바 있지요. 여러분, 열여섯 살 소년들인 여러분의 존엄성을 우리는 믿습니다. 왜냐하면 여러분은 지식에서 부족하고, 경험에서 부족하고, 분별에서 부족하기 때문인데, 이는 여러분의 잘못이 아닙니다."

뜻밖이었다. 이 사제는 얼마나 특이한가!

"그 어린 수플리에는, 음……" 원장 신부는 생각에 잠겼다.

그는 시간을 들였다. 그러자 알방의 심장이 아주 거세게 뛰기 시작했다. 펠로타 경기장의 탈의실에서 수플리에의 심장이 두근거렸듯이.

"그 어린 수플리에는, 아, 그하고는 뭔가 일이 생길 겁니다. 앞으로 이 년 뒤에 그가 어떤 모습일지 누가 알까요? 작년에 그는 우리를 견딜 수 없을 만큼 힘들게 했어요. 학업에서 빵점, 품행에서도 빵점 그 이하였죠. 여러 유감스러운 일들이 있었지요. 그렇지만 나는 그를 붙잡아 두었어요. 관심이 있었으니까요. 우선 그는 똑똑합니다. 그에게는 지적인 매력이 있어요. 하루는 그에게 이렇게 말했어요. '귀군은 조숙한 학생입니다.' 그러자 그의 대답은 이랬습니다. '제가 알고 싶은 건요, 제가 열일곱 살에도 여전히 조숙한 상태일까예요.' 이렇게 대답하는 아이는 똑똑한 겁니다. 그리고 어쨌든 그는 분발해서 노력도 했고요……"

그러나 이때 종이 울렸다. 알방이 자리에서 일어났다. 원장 신부가 그의 손을 잡고 마치 프레보텔 신부가 그러듯 잠시 있다가, 입을 열었다.

"귀군은 복음서를 잘 알고 있나요? 당연히 아니겠죠. 사복음서를 읽고, 일 년에 한 번씩 다시 읽어보세요. 모든 게 거기 다 들어 있습니다. 다른 건 전혀 필요가 없지요."

알방과 랭스부르는 교실로 가는 계단에서 몇 마디 나눌 시간 밖에 없었다.

"원장 신부는 어땠어?"

"깜짝 놀랄 정도였어. 우리가 절교하는 걸 원치 않는대."

"원장 신부는 학교를 완전히 뒤집어엎으라고 여기로 보내진 거였는데, 내가 보기엔 오히려 여기 분위기에 금세 적응한 것 같네."

이러한 빈정거림에 알방은 기분이 상했다. 드 라 알 신부의 응대에 내면 깊숙이 감동을 받았던 것이다. 그는 원장 신부가 몇몇 '육체적 행위'에 지나치게 중요성을 부여하는(사실은 그야말로 절제 있게 다루는) 어떤 책을 기괴하고 가증스러운 것으로 취급했다는 사실은 지부아에게 말하지 않았다. 원장 신부보다 더 신중하게, 그는 이런 측면으로 이야기를 몰고 가는 건 사태의 진전에 도움이 되지 않는다고 판단했다.

점심식사를 마친 뒤 그는 조금 이르게 콜레주에 도착해 운동장에서 세르주를 찾아 강당으로 불렀다. 뭐든 마음대로 할 수 있을 것 같은 기분이었다. 그는 세르주에게 원장 신부와의 면담에 대해 할 수 있는 한 정확하고 빠짐없이 전달했다. 그가 "원장 신부가 사춘기의 위기에 있는 너를 혼란에 빠뜨려서는 안 될 일이라고 했어"라고 하자, 세르주는 웃으면서 말을 잘랐다. "오, 그건, 알잖아!"

"그의 말에 너무 열중한 나머지, 그 순간 나는 우리의 우정을 보다 순수한 무언가로 변화시켜야 한다고 생각할 뻔했어……"

순간적인 '흥분'에 의해 떠오른 생각만은 아니었다. 그 생각은 머릿속에 남아 그 순간에도, 그가 약간 어색해하며 우산 꼭지로 세르주의 신발 밑창 가두리를 누르는 동안에도, 그의 머릿속을 차지하고 있었다.

"그 모든 일 때문에 형의 열정이 식어버린 것 같네……" 세르주가 말했다.

이 말에 알방은 마음이 몹시 아팠다. 아! 그러니까 우리는 오해에서 벗어날 수 없는 거구나! 결국은! 말로 표현할 수 없는 무언가를 증명하는 손가락의 상처가 아직 붉은빛일 때 그는 세르주에게 이 위대한 애정의 증거를 그에게 줄 참이었는데, 세르주는 그걸 애정의 증거가 아니라 열정이 식었다고 여기는 것이다! 종이 울려 설명도 끝이 났다.

네시, 쉬는 시간에 지부아가 알방에게 말했다.

드 프라츠 신부가 세르주를 총애한다는 사실을 알게 된 알방은 몹시 기뻐하다

"이제 다 알겠어. 드 프라츠 신부가 왜 특히 너와 수플리에의 관계에 대해 반대하는지 알아? 수플리에는 그가 귀여워하는 애거든. 이건 모두가 알고 있는 공공연한 사실인 것 같던데. 너하고 나만 몰랐던 거야. 그러니까 이제 신부들의 귀염둥이가 누군지 알아내면 되는 거지! 늘 그렇듯, 수플리에는 이것도 너에게 말하지 않았나보네."

"수플리에는 드 프라츠 신부가 자신에게 관심이 많다고 늘 말해왔어."

"관심도 그냥 관심이 아니라 거의 눈을 떼지 못하는 수준이라니까!…… 뮐레가 프레보텔 신부에게 고해하러 갔을 때, 드 프라츠 신부의 사무실에서 수플리에의 목소리가 들렸대. 그는 수플리에가 그의 귀염둥이라는 걸 알고 있었기 때문에 열쇠 구멍으로 들여다본 거지. 그런데 드 프라츠 신부가 두 손으로 수플리에의 얼굴을 감싸쥐고, 눈과 눈을 맞추며 낮은 목소리로 얘기하고 있었다는 거야. 뮐레는 잠시 떨어졌다가 다시 열쇠 구멍에 눈을 갖다댔는데, 그때도 여전히 신부가 두 손으로 수플리에의 얼굴을 감싸쥐고 있었대. 그러다가 신부의 얼굴이 그의 얼굴로 다가갔고, 둘의 이마가 맞닿았대. 얼마 지나지 않아 수플리에가 나왔는데, 한바탕 운 얼굴이었대. 뮐레는 이 모든 걸 살랭한테 얘기했고, 살랭은 나한테 얘기했지. 수플리에가 드니한테 그랬다던데. '드 프라츠 신부는 학생을 족치는 법을 알아. 날 울게 만들었잖아.' 요컨대 수플리에는 그의 귀염둥이야. 게다가, 수플리에를 뭐라고 부르는지 알아? 전에 그가 덧장화를 신고 왔는데 아버지 것이었는지 너무 컸대. 그러니까 그를 장화 신은 귀염둥이라고 부른다는 거야."

알방은 생각했다. '나는 그가 모두에게 버림받고 미움받는 줄 알았

는데. 게다가 프라도 드 라 알 신부도 나에게 그에 대해 아주 좋게 말했지. 드 프라츠 신부는 그를 귀여워하고. 모두 수플리에가 잘되기를 바라고 있어. 그런데 난…… 펠로타 경기장에서…… 내 잘못으로 그는 타락하고 길을 잃은 거야!' 그는 머리를 가득 채운 생각에 짓눌린 나머지 자신의 생각을 세르주에게 말하지 않은 채 다음날까지 참고 기다릴 수 없었다. 이런저런 핑계를 대면서 그는 프레보텔 신부에게 자습실에 남아 있게 해달라고 청했다. 그러면 세르주를 하교시간에 볼 수 있을 터였다.

자습 시간 내내 다른 건 생각할 수도 없었다.

콜레주 정문 앞에서 세르주를 기다리고 있자니 어느 아이가 나오며 상냥하게 말을 건넸다. "어, 브리쿨이다! 수플리에를 기다리고 있구나!"

알방과 수플리에는 함께 학교를 떠났다.

"엊그제 드 프라츠 신부와 면담한 거, 왜 나한테 말하지 않았어? 그것 봐, 넌 나를 신뢰하지 않아."

세르주가 난처한 얼굴이 되었다.

"무슨 면담? 나는 자습하다가 산책 좀 할 겸 고해하러 간 건데. 그건 우리 둘과 아무런 관계도 없잖아." 그러더니 갑자기 폭발했다. "난 드 프라츠 신부를 외면할 수 없어! 그에게 신세를 졌다고."

"누가 너더러 그를 외면하래? 내가 이 문제로 널 비난했어? 반대로 난 그래서 너무 잘됐다고 생각하는데. 네가 그를 믿고 그가 네게 관심을 쏟는 것 말야. 그런데 넌 그 사실을 나에게 숨겼잖아. 그게 유감스러운 거야. 그래도 그걸로 널 비난하지는 않아."

"내가 뭘 숨겼다는 거야? 드 프라츠 신부와 내 관계가 좋다는 건 늘 알고 있었잖아."

"어쨌든, 그와 쭉 잘 지내면서 그를 기쁘게 하려 노력하면 좋겠어. 우리가 같이 다니고부터 그가 너를 전보다 못마땅해한다면, 난 너무 마음이 아플 것 같아."

그들은 잠시 말없이 걸었다. 마침내 세르주가 입을 열었다.

"드 프라츠 신부는 멋진 분이야. 하지만 형도 멋지지. 그럼, 형이 신경쓰니까 그가 뭐라고 했는지 말해줄게……"

"내키지 않으면 안 해도 돼."

"아니, 할래. 그는 이렇게 말했어. '좋지 않군요. 귀군은 점령했던 영토를 다시 잃었습니다. 정말 날 힘들게 하는군요. 이제 다른 학생을 대하듯 귀군을 대하지 않겠습니다. 난 귀군에게 많은 애정을 갖고 있었어요. 앞으로는 그 애정을 귀군의 동료 중 하나, 내가 들이는 수고에 좀더 잘 응답하는 학생에게 줄 것입니다.'"

"이봐, 그건 말뿐이야. 애정은 무슨 선물꾸러미처럼 피에르에게 줄 걸 다시 가져가서 폴에게 주는, 그렇게 주문에 따라 옮길 수 있는 게 아니라고."

"그렇게 생각해?" 세르주가 물었다. 그의 말투에서 신부의 애정에 대한 집착이 느껴졌다.

"그런데 그가 내 이야기는 안 했어?"

"안 했어." 세르주는 대답했다. 하지만 알방은 세르주가 거짓말을 하고 있음을 눈치챘다. 사제는 그에 대해 세르주에게 말했는데, 좋게 말하지 않은 것이리라. "귀군은 점령했던 영토를 다시 잃었습니다." 이 말만으로도 충분하지 않은가? 분명하지 않은가? '발부리에 걸려 그를 넘어지게 한 돌은 바로 나야. 드 프라츠 신부는 그걸 알아. 노골적으로 말하지 않았을지는 몰라도, 그는 수플리에에게 그걸 느끼게 한 거야.' 알방이 슬프게 말했다.

"분명 드 프라츠 신부는 내가 너에게 나쁜 영향을 끼치고 있다고 생각할 거야."

"내게 미치는 형의 영향은 그가 미치는 영향과 같아."

"펠로타 경기장 사건이 있었잖아! 있지, 세르주, 드 프라츠 신부가 나와 자신의 영향이 서로 대립한다고 생각하는 걸 난 참을 수 없어. 만일 내가 그한테 가서 '제가 미치는 영향이 당신의 영향을 방해한다고 생각하시죠. 제 영향이 나쁜 건 아닐지 몰라도 지나치다고 생각하시죠. 우리는 서로 그 아이를 자기 쪽으로 잡아당기고 있어요. 본의 아니게 우리 모두 그를 힘들게 하는 건 아닌지, 저는 두렵습니다. 제가 여기서 빠지겠습니다' 하고 말하면 어떨 것 같아?"

"그러다가 뜻밖에 그가 그 제안을 받아들이면? 나하고 더이상 어떤 관계도 갖지 말라고 하면 어떻게 되는 건데? 길에서 날 만나면 형은 다른 길로 돌아갈 거야? 아니, 난 그러고 싶지 않아!"

"그게 너에겐 큰일이야?"

"아! 당연하지. 형은 아냐?"

'날 사랑하는구나!' 이 젊은이는 생각했다. '아직까지 확신이 없었는데. 이애는 날 사랑해! 어쩌면 난 이애에게 자격이 없는 사람인지도 몰라.'

"너와 헤어지는 건 말도 안 돼. 게다가 원장 신부가 '아무도 귀군들에게 절교하라고 요구할 생각은 없어요'라고 분명히 말한 거, 너도 알잖

아. 내가 빠지겠다고 한 건, 난 너에게 악이라는 생각에 사로잡혀 있었기 때문이야. 하지만 완전히 그런 건 아니야. 내가 너에 악영향을 끼치는 경우에만…… 그러니까 그런 걸 없애야 해……"

"그러면 이제 입맞춤도 하면 안 되는 거야?"

"오! 입맞춤은 되겠지."

침묵이 흘렀다. 전날처럼, 알방은 세르주가 앞으로 일어날 변화를 맘에 들어하지 않는다는 걸 확인했다. 그가 이 변화를 '식은 열정'으로 보았기 때문이든, 이 우정의 관계에서 그가 선호하는 것을 잃기 때문이든, 아니면 이 두 가지 이유 모두 때문이든.

한 가지 생각이 떠올랐다.

"드 프라츠 신부가 지난번에 너에게 입맞추지 않았어?"

"했어."

"아! 그러면…… 어디?"

"그의 사무실에서."

"아니…… 네 얼굴 어디에 했느냐고?"

세르주가 손가락으로 눈썹 귀퉁이를 짚었다.

"여기."

침묵. 그리고 알방이 말했다.

"그러면, 우리 스스로 뭔가 결정을 내릴까?"

"이 일에 대해서는 내일 다시 얘기하자. 오늘밤 침대에서 곰곰이 생각해볼게."

세르주의 집 근처였다. 손을 내밀어 악수를 한 뒤 알방은 근심어린 표정으로 멀어지다가, 뒤에서 세르주가 다시 부르는 소리에 걸음을 멈추었다. 가로등 불빛 아래 세르주의 얼굴은 행복해 보이지 않았다.

"날 원망하는구나." 세르주가 말했다.

"뭐라고? 지금까지 내 말을 다 듣고도 그래?"

"그렇잖아, 내가 드 프라츠 신부의 귀염둥이라서, 그리고 그와 얘기한 걸 말해주지 않아서 날 원망하는 거잖아……"

"그런 생각을 하다니, 너무해! 내가 네 맘에 안 드는 일을 한다면, 그건 모두 내가 널 사랑하기 때문에 그러는 거야."

"그러면 왜 나한테 입맞추지 않는데?"

어쩌면 그렇게 고래고래 악을 쓸 수 있을까? 알방은 그를 끌고 어느 대문 아래로 갔다. 그들은 입과 입을 댄 채 오랫동안, 아주 오랫동안 있었다. 주변을 텅 비우고 망각의 절정에서 굳어버린 기나긴 포옹.

"우리에게서 이걸 빼앗아가지는 않을 거야." 큰 아이가 입을 떼고 숨을 헐떡이며 말했다. "그렇지만 나머지는? 세르주, 세르주, 오늘밤 침대 속에서 깊이 생각할 필요는 없어. 어떤 건 이제 그만두어야 해. 내가 내일 드 프라츠 신부를 만나 이렇게 말해도 괜찮겠어?"

떨리는 목소리는 아니었지만, 들릴락 말락 대답이 돌아왔다.

"그게 최선이라고 생각한다면, 그렇게 해."

다시 악수를 나눌 때, 세르주는 알방의 손목을 약간 비틀었다. 익살스러운 행동.

드 프라츠 신부의 낙원에서

그리스도교 환경에서 신앙심을 가질 수밖에 없었던 인생 초반의 십육 년을 제외하고, 드 프라츠 신부는 결코 신의 존재를 믿은 적이 없었다. 그의 정신은 신을 필요로 하지 않았다. 그의 심장도 신을 필요로 하지 않았다. 초자연은 학문의 세계, 이를테면 정치경제학의 세계만큼이나 그에게 닫혀 있는 세계였다. 그에겐 자연으로 충분했다. 그에 따르면, 신은 인간이 발명해냈는데, 왜냐하면 대부분의 인간이 머리로나 가슴으로나 신을 필요로 했기 때문이다. 그가 생각하기에 이 필요는 인간의 나약함이 지닌 가장 공통적인 특성들 중 하나였다. 이어서 인간들은 이 발명에 의미를 부여하기 위해, 또한 명분을 만들어 자신들의 나약함을 매우 적나라하게 고백하면서도 수치심을 느끼지 않도록 하기 위해 끊임없이 연구했다. 최선의 선택도, 최악의 선택도 할 수 있는 인간은 이 신의 개념을 토대로 각 나라와 각 시대마다 아름다움과 동시에 부조리로 가득찬, 부분적으로는 감탄스럽고 부분적으로는 우스꽝스럽고, 부분적으로 가증스러운 하나의 체계를 세웠다. 인간은 이 체계를 중심으로 놀라운 행동을 비롯해 우스꽝스러운 일을 거쳐 끔찍한 짓까지 이르는 온갖 행위들을 저질렀다. 망상을 토대로 구축된 이 체계 가운데 가장 중요한 게 아마도 가톨릭인 듯했다. 이것이 드 프라츠 신부의 견해였지만 특별히 독창적이지도, 깊이 있지도 않았다.

신앙과 정통성 문제와 관련하여 사실상 교회에서 물러나거나 제명될 일체의 이유가 있는 사제 대부분은, 정신적으로든 때로는 물리적으로든 관계를 절연하지 않으려 한다. 즉 방황하지만 남아 있는다. 그만큼 교회가 그들을 강하게 끌어당기고, 또한 꿈꾸게 하는 것이다. 드 프라츠 신부의 경우는 이와는 달랐다. 그는 원칙적으로 교회에 속했으며, 자신의 내면 문제가 아니라면 무엇이 됐든 일탈하지 않으려 조심했다. 사제직을 수행하면서도 거북함을 느끼지 않았다. 그는 신성모독으로 여기지 않았는데, 신은 그에게 존재하지 않기 때문이었다. 그는 신뢰를 배반하면서도 죄의식을 갖지 않았다. 왜냐하면 결코(딱 한 번, 그리고 사 년 뒤 이에 대해 회한을 품긴 했지만) 자신에게 믿음이 없다는 걸 누구도—특히, 학생—눈치채지 못하게 했기 때문이다. 그는 가능한 한 신에 대해 말하지 않았다. 어쩌다 부지불식중에 신에 대해 말할 때, 그는 내면에서 우러나오는 미소를 띤 채 배운 그대로 정확하게 말했다. 그에게는 당연한 일이었다. 말을 시작할 때면 "이것은……"이 아니라 "교회에서 우리에게 가르치기를……" 하고 말했다. 그의 말은 언제나 "보면서도 알아보지 못하게 하고, 들으면서도 이해하지 못하게 하기 위해" 비유를 쓴다고들 하는 복음서의 애매한 표현과 밀접한 연관이 있었다. 그는 수많은 이중적 의미, 정신적 유보, 중간 상태, 기만, 행간의 의미, 온갖 속임수, 비밀들, 그리고 보통은 유치한 절반의 비밀들에 싸여 지내는 게 익숙한 나머지 솔직하고 진실한 무언가를 말해야 하는 순간에 그것을 뒤틀어 의미를 왜곡하곤 했다. 이렇게 하는 게 힘들어 보일 수 있지만 바로 이런 일들 덕분에 그는 정직을 보전했다. 학생들이 질문을 하면, 그는 몇몇 성스러운 구절을 참조하게 하거나, 또는 간단하게 그런 질문은 '오만하다'고 했다. 누군가 속죄의 뜻으로 금욕을 행하거나 눈물을 흘리며 성단으로 올 때 신부는 그의 감정을 해치지 않으려 조심했고, 종교가 더이상 그에게 버팀목이 되지 못할지라도 그 안에 남아 있을 수 있도록 도와주었다. 이런 일은 성직자가 아닌 속인의 차원에서 행했다. (사실, 그가 맡은 학년에 그렇게 독실한 학생은 매우 드물었다. 그런 학생은 상급 학년에 더 많았다.) 그에게 의식이란 청소년 시절 세속의 의식이 의미하던 바와 다를 게 없었다. 그는 정직하게 제단에 올랐다. 마치, 속인처럼, 최고로 잘하고 싶은 욕망을 품고 연단에 올라 의식을 주재했다. 성사를 주관하는 동안 말을 할 때는 비서가 써준 대로 연설하듯 했다. 사제가 되어 십이 년 동안 행동으로는 아니더라도 말할 때 신을 피한다는 것, 얼마나 절묘한 곡예인가! 놀라운 점은 아무도 이를 알아채지 못한다는 사실이다. 파르크에서 어느 누구도 그에게 그의 신앙심에 관해 묻지 않았다. 이와 마찬가지로, 앞으로 우리가 짧게나마 이야기하게 될 고해성사라는 희극 속이 아니고는 어느 누구도 소년들에게 사생활을 묻지 않았다. 소년들은 자신들의 행동에 대해 아무 말도 하지 않았고, 이 사제는 자신의 신앙심에 대해 아무 말도 하지 않았는데, 이는 마치 얼굴을 베일로 가린 사람들의 모임, 검은 사제복과 빛나는 장딴지들의 가면무도회 같았다.

그의 성직자로서의 교양은 신학교 때 수준 그대로였지만, 뛰어난 기억력으로 잘 활용했다. 신앙심이 적은 만큼, 더 많은 인용구를 알고 있어야 했다. 세속적 교양은 넓다기보다는 편향되어 있었다. 기질적으로 그는 자기가 관심 있는 책만을 읽었다. 또한 정치적 견해로 말하자면, 원장 신부의 신랄한 관점과는 거리가 멀었다. 그에게는 소년들로 충분했고, 소년들은 그에게 다른 일을 위한 시간을 조금도 남겨주지 않았다. 그들이 보호 그룹 안에서, 오로지 그 안에서 그들 자체로 족하듯이.

사제에게는 정신적 지도자가 필요한 법이다. 그런데 드 프라츠 신부에겐 지도신부가 없었다. 그는 자신의 뜻에 따라 처신했다. 반대로 그는 사람들의 고해를 듣는 걸 좋아했다. 그는 현실적인 통찰력과 호기심과 믿음을 갖고 고해를 듣는 훌륭한 심리학자였다. 다른 사람을 잡고 있다가 놓아준다는 사실 자체가 그의 상상력을 자극했다. 그리고 그는 특정한 상황에 대해 소년들에게 묻지 않는 데 자부심을 갖고 있었다. 그런 상황에 대해서는 스스로 간파하기만 하면 되었으니 그에게는 소년들의 솔직함도, 거짓도 필요 없었다. 그는 성인聖人들의 책을 좋아했고 거기서 마르지 않는 자양분을 얻었지만 가톨릭 문학의 자잘한 작품들은 예외였다. 그래서 성무일과서를 읽을 때도, 프랑스어 기도문 부분을 두꺼운 판지로 가리지 않을 수 없었다. 그에 따르면 너무 어리석고 터무니없는 내용이라 냉정을 잃게 만든다는 거였다. 그는 반대편 줄에 있는 라틴어 텍스트만을 읽었다. 라틴어는 문제를 정리해주었다. 자신이 바치는 칠성사에 대해 그는 이렇게 생각했다. '확신도 없으면서, 평생 방사선치료를 받게 하는 의사들이 있다.' 그를 힘들게 하는 건, 종종—그들 신앙의 근원지에서—머리가 죄다 썩은 듯한 사람들을 만나야 한다는 점이었다. 이따금 그는 많은 동료들의 상스럽고, 하찮고, 어리석어 보이는 모습에 짓눌리는 기분이었다. 기나긴 미사와 그로 인해 잃는 시간 또한 그에게는 힘들었다. 하지만 불편함과 불가피한 지루함을 내포하지 않은 직업이 어디 있겠는가? 지적인 사람이라면 의미를 부여하지 않을 말과 행위 또한 여러 직업에서 흔하다. 정치인, 외교관, 변호사, 어쩌면 판사도…… 그에게 필요한 가면은 지위가 높은 사람이 젊은 나이 때부터 써온 가면보다 더 어려운 것도 아니었다. 가톨릭에 대한 공감이 없지 않았고 태어나면서부터 그 관습을 따라왔으니 말이다. 그는 기꺼이 스스로를 외부의 그리스도인이라고 생각했는데, 어쨌든 한 사제로서는 약간 이상한 생각이었지만 그는 아무 생각도 없는 것보다는 낫다고 생각했다.

아무리 불신자라 해도, 그리고 신자를 모두 바보로 여긴다 해도 드 프라츠 신부는 성직이라는 신분에 대해 매우 지고한 관념을 갖고 있었기에, 종교적 열정이 부족한 듯한 사제를 보았을 때 충격을 받기도 했다.

신앙심이 없다는 이유로 파면된 보좌신부에 관한 바레스의 구절을 알고 있는 그는 그 내용이 피상적으로 경박하기까지 하다고 판단했고, 부정적인 의미로 '중고생' 냄새가 난다고 표현했다. "정말로 이해력이 초보 수준이군! 더이상 신앙심이 없다는 게 어째서 성직을 떠나야 할 이유가 되는 거지? 오히려 그편이 훨씬 더 나을 텐데. 사실 그에게는 어떤 멜로디가 있는데, 그건 늘 그와 함께할 거다. 그래서 그가 평범하게 내뱉을 말 한마디 한마디가 모두 그 멜로디를 따라 형이상학적인 의미로 다시 번역될 거야. 평범하고 세속적인 것에 한마디로 다시 제 의미를 부여하는 거지." 바로 이거다. 플루트가 멜로디를 연주하듯이.

그는 왜 이런 삶을 택한 걸까—이게 그가 꿈꾸던 삶일까? 그가 원한 건 오로지 소년들만을 돌보며 그들 가운데서 사는 삶이었고, 그러한 삶을 그에게 허용해주기로는 바로 이 사제복이 최선이었다. 그에게 교육자이자 사제로서의 소명은 있었지만, 신앙의 소명은 없었다.

그가 진로를 정했던 1896년경에는, 사회를 앞에 둔 채 '젊은이들'에게 자신을 오롯이 바치기란 오늘날보다 힘든 일이었다. 어떤 상황에서든 의지하기 위해 언제나 매우 비싼 대가를 치러야 하는, 그럼에도 불구하고 기필코 붙어 있어야 하는 두 권력 집단이 있다. 즉 정부와 교회다. 그는 교회가 아니라 다른 쪽에서 안전을 보장받고 싶었다. 그런데 당시 교회와 국가는 더이상 분리되지 않고 그럴듯한 명목하에 결합되어 있었다. 그는 이 불굴의 법칙을 지키고 있었기에 20세기 초 프랑스 교회를 휩쓴 격동의 소용돌이—모더니즘, 정교분리의 원칙, '공포정치'—도 그에게는 러일전쟁이나 만국박람회와 마찬가지로 전혀 무관했다. 바로 이런 입장에서, 그는 때가 오자 파르크에 눌러앉은 것이다. 파르크 콜레주는 당시 우파 경향을 보이던 예수회의 명예를 회복하려던 대주교 교구의 좌파 그리스도교 정신이 강한 학교였다. 원장 신부는 좌파 신념이 있는 사람이었다. 드 프라츠 신부는 부득이하게, 그리고 또한 간헐적으로 좌파였다. 왜냐하면 시골 귀족이 그렇듯 그는 이를 불가피한 일 이상으로 여기지 않았기 때문이다. 그래서 아래로는 모두가 지키고 있는 보호 그룹의 내부 조항이 있었다. 그리고 위로는 이 사제와 그가 기묘한 방식으로 가담하거나 전혀 가담하지 않는 두 체제 사이에 맺은 계약이 있었다.

드 프라츠 신부는 프리메이슨단과 좋은 사이가 되고 싶었다. 그는 책을 통해 그들의 공론을 알게 되었고, 그 역시 신학만큼이나 복잡하고도 공허하다고 여겼다. 하지만 그건 중요하지 않았다. 물론 프리메이슨 단원이 되고 싶은 건 아니었다. 다만 프리메이슨단과 가까워지고 싶었고, 일종의 명예 단원까지는 아니더라도 적어도 공명하는 자, 나아가 기대를 품은 초심자로 여겨졌으면 했다. 그가 가톨릭이 아니면서 가톨릭인 것처럼, 단원이 아닌 채 완전한 단원으로 있고자 한 것이다. 이를 위해 그는 먼저 편지를 보냈고 이 비밀결사의 어느 지부장과 삼 년 동안 서신을 교환했다. 그는 프리메이슨의 교리에 매우 관심이 있는 척하고 내키는 대로 변덕을 부리며 말을 둘러댔다. 이 모든 건 인간이라면 누구나 지니고 있는 순진한 면모의 하나로, 이 또한 나중에 다시 이야기하게 될 것이다.

야망이 없는 사제, 혹은 영적으로 초연한 사제로 원장 신부가 있다면, 열정이 다른 데 있는 사제로는 드 프라츠 신부가 있다. 어렵고도 섬세한 직무를 위해 태어난 책략가가 오로지 하나의 얼굴만 보이듯이 그는 언제나 똑같은 모습이었고—속임수인지 또는 그에게 힘과 영감을 주는 '젊은이들' 주위에서만 살아서인지—단 한 순간도 자신의 직업과 고귀한 교육에 대한 자신의 열정을 두고 저울질하지 않았다. 이 열정 때문에 그는 어쩔 수 없이 은둔하는 삶을 살았다. 그렇지만 그와 나이가 같은 동료가 승진했을 때 스쳐간 가벼운 동요는, 그에게 이러한 열정이 없었다면 다른 사람들과 마찬가지로 출세하고 싶어했으리라는 사실을 알려준다. 하지만 그에겐 열정이 있었기에, 모든 게 열정의 주변과 아래로 정리되었다. 게다가, 나이 마흔에서 마흔다섯 사이에 드 프라츠 신부는 한층 더 눈에 띄지 않게 은둔해서 살 결심을 했다. 그 삶만이 스스로의 유일한 주인이 되도록 해줄 터였다(그가 가진 돈과 함께). 이 역시 때가 되면 보게 되리라.

돈, 독립, 은둔생활, 성직자, 그것도 권력과 언제나 좋은 관계를 유지하는 나름대로 훌륭한 성직자, 이런 게 그의 삶의 기반이 되었다. 단 한 가지 소신이 모든 걸 단순화시켰다. 많은 젊은이들이 자기 자신과 자신의 미래를 잘못 생각하고 헤매며 시간을 허비하는 때에 이 젊은이는 자신을 잘못 파악하지 않았고, 자신으로 있기 위해 어떤 길을 선택해야 하는지, 또 무엇을 희생해야 하고 무엇을 지켜야 하는지 정확히 알고 있었다. 그리고 그는 이 계획을 실현했다. 결코 망설임이나 뒷걸음질치지 않고, 길에서 벗어나지도 않고, 실수하는 법도 없었다. 목표 달성을 위해 필요한 의지와 방법은 자신의 열정을 실현하기 위한 것이기에 그에게는 조금도 어렵지 않았다. 설사 그 의지와 방법에 많은 수고가 들었다 해도 같은 이유로 그는 수월하게 견뎌냈으리라.

드 프라츠 신부가 소년들의 기숙사에 묻혀 산 지도 그러니까 사 년이 되었고 그중 일 년은 파르크에서 보냈다. 그는 대주교 교구에서 계획한 대개혁의 목적으로 원장 신부 및 지금도 있는 다른 신부들과 함께 첫번째 콜레주, 데스트레 부인의 포르루아얄만큼이나 엉망이라고 소문난 이 콜레주에 들어오게 되었다. 이 사제들이 이곳에 들어온 이유가 콜레주를 개혁하기 위해서임은 사실이지만, 이들 각자가 개혁을 불가능하게 만들어버렸다. 드 프라츠 신부는 관용으로 눈을 감았고, 프레보텔 신부는 수줍음으로 눈길을 돌렸다. 원장 신부는 눈은 뜨고 있었지만, 시력을 잃어 보지 못했다. 그들은 눈이 있어도 보지 못한다. 아! 그야말로 아이들의 천국이었다.

파르크 콜레주에서 드 프라츠 신부의 존재는, 요컨대 유익했다. 그가 유익한 건 언제나 소년들을 정신적으로 고양시키려 노력하기 때문이었는데, 그 방향은 그리스도교적 삶을 향한 게 아니라 자유롭고 성실한 인간의 삶을 지향했다. 이곳의 다른 신부들은 신에 대해 말했지만, 그는 신의 언어를 말했다. 또한 그의 유익함은 그가 아이들을 향해 진정한 호감을 품었기 때문이기도 했는데 이는 그리 매력적으로 생기지 않은 아이들에게도 마찬가지였다. 그는 보기 드문 재능을 지니고 있었다. 즉 본능적으로, 어떤 상황에서건, 말하자면 그는 즉각적이고 날카롭게 그들의 눈높이에 설 줄 알았다. 그렇기 때문에 그들이 무슨 짓을 하든, 그들 나이의 눈으로 보는 그에게는 거의 모든 일이 자연스럽고 당연했다. 무엇보다, 그들이 표현하는 감정은 다른 사람들에게 피해를 주지 않았다. 비열한 행동이나 허세, 어리석음, 또는 안경이나 신앙심으로 그를 귀찮게 하는 소년들(여기에는 보호 그룹이 '그놈들'이라고 부르는 소년들 대다수가 속한다)에게도 그는 우정어린 마음과 그들이 잘못에 빠지지 않기를 바라는 간절한 염원, 그리고 열린 지성을 갖고 대했다. 그리고 무엇보다도 아이들에게 매우 중요한 것인 공정함에 대한 가장 예민한 감각이 그에게 있었다. 이 이해심과 우정의 마음과 정의감만으로도 드 프라츠 신부는 유익한 존재라고 주저 없이 말할 수 있다. 때로는 자발적으로, 때로는 본의 아니게, 그는 봉사와 충실함으로 넘쳐나는 그의 정신의 수많은 반역에 대해 사과했다.

노트르담 뒤 파르크에서 드 프라츠 신부가 어떤 사람이며 어떤 이미지로 통하는지 단적으로 말해주는 한 가지 사실이 있다. 학생들은 이 학교의 사제들과 교사들과 자습 감독들 모두에게 별명을 붙였다. 하지만 드 프라츠 신부와 원장 신부, 이 둘만은 별명이 없었다.

언뜻 단조로워 보이는 생활은 이렇게 흘러갔다. 어떤 의미에서는 단조로웠지만, 또다른 의미에서는 매우 활기찼다. 이 활기는 흥분으로 들끓는 존재들에 의해 끊임없이 유지되었다. 드 프라츠 신부의 삶은 세상에서 몸을 피해 은둔한 삶이었지만 쉰여 명에 이르는 아이들의 예리한 눈에 적나라하게 노출되어 있었다. 그는 한편으로 아이들에게 푹 파묻혀 살면서 다른 한편으로는 존경을 받았다. 게다가 그에게는 젊음과 건강과 선행, 그리고 온갖 가능성으로 가득찬 지력이 있었다. 이것들이 있어 그는 매우 행복했다. 그리고 이 행복은 그의 좋은 품행의 원천이 되었다. 그렇다, 그는 교회에 해를 끼칠 만한 짓은 결코 하지 않을 것이다. 자신의 구미에 맞는 매우 안락한 이 삶을 가능케 하는 게 바로 교회이기 때문이다.

지난 사월, 불행의 한 요소가 이 행복 속에 들어왔다. 세르주 수플리에가 파르크에 도착한 것이다.

『살아 계신 신』의 투고자

'가톨릭 고등 연구 잡지'인 『살아 계신 신』의 편집장이 드 프라츠 신부에게 '묵상의 경험적인 조건과 토대'라는 주제로 "중간 행간으로 십여 쪽 분량"의 기사를 하나 써달라고 부탁했다. 자신의 영적 상태를 따지기 이전에, 사제는 쓰지 않겠다며 사양했다. 그러자 편집장이 '신은 누구인가?'라는 주제를 제시했고, 그는 받아들였다.

신앙 안에서 평온함을 누리는 사람들과 마찬가지로 드 프라츠 신부는 무신론—소박한 사람의 무신론—의 편에 서서 아홉 쪽에 걸쳐 신에 대해 아주 상세하게 기술했다. 이 상황이 그는 유쾌하고 편했다. 유쾌한 까닭은 뜻 모를 말들을 써대는 게 이 재기 넘치는 남자에게 기분 전환거리였기 때문이다. 현실(적어도 소년들과 관련된 현실)을 너무도 잘 알고 있는 그로서는 형이상학 앞에서 실소를 금할 수 없었다. 그는 글을 쓰는 동안 '신학을 버리고 무신론자가 된 것'에 내심 우쭐해하기도 했다. 한편 편한 까닭은 이 형이상학 세계는 결코 반발하지 않기에 충분히 신중하기만 하다면 신에 대해 무엇이든 말할 수 있기 때문이었다. 그런데 신중함이라면 그가 정통한 분야 아닌가. 신은 없기 때문에, 신이 존재한다고 말하는 것보다 더 쉬운 일은 없었다. 공인된 몇몇 저자들을 모방해서 정확히 말하는 기술, 말하자면 필요한 경우 모호한 자세를 취하는 기술에 말장난을 곁들여 아무 말이나 하면 되었기 때문이다. 그리고 성직에 있는 그를 위로하는 이 글들이 주는 즐거움은 그에게 중요했고, 그가 유일하게 좋아하는 존재들에게 피해를 주지도 않았다. 왜냐하면 그는 자신이 쓴 글을 성인 신자들만이, 즉 그의 표현에 의하면 정신적 결함을 지닌 자들만이 읽을 걸 알고서 썼기 때문이다. 아울러 이 글로써 그는 동료 성직자들에게 그가 그들 가운데서 평화롭게 살고 있다는 이 거대한 속임수에 대해 어느 정도 보상해주고 싶은 마음이 있었다. 그는 기사를 정치적으로, 그리고 약간 미묘하게 썼다. 현명하게도 글을 보내기 전에 원장 신부에게 보여주었는데, 원장은 매우 잘 썼다고 했다.

가톨릭과 충돌하며 억눌려 있는 무언가가 있는데, 무신론자가 모든 걸 까발리는 데에는 약간의 장난기만으로도 충분하다고 드 프라츠 신부는 생각했다. 그는 독실한 신앙인의 언어로 말했다. 그는 고해를 하고, 교훈을 주는 책들을 썼으며, 설교하고, 신학을 논했다. 그러나 이 모든 일은 약간의 장난기만으로도 충분히 할 수 있다. 이런 까닭에 그는 신앙심이 없는 성직자들이 아주 많을 것으로 추정했다. 추정이라 함은, 한 침대에서 둘이 하는 일에 대해 외부에서 말할 수 없듯이 한 존재의 종교적 믿음이 어떠한지 외부에서 말할 수 없기 때문이다. 어쩌면 그들에게는 자기 자신과 평화롭게 지내기 위해 나름 찾아낸 신앙의 방식이 있는지도 모른다.

그의 추산에 따르면 사제들 중 삼분의 일이 이 경우에 속했다. 그들은 교회가 운영하는 사기 사업의 올가미에 걸려 명예도 없이 무보수 봉사자로 세상 앞에 무장해제되어 있었다. 그렇게 떠날 힘조차 없는 그들은 매여 있는 곳에서 무기력하게 풀을 뜯었다. 마찬가지로 우습고도 끔찍한 발작을 보이는 이들 또한 꽤 많다고 그는 생각했다. 온전한 사람은 그처럼 믿음이 전혀 없는 사람들뿐인데, 이들의 수는 극히 적었다. 전쟁이 끝나고 몇 년 뒤, 이런 이야기가 떠돌았다. 어느 가난한 자작이 대뇌 중추와 관련한 부상을 입고 퇴역했다. 그런데 만일 그가 미치광이로 인정받았다면 연금이 막대하게 늘었을 거라고 뒤늦게야 사람들이 그에게 알려주었다. 그는 미치광이가 되기로 결심했고, 그 짓을 꽤 잘해냈다. 그렇게 정신병원에서 일 년을 보내고, 바라던 막대한 연금과 함께 퇴원했다. 이후에 그는 너무나 끔찍한 나날이었다고 털어놓았는데, 이야기를 들은 사람들은 감탄을 금치 못했다. 우리가 알고 있듯, 자신의 목적에 이르기 위해 '사제직에 있던 십이 년'이라는 시간이 드 프라츠 신부에게는 광인들의 집에서 보낸 십이 년 같았다. '믿는' 자들을 미치광이로, 계획을 품고 들어온 자들을 반미치광이로 가정해보자. 가톨릭은 우스꽝스러운 종교였다. 단 십오 분간의 테스트만으로도 들통날 정도였다. 키키가 그에게 이렇게 말했던 날이 있다. "저는 신보다는 나폴레옹이 더 좋아요. 신은 전혀 이해하질 못하겠어요." 그는 이렇게 대꾸하고 싶었다. "이 가엾은 친구야, 이해해야 할 건 아무것도 없다네." 임기응변의 기지가 부족하거나, 정신적으로나 육체적으로 건강하지 않은 자들에게 이 어두운 세계는 악몽이었을 터. 그러나 자작처럼, 사제는 모든 걸 다 갖추고 있었다. 지식을 토대로 굳건히 선 그는 강철처럼 견고했다. 그러면 매우 열성적인 콜레주의 '두뇌' 프라도 신부는 어떨까? 그리고 조금도 어리석지 않은 그의 동료들 X, Y, Z는? 그러니까 그들은 '아둔한 지성인'에 속했다. 이 말을 위고는 사제들 가운데 가장 뛰어난 이들에게 사용한 바 있다—속세의 많은 지성인들에게 적용시킬 수 있는 말. 그의 양심으로 말하자면, 무척 평온했다. 그는 솔직하지 않았다. 하지만 왜 꼭 솔직해야 하는가? 가톨릭은 하나의 거짓말이다. 소년들은 거짓말 속에 살고 있었다. 그가 알고 있는 한, 사회적 도덕 또한 하나의 거짓말이었다. 머리가 모자라는 자가 아니라면, 그 누가 가면을 쓰지 않겠는가? 그도 남들과 다를 바가 없었다. 게다가 아무에게도 해를 끼치지 않았다.

알방, 드 프라츠 신부를 만나러 가다

신은 누구인가?의 결론에서 잠시 중단했던 신부가 다시 펜을 들려던 차에 누군가 문을 두드렸다.

"들어오세요!"

알방이 들어왔다. 신부가 자신의 사무실에서 알방을 본 건 처음이었다. 그는 깜짝 놀랐다.

"이게 누군가! 브리쿨 군 아닌가요? 무슨 일로 왔는지 알 만하군……"

"신부님, 수플리에와 저의 관계에 대해 말씀드리자면, 언제나 온당한 관계는 아니었습니다. 저는 오늘부터 이 관계가 나무랄 데 없이 완벽한 관계가 되리라고 말씀드리고 싶습니다. 그렇지만 그에게 입맞춤하는 일은 그만두지 않을 겁니다(신부는 소스라친다), 하지만 그게 다예요. 그런데 그 아이에 대한 저의 영향이 신부님의 영향과 대립한다면, 말씀해주세요. 그러면 저는 그를 더이상 보지 않겠습니다. 그리고 신부님의 대답이 어떤 것이든, 저는 또한 신부님께 앞으로 저의 고해신부님이 되어주시지 않겠느냐고 여쭤보러 왔습니다."

세르주와 절교하겠다는 알방의 제안은 진심일까? 원장 신부는 이렇게 말했었다. "아무도 귀군들에게 절교하라고 요구할 생각은 없어요." 그리고 바로 전날, 그는 세르주에게 이렇게 말했다. "너와 헤어지는 건 말도 안 돼." 하지만 순수한 우정을 나누겠다는 약속은 전적으로 솔직한 마음이었다.

드 프라츠 신부의 격정적인 발언 이후, 우리 이야기의 시나리오가 조심스레 고조되었다고 생각하는 독자도 있을지 모르겠다. 드 프라츠 신부가 분노를 터뜨려 학생들을 공포에 떨게 하고 마음에 상처를 입힌다. 원장 신부는 학생들에게 용기를 주어 순하게 길들이고, 그들의 감동과 신뢰와 함께 품행의 개선을 얻어낸다. 중요한 원칙에 따라, 각각 엄격함과 온화함을 강조한다. 이런 전략이 있었음직하지만 사실 그렇지는 않았다. 드 프라츠 신부의 경우, 분노와 원한이 폭발해 화를 터뜨렸지만 자신의 감정 폭발을 예상하지 못한 건 아니었다. 하지만 프라도 드 라 알 신부가 알방을 이끌어 일을 그의 판단에 맡긴 건 예상하지 못한 일이었다.

이 젊은이의 말을 듣고 있는 드 프라츠 신부는 그가 원장 신부와 면담을 했다는 사실을 몰랐다. 원장은 시내에서 점심을 먹었고 이후에는 더 위급한 일을 처리하느라 그에게 면담에 대해 말할 틈이 없었다. 알방으로 말하자면, 그 역시 고해에 대한 그의 반응에 신경이 쓸려서 이 면담에 대해 말하지 않았다. 드 프라츠 신부는 너무 당황한 나머지, 상대 선수의 모호한 위협 앞에서 자신의 몸을 지키려는 복싱 선수와 같은 반응을 보였다. 그는 무엇보다 시간을 벌고 싶었다. 그는 알방을 자리에 앉게 한 후, 학교에 그의 고해를 듣는 신부가 있는지 물었다. "아니요, 저는 소교구의 신부님께 고해성사를 봅니다." 이어서 알방은 그에게 수플리에를 어떻게 알게 되었는지 물었다. 처음에 그는 당황한 나머지 말을 더듬었다. "수플리에는 내 담당이니까 돌보는 거죠. 그게 다요." 신부가 이 말을 하는 동안 알방은 그의 발목이 아주 가늘다는 점에 주목하고 있었다. '별문제 없겠지.' 그는 생각했다.

드 프라츠 신부는 이 활기찬 얼굴의 이면을 꿰뚫어보기 위해 조심성 없이 눈을 찌푸렸다. 이 뛰어난 계략을 생각해낸 용의주도한 녀석일까? 제 발로 뛰어든 순진한 녀석일까? 아니면 둘 다? 어쨌든, 조종할 수 있는 녀석이라면 조종해야 한다. 사실 같지 않은 이 상황을 이용하지 않는다면 정신 나간 거겠지. 그는 자신이 눈을 찌푸리고 있음을 의식하고 표정을 바꾸었다. '오, 나의 작은 새여! 지금이야말로 너를 사로잡을 기회구나.' 그는 생각했다.

그는 알방이 약간 신경질적이라고 소문으로만 알고 있었다. "기개 있는 성격이지만 위험한 정신의 소유자." 신부는 처음으로 그를 가까이서 보았다. 그리고 그가 자신이 그렸던 이미지와는 다르다고 생각했다. 단정치 못했다. 관자놀이 부근의 잔머리에, 조끼는 앞섶이 반쯤 열려 있었고, 옷은 지저분했다. '이런 스타일인가보군.' 단 한 순간도 그는 알방이 겸손한 태도를 보이리라 생각한 적이 없었고, 그렇게 생각하는 건 불가능했다. 그리고 생각했다. '그가 외동이라는 건 한눈에도 짐작할 수 있겠군.' 외동이라는 이 축복받은 족속은, 그 총명함과 괴짜 기질, 말하자면 그들의 '인격주의' 때문에 자기들끼리만 완벽하게 소통한다.

그의 주요 전략이 뒤로 한발 물러서서 침착하게 처신하는 것이었던 만큼, 그는 "좋은 의도를 보여주기 위해 한 걸음 내디딘" 소년을 칭찬하는 데에서 그쳤다(신중하자). 신부는 자신에게 고해를 하고 싶어하는 알방의 바람과 그와 세르주의 관계에 대해 원장 신부와 상의를 해야 했다. 그래서 잠시 후 그는 핑계를 대고 알방을 돌려보냈다. 알방은 원장 신부와 면담을 했었다는 얘기를 할 시간조차 없었다.

혼란에 빠진 신부는 밖으로 나가 정원을 걷고 싶었다. 그는 성무일 신비한 작용과서를 들고 읽는 척하기로 했다. 그러면서 침착을 되찾을 수 있을 터였다. 그는 밖으로 나가 걸었다. 단어들에 방해받지 않기 위해 성무일과서는 거꾸로 들었다. '그는 어쭙잖은 감정들로 자기가 내 우위에 섰다고 생각하는 거겠지. 어디 그렇게 되는지 두고 봐라! 먼저, 그의 고해성사, 나는 거절한다. 받아들이면 일이 복잡해질 거야. 그가 솔직한 거라면 그 청으로 내게 관대함을 강요한 셈인데, 나와 상관없는 일이지만 흥미롭긴 하군. 그가 거짓말쟁이라면 나는 속은 거지. 그는 더이상 세르주를 보지 않겠다고 제안했다. 그 제안을 받아들여야 할까? 그가 세르주를 다시 만나면 내가 그를 문밖으로 쫓아내는 거야. 그의 고해를 유도해서 다 털어놓게 하고, 알게 모르게 그가 제 꾀에 넘어가도록 만들어볼까?' 드 프라츠 신부는 원장의 서재에서 손에 닿는 대로 책을 골랐다. 그는 라코데르의 서간집에서 이 문장을 찾아냈다. "나는 신비한 작용을 좋아한다." 그 역시 신비한 작용을 좋아했다.

그는 알방의 고해를 거절한 일에 대해 설명해야 한다. "그러면 일이 너무 복잡해지니까요." 드 프라츠 신부는 자신이 담당한 학년의 유난스러운 학생들—적어도 기숙사생이 아닌 학생들—한테서 중요하지 않은 고해만을 듣는 셈이었다. 이 학생들은 불경한 영성체를 거부할 뿐만 아니라 담당 신부들한테도 자신의 속마음을 털어놓지 않으려고 거주 지역의 아무 고해실로 뛰어들어가 자기 잘못을 빠짐없이 고백했다. 그리고 학교의 사제에게는 오로지 용서받을 수 있는 잘못들만을 고백했다. 그러고서 세상에서 가장 평온한 마음으로 영성체를 했다. 이런 행동을 막을 수 있는 방도는 없었다. 학교에서 학생에게 혹시 다른 곳에서 먼저 고해성사를 보았는지 물을 수는 없는 노릇 아닌가. 그렇게 되면 몇몇에게는 거짓 고백을 하도록 종용하는 셈이 된다. 이는 죄악보다 더 위험한 짓이었다. 알방이 솔직하게 인정했듯이, 그가 지역 소교구의 다른 사제(혹은 사제들)에게 고해성사를 본 뒤 고결한 영혼의 모습으로 나타나 드 프라츠 신부에게는 중요하지 않은 일만 털어놓으며 그를 이등급 고해신부로 써먹을 게 뻔한 일이다. 파르크의 사제들은 이 악습을 익히 알면서도 용인하고 있었다. 라틴어 교사가 모든 문방구에서 라틴어 번역본을 5수에 팔고 있다는 걸 알고 있듯이, 아카데미 회원 선거 결과가 이미 정해져 있었다는 걸 모두가 알고 있듯이, 그리고 항공연맹의 강연회 때 발표한 학생이 마치 자기가 원고를 쓴 것처럼 발표했지만 사실은 직접 쓴 게 아니라는 걸 모두가 알고 있듯이 말이다. 이차 고해는 콜레주의 관습이었다. 그러나 드 프라츠 신부는, X나 Y의 이차 고해는 용인할 수 있었지만 드 브리쿨 군의 것은 받아들이고 싶지 않았다.

드 프라츠 신부는 원장 신부로부터 '새생활'을 받아들여야 한다는 이야기를 듣는다

그가 있는 곳에 원장 신부가 나타났다. 숙소에서 오는 길이었다. 원장 신부는 그에게 알방과의 면담에 대해 알려주고, 알방에게 세르주와 '행위 없는' 우정을 계속 이어가도 좋다고 허용했다는 사실도 얘기했다.

"나는 신부님처럼은 하지 않았을 겁니다. 이 문제로 공공연한 물의를 일으키지 않았을 거라는 얘깁니다. 신부님은 그들을 각자 따로 만나 얘기할 수 있었습니다. 브리쿨은 나하고도 상의했고요. 이제 행동을 조심하겠다고 약속했습니다. 나는 그를 절대적으로 신뢰하고 있어요. 그가 바람직한 역할을 하기 위해서는 진정한 은총이 있어야 한다는 걸 압니다. 그런데 그는 태생적으로 은총을 잘 받아들이는 성격에 속해요.

행위를 포기하고, 게다가 자발적으로 포기하는 만큼 더 큰 은총이 그에게 올 수 있습니다. 자제한다는 건 신비의 영역이니까요."

원장 신부의 결정이 내려졌으므로 드 프라츠 신부는 더이상 개입할 수 없었다. 하지만 그는 몇 가지에 대해 논쟁을 벌였다.

"전 학생들 사이에서 나쁜 영향이 도는 것 말고는 본 게 거의 없습니다."

원장 신부가 "그건 사실과 다릅니다"라고 했다면 그건 현명한 말이었을 터였다. 하지만 그는 이렇게 말했다. "우리 학교의 정신에서 벗어난 지적입니다." 이건 현명한 말이 아니었다.

"브리쿨이 수플리에에게 어떤 영향을 미칠 수 있을까요? 그 나이에 사고의 틀은 아직 잡혀 있지 않습니다. 그런데도 원장 신부님은 그가 다른 아이들을 가르치기를 원하시는 겁니까? 녹스 녹티 인디카트 스키엔티암. '어둠이 어둠을 비추는 격'입니다."

"늘 얘기했던 걸 다시 얘기하자면, 나는 브리쿨에게 얼버무리지 않았습니다. 소년에게 무언가 영향을 미칠 수 있는 사람은, 우리보다는 당신이 말한 그 미완성의 소년입니다. 가르친다는 건 무엇입니까? 그건 우정의 관계를 맺는 것입니다. 브리쿨이 신부님께 제안한 건 하나의 모험입니다. 성공할 가능성이 있어요. 왜냐하면 브리쿨은 고결한 성품을 지녔고, 바로 그렇기 때문에 폐쇄적이지 않거든요. 그에게는 불씨가 있습니다. 이 고결한 성품이 싹틔울 기회를 주고 그걸 이용하는 게 신부님의 역할입니다. 브리쿨은 우리가 바라는 모든 것입니다. 그는 충실한 학생이에요. 만일 그가 버거움을 느낀다면 아마 당신에게 얘기할 테고, 그러면 당신은 그 방향만 바꿔주면 됩니다."

드 프라츠 신부와 원장 신부에게는 비슷한 점이 많았는데 특히 소년들에 대한 열정적인 사랑이 그러했다. 전자는 자기 자신과 그들을 위해 그들을 사랑하지만 후자는 신을 위해 그들을 사랑했다. 드 프라츠 신부는 원장 신부에게 애정어린 존경심을 품고 있었다. 원장 신부는 그가 콜레주에서 존경하는 유일한 사제였다. 그는 원장 신부가 품은 소년들에 대한 사랑을 사랑했다. 그리고 원장 신부의 알 수 없는 내면세계를 존중했고, 때로는 성스러움을 기반으로 하지 않는 면마저 모두 받아들이고자 했다. 그러나 그가 얼마나 쉽게 원장 신부를 속이는지 보면, 요즘 그의 존경심은 이전만 못하다.

지금 드 프라츠 신부는 사건의 중심에 서 있다. 공동체에서 영혼의 비극을 담당하는 그는 비극을 해소하는 일뿐만이 아니라 그걸 진정시킬 목적으로 비극을 불러일으키는 일도 서슴지 않았다. 이를테면 화재를 진압하는 명예를 얻기 위해 방화를 주저하지 않았던 그 유명한 소방수처럼 말이다. 그런데 이번에는 현장에서 붙들렸다. 처음엔 당황했지만 생각해보니 만족스러웠다. 그는 좋은 패를 가진 터였다. 당구대 위에 있는 세 개의 공, 세 사람. 무한한 조합과 연쇄 충돌의 전망. 영혼을 조종하고 속이고 흔들어놓기, 가혹한 양심의 가책, 심한 언쟁, 고결한 눈물, 인간적인, 너무나 인간적인 마음으로 승화할 줄만 아는 숭고함. 불분명함 앞에서의 미묘함, 경이로움, 비장함. 드 프라츠 신부는 프레로들과 어울리고 평민 취향을 지녔음에도 불구하고 파르크에 배어 있는 고급스러운 문화에 깊이 젖어 있었다. 즉 이천 년 동안의 신학 논쟁과 과도한 궤변뿐만 아니라, 오비디우스와 그라시안, 라신, 『골족의 사랑의 역사』에 푹 젖어 있었다. 바로 이것이 그의 동기였다. 그의 관심은 바로 여기에 있었다. 그는 사건을 기다리고 있었다. 사건은 일어났다. 이제 일이 어떻게 될지 보게 될 것이다. 그리고 이 모든 일에 위험은 거의 없다. 결말은 불가피한 것이다. 알방이 고집을 부리다가 퇴학을 당하리라는 것. 엊그제, 드 프라츠 신부는 소년들 앞에서 무방비 상태였다. 오늘 저녁, 그는 그들을 손아귀에 넣었다. 시간이 변하듯 생각도 변해갔다.

학교의 명물로 꼽히는 두 학생 중 하나, 자기 담당이 아니라서 이 사건 이전에는 한 번도 말을 건네보지 않은 학생을, 오로지 자신의 사적인 열정을 방해한다는 이유로 퇴학시키겠다는 생각이 악행을 저지르고자 하는 그의 어두운 면과 위력을 깨우치며 그의 허영심을 채웠다. 하지만 한편으로 그의 고매한 정신의 내면을 약간 혼란스럽게 했다. 이 마음의 동요에서 벗어나기 위해, 그는 몇몇 학생들에게 내릴 벌을 경감하거나 없애주기로 했다. 이건 사회의 법칙이다. 즉 범죄는 특사를 만들어낸다.

알방과 드 프라츠 신부의 두번째 면담

몇 시간 뒤, 알방은 콜레주 전체에서 그에게 가장 해를 끼칠 만하고, 그럴 의지가 있으며 이미 해를 끼쳤던 사람, 그랬다는 사실을 알방 자신도 알고 있는 그 사람과 얼굴을 마주보고 앉았다. 알방은 충동적으로든 또는 계산적으로든 또는 둘 다든, 적의 손아귀에 자신의 목숨을 내놓는 모든 이들이 느끼는 모호하지만 강렬한—모호하기 때문에 강렬한—쾌감을 맛보았다. 그 역시 이천, 삼천 년 역사의 인문주의의 영향에서 벗어나지 않았다. 아킬레우스의 무릎을 끌어안는 프리아모스, 볼스키족 족장의 천막에 들어온 코리올라누스, 아르타크세르크세스의 나라로 망명한 테미스토클레스, 보쿠스에게 운명을 맡긴 유구르타, 마리

우스의 집에 있는 술라, 이 모두가 그의 내면에 살아 있었고 그에게 용기를 주었다. 세르주와 함께하는 기쁨을 포기하는 게 고통이었다 해도, 그 고통은 이 순간 타오르는 불꽃에 휩쓸리고 말았으리라. 마치 소중한 목소리가 "존재하는 건 이 순간뿐이야" 하고 속삭이던 지난날의 기쁨을 현재의 기쁨이 휩쓸어버리듯이.

드 프라츠 신부는 마찬가지로 예외적인 상황임을 느꼈다. 점차 그는 일시적으로나마 그를 솔직하게 대하는 쪽으로 마음이 굳어졌다. 따라서 자신이 수세에 몰릴 경우에만 속임수를 사용하겠다고. 이 젊은이에게 그는 약간의 연민을 느꼈다.

따라서 그가 마음에 품고 있는 사람에 대해 불쑥 말했던 건 어떤 저의가 있어서가 아니었다. "수플리에는 내 담당이니까 돌보는 거죠. 그게 다요" 했던 때와는 아주 달랐다. 오늘, 신부는 누구에게든, 최소한으로만 세르주에 대해 말했다. 세르주에 대한 '이야기'가 나올 때마다 그는 그에 대해 너무 많이 말했다. 그러나 사실 드 프라츠 신부는 입을 다물고 있는 데 익숙한 사람이었다. 자신에게 중요한 모든 것에 관해서. 자신의 무신론에 관해서. 젊은 날의 경험에 관해서. 극우파로서의 정치적 관점에 관해서. 자신을 감추는 건 그의 두번째 성격이 되어 그가 가진 뛰어난 장점을 감출 정도였다. 이 면담에서, 그는 자신의 적인 알방이 일종의 공모자임을 알아보고 약간 기이할 정도로 심중을 털어놓았다. 보호 그룹 구성원들이 서로서로 마음을 털어놓거나 드 브리쿨 부인이 아들에게 샹토에 대한 마음을 털어놓듯이. 요컨대 쓰레기 하치장 같은 역할 말이다. 이 순간, 드 프라츠 신부의 마음은 사분의 삼이 세르주에 대해 말하고자 하는 욕구로 차 있었고, 나머지 사분의 일 중 절반은 호의, 절반은 기만이었다. 순식간에 그는 말해도 되는 것과 말하지 않는 게 더 나은 것에 대한 분별력을 잃었다.

"나는 이 아이 때문에 걱정입니다. 잠을 잘 수가 없어요. 그의 생활과 내적으로 얽혀 있는 누군가가 있어야 합니다. 엘리사가 죽은 아이를 다시 살려내기 위해 아이 위에 엎드렸던 것처럼,* 그 아이에게 영향을 미칠 필요가 있겠군요…… 지적 측면에 대해서 많은 부분을, 그리고 심적인 면에 대해서도 충분히…… 하지만 병약하고 불안한 영혼을 건드리는 건 위험합니다. 좋은 면이 있다면 또한 나쁜 면도 있는데 좋은 것보다 나쁜 것은 감추기가 더 힘들거든요. 마음을 다잡지 않으면 일 년 안에 그의 영혼은 위험에 처할 겁니다. 귀군을 낙담시키려는 건 아니지만, 그렇게 되면 열에 아홉은 학교를 떠나게 됩니다. 정말 안타깝지요."

"요컨대, 그는 무얼 하든 어쩔 도리 없이 죽을 운명인 투우장의 투우가 된다는 거군요. 하지만 아닙니다. 그가 그 정도로 나쁜 상황은 아니에요." 알방이 격하게 말했다. "나는 그가 정말로 나쁜 짓을 하는 걸 본 적이 없습니다. 그는 종교적인 걸 결코 무시하지 않습니다. 아주 훌륭하게 첫영성체를 했다고 내게 말했어요. 사람들은 그가 엉터리로 했을 거라고 생각하지만 아주 훌륭하게 해냈다고요……"

모든 게 사실이었다. 드 프라츠 신부는 미소 지었다. 그는 감동을 받았다. 알방이 다음과 같이 덧붙였을 때 감동은 더욱 커졌다.

"그에게 원칙이 없는 건 사실이지만 그의 친절한 마음이 그걸 대신

* 구약성서 열왕기하에 나오는 예언자 엘리사가 수넴 여인의 죽은 아들을 살려낸 일화를 가리킨다.

하고 있어요. 남의 비위를 거스르는 온갖 짓을 다 하면서도 그는 여전히 친절하거든요."

"이따금 보면, 그는 예기치 못하게 도덕적인 민감함을 보이기도 합니다. 그는 삐뚤어지지 않았고, 아첨하는 성격도 아닙니다. 그리고 아이들이 종종 그러듯, 필요할 때만 거짓말을 하지요……"

"그는 날치기도 아니에요……"

(여기서 파르크에서 쓰는 좀도둑, 구舊 날치기라는 단어를 살짝 언급할 필요가 있다. 파르크의 학생들, 적어도 열두세 살 소년들, 그중에서도 특히 프티부르주아 집안 출신 모두는 물건에 손을 대곤 했다. 진열장에 놓인 자잘한 물건, 바자회, 특히 날치기의 메카인 오퇴유 고아원 바자회의 값나가는 물건들, 헌금 주머니 속의 거액 갈취는 물론, 심지어 항공연맹의 수표책을 통해 훔쳤다. 즉 기증자가 보는 앞에서는 수표에 실제로 받은 금액을 연필로 적었다가 나중에 지우고 더 작은 숫자를 잉크로 적어넣고 나머지 차액을 자기 주머니에 넣는 식이었다. 이렇게 훔친 금액 일부를 생뱅상드폴회*에 기부하는 경우도 있었다. 아이들은 보통 대략 육 개월 동안만 이런 짓을 하다가 곧이어 매우 정직한 태도로 돌아갔다. 이제 이야기를 계속해보자.)

"귀군이 그를 위해 뭔가 좋은 일을, 협조를 하고 싶다면 우리는 받아들일 겁니다. 기꺼이는 아니지만요. 귀군은 그에게 애착이 있고, 그는 귀군에게 상당한 우정이 있는 듯하니(약간의 전율로 알방은 몸을 떨었다), 결국 상황은 군이 알고 있는 대롭니다. 군이 우리에게 왔기 때문에

* 1833년 파리에서 가톨릭 평신도 주축으로 설립되어 자원봉사자들이 운영하는 자선단체.

우리는 군을 맞이합니다. 시도해볼 만한 하나의 기회라는 거지요."

신부는 계속 말을 이었다. "그렇지만 귀군에게는 진정한 은총이 필요하다는 걸 알아두길 바랍니다." 그는 원장 신부가 했던 멋진 말인 '은총'을 끌어다가 매우 예리하게 기회를 잡아 사용했다. "귀군의 영향이 불분명하고 그리 바람직하지 않다면, 한 선배와 묶여 있다는 사실 자체가 그에게는 나쁘리라고 나는 생각합니다. 물론 바보 같던 소년들이 선배와 엮이고부터 총명하고 세련되게 변해가는 경우도 있지요. 나도 그런 경우를 봤어요. 세르주는 무엇보다 나약합니다. 그에게는 많은 애정이 필요하고, 특히 스스로에게 확신이 있고, 실패하지 않고 흔들리지 않을 누군가의 견고한 의지가 필요하지요. 의사는 수술을 진행하는 동안 기절하면 안 되는 법입니다. 귀군에게 이런 힘이 있다고 자신한다면, 그러면 해봐요. 훈계를 하기보다는 모범이 될 행동으로 보이는 겁니다. 그리고 녹을 너무 세게 긁어내지 말아요. 그러다가는 항아리가 깨져버릴 수가 있으니.

'훈계하지 말라'는 말이 그에게 진지한 이야기를 하지 말라는 뜻은 아니에요. 사랑하는 누군가에게 진지한 이야기를 하지 않는다는 건 있을 수 없는 일이죠. 하지만 아이들에게 제 나이로 감당하기 힘든 언어로 말을 걸면 얼마나 부적당한 일이겠습니까? 기회는 또 오는 법입니다. 그러니 아이들과는 하찮은 놀이나 하는 편이 더 낫지요.

하지만 신중해야 합니다! 감상적인 도덕률이 설파하는 바와는 달리, 애정과 사랑이 반드시 설득력이 있는 건 아니니까요. 오히려 그와는 거리가 먼 쪽으로 방향을 틀어버릴 수도 있지요. 나는 모든 돌발적인 일들의 가능성에 대해 귀군에게 알려주고 싶습니다.

귀군이 알아둬야 하는 일이 더 있습니다. 먼저 아이들의 애정 표현에 지나친 의미를 부여하지 않는 게 좋아요. 아이들은—솔직히 말해서 특히 열세 살짜리 아이들은—그 나이 특유의 다정함이 있고 이 때문에 애정을 흉내내는데, 마음속에 애정을 품고 있는 건 아니거든요. 그러니까 길에서 귀군의 손을 잡고, 그 손을 놓았다가 또다시 잡고, 오랫동안 잡고 있다 해도…… 평생 친구처럼 힘차게 손목을 잡는 아이와 손가락 두 개만 내미는 아이, 그리고 아예 손을 조금도 내밀지 않는 아이들 간에는 별 차이가 없다는 겁니다. 때로는 손을 아예 내밀지 않은 아이가 가장 충실한 벗일 수 있어요."

"신부님은 제가 수플리에의 다정한 태도를 경계해야 한다는 거군요. 그 문제에 대해서는 걱정하지 마세요."

신부가 미소를 지었다.

"정말? 내가 걱정하지 않아도 될까요?"

"네, 그럼요……"

"그렇다면, 몇 가지 더 말할까 싶은데요(분명 귀군은 날 원망할 테지만요). 꽉 찬 열네 살까지, 아이들의 모든 말에는 거의 언제나 중요할 게 없습니다. 그들이 끔찍한 말을 하거나 귀군을 뒤흔들 만큼 심오해 보이는 무언가를 말한다 해도, 결국 대수롭지 않은 내용이에요. '저들을 용서하소서, 저들은 자신들이 하는 일을 알지 못합니다.' 자신이 하는 말도, 자신이 누구인지도 모르지요. 그들은 가증스럽지요. 그런데 자기들이 그렇다고는 생각도 안 하지요. 그들은 약속을 하지만 지키지 않고, 약속했다는 것조차 알지 못합니다. 요컨대, 대략 열네 살은 되어야, 그러니까 어떤 신체적 변화가 오는 전환기 때부터야 자기 자신에 대해 알게 되는 겁니다. 왜냐고요? 열네 살이 되어야 소년은 우리 것이 아니라 스스로의 작품으로 존재하기 시작하기 때문이죠. 열네 살까지 소년은 이렇게 말하죠. '나는 장난꾸러기, 나는 감수성이 예민해, 어쩌고저쩌고……' 하지만 그건 그저 부모가 그에게 하는 말을 반복하는 것일 뿐입니다. '넌 장난꾸러기, 넌 감수성이 예민해.' 열네 살 때부터 소년은 자신이 누구인지, 일종의 개인적인 의식을 갖게 됩니다. 그래서 하룻밤 사이 총명한 아이가 바보가 되기도 하고 바보가 총명해지기도 하지요—그래, 그의 옷이 찢어지는 바람에 그의 집에 가본 일이 있어요. 어리석은 어머니가 있더군요. 똑똑한 아들에게는 참 짜증나는 일이죠. 그리고 어이! 어이! 하고 부르는 누나가 있고! 아빠 또한 바보가 틀림없는 듯했어요. 그가 집에서 기댈 데라고는 아무데도 없었어요. 그리스도는 이렇게 말씀하셨습니다. '나는 아버지에 대항해 아들이 일어서고, 어머니에 대항해 딸이 일어서 싸우게 하러 왔다.'* 물론 우리가 그러한 상황에 있는 건 아니에요. 문제는 오히려, 가족 환경에 맞서서 그를 보호하는 일입니다." (보다 강력하게, 그는 속으로 생각했다. 부모가 있는 곳은 모두 오염되었지.)

섬세한 면이 없는 사람이라면 이 신부의 말투가 매우 저속하다고 말할지 모른다. 하지만 드 프라츠 신부의 어투는 저속하다기보다는 무례하다. 이것은 완전히 다른 문제다. 어쩌면 교회 라틴어나 교회 프랑스어에 비해 무례한 건지도 모른다. 간간이 드러나는 이 무례함은 드 브리쿨 부인의 무례함에 비견할 만하며, 말하는 사람의 신분과 관련이 있

* 마태오복음서 10장 35절.

는 건 아닌지 생각해볼 수 있다.

드 프라츠 신부는 알방과 같은 부류의 인물이었다. 자신의 말을 마쳤으니, 그의 관대함에 대해 관대함으로 답할 필요를 느꼈다. 말이 나온 김에 적어보자. 보면 볼수록 세상은 두 종류의 인간으로 나뉘는 경향이 있다. 관대할 수 있는 사람들과 그럴 수 없는 사람들. 이 이야기의 등장인물은 모두 특정한 순간 관대할 수 있는 사람들이다. 그래서 드 프라츠 신부 또한 관대한 마음으로 무언가를 하고자 했다. 동시에 그는 알방이 신뢰감을 가지면 가질수록 그를 타락시키기 쉽다는 점을 알아챘다. 그의 안에서는 관용과 악의가 하나로 합금된 물질처럼 구별되지 않았다. 관용만 있다면 훨씬 더 나았겠지만, 이대로도, 아무것도 없는 것보다는 나았다.

"귀군은 곧장 여기서 귀군이 관계에 부여하고자 하는 새로운 방향을 그에게 얘기할 수 있습니다. 내가 그를 불러오게 하죠. 그러고서 두 사람만 있도록 자리를 비켜주겠어요. 귀군의 결의는 다소 엄숙한 성격을 띠게 될 거고, 그에게 깊은 인상을 남길 겁니다. 나갈 때는 여길 잠그고 열쇠는 내 담당 학년 감독 선생님의 자습실로 가져다주면 돼요." 그가 손을 내밀었다. "그에 관해서 내게 알릴 게 더 생기면, 다시 만나러 와요." 그는 나갔다. 그는 생각했다. '나는 내 적은 믿으면서 내가 사랑하는 사람은 믿지 못하는구나.'

알방은 드 프라츠 신부의 태도에 감탄하며 작은 방에 남았다. 이 사제들 가운데 마침내 그는 살아 있는 인간, 혹은 자신과 같은 식으로 처신하는 인간을 발견한 것이다. 얼마나 멋진 스타일인가! 잠시 뒤 세르주가 문을 열더니 어리둥절한 표정으로 문턱에서 멈춰 섰다. 그는 밤

사제의 사무실에서 알방은 세르주에게 '새생활'에 대해 알리다

색 스웨터 차림이었고, 이날 그의 태도는 무척 상냥했다. 알방은 존중의 표시로 자리에서 일어섰다. 그들은 그렇게 선 채, 무엇보다 그들이 놓인 기묘한 상황에 미소를 지었다. 세르주의 구두는 먼지로 뽀얬고, 그 위로 약간 더 짙은 색깔의 작은 방울들, 화장실에서 튄 듯한 방울 자국이 나 있었다. 넥타이는 두툼한 스웨터 아래 살바처럼 삐죽 나와 있었다. 알방은 새생활을 하기로 결정한 걸 사제에게 알렸다고 말했다. 그로 인해 잃는 것과 치러야 할 대가에 대해서도 모두 지적했다. 이어서 그는 뜻밖으로 상당한 열의를 갖고 이 변화로 세르주가 부딪치게 될 '어려움'에 대해 이야기했다. 전날 저녁 어두운 거리에서처럼, 세르주는 말없이 듣고 있었다. 하지만 그가 완전히 납득하는 것 같았다고는 할 수 없다. 마침내 그는 순종적인 태도로 동의했다. 그가 덜 즐거운 교제를 받아들이고, 또한 그 역시 스스로에게 요구된 희생의 가치를 자신과 같은 태도로 받아들일 만큼 자신을 사랑하는 데 알방은 고마움을 느꼈다.

"그래, 그게 더 낫겠지. 무엇보다 그래서 형이 기쁘다면. 그리고 그룹 전체가 똑같이 그렇게 할 수 있다면야!" 세르주는 이렇게 결론을 내렸다.

서로 얼굴을 맞대고 있던 중에 세르주가 약간 몸을 피했기 때문에 어떤 말도 알방에게는 와닿지 않았다.

"아마 그룹도 그렇게 하겠지. 그게 오로지 내게 달린 일이라면……"

"어쨌든, 드 프라츠 신부님은 정말 훌륭하셔!"

'그럼 내가 한 일 또한 멋지다고 저애가 생각할 날이 언젠가 올까?' 선배는 생각했다.

이 모든 일이 십 분도 채 되지 않는 시간 동안 일어났다. 그곳을 떠나며, 알방은 세르주에게 입맞춤을 했다. 매우 진지한 이 대화를 미소로 끝맺기 위해 그는 세르주의 왼쪽 눈썹 모퉁이에 입을 맞추며 꼬집어 말했다. "드 프라츠 신부가 한 곳과 같은 데야. 가장 성스러운 장소." 세르주가 그를 한 대 치며 말했다. "바보같이!"

드 프라츠 신부는 일부러 그랬던 걸까? 알방과 세르주가 함께 이학년 자습실에 들어갔을 때 그가 느꼈을 '감정'은 어땠을까? 알방은 자습 감독에게 말했다. "선생님, 드 프라츠 신부님의 사무실 열쇠를 돌려드립니다. 신부님이 열쇠를 우리, 수플리에와 저에게 맡겼었거든요." 당당하고 장중한 이인무二人舞! 고결한 영혼을 위한 북소리!

알방,
어머니에게
전부
(다만
자세한
내용은
빼고)
털어놓다

알방은 다시 좋은 기분을 회복했다. 그는 스스로가 만족스러웠다. 원장 신부와 드 프라츠 신부, 그리고 세르주에 대해서 만족스러웠다. 세르주는 아주 모범적이었다. 그들 모두와 화목한 관계라는 게 만족스러웠다. 또한 사람들이 자신에게 보여준 신뢰, 자신이 보였던 신뢰, 그리고 자신에게 맡겨준 의무와 책임이 만족스러웠다. 그룹이 성취할 쇄신에 대한 생각으로 그의 머릿속이 부풀었다. 세르주에게 무한히 감사한 마음이 들었다. 그는 생각도 못하고 있었는데, 그들의 사적인 쇄신을 그룹으로 확대할 생각을 맨 먼저 한 게 바로 세르주—이 비난받는 악동—였으니 말이다. 이 고결한 우정의 집단에서 제외된 한 사람이 있다면, 바로 그의 어머니였다. 그는 같은 날 저녁에 어머니에게 전부(다만 자세한 내용은 빼고) 털어놓기로 마음먹었다. 그래서 세르주에 대한 생각은 약간 흐릿해진 채였다. 숭고함의 재연은 아무리 해도 지나치지 않았다. 하루가 멋지게 마무리될 터였다.

그는 식사 시간에 이런 문제들을 끌어들이고 싶지 않았다. 그래서 저녁을 먹는 동안(습관대로 그는 드 브리쿨 부인의 방에서 식사를 했다. 그녀는 침대에서, 그는 침대 옆에 있는 작은 테이블에서 먹었다) 그들은 다른 이런저런 일에 대해 이야기를 나누었다.

"앞으로 이 년 후 너는 영국에 가서 살게 될 거야. 생클레르 씨가 시내의 귀족을 소개할 거다. 그리고 알리에트 아주머니가 너를 전원의 귀족사회에 들여보낼 거야. 영국식 삶은 오늘날 살 만한 유일한 삶이야. '하찮은 사람들'은 만나지 않아도 될 거야……" 마지막 말이 알방의 마음에는 커다란 상처였다. 수플리에의 가족, 그리고 학교 친구들 대부분의 가족은, 어머니가 말하는 "하찮은 사람들"이 아니라면 뭐란 말인가? 이번에도 그는, 자신이 세상에서 사랑하는 모든 걸 내포하는 그의 학교생활이 어머니로부터 인정받지 못한다는 사실에 상처를 받았다. (사제들한테 자신의 애정 관계를 인정받고 싶었던 것도 마찬가지다. 이 인정 욕구에 어떤 나약함이 감춰져 있는 건 아닐까?) 분위기는 짙은 안개가 낀 듯 모호해졌다. 어쨌든 뚫고 지나가야 했다.

"어머니한테 진지한 얘기를 좀 해야 할 것 같아요. 먼저, 저번에 삯마차에 같이 탔던 친구는 수플리에예요."

그는 말을 이었고, 전부 말했다. 다만 자세한 내용은 뺐다. 특히 바스크식 펠로타 경기장에서 있었던 일이나 드 프라츠 신부가 세르주에게 입맞춤한 일과 같은 것은. 그는 적을 감싸주었다. 드 브리쿨 부인은 말 한마디 없이 듣기만 했다. 그가 이야기를 마칠 무렵까지.

"끝났니?"

"네."

"그럼, 나에게 입을 맞추렴."

그는 입을 맞추었다. 그녀가 말했다.

"이 모든 이야기에서 내 마음을 가장 아프게 하는 점은, 네가 나를 신뢰하지 않는다는 거야. 반면 나는 네가 날 신뢰하게 만들려고 몹시 힘든 일까지 했었다. ('신뢰하다'는 이 이야기에서 강박증처럼 끊임없이 다시 돌아온다.) 수플리에와의 관계에 대해 너희들끼리 모두 결정한 이상, 이제 그 방향으로 나아가도록 노력만 하면 되겠구나. 만일 네가 그 후배를 위기에서 구해줄 수 있다면 좋은 일이겠지. '진정한 은총'이 뭐든 간에…… 음…… 그리고 나는 보름이 지난 뒤의 일이 궁금하구나, 너와의 관계가 더이상 즐겁지 않은데도 과연 그가 너를 놓지 않을지 말이야. 진짜 필요한 일은, 그가 누구하고도 어울리지 않는 것일 텐데……"

"뭐라고요? 누구와도 어울리지 말게 하라뇨?" 알방이 깜짝 놀라 말을 내뱉었다. "하지만 수플리에는 선배들한테 딸린 어린아이와는 완전히 달라요. 그런 적도 결코 없었고요. 게다가 선배들은 그를 좋아하지 않아요. 특히 랭스부르가요. 있죠, 어제도 랭스부르가 이렇게 말했어요. '내가 봤는데 그는 성당을 나가면서 성호도 긋지 않더라.'"

"네 우정 문제가 오로지 파르크의 결정에 달려 있다니, 약간 이상하구나. 난 그냥 따르기만 하는 거고…… 만약 내가 네게 수플리에를 만나지 말라고 한다면? 아무도 그 생각은 하지 않는구나. 언제나 이런 식이야. 모든 게 내가 모르는 새 결정돼버리지. 내가 그애와 만나지 말라고 하지는 않을 거다, 하지만 제발 가능한 한 적게 만나렴. 어쨌든 일요일 오후에는 안 돼. 부득이한 경우 목요일에 만나고. 그애를 만나면 넌 시간과 돈을 잃어. 그리고 그 산책이 어디서 끝날지 전혀 모르잖아. 게다가 그애는 아마도 너와 외출하려고 거짓말을 했을 거다. 가정교육을 제대로 한다면 선배와 외출하는 걸 금지할 테니까. 어쨌든 그 아이도 너처럼 거짓말을 많이 하는 게 틀림없어."

드 브리쿨 부인의 말은 언제나 '제대로 된 교육' 문제로 귀결된다. 알방은 어머니에게 소리치고 싶었다. "네, 맞아요. 한 번만 말해두죠. 그는 '제대로 된 교육'을 받지 못했어요!" 그리고 세르주를 만나며 쓰는 '시간'과 '돈'이라니! 마치 그를 행복하고 더 좋은 사람으로 만드는 것보다 시간을 더 유용하게 쓰는 법이 있기라도 한 듯! 그리고 그와 함께 쓰는 것보다 돈을 더 유용하게 쓸 일이 있기라도 한 듯!

드 브리쿨 부인이 입버릇처럼 말하는 '제대로 된 교육'은, 그녀가 랭스부르에 대해 이야기할 때 더욱 두드러졌다. "랭스부르는 좋은 집안 애다. 앞뒤로 약간 흔들리고 좌우로 돌아갈 수도 있겠지만, 그러다가 언제나 다시 균형을 잡을 거야. 그런데 다른 애들, 탄탄한 사회적 기반이 없는 집안 애들은 다소 의심스러워." 정말 그녀의 무례한 입버릇이 폭발한 것이다. "그 산책이 어디서 끝날지 전혀 모르잖아." 드 브리쿨 부인은 아들이 생각도 해본 적 없는 일들을 떠올리는 걸 억제할 수가 없었다.

자신과 아들의 관계도 끊임없이 그녀의 머릿속에 다시 떠올랐다. "이제부터 네 말은 무조건적으로 믿겠다. 하지만 날 속였다는 걸 알게 되는 날에는, 널 그 학교에서 끌어낼 거야." '엄마라면 그러고도 남아.' 똑똑한 아들은 생각했다. "부활절 방학 동안 그애가 네게 편지를 쓰겠지. 나는 그 편지들을 열어보지 않을 거다. 그리고, 내가 너라면 드 프라츠 신부를 그렇게 신뢰할 수 있을까 의문이 드는구나. 수플리에는 그가 귀여워하는 애야. 아직은 아니라고 해도, 언젠가 그는 널 질투할 거야. 그런데 넌 어떻게 그를 질투하지 않니?"

"만약에 수플리에에게 관심을 가진 사람이 저속하고 어리석었다면 아마 나도 질투했을 거예요. 하지만 드 프라츠 신부처럼 좋은 사람에게는 아니에요."

"아무리 그래도 그에게 질투를 느끼지 않는다는 건 정상이 아냐. 넌 언제나 매사에 비정상이구나."

"수플리에에게 좋은 사람이라면 누구든 내 친구예요. 당연한 거죠."

"귀여운 라 퀴에스타*에 대해서도 그렇게 생각했어야 하는 거 아니니?"

"라 퀴에스타는 여자잖아요."

"내 말을 믿어라. 질투하는 편이 더 낫고, 여자를 사랑하는 쪽이 더 낫단다."

"바칼로레아를 마치면 여자들에게도 관심이 생기겠죠."

"네 가엾은 아버지가 '내 아들은 별나지 않았으면 좋겠다'고 했던 걸 언제나 잊지 마라."

드 브리쿨 부인은 자신 또한 별나며, 아들과 관계가 있는 두 사제 모두 별나다는 것, 그리고 아들을 위해 자신이 선택한 학교가 얼마나 별난 곳인지 의식하지 못했다. 백작의 소망을 저버리려는 의도라면, 그야

---

* 『투우사들』을 참고할 것. (원주)

말로 적중한 것이다.

알방이 결론을 내렸다.

"플루타르코스는 이렇게 썼어요. '여자들에 대한 사랑과 소년들에 대한 사랑은 사실상 동일한 사랑이다.' 그런데 엄마 말을 들으면 그렇지 않다고 믿어야겠군요."

"언젠가는 너도 알게 될 거야, 드 프라츠 신부를 질투하게 될 거다."

알방은 어깨를 으쓱했다. 별 도리가 없었다. 학교에 대해 말할 때 드 브리쿨 부인의 태도는 언제나 약간 빗나가고 적절한 정도에 미치지 못했다. 다른 무엇보다도, 사제가 세르주에게 입맞춤했다는 걸 말하지 않아 얼마나 다행인가! 그럼에도 불구하고 결국, 그는 어머니와 대화를 나누어 만족스러웠다. 이제 세르주를 돕는 데 모두의 동의를 얻은 셈이었다.

드 브리쿨 부인은 이날, 평소에는 매우 구체적인 내용을 적어놓곤 하는 비망록에 단 세 마디만을 적었다. "내 귀한 자식!"

'이상적인 커플'에 적대적인 보호 그룹

알방의 예상, 어쩌면 알방의 일방적인 바람과는 반대로, 새로운 마음으로 쇄신하자는 그들의 '새생활'은 학교에서 호응을 얻지 못했다. 알방은 순수한 우정의 숭고한 영역에 당당히 섰지만, 자신의 오른쪽에 수플리에를 동반하면서 많은 사람들의 비위를 건드렸다. "이상적인 커플 나셨군!" 소년들과 교사들, 그리고 자습 감독들은 학교 당국이 오로지 한 커플에게만 일종의 검인증을 주었다는 사실을 불쾌해했다. "다른 애들도 아니고 왜 하필 쟤들이람? 특히 수플리에 말야. 이미 여러 차례 퇴학당했어야 마땅한데도 무사했던 이유는 그저 선생에게 귀염을 받기 때문이잖아. 그래, 아주 좋겠네!" 알방이 드 프라츠 신부의 사무실 열쇠를 돌려주기 위해 수플리에와 함께 중급 학년의 소굴로 들어갔던 일도 일종의 도발 행위였다. '이제는 드 프라츠 신부와 잘 지내는 수밖에 없어. 그렇게 하는 게 펠로타 경기장 사건보다 낫겠지.'

알방 앞에서는 그룹도 그리 야유를 드러내지 못했다. 하지만 지부아의 진심어린 탄성보다 그에게 더 상처가 되는 말은 없었다. "그러니까, 넌 정말 그애를 좋아하는구나, 이 어린애를?" 마치 세르주가 사랑받을 자격이 없다는 듯 말이다! "그런데…… 대체 어떻게 그애를 좋아할 수가 있어?" 하고 지부아는 더욱 심하게 강조했다. "그애를 사랑하지 않을 수 없기 때문에 나는 그애를 사랑해." 그리고 알방이 이러한 개혁을 처음으로 생각해낸 사람은 세르주라고 랭스부르에게 알렸을 때, 그는 비웃었다.

적의는 세 가지 감정으로 요약되었다. 먼저 질투심. "재들은 허락을 받았어……" 그다음은, "그가 배신했어." 그리고, "우리에게 교훈을 주는 게 바로 쟤라니!" 랭스부르는 이렇게 선언했다. "저 녀석과 명예를 다툴 거야. 이 싸움으로 녀석이 다시는 일어서지 못하게 하겠어." 보다 심층적으로 분석하자면, 파르크의 특징인 냉소에 더해진 이 개혁의 신선한 바람은 약간 젠체하는 엘리트들에게는 참을 수 없는 것이었다.

그룹 안에서 대화 가능한 주제가 단 하나뿐인 듯했다. 알방은 '다른 세계로 넘어갔기' 때문에 이제 그와는 몇 마디만 나누는 정도였다. 그리고 녀석들은 이유도 모른 채, 집단본능을 좇았다.

알방은 이 개혁 문제로 랭스부르를 몰아붙이기에는 랭스부르가 너무 오만하다는 걸 알았다. 그만큼 이 보호자는 공공연하게 알방과 반대

입장에 있었다. 하지만 그럴 만한 이유가 없는 건 아니다. 처음부터 랭스부르는 여러 차례, 원장 신부에게 드니의 몸속에 있는 악마들을 쫓아 달라고 청할까 생각해보았지만 결국에는 포기하고 스스로 떠맡는 쪽을 택했다. 그는 전혀, 아무것도 떨쳐버리지 않았다. 익히 얘기했던 드니의 음흉함은 랭스부르의 관심을 끌었고 불가항력적인 힘으로 그를 사로잡았다. 자신과는 상반된 것들에 이끌려서(알방과 드 프라츠 신부가 수플리에에게서 느낀 바로 그것, 이 이끌림은 일반적으로 부르주아들이 프레로들에게서, 그리고 반대로도 느끼는 작용이었다), 그리고 드니의 음흉함이 그에게는 전혀 거슬리지 않아 사로잡힌 터였다. "그렇게 악랄하고, 나를 좌지우지한다 해도, 나는 그가 결코 그 힘을 이용한 적이 없다는 점을 언제나, 어떤 일이 일어난다 해도 잊지 않을 거야. 그는 나에게 수없이 거짓말을 하고, 나는 믿는 척하지. 왜냐하면 그를 사랑하기 때문이야. 그는 내가 잘 속는다고 생각하겠지만, 난 아무래도 괜찮아." 그가 보낸 '사 년'이라는 시간으로 드니는 그룹의 기록보유자가 되었다. 그 사 년은 또한 심연 언저리에 남아 있을지언정 결코 그 안으로 떨어지지 않으며 보낸 시간이었다. 그리고 드니는 오랫동안 타락했던 그리스도인, 마지막으로 도착한 포도밭 일꾼이었다. 랭스부르는 두 가지 이유에서 개혁이 싫었다. 첫째, 그의 진짜 삶 전체가 반개혁 쪽에 빠져 있기 때문이다. 둘째, 그는 드니를 바로잡으려 했으나 자신의 열정 때문에 개혁을 희생시키고 말았다.

따라서 알방은 랭스부르에겐 이야기하지 않을 터였다. ('선량한 친구이니, 언젠가는 스스로 선한 길을 가겠지.') 그는 먼저 살랭에게 이야기했다. 설득할 가능성이 가장 높다고 예상한 대상이 바로 그였다. 하지만 무슨 말을 해야 할지 깊이 생각하자, 난감하기만 했다. 드 프라츠 신부의 사무실에서 세르주에게 이야기할 때는 개혁의 필요성에 대해 '잘 말했었다'. 상황의 새로움과 특히 야릇함이 그에게 충분한 영감을 주었던 모양이다. 하지만 냉정히 생각해보니 문제가 그리 쉽지 않았다.

요컨대 개혁은 그 원칙부터, 잔디밭에 살수가 필요하듯, 양분 공급이 필요했다. 그에게 종교적인 정신과 마찬가지로 종교적인 문화가 부족했던 탓에, 옳건 그르건 타락으로 여겨지던 것으로 끊임없이 괴로워하던 사람들이 시도하거나 시행했던 개혁들이 교회의 역사에 아주 많으므로 그걸 그대로 끌어오기만 하면 된다는 생각이 그의 머릿속에는 한번도 떠오르지 않았다. 그는 『로마사』를 집어들고, 아우구스투스에 의해 시행되었던 풍습 개혁을 다룬 111쪽과 112쪽을 읽었다. 하지만 거기에서 어떠한 유익함도 얻어내지 못했다.

마침내 그는 개혁의 가장 확고한 기반이 될 만한 명분을 찾아낸 듯했다. 파르크는 습관적으로 학부모의 신뢰를 배반하곤 했던 것이다. 어떤 상황에서도 부모에 반대하여 학교 편을 드는 누군가가 찾아낸 명분이라는 점에서, 이는 뜻밖이었다. 오, 아이들은 바다의 물결처럼 변화무쌍하구나……

그는 또다른 명분을 찾아냈다. 보호 그룹은 집단에 속한 하나의 독립 집단이었다. 이는 규칙에 맞지 않는다. 때마침 떠오른 템플기사단에 대한 기억. 첫번째 명분 때문에, 그는 대대로 내려오는 원수, 부모 쪽을 조용히 건너뛰었다. 그리고 두번째 명분 때문에, 이번에는 학교 당국 쪽을 건너뛰었다. 이 또한 뜻밖이었다. 어쨌든 결코 헛되이 건드려진 적 없는 그의 안에 있는 엄격함의 영역이 건드려졌고, 그것은 이제 아주 빠른 속도로 끊임없이 진동하게 될 터였다. '타락하지 않는 자'……

다른 명분들도 나타났다. 먼저, 이 보호 그룹 안팎의 잡음에 그는 지쳐 있었다. 갑작스레, 너무도 갑작스레 그가 이제 구경꾼으로서만 바라보는 보호 그룹은 우스꽝스럽고 꼴불견이었다. 절제 없는 인사와 도발적인 발랄함, 눈물 젖은 얼굴, 음모와 속살거림, 몰래 훔쳐보는 눈초리, 미친 듯한 웃음(어린 소녀들의 기숙사처럼), 극도의 흥분과 편집광적인 모습(정신병원의 감금실처럼), 그리고 끊임없이 터지는 순간적인 충돌. 하지만 그들이 어리석다고 설득하는 일은 얼마나 어려운가……

마침내 마지막 명분, 이것도 사소하지 않다. 즉, 스노비즘. 알방은 레츠, 생시몽, 루소, 나폴레옹, 바이런, 샤토브리앙, 니체를 읽을 필요가 없었다. 그들 거의 모두가 같은 표현으로 프랑스인들은 의견이 없고, 열광하기만 하며, 무슨 일이 일어나는지는 이들에게 결코 중요하지 않다고 반복해서 이야기할 뿐이다. 이러한 모습을 그는 콜레주에서 충분히 보았다. 얼마나 많은 녀석들이 오직 유행을 따르기 위해서만 보호 그룹에 발을 들여놓았던가! 따라서 훈계를 한다 해도 그들에겐 문제도 되지 않았다. 오로지 이제 더이상 유행의 첨단이 아니라고 설득하는 것만이 통했다. 그 점에 대해서는 랭스부르가 한 사례를 보여주었다. 모범적인 프랑스인으로서, 그는 그저 흉내만 내면 되었기 때문에 만족스러워했다. 콜레주의 생뱅상드폴회는 죽어갔다. 개학 때 랭스부르는 활기와 유쾌함으로 가득했는데, 그 모습이 멋지고, 무심한 태도는 흉하다고 어느 날 결론을 내렸기 때문이다. 그러자 녀석들이 모여들었다. 알방 또한 보호 그룹에 집착하는 건 우스꽝스럽다고 어느 날 결론 내리기만 하면 되었다. 더구나 자신 또한 유행에 따라 그 안에 있지 않았던가(수플리에가 이 놀이에 들어온 날은 제외하고)? 그 나이의 약점 가운데 하나이긴 하지만 특히 알방은 눈에 띄는 행동을 하는 걸 끔찍하다고 생각했다. 눈에 띄는 건 투우만으로 충분했다. 투우에 대해 무리가 매우 적대적인 반응을 보이자, 그는 그것에 대해 말하길 그만두었다. 스노비즘이 여자들을 따라다니는 일이었다면 그는 여자들을 따라다녔을 것이다(이 년 뒤에 그가 실컷 보여주는 모습처럼).

그에게 이미 굳건히 잠재해 있던 어떤 성향이 마침내 작동하기 시작했다. 그가 쉽고 저속하고 어리석다고 여겼던 학생풍, 즉 '반항'풍이 끔찍했다. 학교 당국은 보호 그룹을 진정시키고자 했다. 그는 어떤 대가를 치르더라도 결코 대들지 않을 것이다. 그의 독자성은 차라리 질서 내의 무질서에 있었다.

따라서, 물론, 보호 그룹은 저속하고 우스꽝스러웠다.

마지막으로, 알방은 보호 그룹을 대립되는 두 관점으로 연달아 살펴보고 그에 따라 처신하며, 그가 어느 정도로 객관적이고 어느 정도로 융통성 있는지 자기 자신과 모두에게 보여주는 게 싫지 않았다.

알방은 살랭을 개혁 쪽으로 개심하도록 설득하지만 성공하지 못한다.

알방과 헤어지기 전에, 살랭은 그날 아침에 누군가 칠판에 분필로 "위선자들을 타도하자"라고 써놓은 걸 자신이 순수한 우정으로 지웠다고 알려주었다.

처음에 알방은 그게 무슨 말인지 잘 이해를 못하다가 조금 후에야 이해했다. 그리고 평온하게 생각했다. '로마 황제들은 로마의 벽에 자신들에 대한 모욕적인 낙서를 한 장본인들을 찾아내고도 결코 벌을 내리는 일이 없었지.' 살랭은 별다른 인상을 남기지 못했다.

그의 '로마 방식'은 살랭의 주장에 예민하게 반응했다. 살랭의 말에 따르면 보호 그룹은 (중학교) 선배들의 관습이며 영구적인 것이었다. 좋다. 하지만 그의 로마 방식 또한 중용을 선호하며, 과도함, 지나침을 꺼리고 불안해한다. 수송아지들을 제압하듯 스스로를 통제해야 한다. 그런데 보호 그룹은 더이상 자제하질 않는다. 라티움*의 유서 깊은 신중함과 그의 조심성, 그리고 품위가 손상되었다.

알방은 아무도 자신이 잘못했다고 느끼지 않는 집단 안에서 개혁을 수행한다는 게 쉽지 않으리라 예감했다. '품행이 불량한' 자에게는 결코 표를 던지지 않을 거라고 그는 모두에게, 특히 아카데미 지망자들 전체에게 알리기로 마음먹었다. 유치하지만 중차대한 결정이었다. 왜냐하면, 먼저 무엇을 근거로 이런저런 것이 '불량한 품행'이라고 간주할 것인가? 겉모습을 보고? 외관은 속인다. 여론을 바탕으로? 평판은 말을 만들어낸다. 관계자의 증언을 근거로? 어떤 이들은 자기 자랑을 한다. 그럼, 무엇을 근거로? 어떤 엄격한 체제를 근거로? 이 주제에 대한 매우 깊은 통찰력을 근거로? 그걸 어떻게 얻어서? 두번째로, 학교 당국의 입장에서 질서유지 기능을 하던 아카데미는 알방의 행위로 인해 학생의 입장에서 기능하게 되었다. 그는 추격당하는 자에서 몰이꾼이 되었다. 그게 법칙이다.

12월 9일, 그룹 내 분위기를 일시적으로 호전시키는 일이 있었다. 키

* 고대 로마의 발상지.

키의 열두번째 생일을 축하하기 위해 모두 단합한 것이다. 열 살, 열두 살, 열네 살은 중요한 나이다. 열 살에는 사랑에 빠지고, 열두 살에는 어린 남자가 되고, 열네 살에는 일종의 사내가 된다. 이 사이사이에 낀 나이들은 보다 덜 중요하다. 키키가 보호 그룹 안에서 매우 잘 지낸 지도 십오 개월이 되었기 때문에 보호 그룹은 그에게 선물을, 그룹의 규칙이 금하는 '작은 선물'의 범주에 들지 않는 선물을 주기로 했다. 호의는 있지만 상상력이 부족한 여섯 선배는 키키에게 멋진 만년필 하나를 선물했다. 부모에게는 동료들이 준 선물이라고 말하되 그 동료들의 나이는 말하지 않는 게 매우 바람직했다. 이 반쪽 진실에서는 파르크에 만연한 반쪽 고해의 미묘한 향이 났다.

세르주는 그렇게 고상하지 않을지도 모른다

이어지는 일요일 아침, 미사가 끝난 뒤 세르주와 알방은 지독한 침묵 속에서 오퇴유대로를 정처없이 걸었다. 선배는 후배가 같은 반 친구와 함께였더라면 더 즐거워하지 않았을까 생각했다. 아무리 진땀을 흘리며 애를 써도 날뛰는 황소들을 다루지 못하는 투우사처럼, 선배는 새 생활에 대해 열심히 이야기했지만 후배의 관심을 붙잡아둘 수가 없었다. 세르주는 쉬지 않고 장난을 치는가 하면 하찮은 물건에 정신을 팔았다. '불안정'에 대해 논하자면, 열네 살의 모든 소년들 모두 예외 없이 불안정하다고 써야 할 것이다. '일단 새생활로 접어들면 이 주도 지나지 않아 나와 함께 있는 걸 따분해할 거라던 어머니의 말이 맞잖아? 이 주는커녕 닷새도 못 버티는 것 같군.'

그럼에도, 새생활은 매우 감동적으로 시작되었다. 세르주가 이렇게 말한 것이다.

"오늘은 영성체를 할 마음이 없었어. 그런데 형이 하라고 해서 그냥

했어.”

“그래, 고맙다. 그런데 너 어제 이발소에 갔었구나…… 이러니 한결 단정해 보여. 새생활의 상징 같아. 그래서 말인데, 너에게 하고 싶었던 말이 있어…… 난 네가 아주 좋은 사람이 되면 좋겠어.” (이건 정확히 그의 어머니가 그에게 하는 말이었는데 그대로 되풀이하고 있었다.)

“그런데 잠깐만, 먼저 리슈리슈 사탕을 좀 살게. 그러면 형의 말을 더 잘 들을 수 있을 것 같아.”

그는 제과점으로 달려갔다가 잠시 후 돌아왔다.

“형이 이런저런 말을 하다가 이발 얘기까지 했었지. 무슨 말을 하다가 끊겼더라……”

“중요한 얘긴 아냐.”

“화났어?”

“아니. 어쨌든 넌 내가 하는 말에 관심이 없잖아.”

“아냐, 그 반대야. 관심 많아. 형 친구 지부아처럼, 형도 생활의 새로운 궤도에 대해서 말했었잖아.”

“친구들에 대해서 얘기해볼까? 랭스부르는 어린애처럼 히스테리를 부려…… 그 가증스러운 녀석 봉봉은 꼭 뮤직홀의 아가씨 같지……”

“맞아. 그리고 코를레와 라프라딘은 서로 손을 만지작대고 있더라, 바보 같아!”

‘이애는 말해야겠다고 생각하는 건 뭐든 말해버리는군.’ 알방은 생각했다. 세르주는 약간 앞서서 걷고 있었다. 요컨대, 며칠 전까지만 해도 그들 역시 서로 손을 만지작거렸다. 그런데 세르주는 미묘한 고어인 ‘그 가증스러운 녀석’이라는 표현 같은 건 지적하지 않았다. 아무래도

리트레 사전을 파고들기란 그야말로 고역일 테니까.

선배가 약간 의기소침해진 걸 무의식적으로 느꼈는지, 세르주는 허세를 부리며 그를 달래려 했다.

"보호 그룹 분위기는 이제 질식할 듯 숨이 막혀. 강박(그는 바로 얼마 전에 배운 이 말을 사용해보았다)이 있다니까. 그리고 그들의 수다, 미친 듯한 웃음! 형, 쇼쇼트*가 뭔지 알아?"

"응, 인디언 부족."

"아니, 그건 보호 그룹이야. 우리가 다른 애들보다 얼마나 우월한지 알아? 또 형이 이 새로운 상황에서 나와 함께 있는 게 얼마나 대단한 일인지도?"

"드니는 우리가 오래 '버티지' 못할 거래. 그야 두고 보면 알겠지! 다른 애들은……"

다른 애들은 더이상 별말 하지 않는다고 말하고 싶었지만 그건 희망사항이었다. 그런데 이번에 알방이 한마디하는데, 그 말이 또한 약간 흥미로웠다……

"네가 노력한다면 드 프라츠 신부는 내 영향 덕분이라고 생각할 거야."

"아마 진실을 알게 되겠지." 세르주는 웃음을 터뜨렸다. "있잖아, 파이프를 하나 샀어. 담배를 피우고 싶은 생각이 든 건 처음이야. 그게 파이프라는 걸 내가 알아봤지! 친구들한테 주려고 사탕도 샀어."

"너 정말 실망스럽다."

---

* 프랑스어로 '여성스러운 남자'라는 뜻.

"사긴 샀지만 내가 쓸 건 아니야."

알방은 못마땅한 기분으로 세르주와 헤어졌다. 세르주는 별로 고상하지 않았다. 그러나 알방이 몰랐던 게 있었으니, 세르주가 약간 침울한 까닭이었다. 알방이 하는 말이 귀찮아서는 아니었다. 그가 시도한 새생활 때문에 반 친구들의 조롱거리가 되고 그들의 관심을 한몸에 받게 된 부담스러운 처지 때문이었다. 열여섯 살 소년들은 어느 정도 문명화된 상태다. 그러나 열네 살 소년들은 다르다. 세르주가 몇몇 무례한 언사를 피할 수 있는 건 오로지 난폭한 성격 덕분이었다. 즉, 모두 그를 두려워했다. 루슬레가 브리쿨과 그를 '순전히 위선자들'로 취급했을 때, 아이들은 그 둘을 간신히 떼어놓아야 했다. 세르주는 알방을 괴롭히고 싶지 않아서 이 말을 전하지 않았다. 어쩌면 세르주는 '고상하지' 않을지도 모른다. 하지만 그에게는 알방이 언제나 알아보지 못하는 나름의 우아함이 있었다. 옳든 그르든, 남녀 커플에서 여자는 남자보다 더 섬세하다고 여겨진다. 보호 그룹에서 후배는 종종 선배보다 더 섬세하다.

알방이 원장 신부에게 쓴 편지

그렇지만 화요일, '힘들었던 하루' 이후 일곱번째 되는 날, 알방에 대한 최고 학년의 태도가 약간 달라졌다. 알방이 "매우 강인하다"는 말이 퍼지기 시작했다. 그는 '확신에 차' 있었다. 몇몇은 알방이 아카데미 회장으로 선출되었을 때처럼 다시 감탄의 시선으로 그를 보기 시작했다.

처음에 그는 이를 알아채지 못했다. 그래서 같은 날 그는 원장 신부에게 다음과 같은 편지를 보냈다.

원장 신부님께,

먼저 신부님께 조언하는 듯한 인상을 드리게 된 걸 용서해주십시오. 어쨌거나 지난 시간 이후, 저는 같은 반 동료들로부터 일종의 적대감을 사게 되었습니다. 그리고 제가 꿈꾸었던 방향으로 가기 위해 아무것도 할 수 없음에 절망했습니다. 만일 신부님께서 지부아를 불러, 지난번 저에게 세르주에 대해 말씀해주셨듯이 라파이에 대해 말씀해주신다면 모든 게 바뀌리라 생각합니다.

한 가지 더, 저는 제게 주어진 자유 때문에 약간 혼란스럽습니다. 하지만 어른들이 학생들의 고해를 듣고 그들에 대해서 아는 것보다, 학생들이 서로를 더 잘 안다고 신부님께서 저에게 말씀해주시지 않았습니까? 바로 이 말씀을 믿고 저는 용기를 내어 이렇게 감히 신부님께 글을 씁니다.

원장 신부님, 저의 충실한 존경심을 표합니다.

브리쿨

무엇보다, 지부아를 부르신다면 제가 신부님께 편지를 보냈다는 사실은 얘기하지 말아주세요.

다음날, 알방은 원장 신부로부터 답장을 받았다.

원장 신부가 지부아를 부르다

친애하는 친구여,

나나 다른 선생님들, 우리 모두에게 이러한 조언은 이롭습니다. 귀군의 조언은 '용서할' 문제가 아니며, 나는 귀군에게 고마운 마음입니다.

그래서 나는 귀군의 동료를 만나보았습니다. 우리 면담에 대해서는, 그가 귀군에게 하고 싶은 이야기를 하겠지요. 면담은 매우 만족스러웠습니다. 물론 귀군의 이름은 거명되지 않았습니다.

친애하는 친구여, 우리 주 예수그리스도 안에서 나의 진정한 애정을 표합니다.

프라도 드 라 알

'모코르네의 멍청한 선생들과는 얼마나 다른가! 어둠이 활개를 치고 득세하는 그곳과는 정말 다르다.' 알방은 생각했다.

쉬는 시간에 지부아가 그에게 왔다.

"프라도 드 라 알 신부가 불러서 갔었어. 보호 그룹에 대해 얘기하더라고. '귀군은 이제 다른 영혼을 떠맡고 있다는 사실을 잊지 말아야 합니다. 어린 후배들이 귀군을 바라보고 있어요. 우리는 귀군이 없으면 아무것도 할 수 없습니다' 하고 말이야. 그리고 내 영향력을 그들을 위해 사용해야 한다고(그 외에도 등등) 말했지. '누군가 친절하게 청한다면, 아이들은 언제나 따르기 마련입니다. 귀군의 후배 비노(포베트였다)를 보세요. 그는 자습실에서 숙제를 할 때 아주 큰 소리로 떠들거나 자신이 쓴 걸 전부 해설하곤 했습니다…… 그러면 다른 친구들이 공부하는 데 방해가 된다고 말해줬지요. 그랬더니 의사들조차(귀군도 알다시피 그는 약간 이상한 구석이 있지요) 결코 없애지 못했던 그 나쁜 버릇을 곧장 버렸어요.'"

"프라도 신부가 내 이야기도 했어?" 쉽게 경계심을 늦추지 않던 알방이 물었다.

지부아는 아니라고 했다. 알방은 자신이 원장에게 말한 내용을 지부아에게 전하지 않으려 주의하며 "그와 얘기하고부터 내 생활은 변했어" 하고 말을 이었다.

"봉봉 얘기가 정말 놀라웠어. '우리는 반대하는 입장이 아니에요…… 어떻게 말하면 좋을까요? 어떤 영감이나 열정이…… 무미건조한 마음보다는 낫다고 생각해요. 중요한 점은 후배들을 인형처럼 여기지 말아야 한다는 겁니다. 재미삼아 그들을 사랑해서는 안 됩니다. 그들을 사랑한다면, 진실되어야 합니다. 이따금 신께서는 그분의 창조물들 사이에서 우리 가까이 계십니다. 복음서도 신을 사랑하라와 이웃을 사랑하라는 두 가지 중요한 계명이 서로 비슷하며 결국은 하나라고 우리에게 말하지요. 그리고 성 토마스는 성전*에 입각해서 자비는 인간과 신의 우정이라고 말했습니다. 이 말을 명심하세요. 이게 바로 영성의 핵심입니다. 우리가 누군가에게 "당신을 사랑합니다" 하고 말할 땐, 어느 정도는 신에게 말하는 것과 같습니다.' 신부는 우리 관계를 조금도 비판하지 않았어. 심지어 아주 놀라운 말까지 했지. '이해합니다…… 그의 머리는 아주 예쁘게 곱슬거리지 않습니까? 그리고 언제나 자신을 상대에게 내맡기는 듯한 얼굴이고…… 귀군이 그에게 입맞추는 걸 금하지 않습니다. 그건 충고가 아니에요. 그런 충고는 그에게 도움이 되지 않습니다.' 신부는 라코데르가 말한 '우정의 사랑'을 인용했어. '우정의 사랑', 바로 그거야. 누가 뭐래도 라코데르는 엄청난 인물이잖아! 그

* 聖傳. 사도전승 등을 포함한 예수그리스도의 모든 계시를 뜻함.

래서 나도 결심했어. 봉봉과의 관계 방식을 바꾸기로. 이제 그에게 입맞춤하지 않으려고 해. 넌 수플리에에게 계속해서 입맞춤하고 있지?"

"새생활을 시작한 뒤부터는 하지 않았어. 생각중이긴 하지만……"

지부아는 분개하며 단호하게 말했다.

"생각중이라!…… 아! 말도 안 돼, 계속 입맞춤을 한다니, 신중하지 못한 태도야!"

알방은 자존심이 상했다. 즉시 감정이 격해졌다!

"나는 원장 신부님께 거기에만 관심을 두는 애들, 강박에 사로잡힌 애들이 많다고 했어. 그랬더니 그분은 이렇게 대답하셨지. '순수함만을 생각하는 자들 또한 강박에 사로잡힌 자들이지요.'"

다음 순간, 알방은 원장 신부의 말이 혹시 자신을 겨냥한 건 아닌지 생각해보았다. 설마, 그건 좀 심하지 않은가! 가벼운, 아주 가벼운 걱정이 그의 내면에서 또한 일었다. 미래는 희생의 연속일 거라는 예감이 들었다. 이제부터는 모든 관계들이 차례로 '희생'이라는 꼬리표가 붙은 공식적인 검인증을 받게 될 것이다. 하지만 이 생각은 최근 한동안 적대감을 드러내며 빈정대기 일쑤였던 지부아의 얼굴이 얼마나 많이 변했는지 깨닫자 기쁨에 밀려났다. 지부아는 말을 하는 동안 어느 순간 눈에 감동의 눈물이 차오를 정도였다…… 그래서 알방은 랭스부르에게도 언젠가 이런 일이 일어날지 모른다고 생각했다. 그들 둘 다 '감성적인 사람들'이며, 따라서 이제 무엇을 어떻게 하는 게 좋을지 랭스부르 역시 알고 있기 때문이었다. 실제로 오래지 않아, 랭스부르가 드니를 위해 기꺼이 기도한다는 걸 천하가 다 알게 되었다.

이후 다들 행동이 정숙해졌다. '영혼의 책무'는 의외의 발견이었다.

랭스부르도 원장 신부로부터 호출받았으면 하는 기색이 역력했다. 그는 수플리에를 조금도 좋아하지 않았지만, 그래도 한마디했다. "보호받는 아이들 중 가장 제대로 이해한 사람은 바로 수플리에야." 랭스부르의 이 말이 알방은 너무나 고마웠다. 두 사람은 걷던 걸음을 멈추었다. 어리지만 선량한 프랑스인들로서 그들은 얼마나 빨리 지침을 습득하는가! 혼란스럽고, 빠져나올 수 없는 도덕적 기교와 스노비즘.

공원에서 제 자식을 자랑하고 비교하는 어머니들처럼, 이제 두 선배는 보호 그룹에 대해 이야기를 나누며 자기가 보호하는 후배들의 '훌륭한' 언행에 대해 자랑스럽게 떠벌리는 것도 잊지 않았다. 그리고 자신의 후배가 아닌 다른 후배의 성품에 대한 지나친 찬사를 듣고 있어야만 할 때면 선배로서 분함마저 느꼈다. 누구보다도 재빠르게 딴사람이 된 쪽은 특히 프레로들이었다. 변화를 시도하던 알방은 '평민'이 부르주아보다 더 유행에 민감하다는 점을 알게 되었다. 사이클경기라도 되는 양 모두들 순진한 경쟁심에 사로잡혀 누군가 앞질러 달려나가지는 않을까, 누군가 갑자기 뛰어난 능력을 발휘해 놀라운 속도로 다른 선수들을 제치고 앞서나가지 않을까 곁눈질로 감시했다. 그리고 모두가 자기네 커플이 무시당하지 않을까 걱정했다. 이와 더불어 그룹의 정신은 완전히 죽지 않은 채 복잡한 음모와 경이로운 비밀들을 숨기고 있었는데, 이를테면 선배들을 인기와 용기로 평가하거나 그들끼리 서로 약간 헐뜯는 경우도 없지 않았다.

평소 일요일 미사에 구식으로 장정된 플루타르코스 포켓판을 가져가 미사 경본 대신 읽곤 하던 알방은 이번에는 『리쿠르고스의 삶』 중 스파르타 아이들에 대한 글을 읽게 되었다. "우리는 연적을 알지 못한다. 한 아이에게 마음이 끌리는 사람들은, 그 사실로 인해 서로 더욱 사랑하게 되는 경향이 있다. 그리고 그들은 자신이 사랑하는 사람을 최대한으로 행복하게 해주려고 함께 끊임없이 노력한다." 알방은 기쁨으로 전율했다. 필요한 바로 이때 스파르타 아이들에 대해 알게 되다니. 신은 위대하시다!

봉봉 또한 개혁의 물결에 참여하여 생활을 바꾸고 싶었다. 그의 머리는 갈색이었는데, 어머니 라파이 부인은 아들이 이마에 늘어뜨린 멋진 컬을 하나 과산화수소수에 담그자고 고집했다. "너한테 정말 잘 어울려!" 그도 이 금색 머리칼이 몹시 마음에 들었던 모양이다. 금발이 그에게는 거북한 (모계) 혈통에 속하는 것이라 해도 말이다. 하지만 그는 금색 머리칼 때문에 개혁주의 동료들로부터 멋부리는 새끼 고양이라는 조롱을 받았다. 그는 저항하고 비명을 지르며 시커먼 물에 금색 머리칼을 담갔다. "그래, 할 수 없지. 네가 잠든 동안 과산화수소수를 부어버릴 테다." 그래서 그는 더이상 잠들 수 없었다. 결국 그의 어머니가 포기했다. 새로운 질서에 참여하려는 봉봉의 태도가 이 정도였다.

개혁에 동참하는 일에 혐오감을 보였던 유일한 사람은 라르시슈(열 살, 꿈은 선교사)였다. "신이 나라면 어떻게 하실까 생각중"이라고 그는 말했다. 그렇지만 오래지 않아 그 역시 동조했다. 심지어 나중에는 열성을 보이기까지 했다. 네 명의 후배가 세례를 받도록 하기 위해 혐오하는 가글액을 들이켜기도 했다. 희생이 곧 왕이었다.

드 프라츠 신부, 한 시간 십 분간 알방과 대화를 나누다

알방은 드 프라츠 신부를 만나러 갔다. 신부는 그를 두시부터 세시 십분까지 붙잡아두었다. 신부는 혼자서만, 그것도 세르주에 대해서만 말했는데, 자신의 자유로운 정신을 보여주려는 심산 때문에 처음 그의

태도에는 경망스러움이 없지 않았다. 그는 원장 신부에게도, 알방에게도, 어느 누구에게도 이렇게 경망스러운 모습을 거침없이 보이면서 수플리에에 대해 말한 적이 없었다. 프레보텔 신부와 면담을 했을 때는 오랫동안 침묵이 이어졌었다. 그동안 신부는 알방의 손을 잡고 있었는데, 당황스러워서 이마에 땀이 흘렀다—그는 좋은 신학자이지만 소년들과의 친교에는 익숙지 않아 그들 앞에선 어색하고 불편해했다. 드 프라츠 신부에게서는 이런 모습이 조금도 보이지 않았다. 그는 우스갯소리로만 신학자였고 소년을 다루는 데 노련했다. 드 프라츠 신부가 말했다.

"내가 담당하는 학년 중, 한 학생의 이름을 귀군에게 대줄 수도 있습니다. 그는 똑똑하지 않고, 생기도 없고, 약간 우둔하기까지 하고, 배포도 작지만—속이 골무만큼이나 좁고 곱지도 않지요—두 가지 점에서 독창적이고 보기 드문 학생입니다. 그 두 가지란 바로 육체적인 부도덕과 비겁함이에요. 이 두 결점을 통해 그는 상상할 수도 없는 패러독스, 무의미함 속에서 독특성을 구현하는 겁니다."

'정말이지, 이 신부는 소년들에 대해 아주 잘 알고 있군!' 알방은 놀라며 생각했다.

그러고 나서 신부는 세르주에 대해 속이 시원하도록 이야기하기 시작했다. 이후 그는 화제를 바꾸지 않았다.

"수플리에에는 놓치는 것 없이 모든 걸 보는 아이다운 눈이 있고, 역시 아이답게 기억력이 놀랍습니다. 물론 교실에서 공부할 때만 빼고요. 그에게는 또한 교만함이 있습니다. 그게 자기 내면의 성찰을 가로막아요. 성찰을 통해 알게 될 것들이 두려운 거지요. 교만함 때문에 그는 혼자서 다 할 수 있다고 생각하고 모든 가르침을 저버립니다. 내가 말할 때는 고개를 숙이고 발을 포개고 있어요. (알방이 웃었다.) 귀군도 발을 가지런히 겹쳐놓는 아이의 습관을 알고 있나요?"

"네, 압니다. 그래서 '정육점집 아이처럼 그러고 있지 마' 하고 말해줬어요." (신부가 웃었다.)

"그런 자세로 시선은 초점을 잃은 채, 한마디도 하지 않고 가만있는 거죠. 나는 시선으로 그를 잡아두고 목수가 못을 박듯, 한마디 한마디 그에게 심어줍니다. 그러면 못들은 반쯤 튀어나와 있어요. 왜냐하면 내가 못박은 자리가 반 이상은 썩어 있으니까요. 그렇지만 한번은 그런 그도 감동받은 모습을 보였습니다. 식당에서—모든 소동은 언제나 식당에서 시작되죠—교묘하게 장난을 준비해두고는 내게 붙잡혀 왔어요. 이어서 나는 그에게 사무실에서 나가라고 하고 나도 떠나야 했어요. 아마 이제 내가 더이상 자신을 보지 않을 거라고 생각했던 모양이에요. 다시 돌아가 보니 울고 있더군요. 단지 이렇게만 말하면서요. '날 떠나지 마세요.' 그래서 나는 그에게 앞으로 고쳐야 할 점—예를 들어 자습실이나 식당에서 갖춰야 할 태도 같은 것—을 단 한 가지라도 찾아보라고 했지요. 다음날 아침, 그애는 날 보러 와서는 '찾아내지 못했어요' 하는 겁니다. 아이들은 사람들이 생각하듯이 그렇게 무르지 않아요. 그들에게는 단단히 구축된 방어선이 있고, 이를 기반으로 힘차게 저항합니다. 수플리에의 방어선은 나약함입니다. 그래서 그의 의지를 북돋우려 할 필요가 없어요. 그가 스스로 그럴 의지를 만들어내야 하지요. 결국 아이에게 맞추는 게 중요합니다. 귀군도 알게 될 겁니다…… 내가 왜 그를 아이라고 부르는지 잘 모르겠군요. 그는 아이인 동시에 자기 나이보다 위에 있기도 한데 말이지요. 어쨌든 그에겐 활기가 있어요. 그것만도 대단하지요. (알방은 어머니의 말을 떠올렸다. "이 주제에 대해 얘기해보자. 이게 내게 활기를 주거든.") 그는 풍요로워요. 날 풍요롭게 합니다. 또한 그는…… 귀군에게 해줄 말이 있어요. 세상에는 두 종류의 사람이 있습니다. 인간의 언어로 말을 건네게 되는 사람과 인간의 언어로 말을 건넬 수 없는 사람이지요(알방은 '새끼 뱀들'을 생각했다). 수플리에에게는 인간의 언어로 말을 건넬 수 있습니다. 이 경우는 어른 아이를 막론하고 생각보다 보기 드뭅니다."

"저도 알아요." 알방은 말했다.

그는 신부가 세르주에 대해 갖고 있는 사랑을 모두 보았고, 이 사랑을 사랑했다.

"귀군에게 한 가지 더 말할 게 있습니다. 모두가 그를 어떻게 평가하는지 알기 때문에 내가 이 말을 하면 아마 놀랄지 모르겠지만, 그애는 믿을 만한 사람이에요."

침묵이 흘렀다. 각자 꽤나 무게 있는 이 멋진 말의 의미를 헤아려보기라도 하는 듯, 침묵이 흘렀다. 그러나 신부는 이어지는 한마디로 모든 걸 뒤엎었다.

"적어도 십오 분 동안은 말입니다. 귀군도 알겠지만, 아이들은 오래 가지 못하니까요."

이 말에 알방은 놀라며 경계심을 품었다. 신부는 벌써 그의 편을 들면서 수플리에와의 '끝'을 막연히 예감하는 것일까? 하지만 그 또한 친구에게 '영원한', 즉 '가능한 한 가장 오래갈' 우정이라고 하지 않았던가?

드 브리쿨 부인은 몰래 일기를 보는가?

매일 저녁식사를 마친 뒤 그러듯이, 이날 저녁에도 알방은 일기장—그보다는 차라리 비망록—에 간결하게 몇 마디 적었다. 그때, 이틀 전 자신이 적어놓은 몇몇 문장이 눈에 들어왔다. "미덕이 유행하기 시작. 경쟁전이 시작되었다". 그는 '경쟁전'이라는 단어를 보며 고개를 들고 생각했다.

바로 전날, 그의 어머니가 파르크의 새 소식을 물었다. "내 생각에 그들 모두가 널 모방하고 널 능가하고자 할 것 같아. 경쟁전이 되겠지." 그는 어머니의 혜안에 감탄을 금치 못했었다.

어머니가 그 얘기를 하자, 그 역시 며칠 전부터 '경쟁전'을 생각하고 있었음이 떠올랐다. 하지만 자신이 일기장에 그 단어를 적었던 건 기억나지 않았다.

지금 그걸 보자, 자신이 일기장에 적은 바로 그 단어를 어머니가 사용했다는 게 약간 이상하게 느껴졌다. 이 말은 그리 일상적인 단어가 아니었으니 말이다.

그리고 열흘 전 자신이 대로에서 '후배에게 입맞춤'하는 걸 보았다는 '정보통' 얘기, 그리고 '어떤 후배와 탄' 삯마차에 대해 그렇게 빨리 알고 있었던 것도 이상했다.

세르주와 삯마차를 탄 날, 그는 일기장에 이렇게 적었다. "음악감상. 그와 함께 삯마차를 타고 돌아옴."

불현듯 그는 어머니가 몇 달 전부터, 아니 어쩌면 몇 년 전부터 정리함의 자물쇠를 열고 그의 일기장을 훔쳐본 건 아닌지 의심이 일었다. "나한테는 정보통이 있어! 그래서 다 안다!" 그녀가 말하는 정보통과

혜안, 어머니로서의, 그리고 여자로서의 직감은 다름 아닌 바로 이것일지도 몰랐다.

이렇게 어머니는 매일 그의 내면의 삶을 미행하면서, 모르는 척 일기의 내용을 토대로 그에게 몇몇 질문들을 던졌다. 그가 거짓말을 한다고 비난하면서, 끊임없이 그녀는 거짓말을 했다. 새끼 뱀들의 허풍이 있었고, 어머니들의 허풍이 있었다. 아들이 마음을 열고 세르주와의 관계를 이야기하며 행동으로 깊은 신뢰를 보여줄 때, 어머니는 그가 학교에 묶여 있는 틈을 타 몰래 그의 일기장을 읽으러 갔던 것이다.

그로서는 끔찍한 일이었다. 하지만 많은 청소년들이 그렇듯, 알방은 그 끔찍함과 견주기에 손색이 없는 인물이었다. 사실상 이 끔찍함은 그에게 자연스럽게 여겨졌다. 어른들이 그렇지 뭐!

그렇지만 중요한 건 아는 것이었다. 예를 들면, 무언가를 훔치려고 서랍을 뒤지는 아들이 집에 있다는 걸 알면서도 참고 견디고, 어머니가 아들의 일기를 읽기 위해 비밀 상자를 뒤지는 걸 알면서도 참는 것이다. 요컨대 그가 원하는 바와 어머니가 원하는 바는 다르지 않았다. 그녀도 어떻게 해서든 알고 싶었던 것이다.

이전까지는 알방의 머릿속에 좀체 의심이 일지 않았었다. 그러나 이제 그는 일기장 겉장을 교묘하게 먼지—두꺼운 먼지—로 덮었다.

그는 계속해서 이 일기장을 썼다. 하지만 이제는 "빛에 노출하지 마시오"라고 적혀 있는 사진 인화지 주머니에 일기장을 넣어두고는, 매번 다시 풀고 여미기를 반복했다. 드 브리쿨 부인이 이 주머니까지 열 가능성은 거의 없었다.

크리스마스이브인 일요일 아침, 알방과 세르주는 평소처럼 대로를 걷는 대신 숲으로 갔다. 숲에 들어서자마자 그들은 달콤한 낙엽냄새와 포근하고 평온한 분위기, 나무에 점점이 박혀 있는 이끼의 강렬한 초록빛—앵무새 날개처럼 진한 초록—이 만들어내는 회색과 초록의 멋진 조화에 둘러싸였다. 거기엔 정말이지 놀라울 정도로 창백한 나무들도 있었다. 둘은 파르크의 기숙사생들이 점심때 들렀다가(그들은 이곳에서 공놀이를 했다) 버리고 간 사과 속이나 오렌지 껍질, 바나나 껍질을 따라 걸었다. 세르주는 줄곧 스웨터 속으로 밀감을 밀어넣어 앞가슴을 불룩하게 만들며 장난을 쳤다. 마침내 그가 입을 열었다.

"드 프라츠 신부가 그러는데, 우리 관계는 '도덕적으로 매우 심각하게 빈곤'하대."

"설마! 정말 그렇게 말했다면 너무 심한데!"

"사실, 그 말이 그런 뜻이었는지, 아니면 '수플리에가 도덕적으로 매우 심각하게 빈곤하다'는 의미였는지 확실하지 않아."

"아마도 후자였을 거야." 약간 안심하며 알방이 말했다.

"그래, 후자가 맞겠지, 후자 쪽이 맞아…… 드 프라츠 신부가 그러는데 일이 잘 안 될 거래. 그는 새해 방학 기간 여드레 동안 날 그의 시골집으로 데려가서 떼어놓고 싶대."

"누구한테서 떼어놓는다는 거야?"

"몰라, 애들이겠지, 뭐."

"그보다는 네 가족일 거야. 어차피 방학 동안이니까. 나한테는 그런 말 안 했는데."

"그게 나한테는 좋은 일이라는 거 알아. 하지만 매일 열두 시간씩 훈계를 듣게 된다면…… 엄마한테 부탁해야겠어. 엄마가 아프니 내가 집에 있어야 한다고 말해달라고. 하지만 엄마는 내가 떠나길 바라겠지. 나한테 화만 내니까."

"화를 낸다니, 왜?"

"엄마는 내가 드 프라츠 신부의 집에 가는 걸 더 좋아할 거야. '거기 있는 동안은 네가 우리집 전기를 쓰지 않을 거잖아. 그리고 집에 있으면 넌 그저 말썽만 부리잖니' 하면서, 어쨌든, 드 프라츠 신부는 좋은 분이야. 그가 이제 날 사랑하지 않는다고 생각했던 건 착각이었어."

"그의 시골집에 가는 게 좋을 것 같아. 너한테 다시 한번 부탁하는데, 그가 기운을 내도록 노력 좀 해봐. 그한테는 정말 필요한 일이야. 그 사람은 정말 온 마음으로 널 사랑해. 네가 다시 예전으로 돌아가면 그가 얼마나 속상해할지, 네가 짐작이라도 하면 좋겠어. 난 네가 그러지 않을 거라고 믿어."

"드 프라츠 신부가 날 귀여워한다는 건 5월에 눈치챘어. 처음에는 화가 났지. 이런 생각이 들었어. '저 작자, 정말 귀찮군. 왜 늘 내 뒤를 따라다니는 거야. 자신을 내 친구가 아니라 선생이나 사제로 여겨야 할 텐데 말이야. 언젠가 한마디해줘야겠어.' 그러다가 조금씩, 내가 왜 그를 짜증스러워하는지 생각해보았어. 왜냐하면 그가 바라는 건 오로지 내가 잘되고 얌전해지는 것뿐, 그것 말고는 나한테 바라는 게 아무것도 없는데 말이야."

낙엽 하나가 바람에 실려 한 마리 개처럼 그들을 뒤따라왔다. 또다른 낙엽이 세르주의 머리 위에 살포시 앉았다. 사육장에서 개 짖는 소리와 바다표범 우는 소리가 들리는 것을 보니 동물원에 가까이 온 모양이었다. 그들은 안으로 들어갔다. 이 겨울 아침, 동물원은 을씨년스러웠다. 세르주는 짓궂게 동물들한테 유치한 장난을 쳤다. 그는 어린애처럼 팔을 뻗어 동물들을 가리켰다. 앵무새 코에 대고 담배 연기를 내뿜기도 했다. 그리고 쉴새없이 울타리의 낮은 문을 흔들어댔다. 새들 앞에서는, 더 똑똑히 보겠다며 난간 위로 기어올라가려 했다. 알방이 손을 내밀어 그의 손을 잡아 균형을 잡도록 거들며 오랫동안 그 애지중지하는 작은 손을 잡고 있었다. 날짐승들이 날개를 퍼덕이자 그 바람에 낙엽이 휘날렸다. 토끼들을 본 그들은 음탕한 농담을 주고받게 되었는데, 그 농담으로 '과거의 특별한 날들'을 떠올리기도 했다. 세르주는 장난치며 토끼를 귀찮게 했다. 작은 새끼 토끼의 털을 잡고 능숙한 태도로 이렇게 말했다. "내가 널 알지, 새끼 토끼야." 세르주는 이 말을 십 분 동안 열다섯 번 정도 반복했다. 그때 그들은 삯마차를 떠올렸고, 기린을 '삯마차에 넣으려면 작은 조각으로 잘라야 한다'고 의견을 모았다.

닭장을 보자 세르주가 말했다. "이런, 오늘 점심 때 닭고기를 먹을 건데." 알방은 펠로타 경기장의 탈의실에서처럼 전율을 느꼈다. 세르주의 셔츠에서 작은 천을 기운 자국을 본 것이다. 수플리에의 집안 형편이 좋지 않다는 증거를 볼 때마다 그는 마음이 아팠다. "헤라클레스는 여자 노예들을 사랑한다"(세네카).

보이지 않는 연상작용이라도 일어난 듯, 세르주는 말했다. "형이 늙으면 어쩌면 가난해질지도 몰라. 그땐 내가 부자가 될 거야. 그때 형이 나를 부르면, 언제든 형을 찾아갈게."

그들은 온실로 들어갔다. 꽃이 피어 있는 거대한 온실은 남쪽 나라처럼 따뜻했다. 드넓은 공간에 단 한 사람, 거무튀튀한 피부에 백발이 된 혼혈 남자가 철제 의자에 앉아 있었다. 위엄 있게 시가를 문 그의 얼굴에 망명과 향수의 그림자가 드리워져 있었다. 세르주는 눈에 잘 띄지 않는 동굴을 하나 발견했다. "저기서 입맞춤할 수 있겠다." 동굴 안에 들어서자 알방이 말했다. "외투를 벗어. 입맞추면서 네 몸을 좀더 잘 느낄 수 있게." 세르주는 외투를 벗어 튀어나온 바위에 걸었다. 이윽고 작은 웅덩이 옆의 돌을 딛고 올라가 균형을 잡고 서서, 흐르고 빠지는 물소리 가운데 그들은 서로의 입을 깊숙이 합쳤다. 세르주의 입은 깊고, 변화무쌍하고, 동굴처럼 축축했다. 이어서 알방은 그의 베레모를 벗기고 그의 머리카락 냄새를 맡았다. 천천히, 아주 천천히 알방은 머리 냄새를 맡았다. 마치 새벽에 초원의 향기로 가슴을 채우는 것처럼.

드 브리쿨 부인은 몰래 일기를 본다

바로 전날까지 알방은 매일 일기장을 조심스레 다루며 여전히 먼지가 덮인 채로 있는지, 누구도 손대지 않은 채로 있는지 확인했었다.

그런데 동물원에서 돌아와 보니, 겉표지에 있던 먼지 대부분이 사라져 있었다.

아침이면 그들은 매우 일찍 학교에 도착해서 자습실에 가방을 놔두고 나와 잠시 산책을 하곤 했다. 그러던 어느 날 아침, 산책을 하던 중 세르주는 새해 방학 동안 드 프라츠 신부의 시골집에 가는 계획이 무산되었고, 드 프라츠 신부가 원하는 대로 이제 자신은 새해 첫날 이후 개학 때부터 기숙사 생활을 다시 하게 되었다고 알려주었다. 맨 처음에 기숙사 생활을 하다가 이후 반半기숙사 생활을 하고, 그뒤엔 집에서 오고갔는데, 이제 다시 기숙사 생활로 돌아간다는 거였다. 무슨 병에라도 걸려서 사소한 행운이나마 기대하며 온갖 치유책을 다 써보는 듯했다.

"그렇지만 기숙사생은 다른 학생보다 더 힘들다고들 하던데. 너도 그렇게 생각하지 않아?"

"아! 맞아."

"그런데 왜 신부들 말이야, 학생 모두가 기숙사 생활을 하도록 등을 떠미는 건지, 정말 이상해. 특히 너한테 말이야."

"드 프라츠 신부 말로는 등하교의 수고를 덜어주기 위해서라던데."

"너는 시간의 절반을 나와 같이 보내잖아. 분명해, 드 프라츠 신부는 널 내 영향에서 벗어나게 하려는 거야."

알방은 드 프라츠 신부가 세르주를 사랑하기 때문에 자신에게서 그를 떼어놓으려 한다거나 질투심으로 자신의 영향을 두려워한다고 느끼지는 않았다. 그보다는 신부가 자신의 영향이 나쁘다고 보고 있어서라고 생각했다. 이런 생각을 하니 그의 마음은 씁쓸했다.

금요일, 미사가 끝난 뒤 학생들은 여드레의 방학(새해 방학)을 맞이하여 학교를 떠났다. 세르주와 알방은 다시 동물원으로 갔다.

"누가 가장 큰 분필 도막을 삼킬 수 있나 시합했는데 내가 이겼어."

한줄기 가느다란 햇살이 하늘에서 내비쳤다.

"감히 형한테 말 못했었는데, 태양이 방금 모습을 보인 이상 말해야겠어…… 있지, 드 프라츠 신부가 날 스콜라 성가대에 들어가게 했어. 그가 그러는데, 그게 작은 크리스마스 선물이 될 거래."

"스콜라는 네가 갈 데가 아냐. 어리석은 짓이군. 모든 애들 중에서 가장 나쁜 애들이 있는 곳인데!"

"우리 학년에서 매일 보는 똑같은 애들인걸. 그러니까……"

"너 음악에 대해서 알아? 음표나 반음 내림표, 이런 것들 말이야."

"아니, 몰라."

"그래도 음표는 알겠지……"

"아니, 몰라."

"신부한테 모른다고 말했어?"

"응, 그런데 꼭 음표를 알아야 노래 부를 수 있는 건 아니래."

"네가 싫다고 거절하기만 하면 됐잖아."

"난 아무것도 거절할 수 없어."

'새생활'의 궤도 속에서 숲을 가로지르는 감미로운 산책! ('우리 학년에서 매일 보는 똑같은 애들'이라는 말이 알방을 약간 안심시켰다.) 세르주는 눈을 내리깐 채 낙엽 위를 걸었다. 낙엽에는 눈이 약간 남아 있었다. 그는 이따금 낙엽이 모여 있는 곳에 발을 쑤셔넣고 공을 차듯 양발로 낙엽을 차며 앞으로 밀고 갔다. 그곳은 일요일에 왔을 때보다 한층 더 을씨년스러웠다. 살아 움직이는 거라곤 그들 입에서 나오는 입김과, 절반은 얼어 있고 절반은 흐르는 물, 까마귀 울음소리, 보이지 않는 폭포 소리, 이 나무에서 저 나무 위로 날아다니는 희고 검은 새 한 마리뿐이었다.

세르주가 또 동굴로 가자고 제안했다. 남미 출신 노신사가 여전히 그곳 의자에 앉아 있었다. 여전히 망명과 우울이 뒤섞인 살아 있는 조각 같은 모습으로. 동굴로 들어간 그들은 다시 한번, 자연의 은신처에서 서로에게 열중했다.

세르주가 그들의 우정이 매우 내밀했던 시기에는 주려 하지 않았던 자신의 첫영성체 때 사진 한 장을 알방에게 주었다. "너무 대조적으로 보일 것이기 때문"이라고 그때 그는 말했었다. 알방은 사진 뒤에 적혀 있는 글귀를 보고 놀랐다. "정말 사랑하는 나의 친애하는 친구에게." 알방이었다면 "내가 숭배하는 이에게" 따위의 뭔가 괴상한 말을 적었을 것이다.

세르주는 방학중 새해 첫날 신부를 찾아갈 거라고 했다. 그러자 알방이 말했다.

"그때를 기회삼아 그에게 우리 일에 대해서 말해. 내가 너를 좋은 쪽으로 이끌어준다고 넌지시 말해두는 게 좋을 거야."

"그건 오만한 말인데."

"너를 상대로 바르게 처신하는 나로서는 그의 결정이 매우 불쾌하다는 걸 넌 알아야 해. 내가 어떻게 처신하는지 그는 하나도 모르잖아."

(이 자부심! 작은 술책들! 정말이지 놀라지 않을 수 없다……)

"알겠어. 무엇보다 신부는 형에게 다정한 것 같지 않아. 형이 나를 좋게 생각하지 않는다고 그가 말했어."

"그가 그렇게 말했다고!"

"꼭 그렇게 말한 건 아니지만, 형이 그에게 말한 얘기, 그리고 그가 내게 전한 얘기에 비추어 내가 생각한 거야. 형은 내가 일주일도 못 가서 새생활 방식을 지긋지긋해할 거라고 생각했잖아."

"맙소사, 그래, 그에게 그 비슷한 말을 했지. 신부도 참, 그런 말은 전하지 않는 게 훨씬 나았을 텐데."

"방학 동안에 나한테 편지 한 통 써줘. 주는 건 개학식 날 주고. 아주 긴 편지, 열 쪽 정도 되는 긴 편지 말이야. 편지에다 이렇게 써줘. 프리모, 형이 앞으로 할일, 되지오, 내가 해야 할 일, 트루아지오…… 트루아지오 맞나?"

"그래, 트루아지오, 내가 다른 사람들을 어떻게 생각하는지, 콰트르지오,* 내가 너를 어떻게 생각하는지 쓸게. 그런데 네 부모님이 내 편지를 보면 어떡하지?"

"걱정 마, 형 편지는 아주 좋으니까."

"그래, 하지만 아무리 좋다고 해도 부모들은 이해하지 못해."

"난 형 편지를 성모마리아 동상 안쪽에 감출 거야."

"그러지 마, 성모마리아는 적당하지 않아."

"그러면 손수건으로 싸서 주머니 속 깊숙이 넣겠어."

"어머니가 주머니는 뒤지지 않아?"

"뒤지지. 내가 세수하는 동안, 엄마가 바지의 먼지를 솔로 털어내면서. 그런데 엄마가 바지 먼지를 그렇게 자주 털지는 않아."

"너도 나한테 편지를 써. 우편으로 보내. 뭐든지 써도 괜찮아, 여섯 줄이라도. 그저 이 고약한 방학 일주일 동안 너의 증표를 갖기 위해서일 뿐이니까. 우리 어머니는 너한테서 오는 편지를 열어보지 않겠다고 했거든. 다만 겉봉에 글씨를 쓸 때 특이하게 써야 해. 어머니가 '오! 글씨체가 아주 지적이구나!' 하고 말하게—그리고 말이지, 새해 첫날 나도 네게 뭔가를 주고 싶어."

"그러지 마, 유치한 짓이야. 난 싫어."

알방은 그를 집 앞까지 데려다주었다. 거기서 그들은 서로 볼에 입맞춤을 했다. "일주일 동안 못 보니까 두 번 더 키스하자" 하고 세르주

---

* 프리모는 첫째, 되지오는 둘째, 트루아지오는 셋째, 콰트르지오는 넷째라는 의미다.

가 말했다. 알방은 스페인 사람들이 그러듯 같은 자리에 차례로 두 번 더 키스했다. 이어서 그는 세르주의 손을 잡은 채 행복감에 잠겨 오랫동안 그대로 있었다—세계가 계속해서 돌고 있는 동안, 어쩌면 일 분 동안. 이게 그들의 이별, 약속으로 가득찬 그들의 이별이었다.

1912년 크리스마스, 알방이 세르주에게 보내는 편지와 생활 계획표

아카데미 보호 그룹 구성원들 모두에게, 보호 그룹은 삶의 유일한 관심거리였다(공부와 더불어). 마찬가지로 알방에게도 가정은 존재하지 않았다. 즉 가정은 학교의 연장선상에 놓여 있을 뿐이었다. 왜냐하면 집에서도 그는 학교만을 생각했기 때문이다. 세르주를 사랑하는 그는 오후 다섯시경, 어스름한 저녁 시간의 도움을 받아 그를 더 잘 떠올리기 위해 일부러 램프를 약간 기다렸다 켜곤 했다. 석유램프 타는 냄새를 맡으며 사색에 빠진 채 그는 다음과 같은 편지를 썼다. 편지는 약간 철학 작문처럼 작성되었다.

1912년 12월 31일

친애하는 세르주,

네가 청한 대로, 내가 하려고 생각하는 일과 그리고 드 프라츠 신부나 나, 그리고 다른 친구들에게 네가 어떻게 행동해야 좋을지에 대해 이렇게 긴 편지를 쓴다. 읽어봐.

A. 내가 하려고 하는 일

난 너와 온갖 주제에 대해 자주 이야기하며 네 생각을 좀더 알고 싶었어. 그리고 내 생각을 이해시키고, 네 내면을 좀더 분명하게 이

해하여 네게 뭔가 영향을 주고 싶었어. 하지만 넌 조만간 기숙사생이 되겠지. 그러면 난 너를 일주일에 한 번밖에 볼 수 없을 테니 이제 더이상 그런 생각은 말아야 해. 네가 기숙사생이 되어서 불평하는 건 아니야. 그러는 편이 너에게 좋을 거라고 생각하니까. 너에게 좋은 건 뭐든지 그 자체로 좋아. 그래도 난, 네가 원한다면, 네 친구로 남아 있을 거야. 정말로, 확실하고 흔들림 없이, 불안해하지 않으면서. 그리고 네 우정 역시 언제나 한결같고 똑같으리라는 걸 결정적인 원칙으로 삼는다면, 네가 그걸 나에게 보이든 안 보이든, 우리가 만나든 안 만나든, 가장 사이좋은 커플들, 일종의 '단짝'들도 피해갈 수 없는 이기심을 불러오는 어떤 변화나 위기는 없을 거야.

B. 네가 해야 하는 일

I. 드 프라츠 신부와의 관계에서: 그를 언제나 아주 친절하게 대하고, 처음부터 그랬듯이 계속해서 그에게 모든 걸 이야기하라고 새삼 당부할 필요는 없겠지. 나와 그를 동시에 신뢰하는 일을 막는 건 아무것도 없어.

II. 나와의 관계에서: 네가 나와의 관계에 대해 좀더 신뢰를 갖고 좀더 확신을 갖는 게 느껴진다면 나는 더할 나위 없이 기쁠 거야. 하지만 내가 널 얼마나 사랑하는지 진심으로 깨닫게 된다면 그건 저절로 이루어지겠지. 그러니까 무리하지는 마. 다만 새생활을 시작한 이후의 그 모습 그대로 있어줘. 왜냐하면, 너도 알아차렸을지 모르지만 그 모습이 정말 멋졌기 때문이야. 우리가 큰 어려움 없이 새생활을 할 수 있었던 건 네가 날 도왔기 때문이야. 분명 전보다 덜 즐겁고 거의 만나지 못하는 상황인데도, 그리고 내게 욕망이 없는 건 아니지만 사소할지라도 너에게 나쁜 영향을 주지 않으려 애쓰느라 너와 얘기할 때 이따금 좀 퉁명스럽게 구는데도, 우리가 새생활을 해낼 수 있는 건 네가 차갑게 굴지 않고 날 많이 도왔기 때문이지.

Ⅲ. 다른 녀석들을 대할 때: 난 널 너무나 높게 평가하기 때문에 네가 그들과 스스럼없이 어울리는 걸 보면 어쩔 수 없이 마음이 상해. 그들이 꼴불견으로 구는 걸 넌 너무 당연하게 받아들이는 것 같아. 네가 말을 섞지 않았으면 하는 애들의 이름을 모두 적어두었어(나중에 줄게). 제발 부탁인데 너에게 아무 도움도 되지 않는 그애들과 섞이지 말고, 순순히 그들을 받아들이지 마. 그애들은 너를 무언가에 끌어들이려 하는데 그건 우정도 사랑도 아냐. 서로에게 침해일 뿐이지. 그룹이 지향하는 방향이 완전히 바뀌었다는 걸 알잖아. 이 움직임은 나로 인해 시작되었지만 이어서 지부아, 랭스부르, 살랭이 뒤따랐어. 우리 넷의 생각은 이제 정확히 일치해. 이는 또한 원장 신부님과 학년별 주임신부님들의 생각과도 같아. 개학을 맞이하는 나의 생각과 계획을 지부아에게 분명하게 써 보냈더니, 그가 답장을 했어. 그 편지의 일부야, 읽어봐. "이 문제와 관련해 우리 사이에 어떤 불편함도 없도록, 그리고 우리가 전처럼 계속 친구로 남을 수 있도록, 지나간 일과 앞으로 일어날 모든 일에 대해 내가 어떻게 생각하는지 네가 알았으면 해. 너를 난처하게 만드는 거라면 난 무조건 반대야. 지난 두 달은 우리 모두에게 실수였지. 개학 때 모습 그대로의 보호 그룹은 잘못된 거야. 이제야 난 그걸 알겠어. 그런 분위기를 계속 이어가는 자들을 난 인정하지 않아. 나는 조직적으로 구성된 보호대상자

나 연애, 이렇게 저렇게 꾸민 모습을 부정할 거야……”

짐작하겠지만 더이상의 내용은 머릿속에 남아 있지 않아. 핵심은, 모두가 좋은 면을 갖고 있다는 거야. 다른 애들이 뭔가 음모를 꾸민다 해도 소용없어. 이제 그들한텐 안된 일일 뿐이지. 고집부리는 애들도, 이제 그들을 따르는 사람이 없고 소소한 모든 일에서 좋을 게 없다는 걸 알게 될 거야. 그건 그들 문제지. 이제 우리는 그 파렴치한들과는 아무 관계도 없어.

친애하는 세르주, 이제 편지를 맺으며 너에게 온 마음으로 입맞춤을 보낸다. 이미 얘기했던 너를 향한 존경심을 언급하지 않더라도—너에게 보여줄 기회는 전혀 없었지만—난 정말로 너에 대해 견고한 애정을 갖고 있다고 확언할 일만 남아 있는 듯해. 내 애정에 넌 자부심을 가져도 좋아.

너의 친구 A.

일기장에 적어둔 결심

원장 신부가 소년들에게 바라는 신뢰. 어머니가 알방에게 요구하는 신뢰. 알방이 드 프라츠 신부에게 가진 신뢰. 세르주가 알방과 드 프라츠 신부에 대해 가져야만 하는 신뢰. 그저 신뢰만이 중요하다! 신뢰만이!

매년 한 해의 마지막 날이면 알방은 일종의 종합평가표를 만들었다. 그러나 그 습관과는 반대로 이번에 그는 (다른 의도를 갖고) 더욱 과장스럽게 한 해의 발자취를 간직하고자 했다. 그래서 일기장에 다음과 같이 썼다.

아주 오래전부터 그토록 하고 싶었던 일을, 내가 언제나 사랑했던 사람과 함께 최선을 다해 이행하면서(나의 상상을 넘어서까지), 나는 내 의지를 보여주었다. 포기함으로써 나는 더욱 입증해냈다. 1913년 새해를 맞이하는 나의 바람은 다음과 같다. 지금까지 그랬던 것처럼 S가 계속해서 나와 함께 있는 것, 내가 점점 그에 대한 생각과 욕심을 버리는 것, 그리고 그가 계속해서 올바른 길로 나아가는 것. 학교에 '유행'이 멈추고, 지부아와 랭스부르 또한 자신들이 하고자 하는 일을 흔들림 없이 잘해내는 것. 공부를 열심히 해서 바칼로레아 이차 시험을 통과하는 것. 방학 동안 스페인으로 가서 황소들을 또 죽이는 것.

그는 멈추었다. 아래층에서 어머니가 콧노래를 부르며 층계참을 지나갔다. 드 브리쿨 부인은 온종일 콧노래를 불렀다. 〈사랑에 빠진 여인〉 〈사랑에 빠진 여인에게 보내는 답장〉 〈죽을 만큼 너를 사랑해〉 같은 왈츠곡들, 이어서 〈마농〉과 〈베르테르〉의 모든 곡(이에 대해 그녀의 남편은 이렇게 말했었다. "일종의 허세겠지. 당신이 지적인 이유로 이 음악을 좋아한다고 하면, 그건 거짓말이야"). 문이 닫혔다. 노랫소리가 멎었다. 펜을 들고 있던 알방은 다시 쓰기 시작했다.

친애하는 어머니, 또다시 내 정리함을 걸쇠질하러 오시거든 이걸 읽어주세요. 새생활에 대해 내가 어머니를 속이지 않았다는 걸 확인하게 되실 거예요. 어쨌든 여기에 글을 쓴 날은 보통 미래를 위해 어떤 결심을 한 특별한 날이니, 어머니에게 우리의 오래된 속담을 유념하라고 한마디 충고를 드립니다. "눈에는 눈, 이에는 이."

12월 31일 저녁, 매일 저녁 그러하듯이 그는 어머니의 침대맡에 앉아 수플리에를 잃게 되는 그런 잘못된 행동을 저지르지 않도록 해달라고 신에게 청했다. 그는 신에게 라틴어 경구를 주지시켰다. "유피테르는 잃고자 하는 자들을 눈멀게 한다." '신이시여, 원형 투우장에서 뿔에 받치는 눈먼 팔 초의 시간이 제게 오지 않게 해주세요.' 신, 유피테르, 세르주 그리고 황소들, 이런 단어들로 한 해가 마무리되었다.

다음날 아침, 그날은 일요일이었다. 학교는 닫았기 때문에 알방은 오퇴유성당의 열한시 미사에 참석했다. 성가대의 한 아이가 "성가대 아이들의 새해 선물을 위해" 모금했다. 그 순간에는 돈을 줄 생각이 들지 않았다. 하지만 오후가 끝날 무렵, 그는 20수짜리 지폐를 접어 작은 종이에 싸고 종이에 (글씨체를 바꾸어) "성가대 아이들의 새해 선물을 위해"라고 적은 뒤, 다시 성당으로 가서는 약간 창피해하며 헌금함에 넣었다. 누군가 "어리석은 감상벽 같으니…… 왜 돈을 내는 거요?" 하고 물었다면, "그들을 기쁘게 하기 위해서"라고 대답했을 것이다. 포베트가 파르크에 오기 전에 다녔던 학교에서 친구인 지로드가 왜 이따금 그에게 돈을 줬느냐고 묻자 그가 랭스부르에게 한 대답이다. "날 기쁘게 하기 위해서지." 알방은 아무런 가책도 느끼지 않고 그 말을 그대로 따라했다. 단순하고 자연스럽다는 점에서 그 말이 숭고하다고 생각했기 때문이다. 일단 바치면 모두의 것이 되는 아름다움이 있다.

"그들을 기쁘게 하기 위해서"

성당에서 나오며 그는 생각했다. '어머니를 위해서도 뭔가를 해야 하는데.' 뭘 하지? 그녀의 건강을 위해 촛불을 하나 밝히자. 그는 돈을 세어보았다. 5수가 부족했다. 그는 다시 성당으로 가서 의자 사용료를 받는 사람에게 말했다. "우리 어머니를 위해서 촛불을 하나 밝히고 싶습니다. 어머니가 아파요. 그런데 5수가 부족해요." "그럼 돈을 갖고 내일 다시 와요." "하지만 전 1월 1일에 하고 싶은걸요." "좋아요, 당신을 믿을 테니, 내일 5수를 가져와요." "물론이죠." 이렇게 그는 새해를 열었다.

제2부

신비한 작용

몸이 아플 때, 적어도 그 점을 약간 이용할 수 있다는 건 좋지 않은가? 드 브리쿨 부인은 정말로 몸이 편치 않았고, 이를 이용해 학교 교장이나 교사, 사업가 그리고 다른 온갖 부류의 사람들을 집으로 불러들였다. 그들에게 편한 시간인지 따져보지도 않고 자신이 날짜와 시간을 정했다. 그런데도 언제나 순조롭게 진행되었다. 누군가 그녀에게 독선적이라고 했다면, 그녀는 독선 그 자체임에도 불구하고 그 말에 깜짝 놀라 분개하고 속상해했을 것이다. 어느 교사가 적포도주색 가죽장갑을 끼고 온 적이 있다. 손목에 단추까지 달린 이 장갑으로 그는 영원히 비난의 낙인이 찍히게 되었다(적포도주색인 데다가 손목에는 단추가 달린 장갑이라니!…… 하하하!).

드 브리쿨 부인이 원장 신부를 호출하고, 그의 큰 귀를 잡아당겨 꾸짖다

학년말 방학 때 드 브리쿨 부인이 알방의 학교생활에 대해 명확히

판단하기 위해 아들이 다니는 학교의 교장을 집으로 부르는 일은 일종의 관례였다. 이번에 그녀는 이 중요한 날을 위해 자신이 소지한 모든 반지와 진주, 다이아몬드를 걸쳤다. 아르메니아산 벽지로 장식된 그녀의 방에서는 풍성한 향기가 났다. 원장 신부를 엄하게 꾸짖는 동시에 그를 매혹할 필요가 있었다. 초인종이 울렸을 때, 그녀는 입술을 자홍빛으로 만들려고, 말하자면 탐스럽게 보이려고 힘주어 깨물었다.

드 브리쿨 부인은 가짜 18세기의 가짜 루이 14세와 역시 가짜인 루이 13세 사이에서, 진짜 세브르 도자기(이가 빠진)를 사용하며, 진짜 루이필리프의 진짜 제2제정하의 진짜 벨 에포크* 속에서 살고 있었다. 요컨대 미적 감각은 없고 종교와는 가까운 그녀는, 드 프라츠 신부와 프라도 신부를 숭고하게 에워싼 것과 똑같이 끔찍한 것에 둘러싸여 있었다. 이 끔찍한 물건들 말고도, 알 수 없는 병을 물리치기라도 하려는 의도인지 레이스와 리본 매듭이 우후죽순 늘어져 있었는데 개중에 몇몇은 색이 약간 바래 있었다. 프라도 드 라 알 신부는 이런 장식에 조금도 거북함을 느끼지 않았다. 외면을 무시하는 건 그의 성격의 일부였다.

우선 그는 알방을 몹시 칭찬했다.

"모든 사소한 일에서조차도 그의 영향력은 대단합니다. 그가 넥타이를 매는 방식…… 웃는 방식…… 아이들은 그의 모든 걸 따라 하지요. 무엇이든 하는 일마다 총명함과 자기만의 방식, 이름, 개성으로 학교에 강한 인상을 줍니다. 정말로 학교에서 으뜸입니다. (드 브리쿨 부인은

* 프랑스어로 '좋은 시대' '아름다운 시대'. 19세기 말부터 제1차세계대전 발발 전까지 산업혁명으로 인한 호경기에 예술과 문화가 번성했던 시대를 가리킨다.

거드름을 피웠다.) 학교 성적도 특출나게 뛰어납니다. (드 브리쿨 부인은 이 말은 무심하게 들었다. 그녀에 따르면 좋은 성적은 아무것도 아니며, 쓸데없었다. 오로지 부르주아들만이 좋은 성적에 집착했다.) 잘못이 있다면 그가 개학 때, 매우 유감스러운 움직임에 가담했다는 거죠……"

"알아요. 그애에게 들었어요."

"아!" 약간 실망한 투로 원장 신부가 말했다.

"네, 우리 아들은 모든 걸 다 말하거든요." 더욱 심하게 거드름을 피우며 드 브리쿨 부인이 말했다.

원장 신부는 속으로 웃었다. 어머니들로부터 얼마나 여러 번 이 말을 들었던가. 어머니와 마음을 터놓고 말한다는 학생들도 실은 속내 이야기를 아주 조금밖에 하지 않는다는 걸 알고 있기에 이 말이 그에게는 우스꽝스럽게 들렸다. 드 브리쿨 부인도 자신의 실수를 눈치챈 듯했지만, "우리 아들은 모든 걸 다 말하거든요"라는 말을 참을 수 없었던 모양이다. 아들에게 자주 하던 "난 다 안다"는 말을 참을 수 없었던 것보다도 더욱.

드 라 알 신부는 "시류에 역행"하고자 하는 알방의 의지를 몹시 칭찬했다. "우리는 몇 주 전부터 그가 완전히 변했다는 걸 잘 확인할 수 있었습니다. 얼굴마저 달라졌어요." "그러면 그 꼬마 수플리에는요?" 드 브리쿨 부인이 처음으로 그 이름을 입 밖에 내며 물었다.

"어떻게 말해야 할까요? 매우 흥미로운 면이 있는 아입니다. 진절머리나는 면도 있지만요. 공부라곤 전혀 하지 않지만 흥미로운 데가 있어요. 실은 지난봄부터 퇴학시켜야 할 학생 리스트에 올라 있습니다. 그런데 통신문을 발송하겠다는 결심이 도통 서지 않아요."

"봄에 말썽을 부렸죠?"

"부인, 그는 언제 어디서나 말썽을 부립니다. 그야말로 말썽쟁이라고 부를 만한 아이죠. 그런데 똑똑해요, 가끔 한번씩 고매한 정신을 보이기도 하고요…… 마음보다는 감수성이 예민한……"

"파르크의 분위기 속에서는 말썽을 부리지 않을 수 없는 듯하네요. 그들이 보호 그룹이라고 부르는 이 집단도(원장 신부가 눈살을 찌푸렸다) 그럴 만한 분위기가 이미 조성되어 있었으니까 발달할 수 있었던 거예요. 학교의 그런 분위기가 이런 움직임을 장려하다시피 한 거죠. 지금 몇몇 학생들은 이것과 관계를 끊고 싶어합니다. 그리고 학교 전체에 무언가 바뀌어야 할 게 있다고 나는 생각해요. 작년에 〈안드로마케〉 공연을 포기한 것은 잘하신 일입니다. 연극 공연 준비는 태만의 기회가 될 뿐이니까요……"

학부모가 조금이라도 마음에 드는 경우, 원장 신부는 콜레주에 대한 부모들의 비판을 기꺼이 받아들이고, 유도하기까지 했다. 경우에 따라 그 비판은 유용했다. 하지만 이번 경우는 너무 놀라웠고 혼란스럽기까지 했다. 그와 이야기할 때 드 브리쿨 부인에게 존중심이라곤 없었다. 그는 '온순하고 겸손한 마음'의 소유자였지만 자신을 짓밟게 내버려두지는 않았다. 아주 섬세하고 아주 연약한, 찬란한 금발의 이 젊은 여인…… 그녀도 그가 느낀 혼란스러움을 보았고, 남자들에게 미치는 자신의 위력을 가늠하며 재미있어했다. 아무리 수단을 걸치고 있다해도 그는 그녀에게 남자, 이런 질문을 품게 하는 남자였으니까. '그에게 연정을 품는 어머니들이 있을까? 그는 썩 나쁘지 않은 편이야. 귀가 큰 게 유감이군.' 그녀는 못되지는 않았지만 잘 웃고 잘 빈정대며, 사람들에게 따끔하게 한마디씩 쏘아주기도 했다. 어떤 점에서 원장 신부는 매우 그녀의 마음에 들었다. 함께 생활하는 모든 어린 소년들의 빛깔이 옮겨 물든 듯, 그가 '어린 소년' 같았다는 점에서. 그리고 아주 젊은 그의 목소리…… 재채기를 하면 안 되는데…… 재채기를 하고 싶은 그의 욕구…… 에취……에취…… 에취…… 게다가 프라도 드 라 알 가문은 별것 아니었다. 즉, 웃음을 자아내게 하는 귀족 표지인 드를 달고 있는 상류 제의祭衣 부르주아에 속했다. 그녀는 잠시도 이 점을 잊지 않았고 그래서 아주 쉽게 그를 내려다보았다.

그렇지만 원장 신부는 부드럽고 상냥한 미소를 잃지 않고 콜레주를 옹호했다. 이제 '사랑'이라는 단어를 쓴다는 건 생각도 할 수 없게 되었다. 특별한 우정이란 어떤 걸까? 그건 '하굣길에 배웅하는 일'이다. 좀 과하긴 했었다. 이런 경향이 있는 자들은 저지를 받았다. 이 모든 건 약간 낭만적이었다…… 이 '낭만'은 친애하는 라코르데르의 가톨릭 낭만주의와 일치한다. 하지만 원장 신부는 드 브리쿨 부인이 라코르데르가 누구인지 알지 못할 거라 생각하여 그 얘기를 꺼내지 않았다.

낭만적이라는 말은 파르크에서 일어나는 일탈을 관대하게 보아주려 할 때 학교의 지도자들이 종종 사용하는 표현이었다. 그것은 또한 무척 부적절한 표현이었다. 소년들의 우정은 전혀 낭만적이지 않았기 때문이다. 그 많은 우정 중 하나라도 낭만적이었다면 모두가 깜짝 놀랐을 것이다. 드 프라츠 신부의 사랑은 낭만적이었지만 꺼진 불이었다. 세르주에 대한 알방의 감정에는 분별이 있었고, 그는 이를 매우 과시했다.

"당신에게 필요한 건, 신부님(물론 단 한 번도 그녀는 그를 '원장 신부님'이라고 부르지 않았다. 그녀는 자신의 입에서 이 직함이 새나가지 않도록 매우 조심했다), 권위가 좀더 있어야 한다는 겁니다. 알방은 규율이 없다고 끊임없이 불평합니다. 파르크에 간 첫날부터, 그애는 되는 대로 방치해두는 학교의 방식에 충격을 받았어요……"

"부인, 이거야말로 정말, 좀 심하시군요! 부인의 아들이 학교의 불안 요소 중 하나이고, 그리고 바로 그가……!"

원장 신부가 자리에서 일어났다. 하지만 순간적으로 그는 밝은 미소를 지으며 이 성급한 행동을 바로잡았다. 그리고 자신을 믿고 말해준 데에 젊은 여인에게 감사를 표했다. 제의 부르주아치고는 매우 사교적인 행동이었다. 사실을 말하자면, 그는 그녀의 솔직한 말씨에 무감각하지 않았다. 그는 그녀에게 어떤 호감을 갖지 않을 수 없었다—그녀가 그에게 가진 호감과 똑같은 만큼.

드 브리쿨 부인이 원장 신부와의 면담에 대해 아들에게 상세히 전하자, 아들은 빙그레 웃었다.

그렇지만 진지한 문제들로 넘어가야 했다. 첫째는 드 브리쿨 부인의 책상을 곁쇠질해서 그녀의 비밀을 읽는 일이었다. 그는 어떤 악의도 없었고, 호기심은 더더욱 없었다. 단지 복수일 뿐이었다. 눈에는 눈. 협박조로 한 말을 실행에 옮기지 않는다면 남자가 아니다. 드 브리쿨 부인이 정리함을 몰래 열었다면, 신부들은 기숙사생들이 잠자는 동안 그들의 옷이나 식당, 책상을 다시 살폈다. 불순함을 걸러내는 이 감시는 예전에 베네치아에서 독을 사용하는 방식처럼 관습에 속했다.

드 브리쿨 부인은 실제로 아픈데다 집에 틀어박혀 있는 성격이었지만, 이 시기에는 일주일에 두 차례 치과에 가야 했다. 알방은 어머니가 자신의 정리함 열쇠의 복사본을 손에 넣은 것과 똑같은 단순한 방법으로 어머니 책상 서랍 열쇠의 복사본을 준비했고, 그녀가 치과에 가자마자 즉시 어머니의 방에 자리를 잡았다. 한 가지 위험이 있다면 하인이 방에 들어오는 경우였다. 따라서 그는 대담하게 책상 옆에 앉아 드 브리쿨 부인이 두고 간 거장 폴 부르제의 소설 『그림을 잃어버린 부인』을 읽는 척했다—그 여유로움은 드 브리쿨 부인에게 모욕이 될 정도였다.

그가 서랍을 열자마자 거기서, 향수라고 해야 할까? 역겨운 동시에 강렬한 냄새, 베두인 남녀들이 흠뻑 뿌리는 향유 냄새 같은 게 올라왔다. 두통을 일으킬 듯한, 여성의 냄새이며 과거의 냄새였다. 일 년 전, 드 브리쿨 부인은 프릴뢰즈 사용을 그만두었다. 이는 향수 이름이었나. 불과 보름 정도 쓰다가 저속한 향이 난다고 판단하기도 전에 사용을 중단했다. 그리고 일 년 전부터 그것은 악취를 풍겼다. 서랍에는 리본으로 묶인 불분명한 물건들, 역시 예전에 향수가 뿌려졌지만 프릴뢰즈의 강렬한 냄새에 밀려 향이 거의 사라진 광고지들이 끼워져 있는 수첩들, 모조 보석들, 셀룰로이드로 만든 꽃들이 있었지만 사실 그 물건들에는 거의 눈이 가지 않았다. 먼저 어떤 물건, 오로지 한 물건만이 눈에 들어왔다. 다섯 개의 바늘이 꽂혀 있는 양초 토막. 며칠 전 온종일 잡지 〈페미나〉〈행복한 삶〉〈난 다 안다〉〈일요일의 태양〉 등을 읽으며 시간을 보냈던 드 브리쿨 부인은 아들에게 방금 읽은 어느 기사에 대해 말했었다. 자신을 사랑하지 않는, 또는 더이상 자신을 사랑하지 않는 애인을 벌주기 위해, 또는 그 사람이 다시 자신에게 돌아오게 하기 위해 행한다는 저주에 관한 기사였다. 그러면서 그녀는 사랑하는 이를 대신하는 인형과 양초에 대해 이야기하며 거기에 바늘들을 꽂는 거라고 했다. 그 괘씸한 샹토는 이런 저주를 받을 만하다면서 말이다. 서랍 속에는 또한 미사 경본이 한 권 있었는데, 갈피에 드 브리쿨 부인과 남편이 약혼했을 당시 치렀던 고해성사의 성사표들이 끼워져 있었다. 그리고 판지로 장정된 수첩이 몇 개 있었다. 알방이 그중 하나를 손에 닿는 대로 열자 남자 이름 명단이 보였다. 너나없이 모두 '귀족들'이었고 이름마다 어떤 이름에는 l(이것은 I like him, 내가 좋아하는 남자라는 뜻)이, 또 어떤 이름에는 h(이것은 I hate him, 내가 싫어하는 남자라는 뜻)가 붙어 있었는데, 이를 본 알방은 다른 여러 명단들, 즉 '황금 단추 기사단'에서 영예를 나타내는 배지를 달고 있는 보호받는 자들의 명단, '기부금 모집인'들의 명단, 어머니의 '화요일'에 왔던 사람들의 명단, 희가극 배우의 사진들, 코티용 사교댄스의 소품으로 쓰이는 아주 의문스러운 사물 목록(단추, 매듭, 통조림통, 조명 램프, 구주희 볼링 핀, 깃털) 등등을 떠올렸다. 그는 보다 새것인 다른 수첩을 열었다. 첫 장에 이렇게 적혀 있었다.

이죄 드 테르모르

영혼의 열기

시편

그는 몇 줄을 읽었다.

나의 영혼이여, 네 가슴속에서 누가 쉬고 있는지 안다.
너는 이 금속 심장에 의해 영원히 흔들리는구나.

짙은 분홍빛 요람에 있는 아이처럼,
아이는 어머니에게 여명의 미소를 보낸다.

나의 영혼은 글라디올러스

시는 여기서 그치고, 이런 메모가 적혀 있었다. "또다른 열정 때문에 중단." 간지에 이미 이름이 있는데, 각각의 시에 이죄 드 테르모르라고 사인이 되어 있는 게 이상했다. 드 브리쿨 부인은 자신의 가명에 너무 도취된 나머지 끝없이 반복하고 싶었던 모양이다. 이미 둥그렇게 커진 알방의 눈은 이어지는 내용을 읽었을 때 더할 나위 없이 커졌다.

여기 열매들과 꽃들, 잎새들 그리고 나뭇가지들이 있다,

기타 등등. 기타 등등…… 베를렌의 유명한 소네트 아래 이죄 드 테르모르의 사인이 있다니! 이것으로 최근 드 브리쿨 부인이 비밀 수첩에 다른 사람의 글을 베껴 적고 자기 이름으로 사인했던 아들의 유치한 짓을 똑같이 하고 있다고 결론을 내려야 하는 걸까? 드 브리쿨 부인의 글씨체 하나만으로도 많은 것을 알 수 있었다. 부인이 열일곱 살 때의 글씨체는 현재의 글씨체와 매우 달랐는데, 문제의 글씨체는 분명 최근의 것이었다. 드 브리쿨 부인은 알방이 열두 살에 했던 짓을 서른여덟 살에 하고 있는 셈이었다.

그는 공책을 넘기다가 이런 글을 발견했다. "평생 다른 일은 아무것도 하지 않으면서 바라보고 싶은 소중한 얼굴, 심술궂은 얼굴, 부드러

운 얼굴.” 언제 쓴 것일까? 일 년 전쯤으로 보인다. 누굴 생각하면서 쓴 걸까? 분명 샹토겠지. 이어서 어머니가 샹토를 가리켜 ‘심술궂다’고 했던 말이 떠올라 그는 의아했다. 거북함을 느껴 그는 공책을 덮었다.

아! 철학 과목의 기초인 ‘실험’ 심리학 수업은 얼마나 하찮은가! 하고 그는 얼빠진 표정으로 생각했다. 진짜 ‘실험’ 심리학이란 책상(또는 정리함)을 결쇠질로 여는 것이다. 바칼로레아를 위해 공들인 육 개월의 시간보다 단지 십 분 사이에 심리학에 대해 더 많은 걸 알게 되었다—하지만 ‘실험’ 심리학의 실기는 거기서 긴급히 그만두어야 했다. 하인이 들어오지 않을까, 또는 드 브리쿨 부인이 탄 택시가 조만간 도착하지 않을까 하는 두려움 때문은 아니었다. 예기치 못하게도, 위험은 전부 서랍에서 새어나오는 냄새 때문에 생겼다. 못된 아들이 서랍을 뒤지는 일을 계속한다면 드 브리쿨 부인이 돌아와 방으로 들어설 때 서랍이 열렸었다는 걸 모를 수가 없다. 그래서 그는 서랍을 다시 닫고, 냄새를 내보내기 위해 잠시 창문을 열어놓기까지 했다. 자기 방으로 다시 올라왔을 때, 그의 손가락에는 어떤 특정한 상황에서 나는 들척지근한 냄새처럼 그 향수 냄새가 남아 있었다. 그는 스스로에게 매우 만족스러움을 느끼며 손을 세차게 박박 씻었다.

방금 어머니를 대상으로 저지른 일 같은 짓을 알방은 드 프라츠 신부나 원장 신부, 또는 그가 아는 어떤 어른에게도 결코 저지르지 않을 터였다. 이건 가풍이니까.

이 결쇠질, 어머니의 결쇠질과 아들의 결쇠질은 우리 이야기에 매우 특별한 성격을 부여한다. 우연, 또는 신이 존재한다면, 어느 친절한 신의 섭리가 사춘기 소년 알방 곁에 그와 비슷한 기질의 존재들을 여럿

심어둔 모양이다. 그와 랭스부르와 드니는 독특한 인물이었다. 드 프라츠 신부와 드 브리쿨 부인도 독특한 인물이었고, 보호대상인 많은 후배들 또한 독특한 인물, 적어도 무의식적 괴물, 가장 저속하게 말하자면 불가사의에 속했다. 따라서 이 젊은이는, 제 또래가 종종 겪는 고독으로 힘들어하지 않았다. 그는 전적으로 사람들에 둘러싸여 있었다.

드 브리쿨 부인, 공격을 받아 겁을 먹고는 신뢰의 전략을 개시하다

"난 정보통이 있다"고 한 드 브리쿨 부인의 말은 결국 아들의 정리함을 결쇠질하여 열었다는 의미였다. 기억하자면, 처음으로 손을 댄 건 아들이 스페인에 있던 3월이었다. 그때 아들이 보관해둔 작은 포도송이를 보고 감동을 받아 그 일을 그만두었다. 그렇지만 11월에 그녀는 다시 시작했다. 모든 눈먼 장님들처럼 그녀에게도 뜻밖의 혜안이 열렸고, 그녀는 알방이 세르주와 화해를 한 그 11월, 뭔가 수상한 일을 꾸미고 있다는 걸 바로 알아챘다.

엄밀히 말해서 알방은 일기를 쓰는 건 아니었다. 단지 자기 감정생활의 중요한 사실들과 설명을 몇 가지 적어두는 게 전부였는데, 글씨가 모두 몹시 알아보기 힘든데다 단축어와 암호투성이였다. 알아볼 수 없는 글씨는 밤중에 백작부인의 상상력을 조금 더 발휘시키는 데 쓰일 뿐이었다. 그럼에도 불구하고 잘못 읽을 수 없는 "그와 함께 삯마차를 탔다"는 문장을 봤을 때, 그녀는 '제보자'가 있다는 말을 지어냈다. 육주 뒤, 1912년 마지막날에 알방이 마지막으로 써둔 독자에게 일러두기, "친애하는 어머니, 또다시 내 정리함을 결쇠질하러 오시거든……"을 보았을 때는 완전히 다른 문제가 되었다.

"눈에는 눈, 이에는 이." 그녀는 겁이 났다. 다른 경우에 아들이 그녀를 두려워했듯이 그녀는 아들이 두려웠다. 샹토? 과거의 불장난 같은

연애들? 게다가 이죄 드 테르모르, 그리고 저주를 건 양초? 그렇지만 아들이 곁쇠질에 곁쇠질로 대응할 거란 생각이 그녀의 머리에는 떠오르지 않았다. 이 아카데미 회원이 자신에게 시인 어머니가 있음을 알게 되었다는 사실을, 그녀는 계속 모르는 척해야 했다. 또한 그녀가 그의 경고를 읽었다는 것—이미 밝혀졌지만—을 결코 그에게 드러내서는 안 되었다. 그는 무기를 품은 채, 그녀는 두려움을 품은 채, 두 사람은 침묵을 지켰다.

그가 그녀의 책상 서랍을 곁쇠질하는 동안, 그녀는 아들과 가까워졌다고, 그에게 더욱 믿음을 가져야겠다고 생각했다. 아들이 자신을 싫어하는 이유들을 없애기로, 즉 그의 화를 풀어주기로 마음먹었다. 신뢰는 탐색만큼이나 큰 이익을 가져다줄 터였다. 그리고 때마침 원장 신부의 방문이 긴장을 푸는 데 도움을 주었다. 드 브리쿨 부인은 어찌되었든, 그녀가 존경하는 남자로부터 처음으로 아들의 애인에 대한 칭찬을 들은 것이다. 이 남자는 또한 그 유명하고, 지독한 우정의 중요성을 축소시켰다. 그녀가 어딘가 석연치 않은 그의 말을 완전히 믿지는 않았지만 말이다. 게다가 성탄과 새해 분위기에서 막 벗어난 참이지만 이 집에서는 여전히 영국식 취향으로, 말하자면 유쾌한 기분과 감성으로 연말연시를 지냈다. 이 모든 것에 힘입어 드 브리쿨 부인 또한 '새생활'을 택했다. 그녀는 노트르담 뒤 파르크의 사제들에게 좋은 결과를 가져다주었던 전략인 신뢰의 전략을 택했다. 어느 날 저녁, 급작스레 그녀가 말했다.

"학교에서 찍은 단체사진을 다시 보고 싶구나. 좀 보여줄래?"

알방은 마음을 단단히 먹었다.

그녀는 사진을 보았다. "여기 고약한 봉봉이 있구나! 어쩌겠니, 이렇게 예쁘게 생긴 소년인데(그녀는 이십 년 전, 댄스 파트너들에게 썼던 말을 썼다). 그리고 우리의 대표, 세르주…… 표정이 정말 진지하구나! 너도 그렇고. 너, 이애하고는 여전히 진지한 관계니? 다른 애들하고는? 몰래 후배들을 때리지는 않지?"

알방은 신경질이 났다. 그는 어머니가 수플리에의 성을 빼고 이름으로만 친근하게 부를 권리를 인정할 수 없었다. 그리고 '몰래 후배들을 때린다'니, 문제는 이거였다! 부모들은 언제나 학교를 우스갯거리로 만드는 렌즈를 통해 보고 있는 것이다!

드 브리쿨 부인도 느낀 걸까? 그녀는 자신의 실수를 바로잡았다.

"그래, 표정이 정말 진지해. 열네 살이라…… 내 둘째 아들이 될 수도 있겠구나……"

알방은 이 말에 깜짝 놀랐지만 "나 역시도 그애가 내 동생이면 좋겠다고 얼마나 자주 생각했는데요!" 하고 말하지는 못했다.

드 브리쿨 부인은 그주에 여러 차례, 세르주에 대해 먼저 말을 꺼냈다. 이제 알방은 더이상 괴로워하지 않았고, 그녀가 말을 꺼낼 때도 얼굴이 빨개지는 걸 감추기 위해 털북숭이 페르시아 고양이에 얼굴을 묻지 않았다. 어느 날 저녁, "이애는 왜 우리집으로 간식 먹으러 오지 않니? 나한테 소개할 법도 하잖아" 하고 그녀가 말했다. 마치 아들의 예비 약혼녀에 대해 말하는 투였다. 바칼로레아 준비 때문에 그를 만나며 시간 낭비하지 말라고, 특히 오후에 함께 외출하지 말라고 하던 게 바로 얼마 전인데, 그녀는 진보하고 있었다.

세르주가 간식을 먹으러 온다고 생각하니 알방은 몹시 혼란스러웠다. 그렇긴 해도 그는 아무 말 하지 않았다. '부모와 친구 일을 섞지 말자.' 원장 신부와 드 프라츠 신부, 그리고 학교 전체의 이 원칙은 언제나 본능적으로 그의 원칙이기도 했다. 게다가 심각한 문제들만 벌어질 것이다! 만일 세르주가 어머니의 손에 입을 맞추지 않는다면? 그가 자기 손을 그녀에게 내민다면? 설상가상으로 장갑도 벗지 않은 채? 어쩌면 그에겐 장갑조차 없을지도 모른다, 그건 다른 문제지만. 그가 어머니에게 먼저 말을 건넨다면? (드 브리쿨 부인은 초면인 사람이 여왕에게 먼저 말을 걸지 않는 궁의 예법을 따랐다.) 더구나 세르주가 예절을 알 리 없다. 세르주는 이미 여러 차례 귀족에 대해 비꼬는 말을 내뱉었다—그래서 알방은 그 문제를 제쳐놓았고, 어머니는 다시 얘기하지 않았다.

그럼에도 그는 어머니가 이 일에 말려드는 게 기뻤다. '어머니가 한 짓을 나도 했다고 말하면, 그래도 날 두둔해줄까?' 아무리 대쪽같은 성격이라 해도 그는 신중했기에, 나중을 위해 이를 남겨두었다.

드 브리쿨 부인 편에서는 아들과 수플리에에 대해 그렇게 거리낌없이 이야기하는 게 몹시 기뻤다. 이 새로운 분위기가 얼마나 좋았는지! 약혼하고 싶은 젊은 여자처럼, 그녀는 아들과의 관계를 유지하기 위해 로마 역사서와 투우 개론서를 기를 쓰고 읽었고 평소 마시는 포도주도 보졸레산으로 바꿨다. 세르주를 통해, 그녀는 그 어느 때보다도 자신의 삶 속에 머물러 있었다. 그리고 세르주를 통해, 아들과의 관계를 유지했다.

알방은 세르주가 약속한 편지를 받지 못했다. 그는 뭔가 심각한 상황이 일어나서 세르주가 편지를 쓸 수 없었을 거라고 생각했고, 그래서 불안해했다. 개학 날 아침, 세르주의 집 앞에 가서 기다렸지만 소용없었다. 수위들은 수위실을 열어 환기를 하고 상인들은 가게 앞 인도를 청소했다. 그들 모두에게 하루가 시작되었지만 알방에게는 하루가 끝이 났다. 그는 세르주가 기숙사생이 되었음을 깨달았고, 자신의 나쁜 영향으로부터 세르주를 빼내기 위한 드 프라츠 신부의 방책임을 확신했다. 수플리에의 집에서 돈 때문에 망설이자 원장 신부로부터 기숙사 비용 감면을 얻어내면서까지 그가 왜 그리 하길 원했는지 우리는 알고 있다.

여드레가 지나도록 알방은 세르주를 운동장 방벽에서도 볼 수 없었다. 이제 더이상 방벽에 모여들지 않는 게 대세였기 때문이다. 전에 가장 열광적이던 지부아와 봉봉 패거리는 거기에 한 선배와 중급 학년 학생이 함께 있는 걸 보고는, 심지어 아주 잠깐이었을 뿐인데도 야유하는 소리를 내질렀다.

첫번째 일요일, 학교 입구 안마당에서 세르주가 알방에게 손짓을 했다.

"나, 형이랑 나갈 수 없어. 벌서야 해."

"그럼 몇시에 나오는데?"

세르주가 열 손가락을 펴들었고 이어서 한 손가락, 그리고 손가락 하나를 굽혀 들었다. 열한시 삼십분.

"좋아, 기다릴게."

열한시 삼십분, 세르주가 나오며 그를 보았지만 보통 때와는 달리 웃지 않자, 알방은 즉시 마음의 문을 닫았다.

"너 바보짓을 했구나?"

"내가 멍청했어, 완전 멍청했지. 스위스 칼로 의자를 팠어."

"그 칼을 보여줬을 때 내가 그랬잖아. '넌 그걸로 의자를 파게 될 거야.'"

"아니, 형은 '책상'이라고 했지."

"넌 내가 말한 단어 하나하나를 다 기억하니?"

"전부는 아냐, 그저 몇몇 단어들만."

"널 이렇게 일주일에 삼십 분밖에 못 보는데 도대체 내가 너에게 어떤 영향을 주길 바란다는 거지? 한 가지는 분명해, 학교에선 내가 너한테 어떤 영향이든 주길 원치 않는 거야."

"잠깐만, 군밤 좀 사올게."

군밤을 사는 동안 세르주는 냄비 뚜껑을 세 번이나 열어 연기가 지나가는 사람들의 코에까지 가 닿게 했다. "예의 없는 꼬맹이 같으니라고!" 어느 부인이 말했다. 알방이 물었다.

"편지는 어떻게 된 거야?"

"무슨 편지?"

"네가 쓰겠다던 편지 말이야."

"쓸 수 없었어. 감기에 걸렸었거든. 미안해, 사과할게."

(사실이었다. 새해 선물로 집에서 그에게 새 옷을 사주었다. 모두에게 멋지게 보이고 감탄을 사고 싶어서 그는 외투를 입지 않은 채 나다녔다. 그러다 감기에 걸렸다. 더욱이 소년들에게는 일종의 불문율이 있었다. 즉 온화한 겨울에는 외출할 때 외투를 입고 목도리를 두르지만, 꽁꽁 얼어붙는 한겨울에는 외투를 입지 않기.)

"넌 전부 용서받았어! 전부 용서받았다고!"

"오늘 아침, 형 정말 불쾌하네! 난 형한테 주려고 뭘 갖고 왔는데……"

그가 지갑에서 자기 사진을 한 장 꺼냈다. 알방이 부탁했던 것이다. 알방은 사진 뒷면에 적힌 헌사를 보았다. "나의 친애하는 친구 알방 드 브리쿨에게." 그런데 잉크 농도의 차이를 보니, 처음에는 '나의 친애하는 친구 알방에게'만 적었다가 나중에 '드 브리쿨'을 덧붙인 게 분명했다.

"너, 처음에는 '알방'이라고 이름만 아주 짧게 썼다가 그게 너무 친밀하고 너무 거짓말로 보이니까 나중에 성을 덧붙인 거구나……"

처음에 세르주는 얼굴을 붉히며 부인했다. 그러다가 덧붙였다.

"그래, 맞아. 현재 우리 상황에 쓰기엔 너무 친밀한 표현인 것 같았어."

예리한 패배였다. 그게 패배라면 말이지만.

"그래, 현재 우리 상황에 대해 좀 말해볼까! 네 삶을 그렇게 사랑하는 나는 네가 어떻게 지내는지 도통 볼 수가 없어. 어쩔 수 없이 즐거움도 희생하고 함께 있는 시간까지 희생했는데, 맙소사! 네가 가까이 있으면서도 동시에 얼마나 멀리 떨어져 있는 듯 느껴지는지 몰라. 네가 있을 때나 없을 때나 내가 널 사랑한다는 걸 잊지 마. 네가 나와 보내는 시간이 아주 적다 해도, 그건 아무래도 괜찮아……"

"전처럼 많은 시간을 형과 함께 보낼 수는 없어."

놀랍고 믿을 수 없는 말, 여자들이 하는 말이 이 열네 살 소년의 입에서 나왔다. 그렇지만 그에게 여성적인 면은 거의 없다. 지난번에 그는 이런 말도 했다. "이 순간, 형이 사랑을 고백했다면 나를 형이 원하는 사람으로 만들 수 있었을 거야." 이런 말들을 대체 어디서 찾아내는 걸까? 어디선가 읽고 외워두는 걸까? 아니, 그렇지 않다. 그는 실제로 느끼는 대로 말할 뿐이었다.

"새해 방학 동안 드 프라츠 신부를 만났어?"

"응."

"그가 뭐라고 했어?"

"내가 그걸 기억할 거라고 생각해? 열흘 전 일이야! '집에서 아주 얌전히 굴어요. 학교 일은 귀군 가족들만 아는 비밀이에요'라고 했어."

"나에 대해서도 말했어?"

"나한테 형을 사랑하느냐고 물었어."

"그래서 넌 뭐라고 대답했는데?"

"그렇다고 했지."

"웃기는군……"

"뭐가 웃긴다는 거야?"

알방은 이렇게 대답하고 싶었다. "날 사랑하지도 않으면서 날 사랑한다고 말하는 게 웃긴다는 거야." 하지만 이렇게 말했다.

"보름 사이 넌 변했어. 더이상 전과 같지 않아. 너는 내가 무얼 할 생각인지, 네가 무얼 하기를 바라는지 등등…… 이런 것들에 대해 진지한 편지를 써달라고 부탁해놓고는 기억도 못하는 것 같아. 편지는 지금 갖고 있지만, 주지 않을 생각이야."

"아니, 줘."

"싫어. 나는 우리가 방학 전에 마지막으로 만났던 그때 그 기분으로 편지를 썼어. 그땐 너도 나한테 아주 상냥했지. 하지만 오늘 이 편지는 더이상 어울리지 않아. 아마 너에게 이 편지는 정말…… 정말…… 애정이 과도해 보일 거야. (세르주는 매우 당황한 듯했다.) 좋아, 여하튼 그래도 줄게. 읽지 않겠지. 아주 길어. 여섯 쪽이야."

"뭐, 그렇게 길지도 않은데."

세르주의 집 앞이었다. 세르주는 주머니에 손을 넣은 채 작별인사를 하고 멀어져갔다. 알방이 그를 약간 돌려세우며, 아주 거칠게 주머니 속에 있는 손을 잡아 뺐다. 세르주는 약간 애매하게 손을 내밀고는 한 마디도 하지 않았다. 그의 몸은 이미 완전히 돌아서 있었다.

그렇게 일주일이 지났다. 알방은 그를 만나지 못했다. 그는 생각했다. '우리 관계가 끝나가고 있는 게 분명해. 방학 때 만나지 못한 사이 그는 열정이 식었어. 그는 자존심 때문에 계속 아닌 척하지만 예상했던 대로야. 잘해보려는 시도는 왜 언제나 슬프게 끝날까?'

지부아가 알방에게 와서는, 살랭이 그와 세르주에 대해 한 말을 전했다. "쟤들은 행복해. 둘은 서로 사랑해!"

그다음 일요일 아침, 알방은 세르주가 어쩌는지 보려고 약간 몸을 숨긴 채 그를 기다렸다. 세르주는 밖으로 나오더니 알방이 있는지 여러 번 살피다가 알방을 기다리지 않고 걷기 시작했다. 알방이 그를 뒤따랐다. 수줍음 때문에 감히 그를 따라잡지 못했던 작년처럼, 절망에 싸인 채 그가 알아채지 못할 정도로 어느 정도 거리를 두고서. 그러다가 마침내 그에게 다가갔다.

"그렇게나 오랫동안 날 기다려주다니, 고맙네!"

"형이 아파서 오지 않을 거라고 생각했는데. 어제 안 왔잖아."

"이런, 그래도 내가 안 온 건 알고 있었네!"

그들은 동물원으로 갔다. 알방이 말했다.

"장갑도 없이 손 시렵지 않아?"

"나 장갑 있어." 세르주가 말하고는 주머니에서 장갑 한 켤레를 꺼냈다가 바로 다시 집어넣었다. 하지만 그게 여자 장갑이라는 걸 알아볼 짬은 있었다. 아마도 어머니의 장갑인 듯했다. 세르주의 집안 형편이 넉넉지 않다는 생각이 들 때마다 그는 마음이 아팠다.

하늘은 잿빛이었다. 산책로의 흙과 낙엽, 초록빛 가느다란 물줄기가 조화로운 조락의 풍경을 이루었다. 나뭇잎이 황금 무늬를 그리고, 검은 백조의 붉은 부리가 유일하게 반짝이고 있었다.

"네가 드니와 페로하고 같이 운동장에 있는 걸 봤어. 사이가 좋아 보이던데! 그리고 살랭이 오니까 그애한테 인사도 하고. 왜 그랬어?"

"악수를 청하는 사람한테 인사하는 거지."

"브륄라르하고 이야기하는 것도 봤어."

"이따금 누군가 와서 어깨를 치며 '누가 널 찾고 있어' 그러잖아. 그러면 가봐야지."

"아니, 그렇지 않아. 거절하면 되잖아. 너한테 그럴 맘이 없을 뿐이지."

"형이 원하면 이제 그렇게 할게."

"희생의 시대가 시작되었군!"

"아! 빌어먹을! 형은 드 프라츠 신부처럼 잔소리만 늘어놔."

"그리고 너, 레몽을 끌어안더라. 아, 무슨 대단한 의미가 있다고 생각하는 건 아냐. 다만 무시할 일은 아니라고 생각해."

"난 레몽이 정말 좋아…… 그러니까, 그애를 정말 좋아한다고. 누군가에게 호감을 갖는 것도 이제 금지야?"

"다들 하찮은 놈들이야. 모두 널 움켜쥐고 나쁜 쪽으로 끌고 가려는 거라고. 그러니까 조심해."

세르주가 참다못해 말했다. "아무렴! 그렇겠지!"

"파르크에서 사용하는 그 어휘라니! 차버린다느니, 내연 관계라느니, 동거한다느니, 겁탈한다느니 등등…… 자기들이 물랭루즈 극장에라도 앉아 있는 줄 아나보지? 넌 좀 다르게 말할 수 없어?"

"여기서는 모두가 이렇게 말해. 애들과 마찬가지로 선생이나 신부들도 마찬가지야, 형도 잘 알잖아."

"그래도 좀 생각해보면 비상식적이야. 적어도 뿌리칠 수는 있잖아……"

"형은 편지에 적은 내용을 죄다 반복하고 있어. 그런데 편지가 더 나아. 다시 읽을 수 있잖아. 게다가 형 편지는 읽기 쉽게 쓰여 있으니까. 아침과 저녁으로 나눠서 조금씩 읽을 필요도 없더라고. 적어도 처음 읽을 때는 단번에 다 읽었지. 두번째 때는(난 편지를 두 번 읽었거든) 자습 감독이 지나갔지만. 그래서 부랴부랴 장딴지와 양말 사이에 편지를 간신히 밀어넣었어."

자신이 쓴 편지가 읽기 쉽다고 해서 알방은 기분이 좋았다. 보호 그룹의 소년들이 편지를 주고받을 때, 읽기 쉽다는 건 아주 중요했다. 이들의 편지는 주로 이해할 수 없는 내용뿐이라 편지를 받는 사람은 상대가 '오로지 가능한 한 빨리 속내를 털어버리기 위해' 썼다고 불평하곤 했다. 그리고 그들은 속내를 털어버리려고만 했지 받은 편지를 해독하는 수고는 들이고 싶어하지 않았다.

"프라도 드 라 알 원장 신부가 앙리에한테 새로운 생활을 시작한 이후로 드니의 품행이 나아졌다고 했대. 내가 널 변화시킨 만큼보다 랭스부르가 드니를 더 변화시켰다면, 난 기분이 너무 나쁠 것 같아."

"걱정하지 마. 드니는 정말 지독히 거만하고 이기적이야. 피도 눈물도 없다고."

(드니는 나아지지 않을 것이다. 휴!)

잠시 후, 세르주가 말했다.

"저기, 드 프라츠 신부가 형한테 하지 말라고 했어……? 아! 아냐, 어쨌든. 형이 하고 싶었으면 이미 말했겠지."

알방은 동굴 얘기일 거라 짐작했지만 골이 나 있었다. 골내기를 그만두기보다는 차라리 쾌락을 잃는 편이 낫다. 결국 세르주가 말했다.

"혹시 우리 동굴 가지 않을래? 드 프라츠 신부가 형한테 가지 말라고 했어?"

동굴에 가서 그들은 입맞춤을 했다. 세르주가 말했다. "형 입술이 화가 났어." 알방은 대답했다.

"내가 어리석었어, 널 의심하다니. 용서해줘."

"용서해달라니 기분이 좋은데. (입술을 내밀며) 떠나기 전에 한번 더 하자."

그다음 토요일, 세르주는 알방에게 쪽지를 하나 보냈다. 그다음날도 또 벌을 받는다는 거였다!

열한시 십오분, 세르주가 나오는 모습이 보였다. 세르주가 물었다. "나 때문에 일부러 다시 온 거야?" 그는 매우 감동받은 듯했다. "아니, 뭘 사야 할 게 있었거든. 그래서 다시 여길 지나치게 됐어." 알방은 다정하게 말했다. (알방은 거리 아무데나 배회하며 한 시간 반 동안이나 그를 기다렸다.) "그럼, 넌 이제 동물원에 가지 않으려고 일부러 벌을 받은 거구나!"

"그래, 그랬다!"

"내 말 좀 들어봐. 난 더이상 이 생활을 견딜 수 없어. 정말 우리가 서로 잠시라도 볼 수 있기를 바란다면 일요일 아침에 벌서지 않도록 좀 잘해봐. 우리가 만날 수 있는 유일한 시간이잖아. 적어도 얼굴이라도 좀 보려면 네게 발전이 있어야 하는데, 이제는 조금도 발전하지 않는다는 게 눈에 보일 정도야."

"형은 이번에 일반 품행에서 이십 점 만점에 십삼 점 받았잖아. 그런데도 형은……"

자신이 너무 멀리 나갔다는 생각에 그는 재빨리 그만두었다.

"이제 앞으로 전혀 보고 싶지 않다면, 그런 거라면 솔직하게 말해." 그러자 세르주가 그에게 한 방 먹였다. "아! 할 수만 있다면, 형을 죽여버릴 텐데." 바로 얼마 전까지만 해도 알방은 이 말에 아주 솔직하게 "죽어도 상관없어, 날 죽이는 게 너라면" 하고 대답했었다. 그런데 이번에는 달랐다. "대답해! 아무 말이라도 해봐! 뭐라고 대답해보라고."

"하늘이 뿌옇네…… 그런 말에 내가 뭐라고 대답하면 좋겠어?"

"어쨌든 우리의 시도는 실패로 돌아가는구나."

"내가 잘못해서 벌서는 거잖아!"

"아니, 내가 잘못해서인지도 모르지. 그래, 내 잘못인 게 틀림없어. 우리 관계가 네 공부를 방해하는 거야, 내가 그렇거든. 우리가 함께한 이후 공부할 때마다 널 생각하거든. 그래서 공부하기가 더 힘들어. 목요일 수학 시험을 위해 복습하려면 십오 분 정도 일찍 일어나야 하는데, 난 널 생각하느라 일어나지 않고 그대로 침대에 누워 있는다고."

“그러면 내가 형 공부를 방해한다는 거야?”

“오! 널 비난하는 게 아니야.”

“형은 날 비난하기만 하잖아.”

“그럴 만하니까 그렇지.”

세르주가 이를 악물고 중얼거렸다.

“정말 지긋지긋하군!”

“뭐가 지긋지긋하다는 거야?”

“형이.”

알방은 담배 파이프를 이빨로 씹어 조각을 뱉어버리고는 한마디 말도 없이 돌아서서 가버렸다. 순전히 자신의 스페인식 난폭함을 드러내기 위해서. 카람바![*]

그는 그와 화해할 거라 생각하면서도 한편으로는 이런 마음이 들었다. ‘확실한 건, 이제 무슨 일이 생긴다 해도 이전과 똑같은 신뢰를 더이상 가질 수 없다는 거야. 우리는 무언가 잘해보려 했지만 결국 이렇게 됐어.’ 우스꽝스러운 자기만족을 느끼며, 그는 덜 다정한 세르주가 패배한 거라고 생각했다. ‘불쌍한 아이, 정말 얼마나 나약한 아이인가! 곧 낙오자가 되는 게 아닐까? 나는 그애를 원망하지 않아, 다만 동정할 뿐이야.’

그날 저녁, 어머니가 말했다.

“간밤에 세르주 꿈을 꾸었어. 그 아이가 네 방에서 내려와 내 방을 지나치며 내게 작별인사를 하더구나. 사진에서 본 얼굴과 그 남자 군복[**]

---

* caramba. 스페인어로 ‘젠장’이라는 뜻.

** 영국 해군복. 그러므로 보기 좋은 모습이다. (원주)

차림으로 내 침대 발치에 있었어. 안타깝게도 난 머리에 헤어 롤러를 말고 있어서 거북했다. 좀더 있으라고 하고 싶었지만 내가 보기 흉한 상태라서 가게 놔뒀지…… 그 아이랑은 여전히 잘 지내지?"

알방은 보호 그룹의 덕행에 대해 이야기했다. 이 말들은 자연스럽게 나왔다. 그것이 사실이기 때문이었다. 세르주에 대해서는 '멋진' 문장들과 상상으로 지어낸 '올바른' 행위들을 늘어놓았다. (모코르네 시절에도 마찬가지로, 세르주와 합동 수업을 받던 중 그가 암송할 차례가 되자 세르주가 책을 가운데 두어 도와줬다고 어머니에게 이야기를 꾸며댄 적이 있었다.) 새생활은 실패했다고 고백할까? 절대 안 된다.

"너희들 콧대를 세워주려는 건 아니지만, 사실 너희처럼 관계가 다시 회복되는 경우는 그리 많지 않아."

알방 또한 아주 올바른 궤도에 관계를 올려놓고 싶었다. 그는 세르주가 왕정복고주의자이며 악시옹 프랑세즈*의 전단지를 벽에 붙이기까지 했다고 이야기를 지어냈다. 드 브리쿨 부인이 말했다. "부르주아들이야, 재건할 길을 찾고 있지. 아주 좋은 일이야."

그녀가 또 꿈을 꾸었다.

"그의 작고 귀여운 종아리는 맨살이었어—사실, 나는 감각을 기반으로 하는 관계에 진정한 우정이 있다고 생각한단다." 그녀가 말을 이었다. "또는 진정한 우정은 감각적이라고. 넌 어떻게 생각하니?"

알방은 그건 우정과 상관없다고 대답하고 싶었지만 단지 이렇게만 말했다.

---

* 20세기 전반에 활동한 프랑스 반공화주의 단체. 반유대주의를 드러내며 강한 민족주의를 표방했다.

"감각과 함께하는 깊은 우정이 있고, 감각이 수반되지 않는 깊은 우정도 있다고 생각해요."

"그런데 봉봉은 늘 그렇게 매력적이니? 하긴 향수를 파는 아버지를 두었으니!…… 그 아이한테 말해줘야 할 것 같구나. '자네, 수플리에를 좀 본받아.'"

세르주와 냉전중이었기에, 어머니의 이 말에 젊은이는 감정이 상했다. 하지만 참아야만 했다. 이 주제와 관련해, 어머니는 적절한 태도를 결코 오래 유지할 수 없으니까. 어떤 올바른 단어라도 그녀가 사용하면 그녀의 입에서 잘못된 의미로 바뀌는 듯했다. 실제로 알방은 봉봉을 '자네'라고 불렀는데, 어머니의 입을 통해 이 말을 듣고 보니 불현듯 수플리에를 이 호칭으로 부른 적이 전혀 없다는 생각이 들었다.

전날 드 샹토세 씨가 돌아와 매우 다정하게 굴었다. 이즈음 드 브리쿨 부인은 아들의 친구 관계를 더이상 침울한 관점으로 보지 않았다. 오히려 '그들이 행복하면 좋겠구나!' 하고 속으로 바랄 정도였다.

"샹토가 날 '귀엽고 소중한 존재'라고 불렀단다. 너도 세르주를 그렇게 불러야 하지 않을까?"

"난 그애를 언제나 '수플리에'라고 불러요." 알방이 매우 퉁명스럽게 말했다.

(친구와 다시 만났을 때, 그는 본능적으로 이 대꾸가 떠올라 세르주를 '수플리에'라고 불렀다. "왜 수플리에야? 난 이름이 있는데" 하고 세르주는 말했다.)

마치 드 브리쿨 부인이 잘못된 음을 내는 바람에 화음이 깨지기라도 한 듯, 알방은 불행한 기분으로 손목시계를 보았다. 그러자 어머니의 파르르하는 예민함이 다시 깨어났다.

"너는 도망갈 틈만 엿보는구나. 늘 그 생각만 하지! 네 생각이 어디가 있는지 다 안다. 오자마자 '빨리 돌아가야 해요. 네시에 걸려올 전화가 있거든요' 하는 상토하고 똑같아. 내가 잘 알지! 못된 녀석 같으니!"

수요일, 드니를 통해 받은 세르주의 짤막한 편지.

친애하는 나의 알방에게,

형을 귀찮게 했던 걸 용서해줘. 그날 내가 왜 그랬는지 모르겠어. 추워서 그랬던 것 같아. 어쨌든 나 이번주에 계속 얌전하게 지냈고, 주말까지 그럴 거야. 약속할게. 그러면 우리 일요일에 토끼와 동굴을 보러 갈 수 있을 거야(토끼의 똥을 보러 간다는 말로 읽지 마).*

온 마음으로 입맞춤을 보내.

형을 정말 사랑하는 형의 친구.

세르주

담배 파이프를 이빨로 씹어 뱉으면 내게 강한 인상을 줄 거라고 생각했겠지만, 전혀 그렇지 않았어. 그 순간 난 형을 사랑하지 않았어.

오, 편지다! 편지! 알방은 무한한 경애의 몸짓을 하며 편지를 이마에 갖다댔다. 모든 고통이 사라졌다. 편지지에서 세르주 수플리에만의 특

* 'grotte(동굴)'와 'crotte(똥)'는 발음과 철자가 유사하다.

별한 냄새가 느껴졌다.

그러나 같은 주 일요일, 알방의 태도는 그리 바람직하지 않았다. 우선, 당연히 과거를 곱씹어볼 필요가 있었다.

"만일 내가 너한테 '이제 끝이야. 난 널 떠날 거야' 하면 넌 울까?"

"아니, 그럴 것 같지 않은데. 만약 운다고 해도 많이 울지는 않을 거야. 그리고 이렇게 말하겠지. '치사한 놈! 멍청하기는! 하긴 지겨워진 지도 오래되었어. 정말 잘됐군……' 사람들은 늘 이렇게 말하잖아, 안 그래?"

이 모든 게 좋았지만, 말하자면 새생활 이후로는 더 행복하지 않았다. 그러니까, 덜 행복했다. 알방은 옹졸하고 질투로 가득찬 귀찮은 존재가 되었다. 지난 일은 불만스러웠고 미래는 불안했다. 한 시간 반 동안, 끊임없이 몇몇 주제들이 끈덕지게 떠올랐다.

주제 I: 진전이 없어. 우리는 결국 안 될 거야.

(반응: 우리가 어떻게 되길 바라는데?)

주제 II: 네가 나를 차버리면……

(반응: 형이 하도 그렇게 말하니까 나중엔 결국 형을 떠나고 싶어질 것 같아.)

주제 III: 너와 있을 때의 내 태도가 네 맘에 들어……?

(반응: 응, 형은 어쩌고 싶은데?)

이렇게 그들은 각자 서로에게 불만과 싫증을 느끼며 겨울 숲속의 온실로 갔다. 알방이 "뒤에서 딴전 피우지 마" 하고 말하면 세르주는 뛰기 시작했다. 또 "(호수의) 빙판에 올라가지 마" 하고 말했을 때, 세르주는 그리로 올라갔다. 그런 후 차도를 가로지르며 주차된 차들의 엠블럼을 하나하나 확인했고, 잔디 보호차 쳐놓은 철망을 뛰어넘었다. 마치 자신을 감정적으로 귀찮게 하는 알방에 대항하여 말썽을 부리려는 듯했다. 게다가 이 겨울의 세르주는 보기 흉했다. 늘 감기를 달고 살아서 코는 빨갛고 입술은 터 있었다. 모자를 삐딱하게 쓰고 목에는 너무 낡아서 두께가 거의 리본처럼 얇아진 형편없는 목도리를 두른데다 추워서 등을 구부린 채 걸었다. (알방은 스페인의 마드리드와 알헤시라스를 오가는 기차가 종종 눈 때문에 멈추곤 하던 일이 생각났다. 스페인이 얼마나 추웠던지, 그는 오퇴유에선 더이상 추위로 고통받지 않게 되었다.) 세르주는 이따금 상냥한 말을 건네기도 했지만 대체로 입을 다물고 있었다. 한번은 하품을 하기도 했디(선배가 포옹하는 동안 하품이 다 나왔다고 허세를 부리던 봉봉처럼). 그때 알방은 '중요한' 말을 하려던 참이었는데 하품하는 모습을 보자 하려던 말이 쏙 들어갔고—모든 열정이 사라졌다. 세르주가 진지한 표정으로 말했다. "이게 인생이야!"

"'이게 인생이야!'라니, 왜 그런 말을 해?" 알방이 물었다. 그에게는 이 말이 바보같이 들렸다.

"우리 엄마는 침묵이 흐르거나 무슨 말을 해야 할지 모를 때 '이게 인생이야!'라고 하거든."

후배가 침묵하자 선배는 자신이 그를 따분하게 만들고 있음을, 더욱이 그가 둘이 함께 있을 때의 자신의 태도에 따분해한다는 걸 깨달았다. 하지만 그는 그 태도를 바꿀 수가 없었다. 그래서 다시 상념에 빠져들어 주제 I, II, III을 끝없이 곱씹었다. 이전에 그들에겐 우정의 증거가 있었다. 그러나 지금은 그 증거의 실재성이 흐릿해졌고 알방은 그걸 찾을 수가 없었다. 적어도 증거를 볼 줄 몰랐다. 그는 세르주가 자신을 향한 지지의 뜻을, 진정한 우정의 증거를 보여주지 않고 있다고 생각했다. 세르주가 정신적이며 감정적인 이 뒤섞인 느낌을 신중하게 감당하고 있는 건 사실이지만 별로 이해하지는 못했다. 그들의 관계는 지배하는 자와 그렇지 않은 자의 대립, 달리 말하자면 사랑하는 자와 약간 덜 사랑하는 자 사이의 대립, 그게 아니라면 어린아이의 현명함과 사춘기 청소년의 흥분이 대립하고 있는 모습이었다—세르주는 이들이 놓인 상황에 있는 약간의 우스꽝스러움과 허위를 알방보다 더 정확히 간파했다.

동시에 드 브리쿨 부인은 아들이 생활의 개혁을 도모한 이후 전보다 아들과 할말이 줄어들었음을 깨달았다. 이제 농담과 조롱이 들어설 틈이 없었다. 그녀가 드 샹토세 씨와 잠깐 함께 있는 동안에도, 알방의 격조에 부합하기 위해 (말하자면 알방과의 대화 주제를 유지하기 위해) 대위에게 예절이 요구하는 바를 상기시키고 열정이 누그러진 체하며 요컨대 올곧은 관계를 지킨 것도 그 때문이 아니었을까?

어머니와 아들 사이엔 침묵이 맴돌았다.

"뭐라고 말 좀 해봐라!"

"제가 무슨 말을 하길 원하세요?"

"아무거나. 거짓말이라도 해봐! 하긴, 이제 넌 더이상 거짓말을 할 기회가 없지……" (암시: '좋은 시절은 다 갔구나.')

이렇게 개혁은 세르주를 언짢게 하고 동료들의 신경을 거스르고 브리쿨 집안의 분위기까지 악화시킬 위험이 있었다.

그다음 일요일인 2월 12일(1913년), 세르주는 벌을 섰다.

"체육 시간에 소란을 피웠거든. 난 체육 시간에 소란 피우는 게 좋아."

"그럼 오후에는?"

"오후에는 루브르박물관에 갈 거야."

"네가 루브르박물관에 가서 무얼 할 건데?" 아카데미 회장이 언짢은 기분으로 말했다. "있지, 내가 드 프라츠 신부한테 가서 네가 벌을 받지 않게 해달라고 부탁할게. 그는 우리 관계를 찬성하니까……"

"'찬성'? 그냥 받아들이는 거겠지……"

"네 생각에는 그저 '받아들이는' 것 같니? 그러니까 그는 내가 일요일 아침에만 널 만난다는 걸 알고 있잖아. 만일 내 부탁을 거절한다면 그가 날 반대하기 때문이겠지. 적어도 그건 확실히 알게 될 거야. 상황이 명확해지고."

알방은 드 프라츠 신부에게 갔고, 신부는 벌을 준 교사에게 자신이 우위에 있음을 일깨워주고 싶었기 때문에 알방의 말에 동의했다. 하지만 프라도 드 라 알 원장 신부의 동의를 얻어야 한다는 조건을 달았다. 알방은 즉시 원장 신부에게로 올라갔다. 원장 신부는 역시 약간 놀라는 기색이었다.

"귀군은 군의 행동 방식이 유별나다는 걸 알고 있습니까? 내가 군의 말을 들어준다면, 수플리에에게 벌을 내린 선생님은 어떻게 생각할까요? 무슨 이유로 귀군은 그가 벌을 받지 않게 해달라는 겁니까?"

"그애를 좀 만나기 위해서입니다. 전 그를 만날 시간이 없어요."

그러고서 이렇게 덧붙였다. "그를 사랑하니까요."

예상대로 신부는 포베트에게서나 볼 수 있는 이런 순수함이 알방에게서 보이자 저항할 수 없었다. 좋은 의미에서든 나쁜 의미에서든, 파르크는 항상 비범한 곳이었다. 그는 드 프라츠 신부에게 내선으로 전화를 걸었다. 잠시 후, 알방은 세르주가 나오길 기다렸다. 세르주는 밝은 얼굴로 다가왔다.

"벌을 서고 있었어. 과제에 이미 이름을 적었을 때, 어떤 녀석이 드 프라츠 신부의 쪽지를 갖고 왔어. 정말이지 드 프라츠 신부는 멋있어! 형도 고마워. 하지만 형이 이렇게 한 건 약간 형 스스로를 위해서이기도 하지……"

"난 이런 일이 없길 바랐는데, 나와 엮이면 너는 늘 똑같구나. 그래도 나한테 고맙다는 말을 하다니, 별일이네……"

"나 때문에 화났어?" 세르주가 얼굴을 알방에게 디밀고 팔짱을 끼며 물었다. "정말이지, 내가 형한테 충분히 고마워하지 않는다고 생각해왔구나? 형이 나를 위해 많은 일을 하고 있다는 건 정말이야!"

벌서기를 '면하게' 해줬다고 감동을 받은 게 분명했다. 어쩌면 지금까지 그를 감동시켰던 선배의 다른 큰 희생들보다 더욱 감동적이었는지도 모른다. 이제 그는 알방의 손가락 하나를 잡고 장난으로 살짝 아프게 했다. 그러다 어느 순간, 그는 장난을 잊고 그저 자기 손가락 사이에 그의 손가락을 깍지 낀 채 걸으며 심술궂은 태도와 상냥한 태도를 번갈아 보였다. 마치 깨물기와 핥기를 번갈아 하는 고양이 같았다. 그런데 이 상냥함이라는 환상이 선배의 마음에 경탄을 불러일으켰다. 마침내 장난은 끝났다. 알방이 물었다.

"내 편지는 늘 잘 감춰두고 있는 거지?"

"응. 책상 속, 책 밑에."

"그러다가 드 프라츠 신부가 뒤지면 어쩌려고?"

"그가 그런 짓을 하리라고 생각하다니! 그가 편지들을 찾아낸다는 건 정말 말도 안 돼. 애들이라면 몰라도 그는…… 내가 그에게 편지를 보여주는 일은 없겠지만, 우연히 그가 찾게 된다면……"

갑자기 그들의 얼굴이 굳어버렸다. 삯마차 한 대가 숲을 향해 지나가고 있었는데, 그 안에 랭스부르와 드니가 타고 있었던 것이다. 삯마차 안의 그들은 웃으면서 알방과 세르주를 바라보았다. 알방이 보기에 그들의 웃음에는 자존심을 상하게 하는 뭔가가 있었다.

알방과 세르주는 삯마차를 잡고, 그 안에서 모범적인 태도를 보이며 숲으로 향한다.

보호 그룹, 다시 '옛 습성'으로 돌아가다

얼음이 녹을 때처럼 삐걱대는 작은 소음이 들리고 그룹 내에 긴장감이 돌더니 새생활이 점점 무너지기 시작했다. 먼저 알방이 주목한 점은, 예전만큼 이런저런 '향상'에 대한 이야기가 나오지 않는다는 것이었다. 두번째로는, 이따금 자신이 다가가면 하던 말을 멈춘다는 걸 알아챘다. '질 나쁜' 대화가 다시 시작된 것이다. 마침내 그는 몇몇 대화를 듣게 되었고 노골적인 표현에 충격을 받았다. 본성이 지나치게 제지를 받으면 더이상 버틸 수 없는 한계가 오기 마련이고, 그것이 터지는 날에는 폭발적일 수밖에 없다.

알방과 세르주의 삯마차에 대해 모두가 알고 있었다. 이 이상적인 커플 역시 천상계에서 다시 내려왔음을 아무도 의심하지 않았다. 다른 커플과 비슷해졌다는 사실에 그들은 환영을 받기보다는 비웃음을 샀다. 지부아는 매우 모욕적인 말을 했다. 이에 알방은 분개했다.

"그러니까 너도 우리가 다시 시작했다고 믿는 거야?"

"난 아무것도 믿지 않아. 다만 수플리에의 태도로 봐서는……"

"수플리에는 너희들 모두보다 나아!"

처음에 그는 친구들을 그들 자체로 사랑했었다. 그러다 나중에는 세르주에 대해 얼마나 이야기할 수 있느냐에 따라 차별해서 그들을 사랑하게 되었다. 이제 그들은 그를 몹시 화나게 했다. 그들은 전보다 더 형편없어졌고 가래침 속 세균처럼 유해하며 결코 가만히 있을 줄 몰랐기 때문이다. 그를 가장 놀라게 한 건, 옳든 그르든 그들의 조롱이었다. 소년들은 서로에게 몸을 기울인 채 끝없이 수군대고, 눈을 좌우로 돌리고, 자신들이 하는 말을 듣지 못하도록 이따금 입을 손으로 가렸다. 멍청한 애들은 부러운 듯 멍하니 그들을 바라보았다…… 그는 그 멍청한 애들에게 고함을 지르고 싶었다. "도대체 저들이 뭐 그리 감탄스럽다는 거니, 가엾은 멍청이들아? 저들이 너희들보다 더 가진 게 뭔데? 난 오히려 저들이 정신 나간 녀석들이라고 생각해." 사실 보호 클럽, 또는 그룹은 일종의 망령이 들어 있었다. 거기서는 모두가 (보호 그룹에 관한) 같은 이야기를 같은 말로 스무 번씩 반복했고, 듣는 쪽은 진력내지 않고 귀를 기울였다. 이로써 우리는 또다시 음유시인들과 일리아스 이야기로 돌아온다. 왜냐하면 일리아스의 망령 또한 있으니까. 이제 알방은 그들을 차갑게 대했다. 그는 그들을 피했고, 악수를 하더라도 걸음을 멈추지 않은 채 하거나 또는 말 한마디 없이 했다. 악수조차 하지 않고 그냥 지나칠 때도 있었다. 알방은 그들과의 반목으로 괴로워하지 않았다. 세르주만 있으면 충분했다. 하지만 분노보다도 그들과의 관계를 더욱 악화시키는 게 있었으니, 그건 바로 그들이 자신들을 의심하고 있다는 사실이었다. 하지 않은 일에 대해 남으로부터 의심받거나 자신의 주장을 남이 믿어주지 않을 때, 이만큼 괴로운 일은 없는 법이다.

이렇게, 서서히, 보호 그룹의 극적 전개가 이루어졌다. 라파이에 대한 지부아의 눈부신 사랑으로 시작해서 알방과 세르주의 스캔들로 이어지는 극. 이 스캔들의 마지막 일화는 개혁이었다. 이 개혁의 움직임은 장난을 금지했고, 진정 올곧은 관계, 적어도 하나의 올곧은 관계를 만들었다.

보호 그룹이 버렸던 그 '습성'으로 다시 돌아가던 시기에, 교내의 생뱅상드폴회는 일학년 쉰네 명 중 쉰네번째 회원의 가입을 축하했다(일학년이 이 모임에 회원을 제공하는 유일한 학년이었다). 경박하고 쓸데없는 아카데미나 항공연맹과는 반대로 파르크의 생뱅상드폴회는 그야말로 존경받을 만한 단체였다. 원장 신부도 여기에 마음을 기울였다. 랭스부르 역시 이 단체에 관심을 갖고 활동했다. 학교에서 가장 그리스도교적인 핵심부라 할 만했다. 다른 이들이 자신과 같은 계층에 속하는 가정에 관심을 쏟듯, 이상하게도 프레로들은 열성을 갖고 이 단체에 주목했다. 랭스부르가 이 모든 일의 중심에 있었다. 그는, 예를 들면 공놀이를 할 때 공놀이를 잘 못해서 아무도 공을 서브해주지 않는 녀석에게 '서브'하는 그런 인물이었다……

제네랄레의 격상

이 무렵, 제네랄레*가 아카데미 후보자로 뽑혔다. 알방은 그를 실망시켰던 게 마음에 걸렸다. 그가 알방에게 약간 아첨을 하기에 알방은

---

* 앞부분에서 보았던 장군의 아들, 아이메리 드 라 메종포르의 별명. (원주)

그에게 물었다. "나에게 듣기 좋은 말을 하는 건 아카데미 때문이니?" 그는 살짝 미소를 지으며 "그렇다"고 했다. 하지만 이느 때는 아카데미에 대해 전혀 생각하고 있지 않아서, 남들이 그 이야기를 하면 어리둥절해하기도 했다. 모든 아이들이 그런 것처럼, 그는 관심을 보이는 동시에 무관심했고, 긍정하는 동시에 부정했다. 나이에 걸맞은 다정함을 보였지만 애정에서 나온 게 아니라 그저 남을 따라 하는 행동일 뿐이었다. 운동장이나 길에서 만나면 악수를 청하고, 손을 빼내면 다시 잡아 헤어질 때까지 오랫동안 붙잡고 있는 것도……

아카데미 후보자가 글솜씨가 좋다면 아카데미 문을 열 수 있었다. 알방은 과제 채점을 맡았다. 고의적으로 틀린 프랑스어, 고의적으로 틀린 구두점, 고의적으로 틀린 날짜 등, 이 수두룩한 오류는 과제물이 정말 제네랄레의 것임을 보여주는 동시에 선발을 정당화하기에 충분히 '유효'했다. 아카데미의 동료들은 몰래 웃었지만 어쨌든 동의했다. 물론 후보자들의 과제는 그들을 보호하는 선배들이 해주었다. 항공연맹의 우수 강연자들이 진행하는 강연이 사실은 연맹에서 작성해서 보내주는 내용인 것과 마찬가지였다. (반면 아카데미에서 하는 강연은 개인적인 작업이었다. 알방은 '헤로도토스 시대의 아테네 사회'라는 주제를 다루었고, 랭스부르는 두 가지 주제 사이에서 망설였었다. 잊힌 한 작가와 한 권의 책, 즉 베르캥과 『아이들의 친구』라는 주제와 열세 살에서 열다섯 살 소년들의 도덕의식이라는 주제. 그는 두번째 주제를 선택했고, 그의 강연은 큰 주목을 받았다. 아카데미 회원들에게는 생활도덕이나 역사에 대한 담화가 문학적 논고보다 더 적합했다. 왜냐하면 그들의 문학 취향이 나쁜 건 전부 예찬하고 아름다운 건 전부 헐뜯는

데 있었기 때문이다.)

치과에서 하마터면 기절할 뻔했던 드 브리쿨 부인은 다음 진료에 대비해 샴페인을 가져오게 했다. 이 집에서 좀처럼 일어나지 않는 일이었다. 어머니 방으로 식사하러 온 알방은 식탁에 놓인 샴페인을 보았다. 어머니는 이미 약간 흥분한 상태였다.

드 브리쿨 부인의 의심스러운 간계

"있지, 봉봉을 본 것 같아. 치과에서 삯마차를 타고 돌아오는데, 시간은 네시 반쯤이었고, 그애는 학교에서 나오는 길인 것 같더라. 분명 그 애였어. 여름인 양 외투도 입지 않고, 맨다리에, 흰 줄무늬가 있는 푸른 상의에 옷깃은 접혀 있더라. 오! 얼굴에 온갖 퇴폐적인 빛을 발하며 지나치는 쇼윈도마다 제 얼굴을 비춰보던데. 미모 하나는 정말 경탄스럽다고 말하지 않을 수 없겠더구나. 마치 길가에 떨어져 걸어가는 유성처럼 빛났어. (파르크의 명예라는 점에서 알방은 매우 자랑스러웠다. 속으로 어머니가 고맙게 느껴졌다.) 지금 완전히 사람들을 꽁무니에 매달고 다닐 한창때인 것 같더라. (봉봉의 나이는 열네 살 반이었다.) 정말 멋져. 집안도 무척 부유한 게 틀림없고……"

"오! 그럼요, 황금 꿩이죠."

그녀가 웃었다.

"왜 웃으세요? 이해하셨어요?"

"내가 바보인 줄 아니? 아주 잘 이해했다."

알방은 남자한테 인정받으려는 여자들이 그러듯 어머니가 꿩이라는 단어의 속된 의미*를 이해하지 못하고도 아주 잘 알고 있는 척한다고 확신했다.

"그럼 내 말이 무슨 뜻인데요?"

"설명을 해보라니, 참 무례하구나."

"무슨 뜻인지 말씀해보세요. 안 하시면 난 더이상 어머니 방에서 식사하지 않을래요."

드 브리쿨 부인이 그의 팔을 한 대 때렸다. 기숙사생이나 경박한 여자, 혹은 경우에 따라 백작부인이나 그에 준하는 여자들이 보이는 제스처.

"너, 사람 참 불쾌하게 한다!"

"내 말이 무슨 뜻이에요? 설명해보시라니까요."

고상한 어머니는 어떻게 궁지에서 벗어나야 할지 몰랐다. 그녀는 알아듣기 힘들게 빠르게 말했다.

"그러니까, 황금 꿩은 일종의 꿩이지……"

"그런데 그게 라파이하고 무슨 관계가 있죠?"

그녀가 폭발했다.

"그걸 내가 어떻게 아니, 내가?"

이번에도 척척박사 엄마는 아무것도 알지 못했다. 알방은 그녀에게 꿩의 의미를 설명했다. 그때 블뢰(고양이)가 그의 무릎 위로 뛰어올랐다. 그가 고양이를 쓰다듬었다. 드 브리쿨 부인은 신경이 날카롭게 곤두섰다.

"고양이를 쓰다듬을 때 보면, 넌 내가 한 번도 본 적 없는 표정을 짓더라. 본심이 나오는 거지!"

---

* 프랑스어로 '꿩'을 뜻하는 faisan은 '사기꾼'이라는 은어로도 쓰인다.

드 브리쿨 부인, 샴페인으로 아들을 '취하게' 한다. 다시 한번 그는 보호 그룹 때문에 지쳤다고 생각하고, 그룹의 비행을 제멋대로 부풀린다.

드 브리쿨 부인의 승리. 아무리 폐쇄적이고 고집 세고 무심하고 극단적인 '어린 수컷'이라 해도, 약간의 술만 있으면 이 모든 걸 충분히 바꿀 수 있는데, 아무렴 어떠랴? '어쨌든 곁쇠질로 뒤지기만 하면 돼'라고 알방은 생각했고, '어쨌든 샴페인만 있으면 돼'라고 고상한 어머니는 생각했다. 리베르*는 근심거리로부터 해방시킬 뿐 아니라 비밀로부터도 해방시킨다. 어머니가 미처 꿰뚫어보지 못한 건, 알방이 평소보다 말이 많아질 정도로 취하긴 했지만 명철함을 잃을 만큼은 아니었다는 점이다. 그는 어머니가 샴페인을 가지고 자신을 조종하려 한다는 걸, 그러니 그 순간 자신이 하는 말은 모두 믿으리라는 걸 알아챘다. 그래서 그 역시 어머니를 속이고 조롱하며 잘못된 판단으로 이끌었다. 눈에는 눈, 이에는 이.

드 브리쿨 부인은 샴페인에 감사하며, 벌써부터 다음 치과 치료를 끝낸 뒤 새로운 고백 시간이 이어지리라 꿈꾸었다.

항공연맹의 멋진 강연

세르주는 알방에게 항공연맹에 등록하라고 조언했다. 이 연맹은 중등교육을 받는 모든 학생들에게 문을 열어놓고 학생들을 한자리에 모아 신생 항공술에 대해 강연을 했는데, 이는 연맹 회장이 레지옹 도뇌

---

* 술의 신 바쿠스의 다른 이름. (원주)

르 훈장을 받도록 하기 위함이었다. 항공연맹측이 마련한 이 강연의 또 다른 목적 중 하나는—보다시피—아이들의 손에 등록 카드를 쥐여주는 것이기도 했다. 이 주에 한 번씩, 연맹 본부에서 각 학교로 비행기에 관한 담화를 보냈다. 그러면 한 학생이 마치 자기가 직접 쓴 듯 연맹 회원들 앞에 나가 읽곤 했는데, 이 놀라운 허구는 어린 소년들을 어른들이 이해하는 사회생활에 길들이기에 매우 적합했다—왜냐하면 가장 어린 학년 중에서도 그 담화에 학생의 말이 단 한 마디도 들어 있지 않다는 걸 모르는 이가 없었는데도 다들 연사에게 박수갈채를 보내며 칭찬했기 때문이다. 콜레주의 아카데미처럼, 항공연맹에는 중요한 존재 이유가 있었다. 자비가 중요한 가치로 높이 평가되는 이 학교에서 어떤 구실로도 한자리에 모이게 할 수 없을 것만 같은 아이들을 한곳에 모으는 자비, 바로 그 자비와 관련한 이유였다. 왜냐하면 일종의 환등기를 사용하는 이 강연은 어두운 면회실에서 열렸고, 두 고학년(고학년과 중급 학년)이 함께 뒤섞여 각자 원하는 자리에 맘대로 앉을 수 있었기 때문이다. 세르주는 알방에게 이 모임이 그들을 한 달에 두 번씩 가까이 있게 해줄 거라고 강조했다.

"가입 사유를 써야 할 것 같은데." 알방이 말했다.

"오, 아냐! 그러지 마. 그러면 우리가 가까이 앉지 못할 거야."

쉬는 시간에 기숙사생들이 부모를 만나는 날의 면회실은 끔찍한 장소였다. 이따금은 세련된 이 아이들이 이십 년 뒤에 어떤 모습일지를 가늠하게 해주는 그들의 판박이 부모와 마주하고 있는 장면은 한마디로 끔찍했다. 그러나 알방이 항공연맹의 강연을 들으러 갔을 때 면회실의 모습은 완전히 달랐다.

항공연맹의 강연중 대다수 학생들의 태도는 극도로 불량하다. 알방과 세르주의 경우는 다르다. 알방이 자신의 분노를 친구에게 얘기한다.

같은 날 저녁, 알방은 어머니와 식사를 했다. 어머니의 손안에서 샴페인 거품이 일었다. 알방은 식탁에 앉자마자 구멍난 술통처럼 술을 마셨고, 항공연맹 강연과 거기서 본 걸 흥분에 차 이야기했다. 물론 약간 과장해서. 그는 숨이 찼다. 그래도 평화로운 오퇴유 구역에서 뛰어난 사제들의 아버지 같은 보살핌 아래 『쿠오바디스』의 대향연을 재현하는 학교에 다녀 매우 자랑스러웠다. 드 브리쿨 부인은 『쿠오바디스』를 떠올리지 않았다. 대신 그녀는 이십여 년 전 무도회의 마지막 순간을 떠올렸다. 손을 맞잡고 허리를 감싸안고…… 뭔가 그때와 비슷한데. 그래, 정말로, 고삐 풀린 이 장난꾸러기들이 짜낸 계책과 뭔가 매우 유사한 면이 있어…… 그녀는 놀라면서도 동시에 매료되어 머릿속에서 모든 걸 뒤섞었다.

“감출 수 없는 사실이에요. 지금 같은 상황에서 파르크의 개혁은 가능하지 않아요. 무슨 철칙 같은 게 있어야 해요.” 알방이 말했다.

“그럼 너하고 세르주는, 적어도 적절하게 처신하고 있는 거니?” 그녀가 아들의 잔에 다시 술을 따르며 물었다.

“놀랄 만큼 적절하게요.” 이미 전보다 더 취한 아들은 자기가 하는 말을 잘 통제하지 못하고 어름어름 말했다. “난 그의 허벅지에 한쪽 손을 대고 있었을 뿐이에요. 손이 시려웠거든요. 강연실에 불이 들어오지 않아 추웠어요. (그는 다시 잔을 비웠다.) 그런데 그의 넓적다리에서 심장

박동이 느껴졌어요. 손에 심장박동이, 그래요, 제 손에 그의 심장박동이 느껴졌어요. 심령이라는 것이 있는데 뼈에도 골령이 있다는 것 아세요? (손을 자신의 한쪽 허벅지에 올린 채 그는 『쿠오바디스』의 대향연 중 바티니우스 같은 어조로 말했다. '서른 번쯤? 아니, 정말이지 내 생각에는 서른두 번쯤이었던 것 같은데……' 이어서 손을 테이블 아래로 내리며 말을 이었다.) 어쩌면 그건—가혹한 수수께끼처럼—수플리에의 뼈가 아니라 내 손의 혈관이 뛰는 거였는지도 모르지만요……"

그는 아버지처럼 자애로운 표정으로 그녀의 손을 만지작거리며 아주 작은 목소리로 중얼거렸다. 맙소사, 목소리가 너무 작아서 그녀에게는 들리지도 않았다.

"이 고약한 샴페인을 마시니, 결국 어머니를 사랑하게 되고 말 것 같아요."

그는 반쯤 제정신이 아니었다. 취기 때문에 그가 털어놓는 말은 사실 중요한 게 아니었다.

드 브리쿨 부인이 자신의 간계를 후회하다

그가 또 술잔을 비웠다. 샴페인이 턱과 그의 셔츠 깃으로 흘러내렸다. 그런데 드 브리쿨 부인에게 무슨 마음의 변화가 생긴 걸까? 그녀는 침대에서 팔을 뻗어 단호하게 술병을 낚아챘다. 마침내 아들의 모습을 보았던 것일까? 그녀가 원하던 대로, 아주 슬프게도 그녀가 원하던 대로의 모습을, 그녀 앞에서 무방비 상태인 아들의 모습을 본 것일까? 그의 정리함이 열렸던 것처럼. 그녀는 조금도 가책을 느끼지 않고 정리함을 결쇠질했었다. 그건 그녀의 의무였으니까. 그런데 비밀을 알아내기 위한 술병 앞에서는…… "가서 자렴. 넌 자야 해." 그녀는 아들에게 말했다.

그렇지만 그가 테이블에서 일어서며 침대 옆 원탁에 놓인 무언가를 잡는 순간, 그녀가 그의 머리를 잡고 머리카락에 입을 맞추었다. 아들이 취한 틈을 타, 그녀는 이따금 그가 자고 있을 때 그랬듯이 아들을 쓰다듬었다(그래도 자고 있는 아들의 머리에 과산화수소를 뿌리는 것보다는 낫다).

이것이 샴페인의 끝이었다.

다음날 저녁식사 때, 그녀가 아들에게 말했다.

"어제저녁에 네가 약간 취했었다. 내 잘못이야. 우리 다시는 술 마시지 말자. 그나저나 항공연맹의 강연에 관해 네가 했던 말이 모두 사실인지 나는 잘 모르겠구나. (그는 모든 게 사실이라고 확언했었다.) 내가 아니라 다른 학생의 엄마라면 프레보텔 신부님이 거기 참석했으니 그에게 편지를 써서, 그 봐줄 수 없는 문란함에 관해 나와 내 아들 앞에서 설명해달라고 했을 거야. 그런데 나는 그러지 않지. 왜냐하면 넌 내가 학교 문제에 끼어드는 걸 좋아하지 않으니까. 하지만 충고 하나 하마. 넌 프라도 드 라 알 신부님과 가까우니까 그에게 면담을 요청해서 네가 본 걸, 누구의 이름도 거론하지 말고 모두 이야기해라. 그는 그 강연에 없었잖아. 그러니 네가 엄밀히 진실만을 말한다는 걸 그가 믿을 수 있도록 신뢰를 심어주며 알려준다면, 넌 그에게 도움을 주는 셈이야."

어머니의 이런 엄격함은 첫번째 '고백의 시간'과 두번째 초반에 보여준 호의와는 전혀 어울리지 않았다. 하지만 이런 모습이 그녀였고, 평소에 그녀는 이러했다.

올곧은 아들은 동의했다. 그에게는 강연에서의 일이 끔찍한 인상으로 남아 있었다. 샴페인까지 동원한, 가증스럽기까지 한 어머니의 간계에 대해 원망하지는 않았다. 평소 그들에게 익숙한 천진스럽게 가혹한 분위기였으니까.

원장 신부에게 보내는 운명의 편지

원장 신부에게 쓸 편지에 대해 드 브리쿨 부인은 자세하게 설명했다. "장황하고 모호한 태도를 취해야 해. 살면서 필요한 게 바로 그거란다." 하지만 소용없었다. 그는 타키투스에 빠져 있었다. 편지는 짧고 명확했다. 다음은 그가 쓴 편지다.

원장 신부님,

엊그제 저는 항공연맹의 강연회에 참석했습니다. 거기서 아주 이상한 일을 보았는데, 그래서 이렇게 원장 신부님께 짧은 면담을 요청하게 되었습니다. 원장 신부님께서 저의 요청을 나쁘게 생각하지 않으시길 바랍니다.

존경을 표하며, 기타 등등……

이상한가? 한데 이 이야기에서 이상하지 않은 사람이 있나? 어쩌면 유일하게 한 사람이 안 그런지도 모르겠다. 바로 세상의 웃음거리가 되고 있는 세르주 수플리에, 그만이 이상하지 않은지도 모른다.

알방은 처음 편지를 보냈을 때와 마찬가지로 다음날 답장을 받으리라 생각했다. 그러나 다음날은 그냥 지나가고, 그다음날도, 사흘, 그리고 나흘도 그냥 지나갔다. 호의로 가득한, 또한 운명적인 이 편지에 대한 답장은 전혀 없었다.

나무랄 데 없는 두번째 삯마차. 알방이 말한다.

"너를 사랑하느냐고? 한번 얘기해보자. 사랑이라는 그 역겨운 감정 같은 건 전혀 없어. 너에게 애정은 있어. 하지만 사랑에 빠지지는 않았어. 그건 너도 알잖아……"

"그래, 알지." 세르주는 변덕스러운 누군가에게 대답하듯 천천히 말했다.

"난 이제 온통 그것에 대해서만 말하는 이 분위기를 견딜 수 없어. 그것을 통해서만, 그리고 그것의 작용에 따라서만 학교와 세상을 보는 이 분위기. 이 분위기에서는 몇몇 녀석들의 이름만 부르고 그들만이 중요하고, 그들만이 존재하지. 그것과 동일시되는 녀석들 말이야. 이 분위기에서 그들은 모두 서로 얽매여 있어. 그래, 너에게 말하지만, 나는 더이상 이 분위기를 견딜 수 없어. 네로 치하 로마의 비니키우스처럼, 난 보호 그룹에서 숨이 막혀. 비니키우스처럼 나도 다른 것을 향한 갈증을 느껴."

"이해해. 나도 그들 이야기가 지겨워." (그렇지만 세르주가 진지하게 열성을 가지고 말한다고는 할 수 없다.)

"네가 얘기를 나누지 않았으면 하는 아이들의 명단을 만들었어." (그가 명단을 준다. 세르주가 깜짝 놀란다.)

"그러니까, 얘네들 전부 다?…… 형 초콜릿 당번이지. 어느 하루 저녁, 어두워질 때쯤 초콜릿 보관실에 가야 한다고 외출을 신청해. 그러면 내가 거기로 갈게. 거기서 잠시 보자. 입맞춤할 수 있을 거야. 그리고 우리 학년의 새생활에 대해 말해줄게. 머지않아 삯마차는 이용할 수 없게 될 거야. 봄이 오면 덮개를 열잖아."

그들은 수요일 여섯시 반으로 정했다. 약속이 예정대로 지켜질 것 같으면 세르주가 네시 쉬는 시간에 운동장 화장실의 세번째 문에 분필로 십자를 긋기로 했다.

삯마차에서 싹튼 부드러운 분위기

전에 세르주가 사진을 달라고 했던 터라 알방은 그에게 사진을 주었다. 세르주가 믿을 수 없는 반응을 보였다. 사진을 입술에 갖다댄 것이다! '삯마차 안에서 그가 내 사진에 입을 맞추었는데, 나는 그의 무릎 위로 쓰러지지 않았어!' 삯마차를 다시 타고부터 세르주는 다시 얼마나 다정해졌는지! 모든 게 얼마나 변했는지! 좀더 일찍 이 생각을 했더라면 얼마나 좋았을까! 전적으로 순수한 애정의 풍요로움이 그들을 달래고, 완전히 냉랭한 분위기에 있던 무정함을 녹이며 숨통을 틔웠다(동굴 속에서의 짧은 포옹 같은 건 아무것도 아니었다). 그들은 파란만장한 둑을 지나 호수처럼 고요한 항구로 들어선 것이다.

수요일, 오전 시간이 흘러갈수록 알방의 마음엔 불안이 들어섰다. 초콜릿 보관실에 있을 때 누군가에게 들키지나 않을까 걱정이었다. 오 분의 은밀한 쾌락을 위해 이런 위험을 감수해야 하는 걸까? 지금의 원장 신부 밑에서는 보관실에서 사건이 전혀 일어나지 않았지만 전에 두 커플이 거기 있다가 들킨 적이 있다는 이야기를 들었다. 그곳은 가장 신성한 장소, 말하자면 고대 로마의 특정한 곳, 예를 들면 번개가 내려친 자리처럼 신성한 동시에 불길한 장소였다. 열한시에 그는 세르주에게 약속을 취소한다는 쪽지를 보내고 싶어졌다. 하지만 소심함이 창피해서 그만두었다. 그리고 여섯시 이전에 불길한 징조가 있으면 약속을 취소해야겠다고 마음먹었다. 투우술이 그에게 진짜 미신을 약간 불어넣었다. 여기에다가 그는 투우를 하며 가짜 미신을 약간 덧붙였다. 그가 겁을 먹을 때는 모든 것이 끝내 진짜 미신이 되었다.

두시, 교실에 들어서자마자 그는 텍스트를 설명하는 주석을 모두 달아놓은 공책을 집에 두고 왔음을 깨달았다. 어쩔 수 없이 기억에만 의존해서 설명할 수밖에 없게 되었다. 불길한 징조. 잠시 후, 그는 손수건을 찾아봤다. 손수건도 깜빡했다! 이 신호들을 봐서 그만두었어야 했는데, 그는 무시하고 더 나아갔다. 미신은 이런 식이다. 다른 모든 것들이 그렇듯이 조리가 없다. 쉬는 시간에 화장실 문에 십자가 표시가 없기를 얼마나 바랐던지! 그러나 표시가 있었다. (아무 의미 없는 이 장소, 그러나 오늘 저녁 두 심장은 격하게 고동칠 것이다.)

자습실에서, 그는 공부할 수도 읽을 수도 없었다. 그는 쉬는 시간에 작은 빵에서 떼어낸 빵조각을 신경질적으로 조물락대다가 주머니에 든 보관실 열쇠를 만지작거렸다. 그는 여전히 마지막 순간에 무언가가 세르주를 막아주길 바랐다. 그가 해야 할 일은 1. 감행하거나 2. 그곳에 가지 않는 것. 두 경우 중 무엇이든 가능하다. 그는 뜻밖의 일이 일어나게 해달라고 기도 비슷한 걸 드렸다. 그는 두 가지 이유를 근거로 마음을 다잡았는데, 첫번째는 랭스부르가 말한 원칙, 그리고 복음서의 말씀이었다. 사건은 언제나 우리가 무시했던, 그렇게 대했던 사람과 일어나지, 이유는 모르겠지만 우리가 사랑하는 사람과는 결코 일어나지 않는다. 두번째는 세르주가 한 말이었다. "우리 학년의 새생활에 대해 말해줄게." 따라서 그들은 콜레주의 개혁에 대해 이야기를 나누기 위해 창고에 가는 것이다. 이 선의가 불리하게 작용할 수는 없겠지. (얼마나 미신적인가! 또 얼마나 순진한가!) 열여섯 살 반의 알방은 (투우를 통해) 위험을 경험했고, 그의 동료들 중 누구도 상상조차 못하는 두려움을 경험했다. 그는 특히 또래 소년 대부분에겐 없는 위험에 대한 의식이 있었다. 동시에 이 모든 걸 사랑했다. 악마에게나 줘버리라지! 위험과 두려움에 전율하는 성향…… 청소년이라기보다는 어린아이 같은 반응으로 보이리라.

노트르담 뒤 파르크의 주임신부들은 저녁이 되자 조명이 아주 희미해진 복도에서 손톱으로 자습실의 반투명 유리창을 조금씩 긁어가며 거기에 눈을 들이대고, 학생들 전체와 자습 감독을 감시하고 있었다. 다섯시 사십오분쯤, 드 프라츠 신부는 작은 구멍에 눈을 대고 자신이 담당한 자습실을 관찰했다. 자습실에 있는 아이들은 모두 줄곧 자신의 머리에만 몰두하고 있었다. 손으로 고개를 받치고, 손가락으로 머릿속을 더듬는가 하면 머리카락이 손가락 아래서 움직이기도 했다. 파리 아이들의 무르고 하얗고 가지런하고 연약한 손은 손톱이 약간 거무튀튀하고, 손톱 부근의 살이 약간 볼록하며, 이따금 가운뎃손가락 안쪽에 희미한 터키 담배 자국이 있기도 했다. 그는 아이들의 손을 잘 알았다. 어느 학생이 연필을 갖고 장난치다가 연필이 바닥으로 떨어져서 줍기 위해 머리를 숙일 때면 앞머리가 쏟아진다. 그는 몸을 일으키면서 머리칼을 뒤로 젖힌다. 어떤 학생들은 이 동작이 그야말로 습관이 되어, 머리칼이 쏟아지지 않았음에도 은연중에 머리를 뒤로 젖히기도 한다. 어떤 아이는 고집불통으로 제멋대로 뻗친 머리카락을 고정시키기 위해 물을 살짝 묻히는데, 그러면 젖은 머리칼은 머리 한가운데서 유난히 짙은 색으로 눈에 띈다. 마치 영양이 언제나 같은 부위를 핥듯이 언제나 같은 부분이다. 목 언저리에서 휘어지는 부분. 영양은 이 작은 부분만

핥으면 모든 문제가 해결되어 고요히 잠들 수 있으리라 생각하는 것이다. 어떤 아이들은 좌우를 신중하게 살피다가 귓속말로 쓸데없는 이야기를 나눈다. 때로는 손을 모아 작은 나팔을 만들어(이건 특히 프레로들의 몸짓이다) 귀에 대고 말하는데, 자신들의 대화가 가장 책망받아 마땅한 내용임을 사방에 똑똑히 보여주기라도 하려는 듯했다. 입가에 손가락 세 개를 갖다댄 귀여운 목신 드니는 꼭 피리를 부는 듯한 모습이었다.

보통 숙제를 하거나 하려고 할 때, 세르주는 고개를 쳐든 채 이마에 주름살을 지으며 눈썹을 악상 시르콩플렉스*로 만들곤 했다. 어떤 문장이나 문제의 의미를 이해하려 애쓰던 그의 이마가 갑자기 매끈해지고 몸이 공책 쪽으로 기울면, 답을 찾은 것이다. 오늘 그는 바보짓을 저지르러 갈 때의 표정을 짓고 있다. 펜은 글씨를 쓰지 않은 공책 위 허공에 멈춰 있고, 입으로는 자 끄트머리를 깨물었다. 이어서 책상 위에 완전히 축 늘어진 채로 엎드려 손가락으로 헝클어진 머릿속을 헤집다가 한 손으로 턱을 괴는데, 입술은 일그러졌고 시선은 멍했다. 사제는 그 모습을 한 문장으로 요약해 중얼거렸다. "어떻게 해서라도 우리로부터 자신을 방어하려는 욕망과 내면의 무질서를 온몸으로 내뿜고 있군." 그런데 발소리가 이쪽으로 다가오고 있다. 위험하다! 불안정한 이 영혼은 복도를 따라 어스름 속으로 달아났다.

여섯시 십오분, 알방은 여전히 망설이고 있었다. 운명이 어둠 속에 벌받은 폐단: 용기

* 프랑스어의 모음에 붙는 부호 중 하나로, ^의 형태다.

서 자신에게 대항하여 고리를 굴리고 독침을 날카롭게 세우는 듯한 막연한 느낌이 들었다. 학생들을 살피던 프레보텔 신부가 보관실에 있는 그들을 발견하고, 그들이 숨가쁘게 헐떡이는 순간 기습적으로 들어온다면…… 책상에 남아 있다가 내일 세르주에게 마음이 약해졌다고 고백하면 안 될 이유가 무언가? 갑자기 투우의 계율 중 하나가 떠올랐다. “두려움이 생기기 시작하면, 단 하나의 방책이 있다. 감행.” 그에게는 폐단이 없거나, 또는 단 하나의 폐단이 있었다. 용기의 폐단. 두려움이 앞서는데도 가장 과감한 일에 뛰어들게 하는 용기라는 폐단 말이다. 예전 같으면 누가 뭐라 할지 괘념치 않고 창피해하지도 않으며 굴복하고 말았을 두려움이 앞서는데도 용기의 폐단으로 가장 과감한 일에 뛰어든다. 그는 자신의 계율을 떠올리고는 곧장 자리에서 일어나 프레보텔 신부에게 외출증을 청하러 갔다. 더이상 세르주에게 입맞추고 싶은 욕구는 없었다. 수플리에는 사라졌다. 그를 일어나게 했던 것은 그 문장이었다. 그는 투우장의 냄새를 맡았고, 그것을 내면의 전율로 받아들였다. 보관실로 가는 길에 그는 급수대에서 물을 한 모금 마셨다. 불안으로 입술이 메말라 있었다. 보관실로 들어서자 그는 유리문에 장난감 방패들을 대서 반 정도 가렸다. 해가 거의 떨어졌다(때는 3월 26일이었다). 시계가 여섯시 반을 알렸다. 밤이 되니 시계 소리가 더욱 맑았다. ‘삼십오분까지 오지 않으면 가버릴 거야. 내일 그애에게 왜 정시에 오지 않았느냐고 하면 되니까. 그애가 오든 오지 않든, 일곱시에는 모든 게 끝나 있겠지.’ 그는 미리 안도의 한숨을 내쉬었다.

그는 초콜릿 두 조각을 깨물어 먹었다. 축구 경기 중간 휴식 시간에도 흥분을 유지하기 위해 초콜릿 복용을 권장한다.

삼십삼분, 밖에서 〈카르멘〉 중 투우사의 노래를 휘파람으로 부는 소리가 서서히 들려왔다. 세르주가 보관실 쪽으로 다가오는 모습이 한눈에 들어왔다. 그는 황소에게 다가가기 전처럼, 허리띠를 한 칸 앞으로 조였다. 이상스럽게도 몇몇 소년들이 운동장에서 죽마를 타고 놀고 있었다. (가장 열심히 공부해야 하는 시간에, 그리고 이제 어두워졌는데. 오, 파르크의 규율이여!) 하지만 그들은 멀리 있었다. 한밤중에 펠로타 게임을 하던 소년들이 생각났다. 그때 그들은…… 갑자기 세르주가 보관실 안으로 뛰어들어왔다. 알방이 반사적으로 내뱉을 뻔했다. "안 돼, 들어오지 마!" 그러나 부를라데로* 뒤에 숨은 채 쫓기는 동료가 몸을 숨기지 못하도록 막아서는 투우사만큼이나 추하게 보일 것 같았다. 안타깝게도, 이번에도 그는 용기의 편에 섰다. 그는 문을 닫았다. 운을 하늘에 맡기고!

"내가 올 거라고 생각하지 않았어?"

알방이 그를 끌어안고 입맞춤했다. 세르주는 몸을 가누지 못하고 두 다리를 휘청댔다. 친구의 품에 안긴 채 무너져내렸다. 균형을 잃은 그는 버틸 수 없어 쓰러질 것 같았다. 그를 겨우 붙잡고 있는 알방을 따라 힘없이 무너져 마침내 그는 바닥에 누워버렸다. 무언가 몽롱한 상태였다. 그러자 알방이 그의 몸 위에서 무릎을 꿇었다. 펠로타 경기장 탈의실에서 했던 포옹 이후 가장 황홀한 포옹이었다. 게다가 그전에는 세르주가 늘 외투를 입고 있었는데 오늘은 그렇지 않았다. 알방은 열정의 근원과도 같은 세르주의 냄새에 감싸였다. 그 순간, 밖에서 발소리

---

* 일종의 나무 칸막이로, 황소의 추격을 받는 투우사가 몸을 숨길 수 있다.

가 문 앞에 멈추더니 어떤 목소리가 물었다. "안에 누구요?" 알방은 목수의 친절한 음성을 알아듣고 눈짓으로 세르주를 안심시킨 뒤 크게 소리질렀다. "알방 드 브리쿨입니다. 초콜릿을 세고 있어요. 초콜릿 당번이거든요." 그들은 어둠 속에서 나란히 벽을 등진 채 쭈그리고 앉아, 한 시간 전에 드 프라츠 신부가 복도를 따라 자습실을 지켜보던 것처럼 망을 보았다. 어둠이 그들의 두려움을 증폭시켰다. 그들은 발소리가 멀어질 때까지 한동안 그대로 있었다.

"가는 게 나을 것 같아. 겁이 나……" 세르주가 말했다.

"겁나면 빨리 가. 그게 나아."

그들은 건성으로 가볍게 입을 맞추었다. 그들 모두에게 공포가 엄습했다. 세르주가 나갔다가 곧장 겁에 질려 다시 들어왔다. "드 프라츠 신부야! 여기로 오고 있는 것 같아. 목수가 알린 게 틀림없어." 그러고서 그는 열쇠로 문을 잠갔다. "왜 문을 잠가? 바보같이. 우리가 뭔가 나쁜 짓을 하는 것 같잖아." 알방이 말했지만, 그 역시 정신이 없어 열쇠를 다시 반대 방향으로 돌릴 생각을 하지 못했다. 세르주가 중얼거렸다. "빌어먹을!" 하지만 화가 난 어조는 아니었다.

그들은 웅크리고 있다가 조심스럽게 고개를 쳐들었다가는 다시 몸을 움츠렸다. 알방은 아주 가까이서 후배의 질겁한 눈과 완전히 돌변한 표정을 보았다. 바로 곁에 있는 그 두려움이 그에게 옮아왔다. 그들은 숨을 죽였다. 잠시 후, 발걸음이 계단을 내려왔고, 누군가 문을 두드렸다.

"문을 여세요!"

"누구십니까?"

"드 프라츠 신부요."

세르주는 몸을 웅크려 창고 깊숙이 들어갔다. 거긴 어두웠다. 알방은 세르주를 보이지 않게 하려고 그쪽에 방어물을 두세 개 놓았다. 그런 다음 문을 열었다. 문턱을 넘어서지만 않는다면, 세르주는 보이지 않을 것이다.

"여기서 뭘 하는 겁니까?"

"초콜릿을 세고 있었습니다. 초콜릿 당번이거든요."

"이상하군. 그런데 왜 문을 열쇠로 잠그고 있었죠?"

"금고에 3프랑이 부족하다는 것을 네시에 알게 되었고, 오늘 저녁에 어머니에게 3프랑을 달라고 해야 하는지 확인하기 위해 다시 셈하러 왔습니다. 그래서 열쇠로 문을 잠갔습니다. 왜냐하면 계산할 때 방해받고 싶지 않았거든요. 안 그러면 혼란스러워지니까요."

신부는 잠시 주저하다가 물러섰다.

알방은 문을 닫고 세르주에게 움직이지 말라는 신호를 보냈다. 그가 말했다.

"내가 뭘 하러 갈지 알아? 드 프라츠 신부의 사무실로 가서 모든 걸 말할 테야."

"아니, 그러지 마……"

창문 너머로 그는 드 프라츠 신부가 화장실 앞에 서 있는 모습을 보았다. 그때, 가장 위험한 그 순간에, 그는 신비로운 느낌이 들었다. 마치 이 아이의 얼굴을 만지는 게 그의 인생에서 마지막일 듯한 예감. 게임은 끝났고 앞으로 영원히 다시없을, 잊지 못할 약간의 감미로움을 더하는 일 외에는 더이상 아무것도 할 수 없는 것처럼, 그는 세르주 옆에 무릎을 꿇고 앉았다. 그는 침착하게 세르주의 목도리를 풀어헤치고 그의 따뜻한 목 언저리에 얼굴을 묻었다. 그러고는 팔을 굽혀 그의 얼굴을 잡고 눈꺼풀에 입을 맞추었다. 이 모든 일은 천천히, 온전히 운명에 맡긴 채 이루어졌다.

문 두드리는 소리가 났다.

그가 다시 일어나 문을 열었다.

"맙소사, 이건 있을 수 없는 일이오! 이 시간에 여기서 무얼 하고 있는 겁니까?"

신부가 문을 가로막고 있는 알방을 밀쳐내고 단호하게 들어섰다. "아! 이거였군!" 그가 세르주의 팔을 잡아끌어 자신의 뒤로 당겼다.

"그러니까, 이 아이를 잘 지도하라고 맡긴 동안, 군이 한 일이란 바로 이런 거군요! 이렇게 어리석은 불량소년이었다니! 그러고도 귀군이 이 아이의 친구라고 할 수 있습니까!"

"제가 무얼 어쨌다고 그러십니까? 제가 약속한 바에 어긋나는 일은 아무것도 하지 않았습니다."

"뭐라고! 그럼 열쇠로 문을 잠그고 이 아이와 함께 있었던 건 파리를 잡기 위해서였나요?"

"신부님! 제 명예를 걸고 맹세할 수 있습니다. 저는 이 아이에게 입맞춤을 했을 뿐 그 이상은 아무것도 하지 않았습니다."

"그러면 이처럼 작은 아이에게 입맞추는 건 잘한 짓이라는 겁니까?"

"원장 신부님이 그건 허락하셨습니다. 그리고 신부님도 제가 이 아이에게 입맞춤을 하는 건 잘 알고 계셨잖아요. 아이가 고백하지 않았습니까. 신부님이 이애에게 물어보셨던 것 같은데요. 신부님은 또 제가 이애에게 보낸 편지도 읽으셨죠. 그 모든 편지에서 저는 이 아이에게 입맞춤을 보냈습니다."

"수플리에가 보여줘서 귀군의 편지를 읽은 거요." 드 프라츠 신부가 반쯤은 거짓말로 말했다(편지들을 발견했을 때, 그는 세르주에게 "내가 읽어도 되지요?" 하고 물었다). "게다가 수플리에는 기숙사생이에요. 그러니 내가 가족의 역할을 대신합니다—그 편지들은 젊은이가 아이에게 쓰는 편지가 아니었어요."

'아! 신부가 편지를 읽었다니 잘됐어!' 알방은 생각했다.

"제가 세르주에게 입맞춤하는 걸 아시는데, 그게 거슬리셨다면 왜 저에게 금지하지 않으셨나요? 일요일에 제가 세르주더러 여기서 만나자고 했습니다. 세르주가 자기 학년의 새생활이 어떻게 되어가는지 얘기해주고 싶어했거든요. 신부님은 제가 세르주에게 좋은 영향을 주기를 바라시죠? 그런데 세르주는 기숙사생이고 저는 집에서 통학하는데, 언제, 어디서, 어떻게 하라는 건가요? 우리는 일요일 아침에만 만날 수 있는데요. 그것도 이 주에 한 번은 세르주가 벌을 서고요. '자, 해보세요!' 하시고는 저를 방해하는 꼴이잖아요. 더이상은 안 돼요. 저는 세르주에게 좋은 얘기만 해주었습니다. 신부님이 다시 오시기 직전에, 저는 세르주가 여기 저와 함께 있었다는 걸 실토하러 가려던 참이었어요."

"제발 변명하지 마세요! 귀군은 똑똑하기로 유명하지만 군의 변명은 어리석은 자의 변명과 다를 바 없군요. 군의 '좋은 얘기'와 나머지 모든 게 그렇고!…… 귀군이 이 아이에게 끌리는 마음이 없었다면, 이 우정을 상상이나 할 수 있는 걸까요? 세르주를 만나고 싶다고? 귀군은 더이상 아무 할말이 없는 사람입니다. 이 모든 말에 내가 속을 거라고 생각하나요? 자습실로 돌아가요. 이 문제는 끝나지 않았습니다."

"무슨 일이 일어나든, 제가 모든 책임을 지겠습니다."

"점입가경이군, 그러면 책임을 지지 않으려 했습니까? 그리고 제발 부탁인데, 이 모든 일에 대해 우리가 공식적인 결정을 내리기 전에는 귀군의 어머니에게 한마디도 하지 말아요."

알방이 나가려고 문 쪽으로 가자 세르주가 그에게 손을 내밀었다. 그들은 악수를 했다. 알방이 다시 문으로 향했다. 세르주가 그에게 한 발 다가서며 손을 내밀었다.

"한번 더 악수해줘."

가장 성스러운 장소.

"사람들이 나에 대해 비난하는 점은, 감성적이었다는 것이다."

프랑수아 드 몽테를랑

1794년, 혁명재판소 앞에서.

흥분과 명예에 휩싸인 알방

알방은 어두운 길을 걸어 집으로 돌아왔다. 그는 화도 나지 않았고 괴롭지도 않았다. 오로지 극도의 흥분만이 있었다. '나는 살아 있다! 나는 살아 있다!' 그의 마음은 매우 평온한 동시에 끝없이 활기로 가득 찼다.

알다시피 그는 (의지, 순결, 용기, 자기통제 등 이 모든 것의) 완벽한 수행을 좋아했다. 그가 어머니에게 아무 말도 하지 않는 건 드 프라츠 신부의 말에 순종하기 위함이 아니라 오로지 완벽한 수행을 위해서였다. 그는 오후 내내 정신의 완전한 자유를 가장했다. 그가 성공하는 만큼, 그것에 도취되어갔다.

또한 그는, '골칫거리'를 안고 있으면서도 그에 구애받지 않는다는 사실에 도취해 있었다. 십오 분 만에 그의 태도는 바뀌어 있었다. 그는 뿔로 가벼운 공격을 받은 셈이다. 투우사의 피가 흐르는 이에게 그건 두려움보다는 흥분을 부르는 자극제다. 사실 그가 무엇을 두려워하겠는가? 그는 결백이 자신을 구원해주리라 믿는 인생의 순간에 있으니 말이다. 만일 벌이 떨어진다면, 최악의 경우 오후 내내 붙잡혀 벌서는 정도이리라. 아니면 세르주와의 우정을 이어가지 못하도록 완전히 금지당한다든가. 하지만 아무리 그래도 그는 콜레주 밖에서 우정을 이어갈 것이다. 그가 약속한 건 그와의 '행위'를 포기하는 데까지였다. 이는 충실히 지킬 것이다. 나머지에 대해서 그는 약속하지 않았다.

어쩌면 퇴학당할 수도 있다는 생각이 아주 짧게 그의 머리를 스쳤지만 "그들이 감히 그럴 수는 없을 것"이라는 기즈 공작의 말을 떠올리며 그 생각을 머릿속에서 쫓아냈다.

낮의 강렬한 감정들이 그를 후려치자 쾌감이 느껴졌다. 최근 삯마차에서 세르주가 보여줬던 다정한 태도에서 느낀 감미로움 속에 약간 졸음 같은 게 있었지.

오후 내내 시달리던 불안감이 뿔의 공격을 불렀을 거라고 그는 생각했다. 또한 비극이 생긴 이유는, 자신이 두 번이나 반복해서 용기라는 죄를 저질렀기 때문이라고도 생각했다. 즉, 첫번째로 불안을 극복하기 위해 냈던 용기와, 두번째로 세르주가 보관실로 뛰어들었을 때 반사적으로 그를 밀쳐내지 않았던 용기 말이다. 바로 그 용기 때문에 그는 자신이 행하지 않게 해달라고 신에게 기도했던 잘못된 술책을 부린 거였다. 더군다나 그는 투우술을 통해 이미 알고 있었다. 이따금 용기가 필요하지만 때로는 없어야 할 때도 있다는 것을. 규칙 같은 건 없다는 것을. '지금 일이 이렇게 돼버렸지만 어쨌든 내가 용기를 내어 만족한다'고 그는 결론을 내렸다.

다음날 아침, 흥분이 가라앉은 머리로 학교에 도착하자 몇몇 아이들이 그에게 저급한 질문을 던졌다. "너 야단맞았지?" "너희들 거기서 붙잡혔지?" 지부아는 이렇게만 물었다. "어제저녁에 혼났어?" 그들은 교실로 들어갔다. 그는 지부아가 평소처럼, 책 여백에 이것저것 적어가며 질문을 던질 거라고 예상했다. 그런데 아니었다. 그리고 앞자리에 앉은 랭스부르는 수업시간 내내 단 한 번도 그를 돌아다보지 않았다. 알방은 약간 풀이 죽었다. 물론 그는 최근 몇 주 동안 그들 모두를 쌀쌀맞게 대해왔다. 하지만 팽배한 침묵—동료들과의, 어머니와의 사이에서—이 그를 짓누르기 시작했다. 여태까지는 언제나 다들 말하고 싶어서 입이 근질거렸는데.

수업이 끝난 뒤에도 모두가 계속해서 그를 '무시했다'. 그가 느낀 주된 감정은 놀라움이었다. '뭐야! 말 거는 사람이 단 하나도 없다니!' 학교 당국의 위협을 약간 받고 있다는 이유로, 단지 그 때문에 보호 그룹을 만든 이들이 보호 그룹의 적법한 행위로 그를 따돌린다는 사실이 그는 믿어지지 않을 지경이었다. 이들이 이 정도로 수준 이하였던가? 그동안 그들이 저속하다고 생각지는 않았다. 그들이 수군대는 소리에 관해 말하자면, 그러한 평판이 괴롭지 않았던 그는 그들과의 우정이 전혀 없었다고 생각하게 되었다. 그에게는 매우 기분좋은 일이었다. 중요한 건 수플리에뿐이니까. 이제 그는 그들이 말하고 싶다는 예의 그 욕구 때문에 속내를 털어놓기 위해서만 그를 찾았던 건 아니었나 생각했다. 자신에게 적이 있다는 것은 알아채지도 못했다.

네시쯤 자습실을 나설 때 이상한 광경이 눈앞에서 벌어졌다. 그들은 운동장으로 나가려고 두 줄로 서서 기다리고 있었다. 3~4미터 떨어진 곳에서는 이학년들이 마찬가지로 기다리고 있었다. 이학년의 몇몇 아이들이, 이어서 더 많은 아이들이 알방 쪽으로 다가와—결국 줄은 반원꼴로 휘었다—웃음과 조롱 섞인 몸짓과 함께 수군거리며 그를 바라보는 것이었다. (다행히 세르주는 거기 없었다.) 자습 감독이 와서 휜 줄을 바로잡았지만 그 역시 못된 미소를 지으며, 잘못을 저지른 사람에게는 자신도 그들과 같은 마음이라고 말했다. 그러는 동안 마치 전염이라도 된 듯, 알방으로부터 가장 가까이 서 있던 최고 학년 학생 중 몇몇은 말없이, 하지만 비난과 거의 공포에 휩싸인 표정으로 그에게서 거리를 두었다. 그리고 그들 모두가 이학년 줄과는 반대 방향으로 휘며 그에게서 멀어졌다. 열여섯, 열네 살 난 어린 프랑스 소년들이 보기 드문 확신을 갖고 본능적으로 비겁함에 첫발을 내딛는 이 장면은 정말이지 놀라웠다. 한순간, 알방은 이 두 그룹 앞에 혼자 서게 되었다. 마치 제자리를 맴돌다가 적의 무리와 정면으로 대결하게 된 황소처럼. 마지막 사건 이후 처음으로, 사람들의 애정을 잃었음을 확인시켜주는 이 광경 앞에서 그는 오만함이 움트는 것을 느꼈고, 자신이 그들보다 낫다는 생각을 하게 되었다.

이어서 『쿠오바디스』의 페트로니우스가 떠올랐다. 그가 네로를 불쾌하게 하자 궁정 사람들은 그의 주변에서 사라졌다. 그리고 타키투스가 혼자가 된 세야누스

묘사한 총애를 잃은 세야누스도 떠올랐다. 세야누스 스타팀 솔루스 에트 인 수비타 바스티타테 트레피두스. "세야누스는 혼자가 되었다. 그는 자신을 둘러싼 갑작스러운 삭막한 느낌에 몸을 떨었다……" 그에게 이 두 가지 기억이 필요했다면, 그 내용이 그를 구원하기에 충분했던 까닭이다. 세야누스와 페트로니우스가 고통받았던 일로 어찌 고통스러워하겠는가? 반대로, 영광스러운 자부심이 당당한 물결처럼 그 안에 가득 차올랐다. 벌써 두 번이나, 그는 투우 경기장에서 갈채와 야유가 완전히 같음을 경험했다. 이건 타고난 것이다.

알방은 퇴학당했음을 알고 드 프라츠 신부에게 달려간다. 그들의 대화

다음날인 토요일 다섯시, 늘 그렇듯 원장 신부는 주임신부가 발표하는 주간 성적과 시험 순위를 들으러 왔다. 자신만 빼고 모든 학생들의 점수가 발표되자 알방은 무척 놀랐다. 그는 유심히 귀를 기울였다. 첫 번째 줄에 앉은 지부아가 뒤로 돌아 그를 쳐다보았다. 이어서 랭스부르도 돌아보았다. 그는 모호한 몸짓으로 응답했다. 그는 그저 누락된 거라고 생각했다—아니면 자신의 '품행'에 매우 불명예스러운 점수밖에 줄 수 없어서 차라리 점수를 아예 주지 않는 쪽을 택했거나.

이어서 프레보텔 신부가 발표했다. "철학반의 철학 시험 점수입니다. 일등 지부아 14.2점, 이등 랭스부르 13점……"

(이런, 이건 이상하다. 알방은 철학에서 자신이 일등이라고 믿고 있었는데……)

"삼등 베르니케 10점, 사등 살랭 9점, 오등 카틸 8점, 육등 프레쿠르 5점—최고 학년의 지리 시험은……"

알방은 눈을 깜빡였다. 그의 어머니가 충격을 받았을 때 그러듯이.

자신이 더이상 학교에 속하지 않는다는 사실을 갑자기 깨달았다. "블레수스 가문의 두 사람은 성직을 약속받았지만, 이들이 패배하자 그들은 미루며 자리를 주지 않았고, 마치 공석인 양 그들 마음대로 처분했다. 그건 죽음의 선고였다. 그들은 이를 이해하고도 실행했다." (타키투스)

모두가 불장난을 하고 있었다. 드 브리쿨 부인도, 드 프라츠 신부도, 원장 신부도, 알방도. 이제 이 불길에 휘말렸다.

잠시 후, 미리 알리지도 않은 채 알방은 드 프라츠 신부의 사무실로 들어갔다. 다음은 그들 사이의 대화다.*

알방: 그러니까 전 쫓겨났어요! 주인의 시계를 훔친 하인처럼 쫓겨났다고요. 일주일의 시간도 주지 않는군요. 제가 여기 한 시간이라도 더 있는 걸 못 견딘다는 거겠죠. 제 존재 자체가 콜레주를 더럽히니까요. 그런데 제 앞에서 말할 용기조차 없어 점수를 통해 얘기한 거죠. 당신들 모두 비열해요. 그런데 전 대체 무엇 때문에 쫓겨난 건가요? 제가 무얼 했다고요? 저는 여러 차례 이런저런 잘못을 했었습니다. 하지만 당신들은 늘 저를 놔뒀고 결코 벌하지 않았어요. 일 년에 한 시간 벌주었다가 다시 취소하기까지 했잖아요! 그런데 이번에는 왜죠? 그것도 부활절 방학 바로 직전에 절 퇴학시키다니, 한 해의 가장 중요한 축제 기간 동안 저는 친구들과 콜레주와 함께하지 못하게 되었어요. 콜레주는 저 없이도 계속해서 운영되겠죠! 그리고 제 시험, 제가 그렇게 많이 틀렸다니요!

---

* 이어지는 두 사람의 대화는 희곡 『왕자가 어린아이인 도시』 3막의 3장 그리고 7장을 약간 변형한 것이다. (원주)

그는 눈물을 참는다.

신부: 진정해요. 비극적으로 몰고 가지 마세요……

알방: 그리고 제 바칼로레아 시험은요? 당신들은 바칼로레아 시험을 세 달 앞두고 절 쫓아내는군요. 막바지에 새로운 학교, 새로운 선생님, 새로운 책이라니! 당신들이 제 시험을 망쳤어요.

신부: 귀군은 우수한 학생입니다. 바칼로레아 시험에 떨어지지 않을 거예요.

알방: 보관실에 있던 애들이 한둘이 아닙니다. 그런데 그들에게는 아무 말도 하지 않았죠. 남들을 대신해서 왜 제가 대가를 치러야 하나요? 제가 이 콜레주를 운영하는 사람이라면 특별한 우정은 안 된다고 처음부터 단언했을 겁니다. 하지만 당신은 줄곧 눈을 감아주다가, 마음 내키는 때에 눈을 뜨는군요.

신부: 우리는 모두를 걱정하지만, 귀군만큼은 미덕을 사랑한다는 걸 압니다. 그리고 나는 이 콜레주에서 규율이 제구실을 못한다고 경멸하는 군의 태도에 진정성이 있다는 것도 확신합니다. 그런데 이렇게 되기까지 귀군 또한 한몫했고, 군은 느슨함을 계속해서 기회로 삼았죠.

알방: 저는 방벽 이편에 있었고 신부님은 저편에 있었습니다. 각자 자기를 방어하기 나름이죠.

신부: 옳은 말이에요.

알방: 저는 버림받았어요! 쫓겨났습니다!

신부: 작은 일, 어떻게 봐도 중학교 수준을 넘어서지 않는 사건을 비

극으로 몰고 가지 마세요. 귀군도 스무 살쯤 되면 이 모든 일을 비웃게 될 겁니다.

알방: 아니요, 전 결코 비웃지 않을 겁니다.

신부: 귀군의 모욕적인 언사에 대해 말하자면, 나는 아무것도 듣지 못했다고 치겠습니다. 자, 이제 상황을 명확히 합시다. 무엇보다도 군이 알아야만 하는 게 있는데, 아마도 이 말을 들으면 귀군은 약간 놀랄지도 모르겠습니다. 내 말이 끝난 후 군은 모두의 존경을 받으며 이곳을 떠나세요.

알방: 제가 모두의 존경을 받는데, 왜 퇴학당해야 하죠?

신부: 사건이 있었으니까요. 보관실에서 했던 얘기로 다시 돌아가지는 맙시다. 귀군이 비난도 씁쓸함도 없이 떠나는 만큼, 존경의 마음은 더 커질 겁니다.

알방: 그러면 수플리에를, 적어도 그애를 퇴학시키지는 않겠지요?

신부: 무슨 이유로 그 아이를 퇴학시키겠습니까? 어제저녁에 나는 귀군의 문제에 대해 원장 신부님과 오랫동안 얘기를 나눴습니다. 원장 신부님도 수플리에는 거의 문제시하지 않더군요. 하지만 귀군은 선도자의 입장이었고, 군 스스로도 책임이 있다는 것을 잘 이해했습니다. 게다가 신뢰를 배반했죠. 덧붙이자면, 귀군이 맡은 그 열쇠를 사용할 생각을 한 건 완전한 신뢰 배반입니다. 수플리에는 끝없이 저지르는 어리석은 짓에 어리석은 짓을 하나 더 추가했을 뿐이죠. 그리고—솔직히 말해서—더이상 귀군이 없는 지금부터 우리는 아마 그 아이를 위해 뭔가 할 수 있을 겁니다. 귀군의 선의에도 불구하고 군은 이 아이를 돕는 데 필요한 걸 갖고 있지 않다는 게 입증되었어요. 아주 짧은 시

간에 걸쳐 입증되었지요. 귀군은 그를 지도하는 일이 지적이고 정신적인 작업이라는 점을 어렴풋이나마 이해했습니다. 하지만 그는 너무 어리고 너무 약하고 너무 얄팍해요. 귀군은 너무 독점적이고 논리적이고 개인적이고—또한 약한데, 그래서 좋은 결과가 나올지 그리 확실하지 않다는 걸 얘기해야겠군요. 잘못은 귀군에게 있는 게 아니라, 군의 나이와 기질, 군의 장단점에 있습니다. 귀군을 힘들게 했던 다른 일, 군의 학년에서 가장 우수하지만 가장 유난스러운 학생들을 대상으로 한 일종의 도덕적 개혁의 선두에 섰던 일도 그래요. 도덕적 개혁을 시행하는 데 군은 너무 성급했습니다. 그렇다고 귀군의 열성을 무시하는 건 아닙니다. 우리—원장 신부님 또한 그 일에 대해 나와 의견이 같았으니까요—는 약간의 오만이 귀군을 이끄는 건 아닌지 염려했습니다. 결국 여기서 배를 이끌어야 하는 것은 바로 우리예요. 각자 자기 일이 있는 거죠. 귀군의 동료에 대해 다시 말하자면, 나도 한동안은 귀군이 그에 대해 품고 있는 우정이 그에게 유용하리라 믿었습니다. 귀군이 생각하는 것보다 더 오래 그 우정이 지속되기를 바랐어요. 그래서 그 우정을 교내에서 표현하는 걸 너그럽게 봐주기로 한 겁니다. 그래요, 단지 봐주기로 했던 것뿐입니다. 내가 정말로 그렇게 믿었을까요? 더이상 아무것도 모르겠군요. 여기서는 믿는 것처럼 보여야 하는 게 많습니다. 연극 연습, 축구, 아카데미 클럽, 우리 아이들의 성실성…… 하지만 그렇게 믿었다 해도, 이 시련은 내가 얼마나 큰 실수를 했는지 보여주고 있습니다. 나의 행동과 귀군의 행동으로 인한 이 보잘것없는 결과 앞에서 내가 해야 할 일은 무엇일까요? 다시 시도하는 것뿐입니다. 그게 내 역할이에요.

알방: 부활절 방학 동안 그애를 신부님의 시골집으로 데려갈 건가요?

신부: 아! 그가 말해줬군요!—그래요. 계획이지만…… 그에게 필요한 건 우울증 환자나 마약중독자가 받을 법한 진정한 치료입니다. 그의 약점이 무엇이든, 양쪽에서 두 배로 영향을 주기보다는 한쪽 영향만 있는 게 언제나 더 낫습니다. 양쪽에서 같은 방향으로 영향을 준다고 하더라도 말이죠. 그래서 다시 말하지만, 귀군이 사라지는 건 좋은 일입니다. 다만…… 완전히 사라져야겠지만요.

알방: 어떻게요?

신부: 이제부터 절대로 수플리에를 보지 말아야 합니다.

알방: 뭐라고요! 벌써 그를 못 본 채 이틀이 지났는데…… 아니, 그걸 말씀하시는 건 아니겠지요?

신부: 그겁니다.

알방: 더이상 그를 보지 말라…… 학교 밖에서도 말인가요?

신부: 그래요.

알방: 아! 그건 너무 부당합니다! 학교 밖에서는 제가 원하는 대로 할 권리가 있어요.

신부: 그의 부모님과 귀군의 어머니에게 우리가 한마디하면 그 권리를 넘어설 겁니다.

알방: 당신들은 날 학교 밖으로 몰아내고, 이젠 위협까지 하는군요!

신부: 귀군들이 당당하다면 서로의 미래를 막지 말아요. 둘 다에게 새생활이 열릴 겁니다……

알방: 새생활이라니, 우리는 그걸 이미 시도했어요!

신부: 내가 생각하는 미래는 가까운 미래가 아니에요. 수플리에가 성인이 될 때까지 더이상 만나지 말아야 합니다. 저항 없이 지탱하는 작고 희미하고 물렁한 뭔가가 아니라, 골격을 갖춘 성인이 될 때까지 말이에요.

알방: 그건 찢어지는 아픔이에요……

신부: 멋진 선수가 되세요.

알방: 멋진 선수? 이게 무슨 경기인가요?

신부: 아니, 하지만 '찢어진다'는 표현이 그 의미를 깎아버리는군요. 탈레랑*의 말을 기억하세요. "지나친 건 모두 대수롭지 않다."

알방: 알겠습니다, 곡언법을 잊고 있었습니다……

신부: 귀군은 이타심이 있습니다. 오늘날, 우리 사회에서 매우 보기 드물어요—그러니, 약속하겠습니까? 약속하겠다고 말해요. 이타심이 귀군을 이끌어줄 겁니다.

알방: 아아!

신부: 지금 내가 하는 얘기는 결코 그냥 하는 말이 아닙니다.

알방: 신부님은 이제 절 이해하기 시작한 것 같군요.

신부: 귀군 가문의 정신을 우리는 잘 알고 있습니다.

알방: (작은 목소리로) 약속합니다.

신부: 귀군은 용감합니다—그가 먼저 만나려고 시도하지는 않을 겁니다. 그렇지만 혹시라도 그가 허세를 부리며 제멋대로 군다면, 귀군은 만남을 피할 건가요?

---

* 샤를모리스 드 탈레랑페리고. 18~19세기 프랑스 정치가, 외교관, 성직자.

알방: 그를 밀어내라는 건가요? 아! 맙소사! 아니요, 그건 불가능합니다.

신부: 그렇지만 그렇게 해야 합니다.

알방: 그렇다면…… 알겠습니다.

신부: 손을 내밀어요. (알방은 자신의 손을 그에게 맡긴다.) 손을 잡고 있는 동안 고개를 돌리지 말아요. 시선을 아래로 깔지도 말고, 젊은이들은 포기할 줄 압니다. 감동적인 능력이지요……

알방: 제가 너무 빨리 포기한다고 생각하시죠, 신부님이 보시기에 제 우정이 식은 것 같죠. 그렇지만 아닙니다. 그 반대죠. 저는 그를 포기할 정도로 그를 사랑합니다.

신부: 내가 고통을 준 사람이 귀군이 첫번째가 아닙니다. 귀군이 앉아 있는 바로 그 의자에서 군처럼 목이 메고 눈물을 흘리던 많은 학생들, 어머니들 그리고 때로 아버지들도 보았죠! 귀군을 이렇게 대하는 게 무슨 질투심이나 원한 때문이라고 생각하지 말아요. 이러한 감정에 대한 기억이 나는 조금도 괴롭지 않습니다. 난 귀군을 결코 원망하지 않아요. 혹시 원망했다 해도 그 원망은 이제 곧장 그칠 겁니다. 이제 나는 풍요롭고도 슬픈 이 공간밖에 몰라요. 여기서는 몇 마디 암시만으로도 우리가 서로를 이해하지요. 지금은 사건의 불행한 측면을 보지 않을 수 없는 게 사실이지만 미래에는 이 일을 이끌어간 이의 정신을 기리게 될 겁니다. 이 일을 통해 내가 원하는 건 오로지 그 아이가 잘되는 일뿐이라는 걸 귀군이 믿어주면 좋겠군요. 귀군의 희생으로 아마 군은 그를 가장 탄탄하게 도와주는 셈이 될 겁니다. 확신하건대, 아이는 그에 대해 귀군을 고맙게 생각할 거예요—이제 마지막으로 할말이 있습

니다. 어제, 보관실에서 귀군은 내게 변명을 했지만 그 순간 나는 믿지 않았죠. 미안합니다, 나는 사제예요. 말하자면 의사나 변호사와 같아요. 나는 사람들이 내게 진실만을 말한다고 결코 믿지 않아요. 그러나 지금은 귀군의 변명을 믿습니다, 이 말을 하고 싶군요.

알방: 전에 신부님이 우리 둘을 함께 이 사무실로 불렀을 때, 제가 그에게 우리의 새생활에 대해 얘기했을 때, 그는 이렇게 말했죠. "형이 이게 가장 바람직하다고 믿는다면"…… 이제 제가 그 말을 해야 할 차례인 것 같습니다. 그 말이 제가 지금 신부님께 할 수 있는 전부예요. 이게 최선이라고 신부님이 믿으신다면……

신부: 이게 가장 덜 나쁜 길이죠.

알방: 제가 떠난 후 그가 더 나아졌다는 말을 들을 수 있으면 좋겠어요. 우리가 완전히 절교해야 한다는 걸 그에게도 직접 알리셨나요?

신부: 그래요. 불가피한 최소한의 불만만을 보이며 받아들였죠. 그에게는 귀군과 같은 열정이 없습니다. 하지만 군이 느낄 고통은 그도 알고 있어요. 내가 그에게 설명해줬습니다.

알방: 정말요? 설명해줬다고요? 설명할 필요까지 있었나요? 그렇지만 어제 제가 보관실을 나올 때, 그가 얼마나 슬픈 얼굴로 악수를 청하던지! 작은 얼굴이 어둠 속에서 얼마나 일그러지던지! 마지막으로 그를 다시 보고 작별인사를 하면 안 될까요? 예를 들면, 여기서요……

신부: 그러면 약간 멜로드라마로 몰고 가게 될 것 같은데요. 이렇게……

알방: ……단순한 문제를, 말인가요?

신부: 그래요, 아주 단순한 문제를 말이에요.

알방: (갑자기 매우 통명스럽게) 제가 무슨 말을 하든 소용없는 짓이겠

군요. 하지 말아야 할 얘기를 하게 될 것 같습니다—하지만 이 정도로 설복당하고 여기를 떠나야 하다니!

신부: 이런 설복은 인생에서 여러 차례 당하게 될 겁니다.

알방: 아! 그렇게 생각하시는군요!

신부: 그래요.

알방은 자리에서 일어나, 더이상 한마디 말도 없이 나간다.
밖으로 나가던 그는 들어오던 원장 신부와 마주쳤다.
그들은 서로 시선을 피했다.

원장 신부: 그래요, 정말 고통스러운 사건입니다. 가엾은 아이들, 우리 또한 이 아이들을 뒤흔들고 이쪽으로 잡아당기다가 저쪽으로 잡아당겼어요…… 우리 또한 그들의 마음을 흔들어놓았지요, 불쌍한 아이들, 사실 따지고 보면 우리 앞에서 그토록 무방비 상태인 아이들인데……

신부: 그토록 무방비 상태라!……

원장 신부: 그래요, 다시 말하지만, 정말 무방비 상태죠. 신부님은 종종 그들이 너무 지나치다고 하시지만, 그럼 우리는요? 우리는 그들을 상대로 끊임없이 권력을 남용하며 살고 있지 않습니까?

신부: 전혀 그렇지 않습니다…… 우리가 그들에게 일으키는 문제 말입니다, 그들은 우리에게 그 문제를 되돌려주는 데 명수 아닙니까? 청소년들을 이끄는 지도자는 '격동하는 정신'이라고 생시랑 신부가 말했었죠.

원장 신부: 때때로 이 청소년들은 그들의 단순함과 명분을 통해 끔찍한 경멸을 보입니다.

신부: 그 경멸이 뭔지 잘 모르겠군요.

원장 신부가 드 프라츠 신부의 책상 옆에 놓인 의자에 앉으려는 듯 움직인다. 드 프라츠 신부가 그에게 안락의자를 가리킨다. 원장 신부는 거기에 앉고, 드 프라츠 신부는 조금 전 알방이 앉았던 의자에 앉는다.

원장 신부: 방금 브리쿨이 당신 사무실에 왔었던 것 같군요. 그가 이 충격을 어떻게 견디던가요?

신부: 냉정하게 슬픔을 누르고 있습니다. 전 이러한 태도가 아주 맘에 듭니다. 종종 우리가 우리 자신의 의지에 반하여 행동하게 하는 열정으로 인해 심연에 끌려들듯이—그는 아량이라는 감정에 고무되어 있지요.

원장 신부: 눈물은 보이지 않던가요?

신부: 금방 억제되었습니다.

원장 신부: 정말 빠르군! 당신이 아이들의 눈물을 좋아한다는 건 알고 있습니다. 당신은 또한 어머니들의 눈물도 좋아하지요. 애인의 눈물을 좋아하는 남자들이 있듯이요. 우리는 당신이 문제를 악화시키는 기술의 대가라는 것도 압니다.

신부: 우리의 목표는 중등교육을 받는 젊은이들에게 섬세한 감정을 전달하는 것입니다. 매우 숭고한 충돌 없이는 이루어지지 않습니다. 이 충돌의 의미는 결국 학교에 보다 중요한 게 있다는 거죠. 땅이 흔들리고 전복되었습니다. 그렇지만 그로 인해 땅은 풍요로워질 겁니다. 브리쿨이 수플리에를 사랑했는데 그에게서 수플리에를 떼어놓았고, 그는

저와 충돌하고, 문밖으로 쫓겨났습니다. 이 모든 건 교육상 그에게 아주 좋습니다. 그는 우리를 고통스럽게 하고 우리로 인해 고통받으면서, 우리가 누구인지를 알았습니다. 그리고 이 점이 콜레주가 그에게 가져다준 가장 중요한 것이지요. 교사들이 그의 머릿속에 쑤셔넣는 개념들이 아니고 말입니다. 그건 다 쓸데없지요. 그중 사분의 삼은 바칼로레아 시험을 치른 뒤 이 주만 지나면 다 잊힙니다.

원장 신부: 그를 위해서는 그를 그리스도인으로 만드는 일 또한 중요하겠지요.

신부: 우리 학교에서는 매우 낮은 차원으로 보일 수 있는 일도 밖에서 일어나는 일보다 수천 배나 더 높은 차원입니다. 우리 학교에서 일어나는 일은 이제 곧 어디에도 존재하지 않게 될 것이며, 지금도 이미 몇몇 특별한 장소에만 존재할 뿐이에요. 보세요, 왕국의 열쇠를 갖고 있는 이는 우리들입니다. 다른 사람들은 결코 들어갈 수 없을 겁니다.

원장 신부: 마침내 브리쿨이 이제 당신을 불안하게 하지 않으니 그의 장점을 더이상 부인하지 않겠죠. 어제저녁에 수플리에를 보았습니다. 그 아이가 말하기를 보관실에서 열쇠로 문을 잠근 장본인은 브리쿨이 아니라 자신이라더군요. 브리쿨은 아무런 나쁜 짓도 하지 않았으니 잠그지 말라고 하면서, 그를 바보 취급했답니다. 그렇지만 신부님이 문을 잠갔다고 브리쿨을 책망했을 때, 그는 부인하지 않았지요?

신부: 네, 부인하지 않았습니다.

원장 신부: 바로 그겁니다, 그는 후배를 구하고 싶었던 거예요…… 두 번이나 경솔했던 신부님의 태도 때문에 이 아이를 희생시켜야 하다니, 나로서는 정말 애통한 일입니다. 신부님은 이 모든 일이 금기를 강요하

는 비극적 모양새를 띠게 했습니다.

신부: 저는 상황을 문제삼았을 뿐입니다. 그게 우리의 규칙 아닌가요?

원장 신부: 당신이 일을 그렇게 끌어간 거죠. 애초에 당신은 그들 각자와 개인적으로 얘기해볼 수 있었습니다. 그리고 나와 의논할 수도 있었어요. 하지만 당신은 화를 이기지 못해 공개적으로 분노를 터뜨렸습니다. 왜냐하면 그가 당신에게서 수플리에를 빼앗아갔기 때문이죠. "불화를 가져오는 자는 불행하다!" 불화를 가져오는 자는 바로 당신입니다. 당신은 우리 학생들이 스스로의 명예를 지킬 권리를 지니고 있다는 걸 잊었습니다. 보관실 사건은 덮어줄 수 있었는데, 당신이 두번째로 폭발하는 바람에 내가 브리쿨을 퇴학시키지 않을 수 없게 되었어요. 적어도 나는 부활절 방학 동안 그의 어머니가 학교를 그만두게 했다는 소문이 나길 바랐습니다. 그런데 또 당신이 퇴학은 공개적이어야 한다고 주장했죠……

신부: 퇴학은 공개적이고, 심지어 약간 구경거리가 될 때만 의미가 있습니다. 본보기가 될 필요가 있죠.

원장 신부: 그 말은 긍정적인 냉혹함이 있다는 뜻인가요?

신부: 어린 나무를 크게 자라게 하기 위해서는 썩은 나뭇가지를 잘라야 하지만 싱싱한 가지와 잎도 잘라내야 합니다. 브리쿨이 학교를 곧장 떠나야 한다는 결정을 내릴 때, 원장 신부님도 매우 엄격하게 행동하셨습니다. 제가 예기치 못했던 일이죠.

원장 신부: 내가 그랬던 건 브리쿨의 동료들이 그에게 쏟아낼 해석과 불만을 짧게 끊기 위해서였습니다.

신부: 그 의견에 동의합니다, 원장 신부님.

드 프라츠 신부가 이렇게 대답할 때부터 대화가 끝날 때까지 성가대원의 노랫소리가 들린다. 바로 옆 교실에서 때로는 화음을 이루어, 때로는 한 아이의 솔로(소프라노)로 〈나사로를 되살리신 주님〉을 부르고 있다. 물론 노랫소리가 잠시 멈추기도 한다. 한 아이의 목소리가 유난히 끊임없이, 끈덕지게 다시 올라오는데, 그 후렴구의 멜로디는 다음과 같다.

합창소리가 높아지자, 드 프라츠 신부는 상체를 바로 세우고 잠시 귀기울였다가 이렇게 물었다.

드 프라츠 신부, 원장 신부를 통해 수플리에의 퇴학을 알게 된다

신부: 성가대에 수플리에가 없나요?

원장 신부: 그걸 어떻게 아십니까?

신부: 노랫소리 속에서 그 아이의 목소리가 들리지 않습니다…… 무슨 일입니까? 아픈가요? 벌을 받나요? 어제 사건 때문에 원장 신부님이 그를 성가대에서 제외시키신 건 아니겠지요? (갑자기 놀란 표정으로, 목소리가 바뀌며) 아니, 설마, 말도 안 됩니다.

원장 신부: 사실입니다.

신부: 뭐가요?

원장 신부: 수플리에는 더이상 우리 학교 학생이 아닙니다.

신부: 어째서요? 하지만 어제저녁 저와 말씀하실 때는……

원장 신부: 결정은 오늘 아침에 내렸습니다.

신부: 원장 신부님, 실제로 그렇게 하시지는 않겠지요?

원장 신부: 학부모에게 보내는 편지는 두시에 발송되었습니다. 수플리에 학생은 충분히 오래 지켜봤습니다.

신부: 하지만 아직 시작에 불과한데요! 제 말 좀 들어보십시오. 우리가 브리쿨을 이용하는 게 좋겠다고 저는 생각했습니다. 브리쿨이 그에게 영향을 주기 때문이죠. 정확히 말하자면, 우리를 불안하게 하는 브리쿨에게 가장 어려운 일을 맡기는 것 또한 흥미로웠고요. 그에게 수플리에를 맡기면서, 전 그가 소속감을 느끼기를 바랐습니다. 그를 아카데미 회장으로 선출하면 그를 제압할 수 있으리라 원장 신부님이 생각하셨던 것처럼요.

원장 신부: 당신 역시 수플리에에 대해 모든 걸 마음대로 말할 수 있는 누군가를 찾아 만족했었지요. 이제는 내 앞에서도, 아무 때나, 당신 입에서 그의 이름이 함부로 나오는군요……

신부: 그럼 아직도 거짓말을 해야 합니까? 아직도 감추어야 하나요? 네, 그래요! 그의 이름이 제 가슴속에서 입까지 솟아올랐습니다. 제 온 영혼은…… (그가 멈추었다.)

원장 신부: "당신의 온 영혼은"요?

신부: 제가 무슨 말을 하려던 건지 더이상 모르겠군요.

원장 신부: 신부님은 아주 잘 알고 있습니다.

신부: 어쨌든 확실히 해두고 싶은 건, 그의 이름을 먼저 입에 올린 사람은 결코 제가 아니라는 사실입니다.

원장 신부: 그렇게 그의 이름을 먼저 입에 올리지 않는 걸 원칙으로 삼고 있는 건가요! 그 사실이 많은 걸 말해주는군요! 며칠 전 쉬는 시간 내내, 난 창가에서 당신과 그 아이만 따로 떨어져 공놀이를 하고 있는 걸 보았습니다. 다른 아이들은 따로 모여 놀고 있었고요. 그게 정상입니까?

신부: 제가 그를 오랫동안 무섭게 꾸짖은 직후였습니다. 그래서 그와 공놀이를 했지요.

원장 신부: 그의 동료들은 자세한 정황을 알지 못합니다. 토요일 그와 함께 성가대실에 들어설 때, 당신은 그 아이가 먼저 지나가도록 양보하더군요. 정말 놀라운 광경이었습니다.

신부: 아이들은 특별한 존중을 받을 권리가 있습니다.

원장 신부: 사실 그렇죠. 하지만 신부님은 브리쿨에게는 그런 존중을 보이지 않았습니다.

신부: 브리쿨은 아이가 아니니까요.

원장 신부: 참 미묘한 구분이군요.

신부: 브리쿨! 브리쿨! 브리쿨과 협조했다가 일이 어떻게 되었는지 아시잖습니까. 제가 한때 믿었던 바와는 반대로 브리쿨은 아무것도 할 수 없었을 뿐만 아니라, 우리 또한 브리쿨이 있는 한 아무것도 할 수 없었습니다. 의도한 건 아니겠지만 그는 제 쪽에서 이룬 약간의 성과마저 망가뜨렸어요. 그런데 우리가 이 어린아이를 저버려야 한다니요, 그를 구할 수 있는 행운이 처음으로 약간 생긴 순간에 말입니다!

원장 신부: 고집부리지 말아요, 형제님. 이미 당신 얘기를 내게 충분히 했습니다. 나는 벌써 두 번이나 수플리에를 퇴학시킬 뻔했으니까요.

게다가 그의 부모가 그를 기숙사에 집어넣도록 나에게서 기숙사비 할인까지 얻어냈죠. 그 정도로 신부님은 그 아이를 지배하에 두고 싶어했습니다!

신부: 제 지배하라고요? 학교 지배하가 아니고요? 그러나 그건 별로 중요하지 않습니다. 조건이 완전히 바뀌었으니, 이제 다시 요구합니다. 제 이유는 새로운 것들입니다. 상황이 새로워졌으니까요.

원장 신부: 한번 더 말하지만, 다시 요구하지 마세요.

신부: 아니요! 아니요! 저는 다시 요구합니다! 수플리에에게 한 달의 유예기간을 주자고 요구하겠습니다. 브리쿨이 없는 수플리에를, 한 달만 두고 보면 알겠지요! 만일 이 청을 거절하신다면, 원장 신부님, 제게 반대하시기 위해서일 뿐입니다. 기회를 주시기 바랍니다. "두드려라, 그러면 열릴 것이다." 그래서 전 두드리고 또 두드립니다. 원장 신부님은 열어주셔야 합니다. 그래요, 저는 이 아이가 물에 빠졌을 때 열 번이나 그 아이를 수면 위로 끌어올렸습니다. 이제 강변이 완전히 코앞인데 그 아이를 놓아버려야 한다니요? 아직 모든 게 가능한 때에 그 아이를 놓아버리라뇨! "수플리에 학생은 충분히 오래 지켜봤다"고요? 하지만 원장 신부님은 그 아이에 대해 아십니까? 그 아이를 위해 얼마나 시간을 들이셨나요? 그 아이가 우리와 함께한 일 년 동안, 십 분씩 세 번쯤?

원장 신부: 제발 그만하세요! 우리는 여기 오백여 명의 학생을 데리고 있습니다.

신부: 저는요, 설사 그가 지옥에 있다 해도 제 안의 무언가는 여전히 필사적으로 그를 신뢰할 겁니다. 저는 인간 존재를 믿습니다, 아시겠어요? 저는 인간 존재를 믿어요! 거의 죽어가고 있는, 그렇지만 꺼지지

않도록 지켜야 하는 불길 위에 복음서의 말씀이 있지요. 인간이 아니라면 누구에게 그걸 적용하겠습니까? "인간의 아들은 잃어버린 자를 찾아 구원하러 왔다"고 하지 않았던가요? 때로는 아이 옆에 지혜로운 어른 한 명만 있어도 그 아이를 구하기에 충분합니다. 흔히 갖춰지는 조건은 아니지만요. 그 조건이 갖춰졌을 때, 그때를 놓치면 안 됩니다. 그건 영혼을 저버리는 죄입니다…… 제 인생에서 모두를 대상으로 여러 차례 죄를 지었지만 이 아이에 대해서는 죄를 짓지 않으렵니다. 원장 신부님, 감출 필요가 있을까요? 저는 겸손하게 인정하겠습니다, 그래야 한다면요. 이 아이를 퇴학시킨다면 그 일은 저의 성직 생활 중 가장 큰 고통이 될 거라는 사실을 말입니다.

원장 신부: 드 프라츠 신부님, 저는 당신의 성직 생활에 지금 이 일과는 다른 고통이 있기를 바랍니다. 신부님은 말씀을 너무 많이 했습니다. 당신의 열정은 너무 강합니다. 그 열정이 좋은 것일 수는 없습니다. 몸을 소진시키는 이 마음씀씀이…… 당신이 그토록 집착하는 모습을 보았기 때문에 난 당신에게 불가피하게도 다른 헌신을 요구해야 한다는 걸 알았습니다. 수난주간 전날, 자신을 희생한 사랑의 풍요로움을 당신에게 상기시킬 필요가 있을까요? 이 아이가 학교를 떠난 뒤 신부님이 아이를 뒤쫓겠다는 생각을 할 경우를 고려해서, 저는 신부님께 이 아이에 대한 사도로서의 의무를 완전히 포기할 것을 요구하는 바입니다.

신부: 제가 무엇을 잘못했나요? 이건 벌입니까?

원장 신부: 예방입니다.

신부: 예방! 그토록 엄격하고 지속적인 감시까지…… 저는 아이가

충동적으로 방기하도록 부추긴 일이 단 한 번도 없고, 지나친 애정의 말이나 몸짓조차 한 적이 없습니다. 단 한 번도 그 아이에게 친근하게 말을 놓은 적이 없어요. 아이가 슬픔의 절정에 달해 눈물을 보일 때도요…… 아, 한 번 있군요.

원장 신부: 한 번 말을 놓은 적이 있나요?

신부: 네. 자면서, 꿈속에서 아이에게 너라고 했습니다……

원장 신부: 당신 안에는 불꽃이 있지만 그건 성 베르나르가 말하는 불꽃이 아닙니다. 타오를 뿐 빛을 비추지는 않아요.

신부: 오, 신이시여! 그렇다면 제가 그 아이에게 빛을 전혀 비춰주지 않았다는 건가요?

원장 신부: 당신의 입에서 결코 나오지 않는 신의 이름을 마침내 듣는군요.

신부: 안 됩니다, 아이가 살아 있는 한 원장 신부님은 저에게서 그 아이를 빼앗아가지 못하실 겁니다. 그렇게 사랑하는 사람을 앗아갈 권리가 있는 건 오로지 죽음뿐입니다.

원장 신부: 당신은 내가 가혹하고 비인간적이라고 보시는군요. 브리쿨이 날 그리 보았을 것처럼 말입니다. 그건 중요하지 않습니다. 중요한 건 여기서 각자 자신의 의무를 다하는 거지요. 당신 또한 당신의 의무를 다해야 합니다, 의무를 다하십시오.

신부: 제 의무는 이 학교의 교문 앞에서 끝납니다. 무슨 권리로 제가 학교 밖에서 좋은 일을 하는 걸 금지하십니까? 그토록 강력하게 막아야 하는 저의 나쁜 점이 뭔가요?

원장 신부: 신부님은 지난 6월, 그가 처음으로 문제를 일으켰을 때에

야 그에게 관심을 보였습니다. 그가 잘못을 저지르기 시작하자 그 아이를 사랑하기 시작했지요.

신부: 저는 그 아이가 위험에 처해 있는 걸 보고 그애를 사랑하기 시작했습니다. 무슨 말씀을 하시려는 겁니까?

원장 신부: 만일 아이를 다시 보지 않겠다는 확언을 당신의 입을 통해 듣지 못한다면, 난 그애의 부모님이 왔을 때 그들에게 아이가 학교를 떠나면서 모든 동료들 뿐만 아니라 모든 선생님들과도 관계를 끊어야 한다고 말할 겁니다. 그리고 당신의 이름도 얘기하겠습니다. 필요하다면, 난 아이를 지방에 있는 콜레주로 보내게 할 겁니다. 그 점에 대해 난 단호합니다. 그런 일은 하지 않게 해주십시오—하지만, 형제님, 당신에게 가하는 이 고통 때문에 나 자신 또한 몹시 괴롭다는 점을 알아주십시오. 그래서 나는 신께 이 고통에 축복을 내려달라고 기도합니다.

신부: 원장 신부님은 오해 때문에 저의 가장 좋은 면을 파괴하셨습니다. 그런데 어떻게 제가 고통스럽지 않을 수 있을까요? 지금 저에게 남아 있는 것들이 무슨 의미가 있나요? 교육, 일상, 제가 선택한 길에 열성을 쏟는 게 뭐가 중요하겠습니까? 이 세상에서 중요한 건 단 한 가지뿐입니다. 한 존재에게 품었던 애정, 상대가 내게 품은 애정이 아니라 내가 가진 애정 말입니다. 이런 애정을 경험하는 건 천국이 어떤 곳일지 가장 잘 알게 해주는 일입니다. 저는 이 아이에게 이런 애정을 갖고 있었습니다. 그런데 원장 신부님이 그걸 망가뜨렸고, 말하자면 명예를 손상시켰습니다. 그 애정은 매우 깨끗했는데도요. 원장 신부님을 용서해야겠지요. 왜냐하면 이게 잘하는 일이라고 믿고 계신다는 걸 아니까요. 하지만 안 되겠어요, 전 그럴 수가 없네요.

원장 신부: 언젠가는 나의 이러한 처사를 용서하실 겁니다. 당신이 방금 한 말을 내가 용서하듯이요.

신부: (재빨리 그의 수단을 바라보고) 그러면 전 누굴 사랑할까요? 대체 전 누굴 사랑할 수 있습니까? 그리고 그 아이는 이제 누구에게 사랑받죠? 이제 그는 어떻게 될까요? 그 아이의 처지가 가엾다는 건 원장 신부님도 잘 알고 계셨잖아요. 그의 부모는 아무것도 아니고, 없느니만 못하다는 것도요. 그는 길을 잃었고, 저는 그를 잃었습니다.

원장 신부: 그의 부모에 대한 생각을 설마 아이에게 말하진 않았겠지요?

신부: 하지…… 않았습니다.

원장 신부: 부모에게 반항하는 마음을 심어줘서는 안 됩니다. 혈육은 우리에게 너무나 소중하니까요.

신부: 그렇지만 그의 부모는! 정신적인 부분에 대해서는 말하지 맙시다. 물질적인 면에서, 일 년 동안 저는 그 아이의 아비이자 어미였습니다. 그애는 구멍난 양말에 솔기가 해진 옷을 입고 학교에 왔어요. 그걸 기워준 사람이 누군데요? 그의 부모가 생각도 못하고 있을 때 누가 그에게 비누나 빗을 사라고 동전을 주었던가요? 그의 몸이 야위거나 살이 찔 때, 유심히 살핀 이는 누구였나요? 저밖에 없습니다—그애의 말에 따르면 저와 브리쿨이라더군요. 우리는 그들 둘을 떼어놓았죠. 브리쿨은 일 년 전부터 그 아이에 대해 나쁜 말만 들리는 이 학교에서 그를 이해했던 유일한 친구입니다. 아이에게 자신이 나쁜 학생, 따돌림받는 불가촉천민으로 결정적으로 분류되었다는 인상은 절대로 주지 말아야 하는데…… 모든 선생님들이 내리는 벌에 그 아이는 어리둥절해하고

그로 인해 절망으로 내몰렸지요—이따금 저 또한 그를 과도하게 처벌해야 했습니다. 제가 그애를 편애하지 않는다는 걸 모두에게 똑똑히 보여주기 위해서였죠. 그러다 그애에게 은신처를 제공하는 게 우리 콜레주의 관점에서 그리스도교적이고 또한 정치적이라고 판단했습니다. 그는 제가 받아들인 학생 중 가장 억압받는 학생이었으니까요. 그래요, 전 다른 어떤 아이도 이렇게 대우해주지 않았지만—이 말을 하는 게 부끄럽지 않습니다. 제게는 저만의 복음서가 있다고 생각해요.

원장 신부: 복음서와 자비 얘기는 하지 맙시다. 지금 상황에는 맞지 않습니다. 그저 이러한 성향 때문에 다른 학생, 그보다 더 나은 학생들에 대한 당신의 마음이 흐트러졌다는 점만을 확인해두지요……

신부: 그애 때문에 제 마음이 흐트러졌다고요? 바로 그 아이 덕분에 전 다른 아이들을 견딜 수 있었습니다. 저는 그애로부터 힘을 얻어 여기서 가르쳤던 학생들, 그리고 앞으로 가르칠 학생들 모두를 견뎠고, 견디게 될 겁니다.

원장 신부: 교육자에게도, 사제에게도 어울리지 않는 말이네요. 가족은 보통 가장 뛰어난 아이 주변에 장애물을 놓는 만큼, 아주 특별한 경우가 아니고서야 이 교육이 성공할 수 있을지 난 모르겠습니다. 하지만 수플리에에게 필요한 건 진정한 은총입니다. 당신이 그 아이에게 그걸 가져다줄 수 없었다는 건 제대로 인정해야겠지요.

신부: 제 신심이 재론의 여지가 있는 것이라면—원장 신부님은 저에게 벌써 두번째로 그런 말씀을 하셨는데요—제가 어떻게 여기서 주임 신부를 맡고 있겠습니까? 어떻게 제가 먼저 경고를 받지 않았을까요?

원장 신부: 당신이 내게 안기는 고통을 더이상 숨기지 않게 될 때가

오겠지요. 어쨌든, 적어도 그 아이에게 신에 대해 조금이라도 말씀하셨겠지요? 그게 궁금하군요.

신부: 제가 아이에게 보다 자주 신에 대해 얘기할 수 있었다고 칩시다. 그런데 제가 그러지 않았다면, 그애가 나중에도 신앙을 가질 운명이 아니었기 때문이겠죠.

원장 신부: 당신이 그렇게 결정해버리다니! 그럼 브리쿨은요?

신부: 결정했다는 게 아닙니다. 브리쿨도 아니고요. 그러나 우리는 종교와 열정을 뒤섞었습니다. 그들은 언제까지나 자신의 열정을 기억할 겁니다. 그리고 종교는 그 열정과 함께 남을 겁니다. 적어도 종교의 냄새로라도요.

원장 신부: 냄새! 어떻게 그런 말을! 맙소사! 그럼 내가 운영하는 이 학교에서 종교는 그저 냄새일 뿐, 모든 행동의 근본이 아니라는 겁니까?

신부: 불신자는 학교 도처에 존재합니다. 원장 신부님은 외관에 속고 계시는군요. 종교의식은 내일의 무관심을 각오하고 있지요. 종교교육 수업도 그저 반론만을 붙잡고 있을 뿐……

원장 신부: 그만하십시오! 그건…… (독창하는 목소리가 들려온다.) 그럴 리가 없습니다. 신앙이 없는데 저렇게 노래할 수 있을까요? 목소리는 사람을 말해줍니다.

신부: 지금 노래하는 아이는 델소군요. 이 아이, 바로 이 아이만 두고 말해보죠. 제가 이애에 대해 알고 있는 모든 걸 알려드릴까요? 아! 아! 돋보이는 외모와 청아한 목소리! 놀라운 목소리로 노래할수록 그들의 정신은 타락했고, 사생활은 봐줄 수가 없지요.

원장 신부: 말도 안 됩니다! 당신은 멋대로 지어내서 아무 말이나 하고 있어요. 자기가 무슨 말을 하는지도 모릅니다.

신부: 불신자는 학생들 사이에만 있는 건 아닙니다. 교사들 사이에도 있습니다. 믿는 척하는 사람들이요.

원장 신부: 교사들이라니! 무엇이 당신을 부추기는지 모르겠군요…… 아니, 오히려 알겠습니다. 이제 내가 고통받을 차례라는 거죠, 아닌가요? 그러니까 내가 실수했고, 잘못했다는 거죠. 이제 내가 개혁을 해야겠군요—얼마나 아이러니한 일입니까!—브리쿨이 꿈꾸었다가 우리에게 비난받고 결국 퇴학까지 당하고 만 그 개혁을 말입니다. 그가 보관실에 있었던 건 후배를 가르치기 위해서였다고 합니다. 그 후배의 말을 믿자면요. 난 믿습니다. 드 프라츠 신부님, 이제 그만합시다. 당신은 이 모든 일에 너무 깊이 빠져 있습니다. 마지막으로, 내가 당신에게 필요하다고 판단하는 희생을 받아들이시겠습니까?

신부: 언제나 희생! 언제나 희생이 있는 곳에 이타심이 있다고 믿지요! 우리는 그 안에서 자랐고, 거기서 다른 아이들을 키웠습니다. 꼬마 페이소넬의 농담이 떠오르는군요. "제가 성 루이지 곤자가*를 이겼어요." "귀군이 이겼다니?……" "제가 그보다 더 많은 희생을 했으니까요." 희생 점수라니! 하지만 그리스도는 이렇게 말씀하셨죠. 그것도 두 번이나. "내가 원하는 것은 자비요, 희생이 아니니."

원장 신부: 이번에는 당신이 계속하는 걸 금하겠습니다. 우리가 세상에서 가장 중요하다고 여기는 미사, 그건 곧 희생입니다! 우리의 직분

* 로마가톨릭교회 성인. 16세기 로마에서 흑사병 환자들을 헌신적으로 돌보다가 병이 전염되어 사망했다.

은 많은 희생을 요구하죠. 희생하도록 강요받은 걸 은총으로 여겨야 합니다. 게다가 사제직을 영원한 희생으로 인정하지 않는다면, 우리의 종교를 일상의 영웅적 행위로 인정하지 않는다면, 당신이 우리 가운데 온 건 잘못입니다. 당신에게 질문을 했습니다. 그러니 대답하십시오.

신부: 그 희생을 받아들입니다. 그런데 받아들인다고 뭐가 증명되나요?

원장 신부: 온 마음을 다해 받아들이지 않는다면, 사실 증명되는 건 거의 없습니다.

신부: 저는 받아들입니다. 무엇이 더 필요한가요? 세르주 수플리에를 결코 다시 보지 않겠습니다. 무엇이 더 필요하죠? 저에게 무엇을 더 원하시나요? 네, 압니다. 그를 다시 보지 않을 것, 마지막으로라도 다시 보지 않을 것을 요구하시겠죠. 그러면 '너무 멜로드라마'처럼 되니까요, 안 그렇습니까?

원장 신부: (시계를 보면서) 브리쿨처럼, 그리고 브리쿨과 같은 이유로 수플리에도 방금 학교를 떠났습니다.

신부: 원장 신부님이 절 여기 잡아두고 있는 동안 말이죠! 그런데 그 애는 어떻게 받아들였나요? 뭐라고 하던가요? 울던가요?

원장 신부: 아이는 이렇게 말했습니다. "여기 사람들 또한 절 그리워하지 않을 거라 생각합니다. 저는 가는 곳마다 아주 나쁜 기억을 남기니까요." 그래서 난 이렇게 대답했습니다. "귀군은 우리에게 아주 강렬한 기억을 남겼지요. 나쁜 기억과 강렬한 기억은 같은 게 아닙니다." 신부님, 신부님이 간직한 추억은 당신이 부끄러움 없이 떠올릴 수 있는 삶의 한 일화입니다. 그의 희생을 통해 당신은 그를 완전히 정화시켰습

니다.

신부: 그는 정화될 필요가 없었습니다. 그리고 아니요, 추억 같은 건 없습니다. 그의 사진들…… (그는 서랍에서 사진들을 꺼내어 찢은 다음 쓰레기통에 던진다.) 추억이 없는 만큼 고통도 없습니다. 이 아이가 제게 더이상 존재하지 않기를 바랍니다. 그래요, 제발 부탁입니다. 간청하건대, 아이를 지방에 있는 학교로 보내주세요. 제가 어느 길모퉁이에서라도 아이를 만나는 일이 없도록요.

원장 신부: 신이 존재하지 않는 집착이란 어떤지 잘 알겠습니다. 정말 끔찍하군요.

신부: 아니요. 끔찍한 건, 원장 신부님이 말씀하셨듯이 고통을 거부하는 일이죠……

원장 신부: 내 역할은 당신에게 고통을 가하는 일도, 고통을 면해주는 일도 아닙니다. 다만 그리스도인답게 고통을 견디게 해주는 일뿐이죠.

신부: 아! 원장 신부님께 무엇이 부족한지 알겠습니다. 원장 신부님은 겸손함, 순수함, 지극히 개인적인 특성, 또 뭐가 있을까……이런 것들을 존중하시지요. 하지만 인간의 나약함은 존중하시지 않습니다.

원장 신부: 내일 아침, 제단의 고독 속에서 신부님의 개인적인 나약함을 위해 첫 미사를 바치겠습니다—떨고 계십니까? 무엇 때문에 몸을 떠나요?

신부: 제단에는 고독이란 존재하지 않습니다. 제단에는 언제나 어린아이가 우리와 함께 있습니다. 심지어 아이가 우리에게 향을 뿌릴 때조차 우리는 아이에게 몸을 굽히지요. 그리고 아이의 이마에 복음서, 복음의 책, 지혜의 책을 갖다대는 겁니다.

원장 신부: 어린아이가 있는 곳에 고독 또한 있다는 사실은 신부님도 잘 아시지요. 일요일 설교 때, 아이들에게 헤어져야만 했던 동료들을 위해 기도해달라고 당부하겠습니다. 할 수 있다면 그들에게 당신을 위해서도 기도해달라고 부탁하겠습니다. 특히 브리쿨에게 부탁하지요. (신부의 몸짓.) 오! 걱정 마세요, 그러지 않겠습니다. 이곳의 누구도, 학생도 선생도, 이 사건을 두고 우리 둘 사이에 충돌이 있었다는 걸 짐작하지 못할 겁니다. 그리고 아이들에게 나를 위해서도 기도해달라고 부탁하겠습니다. 많은 자질을 가진 신부님의 성품을 전혀 경계하지 않았던 나 스스로를 자책해야 하지 않을까요? 그 성품 때문에 당신은 그토록 격렬히 편애하게 되었으니까요. 코헬렛의 이 구절 "왕자가 어린아이인 도시는 불행하다"*에 신부님을 잠시 잡아두어야 할 것 같습니다. 이번 여름방학 때, 피정 묵상회에 참여하는 게 당신에게 좋겠다는 생각이 드네요. 나중에 다시 얘기합시다. 지난 몇 주 사순절의 깊은 침묵 속에서 늦은 시간까지 깨어 있을 때, 신부님의 창문에도 불이 켜져 있는 걸 종종 보았습니다. 잠든 콜레주 건물에 나의 불빛과 함께 당신의 불빛이 마지막으로 남아 있었지요. 그때 무엇을, 누구를 생각하셨나요? 나는 이제 알 것 같습니다. 나는 그 시간에 당신을 생각하고 있었습니다. 우리는, 당신과 나는, 가장 위험에 처해 있다고 여기는 사람을 생각하고 있었어요. 나는 당신을 위해 기도했습니다만, 당신이 그 작은 아이를 위해 기도를 했는지는 확실하지 않군요.

신부: 제 방식대로 기도했습니다. 애정 또한 기도의 일종이지요. 하

---

* 코헬렛(전도서) 10장 16절의 변형.

지만 원장 신부님은 단 한 번이라도 그애를 위해 기도한 적이 있나요?

원장 신부: 드 프라츠 신부님, 나는 내 기도에 대해 변명할 필요가 없습니다. 그렇지만…… 당신이 신과, 우리 모두와, 또한 스스로와의 관계에서 떳떳한 이상, 어쩌면 내 이야기를 할 때가 온 것 같군요. 나 또한 성직에 오른 초기에, 너무 연약한 영혼에게 너무 많이 요구하는 열정이 있었고 그로 인해 힘들어했습니다. 그 영혼을 다른 신부에게 맡기라는 명령이 떨어졌는데, 매우 냉혹한 처사로 느껴지더군요. 하지만 따랐습니다. 칠 년이 지나고 그를 맡았던 늙은 고해 신부가 세상을 떠나자, 그 영혼은 단순히 충고를 구하기 위해 나를 찾아왔습니다. 시절이 변했더군요. 나는 그를 받아들였습니다—당신도 언젠가 세르주 수플리에를 다시 만나게 될 겁니다.

신부: 그때는 너무 늦을 겁니다.

원장 신부: "너무 늦다"니, 무슨 뜻인가요? 내가 신부님의 그리스도인답지 않은 면만을 알아야 하나요? "너무 늦다!" 영혼은 매우 위대하고 소중한 것입니다. 당신은 호의와 은총을 지닌 육체라는 껍질을 이유로 한 영혼을 사랑한 듯하군요! 신부님은 한 사람을 사랑한 것이 아니라 한 얼굴을 사랑했습니다. 스스로 고백하고 있어요. 그러나 우리의 사랑은 얼굴에 대한 사랑이 아닙니다. 게다가 당신도 이 점을 매우 잘 알고 있죠. 우리의 사랑은 또다른 사랑입니다. 드 프라츠 신부님, 피조물도 마찬가지입니다. 우리의 사랑이 강렬함과 영속성, 그리고 자아에 대한 망각으로 어느 정도 절대적이 될 때, 그 사랑은 신의 사랑과 매우 가까워지고 피조물은 우리를 창조자에 이르게 할 목적으로 만들어진 듯 느껴지지요. 내가 왜 이런 말을 하겠습니까? 당신도 이런 사랑을 압

니다. 그리고 이 사랑은 다른 나머지는 아무것도 아닌 걸로 만들어버리는 놀라운 최후의 사랑까지 피어나도록 당신을 이끌어요.

원장 신부는 천천히 문으로 물러난다. 드 프라츠 신부는 탁자로 향하다가 앞에 놓인 기도대를 거칠게 밀치고는 의자에 털썩 주저앉아 탁자 위에 올린 두 팔 사이에 머리를 묻는다. 그때 마지막으로 〈나사로를 되살리신 주님〉의 후렴구를 부르는 아이의 목소리가 높이 솟아 멈추었다가 다시 떨어진다. 원장 신부는 문에 기대선 채 꼼짝 않고 그를 지켜본다.

어머니 앞에 선 알방

알방은 일종의 마비 상태에서 깨어났다. 아무 감정도 느껴지지 않았다. 어머니를 보자마자, 표정에서 이미 자신에 대해 통보받았음을 알 수 있었다. 그녀가 편지를 내밀었다. 다음날 다섯시에 방문하겠다는 원장 신부의 편지였다(이번에는 그가 시간을 정했다!). "가슴 아프고 심각한" 사실과 관련한 일이었다. 그는 "매우 슬픈 마음"을 전했다.

"너 퇴학당했니?"

"네."

그는 어머니에게 전부 말했다. 자세한 내용을 뺀 전부를. 적어도 세 가지는 제외하고 말이다. 그는 드 프라츠 신부가 두 번 반복한 말을 그녀에게 전하지 않았다. 신부를 불리하게 만들 수 있으니까. "질투심 때문이라고 생각하지 말아요." 그는 또한, 신부가 "지나친 건 모두 대수롭지 않다"는 말을 즐겨 인용했던 걸 잊었고 그를 불량소년이나 바보 취급했던 일도 말하지 않았다. 신부가 내린 지시에 대해서도 말하지 않았다. 즉 "우리가 공식적인 결정을 내리기 전에는 귀군의 어머니에게 한마디도 하지 말아요." 이는 일종의 은폐와 거짓이었다. 다른 한편, 그는 고통 속에서도 어떤 쾌감을 느끼지 않을 수 없었다. 이 일이 정말로 흥미롭게 여겨지기 때문이었다. 그는 강렬한 호기심을 갖고 자신의 불행의 광경을 지켜보았다.

"이 사건에 대해 너는 아무것도 이해하지 못하고 있구나. 드 프라츠 신부는 널 질투해서, 널 퇴학시키게 할 만한 사실을 하나 확보하기 위해 네가 네 꾀에 넘어가게 놔둔 거야. 설령 정당한 무기를 가지고 행동했다 해도……" 드 브리쿨 부인이 말했다.

"오! 아시잖아요, 열정에 사로잡히면 어떻게 되는지!"

"조심해라! 넌 허세를 따르며 애써 그를 원망하지 않는 거야."

알방은 어깨를 으쓱했다.

드 브리쿨 부인이 파르크의 사제들에 대해 노골적인 언어로 분노를 표출한다.

알방은 눈살을 찌푸린 채 듣고 있었다. 이러한 언어는 드 브리쿨 부인과 그녀의 어머니에게는 일상적이었다. 변호사나 주치의, 정보통들, 나아가 친구들에 대해 말할 때, 특히 드 브리쿨 부인의 경우에는 사랑하는 남자들에 대해 이야기할 때 이러한 언어를 사용했다. 드 브리쿨 부인의 어머니인 지체 높은 집안의 과부는 손님을 맞이하는 날 아침 딸이 커튼이 깨끗하지 않다며 빨리 나가서 다른 걸 사와야 한다고 말하자 이렇게 대답했다. "그 추잡한 놈들한테는 충분히 좋은 것이다." 하지만 사제들인데! 사제들은 적이고 어머니는 그의 편에서 그토록 분명한 입장을 취하고 있는데도, 그는 콜레주 편에 서서 보호 그룹의 불문율, 즉 콜레주—사제들, 학생들, 교사들—는 어떤 상황에서도 가족에게 저항해야 한다는 규약을 충실히 지키지 않을 수 없었다. 학대받는 아이들이 재판관 앞에서 격렬하게 부모를 옹호하는 경우와는 완전히 반대였다.

"너를 슬프게 해도, 너와 떨어져도 수플리에는 개의치 않는다고 네가 믿기를 그는 바라는 거야. 그 후배를 더이상 만나지 않겠다고 약속하다니 정말 바보 같은 짓을 했구나. 더이상 학교 소속이 아니라면 그와의 관계는 오로지 내 허락에만 달려 있는 셈인데, 나는 허락했을 거야. 그리고 그들이 그애에게 너와 만나지 말라고 한다면, 내가 그애 어머니를 불러 이 모든 이야기에 눈뜨게 해주면 되는 거고."

그녀는 그의 아픈 마음을 더 들쑤시며 괴롭혔다. 그녀는 그를 세르주 쪽으로 몰아갔다. 언젠가 드 프라츠 신부와 원장 신부가 그랬듯이. 그녀는 아들이 파르크의 신부 중 한 명과 한 약속을 지키기 위해 수플리에와 절연하느니 그냥 그를 만나기를 바랐고, 그래서 무척 화가 났다. 게다가 수플리에는 아들과 자신 사이를 묶어주는 필수적인 끈이었다. 그러나 알방의 입장이 너무 확고했다. 자신이 콜레주를 뒤흔들고 개혁하려 애쓰다가 줄곧 문제를 일으켰고, 그래서 자신을 퇴학시킨 원장 신부는 자기 역할을 했을 뿐이라는 거였다. 이러한 생각에서 아들을 끌어낼 방법이 없었다. 사제들을 미워하게 만들려는 드 브리쿨 부인의 모든 노력은 헛수고로 돌아갔다.

갑자기 그녀가 폭발했다.

"예를 들어, 내가 누구를 부른다면 그건 드 프라츠 신부다. 아! 내가 남자라면! 그리고 내가 아프지 않다면! 왜냐하면 이 문제에는 조사해야 할 부분이 있기 때문이야. 이 콜레주는 분명 상부의 감독을 받을 필요가 있어."

알방은 몸을 떨었다. 불안이 번져 혀로 입술을 핥았지만 즉시 메말라 그는 입을 반쯤 벌린 채 있었다. 그의 앞에 있는 사람은 연약한 귀족 부인이 아니라, 남에게 고통을 주고 싶은 욕망 때문에 변신한 여자, 먹이를 물고 결코 놓지 않으려 하는 대혁명시대의 서민 여자였다. 그녀는 피냄새를 맡듯이 비극의 냄새를 맡으며 도취했다. 투우사의 본능적인 몸짓으로 그는 황소와 위험에 처한 황소 주인 사이에 카포테*를 놓았다.

"제가 파르크에 관해 한 말을 전부 믿지는 마세요. 관심을 받으려고 낭만적으로 과장을 했으니까요…… 학교를 네로의 로마처럼 보이게 하고 싶었거든요. 그러니까 종종 문학적으로……"

이게 그의 주장이었다. 그는 아무 말이나 했다. 그가 원하는 건 한 가지뿐이었다. 드 프라츠 신부와 원장 신부, 신부들, 학교 전체를 보호하기. 어떤 값을 치러서라도 이들을 보호하기. 수없이 다양한 선으로 이어진 연결망이 그들을 서로서로 묶고 있었다. 게다가—중세의 예속 관계처럼—학교라는 '집단 체제'의 관계는 가족의 연대보다 훨씬 강력했다.

그는 방으로 올라갔다. 눈물은 나지 않았다. 수플리에를 잃었다. 그리고 콜레주를 잃었다. 분명 바칼로레아도 실패할 것이다(시험을 세 달 앞두고 이 모든 일이 일어나고 있었다!). 모든 게 사라졌다. 그런데 왜? 대체 왜? 뭘 했다고?

---

* 투우사가 투우 경기에 사용하는 망토.

아침에는 늘 바빴기 때문에 그는 방과후 오후에 근육운동을 하곤 했다. 그는 운동을 하려 했지만 더이상 힘이 없어 그만두어야 했다.

저녁식사 전에, 그는 자신의 '식권'을 가지러 가서 샤펠 부인에게 작별인사를 했다. 그녀는 콜레주의 생뱅상드폴회에서 그에게 붙여준 가난하고 쇠약한 노파였다. 불행은 불행을 위로한다. 혹은 위로하려 한다.

저녁식사 때, 드 브리쿨 부인은 알방이 바칼로레아 시험 때까지 개인 교습을 받게 될 거라고 했다. 그녀는 자비로운 생각도 하고 있었다. "시험이 끝나자마자 네가 스페인에 가는 걸 허락하마." 원장 신부의 편지보다는 점수 발표에 의해 그의 퇴학이 확정된 셈이니 그녀는 알방이 다음날 학교에 가지 말아야 한다고 했다. 하지만 알방의 의견은 반대였다. 퇴학당했다는 어떤 공식적인 통보도 받은 바가 없으니 내일 아침, 그는 아무 일도 없었던 것처럼 파르크에 갈 생각이었다. 그가 용기파였기 때문에 내린 결정이었다(또!). 막 자빠지고 짓밟히고 상처를 입었어도, 다시 일어나 자신이 뭘 하려는지조차 알지 못한 채 재차 짐승에게로 달려드는 투우사의 반응과 꼭 닮았다.

알방, 조용히 쫓겨나다

다음날, 그는 대화를 피하기 위해 시간을 잘 계산하여 정확하게 도착해서는 자습실에서 책을 찾아 교실로 올라가는 동료들 사이에 끼어들었다. 거의 지각할 뻔했다는 듯 서두르는 태도였다. 어쨌든 그는 그 자리에 있었다. 그렇지만 어떤 시선도 그에게 쏠리지 않았다—단 한 사람의 시선도. 그는 보이지 않는 존재가 되었다. 아니, 그보다 그는 존재하지 않았다. 전날 점수를 발표하는 자리에서 그의 이름을 호명하지 않았을 때 그는 이미 더이상 존재하지 않았다. 승리한 적에 의해 기념비

에나 이름이 적히는 사람들처럼. 오늘은 남들의 시선 속에 그는 존재하지 않았다. 그렇지만 그는 만족스러웠다. 지극히 순진하고도 유치한 생각, "홀로 모두에 맞서서!……"라는 말이 그의 내면에 울렸다. 그때 학년 자습 감독인 아베르 씨가 그에게 열 밖으로 나오라고 손가락질을 했다. 다른 아이들이 층계를 오르는 동안 그는 아베르 씨에게 다가갔다. 그는 키가 작고 허약한 젊은이로, 위선자 같은 얼굴에 상냥하고도 난감해하는 표정을 띤 채 알방에게 말했다.

"드 브리쿨 군, 교실에 가지 않는 편이 나을 것 같은데요."

"왜죠?"

"아직도 이해하지 못했습니까? 귀군이 어떤 상황인지 잘 알고 있을 텐데요."

"아니, 모르는데요."

"귀군은 더이상 이 학교 소속이 아니라는 걸 잘 알지 않습니까. 난 귀군을 도와 군의 책상에 있는 물건을 정리하는 일을 맡았어요. 물건을 다 회수하면 곧장 집으로 돌아가세요. 내게 노끈이 있으니 그걸로 책을 묶으면 됩니다. 한 번에 모두 가져갈 수 있을 거예요. 그러고는 다시 오지 않는 게 좋을 겁니다."

알방은 아베르 씨의 손에 들린 노끈을 보았다. 예전에 끔찍한 일을 실행에 옮기던 사형집행인이 손에 쥐고 있었을 것만 같은 동아줄.

"학교 당국의 지시에 따라 움직이시는 건가요?"

"물론이지요."

몇 분 뒤, 두 팔 한가득 책을 끌어안고—책들이 계속 떨어지는 통에 매우 우스꽝스러운 광경이 벌어졌었다—알방은 마지막으로 노트르담 뒤 파르크의 정문을 넘어섰다. 그를 삼켜버린 물이 그의 머리 위로 다시 잔잔한 수면을 만들었다.

하지만 다른 순간도 있었다. 책이 너무 많아 잘 움직일 수가 없던 그는 입구 중앙홀의 벤치에 책을 내려놓고 잠시 숨을 돌렸다. 그때 갑자기 어린 테베노, 열두 살 난 오학년이 지나가다가 알방을 보고는 “안녕, 브리쿨 형” 하고 인사하며 악수를 청한 것이다. 테베노는 걸음을 멈추지 않고 사라졌다. 그를 잘 몰랐던 브리쿨은 깜짝 놀랐다. 이렇게 그는 그토록 소중히 여기던 학교를 영원히 떠났다. 수플리에에게도, 동료들에게도, 선생님들에게도, 사제들에게도 작별인사를 하지 못한 채. 그러나 그에게 살짝 손을 내밀어 악수를 청했던 이 미지의 꼬마가 있었다. 아무 이유도 없이, 아니, 어쩌면 이 우울한 결별을 그나마 인간적인 호의로 빛내기 위해서였는지도!

드 프라츠 신부가 알방 앞에서 언급했던 “몇 마디 암시만으로도 우리가 서로를 이해하는 풍요롭고도 슬픈 공간”이란 무엇을 말하는 걸까? 특별한 우정의 지대, 그 이상의 의미는 없었던 걸까? 혹시 이 이야기의 네 주인공(그렇다, 수플리에를 포함해서)이 살고 있는, 극도로 까다로운 공간, 이를테면 그들이 열쇠를 갖고 있으며 그들 말고는 아무도 들어가지 못하는 왕국은 아닐까?

그렇다, 그들은 “몇 마디 암시만으로도 서로를 이해한다”. 알방은 자신의 명예가 관련된 추문을 일으킨 신부에게 고해성사를 봐달라고 부탁하고, 이어서 신부가 자신에게 망신을 주자 그를 변호한다. 신부는 자신이 쓰러뜨린 어린 상대를 다시 일으켜세운다. 원장 신부는 그 신부를 콜레주에서 책임 있는 직책에 남겨둔다. 또한 수플리에를 내보낼 때도 원장 신부는 그에게 좋은 평가를 내리며 듣기 좋은 말을 빼놓지 않았다. “귀군은 우리에게 나쁜 기억을 남기지 않았습니다. 강렬한 기억을 남겼지요”(미묘한 차이다). 네 주인공은 모두 품위 있는 사람들이다. 지성, 그리고 미덕. 각자는 이것을 갖추고 있음을 보여주고, 나머지 세 명에게 이를 증명한다(이 점이 잔인함을, 적어도 어른들 쪽의 잔인함을 조금도 억제하지는 않는다). 품위? 다른 게 아닐까? 아니면 품위의 극단이거나. 파르크에는 페르시아나 일본 무사, 또는 종교기사단 시대의 기상천외한 모습을 연상케 하는 진기한 분위기가 있다.

어쨌든 사제들은 드 브리쿨 부인을 방문한다. 분위기가 사뭇 바뀔 참이다.

드 브리쿨 부인과 원장 신부의 대담

이유야 쉽게 짐작할 수 있겠지만, 원장 신부는 드 프라츠 신부만큼 소년들을 예리하게 알고 있지 못했다. 그들 중 몇몇에 대해 특히 그랬다. 그가 소년들 개개인에 대해 알고 있는 사항들은 다소 대략적이고 막연했다. 알방에 대해서는 아마 ‘열여섯에 이런 자기희생적 행동을 취하는 소년이라면 훗날 진정한 남자가 될 것’이라고 생각했을 법하다. 그러나 아니었다. 알방은 원장 신부에게 많은 괴로운 기억을 상기시켰다. 첫째, 그는 언제나 지나치게 독립적이었고 너무 오만했다. 둘째, 그는 나쁜 일에서 막후의 실력자였다. 셋째, 그는 드 프라츠 신부와 갈등을 빚게 한 원인이었다. 넷째, 그는 콜레주의 비판자가 되어 학교를 뒤흔들어 혼돈에 몰아넣었다. 다섯째, 무엇보다도, 항공연맹 강연회 때 일어난 ‘이상한 일’에 관한 편지가 있었다. 그것은 저속하게 밀고하는 편지요, 받아들일 수 없는 편지였다(불순한 소명의식과 거드름이 담긴 편지. 그래, 너무 지나치다!). 소년들은 자신의 부모와 선생에게 진실을 말하는 행위를 가리켜 '고자질'이라는 불명예스러운 말을 만들어냈다. 경우에 따라 선생들은 단어를, 결과적으로 단어가 생긴 계기가 된 감정을 바로잡아주어야 한다. 알방은 어머니의 충고를 따라 좋은 의도로 이 운명의 편지를 썼지만 이제 그것은 부메랑이 되어 돌아왔다. 믿기지 않는 일이지만, 그랬다. 프라도 신부는 다른 아이들이 그를 비난하는 이유와 똑같은 이유로, 동료들과 자기 자신을 더 이롭게 하고자 했다는 이유로 알방을 비난했다. 마지막으로 여섯째, 보관실 사건 때 그는 여러 가지 면에서 비난받을 만한 명백한 부정행위를 저질렀다. 이 모든 일에 그리 친절하지 않은 혼란스러운 감정이 더해졌고, 그에 대한 가책으로 그를 약간 원망하게 되었다. 따라서 원장 신부는 자비롭고, 단호하고, 간결한 태도를 취하겠다는 매우 확고부동한 의지를 갖고 드 브리쿨 부인의 집에 도착했다. 여자들과는 가능하면 대화하지 말 것이며, 하더라도 짧고 엄숙한 말로(트리엔트공의회). 퇴학시키려는 학생의 부모와 나누는 대화는 일종의 통과의례였다. 이 대화에서는 무엇보다 학교에 대한 뻔한 공격, 그리고 신파극을 피해야 했다.

원장 신부가 알방에게 느끼는 연민과 절반의 호감은 진심이었다. 이는 앞에서 본 드 프라츠 신부와의 대화에서도 드러난 바 있다. 그러나 드 브리쿨 부인의 첫마디에 그런 마음은 얼어붙어버렸다. 바로 다음과 같이. 드 브리쿨 부인은 너무 심하거나 돌이킬 수 없는 말은 하지 않으려 다짐했다. 예를 들어 "이제 당신의 목적을 달성하셨네요!" 같은 말. 이런 비난은 너무 심하니 말이다. 하지만 원장 신부가 안에 들어서자마자 그녀는 심연으로 끌려들어가듯이 하지 않기로 결심한 바로 그 말에 이끌렸다. 인사를 마치자마자 그녀는 그 말을 내뱉고 말았다.

"신부님, 이제 당신의 목적을 달성하셨네요!"

"내가 원했던 게 무엇이죠, 부인? 알방을 그리스도인으로 만드는 일 말입니까? 내가 준비가 잘된 비옥한 토양을 찾지 못했음을 인정하지 않을 수 없군요."

'그런데 왜 계속 알방이라고 부르는 거지?' 허물없이 이름을 부르는 걸 싫어하는 드 브리쿨 부인은 생각했다. '아이가 학교 소속일 때는 그렇게 엄격하게 굴더니…… 문밖으로 쫓아낸 이제 와서 말이야!'

"내 아들이 파르크에서 찾아낸 본보기 되시는 분들은 이 토양을 준비시킬 수 없었던 것 같은데요."

"부인이 늘 노트르담 뒤 파르크를 아주 나쁘게 생각하신다는 건 알고 있습니다만…… 그럼 왜 아드님을 우리 학교에 맡기셨나요?"

"난 학교의 풍조가 변하길 바랐습니다."

"아드님으로 인해서 말이죠! 아드님에게 할 수 없는 일을 요구하셨군요."

사실, 이 점은 그의 마음 한구석에 응어리로 남아 있었다. 아이는 그들에게 교훈을 주려 했고, 어머니 또한 이미 새해 방학 때 그들에게 교훈을 주려 했었다. 몇 마디 주고받고 나자 원장 신부는 단 한 가지 생각만을 하고 있었다. 가능한 한 빨리 물러날 구실을 찾는 것.

드 브리쿨 부인에게 알방은 독보적인 존재였다. 그녀의 사랑과 허영심이 힘을 합해 그를 독보적인 존재로 격상했다. 게다가 남들이 아들에 대해 나쁘게 말할수록, 그녀는 더욱 아들을 사랑했다. 원장 신부에게 그는 많은 학생들 중 하나일 뿐이었고, 재능이 있지만 결국에는 견딜 수 없는 학생이었다. 그리고 이 여인 역시 다른 많은 어머니들 중 하나일 뿐이었다. 한 부모, 말하자면 그리 중요하지 않은 존재. 드 프라츠 신부는 부모라는 종족을 질투어린 증오심으로 마음속 깊이 미워했다. 가족, 나는 당신들이 싫다! 드 라 알 원장 신부는 거의 무의식적으로 가족을 경멸하는 데에서 만족했다. 예수가 자신의 어머니에 대해 아주 끔찍한 방식으로 한 말까지 기억할 필요는 없었다. '영혼', 그건 바로 소년들—내게 영혼을 주소서—사제들, 매우 보기 드문 몇몇 남자들의 것이었다. 여자라는 종족은 아래쪽의 부수적인 구역, 일종의 연옥에 머무를 뿐이다. 오퇴유성당에서 대여섯 명의 여자들이 고해성사를 보려고 기다릴 때, 마지막으로 나타난 남자나 사내아이의 성사를 먼저 챙기는 것도 역시 똑같은 마음에 의해서였다. 그래도 '여자들'을 이야기해야 할까? 연옥은 곧 세상이다. 속인들은 예수를 잊고자 했지만 예수는 끊임없이 세상을 저주했다. 그의 저주를 옮겨 적자면 많은 지면을 차지할 것이다. 원장 신부에게는 소년들이 있었다. 그가 관심을 갖는 소년들은 열 살에서 스무 살에 이르는 젊은이들이었다. 병사들(그는 군대를 끔찍하게 싫어했다), 바람둥이들, 약혼자들, 남편들, 거드름쟁이들은 그 다음이다. 그들은 세상, 말하자면 예수가 저주했던 대상이다. 원장 신부는 사회를 두 부류로 나누지 않을 수 없었다. 열 살에서 스무 살 사이의 사내들과 성직자들. 그리고 기타 등등이었다. "사제와 성실한 사람 사이에는 하늘과 땅만큼이나 차이가 있다."* 성직이 명하는 의무를 뭐든 아무리 정확하게 이행한다 해도, 그가 정말로 애정과 존중심을 품는

* 교황 비오 10세의 교서. 그들의 운명은 정해졌다. 14조. (원주)

대상은 이 두 부류뿐이었다. 드 프라츠 신부는 열두 살에서 열네 살 사이 소년들에게만 관심을 가졌다. 이 두 사람은 보다 심층적이고도 본질적으로는—적어도 두 가지 면에서—완전히 달랐지만, 결국 부분적으로는 동일한 관심사를 가진 셈이다.

대화가 잠시 세르주 쪽으로 흘러갔다. 원장 신부는 드 브리쿨 부인에게 세르주가 퇴학당했고 그의 가족이 그를 다른 학교에 넣을 거라는 소식을 알려주었다.

"그 아이가 쫓겨날 만한 이유가 있겠지요. 하지만 우리 아들은, 몇 달 전부터 당신들이 다 알고 허가한 행동거지로 인해 쫓겨났잖아요!"

"우리는 봉사하라고 열쇠를 준 장소에서 은밀한 만남을 가지라고 허락한 적이 없습니다. 이런 걸 신뢰 배반이라고 하지요. 그리고 초콜릿을 세러 보관실에 왔다고 해놓고 거기서 후배를 만나다니, 이건 거짓말이라고 하고요."

"내 아들은 결코 신뢰를 배반하지 않았으며, 거짓말쟁이도 아닙니다!"

이 대답—빈약한, 아니 그 이하의 대답—이 원장 신부의 신경을 건드렸다. 그는 그 대답에서 온갖 화려한 허구의 냄새를 맡았다. "브리쿨 가문 사람은 배반자가 아닙니다!" 등등…… 원장 신부는 신에 대한 사랑으로 충만한 남자였다. 게다가 우리가 알다시피, 그에게 신의 사랑은 우파식의 사랑이 아니었다. 드 프라츠 신부가 방법적으로 좌파를 가장하는 반면, 드 라 알 씨는 그 이름에도 불구하고 신분적 조건을 풍기는 모든 것에 본능적으로 반감을 갖는(그는 얼마나 자주 이렇게 말하곤 했던가. "아시죠, 내 성에 붙은 드에도 불구하고 나는 귀족이 아닙니다") 진정한 좌파였다. 그 이후 모든 일이 그에게는 되도록 빨리 넘겨 버려야 할 것 같은 책의 한 페이지로 축소되었다. 그는 수면 위로 다시 올라오지 않으리라는 것 외에는 아무것도 기대할 수 없는 익사자였다.

언짢은 기분 탓에 얼굴은 붓고 눈은 작아진 드 브리쿨 부인이 종 쪽으로 손을 내뻗으며 말했다.

"아들을 부르겠어요. 그 아이에게, 신뢰를 배반했다고 직접 말씀하세요."

이 몸짓에 원장 신부는 매우 기뻐하며 자리에서 일어났다. 어쨌든 그는 자신이 아이들과 얘기를 나눌 때 제삼자인 그들 부모의 강박이 몹시 싫었다. 부모 중 한 사람이 있는 앞에서 아이가 다른 사람에게 말할 때, 아이의 말에 생기가 없어지는 이 현상은 대체 뭘까? 아이와 단둘이 있을 때 들으면 깜짝 놀랄 그런 말들. 마치 죽은 듯한 말들…… 제삼자에게 무슨 대답을 해야 하는지 몰라 어머니를 바라보는 아들도 있다…… 남자가 여자에 의해 위축되듯이 아이는 부모에 의해 위축된다*—그 이상으로, 드 프라츠 신부만큼이나, 원장 신부는 어른들, 특히 여자들 사이에 있으면 불편했다.

"아닙니다, 부인. 부르지 마세요. 그가 언제나 자기 의도대로 말을 다 할 수 있는 건 아닙니다. 게다가 지금은 부인에게 의지해서 더더욱 자기 말은 하지 않을 거예요. 부인께서 힘든 상황을 바란다고 여기지 않습니다. 난 아드님을 만나지 말아야 합니다. 우리가 할 얘기는 드 프라

* "여자의 품에 예속되는 날에 남자는 자신의 품위를 대체로 포기한다." 오자남, 『서간집』, 제1권, p. 292. 생뱅상드폴회의 설립자인 오자남은 우리가 보았듯이 원장 신부가 갖고 있는 애독서들의 저자 중 하나다. (원주)

츠 신부가 대표해서 모두 했습니다. 그리고 내가 부인께 한 말을 그에게 다시 하시면 되고요."

"이렇게 내 아들을 안 보려 하시다니! 그 사건 이후 학년 주임신부님은 그에게 말도 걸지 않더니 이제 신부님은 한술 더 뜨시는군요! 신부님은 드 프라츠 신부 방으로 들어가며 우리 애를 마주쳤을 때도 말 한마디 건네지 않으셨죠. 그리고 자습 감독을 시켜 그를 문밖으로 쫓아내게 하셨고요. 신속하게 '자, 어서어서, 귀군은 아무도 만나서는 안 됩니다!' 신부님은 우리 애를 정면으로 바라볼 용기도 없으시군요. 겁이 나서요." 그녀의 얼굴이 붉어졌다. 눈에는 물기가 돌았다. "우리 아이는 적격한 누군가에게 해명할 권리가 있습니다. 당신이든 그 아이의 주임신부든요. 그 아이는 오직 드 프라츠 신부하고만 얘기했습니다. 하지만 그는 아이의 주임신부도 아니고, 이 사건에서 아무 관계도 없는, 그야말로 아무런 관계도 없는 사람입니다."

"부인, 저는 듣지 않겠습니다……"

"그리고 시험 점수 말입니다! 그 모욕이 널리 알려지도록, 아이의 점수를 부르지 않고 그냥 넘어갔다면서요, 악의가 어쩌면 그렇게 교묘할 수 있습니까? 바칼로레아 시험을 세 달 앞두고 퇴학시키다니, 시험을 망쳐도 상관없다는 겁니까? 그리고 일주일이면 부활절 방학인데, 방학 후 개학 때 학교로 돌아가지 않으면 아주 간단하게 마무리되었을 겁니다. 문제는 조용히 점잖게 해결될 수도 있었습니다. 그런데 드 프라츠 신부는 소란이 일어나길 바랐죠. 그리고 당신은 공식적인 낙인을 찍고 싶어했고요. 그처럼 어린 소년에게 이런 충격을 주다니요. 당신은 얼마 전, 바로 이 자리에서 우리 아이가 '학교의 으뜸'이라고 하지 않았나요?

당신의 처분은 정말이지 말이 안 됩니다."

"부인, 퇴학당한 학생과 그 부모의 말은 전혀 중요하지 않습니다. 아무 영향력이 없어요. 그럼 이만 실례하겠습니다."

프라도 드 라 알 원장 신부는 퇴학당한 학생의 부모에게 마지막 인사를 할 때 보통 "학생을 위해 기도하겠습니다" 하고 고전적인 방식으로 끝을 맺었다. 알방의 퇴학을 결정한 날 저녁에 실제로 원장 신부는 그를 위해 기도했다. 그러나 그의 어머니가 보이는 태도 앞에서 그런 예의는 가셔버렸다.

그는 문으로 향했다. 드 브리쿨 부인은 종을 쳐 그를 배웅하게 했다.

물론 드 브리쿨 부인이 권력이 있는 인물이었다면 원장 신부는 완전히 다르게 행동했을 것이다. 그는 그녀가 버림받고 소심한 여자라는 사실을 알아보려는 수고도 들이지 않았다. 퇴학을 당하면서 알방은 사회생활에 대해 처음으로 배웠다. 중요한 인물인가 아닌가. 그는 중요한 인물이 아니었다. 드 브리쿨 부인은 결코 잊지 말아야 하는 점을 잊고 있었다. 즉 무서운 존재가 되어야 하며, 죽을 때까지 그래야 한다는 것. 사후까지도 완전하게.

드 브리쿨 부인, 새 망령들을 만들어내다

드 브리쿨 부인이 아들에게 드 프라츠 신부를 부르겠다고 말한 건 화요일이었다. 화요일에 그녀는 '고위층'이라는 단어를 언급했고, 신부에게 목요일에 와달라고 편지를 썼다. 화요일부터 목요일까지, 알방은 고통과 두려움에 짓눌려 지냈다. 교사들 때문에 알게 된 고통과, 어머니 때문에 알게 된 두려움. 사실 그는 세르주와의 단절이 가져다준 고통과 비교할 만한 고통을 느껴본 적이 없었다. 두려움에 관해서 말하자면, 까닭 모를 갑작스러운 공포를 느껴본 적이 있는 듯했다. 투우장에 입장하기 전 기다리는 동안. 하지만 그 공포는 건전한 공포, 좋은 공포였다. 지금 그가 알게 된 공포는 사회적인 공포, 인간이 형제인 인간에 대해 갖는 두려움이었다. 이를 깨닫게 해준 사람은 어머니였다. 어머니는 아이인 그를 향해 어른들의 삶을 차갑게 얼어붙게 하는 유령과 악령과 망령을 풀어놓고 집어던졌다.

그의 감정적 동요는 심각했다. 걸을 때 발을 헛디디는가 하면 술 취한 사람처럼 가구나 기둥에 부딪힐 정도였다. 그래서 그는 침대에 누워 있었는데, 입안이 마르고 혓바닥에 백태가 끼고 양볼은 불처럼 뜨겁고 손가락은 차가웠다. 이따금 일어나 물주전자로 가서 물을 마시거나 화장실에 가서 물처럼 멀건 오줌을 누었다. 자신의 불안 이외에 어떤 것도 생각할 수 없는 만큼, 식탁에 앉아 식사를 할 수 없었다. 과제를 하려 해봐도 글씨가 흔들렸다. 불안이 극에 달하여 고통마저 휩쓸어갔다. 그는 이따금 일어나는 어렴풋한 신앙의 불꽃에 휩싸여 두 손을 모으기도 했다. 어머니와 이야기를 나눌 때 그는 불안해서 목소리에 아무 힘이 없었고, 단어를 다른 단어로 잘못 발음하기도 했다. "너, 목소리를 잃은 거니?" 그녀가 그에게 물었다. 그의 말을 거의 알아들을 수 없었던 것이다. 흡연은 말할 필요도 없었다. 그는 약한 담배라도 피워보려 했다. 세번째 모금에 담배가 꺼졌다. 담배를 '빨' 수가 없었다.

콜레주는 학교였지만, 특별한 차원의 학교였다. 드 브리쿨 부인은 단 한 마디로 학교를 불결하고 끔찍한 차원으로 옮겨놓았다. 끔찍한 짓이었다. 그래서 '품위를 가지기' 위해 그녀가 어떤 노력을 한다 해도, 그녀는 콜레주와는 다른 차원, 보다 상스럽고 천박한 차원에서밖에 움직일 수 없었다. 세르주와 했던 행위에 대한 짐작—바스크식 펠로타 경기장에서의 행위, 그는 생각도 하지 않았던, 따라서 욕망하지 않았던 행위에 대한 짐작을 알방에게 암시한 이도 그녀였다. 정리함을 뒤지기 시작한 이도 그녀였다. 그리고 아들에게 처음으로 상상할 수도 없는 끔찍한 '사랑'의 얼굴을, '사랑하는' 대상을 향한 악의를 보여준 이도 그녀였다. 의학 사전에서 따온 헛소리, 나아가 엉터리 법의학 얘기를 아이의 상상에 함부로 집어넣어 그의 상상의 세계를 되는 대로 어긋나게 만든 이도 그녀였다. '고위층'이라는 불안한 표현을 입 밖에 낸 이도 그녀였다. 고위층이란 무엇일까? 성직자? 시민? 정말로 고위층이라는 게 있긴 하겠지. 모욕적인 의심을 품은 이도 그녀였고, 사제들을 증오한 이도 그녀였다. 어머니가 모성애에도 불구하고, 정직함과 강인한 정신과 모든 '교육'에도 불구하고, 아들의 생활을 그르치거나 품위를 떨어뜨리거나 혼란스럽게 하는 것 말고는 그의 삶에 거의 끼어들지 못했던 건 끔찍한 일이다. 하지만 뭐, 그게 그녀의 잘못인가. 그저, 무얼 하든지 간에 항상 청소년기와 유년 시절을 망쳐버리는 어른의 속성 때문이 아닐까? 화요일과 수요일 저녁 무렵 알방의 체온은 38.2도에서 38.4도까지 올라갔다. 그는 이에 대해 아무 말도 하지 않았다(그 시절 우리들 가정에서 그랬듯이 겨드랑이에 조심스레 체온계를 끼웠을 뿐이다). 수요일에 그는 우편으로 마지막 과제물을 돌려받았다. 첨삭해서 보낼 시간조차 없었던 역사와 프랑스어—20점 만점에 각각 7점과 9점!…… 학교생활중 단 한 번도 받은 적 없는 점수였다. 그리고 프랑스어 과제에 적힌 평가의 말이라니! "형편없음. 귀군의 화려한 문체는 주제에 부적절하고, 군이 몹시 좋아한 듯한 이 연구에선 저질 취향만 드러나네요."

이 또한 학교생활 전체를 통틀어 누구도 그에게 사용한 적 없는 어조였다. 그를 더이상 배려하지 않아도 되는 날이 오자 그동안 눌려왔던 수많은 복수의 말이 솟아오르는 걸까! 그래서 알방 또한 처음으로 비열함 앞에서 경악했다.

목요일 아침, 그는 우체국으로 가서(브리쿨 집안에는 전화기, 너무나 공화주의적인 이 발명품을 들여놓지 않았다) 드 프라츠 신부에게 전화를 했다.

"신부님, 우리 어머니가 신부님에게 몹시 화가 났습니다. 학교와 가정의 문제를 뒤섞지 않는다는 신부님의 원칙을 신부님께 감히 다시 상기시켜드립니다."

잠시 침묵이 있었지만 전화선 저 끝에서 거세게 숨을 들이쉬는 듯한 소리가 났다. 감정적 동요로 커진 호흡. 그는 "여보세요!" 하고 다시 말했다. 신부의 매우 침착한 목소리가 들렸다.

"그게 교육의 일반적인 원칙이지요. 오랜 경험으로 합당하다고 입증되었습니다. 우리는 어떤 경우든 상관없이 그 원칙을 따르고 있어요. 더욱이 학생 가족에게 무례할 일은 전혀 없습니다. 상호간에 일이 잘 해결되기를 바랄 뿐입니다."

이 엄선된 문장 이후 알방이 학습을 이어갈 방법에 대한 대수롭지 않은 몇 마디가 있었고, 그다음엔 서로 예의바르게 인사를 나누고서 신부는 아주 빨리 전화를 끊었다. 알방은 정말이지 모두가 발바닥을 문질러대는 깔개가 되었다.

아무래도 상관없어! 그는 로마 역사서와 수에토니우스, 살루스티우스의 책을 들고 뭔가 문제가 생겨 쫓겨났던 로마인들을 찾아보았다. 그런 내용이 없는 건 아니었으나 당연히 그는 찾지 못했다. 무언가를 찾으려고 하면 언제나 이렇다.

원장 신부는 드 프라츠 신부에게 드 브리쿨 부인을 방문하지 말라고 충고하며 몇 마디를 여러 차례 반복했다. 하지만 드 프라츠 신부는 천성적으로 담대했고 도박을 좋아했다. 그는 거절하지 않고 기꺼이 드 브리쿨 부인에게 갔다.

드 프라츠 신부와의 대화

드 브리쿨 부인은 긴 의자에 누워 약간 불편한 기색을 띤 채 드 프라츠 신부에게 말했다. 속눈썹을 깜박이고 코를 찡그리며. 그녀는 그 뻔한 논거를 다시 늘어놓았다. 매우 우수한 학생, 학교 당국이 익히 알고 있던 우정 등등…… 그는 침묵을 지키며 그녀가 지칠 때까지 내버려두었다. 그는 어려움 없이 그녀를 정면으로 바라본 반면 그녀는 증오만큼이나 거북함 때문에 그를 쳐다보지 않았다. 이 사소한 차이만으로도 싸움의 끝을 짐작할 수 있다. 어쩌면 매우 곧게 앉아 있는 그의 모습과 나자빠져 죽어가는 동물처럼 이미 등을 대고 누운 그녀의 자세만 보아도 짐작할 수 있을 것이다. 실내 가운 차림에 어디서 나온 제조품인지 모를 반지들로 번쩍거리게 치장한 그녀는 반쯤 죽었지만 아직 움직이고 있는 진열대의 갑각류 같았다. 검은 띠를 매고 검은 장갑을 낀 그에게서는 모든 빛이 꺼졌지만 그만큼 무시무시했다.

그녀가 입을 다물었다. 그러자 그는 사건을 구체적인 문제로 환원시켰다. "행위가 있었습니다. 스캔들을 수반한 일련의 사실들이 있었죠." 말이 나온 김에 그는 알방에 대해 언급했다. "이 얘기만큼은 해야겠군요. 종교에 대한 그의 무지함은 우리 같은 학교에서 정말 예외적입니다." 무신론자에게는 나쁘지 않았다.

"신부님, 그런데 대체 뭐가 그렇게 심각한 일이었던가요?"

"부인, 보통 학생 어머니들은 자식에게 이런 종류의 문제가 있다고 알려주면 움찔하는 모습을 보입니다……"

"난 내 아들을 알기 때문에 움찔하지 않아요. 이런 종류의 나쁜 짓을 할 능력이 없는 아이예요."

"그렇지만 부인, 몇 달 전에…… 그가 사실을 인정한 바 있습니다."

"알아요, 신부님. 잘 알고 있습니다. 12월에 '행위'가 있었다 해도, 당신이 말씀했듯이 그들은 그만두었습니다. 그리고 덧붙이자면, 이 행위라는 것도 알방이 파르크에 다니지 않았다면 결코 저지르지 않았을 일입니다. 모코르네에서는 특별한 우정이 엄격하게 금지되었고, 그래서 이런 일도 일어나지 않았죠. 하지만 파르크는……"

지난번 원장 신부가 면담을 너무 짧게 끝내고 떠난 뒤, 드 브리쿨 부인은 자신이 하고 싶었던 말은 하나도 하지 못했다고 생각했다. 하지만 이번에는 속을 다 비워냈다. 이제 그녀는 그의 눈을 뚫어지게 바라보며, 시선을 회피하지 않으려고 있는 힘을 다해 집중했다. 학생의 어머니들이 순진하다는 이유만으로 그는 그들에게 얼마나 많이 화를 냈던가! 이번만큼은 순진하지 않은 이 어머니가 원망스러웠다.

드 프라츠 신부는 드 브리쿨 부인의 말을 가로막기 위해 그녀가 언급한, 세 번 정도 말한 듯한 "다 안다"는 표현을 이용했다. 그는 원장 신부의 말을 되풀이했다. 이 이야기에서는 모든 사람이 같은 말을 되풀이하는데, 이는 어쩔 수 없는 일이다.

"부인, 그렇게 잘 알고 있었다면 왜 이토록 불길한 학교에서 댁의 아드님을 끌어내지 않았습니까? 부인이 비난하는 그 성향을 이유로 퇴학시켰는데, 왜 우리가 그를 퇴학시킬 때까지 기다렸다가 우리를 비난하는 겁니까?"

처음에 드 브리쿨 부인은 대꾸하지 않았다. 사실 무슨 말을 하겠는가? 그녀는 자신이 신부를 비난했던 이유와 똑같은 이유로 비난받았고, 이 점에서 그만큼이나 틀린 데가 많았다. 둘 다 일을 꾸몄고, 둘 다 알방을 방치했다. 궁지에서 벗어나기 위해 그녀는 거짓말을 하는 수밖에 없었다.

"내가 알방을 통해 문제의 진상을 알게 된 것은 며칠밖에 되지 않았어요. 그렇지만 후배 수플리에에 관해서, 그리고 당신이 그 아이에게 가진 관심에 대해서는 매우 잘 알고 있었습니다."

신부는 조금도 멈칫거리지 않았다. 학생들과 마찬가지로 그 역시 감추는 게 제이의 천성이 되었다. 그는 세상에서 가장 거리낌없는 표정과 목소리로 대답했다—세 달 전 알방에게 "수플리에는 내 담당이니까 돌보는 거죠. 그게 다요" 하고 말하던 그 목소리에 그 표정이었다.

"무엇보다 절망적인 상황에 관심을 기울이는 게 우리 신부들의 의무입니다. 그 아이는 그런 경우 중 하나입니다. 그런데 말입니다, 한 사람 없어져도 대신할 사람은 얼마든지 있는 법이죠."

그토록 불안해하던 일에 대해 그렇게 입 밖으로 내뱉은 뒤, 신부는 어제의 원장 신부처럼 콜레주를 옹호하기 시작했다. 드 브리쿨 부인은 감히 말을 이어갈 수 없었다. 할말을 모두 마음속으로 꼽아두었지만, 말하면서는 더이상 생각하지 않았기 때문이다.

드 프라츠 신부의 콜레주 옹호.

그가 이야기를 하는 동안, 드 브리쿨 부인은 자신의 번들거리는 코를 의식하게 되었다. 코가 곧잘 번들거리는 게 백작부인의 근심거리 중 하나였다. 그럴 때면 먼저 담배 마는 종이로 코를 눌러 기름기를 없앤 뒤 분을 바르곤 했다. 사제 앞이라 차마 담배 마는 종이를 사용할 수 없었지만 그녀는 귀여움의 꿈이라는 이름의 분을 부끄러운 기색 없이 코에 발랐다. 콤팩트의 작은 거울을 들여다보다가 코에서 시작되는 두 개의 주름이 눈에 띄어 엄지와 가운데 손가락으로 그걸 잡아당겼다. 그녀로서는 참을 수가 없었다. 이어서 언짢은 표정으로, 평소처럼 앞자락에 떨어진 분가루를 털어냈다. 드 프라츠 신부는 세 동작을 보았고, 경멸했다. 드 브리쿨 부인이 사제들에 대해 경멸을 느낀다 해도, 이는 한 부류의 인간이 다른 부류의 인간을 향해 갖는 편견은 아니었다. 반면 그녀를 향한 그의 증오는 특정한 상황에서 생겨나는 증오가 아니었다(혹은 대체로 아니었다). 또한 여자에 대한 사제의 증오도 아니었다. 그건 여자와 어머니에 대한 남자의 증오였다. 이 증오는 그야말로 한 종種이 다른 종에게 품는 증오, 정글의 증오였다. 드 브리쿨 부인이 그의 앞에 똑바로 섰듯이, 드 프라츠 신부는 부인 앞에 똑바로 서서 자신의 질서를, 자신의 질서 전체를, 혹은 자신의 두 질서를 옹호했다. 그녀의 인격보다 우월한 자신의 인격, 그녀의 신분보다 우월한 자신의 신분, 자기 삶과 위선의 우월성까지도 의식하고 있었다. 그는 모든 면에서 두 배로 우월했다. 사제로서의 우월성과 신을 믿지 않는 자, 결코 믿은 적이 없는 자로서의 우월성까지. 그럼에도 그리스도가 사도들을 통해 "나는 너희들을 택해서 세상과 떼어놓았나. 너희들은 지상의 소금이다"라는 이 놀라운 말을 던진 대상은 바로 그의 동료들과 그였다. 그는 이상한 사제인 걸까? 그렇다, 하지만 그래도 그는 사제였다. 그는 영광스럽게도 사제가 되었다, 영원히. 그는 사제였고, 세상과 떨어져 있었다. 즉 그는 고상한 세계, 영적 세계, 영혼의 문제, 정신적 문제, 전례, 종교적 예술의 세계에서 살고 있었다. 원한다면 교회 정치의 거대한 이권의 세계라고도 할 수 있다. 기회가 주어진다면 그가 손잡고자 했던 교회. 그리고 그는 세속의 모든 근심거리를 완전히 면제받았다. 신성은 존재하지 않는지도 모른다. 그러나 혹시 존재한다면, 그는 신성을 불러일으키는 가장 숭고하고 가장 희귀하고 가장 미묘하고 가장 기상천외한 것, 브리쿨 집안 같은 사람들은 생각조차 할 수 없는 것과 직접적으로 소통하고 있었다. 그리고 소년들에 대한 이해에 관해 한번 얘기해보자! 어머니는 자신이 키우는 자녀보다 순진하다. 아버지는 아들에게 하루에 십오 분을 할애한다. 의사는 심리학에 조금도 동의하지 않는다. 즉 임상을 끝낸 가장 우수한 자들도 얼간이에 불과하다. 한편 사제는…… 그렇다, 그와 속인인 과부, 특권계급의 틀에 갇혀 희미하게 깜박이는 과부 사이에는 사실상 어떤 공통점도 없다. 지금이야말로 이 여자는 결코 들어가지 못할 왕국의 열쇠를 그가 쥐고 있다고 다시 말해야 할 때다. 결국 그는 더이상 억제하지 못하고 종지부를 찍었다.

"부인, 내가 계속 말해봤자 소용없을 듯합니다. 우리는 부인이 이해할 수 없는 차원에 있으니까요."

그는 이렇게 덧붙이고 싶었다. "당신에게 감추어진 건 엄청나요." 그는 비록 신학을 믿지는 않았지만, 신학적 의미에서 그렇게 생각했다. 그게 아니더라도 인간적 의미로 그리 말할 수 있을 터였다. 하지만 그는 말을 아꼈다.

"아니, 난 아주 잘 이해할 수 있는데요……" 가엾게도 그녀는 더듬거렸다.

드 브리쿨 부인은 그의 경멸을 눈치채고 깜짝 놀랐다. 몸이 편치 않은 고통도 욕망도 드러내지 않던 그녀의 새침하던 태도가 일순간 경직되었다. 어찌할 도리가 없다. 그녀의 앞에 있는 자가 그녀를 제압하고 있었다. 마른 체격에 상체를 뒤로 젖힌, 날카롭고 엄격한, 확신과 위엄이 넘치는 사제의 모습, 요컨대 그녀에게 드 프라츠 신부는 그 스스로가 가진 자아상 그대로 보였다. 본질적으로 우월한 존재. (그녀가 그저 종교적인 연극의 의상을 앞에 두고 있다고 여겼다면 어땠을까!) 열아홉 세기에 걸쳐 일은 이렇게 진행되어왔다. 남자가 승리하는 순간이었다. 왜냐하면 그는 이 특별한 옷을 입었으니까. 괴상망측한 비유를 들어도 괜찮다면, 그의 법의 혹은 사제복은 어디로든 나아가게 해주는 쇄빙선 같았다. 『일리아스』(호메로스의)에서 신들은 어떤 전사를 보호한다. 즉 설복당한 신이 개입해서 전사를 승리로 이끄는 것이다. 보호 그룹의 '일리아스'에서 신을 언급하는 유일한 존재는 패배를 막아준다. 즉 사제복은 그 옷을 입은 자를 상처받지 않게 하는 마법의 갑옷이었다. 그들은 말한다. "우리는 사실을 하나 확보했습니다." 그녀에겐 사실이 없다. 그저 험담, 모호한 이야기, 거짓 고백, 그녀로서는 이해할 수 없는 설명뿐. 모든 게 그녀의 손가락 사이에서 묽어졌다. 그러나 설사 사실이 있다 해도 그녀는 이용하지 못했을 것이다. 그녀는 너무 많이 말했고 자신이 감당하지 못한다는 걸 솔직하게 드러냈다. 그녀는 압도되었고, 스스로도 그 사실을 알았으며, 그래서 몸을 떨며 복종했다. 드브리쿨 부인은 이제 팔찌를 위아래로 올렸다 내렸다 하지 않았다. 처음에는 화가 난 암사자가 꼬리 끝으로 땅을 치듯이 팔찌를 움직였는데 말이다. 바람이 잦아들듯 그녀는 기운이 빠졌다.

원장 신부는 복음서가 혐오한 세상에 관심이 없기 때문에 세상일을 살피지 않았다. 그러나 드 프라츠 신부는 소년들이 세상 너머에 있기 때문에 세상을 살피지 않았다. 그는 소년들 일과 관련해서 필요할 때만 세상으로 갔다. 여기 이 일은 끝났다. 신부는 자신의 소중한 둥지로 돌아가려 서둘렀다. 그는 재빨리 일어나 간단한 예절을 지키고 표정 관리를 한 뒤 떠났다.

드 브리쿨 부인은 지독한 편두통을 느끼며 당장 침대로 갔다. 커튼이 쳐졌고, 감긴 눈가에는 갑작스레 커다랗고 거무스레한 달무리가 생겼다. 아들이 보러 왔을 때 그녀는 이 상태였다. 방안의 어슴푸레한 빛 속에서 그녀는 아들에게 이렇게만 말했다.

"넌 그가 좋은 사람이라고 그랬지. 그래, 그는 좋은 사람이야, 하지만 그렇게 좋은 사람은 아니지. 꼭 해마같이 생겼더라."

이게 이날 어머니와 드 프라츠 신부 사이에 오간 대화에 대해 알방이 알게 된 전부였다.

정확히 오 분 뒤, 그의 입안에 침이 다시 고이며 이틀 전부터 입을 메마르게 했던 누렇고 씁쓸한 거품을 대신했다. 가사 상태였던 그가 다시 살아났다. 다시 오 분 뒤, 이 변화로 살아나 신기하게도 원래의 체온을 회복했다. 열이 사라졌다. 그는 침대에 누워 있었다. 육체적으로 정신적으로 지친 그는 선잠을 약간 잤다.

저녁식사를 마친 뒤(어머니가 아무도 보고 싶어하지 않아해서 그는 식당에서 혼자 저녁을 먹었다), 그는 자기 방에 있었다. 세르주에게 작별의 편지를 쓰려는데, 누군가 방문을 열었다. 일그러진 얼굴에 잠옷을 입은 드 브리쿨 부인이었다.

서툴기 짝이 없는 엄마의 부활

"내 머리를 떠나지 않는 생각이 있어. 알고 싶은 게 있다. 정말로 솔직해야 한다. 드 프라츠 신부가 너에게 항상 올바른 태도를 취했니?"

"'올바른'이라면…… 무슨 뜻이죠?"

"음…… 그러니까 그가 네게 야릇한 태도를 취한 적이 없느냐 말이다."

"어머니, 제정신이세요?……"

"제발 부탁이다, 예의를 지켜. 내가 생각했던 건…… 수플리에에 대해서야……"

"드 프라츠 신부는 오로지 수플리에가 잘되게 하려고만 애썼어요! 수플리에도 내게 충분히 얘기했고요. 어머니는 제정신이 아니에요!……"

석유탱크가 성냥 한 개비와 닿아 타오르듯이 그는 갑작스러운 분노에 휩싸였다.

"그래, 네가 그렇게 말하니, 믿으마."

그녀는 사라졌다. 혼란스러운 정신과 사고의 혼동에서 생겨난 셰익스피어식 환영처럼 그녀는 사라졌지만 알방은 유령을 보기라도 한 듯, 또는 방금 자기 앞에 서 있던 어머니가 정말로 미치기라도 한 듯 여전히 넋이 나간 상태였다. 실제로 무슨 일이 일어났는가? 드 브리쿨 부인은 잠시 다시 서툴기 짝이 없는 엄마가 되었다. 하지만 어디 그녀뿐인가. 소년들은 생활을 개혁한다는 알방의 거짓 맹세를 안 믿지 않았던가! 순진무구한 포베트를 안 믿지 않았던가……! 얼마 전, 라 메종포르는 알방과 지부아를 안 믿지 않았던가……! 우리는 우리 존재와 기존하는 것의 명백성을 확신하며 안심하고 살아간다. 우리에 관해 부조리하다고 추측되고 생각되는 점은 조금도 없다. 정말 그럴까?

세르주에게 보내는 알방의 편지

세르주에게 보내는 알방의 편지.

1913년 3월 30일

사랑하는 나의 아이에게,

(널 이렇게 불러본다. 네게 이 말을 한 적은 없지만 우리 어머니가 편지를 쓸 때 날 이렇게 부르거든.)

마지막으로 널 보고 작별인사를 하고 싶었어. 그런데 드 프라츠 신부가 허락하지 않았지. "아주 단순한 문제를 멜로드라마"로 몰고 가는 거라면서. 아주 단순하다니!

정말로, 난 널 떠나야 해. 어쩌면 영원히. 드 프라츠 신부가 떠날 것을 약속하라고 했거든. 그가 말하기를, 그는 우리의 우정을 묵인—단지 묵인—했을 뿐이래. 그가 너에게 뭔가 좋은 일을 하려 해도 내가 "너의 친구라고 우기며" 가로막았다고 했어. 내가 너에게 많이 잘못한 것 같아. 내가 잘못한 게 있다면, 그 잘못은 널 아프게 한 만큼보다 날 더 아프게 했을 거야. 그리고 내가 널 아프게 했다면, 다른 사람들은 널 더 아프게 했을 거야.

하지만 다른 사람들 모두에게는 내가 잘못했던 것 같아! 개혁을 시작하자 동료들은 내가 배신했다고 했고, 드 프라츠 신부는 내가 네 친구라고 "우겼"다고 했고, 원장 신부는 내가 "신뢰를 배반"했다고, 그것도 어머니 앞에서 날 비난했어! 선의를 갖고 희생했음에도 불구하고 나는 이렇게 날 존중했던, 혹은 존중하는 척했던 사람들의 마음을 전부 잃었어. 운명이 나를 반대한 듯해.

슬픔* 속에서도 두 가지 위안이 있어. 하나는 내 양심, 양심은 날 전혀 비난하지 않아. 또하나는 네가 날 사랑했다는 확신이야. 신부는 내가 "스무 살쯤 되면 이 모든 일을 비웃게 될 것"이라고 말했어. 그래서 난, 신부가 너를 데려갈 때 네가 보여줬던 마지막 제스처, 다시 와서 나에게 손을 내밀었던 일을 임종의 자리에서까지 떠올릴 거라고 했지.

친애하는 세르주, 계속 쓸 수가 없구나. 말하지 말아야 할 걸 말해버릴 것 같아. 말하면 안 되는 게 있거든. 너에게 바라고 간청하는 바인데 정말 몸조심하고, 새 학교에서 의심쩍은 아이들이 너에게 나쁜 영향을 주지 않도록 조심해. 내가 너에게 늘 부탁했던 일—알고 있지—을 마지막으로 내 모든 열망을 실어서 부탁할게. 보다 더 잘 처신하고, 스스로에게 합당한 사람이 되기를. 내가 널 떠나는 날 네가 최고가 될 거라고 누군가는 말하겠지만.

안녕, 친애하는 세르주, 사랑하는 나의 아이야. 마지막으로 너에게 입맞추게 해줘. 오랫동안 너를 끌어안고, 너는 이해하지 못할 슬픔과

---

* 알방은 처음에 "지독한 슬픔"이라고 썼었다. 하지만 드 프라츠 신부의 마지막 충고를 기억하며 "지독한"에 줄을 그어 지웠다. 드 프라츠 신부는 그가 만들어낸 불행 속에서도 표현력에 영감을 불어넣었다. (원주)

애정 속에서 말이야. 사실 나 자신도 잘 이해할 수 없는 슬픔이야. 기억나니, 우리 우정의 초기에 네가 "영원히"라고 말했었지. 그러면 내가 "가능한 한 가장 오래도록"이라고 고쳐주었지. 오늘, 너를 떠나면서 이제 나 또한 "영원히"라고 말할 수 있음을 알았어. 그래, 평생, 네가 나에게 어떤 존재였고 어떤 존재인지를 부정하는 일은 없을 거야. 내가 너를 이토록 사랑하지 않았다면, 모든 게 훨씬 더 쉬웠을 거야. 내가 널 얼마나 좋아하는지! 내가 널 사랑한 건 얼마나 당연한 일이었는지!

답장은 하지 마. 이 모든 문제를 다시 휘저어놓기만 할 거야. 문제들로 고통받는 게 지겨워.

너의 친구 알방

알방은 (봉투에 넣은) 이 편지를, 자신과 세르주의 편지를 평소에 전해주던 삼학년 학생 라프라딘의 이름이 적힌 봉투에 넣었다. 그러고는 학교 입구로 가서, 어느 학생에게 라프라딘에게 전해달라고 부탁했다.

라프라딘은 세르주가 퇴학당해서 이제 다시 학교에 오지 않으리라는 걸 알고 있었다. 무의식적으로 그랬는지, 아니면 잘 보이려고 그랬는지, 아니면 보통 퇴학당한 학생들을 향해 급변하는 태도 때문인지, 그는 편지를 드 프라츠 신부에게 주었다.

그는 편지를 읽고, 잘 썼다고 생각했다. 아름다운 감정은 언제나 마음에 들었다. 이어서 그는 편지를 쓰레기통에 넣었다. 달리 어쩌겠는가?

"신뢰, 인간의 이 성스러운 가능성……"

H. M.

『무용한 봉사』, 서문, 1934.

"신뢰라는 이름의 악마가 있다."

H. M.

『돈 후안』, 3막 1장, 1958.

드 프라츠 신부는 원장 신부로부터 수플리에 사건은 끝났고, 이제 그들 간에 새로운 대화가, '오로지 영적인 부분과 관련한' 대화가 필요하다는 연락을 받았다. 그들은 다음 목요일에 만나기로 했는데, 그날은 성목요일이었다. 수플리에 문제로 토론할 때 나온 말이 있었기에 드 프라츠 신부는 자신의 신앙심과 관련한 면담임을 알 수 있었다. 성직자 사회에서는 신앙에 관한 질문을 결코 제기하지 않는다. 이 금지된 영역을 탐험하기 위해서는 드 라 알 원장 신부의 엄청난 순진함이 필요했다. 드 프라츠 신부의 마음은 매우 평온했다. 일이 어떻게 돌아갈지 잘 알았기에 미리 생각해보지도 않았고, 그래서 오로지 수플리에만을 생각할 수 있었다.

순진함에 대한 연구가 있어야 할 텐데 이 연구는 결코 행해진 적이 없는 듯하다. 순진함은 세상사가 원활히 돌아가게 하는 주요한 톱니바퀴 중 하나다. 요컨대 순진함을 통해 모든 일이 순조롭게 돌아간다. 잘 속는 사람들이 없는 세상은 어떨까? 그런데 노련함과 속임수를 이용해 자신의 영역에서 가장 높은 자리에 오른 사람들 또한 그 영역 너머에서, 또는 자신들의 영역에서조차 순진함을 보일 때가 있다. 놀라운 일이다. 단 한 순간에도 순진함을 전혀 보이지 않은 사람은 극히 드물다. 드 프라츠 신부가 그런 사람 중 하나였다(프리메이슨단과의 관계에서 보이는 겉만 번지레한 태도를 제외한다면). 원장 신부는 바닷속 물고기처럼, 하늘을 나는 새처럼 순진함에 흠뻑 젖어 있었다. 그 순진함 때문에 벌써 몇 번이나 골탕을 먹었지만 벗어나지 못했다. 왜냐하면 순진함을 고친다는 건 머릿속 내용물을 비워버리거나 인공심장을 다는 일보다 어렵기 때문이다.

우리 이야기의 제목이 '소년들'인 만큼, 면담이 어떻게 진행되었는지 지나치게 상세히 말할 필요는 없을 것이다. 이 면담은 소년들과는 연관이 없었으니까. 지적인 남자와 덜 지적인 남자의 면담이었다. 드 프라츠 신부와 원장 신부의 대화는 고양이가 생쥐와 장난하는 듯했다. 아니, 그보다는 예수가 바라던 대로 교회가 "비둘기처럼 단순하고, 뱀처럼 신중하다면", 이 만남에서 원장 신부는 비둘기이고 드 프라츠 신부는 뱀(여기서 뱀은 그가 나쁜 사람임을 뜻하는 게 아니라 요리조리 잘 빠져나가는 그의 성격을 의미한다)이라고 하는 편이 나을 것이다. 회색빛 영혼과 황금빛 영혼. 원장 신부에겐 어린 소년 같은 면이 있었고 드 브리쿨 부인 또한 이를 잘 보았다. 드 프라츠 신부에게도 어린 소년 같은 면이 없지 않았다. 그는 미끈한 뱀처럼 요리조리 빠져나갔다. 신앙심이 없다고 반쯤 인정했다가, 오 분 뒤에는 이상적인 사제는 어떤 모습이어야 하는지 훌륭하게 분석하는가 하면, 사제들의 삼분의 일은 무신론자라 주장하고, 이어서 "가톨릭교회는 매우 중요한 존재라서 결코 사라지지 않을 것"이라 하며 교회에 대해 독설을 퍼붓는 자들을 공격했다. 무언가를 말했다가 오 분 뒤에는 그런 말을 하지 않았다고 항의하기도 했다. 요컨대 그는 요리조리 잘 빠져나가는, 그야말로 뱀이었다. 마치 큰 동물과 맞서 싸우고 있는 듯했다.

원장 신부는 토론의 요지로 곧장 접근하지 않았다. 알방이라면 그가 마치 투우사처럼 매우 아름다운, 그러나 실제로는 매우 용의주도하게 커다란 반원을 그리며 소에게 창을 꽂으러 다가가듯 주제에 접근한다고 표현했으리라.

"교사들에게 신앙심이 없다고 내게 말하셨잖습니까? 어떤 증거가 있나요?"

"제가 그들 마음속을 들여다보는 건 아닙니다. 그보다는 일종의 직관이죠."

원장 신부가 들어와서 약간 볼록한 가죽 의자에 올려놓았던 망토가, 꽃잎이 떨어지듯 스르륵 미끄러져 떨어졌다. 이상한 일이었다.

"지난번에 이렇게 말씀하셨죠. '불신자는 학생들 사이에만 있는 건 아닙니다. 교사들 사이에도 있습니다. 믿는 척하는 사람들이요.' 이게 직관일 뿐이라는 겁니까?"

"제가 그렇게 말했습니까?"

"바로 그렇게 말씀하셨습니다. 쉽게 잊을 수 있는 말은 아니죠."

"원장 신부님이 불러온 마음의 혼란 때문에 제가 과장했던 것 같군요."

"만일 우리 학교에 반종교적인 발언을 하는 교사들이 있다면, 내겐 그들이 누구인지 알 권리와 의무가 있습니다. 우리 종교가 기반한 토대 두 가지는 믿음과 자비입니다. 복음서에서도 수차례 반복하는 이야기죠. 희망에 관해 말하자면, 그건 약간 신앙 같은 겁니다. 희망이 신앙의 시초가 됩니다." 그가 조심스럽게 말했다.

"우리 교사들은 유능합니다. 대체로 딸린 가족들이 많고, 박봉으로 거의 헌신하듯이 여기서 지내고 있지요. 제가 그들이 누군지 알고 있다고 해도, 이름을 밝혀서 원장 신부님이 그 가엾은 악마들을 문밖으로 내쫓는 게 자비의 원칙에 맞을까요?"

"신앙은 자비에 앞섭니다. 그리고 행동에도 앞서죠. 신을 믿고 사랑하는 대죄인이 '그런 식으로' 믿고 신을 사랑하지 않는 선량한 사람보다 낫습니다. 그리고 헌신을 말씀하셨는데, 우리 교사들이 헌신으로 여기까지 왔다면, 그들이 스스로 헌신하는 대상을 믿는다는 뜻입니다."

드 프라츠 신부는 대꾸하지 않았지만 속으로 웃었다. 이 학교를 사랑하고 헌신하면서도 학교의 토대는 믿지 않는 사람들이 존재했다.

원장 신부는 자신이 아주 철통같은 사람을 상대하고 있음을 깨달았다. 다른 사람의 신앙에 대해 말하고 싶어하지 않는 이가 어떻게 자신의 신앙에 대해 말하겠는가? 그럼에도 그는 대화를 끌고 가려 애썼다.

"신부님이 설교할 때 들으러 간 적이 있는데*, 속세의 도덕일 수 있는 도덕에 대해 이야기해서 난 깜짝 놀랐습니다. 그 자체로 나쁘진 않지만, 그리스도교 교육기관에서는 나쁩니다. '모든 나라로 가서 가르쳐라.' 우리는 그리스도교의 진리를 가르쳐야 합니다. 이 점을 충분히 염두에 두고 계신가요?"

"제게 종교는 강박이 아닙니다." 신부가 말했다. 그에겐 타고난 뻔뻔

---

* 학년 주임신부가 자습 시간이 되기 전, 오후 네시 삼십분에서 사십오분까지 담당 학년을 대상으로 하는 강연. (원주)

스러움이 있었다.

"종교가 강박이 아니라면, 종교가 전혀 아닙니다." 원장 신부가 말했다. 원장 신부 역시 필요한 경우에는 신랄한 면을 보였다.

"제가 『살아 계신 신』에 기고하는 글을 언제나 원장 신부님께 보여드렸죠. 가르치는 일 말고 저더러 무엇을 하라는 겁니까?"

"난 구체적이고 실제적이고 일상적인 교육, 당신이 학생들을 상대로 마땅히 해야 할 교육에 대해 얘기하는 겁니다."

"어쨌든 그들은 반쪽짜리 신자가 될 겁니다. 종교의 관점에서 보면, 우리는 부모의 능력에 관한 우리 교단의 관점을 실컷 표현하지 않았던가요? 그래도 그들은 부모가 되고, 그들 부모처럼 될 겁니다. 저는 신앙보다는 제가 일반 도덕이라 부르는 것을 강조하는 게 보다 효과적이리라고 생각했습니다. 도덕에 접목된 것이 신앙에 접목된 것보다 그들 마음에 더욱 남을 거예요. 왜냐하면 도덕이 신앙보다 질기니까요. 지난번에 원장 신부님께 이미 말씀드렸죠."

그가 말했던 것은 이와는 전혀 달랐다. 그는 이렇게 말했었다. "우리는 종교와 열정을 뒤섞었습니다. 그들은 언제까지나 자신들의 열정을 기억할 겁니다. 그리고 종교는 그 열정과 함께 남을 겁니다." 하지만 이 열정을 재검토하는 일은 지금 상황에 맞지도 않고 쓸데없는 짓이다. 열정에 대해서는 철저하게 고찰했으니까. 말의 부정확함을 알면서도 들추어내지 않은 점 또한 어쩌면 원장 신부의 판단인지도 모를 일이다.

어떤 경구가 실내에 갇힌 불운한 뒤영벌처럼 그의 머릿속을 파닥이며 맴돌았다. 어느 주교의 말이었다. "우리가 교리를 위해 할 수 있는 가장 큰 봉사는, 교리에 대해 가능한 한 가장 조금 말하는 것이다." 드 프라츠 신부가 생각하는 게 바로 이것 아닐까?

드 프라츠 신부가 주머니에서 검은 수첩을 꺼내어 읽었다.

"영국의 한 교육자는 이런 글을 썼습니다. '나는 그리스도인인 인간을 양성할 수 있지만 그리스도인인 청소년은 양성할 수 없다.'"

원장 신부는 몸을 움찔했다.

"내가 아는 모든 것, 내가 본 모든 것이 그 경구를 부정합니다. 나는 열다섯 살 소년들에게 소명이 생겨나고 이어서 견고해지는 장면을 보았습니다."

드 프라츠 신부가 수첩을 몇 장 넘겼다.

"어느 어머니가 아들에게 신에 대해 말하면 잘 듣지 않는다고 한탄하자, 페늘롱이 말했습니다. '부인, 아들에게 신에 대해 말하기보다는 아들에 대해 신에게 말씀드리길 권합니다.'"

"그 두 경우가 모순되는 건 아닙니다! 당신의 수첩은 그리스도교 교육에 대한 반론을 몽땅 적어두는 곳이군요. 정말 믿을 수 없는 일입니다!"

"사람들이 제게 반론을 제기하니까요. 수첩의 절반에는 그 반론에 대한 답변이 적혀 있습니다."

그가 다시 수첩을 넘기고는 아주 진지하게 읽었다.

"……시계가 있는데 시계를 만든 존재가 없다고는 생각할 수 없다."

원장 신부는 여전히 속에서 전율을 느꼈다. 그는 한순간 침묵을 지키다가 목소리를 바꾸어 이렇게 말했다.

"인간의 아들이 돌아올 때……"

"'인간의 아들이 돌아올 때, 지상에는 신앙이 아직 남아 있을까?' 그리스도께서 이런 통렬한 말씀을 했지요. 아마 그리스도교의 정수에서 나온 말씀 중 가장 통렬한지도 모르죠. 이 말씀에 대해 깊이 생각해본 적이 있습니까?"

"지상에는 신앙이 언제나 있을 겁니다." 드 프라츠 신부가 확신을 갖고, 한편으론 감동에 젖어 말했다. 원장 신부의 감동이 그를 감동시킨 것이다. "자격이 있는 이들에게는 언제나 그리스도교가 있을 거예요."

대화는 이렇게 계속 이어졌다. 수플리에 문제로 실의에 빠져 있는 신부에게 시련이 결국은 그에게 도움이 되리라고 말하기는 쉬웠다. 하지만 그의 미심쩍은 신앙에 대해서는 그가 전혀 실의에 빠진 것 같지 않았기에 그렇게 말하기가 쉽지 않았다. 놀라운 것은, 어떤 순간에도 그를 정면으로 응시하면서 이렇게 물을 용기가 없었다는 점이다. "요컨대 예, 아니요로 답해주십시오. 신을 믿습니까? 믿는다면 신이 나자렛 예수라는 것을 믿습니까?" 그에게 고해하라고 명령할 권리는 없지만 자기 휘하의 신부가 스스로 하고 있는 일을 어느 정도 믿고 있는지 알 권리는 원장 신부에게 있는 것 아닐까? 어찌되었든, 질문이 여러 차례 그의 입술을 맴돌았지만 나오지는 않았다. 너무 엄청난 질문이니까. 또한 고해를 한다 해도, 드 프라츠 신부가 계속해서 요리조리 잘 피해 가리라는 예감이 들었다(그렇다, 학생들이 그러듯이. 하지만 원장 신부는 실제로 반쪽짜리 고해를 하는 상황에 대해서는 몰랐다). 그래서 그는 모호한 태도를 유지했다. '거슬리는 질문'을 할 경우 권장되는 모호한 태도 말이다. 그는 무신론자와 마주해본 적이 없었다. 그의 신앙을 의심하면서 마주한 채로는—게다가 그는 사제가 아닌가!—말이 나오지 않았다. 그는 감당할 수 없는 일을 떠맡은 기분이었는데, 실제로는 그 이상이었다. 그를 당황하게 했던 건 신부의 대답이라기보다 특히 그의 태도—여유로움—였다.

드 프라츠 신부는 이 구원자의 모호한 태도를 예상하고 있었다. 그래서 그는 망설이지 않았다. 신앙이 있느냐고 질문을 받는다면, 처음에는 우물거리겠지만 어려울 게 조금도 없었다. "신앙이란 정확히 무엇인가요?" 또는 "제 종교적 입장에 대해 이성적으로 충분히 변명할 수 있다는 생각 자체가 제가 믿음을 잃었음을 보여주는 증거겠죠." 만일 꼼짝도 못하게 몰아붙인다면, 그는 흔들림 없이 "믿는다"고 대답할 것이다. 랭스부르가 "모두 다 말해라, 진실만 빼고"라고 후배들에게 가르치듯이. 그는 입술에서 맴도는 말을 꺼내지 않을 것이다. 입술에서는 언제나 짓궂은 장난과 자백이 터져나오는 법이다. "저는 신앙이 없는 그리스도인입니다. 아무것도 아닌 것보다는 낫지 않습니까?" 아니면 아주 진지하게 "저는 속세의 도덕을 가르칩니다. 하지만 올바른 도덕이지요. 왜 제게 꼭 신앙이 있어야 하는 겁니까? 뭐가 달라지죠? 저는 제 직책의 의무를 정확하게 이행했습니다. 저는 진심으로 선을 가르쳤습니다. 제게 요구되는 일은 바로 그뿐이었습니다. 저와 소위 신의 관계에 대해 말하자면, 그것은 저 개인의 일일 뿐 어느 누구와도 상관이 없습니다." 아니, 그는 이렇게 말하지 않을 것이다. 그는 정말로 신앙심이 있다고 할 것이다. 그가 십이 년 동안 쌓아올린 것이 바로 이 "예"에 달려 있었다. 그리고 이게 해서는 안 될 질문임을 이해하지 못할 정도로 통찰력이 부족한 원장 신부라면 거짓말밖에 들을 게 없다. 한편, "아니요"라고 말하면 원장 신부는 상처를 받을 것이다. 신부는 그러고 싶지 않았다. 그는 존경심으로 혐오감을 누그러뜨리는 좋은 천성을 타고났다. 원장 신부가 그를 수플리에에게서 떼어놓았지만, 드 프라츠 신부는 원장 신부에 대해 지난번 마지막 면담 때 알방에게 느꼈던 것 같은 혐오감을 더이상 느끼지 않았다.

일주일 전까지만 해도 원장 신부는 의기양양했었다. 하지만 이날은 옴짝달싹 못하게 묶인 난처한 기분이었다. 한 주 내내 고민하느라 그의 입술에는 보기 흉한 작은 뾰루지가 생겼다. 뾰루지는 그에게 곤란한 문제가 생길 때마다 나타나곤 했는데, (드 프라츠 신부는 눈치채지도 못했지만) 엄숙한 분위기에서 면담을 하고 싶었던 그는 뾰루지 때문에 위축되는 기분이 들었다. 그는 면담 시간을 한 시간 삼십 분으로 잡아두었다. 기도하는 자로서, 그는 신부를 맞이하기 전에 성령에게 기도를 드렸다. 하지만 면담을 시작한 지 삼십오 분쯤 지나자 한계에 달한 느낌이었다. 그가 말했다.

"형제여, 기도하십시오(그의 목소리가 다시 변했다). 은총을 그저 믿으세요(신을 향한 끊임없는 호소가 그를 '교장'이라기보다는 '원장 신부'로 만들었다). 겸손하게 형제님 자신을 신께 맡기십시오. 그분은 우리보다 인내심이 있고, 당신을 사랑하십니다. 그분은 시간을 찾을 줄 아시지요. 예수께서 베드로에게 말씀하셨습니다. '너의 신앙심이 꺾이지 않도록, 내가 너를 위해 기도했다.' 나는 당신을 위해 기도하겠습니다. 당신은 신앙심이 약한 가엾은 아이들을 위해 기도하세요—기도할 수 있다면, 기도하십시오."

"저는 기도할 수 있고, 기도할 겁니다." 드 프라츠 신부가 단호한 어조로 말했다. 그는 진심이었다. 알방과 세르주의 삯마차 안에서 밤거리의 빛과 어둠이 연달아 이어졌듯이, 그의 내면에서는 충심과 기만이 이어졌다.

파르크는 스치듯 지나가는 불가사의함을 좋아한다

드 프라츠 신부의 신앙심에 대한 의심을 원장 신부는 겉으로 거의 드러내지 않았다. 의심을 해볼 수 있지만 그 이상 나아갈 수 없다고 생각했다. "언제나 미묘한 차이를 만드세요." 수플리에 사건의 방식이 되살아났다. "중요한 건 정직함이 아니라 견실함입니다." 파르크는 스치듯 지나가는 불가사의함을 좋아했다. 원장 신부는 늘 눈이 멀어 있었는데, 이번에는 일종의 미광이 그에게 비쳐 그는 더더욱 눈먼 상태가 되기 위해 눈꺼풀에 힘을 주어 감았다. 그에게 드 프라츠 신부는 신앙을 가진 인간으로 남았다. 그래야만 했다. 내일에, 모레에, 원장 신부의 벼락이 학생들, 어쩌면 교사들, 혹은 자습 감독들에게로 떨어질 것이다. 하지만 그건 품행 문제 때문이지, 그의 판단으로는 비교할 수 없이 심각한, 따라서 망각의 상태로 남아야 하는 신앙 문제 때문은 아닐 것이다(그렇다면 그는 왜 이를 문제삼았던 걸까?). 어쨌든 오늘날 교회에 비범한 인간이 매우 드문 만큼, 도시에서만큼이나 학교에서도 모두에게 존경받는 이 사제에게 벼락이 떨어지는 일은 없을 것이다. 겉모습뿐이라 해도 존경심을 불러일으킨다면, 교회에서 이 겉모습을 없앨 수는 없었다. 게다가 그는 드 프라츠 신부의 선행을 알고 있었다. 겉모습 너머의 모습을 말이다. 다른 문제도 있다. 만일 드 프라츠 신부가 사라진다면, 개학을 한다 해도 그가 수플리에 사건 이후 어떤 '경솔한 짓'을 해서 사라졌다고는 아무도 의심하지 않을 것이다. 그럼에도, 그렇게 생각하는 이가 생길 경우 정말 불쾌한 상황이 될 것이다. 또 예수회에서 파르크를 어떻게 생각하겠는가? 그들은 기고만장할 것이다. 여하튼 원장 신부가 수습하지 않아도 누군가 사건을 적당히 무마할 것이다. 침묵 위에 더한 침묵이 있었다. 위에도 침묵, 아래도 침묵, 사방 전체가 침묵.

이 표현은 명확한 정치적 의미를 띠고 현대 언어에 들어왔다. '침묵의 교회'. 모든 교회는 침묵의 교회에 속한다. 그런데 속세에서도 마찬가지가 아닌가? 한쪽에는 의도적인 장광설, 다른 쪽에는 의도적인 침묵, 오로지 이 둘뿐이다. 고해도, 아이들의 반쪽자리 고해를 마무리짓는 자동적인 면죄부도 없었다. 고해라고? 세상에, 거저로! 경건한 상투 어구만 존재했다—"성체현시대를 자주 방문하세요" 등등…… 긴 방학 동안 솔렘*으로 피정 묵상회를 가라는 충고 말고는 할말이 없었다. 하지만 이런 충고를 하면 드 프라츠 신부가 매우 불쾌해할 것 같았다. 그는 여름 캠프에 가서 종교로부터 약간 벗어나고, 수플리에에게서 멀어지고 싶어할 테니까. 매우 평화롭게 진행된 이 대결에서 그 점이 그의 유일한 걱정거리였다. 왜냐하면 그는 결과가 어떻든 자신에게 피해를 주지 않으리라 확신했기 때문이다.

"자, 그럼……" 원장 신부가 자리에서 일어나며 말했다. "그리스도교 밖에서도 물론 훌륭한 영혼이 될 수 있다고 생각합니다. 그러나 그리스도교에 무익한 건 결국 위대한 영혼들에게도 무익할 겁니다. 다른 모든 것보다 바로 그게 중요합니다."

"압니다, 일주일 전에 제가 원장 신부님께 그리 말씀드렸습니다."

드 프라츠 신부는 이 놀라운 말과 비슷한 말은 더이상 하지 않았다. 그러나 그는 의식적으로, 또는 무의식적으로 모든 걸 뒤섞었고, 그러길 계속했다.

원장 신부가 시계를 꺼내며 의자에서 일어섰다. 시간이 부족하진 않

---

* 프랑스 서부의 마을. 베네딕트회 수도원 소재지이자 그레고리오성가의 중심지로 유명하다.

았지만, 그는 오로지 면담을 끝내기만을 원했다. 드 프라츠 신부가 자리에서 일어나자, 드 라 알 원장 신부는 그의 팔의 이두근 부분을 잡고 그를 바라본 뒤, 그를 포옹하고, 그에게 성직자의 입맞춤을, 그러나 딱딱한 입맞춤을 했다. 신부는 기꺼이 입맞춤에 응했다. 바로 이 입맞춤을 통해, 그는 자신에게 신앙심이 없다는 사실을 원장 신부가 간파했음을 깨달았다.

드 프라츠 신부는 몸을 굽혀 인사를 하고 물러났다. 드 라 알 원장 신부의 플란넬 셔츠가 땀에 젖어 있었다. 그는 수단의 가슴에 늘 달고 다니는 매우 커다란 십자가를 떼어내며, 좋아하는 기도문을 중얼거렸다. "살아 계신 진정한 신이시여!" 이어서 그는 십자가에 입을 맞추었다. 성금요일 전날, 그 또한 십자가 위에 못박혀 있었다.

"예수가 사랑하던 제자." 요한은 이렇게 다섯 번 호명되었다(이는 다른 제자들에게 불쾌감을 주기에 충분했다). 그리고 그만이 예수의 품에서 쉬었다. 게다가 마치 우연처럼, 그는 열두 제자 가운데 가장 젊었다. 화가들은 요한을 그야말로 소녀 같은 용모로 그리기도 했다. 그리고 그가 쓴 복음서의 수수께끼 같은 흥분까지…… 예수의 고단한 삶 중에서도 드 프라츠 신부는 바로 이 이야기에만 감동받았다. 복음서는 그에게 『신들의 계보』 『일리아스』 『오디세이아』 『천일야화』와 마찬가지로 매력적인 이야기였다. 알방은 어떤가 하면, 그가 몹시 좋아하는 수난의 인물은 본시오 빌라도였다. 이 로마인은 동양인들 가운데서 방황했는데, 그들의 말을 전혀 듣지 않았으면서도 그들 중 순수한 사람이라고 여겨지는 한 사람을 구하고자 끈질기게 노력했다. 마침내 그가 용기가 꺾이는 때가 왔다. 절반은 아내의 충고(흥미로운 세부사항이다) 때문이고, 절반은 다음과 같다. "유대인의 왕이든 아니든, 왕의 이야기가 지겹기 때문이다. 누가 유대인의 왕인지, 내가 어떻게 알겠는가? 난 할 만큼 했다. 그들끼리 요령 있게 잘 처리하라지. 뭘 잘못했다고(짐작건대, 세르빌리우스 사건 때 내가 충분히 굽실거리지 않았던 모양이다) 날 이런 오지로 보냈을까?" 본시오 빌라도는 영웅이라기보다는 천사들이 "선의를 가진 사람들"이라고 부르는 축에 속했다. 알방에게 이 올바르고도 거만한 로마 시민은 진정 친구였다.

수난주간을 앞두고 원장 신부의 마음에는 많은 감정이 교차했다. 어린 시절부터 정신적 동요 없이 수난주간에 들어선 적이 없었다. 인간이며 사제인 그는 일년을 통틀어 필요한 경우를 제외하고는 의식적으로 수난에 대해 생각하지 않았다. 그리고 매번 사순절의 고행이 끝날 때마다 수난의 의미를 새롭게 발견했다. 수난주간을 맞이할 때마다 그는 금방 울음이 터져나올 듯 목이 메었다. 오늘, 그는 드 프라츠 신부가 나간 뒤 기도대 앞에 무릎을 꿇고 있었다…… 그런데 그의 내면에서 무슨 일이 일어났는지 이해하기 위해서는 며칠 전으로 돌아갈 필요가 있다.

비굴한 자들의 진격

콜레주에서 알방은 칭찬받았고 대체로 사랑받았다. 반대로 그를 증오하는 이는 없었다. 랭스부르는 우수한 성적은 물론 선도 활동으로 사랑받고 매우 칭찬받았다. 교사들과 학생들은 그의 엉뚱한 짓도 눈감아주었다. 그러나 알방이 학교에서 쫓겨나던 날, 소년들이 매우 민감하게 느낀다고들 하는 불의가 입을 벌렸고, 갑자기 우리를 대표하는 오래된 국민적 열정과, 우리로 하여금 엄청난 일들을 수없이 하게 했던 욕망 또한 깨어났다. 전에는 랭스부르가 대담해서 보호받는다고들 했었다. 하지만 이제는 그가 아버지 때문에 보호받는다고 수군댔다. 그의 아버지가 파르크의 이사회 회원이자 후원자이며 중요한 주주이기 때문에 그는 건드릴 수 없는 존재였다. 매우 오랫동안 인정되어온 사실이, 갑자기 더이상 받아들여지지 않았다. 갑자기 랭스부르는 지나치게 오랫동안 찬미받고 사랑받은 꼴이 되었다(팔 년이나. 반면 알방은 열세 달이었다). 돌을 들추면 그 아래서 역겨운 쥐며느리가 나오듯이, '프로이센 사람'이라는 말이 나올 정도였다. 이제 누구도 더이상 랭스부르를 비호하지 않았다. 그에 따라 드니에 대한 비호도 끝났다. 그는 오로지 랭스부르 때문에 비호를 받았으니까. 파르크는 결코 밀고의 전당이 아니었다. 그러나 지껄여댈 필요도 없었다. 보호 그룹은 보호받지 못했다. 학생들, 교사 두 명, 수위들, 가장 성스러운 장소의 이름이 오르내렸다. 일학년 담당 교사인 마음씨 좋은 비델 씨가 원장 신부에게 불쾌한 사실들을 알렸다. (그런데 왜 그는 늑대가 울부짖을 때를 기다렸던 것일까? 그들과 함께 울부짖기 위해서?) 이제 불신뿐만이 아니라 부도덕함이 도처에 깔렸다. 원장 신부는 유쾌한 꿈에서 깨어났다. 충성스럽고 순수한 이 기사 주변으로 숲속 도처에서 이글이글 타는 눈을 가진 비뚤어진 요정들이 모습을 드러냈다. 파르크의 산만한 분위기야 소년들 사이에서는 사실 그리 중요하지 않았지만, 여자와 얽히는 경우엔 아주 고약해졌다. 갑자기 모든 게 변했다. 드 라 알 원장 신부는 그를 둘러싼 아이들처럼 약간 변덕스러웠다. (오, 아이들은 바다의 물결처럼 변화무쌍하구나……)

비델 씨의 이야기를 들었을 때 원장 신부가 느낀 첫번째 감정은 모욕감과 수치심이었다. 이런 실수를 하다니! 이렇게 속고 있었다니! "너희는 들으면서도 이해하지 못하고, 보면서도 알아보지 못할 것이다." 전전날까지만 해도 그는 비난받고 욕설을 듣는 코르데르 씨에 대해 이렇게 말했다. "아주 친절한 사람입니다! 완벽한 사람이에요" 등등…… 그랬다, 바로 전전날 말이다. 바보 같다. 우스꽝스럽다. 사제, 즉 또다른 그리스도, 콜레주 노트르담의 원장인 그가…… 우스꽝스러운 인물이 되었다. 원장? 원장은 무슨 원장? "오, 하느님! 저는 보잘것없습니다. 하지만 이 보잘것없는 존재를 당신에게 바칩니다." 그리고 이 학생들!…… 그가 한 가지를 잘못 생각했다면, 다른 것들에 대해서도 잘못 생각하지 않았을까? 이 학교에 그가 의지할 만한 평화의 아이가 단 하나라도 있을까?* 아니, 단 한 명도 없다. 그러면 어떤 어른을 믿어야 하는가? 갑자기 그는 모두가, 그리고 자기 자신마저 의심스러웠다. 보통은 그에게 호의를 보였던 사회가 흉악하게 보였다. 세상이 얼굴을 바꿨다. 코르데르 씨의 미덕에 대해 말한 이후, 누군가의 미덕에 대해 말하는 일은 더이상 가능하지 않았다. 누군가에 대해 "아주 친절한 사람입니다……" 하고 말하는 일 또한 더이상 가능하지 않았다. 누가 옳았을까? 누가 옳지 않았을까? 갈피를 잡을 수 없었다. 꼭 집에 도둑이 들었던 사람 같았다. 그는 주변 사람 하나하나를 막연히 의심했다. 가장 믿을 만한 사람들까지도. 이로써 그의 삶은 오염되었다. 그는 자신의 학교를 사랑했고 소년들을 사랑했다. 그는 계속해서 그들을 사랑할 수 있기를 바랐고, 따라서 그들이 어떤 나쁜 짓도 하지 않는 건 그에게 당연

* "어느 집에 들어가든지, 먼저 '이 집에 평화가 있기를 빕니다!' 하고 말하여라. 그곳에 평화의 아이가 있으면 너희가 비는 평화가 그 아이에게 내릴 것이요……" 루카복음서 10장 5~6절. (원주)

한 일이었다(물론 이 모든 무의식적 메커니즘에 따르면 그랬다). 그는 학생들과 교사들을 향한 자신의 신뢰를 너무나 사랑했다. 신뢰 자체를 너무나 사랑했다. 안타깝게도, 문제가 되고 뒤흔들리고 있는 건 학교 설립의 토대가 되는 원칙이었다. 삼 년 전, 같은 교단은 아니었지만, 그가 사랑했던 남자가 로마교황청으로부터 처벌을 받았다. 당시 그는 그 남자의 자질이기도 한 자신의 자질 때문에 자신이 처벌받은 것 같다고 느꼈다. 지금 그는 그 남자와 마찬가지로 행동의 과정에서 처벌받았다. 그가 가장 올바르고 가장 심오하게 그리스도교적으로 행했던 모든 일—그 순간 그리스도교적 정의에 대해 확신했던 행동들—이 이제는 우스꽝스러운 바보짓으로밖에 보이지 않았다.

곧 그는 다시 침착해지려 애썼다. '그들은 내게 신뢰감을 주었다. 내게 자신들의 자잘한 근심거리를 털어놓았지. 어떤 때는 집안의 걱정거리를, 어떤 때는 신체적인 작은 고민거리까지도. 부모에게 말하지 않는 일까지 내게 말했어. 그들은 내게 신뢰감을 주었고, 나도 그들에게 신뢰감을 주었다. 내가 틀렸다는 건 있을 수 없는 일이야. 교회 또한 신앙심을 요구할 때 엄청난 신뢰를 보여주는 행동을 하지 않던가?' 하지만 그러다가도 곧 이런 생각이 들었다. '내가 잘못 생각했다. 잘못 생각하면 늘 잘못을 저지르기 마련이지. 이 직무를 맡기에 내가 너무 젊은 건 아닐까? 예수회의 말이 맞는 게 아닐까? 신이시여, 왜 제게 경고하지 않으셨나요? 매우 간단한 일이었을 텐데…… 건방진 생각을 좀 해보자면, 당신도, 거의 제 또래였던 당신도 잘못 생각했고, 신뢰가 지나쳐서 속았지요. 주님, 당신도, 주님 당신도…… 신뢰가 지나쳐서…… "깨어서 기도하라." 처음에 그들은 잠들어 있었죠—두 번이나—이어서 그들은 도망갔고요. 게다가 그들은 당신이 선택한 자들이었어요. 당신을 밀고한 이는 바로 당신이 돈을 맡겼던 사람이었습니다. 저의 사람들은 방심했기에 깨어 있지 않았고, 반쪽짜리 믿음밖에 없었기에 기도하지 않았습니다.'

이렇게 콜레주와 브리쿨 집안은 불안스러운 모양새로 대칭을 이루게 되었다. 원장 신부는 필사적으로 학생들을 신뢰하고 싶어했고, 드 브리쿨 부인은 알방이 자신을 신뢰하기를 필사적으로 원했다. 그리고 두 사람의 신뢰에 대한 간절한 욕망은 각각 혼란에 이르렀다. 아들의 신뢰를 얻길 원했던 드 브리쿨 부인은 수플리에를 언급하는 대담한 전략을 택했고, 어떤 값을 치르더라도 학생들의 신뢰를 얻길 원했던 원장 신부는 그들의 우정에 대해 언급하는 모험을 택했다. 어느 작가는 신뢰를 두고 "인간의 성스러운 가능성"이라고 쓴 바 있다…… 성스러운? 이 경우 신뢰가 섬기는 신은 어떤 신일까? 최소한으로 말해본다면, 다양한 우상들.

우리가 섬기는 우상들은 차이를 안다.

드 프라츠 신부가 실수로 말해버린 이 반쪽짜리 신앙, 또는 신앙의 부재 때문에 원장 신부의 괴로움이 더해졌다. 그는 그 사실 곁에서 살지 않으면 안 되었다. 모든 게 마치 아무 일도 없었던 것처럼 진행되었다. 그렇지만 무언가 '있었다'—엄청난 일이 '있었다'. 분명 그리스도는 자신을 처음에는 믿지 않았던 토마스를 내쫓지 않았다. 그리고 자신을 세 번이나 부정한 베드로에게 자신의 교회를 맡겼다. 그리고 드 프라츠 신부가 자신의 배신을 애매하게 고백했다면, 유다는 자신의 배신을 은연중에 고백했다. 그런데도 예수는 계속해서 그와 식사를 했다. 분명히 그러했다, 분명히…… 그러나 그리스도에겐 인간의 면모가 있었다—그의 수난에서 모든 외관의 장막을 걷어버린 인간적인 면모, 그 점에서 그는 진정 '인간의 아들'이었다—그리고 이 면모는 부서진 기도대 위에서 묵상하는 또다른 그리스도 안에서 요동쳤다. 그는 콜레주를 개혁하고자 했고, 그의 '오른팔'은 전면적인 개혁이 필요한 사람이었다. 그는 썩은 가지를 쳐버리고 싶었지만 여기 이 가지는 쳐내지 않았다. 그는 여전히 이 가지에 의지하고 싶었다. 의지한다고? 보지 못하는 프레보텔 신부와 보려 하지 않고 말하려 하지 않는 드 프라츠 신부 중 누구를 의지할까? 선량한 고발자, 비델 씨에 의지할까? 그러나 원장 신부는 속인이 학교 운영에 개입하는 것을 체질적으로 견딜 수 없었다. 결국, 그는 비델 씨 또한 의심했다.

손가락 끝에 물을 찍어 혀를 서늘하게 하는 사람.* 실제로 그는 단도로 찔린 듯 모욕감으로 상처를 입었다. 아이들도 어른들도 잘못 판단했다는 모욕감, 브리쿨을 예의를 갖춰 대하지 않았다는 모욕감, 합당하지 않은 이유로 아주 오랫동안 랭스부르를 용인해주었다는 모욕감, 드 프라츠 신부가 어떤 인물인지 간파하고도 용인해주고 있다는 모욕감, 이런 위기에서 도움받지 못한 채 매우 외롭게 있어야 한다는 모욕감, 프레보텔 신부를 선택하고 자신을 따르게 했지만 그의 장점에도 불구하고 개학하면 헤어져야 한다는 모욕감. 마음이 겸손한 것과 모욕을 느끼

* 루카복음서 16장 24절의 변형.

는 것은 완전히 별개다. 마음이 겸손하고 인정스러운 사람도 모욕을 견딜 수 없다.

원장 신부는 과시를, 나아가 조금이라도 지나친 듯 보이는 모든 걸 끔찍이 싫어했다. 드 프라츠 신부가 아이들에 대한 사랑을 감추듯이 그는 신에 대한 자신의 사랑을 감추었다. 신학생 시절 기숙사에서 기도할 때, 그는 침대 앞에서 무릎을 꿇고 기도하지 않았다. 물론 비겁해서가 아니라, 당시 매우 반교권주의적인 분위기에서 기숙사의 구경거리가 될 만한 일을 하기 싫었기 때문이다. 그는 기도는 침대 안에서 했다. 지금은 일과 때문에 몸과 마음이 지쳐서, 기도대를 벗어나 침대 속에서 간편히 손을 모으고 묵상을 계속했다—무슨 일이 있든 그는 매일 삼십 분씩 묵상을 이어갔다. 그가 기도대를 떠난 이유는 추위 때문이기도 했다. 이런 문제에 대한 무관심, 마치 소년과도 같은 방에 대한 소홀함 때문에 그의 방에 있는 작은 난로는 사무실의 난로보다도 제 기능을 하지 못했다(같은 이유로 전등 또한 너무 흐릿했다).

예수가 추위에 떨던 밤

그는 여러 존재들로 인한 피곤함에서 자기 내면의 대화 속으로 기울어졌다. 그 안에서는 모든 게 쉽기만 했다. 초자연적인 모든 것이 그에게는 쉽고, 자명했다. 예수그리스도는 그가 들이마시는 일종의 공기였다. 분명 예수회식 기도에서 차용한 전투적인 방법과는 거리가 멀었다. 기도하는 방법이란 없다. 왜냐하면 사랑하는 방법이 없기 때문이다(이 사랑과 기도를 통해서도 그의 학생들과 소통할 수 없음을 그는 충분히 염두에 두었을까?). 기념할 만한 그 밤, 어둠이 지배하는 시간에 올리브 동산에서 돌아온 사도들은 대사제의 마당에 지핀 불가에서 몸을 녹였다. 그리고 다음날, 벌거벗은 몸으로 십자가에 못박힌 예수는 다른 고통 이상으로 틀림없이 추위 또한 느꼈으리라. 창으로 옆구리를 찔린 건 그리 임청난 일이 아니었지만 그가 느끼는 추위는 엄청났다—아무도 이에 대해서는 말하지 않았다. 자신의 시련과 그리스도의 시련 사이의 가능한 모든 유사성을 무례하다고 여기며 그러한 생각을 떨쳐버리려 애썼지만, 원장 신부는 다소나마 자신의 기운을 북돋우는 이 유사함(측근들의 배신, 땀……)을 받아들이지 않을 수 없었다. 마치—모든 차이점과 절제된 신앙심에도 불구하고—지부아가 자신을 베르테르로 여기고 키키가 자신을 나폴레옹으로 여기며 기운을 얻듯이. 신을 생각하면 신 전체를 품을 수 있건만 학교 문제가 그에게서 정신의 자유를 앗아갔다. 그는 신에게 섞여들며 다시금 신을 발견했다. "아버지, 어찌하여 저를 버리셨습니까?" 몇몇 예쁜 여자들이 밤에 아름다워지려고 얼굴에 진흙을 바르듯, 그의 얼굴이 슬픔으로 뒤덮였다. 아이들이 떠난 성목요일의 이 커다란 집에는 고독이 있었다. 그리고 사람으로 가득차 있을 때에도 이 커다란 집에는 고독이 있었다. 그때 집을 떠난 사람은 바로 그였다. 그리고 자신이 사랑받는다고 느끼다가 사랑받지 않는다는 걸 알아챘을 때 느끼는 슬픔이 있었다.

어두운 오퇴유의 끝없는 사막, 삐걱거리는 삯마차와 느린 자동차만이 이따금 지나갈 뿐이었다. 한밤중에 이동하는 이 남자들과 여자들은 누구일까? 다음날—성금요일—도 여느 날과 같은 사람들, 내일이 성금요일이라는 것조차 알지 못하는 사람들, 성금요일이 뭔지 알지 못하는 사람들. 이들 가운데 어쩌면 파르크 학생의 부모나 과거 파르크의 학생이 있는지도 모른다. 예수가 추위에 떨던 밤, 이들은 무심하게 시시덕거린다. "인간의 아들이 돌아올 때, 지상에는 신앙이 아직 남아 있을까?"

“정의는 사랑 다음으로만 군림할 것이다.”

폴 르노댕(마르크 상니에와 함께 ‘르 시용’ 운동*을 시작한 이).

『르 시용』, 5호, 1895.

부활절 미사

원장 신부가 콜레주를 운영한 지 두 해째였다. 부활절 미사는 그 전 해와 마찬가지로 소박하게 치러졌다. 소박함은 이 집, 예쁘지도 추하지도 않은 평범한 성당의 방식이었다—학교의 소박한 정신과 원장 신부의 소박한 정신. 원장 신부는 드 프라츠 신부보다도 미의 개념과 종교 개념의 연관성에 무관심했다. 원장 신부는 보좌하는 아이 넷의 도움을 받아 홀로 미사를 집전했다.** 성가대에 성직자는 포함되지 않았다. 제단은 임시로 크고 흰 카네이션이 꽂힌 항아리 네 개로 장식되어 있었다. 겉치레 장식을 하지 않는 원장 신부의 엄격함을 보여주는 소품이었다. ‘파르크’, 즉 정원에서 꺾은 두툼한 나뭇가지들이 초록색 벨벳 띠로 덮은 바닥에 놓인 항아리에 꽂혀 제단을 에워쌌다. 미사가 시작되기 전, 이 작은 숲, 실제로 거의 작은 숲과 같은 잎사귀들 뒤로 한동안 성가대 아이들의 붉은 수단이 얼핏 보였는데, 마치 성스러운 숲에서 움직이는 듯했다.

복음서 옆에 부활절의 초가 세워져 있었다. 전날 원장 신부는 ‘돌에

* Le Sillon. 19세기 말부터 20세기 초까지 있었던 가톨릭 사회운동으로, 민주주의와 사회주의를 표방했다.

** 상상력을 자극하는 장면을 만들기 위해 작가는 몇 군데, 특히 여기서 약간 속임수를 썼다. 1913년에도 오늘날과 마찬가지로 콜레주에서 부활절 미사는 개인적으로 치렀다. 학생들은 방학중이라 부모와 함께 그들이 택한 성당에서 미사에 참석했다. (원주)

서 추출한' 불을 축복하고 성수를 세 번 뿌렸다. 이학년 학생인 복사 뮐라가 향로를 들고 있었다. 사제는 거기에 넣어둔 향을 불에 세 번 흔들어 뿌리고, 이어서 새로운 불로 큰 양초에 불을 붙였다. 성가대 아래 커다란 양초가 세워졌다. 꼭대기에는 남성의 불이 있었다. 초창기에 이 불은 황소와 풍요의 근원을 가리켰지만 오늘날에는 황소의 행복한 라이벌인 예수가 세상의 빛과 풍요로움이라는 그 자리를 차지했다.* 알방은 부활절 전날 미사에 결코 참석하지 않았다. 그리스도교화된 불의 의식에서 그가 무엇을 보았을지는 신만이 알 것이다. 이미 봤고 볼 필요가 없었던 것들. 초기 그리스도교 헬레니즘시대에 많은 사람들이 그랬듯이 그는 어느 순간 태양과 예수를 동일시하고 있었다. 일고여덟 살 때 그는 어머니 침대 앞에 무릎 꿇고 앉아 저녁기도를 하며 줄곧 이렇게 되뇌었다. "은총이 가득하신 마리아여, 기뻐하소서, 태양이 당신과 함께 하십니다." 그러면 어머니가 이를 이어갔다. 아무런 효과도 없었다**. 하지만 이 통합주의 교리는 보다 세속적인 차원에서 양립할 수 없는 걸 양립시키고자 하는 파르크 콜레주의 정신보다 훨씬 진지함이 덜했다. 상반되는 술책들이 뒤섞이며 늘어선 곳에 서 있는 양초는 초기의 통합 교리보다는 언젠가 알방이 지부아에게 했던 말을 상기시켰다. "여기서 신비함을 찬양하는 대상은 유일신이 아니라 이중생활의 여신이지."

먼저 부모들이 입장했다. 세상에서 가장 어리석은 우파가 성당의 맨 마지막 줄에 자리를 잡았다. 세상에서 가장 어리석은 우파는 자신의 아

---

* 베종의 성벽 벽돌에는 두 개의 거대한 황소 뿔을 가진 그리스도의 머리가 새겨져 있다. (원주)

** 이 단락은 『투우사들』을 읽어야 이해하기 쉽다. (원주)

들을 좌파 학교에 입학시켰다. 이 년 전 일이었지만, 우파 부모는 아직도 여기가 좌파 콜레주인지 몰랐다. 이어서 학생들이 좋아하는 친구 옆이 아니라면 멀리 떨어지지 않기 위해, 또는 은밀히 제기된 질문에 대한 대답을 의미하는 긴 의자의 특정한 자리에 앉기 위해 먼저 들어가려고 평소처럼 서로 떠밀면서 들어왔다. 쪽지들이 손에서 손으로 건네지고, 아이들은 그걸 미사 경본 안쪽에 넣고 읽었다. 몸을 돌려 미소 지으며 아픈 마음에 기운을 불어넣는 모습도 보였다. 뒤에 있는 선배가 무릎을 꿇고 양손에 얼굴을 묻으면 앞에 똑바로 서서 손을 등뒤로 돌리는 모습도. 그러면 선배의 손이 후배의 손을 만지는데, 이것은 그들 사이에 미리 정해둔 행동이었다. 각 학년 주임신부는 담당 학년의 옆에 선 채 상상으로만 존재하는 질서정연함에 신경을 썼다. 드 프라츠 신부는 담당 학년 옆에 캐스터네츠를 들고 서서 "일어서", "앉아", "무릎 꿇어" 하고 지시하며 학생 전체의 움직임을, 우리가 이미 보았듯이 전 아카데미 회장이 육체적으로 너무 힘든 일이라 지적했던 움직임을 지휘했다. 신부는 거의 쓰다듬는 식으로 가볍게 캐스터네츠를 다루었다. 예민하게 고개를 곧추세운 금발머리 아이들을 제외하고는 거의 누구에게도 들리지 않을 만큼 작은 소리였다. 굉장한 기술이었다.

이날 부활절 일요일 미사에는 중급 학년 학생들도 참석했는데, 보통 바지에 긴 양말을 신는 이들이 이날은 맨다리였다. (흔히 하는 말로) 거의 배꼽까지 드러날 정도였다. 왜냐하면 부활절은 봄이니까. 이론적으로 '열기'가 있는 시기였다. 그러나 동시에 (손목 부분이 접힌) 두꺼운 가죽장갑이나 두툼한 털장갑, 적어도 안감을 댄 두툼한 장갑의 시기이기도 했다. 혹한기의 장갑과 함께 혹서기의 다리들을 보고도 놀라는 이는 없었다. 아무도 놀라게 하지 않았다. 보는 쪽도, 보이는 쪽도 모두 그랬다.

보통 '성가대'는 평상복을 입고 출입문 위쪽에 마련된 특별석에서 노래했다. 그리고 축일이면 장백의를 입고 특별석에 있다가 중앙홀의 통로를 지나 홀의 세번째 줄까지 나아가곤 했다. 이날 그들에게 지정된 자리는 가장 어린 학생들 앞이었다. 두 줄로 서서 동료들 사이를 지나가는데, 동료들에게 그들은 오만 가지 기상천외한 짓들을 다 하는 친구들로 통했지만(성가대가 특히 기상천외했다) 그럼에도 몸에 걸친 장백의와 행렬의 발걸음 덕분에 이미 일종의 신비로움으로 싸인 듯했다. 곁을 지나치며 그들은 친구들을 살짝 건드리려 했지만 거의 여성스럽기까지 한 그 옷이 그들에게 뭔가 초연한 신비스러운 이미지를 주는 터라 소년들은 호기심과 약간의 존경심을 갖고 매일 보던 동료들의 얼굴을 바라보았다. 허리띠가 걸쳐 있는 곳—이 허리띠는 육체의 예속을 상징했다—이 다리가 있는 높이였다. 중앙 통로 가장자리에 앉은 소년들은 잠시간 장백의의 냄새에 잠겼다. 보호 그룹에서도 가장 세련된 소년들은 이 냄새를 좋아했다. 약간은 그리 청결하지 않은 수건 같기도 한, 성스러운 동시에 약간 미심쩍은 냄새. 그야말로 콜레주의 냄새였다. 여름에 보면, 허벅지를 덮는 장백의에 땀이 흥건한 손바닥을 닦고 있는 소년을 볼 수 있다. 뿐만 아니라 어떤 소년은 장백의 소매로 얼굴의 땀을 닦기도 한다. 장백의의 냄새가 미심쩍은 이유를 알 수 있는 대목이다. 게다가 장백의는 아랍인들의 터번처럼 온갖 용도로 다 쓰인다. 안감으로 구두에 묻은 먼지를 턴다거나 목에 두른 흰 천으로 코를 닦지 않는다면, 그 사이로 끼워주는 쪽지를 받는 데 이용한다. 이 모든 기능을 포함하는 더 나은 옷은 상상할 수 없다.

1913년 이날 부활절 일요일, 미사에 참석한 사람의 수는 평소 일요일보다 적었다. 바캉스라 몇몇 가족이 자리를 비운 것이다. 하지만 바캉스 동안 잠시 떠나는 관습도 지금보다는 덜 퍼져 있어서 그렇게 많은 사람들이 부재한 건 아니었다.

안으로 들어서자마자 몇몇 심술궂은 얼굴들이 요란하게 기침을 했다. 사실 성당 안이 매우 춥긴 했지만 이 기침은 계획적이었다. 연극을 망치려고 작가의 친구들이 '리허설' 때 막이 오르자마자 기침을 해대는 것처럼. 그들은 또한 눈에 띄게 손을 비벼댔는데, 곧 이 모든 행동이 시들해지며 잦아들었다.

정확히 열시에("투우 경기처럼 정확하게"라고 알방은 늘 생각했다. 그러나 이제부터 이 젊은이가 미사와 투우를 비교하며 강박적으로 찾아내던 유사성에 대해서는 말을 아끼기로 하자), 황금빛 천으로 치장한 원장 신부가 초록 수풀에서 나왔다. 아니, 그보다는 초록 수풀에 가려져 있던 제의실에서 나와 성단을 따라 왼쪽에 있는 성가대를 돌아 제단으로 올라갔다. 라 포베트,* 라 메종포르, 드니 그리고 뮐라가 뒤를 따랐다. 마지막에 선 뮐라가 의식을 주관하는 역할을 했다. 이들과 더

---

* 보호받는 소년들은 성장함에 따라 종종 별명을 바꾸었다. 그 별명이 변하지 않는다면 그랬다. 예를 들어 남성, 여성의 구별 없이 라 포베트, 줄여서 **포베트**인 비노는 **포베통**이라는 별명으로 마침내 성 정체성을 찾게 되었다. 순결한 천사라는 별명으로 천사의 성별을 가졌던 일은 언급하지 않더라도. 우리는 너무 혼란을 주지 않기 위해 이 장(章)에서 라 **포베트**라고 불렀지만 (결정적인 별명이 생기면서 그로 고정되기 전에는) 비노에 대해 말할 때 파르크에서 그러듯 **그**와 **그녀**를 혼용해서 썼다. 만약 당신이 의아하게 생각한다면 앞의 사항들은 매우 중요하다. (원주)

불어 향냄새와 성스러운 분위기가 밀려들어왔고, 그동안 사람들은 자리에서 일어나 있었다('투우사 무리가 투우장에 들어설 때 관람객들이 자리에서 일어나는 것처럼' 하고 알방은 생각하곤 했다…… 제기랄, 투우에 대해서는 이게 마지막). 밖은 매우 어두웠다. 촛불들이 켜지자 온통 금빛으로 차려입은 원장 신부가 번쩍이며 나타났다.

사제는 제단에 입을 맞추었다. 향로에 향을 넣은 다음 제단에 향을 뿌렸다. 제단 앞에 무릎을 꿇고 앉은 성가대 아이들은 붉은 실내화의 밑창을 규정대로 수단으로 세심히 덮었다. 마치 밑창이 외설스러운 부분이기라도 한 듯. 어쩌면 밀회 장소로 습관적으로 뛰어다닌다는 점에서 그런지도 모른다.

원장 신부는 다양한 동작을 취하며 때로는 축복을 내리기도 하고, 때로는 두 팔을 벌렸다가 다시 오므리며 인자하게 포옹하기도 하고, 때로는 십자가 위의 예수 이전부터 존재해온 가장 오래되고도 가장 거룩한 숭배의 동작, 즉 양팔을 벌린 자세로 기도를 하기도 했다. 신부가 머리를 자연스럽게 뒤로 약간 젖히고 눈꺼풀을 내리깔자 신앙과 강렬한 열기가 뿜어져나왔고 소년들조차 이에 대해 존경을 품을 정도였다. 그리고 이어지는 서창부와 기도송은 전에 알방이 과제물에 썼던 문장을 떠오르게 했다. "라틴어를 들을 때면 늘 사랑의 말을 듣고 있는 것 같다." 고위층의 호감을 산 문장이었다. 원장 신부가 〈글로리아〉를 노래하기 시작하자, 교회의 종이 우렁차게 울려퍼지며 그리스도의 부활을 알리면서 신부가 이 미사에 부여한, 그리하여 잠시 후 좀더 심화시켜 드러낼 의미 또한 명백히 드러냈다.

랭스부르는 좋은 시절의 동료들에 대한 의견이 매우 분명했다. 그들은 매력적이거나 바보 같거나. 오늘 등장한 성가대 아이들을 보며 그는 이 평가를 더더욱 굳혔다. 라 포베트와 라 메종포르는 매력적이고 드니는 매우 인상적이며 뮐라는 바보 같았다. 이 바보의 아버지는 작은 유리 세척 공장을 운영하고 있었지만 그는 파리 프롤레타리아계급층 소년들에게서 종종 볼 수 있는, 길고 가느다란 '귀족적인' 손을 갖고 있었다. 이 아이들 가운데 뮐라와 라 포베트 둘은 순수하며 나중에도 신앙을 유지하지만, 순수하지 않은 둘, 라 메종포르와 드니는 신앙을 버리게 된다.

근시 코안경을 쓴 뮐라는 사제가 되고 싶었다. 라 메종포르는 복사가 되기 위해 애쓰면서도 그 일을 비웃었다. 우리의 친애하는 늦된 포베트는 복사였다. 왜냐하면 부모가 원했으니까. 그에게 복사 일은 심심풀이였다. 다른 모든 일을 할 때와 같이 평소처럼 상냥하게 복사 노릇을 했다. 그는 학업에서는 형편없었지만, 복사 활동은 그럭저럭 해나갔다. 신이 그를 사랑했기 때문이다.

누구든 콜레주 내부의 생활을 잘 알고 있는 사람이라면 거기서 일어난 일을 비극적으로 여기지 않으리라는 건 분명하지만, 이런 종류의 의식에서 드니를 높은 자리에 앉히기로 한 결정은 비상식적이라 생각할 것이다. 성가대의 세번째 줄에 자리잡은 랭스부르는 이 일로 동요했다. 『미셸 스트로고프』*에서 "네 눈으로 보라! 보라!" 하고 말하는 장면 같았다. 랭스부르는 확실한 출처를 통해 향로를 드는 사람에 대한 모든 정보를 꿰고 있었다. 드니는 마지막 순간에 미사 집전 사제가 제

* 1876년에 출판된 쥘 베른의 소설.

의 밖으로 손을 빼지 못하도록 꿰매버렸다. 드니는 미사 포도주에 오줌도 세 방울 누었다. 그리고 옆에 동료가 있을 때 집전 사제 아주 가까이서 포도주병을 내밀며 방귀를 뀌었다. 잠자코 있을 수밖에 없는 사제는 질식할 것 같았지만 어쩔 도리가 없었고, 둘 중에 누가 범인인지 알아볼 수도 없었다. 드니는 또한 종의 밧줄을 타고 높이 기어올라가 그 줄을 끊으려고 시도한 적도 있었다. 그는 어머니가 걸어준 십자가 목걸이를 변소에 버리고 바스크식 펠로타 경기장의 사물함 열쇠가 매달린 작은 쇠사슬로 바꾸어 달았다. 십자가를 버리고 종교적 부정의 상징을 목에 거는 일은 이중의 신성모독이었다. 랭스부르는 중세의 전설을 떠올렸다…… 어느 미사 때 성가대의 한 이름 모를 아이가 때 아닌 종을 울리고, 빈 포도주병을 내놓는 등 별난 짓을 해서 미사에 모인 사람 모두를 놀라게 했다. 마침내 사제가 성체를 들어올릴 때, 성가대의 아이는 신부에게 달려들어 그의 목을 졸랐다. 성가대의 아이는 악마였던 것이다. 물론 드니는 겉보기에 모범적으로 봉사했지만, 알고 보면 작은 악마였다.

그러나 적어도 플루타르코스의 저서를 알고 있는 고학년들에게는 보여지는 삶과 진정한 삶, 서로 포개지며 공존하는 두 삶이 있었다. 섬세한 코를 가졌다면, 이 두 삶의 교차점에서 한없이 귀하고도 해로운 열기와 냄새 같은 것을 맡을 수 있으리라.

바깥 하늘이 밝아졌다. 성당에서는 얼마간 태양이 샹들리에의 전기 조명과 다투었다. 곧 샹들리에가 꺼졌다.

층계송과 할렐루야를 부르는 동안 촛대와 향로가 운반되었다. 원장 신부는 불에 향을 뿌리고 다양하고 심오한 의미가 가득한 말로 불을 축복했다. "당신이 타오르게 할 이를 기리며 축복을 받으소서." 라 메종포르가 재미삼아 촛불에 입김을 불어대는 바람에 나중에는 심지만 남았다. 감실 주변에 꽃들이 어린 꽃망울을 내밀고 있었다. 최근 드 프라츠 신부는 이 순간을 떠올렸다. 그는 당연히(그의 이성은) 장엄하다고 여겼지만 지금 생각해보니 기묘하기도 했다. 원장 신부가 악동 드니 앞에서 고개를 숙이는 순간 말이다.

그때 외부 설교자—콜레주의 이방인—가 모습을 드러냈다. 그의 목소리는 난폭함과 무용함이라는 거대한 두 날개를 달고 즉시 울려퍼졌다. 청중 가운데 어느 누구도, 원장 신부를 비롯해 햇병아리 꼬마들에 이르기까지, 신부들과 교사들에 이르기까지 아무도 이게 지독하게 평범한 행동임을 곧장 간파해내지 못했다. 어떤 이들은 깜짝 놀랐고 또 낮은 소리로 웃는 이들도 있었다. 성가대와 중앙홀에 있는 모든 사람들이 자리에 앉았다. 원장 신부는 두 손에 머리를 묻었다. 그의 의자 양옆으로 줄지어 앉아 있는 복사들은(줄지어 있는 그들의 옆모습이 보였다) 처음에는 양손을 편 채 무릎 위에 올려놓았지만 얼마 지나지 않아 참을성 없이 두 손으로 무릎을 만지작거리기 시작했다. 이어서 꼬마 둘은 마치 줄에 묶인 당나귀가 꼬리를 흔들듯 흰 양말에 빨간 실내화를 신은 발을 허공에 흔들어댔다. 실내화 안에서 움직이는 그들의 발가락이 앞줄에 앉은 몇몇 사람에게 보였다. 설교가 길어지자 결국 가장 진지했던 사람들마저 소맷자락에 손을 넣어 팔꿈치를 긁적거렸다. 라 포베트는 새끼손가락으로 귀를 후볐고, 라 메종포르는 붉은 수단 아래서 양다리를 꼬았다가 한쪽 다리를 허공에서 흔들었다가 나중에는 코를 풀었다. 신 앞인 이 성스러운 장소에서, 무대 위에서 코를 푸는 배우만큼이나, 또는 그보다 더 황당한 행동이었다. 드니는 때로 손가락 옆을 깨물다가 때로 손가락들을 입안 깊숙이 넣었고, 다시 꺼내어 잠시 탐욕스럽게 바라보기도 했다. 그러고는 다시 손가락을 글자 그대로 입안에 처넣기 위해 몸을 뒤로 젖혔다. 라 메종포르가 하품을 하자 전염되어 라 포베트도 하품을 했다. '성가대'에서는 짓눌린 머리들이 고개를 떨구고 있었다. 손으로 앞서 언급한 그 순결의 허리띠를 만지작거리는가 하면, 작은 뱀처럼 고개를 쳐들었다. 리갈은 장백의의 소매가 너무 긴 듯 장백의의 소매를 걷어올렸다가 다시 내렸다. 그는 이 동작을 계속 반복했다. 종종 위로 치켜뜬 두 눈은 지지나 영감을 바라기라도 하는 양 한 입상으로 향했다. 어떤 성녀를 재현했는지 아무도 모르는 입상이었다. 시선을 아래로 떨군 겸손해 보이는 얼굴에 불룩하게 배가 나온 그 입상에 학생들은 위선자라는 별명을 붙였다. 콜레주의 수호 서열에서 그녀는 아이들을 위한 성인 바로 다음이었다.

차가운 손으로 얼굴을 감싼 채 원장 신부는 사색에 잠겼다. 브리쿨과 수플리에의 사건이 일으킨 위기는 일종의 신의 섭리에 따라 이 미사로 귀착되었다. 신부는 이 미사를 통해 이미 그 자체로 미사를 상징하는 교회에 새로운 차원의 상징을 덧붙였다. 결코 그치지 않는 것. 아무도 하지 않는 게 무엇인지, 미사에 대해 이야기하는 몇몇 사람들도 하지 않는 게 무엇인지 이해하려 애쓴다면 말이다. 부활절 미사는 그리스도의 부활을 기념하는 미사이지만 이번 해에는 또한 콜레주 부활의 미사이기도 했다. 콜레주는 그리스도의 임종을 에워쌌던 어둠과 동일한 '외부의 어둠'으로 덮여 있었다. 그리스도는 무덤의 부패 속에 있었다. 누가 무덤의 돌을 굴릴 것인가? 무덤의 돌을 굴릴 사람은 바로 그, 원장 신부였다. 원장 신부는 이런저런 면모를 지녔지만, 무엇보다 "마음이 부드럽고 겸손한 나를 본받으라"는 예수의 말을 생각하면 흥분이 누그러지는 기개 있는 사람이었고 드 프라츠 신부처럼, 그러나 그와는 다른 의미에서 열정적인 사람이었다. 입에 '사랑'이라는 단어를 자주 올리는 많은 사람들이 그렇듯이, 원장 신부는 그래야 한다고 생각할 경우 가차없는 태도를 취하는 데 어떤 어려움도 느끼지 않았다. '마음이 부드럽고 겸손한' 그리스도가 있는가 하면, 측근을 채찍질하며 쫓아내는 그리스도도 있었다. 그는 바리사이파에게 "독사처럼 음험한 족속들!"이라는 저주의 말을 예사로 퍼부었고, "나는 사람들을 위해 기도하지 않는다"는 이상한 말을 하기도 했다. 게다가 매우 수줍은 성격이었지만 일단 일에 몰두하면 수줍은 자들이 지닌 끈질김이 있었다. 숙청은 곧 파괴다. 내일이라도 그의 주도하에 고발과 고소, 어쩌면 밀고, 유죄판결이 가차없이 시작될 것이다. "나는 세상을 심판하러 온 게 아니라 구원하러 왔다." 콜레주를 구원하기 위해 그로서는 먼저 심판할 필요가 있었다. 왜냐하면 그는 콜레주를 사랑했기 때문이다. 예전에 주교 서품식에서 그는 주교의 지팡이를 건네받으며, 이러한 말을 들었다. "악습을 교정함에 있어서, 그대는 엄격할 것이다. 왜냐하면 사랑하기 때문이다." 항공연맹 강연회에 관한 알방의 편지 이후 그를 거의 밀고자로 취급했던 일은 고통스러웠다! 그 편지는 받아들일 수 없었지만 어찌되었든 무게가 막중했다. 떠들썩하게 퇴학당한 학생은 기본적으로 실패했던 개혁을 최고 단계에서 개시했다.

주임신부들, 교사들 그리고 자습 감독들은 부활절 다음날 이어지는 화요일과 수요일의 마흔여덟 시간 동안 원장 신부를 위해 대기하라는 통지를 받았다. 이 기간에 파리를 떠날 계획이 있었어도 어쩔 수 없었다. 그는 관리인이나 급사, 바스크식 펠로타 경기장의 수위들까지는 염두에 두지 않았다. 나머지로 충분했다. 몹시 괴로운 조사가 이루어질 것이고, 마지막엔 학생들과 어쩌면 교사들마저 추방당하게 되리라고 원장 신부는 믿어 의심치 않았다. 놀라운 우연으로 미사라는 라틴어는 돌려보냄을 뜻한다. 그리고 부활은 이행을 의미한다. 그는 손상되지 않은 과실에서 썩은 부분을 도려내듯 부패한 요소를 제거할 것이다. 콜레주의 정화 작업을 통해 그는 무엇보다도 자기 자신을 처벌할 것이다. 이 오래된 움직임을 통해 그리스도교는 고양되어온 터였다. 이 또한 신비한 작용. 비로소 그날 서한에 담긴 사도의 말을 온 마음으로 말할 수 있으리라. "그러니 잔치를 벌입시다. 악의와 퇴폐의 낡은 효모가 든 빵이 아니라 누룩이 없는 곧고 진실한 빵을 갖고 잔치를 합시다. 알렐루야! 알렐루야!" 이 연회를 위해 그는 자신의 신앙을 다시 신뢰하기 시작했던 것이다. 존재는 전과 다른 존재가 될 수 있을까?

그는 머리를 감싸고 있던 양손에서 고개를 들었다. 성당의 한쪽 벽면에 손상된 대벽화가 있었다. 현대의 작품이지만 습기 때문인지, 아니면 다른 이유 때문인지 무엇을 그렸는지 거의 분간할 수가 없었다. 햇살이 그쪽에 쏠리자 베일을 쓴 여인들, 수염을 기른 남자들이 나오는 구약성서의 한 장면이 드러났다. 이렇게 손상된 대벽화라도 역시 빛을 받는 순간을 맞이한다. 따라서 모든 게 아직 가능했다! 죽음이 다시 삶이 되었다. 그리스도의 죽음도 콜레주의 죽음도. 원장 신부가 학생이던 시기(1900년에 스물세 살)의 지적 도덕적 배경은 희망을 토대로 한다.

그는 실제로는 앉아 있었지만 머릿속에서는 기도용 양탄자 위에 꿇어 엎드리듯 굴종의 자세를 취했다. 이게 그의 희망이었다. 하늘을 나는 양탄자를 탄 듯 꿇어 엎드린 신부는 미래를 가로질러 비상했다. 알렐루야! 알렐루야! 높은 곳에 호산나! 절망과 광기의 심연에 빠졌건만, 바로 이 순간 그의 희망이 부풀어올랐다!

그는 미사에 모인 사람들에게로 시선을 돌렸다. 아이들과 청소년들은 이해할 수 없고, 이성을 갖춘 완전한 성인마저 이해하기 힘든 설교자의 어쩌고저쩌고 하는 소리가 그의 정신을 매우 자유롭게 놓아주어, 마음껏 생각하고 살필 수 있었다. 그는 설교자를 '무시'하며 시선을 성당 바닥으로 보냈다. 일그러진 얼굴로 이루어진 일층이 희미하게 움직였다. 학부모들, 이 부모들이 신앙의 측면에서 종교적인 지식과 신앙심을 열두 살짜리 아들보다 더 많이 가졌는지는 누구도 장담할 수 없다. 이들의 유일한 관심사는 기숙사의 급식을 비난하거나 체육이나 종교 수업을 면제해달라고 요구하는 데 있었다. 이들은—모든 면에서 자식들에게 전혀 어울리지 않는 이 부모들은—자식들에게 신앙심이 있다고 믿었다. 프레로의 부모들은 보통 미사에 참석하지 않았다(드니의 부모를 제외하고는). 아들이 파르크 콜레주에 다니는 건 기적이었지만 그들은 '부끄러웠다'. 반면에 세상의 권력을 쥔 자들은 반 다스, 여섯 명 정도 있었다. 너나없이 더러운 이들이었다. 1913년의 가장 유행하는 여성 패션으로 굉장하게 차려입은, 인간이 된 지 얼마 안 된 암탉 같은 모습의 어머니들과 미인들과 지배자들은 술 장식과 장신구를 달고, 어리석고 잔인한 눈으로, 입 대신 암탉의 엉덩이로, 10센티미터가량 떨어져 앉은 남편을 지배하고 있었다. 가끔씩 가톨릭 돈줄의 상징인 미사 경본의 금박 단면에 의해 그들의 모습은 반짝거리며 빛났다. 천치 같은 표정으로 쓸데없이 입을 비죽거리는 배불뚝이 남자들은 옆 사람들이 레지옹 도뇌르 훈장을 받았는지, 만일 받았다면 등급이 어떻게 되는지, 또 그들이 일어서는지, 무릎을 꿇었는지 유심히 살피며 그들을 따라 했다. 그리고 노래하지 않는 사람이 하나라도 있으면 안심했다. 성직 수행에 매우 열성적인 원장 신부도 어른들 무리라면 언제나 마다했다. 사제 집단에서 유행하는 문장을 입 밖에 내는 일도 없었다. "내 자녀들아, 아버지에게서 예수의 모습을 보고, 어머니에게서 성모마리아를 보라." 그보다는 드 프라츠 신부와 마찬가지로 이렇게 말했다. "부모, 자식의 요람을 들여다보는 나쁜 정령."

원장 신부는 부모들과 성가대원 사이에 놓인 그의 학교를 새로운 시선으로, 드 프라츠 신부가 열어준 시선으로 바라보았다. 드 프라츠 신부는 여러 차례 눈을 감아버렸지만, 원장 신부는 나중에 '믿을' 자들과 '믿지 않을' 자들, '부활의 아들들'과 아닌 자들을 찾으려 애썼다. 이들은 방금 전 라 메종포르와 라 포베트가 들고 있던 촛불을 통해 상징적으로 나타났다. 즉 이들의 촛불 중 하나에는 불이 켜져 있었고, 다른 하나에는 우연히 불이 꺼져 있었다. 그가 느끼는 감동 속에서 이 소소한 사실은 깊은 인상을 주었다(라 포베트의 촛불이 켜져 있고, 라 메종포르의 촛불이 꺼져 있었던 것 또한 하나의 상징이다). 그 유명한 구절, "당신의 신앙심을 위해 나의 신앙심을 주면 얼마나 좋을까!"를 떠올린 원장 신부는 거의 소리를 지르고 싶은 충동에 사로잡혔다. 그리고 내일 쫓겨날 자들과 쫓겨나지 않을 자들을 생각해보았다. 이러한 탐색이 그에게 얼마나 잔인한 일이었는지, 평소 습관적으로 되뇌는 짧은 기도가 그의 입에서 새어나왔다. "살아 계신 진정한 신이시여!"

그와 가까운 쪽 성가대의 세 열은 모래사장 너머 바다의 하얀 거품 같았다. 이 줄은 학생들로 연장되어 만조의 혼란스러운 부모석에서 끝났다. 원장 신부는 성가대 열에서 수플리에의 빈 자리를 보았다. 참석한 이들의 자리보다 더욱 눈에 띄었다. 그는 예수가 사도들에게 말했듯이 참석한 이들을 향해 말했다. "너희 가운데 하나는 악마다." 그러고는 랭스부르를 자비 없는 눈으로 쳐다보았다. "당신이 저에게 주신 자들을 지켰지만 그들 중 하나는 길을 잃었습니다." 그들 중 하나가 아니다! 원장 신부는 성호를 그을 참이었다. 죄를 지었다는 걸 제외하면 랭스부르는 훌륭한 그리스도인이었기 때문에 원장 신부는 실수를 저지르게 될 터였다. 랭스부르는 위선자가 결코 아니었지만 당시 원장 신부는 그가 지독한 위선자라고 생각했다. 즉 스캔들의 화신이라고. 어쨌든 떠들썩했던 그 두 '사건' 때문에 그는 위선에 거부감을 가지게 되었다. 그리고 이 '사건'들을 통해 외면해선 안 된다는 사실을 깨달은 체하면서 오히려 원장 신부 자신이 약간 무의식적인 위선을 보이고 있었다. 밀랍으로 된 듯 미동도 하지 않는 그의 굳은 얼굴에서 나오는 날카롭고도 집요한 시선이 흰옷을 입고 있는 랭스부르를 뚫어져라 응시했다. 그는 어찌할 바를 몰라했지만 알방과는 반응이 달랐다. 그는 아무래도 상관없었다. 죄악을 찬양하는 데 익숙한 그의 눈은 그가 지향하는 생시리앵*의 용기를 갖고, 견디기 어려운 그 시선을 어렵지 않게 버텨냈다. 파르크의 기숙사에서 팔 년을 보낸 그는 할말이 아주 많았고, 말주변도 좋

* 프랑스 육군사관학교 생시르의 졸업생을 가리키는 말.

았다. 그의 아버지 또한 말주변이 좋았다. 드 프라츠 신부처럼 그는 태연했다.

원장 신부는 이어서 드 프라츠 신부를 뚫어져라 바라보았다. 미동도 없이 설교자를 바라보는 드 프라츠 신부는 깊은 관심을 기울이며 설교를 듣고 있는 듯했다. 원장 신부는 생각했다. '가톨릭을 바보들의 부속물로 만드는 이 끔찍한 일(설교)에 대해 어떻게 생각하는지 이렇게 잘 감출 수 있는데, 그가 뭔들 감출 수 없겠는가?' 설교자와 사제의 차이일까? 이 부활절 미사의 소박한 모습이 극도로 예민한 사람에게 불러일으키는 약간의 흥분일까? 원장 신부는 그리스도교라는 심연에 급강하하는 비행기처럼 사색에 빠져들었다. 거기서 그는 드 프라츠 신부를 향한 용서와 우정을 찾아냈다. 못된 좀도둑도 단 한 순간의 믿음으로 구원받았다. 원장 신부는 드 프라츠 신부에게 말했다. "단 한 순간이라도 믿으세요, 그러면 구원받을 것입니다." 더욱이 그에게는 속죄받기에 충분할 만큼의 신앙과 열정이 있지 않은가?

상궤를 벗어난 이 선율을 두 아이가 중단시켰다. 라 메종포르와 포베트가 큰 목소리로 태연하게 이야기를 나누기 시작한 것이다. 원장 신부 혼자만의 생각에서 깨어났고, 그의 노기어린 시선을 받던 랭스부르는 생각했다. '쟤네들이 내 얘기를 하는 걸까?' 포베트는 건성으로 사람들을 바라보며 이따금 그들을 향해 알 수 없는 미소를 지었다(앞줄에 앉은 사람들은 포베트가 눈웃음치는 걸 보았다. 사실 그가 늦되기는 하지만, 아니 늦되기 때문에 발랄한 아이라는 건 우리도 알고 있다. 라 메종포르 또한 무례하게 사람들을 바라보았는데, 그 태도가 아주 당당했다. 곡예사가 어중이떠중이 구경꾼들 중 골라 무대 뒤로 불러 마법의

실크해트를 쥐고 있게 하는 아이, 라 메종포르는 그런 아이만큼 중요했다. 이 시대 아이치고는 드물게도 금반지를 낀 제네랄레는—그는 친구들에게 인장을 보여주었다—성스러운 임무를 행하던 이때 특히 이상해 보였다. 설교가 끝나자 '이 한심한 꼬마'는 관심을 끌 생각으로 포베트의 중백의 소매를 잡아당겼다. 소매 방향을 바르게 돌리려고 한 일이었다. 하지만 실수를 하는 바람에 화난 드니의 시선은 물론 원장 신부의 시선까지 받았다. 요컨대, 모두가 파르크의 자랑인 부드러운 혼돈에 참여하고 있었다. 아이들은 제단 뒤에서 논다는 스페인 속담이 있다. 여기 아이들은 제단 앞에서 놀고 있었다. 일종의 무도극, 규칙도 없이 어린 신사들의 지휘만 기다리는 무도극이었다. 중앙홀에 자리잡은 보호 그룹은 배우 대부분과 은밀하게 합의한 바 있는 이 무도극을 탐욕스레 눈으로 좇았다. 예배는 공모와 운韻이 맞는 것이다.* 공모의 시선은 '제단의 오른쪽', 학생들이 '부엌'이라 부르는 쪽으로 끊임없이 돌아갔다. 테이블 위에 포도주병과 작은 종들, 촛대, 성포가 있고, 벽에는 향로가 걸려 있는 곳이었다. 바로 이 구석에서 복사들이 가장 분주하게 움직이기 때문에 때로는 '어릿광대의 구석자리'라고 불리기도 했다. 붉은 수단을 입은 어린아이들이 거기서 어릿광대 노릇을 했으니 말이다. 이 특별한 장소에서 아이들은, 구내식당에서와 마찬가지로 결코 얌전히 있질 못했다. 보호 그룹에게 이 유명한 '구석자리'는 진정한 성역이었다.

봉헌기도를 하자 드 프라츠 신부와 알방과 수플리에의 희생이, 그리고 내일로 다가온 모든 자의 희생이 다시금 떠올랐다. 우리의 가장 중

* 프랑스어로 '예배'를 뜻하는 office와 '공모'를 뜻하는 complice의 운이 맞음을 가리킨다.

요한 봉헌물은 우리 자신이다. 라 포베트와 제네랄레가 포도주병을 가져왔다. 원장 신부는 성작을 내보이고 성반 위에 올린 성체를 내놓았다. 라 포베트는 머리카락을 매만졌다. 원장 신부는 성작에 포도주와 축성한 성수 약간을 따랐다. 초기 그리스도교 부활절 미사에 사람들이 봉헌물로 가져왔던 우유와 꿀은 없었다. 어쩌면 라 포베트가 천진함으로 우유를, 라 메종포르가 넘치는 애교로 꿀을 구현하고 있기 때문인지도 모른다. 원장 신부는 두 손을 하늘로 들어올려 성령을 불러들인 다음 손을 물로 씻고, 제단 한가운데서 깊이 머리를 숙였다. 제단의 오른쪽에 있는 그에게 드니가 다시 향을 세 번 뿌리자 그는 드니 앞에 머리를 숙였다. 그런 다음에는 드니가 성단까지 나아가 거기 모인 학생들에게도 세 번 향을 뿌렸다. 학생들 또한 그에게 머리를 숙였다. 유달리 크고 투명한 매력적인 손으로 향로를 쥔 채 힘차게 향을 뿌리는 그의 모습은 사제복 차림만큼이나 아름다웠다. 이 순간 드니는 멋진 게 아니라, 고귀함 그 자체였다. 게다가 그는 잘생겼고 감탄을 자아냈다. 자신의 부모를 포함한 모든 부모들과 동료들을 대상으로 정화 의식을 거행하는 바로 그 자신이 가장 정화가 필요한 사람이었기에 좀 이상한 상황이긴 했지만(모든 종교에는 이상한 점이 있지 않은가) 말이다. 두번째로 향을 뿌릴 때 그는 랭스부르를 바라보았는데, 랭스부르는 몹시 흥분한 모습이었다. 그의 기도대가 달려들듯 앞으로 밀려나왔다.

복사들이 제의실로 가서 초에 불을 붙여 왔다.

종소리와 더불어 삼성창이 시작되었다. 천사들의 노래인 삼성창은 스콜라 성가대의 천사들이 불렀다.

성가대의 가장 낮은 곳에서 페리테 씨가 조화로운 팔짓으로 노래를 지휘했다. 그는 안절부절못하는 고양이의 꼬리처럼 팔을 흔들다가 여성처럼 작은 손동작으로 끝을 맺었다. 낮추긴 했지만 우렁찬 그의 목소리가 지나치다 싶을 만큼 성당 안을 채웠다. 때때로 그의 목소리 혼자 곧게 치솟기도 했다. 시간을 초월하는, 시간을 무기력하게 만드는 목소리였다. 세번째 줄에 있던 랭스부르, 이 놀라운 소년은 진실한 신앙심을 갖고 동료들에게서는 찾아볼 수 없는 예식에 관한 완벽한 권위를 보이며 미사에 참여했고—그는 성가대석에 앉아 네 복사 중 세 명의 움직임을, 우리도 익히 알고 있는 그들의 동작을 눈으로 좇았다(그들의 모든 몸짓에는 그가 때로 눈을 내리깐 채 떠올리지 않을 수 없는 또 다른 몸짓에 대한 추억이 가득했다)—천사들과 선택받은 자들의 옷, 최후의 날 속죄받는 자들과 같은 색깔의 옷, 예수가 거룩한 모습을 드러낼 때 입은 옷과 같은 색깔의 옷으로 비속한 현실과는 장엄하게 분리되어 있는 성가대의 아이들을, 그는—그들의 고해성사를 듣는 어느 누구보다도 그들에 대해 속속들이 잘 알고 있는 사람으로서—불길처럼 열렬히 감싸며 꼼꼼히 살폈다.

마치 땅바닥에 줄지어 선 목덜미들의 과수원을 보는 것 같았다. 악하고 거친 본능으로 부풀어오른 두툼한 목덜미, 짧게 삭발한 머리통으로 올라가는 목덜미, 송악 잎새처럼 반짝이는 귀를 받치고 있는 목덜미로, 이따금 귀가 가느다란 금속 안경다리로 장식되어 있기도 했다(성별을 막론하고 근시는 특히 쾌락에 끌린다는 소리를 들은 적 있다), 머리가 이룬 섬세한 삼각형으로 내려오는 우아한 목덜미의 '소유자'는—이 또한—프랑스 남부지방에서는 사랑을 위해 태어난 것으로 통한다고 한다. 그리스 동전에 새겨진 옆모습처럼 자연스럽고 적절한 지점에 약간 부스스한 머리칼이 멈춰 있는 목덜미 등등. 장백의 위에 두르는 띠에 가려 거의 모두가 걸고 있는 목걸이의 줄이 보이지 않았지만, 랭스부르는 그 목걸이들을 거의 다 알고 있었다. 그가 여러 차례 입맞춤을 했던 목걸이들, 단 한 번 입맞춤을 하자 이후로는 그가 더이상 입맞춤을 하지 못하도록 불편한 마음으로 걸지 않거나("목걸이가 끊어져버렸어") 입맞춤을 하려는 순간 뒤집어놓던 목걸이들, 십 년 전부터 걸고 다녔는데도 메달에 무엇이 그려져 있는지 궁금하지 않은 목걸이들. 성심聖心일까? 아니면 성모마리아? 전문가가 애정을 가지고 매만지던 조각품의 돋을새김을 기억하듯, 그의 손가락은 어떤 목덜미의 윤곽과 두개골 모양을 기억했다. 두개골을 더듬을 때, 감지 않은 머리는 빽빽해서 손가락으로 음미하기 어려웠지만 깨끗하게 감은 머리는 가벼운 건초 같아서 아무 어려움 없이 손가락이 쑥 들어갔다(그는 많은 머리들이 오늘 이 성스러운 축제를 위해 감은 상태이리라 짐작했다. 자신이 잘 아는 몇몇 금발이 감은 머리임을 알 수 있었다. 평소의 어두운 금빛과는 아주 다른 투명한 빛을 띠었던 것이다……).

세번째 줄에 앉은 랭스부르는 뒤에서 목덜미와 머리만 보고도 이제 결코 다시는 눈빛이 순수해지지 않을 사람들이 누구인지 말할 수 있을 것 같았다. 원장 신부가 자신만의 척도를 갖고 있다면—나중에라도 신앙을 가질 사람들과 아닌 사람들—랭스부르 또한 자기만의 잣대가 있었다. 게다가 그는 신실한 신자였기에 그의 척도는 종종 원장 신부의 척도와 겹치기도 했다. 대부분 특색 있는 목소리 때문이 아니라 다른 이유로 동원된 이 특별한 이 성가대에서, 이 순간 노래에 대한 열성과 태도의 올바름을 보고 내일의 열성적 신앙인들을 구분해내는 일은 그에게 어렵지 않았다. 온 마음으로 노래하는 자들(저학년들)이 있는가 하면, 입만 벌렸지 어떤 소리도 내지 않는 사람들(중급 학년들)도 있었고, 그리고 이들이 절정인데, 분명 '성가대'이면서도 입조차 벙긋하지 않는 자들(특히 고학년들)도 있었다. 그가 무릎을 꿇었을 때, 제단 쪽을 바라보기는커녕 오랫동안 양손에 얼굴을 묻고 있는 한 소년이 있었다. 무엇이 그를 그렇게 강렬히 사로잡고 있었던 걸까? 신앙심? 보호 그룹? 아니면 허식인가? 원칙에 매우 엄격한 랭스부르는 앞에 있는 소년의 등을 한 대 쳤다. 귀찮게 그가 발로 의자를 끊임없이 움직였기 때문이다. 그리고 랭스부르는 휴식시간에 다리를 넓게 벌리고 앉는 권투선수처럼 장백의 아래 두 다리를 넓게 벌리고 앉은 또다른 소년 때문에 짜증이 났다. 그렇지만 이 모든 게 어쩔 수 없다고 생각했다. 그리고 드니, 그 때문에 랭스부르는 다른 곳으로 가지 못할 것이다. 그리고 드니를 통해 그는 콜레주 바깥에서 자신이 좋아하는 사람들을 다시 만나고 자신의 '작은 가족'을 복원할 것이다. 단지 몇몇 친구들로 제한을 두긴 하지만, 그 역시 가족이라는 단어를, 원장 신부가 콜레주 전체를 가리킬 때 쓰는 이 마음이 놓이는 단어를 사용하곤 했다. 게다가 이 마지막 삼분기 내내, 그는 바칼로레아 이차 시험에 통과하기 위해 많은 노력을 했다. 이어서 방학이 올 것이다. 방학 동안 그는 행복에 젖어 이곳저곳에서 낚시질을 할 것이다. 바다에서 그는 얼마나 편안한지. 앞으로! 앞으로 전진!

변덕스러운 하늘이 이따금 나타나 성당 안 여기저기에 섬광처럼 번개 같은 빛을 비추고는 금세 사라졌다. 이제 그 빛은 채색유리에 반사되어 보랏빛 반점이 되었고, 성단을 따라 성가대석에 막 자리를 잡은 후 움직이지 않았다. 그곳을 지나는 복사들은 거기에 발을 딛지 않으려 조심했다.

그때 이상한 일이 일어났다. 라 포베트가 미사를 돕던 자리를 떠나 뮐라에게 가서 작은 목소리로 이야기를 나누었다. 성가대에 많은 속삭임과 눈짓이 있긴 했지만 그때까지 파르크의 미사는 지극히 평범했다. 이어서 라 포베트는 성가대를 떠나 제의실로 향했다. 십 분 뒤 그가 돌아왔다. 그때 뮐라가, 놀다가 엉망이 된 아이를 보면 약간 꾸짖으며 옷차림을 다시 고쳐주는 엄마처럼 라 포베트의 옷차림을 고쳐주었다. 중백의 칼라를 손바닥으로 두드려 주름을 펴고, 안쪽에 손을 넣어 허리띠와 수단을 단단히 여몄다. 라 포베트는 기쁜 표정으로 그가 하는 대로 가만히 내버려두었다. 랭스부르를 빼고는 거기 있는 사람 누구도 이해할 수 없는 광경이었다. 모든 걸 알고 있는 랭스부르는 드레스 리허설을 지켜보는 연출가처럼 예리한 시선으로 이 젊은이들의 무도극을 지켜보았다. 속에서 터져나오는 폭소로 그의 몸이 흔들렸다. 저게 바로 포베트의 모습이지! 한쪽 구두에는 끈도 없이 다니는 포베트! 언제나 바지 앞 단추가 풀려 있는 포베트! 미사를 시중드는 동안 늘 한 번은 소변을 보러 가야 하는 포베트! 그래, 이게 백 퍼센트 포베트였다!

원장 신부는 그리스도가 최후의 만찬 때 수행했던 행위를 되풀이했다. 그는 빵을 축성하고, 몸을 기울여 은총의 동작을 하고, 미사에 모인 사람들을 향해 성체를 높이 올렸다. 뮐라와 라 메종포르는 사제의 제의 자락을 들어올렸다. 라 포베트는 세 번 종을 쳤다. 매우 맑고 가냘픈 종소리는 콜레주에서는 드문 섬세한 아름다움 중 하나였다(아마도 되는 대로 친 거겠지만). 종을 치는 순간에도 라 포베트는 웃을 거리를 찾았다. 라 메종포르는 세 번 종을 치면서 그중 한 번은 하품을 했는데 반지 낀 손으로 입을 가리지도 않았다. 드니가 자신이 뿌리는 향의 짙은 연기 뒤로 모습을 감추자 불투명한 구름이 일몰 속에서 움직였다. 이 연기구름 사이로 젊은 악마가 구약성서의 하느님처럼 불쑥 솟았다. 이 순간 학생들은 거양된 성체를 바라보아야 하는지 알 수 없었다. 그걸 바라보는 건 극심한 죄악을 저지르는 일이라고 생각한 것이다. 그렇지만 그들은 호기심에, 또는 경솔함에 이끌려 몰래 바라보았다. 마룻바닥 뚜껑 문이 열리고 모두 지옥으로 보내지는 건 아닐까?

복사들이 삼성창을 부르기 전에 가져왔던 촛대들을 다시 가져갔다가 빈손으로 돌아왔다.

원장 신부는 스스로 영성체를 하고 이어서 네 명의 복사에게 영성체를 해준 뒤 제단에서 내려왔다. 라 포베트는 껌을 씹듯 성체를 씹으며 여전히 눈웃음을 치고 있었다. 독실한 뮐라는 성체를 입에 넣은 채 불안한 시선으로 성당 구석에 있는 시계를 흘낏 보았다. 아마도 두시에 봐야 할 농구 경기가 있는 게 분명했다. 채색유리의 섬광이 이젠 위선자의 입상을 비추었다. 위선자는 크고 작은 희망의 색, 초록이었다.

복사들이 성단 위에 성포를 펼쳤다. 원장 신부는 세 번 말했다. 주여, 저는 자격이 없습니다. 알방은 미사 전체에서 이 말에 가장 큰 감동을 받곤 했다. 이것이 백부장百夫長의 말이었기 때문이다. 모든 예배 의식에서 그리스도인이 아닌 사람만이 그를 감동시켰다. 마찬가지로 성당 안에서도, 십자가 길의 고대 로마 병사들에 의해서만 감동을 받았다. 그들과 함께할 때만 그는 가족임을 느꼈다.

그러는 사이, 성가대의 모든 아이들이 진심이든 아니든 진지함이 어린 얼굴로 먼저 영성체를 하러 나갔는데 어느 어린—열두 살짜리—아이가 성단으로 나아가지 않았다. 옆의 친구가 일어나면서 팔꿈치로 쳐 그에게 눈치를 주었지만 그는 고갯짓으로 단호하게 싫다고 했다. 이렇게 모든 동료들의 눈초리를 받으며 '혼자서 영성체를 하지 않고 어쩌겠다는 거야? 쫓겨나겠다는 거야?'라는 의문을 사는 이 꼬마(그와 친한 아이 중 하나는 아니었다)의 꿋꿋한 성격에 랭스부르는 감동마저 느꼈다. 새의 그림자가 채색유리 뒤편에서 끊임없이 오갔다. 같은 새가 계속 오가는 걸까? 성가대석 아래 성단에 기댄 채, 드니는 애매한 표정인 얼굴을 회중 위로 쳐들며 바닥에 세워진 촛대를 왼손에 쥐었다. 오른손—투명하고 초췌한 손, 그의 얼굴만큼이나 이중적인 손—은 지극히 우아하고 기품 있는 동작으로 가슴에 얹힌 채였다. 그의 발에 놓였던 채색유리의 보랏빛 반점이 자리를 바꿨고 이제 붉은빛이 되었다. 꼭 그의 발에서 피가 흘러나오는 듯했다. 뭔가 보이지 않는 상처가 있는 걸까? 악마가 피를 흘리는 걸까?

세번째 줄의 랭스부르는 과수원의 나무처럼 늘어선 목덜미들을 바라보았다. 원장 신부는 다른 풍경의 과수원을 알고 있었다. 성단 위에 일렬로 보이는 긴장한 얼굴, 내리깐 눈꺼풀, 약간 벌어진 입, 그 사이로 살짝 내민 혀, 냉담자나 불신자의 눈에 이상하게 보일까 신경쓰지 않는 얼굴들. 그는 이런 태도를 지닌 콜레주 학생들의 얼굴 거의 모두를 알았다. 이런 모습으로 그들은 그의 마음속에서 나란히 휴식했다. 가장 겸손한 얼굴이 그의 마음 가장 가까이 있었다. 그들 가운데서 그는 알방과 세르주를 보았다. 무릎을 꿇고 순진하게 헌금을 기다리던 며칠 전 모습 그대로. 그들은 이제 몇 번이나 영성체를 하게 될까? 누가 그들을 돌보려나? 누가 그들을 지켜줄까? 그들은 퇴학당했지만 여전히 거기 있었다. 어떤 일이 꿈속에서는 달라지듯이. 그래서 그는 특별한 사랑으로 그들에게 그리스도의 몸을 주었다.

성가대의 두 아이가 영성체의 성포를 펼치는 때는 대부분의 학생들에게 행복한 순간이었다. 영성체가 거의 끝났고, 오래지 않아 미사 또한 끝난다는 걸 알려주기 때문이다. 소교구 성당의 경우 몇몇 신자들은 영성체가 끝나면 자리를 떴다. 콜레주에서는 남아 있어야 했지만, 이후부터는 일이 빨리 진행되었다. 원장 신부가 신속하게 다시 제단으로 올라가 성작 위에서 손바닥에 물을 약간 부은 뒤, 그 물을 마셨다. 라 포베트는 옆에 있던 미사 경본을 옮겨놓았는데, 제단 앞을 지나가며 무릎을 꿇지도 않았다. 대신 앙트르샤 동작과 비슷한 몸짓을 슬쩍 해 보였다. 오르간에서 거의 깡충깡충 뛰는 듯한 리듬의, 세비야나 춤곡처럼 경쾌한 〈모든 형제자매들아〉가 울려퍼졌다. "자! 이제 가도 좋습니다!"라는 뜻이었다. 이러한 미사의 끝을, 알방은 보통 처음의 엄숙함과는 대조적으로 일종의 패주처럼 품위 없이 마무리되는 투우의 끝과 비교하곤 했다(그래! 다시 투우 이야기로 돌아왔다. 하지만 당연히 이번이 마지막이다).

원장 신부가 제단 뒤 제의실 쪽으로 사라졌다. 성가대 아이들이 왼쪽으로 둘, 오른쪽으로 둘, 스페인 발레리나들이 공연 후 무대 우측으로 둘, 좌측으로 둘씩 사라지듯 원장 신부를 뒤따라 모습을 감추었다. 각자 신비한 모습으로 사라졌다. 뮐라에게도 신비한 구석이 있으니, 그건 바로 나중에 사제가 되려고 한다는 점이다. 라 포베트는 마지막으로 나오면서 랭스부르를 돌아보고는 미소를 지었다. 콜레주에서 가장 순수한 학생—순결한 천사—이 가장 순수하지 않은 학생을 돌아보고 미소 지었다. 천진스러운 미소였다. 그는 안도의 한숨을 쉬고 싶었다. "휴!" 부활절 미사는 이렇게 끝났다.

또 프릴뢰즈 향수

어머니의 방문을 열자, 그녀를 보기도 전에 숨막히고 어지럽고 질식할 듯한 프릴뢰즈—책상 서랍 속 향수 냄새가 알방을 덮쳤다. 드 브리쿨 부인은 커다란 황색 봉투에서 꺼낸 편지들을 손에 쥔 채 침대에 있었다. 알방은 전에 서랍 속에서 보았지만 열어보지는 않았던 그 봉투를 알아보았다. 그는 최악의 상황을 예감했다. 어머니가 숨기고 있는 여러 방법 중 하나를 통해 그녀는 그가 전에 어머니의 책상을 곁쇠질한 걸 알아챘음을 드러낼 것이다. 그렇지만 얼마나 오래된 일인데! 석 달 전이었다…… 그런데 그녀가 솔직해 보이는 태도로 말했다.

"샹토가 보낸 편지를 다시 읽어보았단다. 일 년 전 거야. 이때는 얼마나 다정했는지! 너에게 한 번도 그의 편지를 읽어보라고 보여준 적이 없지. 그렇게 민감한 내용도 없는데. 네가 읽어보면 괜찮을 만한 게 있어." 알방은 흠칫 놀랐다. "예를 들면 이거." 그러면서 그녀가 편지를 하나 내밀었다.

그 편지는 이렇게 시작했다. "매우 아름답고 매우 소중한 친구, 상냥한 친구여." 그는 마지막 줄로 건너뛰었다. 그만큼이나 읽는 게 곤욕이었다. "당신의 마음속에 숨어 있는 그 모든 아름다움 주변으로 내 감정들이 결집하는군요." '오, 맙소사!' 그는 생각했다.

"채찍으로 된 한심한 펜대를 갖고 있나봐요" 하는 말이 입술에서 맴돌았지만, 어머니에게 상처를 주고 싶지 않았다.

"글을 잘 쓰네요." 그가 말했다.

"그래, 그는 경기병 장교지만 매우 교양이 있단다." 아들보다 더욱 뻔뻔하게, 사랑에 빠졌을 때의 말투로 그녀가 대답했다. "자, 이것도 나쁘지 않아."

그녀가 다른 편지를 내밀었다. 알방은 편지 형식을 살폈다. 첫번째 문장과 마지막 문장. 두 문장이 돋보였다. 첫번째 문장은 "소중한, 너무나 소중한 그림자, 가능하고도 불가능한 나의 죄……"였고 마지막 문장은 이러했다. "당신의 창백한 손에 열정적인 입맞춤을 보냅니다." '오, 젠장.' 그는 생각했다.

"편지를 보여주는 걸 알면 그가 좋아하지 않을 거예요. 계속 읽어서는 안 될 듯해요."

"그래, 네 말이 맞아. 난 그저 그가 품위 없는 사람이 아니라는 걸 보여주고 싶었단다."

그녀가 편지를 봉투에 넣어 침대 위, 자기 옆에 두었다. 그러고는 다른 주제에 대해 얘기하기 시작했다.

알방은 기침을 했다. 일부러 그런 건 아니었다. 바로 그 향수 때문에…… 원장 신부는 콜레주 학생들로부터 사랑받고 싶었다. 드 프라츠 신부는 세르주로부터 사랑받고 싶었다. 드 브리쿨 부인은 아들로부터 사랑받고 싶었다. 하지만 아들은 대부분의 소년들이 그렇듯이 어떤 사랑도 필요 없었고, 심지어 사랑받지 않기를 더 원했다. 그녀는 자신이 그야말로 죽어가고 있지만, 한때는 사랑받았다는 걸 아들에게 확인시키고자 편지를 보여준 것이다. 하지만 그가 알게 된 건 어머니가 얼간이를 사랑했다는 사실뿐이었고, 그로 인해 아연실색했다. 하지만 자신의 모피는 티끌 하나 없이 하얗기만 할까? 우리는 언제나 누군가에게는 얼간이다.

파르크에 돌풍이 일다

부활절 이후 삼 주가 지난 뒤, 알방은 파르크 근처에서 우연히 뮐라를 만났다. 뮐라는 골칫덩이에게 따라잡히지 않도록 걸음을 재촉했지만, 알방은 길을 건너 그에게 성큼 다가갔다. 그는 학교에서 퇴학당한 주요 인물들을 순식간에 알게 되었다. 뮐라에 따르면 모두 일흔네 명이었다는데, 그건 좀 과장인 듯했다.

"우리에 대해 뭐라고들 해? 나에 대해 뭐라고 말해?" 그가 물었다.

"모두 말하지 않으려고 해." 뮐라는 냉담하게 말했다. 분명 그는 모두를 곤란하게 만들었다. 시간이 지나면서 콜레주 퇴학은 그의 인생에서 중대한 사건 가운데 하나가 되었던 터라('그의 첫 투우'와 더불어) 이 반응에 알방은 약간 실망했다.

파르크에서 일어난 일은 이러했다.

원장 신부는 프레보텔 신부와 드 프라츠 신부가 참석한 가운데 일종의 재판을 열고 모든 교사들과 모든 자습 감독들을 호출해서—적절한 원칙에 따라 각기 따로 질문을 했다. 비열함의 대축제였다. 모두가 모두를 고발하는 그런 일. 알방이 옳았다. "당신들 모두 비열해요." 드 프라츠 신부가 입을 열지 않으리라는 건 원장 신부도 아주 잘 알고 있었고, 그는 입을 열지 않았다. 의견을 물으면 그는 이렇게 대답했다. "이 학생에게서 특별히 이상한 점은 전혀 보지 못했습니다." 또는 "별로 중요하지 않은 작은 과실 정도로 여겼습니다." 모두가 그를 너그럽게 대했고, 그도 다른 사람들에게 너그럽고자 했다. 그래서 그에게는 더이상 묻지 않았다. 그게 원장 신부의 방식인지, 아니면 브리쿨을 퇴학시키느라 특별한 방식을 고안해내지는 않았음을 보여주기 위해서인지는 알 수 없으나, 아이든 어른이든 고발된 자들 중 누구도 호출되지 않았다. 다른 학생들과 마찬가지로 집으로 돌아가게 된 기숙사생들은 자습 감독이 지켜보는 가운데 소지품만 겨우 챙겨 파리든 지방이든 가족이 있는 곳으로 즉시 돌아갔다. 그리고 이들이 도착하기 전에 가족이 받아볼 수 있게 속달우편이나 전보를 보냈다. 학교 밖에서 통학하던 학생들의 경우 자습 감독이 문턱에서 기다리고 있다가 그들을 잡아 세웠다. 그런 다음 수위실 앞에 모아놓은 그들의 사물함 물건들을 가리키면, 그들은 소지품을 챙겨서 영원히 돌아갔다.

무솔리니는 프랑스인을 가리켜 화난 양떼들이라고 한 바 있다. 마흔여덟 시간 동안 프라도 드 라 알 원장 신부는 화난 한 마리 양(혹은 화난 한 마리 비둘기)이었다. 어쩌면 그는 성 히에로니무스가 헬리오도로스에게 했던 말을 원칙으로 삼았는지도 모른다. 어떤 상황에서는 "유일한 신앙심이란 잔인해지는 것이다". 코르데르 씨는 두 손을 모으고 몸을 떨며 원장 신부에게 애원했다. 결혼해서 한 가정의 가장(예상했던 바였다)인 그는 바로 그 사실을 내세웠다. 코르데르 씨의 무죄는 인정되었지만, 그의 애원에 원장 신부가 얼마나 냉혹했는지, 애원했다는 이유로 그를 쫓아낸 건 아닌지 의구심이 들 정도였다. 그렇지만 겟세마니의 밤을 보내며 신을 향해 "저는 아무것도 아닙니다"라고 말한 이도 바로 이 냉혹한 남자였다. 바로 그 나약함이 그를 가차없이 냉혹하게 만든 것이다. 그가 정치를 격렬하게 혐오함을 알고 있는 사람들은 그의 가차없는 면을 보고도 놀라지 않았다. 이 가차없는 면은 마흔여덟 시간이 넘도록 지속되었다. 집으로 돌아가 평온하게 공부를 이어가다가 사흘 뒤에 쫓겨난 사람도 있었던 것이다. 알방이 있었다면 몹시 기뻐했을 터였다. 이것은 그야말로 '네로의 로마'였으니까. 로마에서처럼 모두가 더이상의 삶을 포기한 채 담담히 숙명적인 명령이 떨어지기를 기다렸다. 자신만 빼고 모두가 자신의 운명을 알고 있다고 믿었다.

우리 이야기에 등장했던 이들 가운데 랭스부르, 살랭, 지부아, 드니, 라파이(봉봉), 라 메종포르, 키키가 퇴학당했다. 라르시슈는 남았다. 선교사가 되려는 그의 미래에 먹구름을 드리워서는 안 되기 때문이었다. 알방을 포함해 모두 열일곱 명이었다. 교사는 코르데르 씨 하나였다. 관리인들도. 바스크식 펠로타 경기장의 수위는 일주일 뒤에 나가라는 지시를 받았다.

알방은 퇴학 이후 세 달 동안 오로지 바칼로레아 시험 준비에만 집중했다.

친구 하나 없었지만 그는 아주 긍정적으로 받아들였다. 집단 속에서 편하게 지내던 그는 고독 속에서도 편하게 지냈다. 물론 한 친구가 그리웠다. 그가 누군지는 말할 필요도 없으리라. 종종 어느 날 아침 세르주의 집 앞으로 가서 그가 장송으로 출발하는 시간에 기다려볼까 하는 생각이 머리를 스치곤 했다. 물론 그에게 다가가지는 않고 멀리 떨어져 잠시 뒤를 쫓으며 실루엣만을 본다면…… 하지만 고통에 대한 두려움이 그의 사기를 꺾어 움직이지 못하게 했다. 처음에는 이 두려움 때문에 그의 집 앞을 지나가지 않으려 빙 돌아가기도 했다. 그는 의지를 발휘해(매일 발휘해야 했다) 그를 보다 많이, 보다 철저하게 생각하는 일을 '바칼로레아 다음'으로 미루었지만 그래도 세르주가 주기적으로 떠올랐다.

시험이 다가오자 드 브리쿨 부인은 아들의 합격을 위해 기도 바퀴를 돌리기로 했다. 그는 순순히 따랐고, 우호적이기까지 했다. 제대로 시험 준비를 했음에도 불구하고 그는 구술시험에서 불합격했다. 그는 꽃의 수분授粉에 대해서만 훌륭하게 대답했는데 그건 예상 질문이었기 때문이다. 퇴학당한 후, 교사들을 찾느라 많은 시간을 허비했다. 시험을 세 달 앞두고 책도 바뀌고 공부하는 방식도 바뀌었다. 분명 퇴학 때문에 그는 모든 학업의 결과를 망쳤다.

드 브리쿨 부인은 그녀를 죽음으로 이끌게 될 병 때문에 몸이 많이 쇠약해 있었다. 드 샹토세 씨도 발길을 끊었다. 그는 마음이 상했다기보다는 매우 놀란 채 떠났다. 대위인 그로서는 민간인들의 감정을 좋아할 수 없었던 것이다. 열다섯 달 뒤 그는 전쟁 영웅으로 죽었다.

세르주와 더불어, 알방과 어머니의 공통된 관심사가 사라졌다. 공모의 작은 테두리 안으로 끼어들어갈 수단이 그녀에겐 이제 없었다. 그는 결코 어른에게 비밀 이야기를 하는 법도, 마음을 터놓고 말하는 법도, 감정이 폭발하는 법도 없었다.

"그 후배를 두 번 다시 보지 않겠다던 약속은 정말 어리석었어. 왜 그랬니?"

"품위를 지키려고요."

"품위도 때론 하나의 결함이야."

"품위까지도요?"

"그를 만날 생각이 없니?"

"약속했으니까요. 그애가 날 경멸할 거예요."

"아니, 오히려 아주 좋아할 거다."

"어쩌면 그럴지도 모르죠. 하지만 날 우습게 볼 거에요."

이어서 그녀는 약간 방향을 바꾸었다. 아들이 열정적이면서도 침착하고 때에 따라 단호하며 매우 정력적이라는 것을 알고 있었지만, 좋아하는 사람에게 상처를 입었을 때는 어떤지 전혀 알지 못했다. 이 상황에서도 아들은 흔들림 없는 듯했고, 그녀는 그런 아들이 자랑스러웠다. 세르주를 언급해서 그를 약하게 만들고 싶지 않았다. 그렇지만 한두 번, 참지 못한 적이 있었다. 괴물이 또다시 그녀를 건드려 그녀는 잠시 그 괴물을 품었다. "불쌍한 아이 같으니, 무엇이 되려는지." 또 한번은 "파르크 아이들과는 이제 끝난 거니? 새 애인을 찾지 않을 생각이야?" 알방에게는 세르주만 있었고, 다른 친구는 아무도 없었다. 표현일 뿐이라 해도 '애인'이라는 말에 그는 깜짝 놀랐다. 뭐라 해도 아무 소용이 없다. 어머니는 끝까지 서툴기 짝이 없는 엄마로 남아 있을 것이다.

여기에 작은 막간—시대적 요소니까—을 두어야 할 것 같다. 바캉스 시즌 초에 여름의 의식이 다시 시작됐다. 드 브리쿨 부인은 아들에게 일년에 한 번 아무것도 하지 않고 지내야 한다고 상기시켰다. 왜? 바캉스를 떠나는 하인들의 손을 잡아주고 싶지 않았으니까. 반면 백작부인의 (사망한) 남동생은 하인이 발에 약간의 부상을 당했을 때 사제들이 성목요일에 가난한 자들 앞에서 그러듯 무릎을 꿇고 붕대를 감아주었다. 그리고 집에 배관공이 왔을 때는 그와 함께 부엌 테이블에 자리를 잡고 잔을 부딪치며 싸구려 포도주를 마시면서 '대화'를 나누기도 했다. 하지만 드 브리쿨 부인은 요리사의 딸을 대녀로 삼고는 말을 함부로 놓았다. 자기 아들은 꼬박꼬박 존칭어를 쓰는데 말이다. 이렇게 브리쿨 집안의 모순과 엉뚱함은 파르크의 모순과 엉뚱함과 일치했다. 그러면 질문을 하나 해보자. 원장 신부는 지극히 신성한 그리고 매우 재능이 뛰어난—프레로들 가운데—하녀의 아들을 받아들일 수 있을까? 대단한 집안의 사람들(랭스부르)이나 그들과 어울리는 집안 사람들은? 좋다. 수위의 아들도 괜찮다. 그러나 하녀의 아들은? 민주적이라 해도, 파르크는 위대한 왕의 궁정에 어울리는 예법을 갖추었거나, 혹은 갖추어야 했다.

여름 내내 그의 머릿속을 맴돌고 있는 투우술도 집안에서 그와 어머니를 가까워지게 하는 주제는 되지 못했다. 아들과 대화 주제를 공유하기 위해 가엾은 부인이 기를 쓰고 투우 개론서를 읽었음에도 말이다. 하지만 여름이 끝나고 새 학기가 시작할 때, 자연은 그녀의 마지막을 활짝 꽃피웠다. 황혼의 영광이었다.

파르크에 불어닥친 두번째 돌풍

한편 개학 후 얼마 지나지 않아, 알방은 우연히 파르크의 또다른 학생을 만나 학교의 운영자가 모두 바뀌었고 교사들 절반이 교체되었음을 알게 되었다. 원장 신부는 시내에 있는 주교좌성당의 참사회원이 되었다. "내 생각에 원장 신부는 교단을 완전히 떠난 것 같아" 하고 학생은 말했다. 그도 그 이상은 알지 못했다. 드 프라츠 신부는 모르비앙에 있는 한 작은 마을의 사제가 되었다. 프레보텔 신부 또한 해고되었다. 그는 학교에서 난리가 나는 동안 아무것도 하지 않았고, 아무것도 몰랐고, 아무것도 알아보려 하지 않았고, 오로지 땀만 질질 흘렸을 뿐인데도 그렇게 되었다. 이렇게 개혁을 단행한 후 원장 신부는 무너졌다. 알방이 개혁을 시도했던 후 무너졌던 것처럼. 괴물은 복수를 하고 싶었던 걸까? 꿈꿀 거리가 있었고, 그래서 그들은 꿈을 꾸었던 것이다.

알방, 사교계에 입문하고 기뻐하다 (1913년 10월)

드 브리쿨 부인은 수년 전부터 아들이 '사교계에 입문'할 때를 기다리고 있었다. 그 일은 마흔이 넘어 삶의 종말에 다다른 그녀 또한 이십대로 돌아가는 것이나 마찬가지였다. "그때까지 살아 있게 해주세요!" 하고 그녀는 빌곤 했다. 그가 초대받게 될 몇몇 집안에 대해서는 가구 배치까지 말할 수 있었다. 그는 파트너를 외진 한구석으로 이끌겠지. 그녀가 누군가의 손에 이끌려갔던 똑같은 구석으로—언제 그랬었냐고? 바로 어제 같기만 했다. 뿐만 아니라 그녀는 '결혼 문제'로 그 어느 때보다도 가장 강력한 주도권을 쥐게 될 것이다. 지금부터 관계를 맺고, 어쩌면 약혼을 하고 미래를 준비할 수도 있다. 군에 다녀오면 아들은 곧 결혼을 할 거야. 알방과 함께 1913년 10월 새 학기를 맞이할 때 드 브리쿨 부인은 바로 이런 마음이었고, 존재 전체가 진정으로 되살아나고 있었다.

알방은 바칼로레아에 합격했고, 소르본에 들어가 별 열의 없이 인문학도 일학년을 시작했다. 첫번째 댄스 교습, 파리에서 가장 젠체하는 집안으로부터 처음 받은 오후 무도회 초대장이 그의 기분을 들뜨게 했다. 우리가 알고 있는 알방이라면 싫다고, 백번이라도 싫다고 거절할 게 틀림없다. 그런데 그는 가겠다고 했다. 시험에 붙기 위해 기도하는 일에 동의했듯이, 어머니가 드 샹토세 씨에게 걸었던 '저주'에 대해 별로 혐오감을 갖지 않았듯이. 언제나 싸움꾼 같은 분위기를 풍기면서도 경멸과 혐오는 없는 청소년 특유의 재능 덕이었다.

그는 자신 또한 어머니와 마찬가지로 춤과 연애, 화려한 사교계를 즐긴다는 사실을 깨달았다. 그는 남의 환심을 사고자 했고, 얻었으며, 그 일을 즐겼다. 그의 어머니는 몹시 기뻐했다. 마침내 아들이 마땅히

되어야 하는 사람, 바람둥이가 된 것이다! 그녀는 아들을 되찾을 것이다. 모닝코트에 실크해트, 반짝거리는 구두, 밝게 빛나는 각반, 신선한 버터 빛깔 장갑(손목 부분이 세심하게 접혀 있었다), 황금 사과가 달린 지팡이(농담이 아니다), 단춧구멍에 꽂은 수레국화(아무도 놀라지 않았다, 시대가 그랬기에)로 치장한 완벽한 차림을 하고서 네시에 나갔다가, 오로지 턱시도나 다른 옷으로 갈아입기 위해 여덟시에 집으로 돌아와서는, 열한시에 더 화려한 차림으로 다시 출발하는 이 귀여운 꼭두각시, 이 가엾은 원숭이를 대하는 일이 옆구리에 찌그러진 가방을 끼고, 세르주의 집 앞에서 그를 기다리기 위해 십오 분쯤 일찍 출발하던 소년을 대하는 일보다 훨씬 편했다. 사회적 허세와 돈에 대한 강박관념으로 가득한 사교계에서 그녀는 편안함을 느꼈다. 이제 어린 수컷의 세계는 끝났고, 정화되었다—적어도 그녀는 그렇게 믿었지만 나중에 우리는 어린 수컷을 다시 만나게 될 것이다.

새끼 사슴들을 위한 시간, 암사슴들을 위한 시간

사실 과시(정식 표현)하는 일만이 중요한 게 아니었다. 이미 말했듯이 앞으로의 혼사가 있었다. 귀족의 언어로는 '자루와 결혼하기'라고 했다. 황금 자루. 황금이 어디서 생겼는지, 출처는 중요하지 않았다. 여자가 개신교도나 유대교도만 아니면 되었다. 황금을 어떻게 벌어들였는지, 귀족을 가리키는 소사가 언제 성에 덧붙여졌는지 중요하지 않았다. 비밀 엄수라는 고해의 원칙하에 사실을 알게 된 종교인이 멋대로 알려주는 집안의 유전적 결함도 큰 문제가 아니었다. "프랑스에서는 숲을 찾기보다 명예를 잃지 않은 성을 찾기가 더 어렵다"(샤토브리앙). 드 브리쿨 부인은 무도회 초대 목록에 알방의 이름을 올리기 위해 모든 인맥을, 또는 옛 인맥을 동원했다. 그리고 알방에게 존재하지 않는 인척을 만들어냈고, 어떻게 하면 이런저런 집안으로부터 초대를 받을 수 있는지, 상속녀와 코티용을 추기 위해서는 어떤 수를 써야 하는지, 백작이 아니면서 어떻게 옛날 관습에 맞게 백작 행세를 하는지, 결혼식 모금함에 손가락만 넣고 어떻게 가짜 화폐를 넣는지, 또는 모금함에 아무것도 넣지 않으려면 어떻게 해야 하는지, 초대받지 않은 무도회에 감히 어떻게 가는지, 근거가 없으면서 출처가 확실한 척하려면 어떻게 말해야 하는지까지 가르쳤다. 그리고 모든 처세술, 모든 것들을 그에게 가르쳤다! 죽음을 앞두고 이미 변해버린 목소리로.

알방이 드나드는 사교계에서 돈이 담당하는 역할은 그에게 매우 새로웠다. '사교계' 밖의 모든 여자들, 젊은 여자든 젊지 않은 여자든, 노파든 위독한 병자든, 모든 여자들은 부양을 받았다. 이는 잘 알려진 사실로, 결론은 언제나 똑같았다. 즉 여자는 남자의 노동으로 살지만 남자를 위해서는 한푼도 쓰지 않으며, 남자와 함께 있을 때도 마찬가지다. 이는 서구 문명의 특성 중 하나다. 그런데 '사교계'에서는 젊은 남자들이 여자들의 돈을 기대했다. 그들 모두 돈을 보고 결혼하려 했던 것이다.

다시 말하지만 알방은 이 모든 걸 즐겼다. 그는 혐오를 느끼기(전쟁 이후에 그렇게 되었다) 전까지 한동안 사교계의 스노비즘에 빠져들었다. 혐오를 느끼기 전까지 한동안 보호 그룹의 스노비즘에 빠졌듯이. 궁중무용곡, 가십, 간계, 신랄한 말들, 자신을 드러내는 취향, 무례함, 질투, 짓궂은 언행, 더하여 그가 탁월한 능력을 보이는 야비함과 섬세함의 결합 속에서 그는 즐겁게 몸을 흔들었다. 보호받는 후배들의 명단이 다른 명단으로 대체되었다. 같이 춤을 추었거나 또는 (사회적 이유로) 반드시 춤을 추어야 할 여자들의 명단. 특별히 친절하게 대해야 하는 어머니들의 명단. 도움이 될 만한 사람들의 명단(왜냐하면 모두가 모두에게서 무언가 이익을 얻으려 했기 때문이다). 벽난로 위 거울 틀에 알맞은 기준에 따라 끼워둔 명함들이 벌써 개선문 형태를 이루며 그의 드넓은—방의 요강이 엎어졌을 때 퍼지는 오줌만큼이나—사교 생활을 축하하고 있었다.

일주일에 세 번 무도회에 가는 건 재미없었다. 하룻저녁에 세 개의 무도회에 가는 게 재미있었다. 사랑이 없는 연애, 자만과 흥분의 연애에도 눈물을 흘릴 수 있다는 사실이 재미있었다(어딜 가나 자신보다 뻔뻔스러운 사람은 늘 있기 마련이고 비열한 소극도 벌어지는 법이다. 예를 들면 초대받지 않은 무도회들에 가려고 하는 일이라든가). 잔꾀에 있어서만큼은, 마침내 자신의 성 정체성을 찾게 되는 앙드레 라파이와 거의 흡사한 선정적인 여자들이었다. 그는 젊은 나이에 죽어가며 떨고 있는 어머니와 함께 애정 없이 애정의 지도를 면밀히 살폈다. 좋은 냄새, 즉 겨드랑이와 파우더 냄새가 나는 여자 특유의 분위기에 사로잡혀 탱고와 보스턴 왈츠를 추었다. 여자의 탄력 있는 엉덩이에 바짝 달라붙어 있을 때면 이따금 기운이 솟았다. 그녀들이 다른 남자의 품에 안겨 춤을 출 땐 빼내왔다. 멀리서 지나갈 때도 유성의 꼬리처럼 무도회장에 나타나는 그녀들의 순결한 땀냄새를 그는 알아차렸다. 약간 선정적으로 춤을 출 때면, 어머니가 자신을 본다면 자랑스러워하리라 생각했다.

드 브리쿨 부인은 〈피가로〉의 사교계란에 있는 댄스홀 춤꾼의 후미 그룹에 아들 이름이 두 번 실리자 요란스럽게 이 신문의 구독을 중지

했다. 하지만 사교계 소식 때문에 신문을 그때그때 사오게 해야 했다.

사교계엔 반짝임이 있었다. 하지만 견고함은 다른 데 있었다. 그가 처신을 할 줄 모르기 때문인지, 아니면 실제로 불가능해서인지, 그는 '사교계'의 젊은이들에게서 구체적인 만족을 기대하지도 느끼지도 않았다. 그는 길거리에서 그런 만족을 얻었다. 다행히, 적어도 그는 까다롭게 굴지 말아야 할 때는 까다롭게 굴지 않았다. 이에 대해 그는 어머니에게 아무 말도 하지 않았다. 파르크의 새끼 사슴들과 상류사회의 여자들에 대해서만 말했다. 그러나 마장타대로와 라페리에르로의 영계들에 대해서는 입을 닫았다. 맙소사! 어머니가 알면 뭐라고 할까?

밤의 여자들, 신선함으로 활활 타오르는 살아 있는 불꽃들이 그를 꿈꾸게 했다(밤 열한시 이후, 댄스홀에서만 만날 수 있기 때문에 그는 그녀들을 밤의 여자들이라고 불렀다). 길거리에서는 현금으로 지불했다. 각각의 집단에는 어떤 시적인 면이 없지 않다. 새벽 네시쯤, 댄스홀의 문이 닫히면 세련된 여자와 파리에서 가장 멋진 이름들이 있었다. 무시할 수 없는 일이었다. 그리고 같이 자는 여자들, 이 여성 프레로들은 남성 프레로들만큼이나 예의가 있었는데, 이 역시 무시할 수 없는 일이다. 그러나 양쪽 다 사랑이나 애정, 또는 감정, 또는 단순한 동료애를 상기시키는 그 무엇도 없었다. 여기에는 유희와 부드러운 건강법만 있었다. 간혹 상상력을 반짝반짝 빛나게 해주는 밤의 여자도 있었지만 몇 주만 지나면 그 거품은 사라졌고 새로운 여자의 거품으로 대체되었다. 그렇지만 그의 품속에 여자들을 안겨주고, 또 나이만 허락했다면, 이 거품을 갖기 위해 그는 당장이라도 두세 명의 여자와 결혼할 준비를 했으리라. 그 정도로 열여덟 살은 어떻게 될지 모르는 나이다. 호텔 얘기를 해보자면, 국립도서관에 가듯이 태연하게 드나들었다(국립도서관에 갈 때도 아직 나이가 되지 않아 가짜 카드, 아버지의 카드를 들고 갔다. 청춘을 보내기 위해서는 약간의 농간이 필요한 법이다).

어렴풋하면서도 동시에 그야말로 생생한 이 세계의 주변에서 마주치는 소년들은 특히나 보잘것없어 보였다. 그는 그들에 대해 감정도 욕망도 없었다. 하지만 호감을 갖고 그들을 존중했고, 특히 평범한 얼굴을 한 소년들에게 그랬다. 그는 그들을 즉시 알아보고 친밀감을 느꼈다. 그리고 정확하고 전문가답게 지나가는 그들의 나이를 알아맞혔다. 열한 살 삼 개월, 열네 살 칠 개월, 열한 살 십일 개월…… 남자가 남자를 욕망할 수 있다는 사실, 그것이 이젠 비상식적이고 괴상망측하고 혐오스럽게 여겨졌다. 다섯 자녀를 둔 가장이 밤만 되면 기갑부대병을 기다리는 남자로 변하는 일보다 늑대 인간의 변신이 그에게는 더 그럴듯하게 느껴졌다.

한번은, 매우 잠깐이긴 했지만 드 브리쿨 부인이 아들의 부축을 받으며, 그리고 기억에 의지해서 거리로 나왔다. 말하지 않았지만 그에게는 영원히 한 존재로 가득한 그 거리. 그들은 한 소년과 걷고 있던 사제와 마주쳤다. 사제는 소년 쪽으로 고개를 돌리고 웃으며 그를 바라보았다. 속인인 그녀는 즉시 알아차렸다. 그런 식으로 바라보는 사람은 보호자가 아니야. 그녀는 이렇게 말했다. "부모들이 너무 안됐구나!" 그녀 생에서 마지막으로, 또는 마지막에서 두번째로, 아들이 청소년기를 보냈던 정말 특별한 그 세계에 대해 암시한 순간이었다.

그리고 드 게르샹주 양이 있었다(1914년 3월). 친한 사람들끼리 모인 파티에서였다. 그들은 춤을 추었는데 그녀는 원스텝을 출 줄 몰랐다

드 게르샹주 양에 대한 감정

(정말 특이한 일이다). 그녀는 외동딸이었다(브라보!) 그녀는 콧수염을 좋아하지 않았다(정말 특이한 일이다, 브라보!). 그녀는 1월에 열일곱 살이 되었다. 그는 4월이면 열여덟이 된다. 그녀의 남다름을 그는 곧장 알아보았고, 매혹되었다. 매우 화려하고 젠체하는 상류사회에서 오만함의 그림자 하나 없이 아주 자연스러운 여자. 최상이면서도 나서지 않는 품위. 요정 같은 눈, 소박하다시피 한 옷차림에 고양이 앞니 같은 작은 진주 세 개가 박힌 반지 하나. 우아한 레이스 깃이 달린 메디치풍 칼라에 갈기를 덧댄 시폰 블라우스, 밝은 회색빛 벨벳 리본. 그녀가 새롭게 수선한 옷 같다는 생각이 그의 머리를 스쳤다. 아니면 계절별로 세 개의 드레스만 만드는 소규모 의상실을 이용했거나. 그는 자기 멋대로 생각하며 청빈함을 발견하고 음미하며 즐거움을 느꼈다. 그런 점이 그의 마음과 감각을 자극했다.

그는 그녀를 멋진 무도회(1미터마다 시중드는 사람이 서 있는)에서 두 번 더 보았다. 그들이 만난 무도회에서 그녀는 아는 사람도, 그녀를 찾는 사람도 거의 없는 듯했다. 상류층이든 하류층이든 프랑스 사교계에는 늘 교양이 없었다. 아무도 춤을 청하지 않은 여자들은 칼을 쓴 죄인처럼 모욕을 받으며 앉아 있어야 하는 관습에 대해 뭐라고 하면 좋을까? 그 지경까지는 아니었지만 드 게르상주 양도 한 번은 자칫 그렇게 될 뻔했다. 그녀를 놓치다니 모두 바보들이었다. 다른 무도회에서 두 번 그녀를 보았을 때 알방은 그녀와 여섯 번 춤을 추었다. 춤을 추는 동안 그녀는 그를 똑바로 쳐다보지 않았다. 다른 여자들이 약간 대담하게 행동하는 것과 다르게 쉴새없이 행복과 눈물을 위한 눈을 그의 얼굴 좌우로 살짝 돌렸다. 그녀는 꿈속에서처럼, 생기 있게, 기절할 듯 춤을 추었다. 암사슴 중의 암사슴이었다. 암사슴을 대표하는 암사슴. 물론 그는 그녀와 결혼할 준비가 되어 있었다.

뒤쪽에는 머리를 콕콕 찌르는 종려나무 아래 어머니들이 앉아 있었다. 파르크의 면회실에서 사랑하는 친구의 아버지가 그의 미래를, 그 암울한 모습을 미리 보여주었을 때에도 아무렇지 않았다. 사랑의 대상은 한창 아름다운 시기에 있으니까. 그런데 결혼할 여자는 평생을 함께할 대상으로, 이십오 년 뒤 그녀가 어떤 모습일지 그녀의 어머니가 부지불식간에 보여준다. 잃어버린 낙원, 그건 자신의 청춘만이 아니라 남들의 청춘이기도 하다. 사실 이 무의식에 위험은 없었다. 미래의 남편들 중 단 한 사람도 겁에 질려 뒷걸음질치지 않았다. 스무 살에는 상상력이 그리 풍부하지 않다.

첫날부터 드 게르샹주 양은 알방을 자신의 어머니에게 소개했다. 그녀의 어머니는 소박한 이 야회를 위해 화려하게 치장하고 있었다. 그녀의 촌스러움이 드러나는 면이었다. 번쩍거리는 분홍빛 비단 드레스, 명주 망사로 된 짙은 푸른빛 리본 매듭과 자락, 어깨 위에는 둥그스름하게 세공한 자수정에 금줄. 딸은 갈색머리인데 어머니는 금발이었고, 딸은 사슴처럼 눈이 컸지만 어머니는 눈이 작고 예쁜 구석이 없었다. 이후, 매번 무도회 때마다 알방은 그녀와 이야기를 나누었다. 드 게르샹주 부인은 그때까지 살던 로렌의 숲에서 나와 이 전쟁터로 복귀했다. 매번 그녀는 '미의 사제' 이사도라 덩컨에 대해, 조화에 대해 말했고, 6월에 막을 내릴 이집트 발레와 '페티코트와 보석'이라는 유명한 무도회와 뒤제스 백작부인의 파티에서 컬러 가발을 쓰고 입장한 최근 일에 대해 말했다. 그 이상의 얘기는 없었다. 그녀는 젊은 여성들을 '프랑수아즈'

라고 불렀는데 거장 마르셀 프레보의 『젊은 여성 프랑수아즈에게 보내는 편지』 때문이었다. 그녀의 애독서 같았다. 『결혼한 프랑수아즈에게 보내는 편지』가 드 브리쿨 부인의 애독서인 것처럼. 하지만 그녀는 그녀의 로렌 생활 때문에 일 년쯤 뒤처져 있었다. 파리에서는 아무도 더 이상 젊은 여성들을 프랑수아즈라고 부르지 않았다.

춤과 춤 사이 휴식시간에 드 게르샹주 양은 알방의 오른쪽에, 그의 넓적다리에 자신의 긴 넓적다리를 붙인 채 앉아 있었다. 그녀가 옆에 앉을 때, 그는 그녀의 머리 냄새에 단숨에 사로잡혔다. 그녀는 고양이, 매우 총명한 고양이가 말하듯이 말했다. 그녀는 "난 온통 결점투성이예요"라고 말했지만 그녀가 총명하지 않은 건 아니었다. 훌륭한 사냥꾼이었던 그녀의 아버지가 세상을 떠나자 어머니는 로렌 지방의 소유지를 팔았고, 두 모녀는 파리로 와서 바빌론가에 자리잡았다. "나보고 거만하다고들 하더라고요. 하지만 겸손한 사람들이나 나이든 부인들은 날 좋아하는걸요." 그녀는 춤추는 게 좋아 춤을 출 뿐 '사교계'에는 관심이 없었다. 첫날과는 달리, 그녀는 그가 자신 쪽으로 고개를 돌리는 게 느껴질 때마다 매우 아가씨다운 방식으로 고개를 돌려 아름다운 시선으로 그를 바라보았다. 드 브리쿨 부인처럼 그녀도 손가락이 가늘었다. 사빈 드 게르샹주의 손과 죽은 어머니의 손 중, 그는 어느 쪽에 먼저 입을 맞추게 될까?

그는 온통 그녀로 가득차서 돌아오곤 했다. 그녀가 사용하는 부채의 깃털 하나가 이미 언급한 정리함 속, 드 브리쿨 부인의 말린 포도송이와 편지와 과제물, 세르주의 펜대, 죽은 폭스테리어의 털에 합류했다. 정리함 안에서는 이 모든 물건들이 사이가 좋았다. 로마인들의 판테온에서 가장 어울리지 않는 신들이 먹고 마시며 어울리듯이. 그는 그녀의 집을 보러 갔다. 이는 고전적인 사랑의 신호다. 1885년식 고급 아파트였는데, 요정의 집이라기보다는 이비인후과 전문의의 진료실이 있을 법한 건물 같았다.

어린 소년들에서 여자로 옮겨가기. 많은 사춘기 소년들이 경험하는 이 통과의례는 일종의 성숙을 의미한다. 이제 이야기가 시작되는 것이다. 삼분의 일가량 접혀 있던 부채가 이제 완전히 펼쳐지는 것이다. 위대한 영화가 상영되면서 극장의 화면이 갑자기 장엄하게 확장되는 것이다. "감동받을 때, 남자는 마음속 깊이 광대함을 느낀다" 하고 괴테는 썼다. 처음으로 여인을 사귀는 남자는 '마음속 깊이 광대함을 느낀다'. 소년에 대한 사랑 없이도 인생은 완전해질 수 있다. 그러나 여인에 대한 사랑 없이는 완전해질 수 없다.

알방이 이런 성숙을 경험한 건 밤의 여자들과도, 애인들과도, 심지어 사빈 드 게르상주와도 아니었다. 이 년 전, 라 쿠에스타의 솔레다드와였다. 그렇지만 그 '광활함'이 심오했던 건 아니라서, 그의 내면에 있는 깊고 장중한 무언가는 그때까지 세르주에 의해서만 감동을 받았다. 사빈과 더불어 그 일이 다시 이루어졌고, 혹은 다시 이루어지는 듯 보였다. 따뜻하고 커다란 새 같은 그녀를 가슴에 품고 미끄러지듯 춤을 출 때, 그는 그녀에게 존경심을 품었다. 신비한 대상으로서가 아니었다. 그는 그녀에게 신비한 면이 있다고는 조금도 생각하지 않았다. 다만 자신의 최선을 받을 만한 존재로서 그녀를 존경했다. 그는 그녀에게 진실하고자 하는 열렬한 마음이 있었다. 그런 식으로 그는 세르주를 사랑했고 모든 순간 그를 애정으로 대했었다. 사빈의 경우, 그녀의 품위 있는 우아함이 특히 그녀를 범하고 싶은 욕구를 불러일으켰다.

알방은 어머니에게 그녀에 대해 얘기했다. "게르상주? 전혀 모르는 성인데." 일종의 거부감, 마치 루이 14세가 "내가 전혀 본 적이 없는 작자군" 하고 말하는 듯한 거부감을 보이며 백작부인이 말했다. 그가 그녀에 대해 네다섯 번 더 얘기하자, 어머니는 알리에트 숙모에게 편지를 썼다. 관심사를 약간 희석하기 위해 다른 젊은 여자들의 이름들도 섞어서. 알리에트 숙모의 답장은 이러했다. "매우 훌륭한 사람들입니다, 다소 실추된 집안이기는 하지만. 아버지는 자기 소유지였던 로렌 지방에서 야생동물 사냥 말고는 다른 일을 하지 않았지요. 그러니까 제 말은, 다른 사람의 땅에서는 하지 않았다는 겁니다. 아버지가 세상을 떠나자 어머니는 집을 팔고, 딸이 자리잡도록 파리로 데리고 왔답니다." 무엇으로 자리잡게 하려고? 하녀로? 하지만 사실 드 브리쿨 부인이 아들을 '사교계'에 내보내 그를 자리잡게 하려는 것과 다를 게 뭐가 있겠는가? 한편 편지는 한 귀퉁이 푸른 하늘, 희망을 드러내 보여주었다. "보랭 지방의 숙부 쪽에 희망이 있어요. 그런데 그는 나이가 많지 않죠. 아마 아직 쉰이 넘지 않았을 거예요." 의견이나 표현의 상스러움과 가증스러움이 상류사회 그 자체를 보여주었다. 드 브리쿨 부인은 결론을 내렸다. "그녀와 너무 가까워지지 마라. 네가 그녀의 평판을 더럽힐 거다. 그녀가 너한테 반하게 만들지 마. 그렇게 되면 출구가 없어질 거야. 내가 외출할 수만 있다면 더 괜찮은 여자들을 많이 찾아줄 텐데." (알방은 속으로 대꾸했다. "네, 하지만 그 여자들은 어머니가 '찾은' 여자들이잖아요. 이 여자는 나 자신이 '찾은' 여자입니다. 그런데 중요한 게 '찾는' 일인가요?")

"출구가 없다." 그건 그녀가 부자가 아니기 때문이다. 알방이 드 프라츠 신부에게 한 약속에도 불구하고 드 브리쿨 부인은 그가 세르주와 다시 관계를 이어가도록 부추겼었다. 그가 세르주 다음으로 '새 애인을 찾을 생각은 없는지' 친절하게 캐묻기도 했다. 그랬던 어머니가 사빈이 부자가 아니라는 이유로 그녀를 만나지 말라고 통고했다. 감탄스러운 자태를 지니고 순결한 모습으로 모든 고귀함을 상기시키는 그 여자를 말이다. 정글의 법칙을 선언하는 이 단호한 목소리에 불복종하기란 불가능했다. 그 목소리는 마치 무덤에서 나오는 듯했다.

'상속녀'에 대한 집착이 알방은 짜증스러웠다. 그는 앞으로 둘이 쓸 만큼 충분한 돈이 있으리라 생각했고, 늘 돈이 별로 없는 사람들에게만 끌리고 욕망과 애정을 가졌다. 세르주, 애인들, 사빈 모두 그랬다(솔레다드는 예외였지만). 사랑과 관계되면 주머니에서 돈이 튀어나갔다. 초등학생만큼이나 단것을 많이 먹는 세르주를 자제시키기 위해서는 파르크의 준엄한 교칙이 필요했었다. 어머니의 경고 후, 그는 사빈이 참석할 만한 무도회를 여러 차례 포기했다. 이어서 몇몇 무도회 초대는 받아들였지만 이 죽어가는 사람에게는 말하지 않았고, 그녀도 묻지 않았다. 그래서 끝까지 숨겼다. 그녀와 약혼하겠다는 굳은 결심 같은 건 그에게 없었고, 약혼이라니 당치도 않다고 생각하기까지 했다. 뚜렷한 바람이 있다면, 그녀가 다른 사람과 약혼하지 않는 것뿐이었다. 그는 사빈을 사랑했지만 결혼하고 싶을 정도로 마음에 드는 다른 여자가 매일 새롭게 나타났다. 요컨대 그는 모든 여자들과 결혼하고 싶었다. 아니, 그보다는 사빈과 결혼하고 동시에 많은 다른 여자들은 정부로 두고 싶었다. 즉 애첩과 후궁들로.

타고난 기질에 따라 인간은 때때로 잔인해진다. 어떤 경우에는 삶이 인간을 잔인한 상황에 처하게 만들기도 한다. 인간이 잔인한 게 아니라 잔인하게 되어버리는 것이다. 알방과 사빈의 만남은 뜸해졌다. 죽어가는 어머니에게 불복종할 수는 없는 노릇이니까. 그러면서도 어머니가 죽을 경우, 아니 그보다는(확실히 얘기해보자) 어머니가 죽고 없을 날을 대비해서 '연락은 유지'했다. 후견회에서 약혼이 아니라 결혼을 막을 수도 있다. 어머니가 그에게 수플리에는 허락했어도 사빈은 금지했으니까. 그는 드 프라츠 신부—그의 적—에게 했던 약속은 충실히 이행했지만 어머니의 경고, 즉 명령에 대해서는 사망 후 어길 마음을 품었다. 세르주와 드 프라츠 신부와의 관계에서는 남성의 명령이 양쪽을 물리쳤다. 알방의 태도에는 잔인함만이 남았다. 그와 어머니 사이에는 언제나 잔인함이 존재했다. 때로는 그가 어머니에게, 때로는 어머니가 그에게. 드 프라츠 신부에게도 역시 알방을 향해 잔인했던 면이 있다. 그러나 세르주가 알방에게, 또는 알방이 세르주에게 잔인했던 적은 전혀 없다.

사빈과 사귀던 시절에는 놀라운 순간들이 있었다. 그녀는 언제나 무도회장 가장자리, 모두가 볼 수 있게 드러난 장소의 첫번째 줄에 앉아 있었다. 그는 그녀의 옆에 있었다. 한번은 그녀가 흰 구두 한쪽을 다른 쪽 발로 밀어 반쯤 벗고는 발—흰 비단 양말을 신은—을 구두 밖으로 드러낸 채 그대로 있었다. 오늘날이라면 별다른 시선을 끌지 않았겠지만, 1914년 점잖은 체하는 사교계의 무도회장 가장자리에서는 약간 눈에 띄는 짓이었다. 그녀답지 않은 행동에 알방은 몹시 놀랐다. 그렇지만 이 또한 분명 그녀였다. 가끔씩 내면에서 올라오는 저속함이 바로 드 브리쿨 부인의 모습이듯이. 그 행동으로 그는 눈에 보이지 않는 무언가를 깨달았다. 그는 또한 공포정치 시대, 사형수가 단두대로 가기 전에 여성 시민들이 주워가곤 하던 물건들을 생각했다. 몰락한 여인들은 교수대 근처, 일종의 누대 같은 곳에 앉아 자기 차례를 기다렸고, 그러면 하층민 여자들은 격한 목소리로 첫번째 줄에 앉은 여인들의 예쁜 구두를 달라고 요구했다. 손이 등뒤로 묶인 여인들이 한쪽 발로 다른 쪽 발을 밀어 신발을 떨어뜨리면, 하층민 여자들은 차지하려 달려들었다. 이게 그 순간 그의 머릿속에 떠오른 장면이었다. 사빈의 흰 스타킹이 그에게 파르크 성가대 아이들의 흰색 긴 양말을 떠오르게 한 것은 불과 며칠 뒤였다.

감동적인 순간은 또 있었다. 어느 날 저녁, 입을 크게 벌린 채 질질 흘리는 침 뒤로 분홍 혓바닥을 내비치는 개처럼, 그녀의 얇은 드레스 아래 아주 흐릿한 장밋빛 시드 드레스가 훤히 비쳤다. 야회용 블라우스 소매는 팔의 오금 약간 아래까지 내려왔다. 그들은 언제나처럼 무도회장 가장자리에 앉아 있었는데, 그가 엉큼하게 팔꿈치를 움직여 이 소매를 팔오금이 드러나는 곳까지 올렸다. 그의 술책을 알아챘지만, 그녀는 가만히 있으면서 그와 함께 자신의 팔오금을 바라보았다. 정맥이 손목에서 나타났다가 팔을 따라 올라가며 없어지더니 팔오금에서 다시 나타났다. 마치 사막 아래로 사라졌던 강물이 멀리서 다시 나오는 듯했다. 예의상 감추어야 하는 부분이기에 금기가 되었을 이 신체 부위 위에서 말없이 부딪친 두 시선이 그들 간의 비밀스러운 결합을 확인했다.

반쯤 드러난 발과 반쯤 분별없는 시선은 부끄럽게도 털이 혼란스레 쏠려 있는 그녀의 야성적인 목덜미에 의해 한층 심화되었다. 로렌 지방에서 온종일 말을 타며 하루를 보냈다는 점도 거들었다. 그녀 안에는 공기의 요정과 야수 같은 면이 동시에 존재했다. 적어도 젊은 구혼자의 몽상 속에서는 그랬다. 이중 두번째 날 저녁, 그는 드 브리쿨 부인에 대해 그녀에게 얘기했다. 마치 애정을 가지고 어머니에 대해 말하면서 어머니가 소생하길 바라는 듯했다.

정말로 드 브리쿨 부인은 이 상냥한 말의 이슬 아래서 멀리서도 약간이나마 기운을 되찾는 듯했다. 그래서 상금이 일만 오천 프랑이 걸린 〈페미나〉의 대경연대회, '애교점을 어디에 찍어야 할까요?'에 참가할 정도였다. 그녀는 턱 아래, 목 아랫부분을 택했다. 알방은 왼쪽 볼 입술가 근처를 선호했다. 어떤 추억 때문에.

드 브리쿨 부인의 마지막 빛줄기. 벨 에포크의 마지막 빛줄기 (1914년 봄)

드 브리쿨 부인은 자신의 청춘을 붉게 물들인, 그리고 아들의 입술을 통해 다시 만난 느린 왈츠곡에 맞추어 무덤을 향해 내려갔다. 그녀는 무엇으로 죽는가? 폐결핵. 그녀가 알리고 싶어하지 않았기 때문에 가족들은 그녀에게 아무 문제도 없다는 소문을 퍼뜨렸다. 더할 나위 없이 훌륭한 사람들에게 결핵은 당시 매독만큼이나 불명예스러웠다. 사람들은 알방에게 이렇게 말하곤 했다. "어머니가 스스로 환자라고 생각하면 안 되는데." 제때 치료하려 했다면 당시 이런 환자들에게 권장되던 산이나 코트다쥐르에 갔을 텐데, 그녀에겐 이 처방이 맞지 않았다. 그녀는 가길 거부했다. 알방과 드 샹토세 씨와 헤어지게 되니까. 그녀에겐 사랑이 목숨보다 중요했다. 그녀 곁에서 저녁식사를 한 뒤, 알방은 종종 그녀가 가지고 있는 제2제정 시대의 뮤직박스를 작동시키곤 했다. 가냘픈 소리는 끝없이 점점 느려지다가 마지막엔 지쳐서 멈추었다. 어느 날 저녁 그녀가 아들에게 말했다. "뮤직박스는 이제 틀지 마라. 너무 슬프구나." 그는 이해했다. 그래서 뮤직박스를 더이상 틀지 않았다.

드 브리쿨 부인은 전에 비해 훨씬 잠을 많이 잤다. 마치 자연이 그녀에게 연민을 느끼는 듯했다. 왜냐하면 그녀의 의식 전체에는 고통뿐이었으니까. 그녀의 일 분에는 한 세기만큼의 고통이 담겨 있었다. 전에 그녀는 언제나 아침 여덟시에 아침식사를 침대로 가져오게 했다. 그런데 이제는 아침 여덟시가 되어도 더 자기 위해 수면제를 먹었다. 그녀는 아홉시 사십오분까지 잠을 잤고, 더 잘 때도 있었다. 그만큼 고통스러웠던 것이다. 그렇지만 신체적으로 그리고 정신적으로 오로지 고통만 느끼는 이 삶을, 그녀는 끔찍이도 떠나기 싫었다.

불을 끄기 전에 볼에 펴 바른 크림을 베개에 묻히지 않으려고 그녀는 등을 대고 반듯하게 누워 잤다. 잠에서 깨자마자 그녀를 끌어당기면서도 밀어내는, 그렇지만 밀어내기보다 끌어당기는 힘이 더 강력한 거울 속에서 잠에서 깬 얼굴을, 자신의 얼굴 중 최악이며 하루하루 더 나빠지는 그 모습을 보았다(그녀는 밤중에 깨어나서도 거울을 들여다보았다). 매일, 그렇다. 매일 얼굴에 주름이 하나씩 더 파였고, 눈두덩이 더 부풀었고, 주름살이 더 깊어졌다. 그녀의 눈은 이제 반짝이지 않았고 언제나 어두운 무언가를 바라보고 있었다. 그리고 광대뼈가 매일 더욱 불길하게 붉어져, 매일 한층 두껍게 분을 발랐다. 비탄과 불안의 아름다움은 초췌함으로 변했다. 처음에 그녀는 이를 보지 못했다가 나중에야 깨닫게 되었다. 그녀는 손이 닿는 곳에 거울을 두고 십 분마다 들여다보며 절망의 이유들을 확인했다. 손에는 이제 핏줄밖에 보이지 않았다. 반지와 팔찌는 너무 커져서 빼둔 지 오래였다. 그녀의 몸은 이제 아주 쇠약한 열네 살 소녀의 덩치로 줄어들었다. 알방이 있을 때면 그녀는 램프를 조절해 어둠을 드리우며 이렇게 말했다. "난 어둠 속에 있으련다. 그러면 네가 날 보지 못하겠지." 그녀는 땀에 젖어 침대에서 꼼짝도 하지 않은 채 침통함에 빠져 있었다. 주위에 죽은 자들과 죽어가는 자들의 유령—그녀의 어머니, 오빠, 남편, 그리고 그녀 자신—뿐 아니라 산 자들의 유령—샹토세와 그녀의 아들—까지 서성였다.

드 샹토세 씨는 자연스럽게 발길을 끊었다. 그래도 그는 장미 다발을 들고 그럭저럭 처신했었는데. 불쌍한 남자들! 그녀 역시 그를 다시 보고 싶어하지 않았고 자신의 초췌한 모습을 보여주고 싶지도 않았다. 이별은 거의 고통 없이 이루어졌다. 이별의 고통은 비할 데 없이 크고 보다 심각한 고통 속에서 사라졌다. 더이상 존재하지 않는다는 사실 앞에서 드 샹토세 씨와의 순정적인 사랑은 가소로워 보였다. 마침내 모든 게 제자리를 찾았다. 즉 죽음 앞에서의 제자리. 그렇다면 삶 앞에서 그들의 제자리는? 드 샹토세 씨는 그럭저럭(매우 어렵사리) 삶 앞에 있었다.

그렇지만 이 고통에 아들로 인한 고통이 더해졌다. 무시할 만한 고통이 아니었다. 알방도 할 수만 있다면 그녀를 보러 오지 않을 거라고, 정말 오기 싫지만 그저 예의상 할 수 없이 오는 거라고 그녀는 생각했다. 십팔 년의 무한한 사랑은 결국 이 꼴이 되어버렸다. 그녀는 패배했고, 이번에는 손쓸 도리가 없었다. 많은 비용을 들여 피부를 관리했지만 실패했듯이. 그는 그녀의 가장 심각한 실패였고, 덕분에 그녀의 죽음마저 실패작이 되고 말았다. 샹토세와 아들 사이에서, 자신의 최종적인 소멸이 아무런 슬픔도 불러오지 않으리라는 걸 약간의 놀라움과 함께 깨달았다. 콜레주에서 사라진 일—세르주에 대한 온갖 추측을 불러일으킨—이 아무에게도 슬픔을 주지 않았음을 깨달은 알방처럼.

그녀는 스스로 마음을 달래려 애썼다. "쟤는 인정머리가 없어. 그렇게 생겨먹은 애야. 그저 고양이들이나 좋아하지." 그가 세르주를 얼마큼 사랑했는지 그녀는 알 수 없었지만(그는 부끄러워서, 그리고 배려하는 의미에서 그녀에게 이에 대해 전혀 이야기하지 않았다) 조금은 짐작할 수 있는 동기가 몇몇 있었다. 하지만 이 모든 게 존재하지 않는 것이 되어버렸다. 아니, 존재한 적조차 없었다. 그는 그녀를 사랑하지 않았고, 따라서 그는 인정머리가 없었다. 원장 신부처럼 그녀도 마찬가지였다. 그들은 눈이 있어도 보지 못한다. 불행한 여인 앞에서 누구도 서툴기 짝이 없는 엄마라고 감히 다시 말할 수 없다.

그녀가 드 게르상주 양을 향한 알방의 애정을 진지하게 받아들이는 경우는 짜증을 낼 때뿐이었다. 처음 세르주를 만났을 때처럼 그녀는 그를 괴롭혔지만 그 시절의 좋은 기분은 없었다. 그와 반대로, 신랄하고 날카로웠다. 어느 날, 죽어가는 이 여인이 불쑥 히죽거렸다. "드 게르상주 양을 애칭으로 부르지 않도록 조심해야 할 거다." "왜요?" "사 비네트*가 되잖아, 하하하!" 그녀는 또 이런 말도 했다. 그녀의 커다란 눈과 그녀 어머니의 작은 눈에 대해 생각해봤는데, 눈이 큰 이는 로렌 지방 사람이 아니라고. 그녀는 사생아인 게 틀림없다고. 아니면 반쪽만 로렌 사람이라고. "그녀에게 중세 때의 오래된 속담을 상기시켜줄 수도 있겠어. 로렌, 신과 이웃을 배반하는 비열한 놈들.**" 그는 이해할 수 없었다. 어

* Sa binette. 프랑스어로 '그녀의 낯짝'이라는 뜻.

** 강력한 주변 국가들로부터 끊임없이 괴롭힘과 위협을 당했던 로트링겐 공국(오늘날 로렌 지방)에 대한 이 구절은 주변국의 비방에서 유래했다고 추정된다.

머니가 그를 '사교계' 속으로 밀어넣었다. 그런데 그가 거기서 즐겁게 놀자 그녀는 비난했다. 어느 장단에 맞춰야 할지 알 수가 없었다. 많은 어머니들은 아들을 여자 쪽으로 밀어내고도 그가 여자와 어울리면 그녀에게서 등을 돌리게 한다. 질투 때문이다. 아들이 남자에게 마음을 주도록 내버려두는 건 질투할 필요가 없기 때문이다.

알방은 어머니를 사랑했을까? 사랑했다면, 어떻게 사랑했을까? 육체적 욕망이 느껴지지 않는 존재들을 사랑할 때처럼, 그는 그녀를 충분히 사랑하지 않았다. 그가 잘 알지 못하는 많은 여자들이 있었고, 그는 그 아픈 여자들을 위해 호의를 반복해서 베풀었다. 그리고 파르크의 모든 소년들도 있었다. 그러나 슬프게도, 어머니를 욕망하지 않았다. 모든 불행은 여기서 나왔다. 어머니가 입맞춤하려 할 때나, 고양이를 만지듯 동의도 구하지 않고 머리를 흐트러뜨릴 때, 그는 짜증을 냈다. 처음에 그는 볼 대신에 목을 내밀었고, 이 목덜미도 나중에는 약간 감추었다. 그녀에게 입맞춤하는 일 역시 내키지 않았다. 아! 그녀가 열여덟 살 때 그가 스무 살이었다면! 왜냐하면 그녀가 이 나이에 찍은 사진들이 그의 마음을 사로잡았기 때문이다. 만일 당시 그녀를 만났다면 그는 그녀와 결혼했을 것이다. 하지만 그는 "어머니를 욕망하지 않기 때문에 어머니에게 더 다정하게 할 수 없어요"라고 감히 말할 수 없었던 것처럼 "이십 년 전이었다면, 난 어머니와 결혼했을 거예요"라고 말하지도 못했다(이 말을 들었다면 그녀는 뛸 듯이 기뻐했을 것이다). 모든 게 "재는 인정 머리가 없어"라는 말로 끝났다. 그렇지만 보기 드문 어느 혜안의 순간, 그녀는 아들에게 이렇게 말하지 않았던가? "진정한 우정은 감각적이라고 생각하지 않니?" 그러나 이 말은 한순간 반짝 빛나다가 어둠 속으로 돌아가버렸다. 한밤의 열대지방에서 파도 꼭대기에서 생겨났다가 죽어버리는 인광처럼.

이는 드 브리쿨 부인이 수플리에 이야기를 하면서 했던 말이었다. 죽어가는 어머니 옆에서, 알방은 종종 드 프라츠 신부가 들려준 다른 놀라운 말을 떠올렸다. 그는 자신의 친아버지가 임종을 맞는 순간에조차 세르주를 생각하고 있었다고 했다. 아! 세르주가 병원에 누워 있다면! 불꽃놀이의 화염처럼, 그의 애정은 폭발적으로 치솟아 산 모양으로 피어나 마음속 하늘을 가득 채웠다. 병석에 누운 세르주! 그를 위해 무엇을 할 수 있을까? 아마 그는 자신의 목숨이라도 내주리라.

나이를 스물다섯 먹은 남자가 자기 어머니에게 이렇게 말하는 걸 들은 적이 있다. "엄마가 아플 때 난 엄마가 싫어!" 그는 보통 아들보다 훨씬 세심하고 다정했던 아들이었다. 이런 외침은 대부분의 남자들, 특히 젊은 남자들에게서 들을 수 있다. 알방은 쇠약해진 어머니를 전처럼 정중하게 대하는 게 가장 힘들었다. 어머니에게 "쇠약해졌어요!" 하고 말하면 그녀는 "그래, 정말 쇠약해졌어, 죽어가는 중이라 그렇지" 하고 대꾸했다. 그러고서 그녀의 눈에서 눈물이 쏟아졌고, 그는 더 불쾌감을 주지 않으려 노력해야 했다. 어머니보다는 생뱅상드폴회에 자비를 베푸는 편이 더 수월했다. 예전에 어머니가 샹토 때문에 울 때는 그리 거슬리지 않았다. 그런데 어머니가 자신 때문에 울자 짜증이 났다. 그 순간 그는 무슨 짓이라도 할 수 있을 것 같았다. 이상하게도 겸손함에서 나온 마음이었다. "누군가 나 때문에 우는 게 기이하다. 나는 그럴 가치가 없는데." 그리고 어느 날은 그녀는 이렇게 외쳤다. "내가 널 얼마나 사랑하는지 넌 모를 거야!" 그는 난처한 표정으로 당황해 어쩔 줄 몰라

하며 대꾸했다. "왜 그렇게 날 사랑하세요?"

이 모든 일에 악의는 없었다. 그는 어머니가 자신에게 준 고통도 거의 의식하지 않았다. 하지만 자신이 어떤 사람인지 의식하면 순간적으로 격심한 불안에 사로잡혔고 그 생각에서 벗어날 수 없었다. 어떤 때에는 자신의 거친 태도에 부끄러움을 느꼈고, 이를 소년이 지닌 어리석은 상냥함으로 무마하려 노력했다. 예를 들면 보기만 해도 구역질이 나는 케이크나 그녀가 싫어하는 축음기판. 요컨대 그를 향한 '관심'을 엉뚱한 곳으로 이끄는 불길한 망령과 다를 바 없는 것들. 그녀는 그에게 초콜릿을 주었지만 그는 좋아하지 않았다. 그녀가 목도리를 선물하면 그는 겉으로 드러내지는 않았지만 차라리 돈을 받았으면 했다. 그가 적당하다고 여기는 걸 그녀는 결코 주지 않았다. 기타 등등. 그녀는 아들이 선물 받는 걸 그리 좋아하지 않는다는 사실을 잘 알고 있었다. 그가 오 년 전부터 매년 여러 차례 반복해서 그녀에게 말했으니까. 하지만 지나친 신뢰에 배반당하고도 신뢰에 매달리던 원장 신부처럼 그녀 역시 자신의 기질을 거스를 수 없었고, 그래서 계속해서 그에게 선물을 주었다. 그러다가 그가 스스로의 신중한 태도를 걱정하는 때가 왔다. 바로 그 태도 때문에 어머니는 사람들이 자신을 회복 가능성이 없는 환자로 여긴다는 사실을 눈치채지 않았던가! 죽어가는 사람들과의 관계는 매우 어렵다. 그건 젊은 청년에게 요구할 수 있는 수준을 넘어선다. 그가 그녀에게 〈페미나〉를 갖다주었다. 그녀는 경악하며 잡지를 집어던졌다. 잡지 표지에 바가텔*의 폴로 경기장에 간 상류층 부인들

* 파리 불로뉴숲 북서쪽에 자리한 대저택.

사진이 있었다. 그녀는 그녀들이 끔찍했다. 내일이면 떠나게 될 세상의 삶이 그녀에게 중요할까? 그녀는 화창한 날씨 또한 끔찍했다.

어느 날, 드 브리쿨 부인을 왕진한 의사가 나가면서 알방과 단둘이 이야기를 나누었다. 의사는 그의 어머니가 '루르드'*에 대해 말했다며 히죽거렸다. "멀쩡한 사람 중에 루르드의 기적을 믿는 이는 아무도 없어요." "저는 믿습니다!" 알방이 턱을 쳐들며 내뱉었다. 사실 그는 조금도 믿지 않았다. 그렇지만 이 상황에서 그렇게 말하는 건 용기 있는 태도였다. 그걸로 충분했다.

의사에 관한 여담. 드 브리쿨 부인은 의사들이 자신을 엉망으로 치료한다고—이성적으로—판단하고 그들을 싫어했다. 죽어가는 자들은 주치의의 죽음을 생각하며 위안을 얻는다.

인생에는 더이상 남자가 없었지만 밤의 꿈속에는 남자들이 찾아왔다. 보헤미안 남자가 레스토랑에서 너무도 다정한 멜로디를 그녀의 귓가에 속삭였다. 손가락에 반지를 낀 어느 젊은 신사와 마른강에서 뱃놀이를 하기도 했다. 보다 나이가 든 신사, 레지옹 도뇌르 훈장을 단 장교가 오퇴유대로에서 그녀에게 다가와 이렇게 말하기도 했다. "당신이 싫다면 따라가지 않겠습니다. 약속드리지요. 당신이 어디 사는지 알고 싶어서 이러는 건 아니에요……" 이 남자들, 알방의 '밤의 여자들'처럼, '밤의 남자들'이라 부를 수 있는 이들이 사라진 샹토를 대신했다. 자연은 그녀의 삶과 죽음을 위로하기 위해 몇몇 감미로운 꿈을 그녀에게 보냈다.

---

* 프랑스 남서부의 도시로, 1858년 성녀 베르나데트가 이곳에서 성모마리아를 만났다고 전한다.

드 프라츠 신부의 꿈(그가 세르주를 너라고 불렀던)과 알방의 꿈에 나타났던 세르주는 드 브리쿨 부인의 밤 또한 방문했다. 일본 연극 노能 〈스미다강〉에서 어머니에게 나타나는 죽은 어린 아들의 유령처럼. 어느 날 아침, 어느 때보다 위태로워 보이는 그녀가 아들에게 말했다. "짧은 반바지를 입고, 내 무릎 위에 앉은 열두 살 때의 네가 꿈에 나왔다. 내가 머리에만 입을 맞추도록 고개를 숙이더구나. 하지만 네가 천천히 고개를 들 때 나는 네 눈꺼풀에 입을 맞추었지. 네가 자고 있을 때 종종 내가 그러듯 말이야. ('우리 둘 다 잘 알지' 하고 알방은 생각했다.) 그런데 그때, 그애가 네가 아니라는 걸 알게 되었어. 수플리에였어. 네가 수플리에가 된 거야……" 마지막 고통 속에서 잔인한 신에게 매달려 있는 그녀는, 온당하든 말든 이 두 아이를 혼동하며 유일한 행복을 느꼈다. 그는 생각했다. '어머니가 꿈에서 그렇게 자주 그를 본다는 건 내가 그를 사랑할 권리가 있다는 뜻이야.'

알방과 랭스부르의 5월의 밤 (1914년 5월 27일)

1914년의 마지막 무도회 시즌에는, 이미 저녁 그림자에 뒤덮여 빛나는 산봉우리처럼 어딘가 도취적인 면이 있었다. 위고가 「테레즈가의 축제」로, 로스탕이 「테레즈가의 축제」에서 영감을 얻어 쓴 「새로운 무위도식」이라는 시로 이 독특한 분위기의 섬세함을 매우 잘 보여준 탓에 이후로는 누구도 감히 다시 거론하지 못한다. 로스탕은 1887년에 쓴 시의 마지막 구절에서 "머지않아 곧 이제 남아 있지 않을 모든 것"에 대해 말하는데, 마치 1914년 6월에 쓴 듯했다. 우리가 이 이야기에서 종종 보았듯이, 이 섬세함은 방탕함과 섞여 있어 둘을 각각 떼어놓을 수는 없다.

그날 밤, 알방은 오슈 홀에서 출입문에 시선을 고정시킨 채 게르샹주가 사람들을 기다리고 있었다. 그는 춤추는 사람들로 혼잡한 장소에서 매우 멀리 떨어진 곳에 있는 랭스부르를 알아보았다. 한순간 알방은 몹시 흥분했다. 사교계 모임에서 랭스부르를 만난 적은 한 번도 없었다. 사실 랭스부르는 당황한 듯했다. 그는 아무하고도 말을 나누지 않았고, (나이만 맞다면) 사교계 옷차림을 한 경찰로, 성대한 결혼식에서 선물이 쌓인 테이블을 지키며 공작부인이 은 재떨이를 훔쳐가지 않을까 걱정하는 경찰로 보였다.

그들의 시선이 마주쳤다. 각자 잠시 멈칫했다. 둘 다 미소를 지었는데 절반은 거북함을, 절반은 다정함을 보이며 "그럼 가볼까?"라고 말하는 듯한 미소였다. 이어서 알방이 환한 얼굴로 그에게로 다가갔고 두 사람은 열렬히 악수를 나누었다. 파르크에서 불화—그토록 잦았던—는 오래가지 않았다. 하나의 공통된 열정이 불화를 해결하곤 했으니까. 그들은 웃으며 대화를 이어갔다. 알방이 말했다.

"어쨌든 넌 나한테 아주 치사하게 굴었지."

"내가 치사했다고? (곧장, 예전처럼 별로 솔직하지 않은 태도로) 그래, 내가 치사했었다면, 그때의 나에 대해 용서를 구할게."

"난 오래전에 널 용서했어."

"저세상에서 용서받고 싶으면 지금 남들을 용서해줘야겠지."

무도회장에서 나온 이 말에 약간 당황한 알방은 이렇게 생각했다. '나는 무슨 조건을 달고 용서하지 않아. 상관없기 때문에 용서하는 거지.' 알방은 그를 원망한 적이 결코 없었다. 처음 퇴학당했을 때 부당함에 한탄했을지라도, 세르주와의 결별이 고통스러웠고 앞으로도 고통스러울지라도, '친구들'의 배신은 그에게 아무런 영향도 주지 않았다. 오히려 재밌는 일로 여겨지기까지 했다. 게다가 로마 역사의 많은 선례들을 생각하면 떠받들 만했다…… 드 프라츠 신부의 배신, 원장 신부의 경박함, 드 브리쿨 부인의 결쇠질, 녀석들의 비열함, 이 모든 건 한마디로 말끔히 씻어버렸다. "사람들이 그렇지 뭐!" 이 한마디로 모든 게 설명되었다. 랭스부르로서는, 알방이 사라지는 모습을 봤을 때가 자신의 젊은 날에서 가장 큰 기쁨을 느꼈던 순간들 중 하나였다. 그렇지만 그는 알방을 사랑했었다. 그런데 이제는 알방이 그를 구해준다. 어떤 점에서 그러한지 보게 될 것이다.

"파르크의 녀석들이랑 연락해?"

"아니, 아무하고도."

"드니도?"

"그애는 브장송에 있는 기술 공예 학교에 다녀. 그리고 그럴 나이는 지났지." 그는 잠시 생각에 잠겼다가 말을 이었다. "왠지 모르겠는데, 마지막엔 그애 손바닥이 거칠어졌어. 아마도 나이를 먹어서겠지……"

모든 걸 장엄하게 설명하고, 용서하고, 예찬하던 시절은 이미 멀어져 있었다. "드니는 드니지 뭐." 그럴 나이는 지났다! 언젠가 수플리에를 다시 만나게 될 거라는 원장 신부에게 드 프라츠 신부는 이렇게 말했었다. "그때는 너무 늦을 겁니다." 그리고 알방에게는 이렇게 말했었다. "아이들은 금방입니다." 그러니까 모든 게 나이 문제였다. 금치산자에게는 금기사항들이 있었다. 그리고 이 손바닥 이야기!

"그러면 라보는? 그리고 라 페를은?"

랭스부르는 경멸하듯 입을 삐죽거렸다. 라보와 라 페를은 프레로였다. 콜레주 안에서는 아무런 문제도 없었다. 하지만 콜레주 밖에서 프레로들은 제 신분으로 돌아갔다. 이러한 점에서도 원장 신부는 커다란 잘못을 저지른 셈이다.

"학교 원장은 왜 바뀐 거야?"

"모르겠어. 드 프라츠 신부는 사제의 수단을 걸칠 사람이 아니었대. 프라도 드 라 알 신부는 현실적이지 못했나봐. 그들은 좋은 성과를 내지 못했던 것 같아. 할 만큼 했겠지. 프라도 신부에겐 안된 일이야. 아무것도 몰랐다니, 끔찍해."

한 문장, 두 마디로 두 사제에게 선고를 내리다니 얼마나 놀라운 통찰력인가! 알방은 깜짝 놀랐다. '그는 아무것도 몰랐던 게 아니야. 오히려 무지 상태를 끔찍하다고 여기면서도, 다른 사람들의 무지를 이용할 줄 알았지.'

드 프라츠 신부가 신을 믿지 않을 수도 있다는 생각이 처음으로 그의 머리를 스쳤다. 그래서 어쨌다는 건가? 키케로, 마르쿠스 아우렐리우스, 티투스 등 뛰어난 사람들은 주교로서 의식을 집행했지만 자신들이 공표하는 종교를 믿지 않았다.

결국 이 이야기에서 소년들을 제대로 이해한 사람은 드 프라츠 신부와 랭스부르뿐이었다. 프라도 신부와 드 브리쿨 부인은 어쩔 수 없이 매우 서투르기 짝이 없었다.

"우리를 학교에서 쫓아내면서 그들은 갈피를 잡지 못했어. 그래서 사람들의 주의를 끌게 되었지. 이런 물의가 없었다면 모든 게 그대로 이어졌을 거야, 아마도 오랫동안." 그건 사실이다. 게다가 그의 생각보다 더 오랫동안 이어졌을 것이다. 랭스부르가 말하지 않은 게 있었는데, 프라도 드 라 알 신부와 그의 운영 권한을 파괴한 주요 인물이 바로 그의 아버지였다는 점이다. 그의 아버지와 그, 그리고 결혼할 때 가져온 지참금이 적어서 웬만해선 나서지 않는 드 랭스부르 부인. 랭스부르의 아버지는 은행과 정치권에서 높은 자리를 차지하고 있는(이 말이 무섭게 들리지 않는다면), 한마디로 힘이 있는 '고위층' 인사였다. 게다가 파르크 이사회의 구성원이기도 했다. 그는 드 브리쿨 부인이 한순간 하고 싶어했지만 자신의 병과 울며 반대하는 알방 때문에 포기했던 일을 실행에 옮겼다. 아들을 동반하고 대주교를 찾아간 것이다. 파르크의 모든 아이들과 마찬가지로 이 아들은 원장 신부를 대체로 존경하는 편이었지만, 그럼에도 자기 아버지를 두려워하는 만큼 커다란 조직의 권위로 자신을 억압하는 그를 경멸했다. 이런 이유로 그는 자신에게 관대했던 원장 신부의 배려를 조금도 고맙게 생각하지 않았고, 사실 그 배려에 대해 알고 싶은 마음도 전혀 없었다. 또한 예상되는 바처럼, 원장 신부도 그가 아버지에 대한 두려움을 극복했다고 기특하게 여기지 않았다.

그는 아무도 비방하지 않았고, 동료 중 어느 누구의 이름도 대지 않았다. 그는 먼저 직원들과 고용인들에 대해 입을 열었다. 원장 신부에 대해서는, 그의 치하에 질서가 없었다고만 말했다. 부인할 수 없는 몇몇 사실들로 이를 증명하기란 어려운 일이 아니었다. "저 녀석과 명예를 다툴 거야. 이 싸움으로 녀석이 다시는 일어서지 못하게 하겠어." 그는 언젠가 알방을 두고 이렇게 말했다. 그런데 정작 그가 전쟁을 벌인 상대는 가장 무고한 원장 신부였다. 원장 신부의 유일한 잘못은 지나치게 무고하다는 것뿐이었다. 그는 두 '사건'에 대해서는 말하지 않았다

(그리고 며칠 뒤 호출받은 원장 신부 역시 자신의 약점을 드러내는 그 사건들에 대해 모르는 척 시치미를 뗐다). 결국 랭스부르의 아버지는 학교의 몇몇 사람들을 교체한다는 조건하에 이사회의 임원으로 남기로 했는데, 교체할 사람으로 꼽힌 몇몇은 이미 원장 신부가 내보내기로 결정한 자들이었다. 상처 입고 무너진 이 소년이 바로 오랜 전통의 파르크를 망가뜨린 장본인이었다. 어머니의 비난을 받으면서도 알방이 구해내려고 죽도록 애썼던 바로 그곳을 말이다. 학교를 떠나면서 그는 학교를 파괴했다. 마치 적에 의해 쫓겨나는 군대가 진지를 파괴하고 가듯이. 보관실로 가지 말라는 겁에 질린 내면의 목소리를 듣지 않고 무모한 용기로 인해 침몰했던 알방과 마찬가지로, 원장 신부 역시 랭스부르를 퇴학시키는 용기로 말미암아 침몰했다.

다른 관점에서 보자면, 알방은 드 프라츠 신부의 간계에 의해, 랭스부르는 원장 신부에 의해, 원장 신부는 랭스부르에 의해 학교에서 쫓겨난 셈이다. 합법적인, 그러나 가혹한 게임이었다.

"그럼 지금 학교는 어때? 규율은? 학생들 실력은?"

"내 사촌들 모두 거기 다니는데, 규율이 완벽하대. 공부는 우리 때보다 훨씬 잘하고. 한마디로, 학교가 깜짝 놀랄 정도로 달라졌다는 거지."

"풍기는?"

"모범적이래. 대선배들이 모인 연회에서 리니에 신부(새 원장 신부야)가 '이제, 신의 가호로, 우리 콜레주가 순결하다고 말할 수 있습니다'라고 선언했대."

"대단한 시절이긴 했지." 알방이 말했다.

'신의 가호로. 그리고 또한 나 덕분에' 하고 그는 생각했다. 그건 그의 '사건'이기도 했다. 보다 정확히 말하자면 수플리에를 잃은 그의 희생이었으며 그가 퇴학당하는 과정이었고, 이로 인해 드 라 알 원장 신부는 대대적인 숙청 작업을 시작하게 되었다. 후임인 리니에 신부는 대주교관의 원칙에 따라 엄격한 도덕 쪽으로 방향을 분명하게 틀었다. 첫번째 단계에서는 개혁이 불발됐다. 하지만 두번째 단계에서는 성공했다. 그리고 그는 이를 위해 당연히 치러야 할 대가를 지불했다. 결국 콜레주 개혁이 효과를 발휘했다는 점에서, 그의 헌신은 헛되지 않았던 셈이다.

"진정한 파르크는 죽었어." 랭스부르가 침통하게 말했다.

"진정한 파르크는 죽었어." 이 말에는 "위대한 목신은 죽었어"에서처럼 매우 숭고한 울림이 있었다. 어느 정도는 의미가 같기도 했다. 그가 덧붙였다.

"놀랍지만, 우리는 거기서 미움받고 있는 것 같아. 내가 아카데미 총람을 참고하고 싶다고 편지를 보냈어. 의무에 관한 내 발표 내용을 복사하고 싶었거든. 그런데 답장을 안 줘. 괘씸하더군. 나에 대해서도, 너에 대해서도 좋게 말하는 사람은 없는 듯하더라. 무관심 때문만이 아니라 비열함 때문에. 우리를 옹호하면 학교의 우두머리들이 불쾌해하나 봐. '그러면 쓸데없는 복수를 당하게 될걸' 하고 뮐라가 말했던 것처럼. 파르크는 바예지트*의 궁전이었어. 쥐도 새도 모르게 단도로 찔리는 거지. 팔 년 반 동안의 기숙사 생활과 학교를 위해 우리 아버지가 했던 모든 일에도 불구하고 말이야!"

* 오스만제국의 술탄.

그러나 또한 팔 년 동안 큰 소란을 일으키기도 했고, 그 소란이 아버지의 돈으로 덮였다는 것 또한 모두가 아는 사실이다. 이게 그렇게 자랑스러운 일일까? 그럼에도 불구하고 랭스부르의 마지막 말은 알방의 마음을 울렸다.

"프라도 신부가 날 호출했으면 좋았을 텐데. 꾸짖더라도 말야. 때때로 짧은 한마디만으로도 충분했을 텐데…… '꼭 필요한 한마디'…… 그게 뭔지는 모르겠지만 그 짧은 한마디를 그가 내게 해줬다면 아마 많은 게 달라졌을 거야. 아마 나도 아버지가 대주교를 찾아가지 못하게 말렸겠지……"

알방이 어머니에게서 드 프라츠 신부가 구제되기를 바랐듯이, 이렇게 랭스부르는 아버지에게서 원장 신부를 구해낼 준비가 되어 있었다. 그러나 그 짧은 한마디는 나오지 않았다. 결국 그들은 누구에게도 자비를 기대해서는 안 된다는 사실을 깨달은 듯했다.

알방은 뮐라에게 던졌던 질문을, 허영심이 약간 드러나는 그 질문을 다시 했다.

"학교에서는 우리에 대해 뭐라고 해?"

대답은 마찬가지였다.

"우리에 대해서 결코 얘기하지 않아."

만장일치로 이루어진, 일상에서의 소멸이라는 처벌. 처음에 점수를 발표하며 알방의 이름을 건너뛰었을 때처럼.

알방의 눈이 반짝였다. 드 게르상주 양이 어머니와 함께 들어온 것이다.

"내 댄스 파트너들이 도착하는군. 여자들이랑 춤도 추지 않은 채 잡담이나 나누고 있을 수는 없지."

"나도 그래. 여자들…… 사실 난 여기 아는 사람이 아무도 없어. 주중에는 포스트*에 꼼짝 없이 붙들려 있고, 일요일에는 할머니랑 외출해. 할머니는 낮에 극장에 가는 걸 좋아하시는데, 잘 보질 못해서 혼자 가시질 못하거든."

"한 시간쯤 뒤에 다시 볼까? 만나서 어디든 가자. 어디로 가야 할지는 모르겠지만. 날씨가 아주 좋으니까 거리를 걸어도 괜찮겠지……"

랭스부르는 매우 당황했고 어쩔 줄 모르는 것 같았다. 지체 없이 이야기를 나누고 싶은 듯했다. 그래서 알방이 말했다.

"사실 그냥 곧장 한 바퀴 돌러 나가도 괜찮을 것 같아. 그러고서 다시 여기로 돌아와 새벽 한시쯤 두번째 무도회 장소인 아드레츠가로 가면 되니까. 그렇게 할까?"

"좋지."

"일단 내 파트너에게 사과를 해야 해. 하지만 이해해줄 거야. 게다가 우리, 그녀와 난 이틀 뒤에 다시 만날 거니까."

그는 게르샹주가의 여자들에게 얘기하러 갔다. 전혀 만날 수 없었던 콜레주의 오랜 친구를 만났다고. 혹시 자신이 돌아오지 않으면 이틀 뒤 프레 카틀랑의 무도회에서 만나자고. 이번에는 사빈이 당황한 것 같았다.

탈의실에서 그는 망토 단춧구멍에 꽂은 양귀비꽃이 두번째 무도회 때까지 싱싱함을 유지하도록 매달아둔 작은 물주머니에서 물이 새지 않는지 확인했다. 보도로 나와 그가 물었다.

---

* 예수회가 운영하는 콜레주. 여기서 그랑제콜 시험을 준비했다. 모든 귀족이 다니던 곳. (원주)

"그나저나, 전쟁이 날 거라는 소문은 어떻게 된 거야? 네 환경(랭스부르는 생시르 육군사관학교 시험을 준비하고 있었다)에서라면 잘 알 것 같은데……"

"전쟁은 불가피한 듯하지만 당장은 아니야. 게다가 독일군이 싸우고 싶어서 쳐들어온다 해도 환대나 받게 될걸."

"유피테르의 마음은 하나의 생각에서 다른 생각으로 쉽게 옮겨갔다"고 어느 선인이 썼다. 브리쿨이나 그 또래 모든 젊은이들의 마음도 마찬가지였다. 감히 말하자면, 전쟁은 오래가지 않을 것이다. 그에게 한 가지 생각이 떠올랐다.

"우리 파르크 쪽으로 가면 어떨까?"

"파르크?"

"거리에서 이야기를 나누기보다는 학교 근처 거리에서 주변을 돌며 대화하면 좋을 듯한데. 지금 학교가 어떤 모습인지도 보고."

랭스부르는 깜짝 놀란 모양새였다. 마치 무언가 그의 얼굴을 후려친 듯 입이 벌어졌고, 그가 아랫입술을 지그시 물었다.

"넌 강렬한 감정을 좋아하는구나."

"말하자면 익숙하지."

"난 눈물이라도 흘리지 않을까 두려운데."

"그럼 눈물 흘리면 되지."

그들은 아주 재빨리 택시를 잡았다. 자신들의 행동에 숨이 막힌 듯 랭스부르는 한마디도 하지 않았다. 처음에 알방은 그의 침묵을 존중했다. 그러다가 약간 거북스러워지자 어설프게 침묵을 깼다.

"네 조끼 예쁘다."

"조끼가 예쁘면 뭐해? 내가 행복하지 않은데. 넌 행복하니?"

"거의 그렇지." 알뱅이 대답했다.

그의 말은 은연중에 '수플리에 없이도 행복할 수 있다'는 걸 암시했다. 하지만 그가 수플리에에 대해 말하고 싶어하는 건 아니었다.

"난 네가 불행할 거라 생각했는데." 실망스럽다는 표정으로 랭스부르가 말했다.

수문이 다시 열린 듯 그는 말을 쏟아냈다.

"파르크를 잃으면서 난 모든 걸 잃었어. 심각한 위기를 지나고 있다고 말해도 좋을 정도로 사실, 열네 달 전부터 위기 상태였지. 포스트에는 열여덟에서 스무 살까지의 사내들밖에 없어. 알다시피 외출은 오로지 일요일 저녁뿐이고. 때때로 특별한 일이 있으면 토요일 저녁에. 게다가 난 내 또래 사내들과 함께 외출하고 싶은 맘이 조금도 없다고."

사실, 과거 파르크의 최고 실력자는 약간 생기가 없어 보였다. 활기 넘치던 예전의 얼굴은 어디로 간 걸까? 뻔뻔스러움으로 빛나던 그 얼굴은 어디로 간 걸까? 알방은 아버지가 자신에 대해 했던 말이, 그리고 어머니 또한 반복했던 말이 떠올랐다. "저 아이를 피포*에 넣어야겠어. 그러면 생각하는 걸 그만두겠지."

"그럼 '사교계' 사람들은 어때?"

"한심한 천치들이잖아."

"그래, 하지만 여자들은……"

"계집애들은 너무 골치 아파."

---

* 에콜 폴리테크니크(기술학교)를 칭하는 당시의 속어. (원주)

('계집애들'! 아직도 포기하지 않은 콜레주의 속어……)

"여자들에 대한 욕망이 심해지면, 그게 더 골치 아프지 않을까?"

"그럴지도 모르지."

(이런!)

"하이힐을 신은 귀여운 발걸음이 넌 좋지 않아? 열대지방의 커다란 과일처럼 손아귀에 가득 잡힐 듯 틀어올린 머리채는? 춤을 출 때 가볍게 몸을 누르며 와 닿았다가 떨어지고, 또다시 와 닿고, 턴테이블처럼 다가와 스쳤다가 다시 멀어지고, 다시 돌아오고…… 넌 좋지 않아?"

"그래, 좋아. 아니, 그보다는 좋아하고 싶어. 하지만 여자들은 복잡해. 게다가 진절머리가 나지. 너무 멍청하잖아."

"파르크도 복잡했어. 어쨌든 결국 오늘밤 넌 그럼에도 불구하고 '사교계'에 있었잖아."

"오늘밤엔 그래야 했어. 부유한 상속녀를 만나야 했거든. (알방은 마음이 괴로웠다. 하지만 사빈은 부자가 아니야.) 그것도 두 명이나. 자매가 있거든."

알방은 숨을 들이쉬며 미소를 지었다. '애송이들의 노트르담'을 산책하기 위해 랭스부르는 부유한 두 상속녀를 저버렸고, 알방은 무일푼 상속녀를 내팽개쳤다—아무리 생각해도 정말 이상한 일 아닌가! 그토록 부유한 랭스부르, 국제적인 대귀족 집안의 독보적 존재인 그마저 모친의 손에 이끌려 부유한 상속녀를 잡는 판에 뛰어들다니! 정말이지, '사교계'는 여자가 아니라 부자를 쫓는 사냥터였다.

'부자들'은 '가난한 사람들'을 생각나게 하는 걸까? "포스트에도 생뱅상드폴회가 있어?" 알방이 물었다.

"하나 있긴 한데, 난 관심 없어."

그는 행복했을 때 인정이 많았지만, 불행할 땐 아니었다.

파르크와 그리 멀리 떨어지지 않은 곳이었다. 알방은 택시를 세웠다. 학교 '어귀'를 놓치지 말아야 했다.

어귀를 걷는 동안 그들은 성스러운 장소를 향해 다가가는 듯 침묵을 지켰다.

콜레주가 보였고, 그와 동시에 그들은 밤이 뿜어내는 정원의 신선한 기운 속으로 들어갔다. 향기만으로 판단하자면, 위대한 목신은 죽지 않았다. 그럼에도 불구하고 비밀 집회나 새끼 사슴이 모인 울타리나 탁아소의, 말로 정의 내릴 수 없는 분위기, 콜레주 내의 특별한 분위기는 없었다. 그러한 분위기는 그들의 추억 속에서만 존재했다. 곧이어 건물이 나타났는데 알방의 기억보다 왜소했다. 상부구조가 반쯤 어둠에 잠겼음을 상기하지 않는다면, 건물이 땅속으로 침하해 주저앉은 듯 보였다. 건물은 매우 우중충하고, 그 어느 때보다도 황폐하고 낡아 보였다. 예전에는 밤늦게까지 빛을 발하며 건물을 환히 비추던 원장 신부의 창문 불빛도 없었다. 모욕적으로 보일 정도로 지저분하고 꺼칠꺼칠한 이 건물 벽 뒤에 얼마나 강렬한 전율이 고동치고 있었던가! 원장 신부는 바로 그 점을 알아보았다. 콜레주 건물이 낙후될수록 그것이 품고 있는 내부 생활의 가치는 더욱 돋보였다. 알방이 말했다.

"학교란 바로 이거야. 그래, 이게 학교라고 할 수 있지! 행복의 학교, 열정을 체험하는 학교. 파르크의 놀라운 점은 바로 이 두 가지 특징이야. 여기서 정말 악동들처럼 재밌게 지냈지……"

"그렇게 장난을 치는데 어떻게 행복하지 않을 수 있겠어?"

"……동시에 중요한 것을, 다른 곳에서는 찾아볼 수 없는 진지한 것을 배웠어. 사람들은 나한테 잘못 자랐다거나 조금도 철들지 않았다고들 해. 난 우리 어머니와 파르크 사이에서 더할 나위 없이 잘 자랐다고 생각하는데. 어머니와 학교는 서로 싫어했지만 알 수 없는 어떤 면에서는 협력했지."

그에게 잘못 자랐다고 말한 사람은 어느 거리의 여자였고, 조금도 철들지 않았다고 말한 사람은 그의 고상한 삼촌 에두아르였다.

재미에 대해 말해보자…… 파르크는 엄청나게 재미있는 곳이었다. 어머니와의 소소한 갈등도 재미였다. 밤의 여자들도 재미였다. 애인들도 재미였다. 만일 그가 전쟁터에 나가야 한다면 역시 재미로 갈 수 있을 것이다. 그가 진지했던 대상은 오로지 세르주뿐이었다. 무엇보다 파르크에서였으니까. 만일 세르주와의 일이 에콜 모코르네에서 일어났다면 그 관계는 참으로 다른 빛깔을 띠었을 것이다.

랭스부르가 말했다.

"너, 키키가 '달콤한 삶'에 대해 했던 말 기억해? 바로 그거야. 1905년에서 1913년 사이 파르크를 다니지 않은 사람은 삶의 달콤함을 알 수 없어. 파르크의 아이들은 오로지 그곳에서만 볼 수 있는 아이들이었어. '우리의 청춘을 즐겁게 해주던' 신…… 넌 파르크가 우리 모두에게 행복한 사춘기와 열정을 경험하게 해주었다는 걸 놀랍게 생각하지. 내가 놀라워하는 건, 학교가 우리에게 '달콤한 삶'과 종교를 모두 주었다는 점이야."

"그 점은 신께서 제시한 길을 헤아릴 수 없음을 증명하지."

"무슨 뜻이야? 성 바오로는 로마인들에게 보내는 편지에 이렇게 썼어. '그분 안에서 사는 자들에게 더이상 심판은 없습니다.' 그리고 성 요한은 '그분 안에서는 죄가 없습니다. 그분 안에 머무는 자는 누구든 죄를 짓지 않습니다'라고 했지."

"성 바오로와 성 요한이 '그분'이라고 지칭하면서 파르크를 가리킨 건 아니잖아!……"

"그들은 신을 생각했지. 파르크에서 우리는 물고기가 바닷속에서 헤엄치듯 신 안에 잠겨 있었어. 파르크가 우리에게 진지함을 가르쳤다고 말했을 때, 네가 은연중에 의미하고자 했던 게 바로 그거지."

알방은 물고기들, 파르크의 작은 물고기들을 떠올렸다…… 어찌됐든, 그는 옷 속에 감춰둔 작은 물주머니에서 양귀비꽃을 뽑고 물주머니를 비운 뒤, 그걸 다시 주머니에 넣고 꽃은 던져버렸다. 대화가 매우 흥미로워 아드레츠가의 무도회에도 가지 않겠다는 의미 같았다.

그들은 자신들에게 행복과 열정과 종교를 주었던 콜레주를 찬양했다. 그러나 알방은 살랭의 말은 잊고 있었다. "우리가 콜레주를 지혜로운 곳으로 만들었어." 그리고 둘 다 체험하고 보았던(특히나 랭스부르는 팔 년간 기숙사 생활을 했다) 그곳의 이상하고 괴이한 면에 대해 언급하지 않았다. 그렇다 해도 이 이상하고 괴이한 면은 인생의 입문에 지나지 않았다. 삶에서는 언제나 모든 게 이상하고 괴이했다.

"예전에 읽은 졸라의 문장이 생각나. '대부분의 시골 콜레주와 같은 어린 깡패들의 소굴'!"

"네가 졸라를 읽어!" 고지식한 친구가 놀라서 소리쳤다.

그들은 끝없이 이어지는 한적한 샛길로 들어섰다. 이 길을 통해 알방과 세르주는 1912년 6월 장터 축제에 갔었다. 콜레주 건물의 널찍한 정면에는 낙서가 많았다. ONM이 승리할 것이다. 또다른 슬로건도 있었다. 모든 곳에 르 시용. 수많은 낙서 중 CAMELOTS DU ROI*는, I가 지워지고 Y로 대체되었는데 처음에 써 있던 I에 대한 분노로 휘갈겨쓴 글씨였다. 또 S가 지워지고 보복의 E로 대체되었다. 아주 좁은 빈자리에는 445라는 글자가 도료로 발려 있었다. 이것은 길 반대편 건물에서 옮아온 듯했다. 그쪽에 있는 밝은 새 건물의 일층 외벽에 445, 왕 만세, 그리고 알 수 없는 대문자, R. P.가 검은색으로 마구 쓰여 있었던 것이다. 분명 파르크 학생들의 작품이었다. 좀더 먼 쪽으로 시선을 돌리면 건물 벽들은 다시 하얗고 깨끗했으니까.

"콜레주가 이제 진지한 곳이 되었다는 건 첫눈에 알아보겠군. 우리 때만 해도 정치적 의견을 갖기엔 다들 너무 보호 그룹에만 몰두했지. 거기에 시간 낭비를 많이 했던 것도 사실이고." 알방이 말했다.

그로서는 낙서들을 이해할 수 없었다. "혹시 마귀를 쫓아내는 주문인지도 모르겠다. 리니에 신부가 콜레주에서 퇴마의식을 했나봐."

랭스부르는 정치에 대해 좀 알았지만 알방의 말로 '언짢아하지'는 않았다. 그가 설명했다. ROY에서 I 대신 쓴 Y는 모욕적인 의미다. 445는 비밀리에 활동하는 젊은 왕당원들끼리 쓰는 마법의 숫자다. R. P.는 사람들이 이상할 정도로 집착하는 의원 선거 방식, '비례대표'의 이니셜이다. 이런 것들에 열광하다니, 알방에게는 매우 낯설고 이상한 세계에 속한 사람들로 여겨졌다. 그러나 이들이 보호 그룹의 세계를 알았다면, 그거야말로 정말 이상하다고 생각했으리라.

---

* 프랑스어로 '왕당파'라는 뜻.

일층, 창살 너머로 면회실 창문이 열려 있었다. 그들은 어둠 속에서 의자들과 종교화, 그리고 그들의 이름—특히 랭스부르의 이름—이 여러 차례 적히던 '명예의 칠판', 항공연맹의 선배들의 회교도식* 장식 문양 일체를 알아보았다. 이층의 교실 창문들이 살짝 열려 있었다. 신선한 공기! 신선한 공기! 새로 온 원장 신부는 이 학교에 신선한 공기가 많이 필요하다고 생각한 게 틀림없다. 하지만 삼층의 공동 침실 창문은 닫혀 있었다. 이 시간 소년들은 녹초가 되어, 많은 이들이 어머니의 뱃속에 있을 때처럼 다리를 웅크리고 얌전히 자고 있었다. 때로는 작은 한숨, 때로는 행복한 여자의 작은 신음 같은 소리가 나기도 하고, 때로는 표범의 포효 같은 소리가 나기도 했다. 그들의 코나 배에서 나오는 소리였다. 그들은 잠을 자며 코를 긁적이거나 때로는 눈썹을 찌푸리고 화들짝 놀라며 말처럼 근육을 떨기도 했다. 수면의 아름다움으로 덮인 그들의 얼굴에 그림자가 드리우면 총애를 잃은 상심한 얼굴로 변했다. 이어서 파르크의 영역이 끝났다. 담장 너머엔 프티트 에스페랑스 정원밖에 없다. 거기서 강렬하고도 달콤한 초록의 향기가 흘러나왔다. 언제나 담장 너머에 있던, 잃어버린 낙원이자 영원히 굳게 닫혀 있는 정원의 밤공기는 따뜻하면서도 시원했고 하늘은 무거웠다. 과장된 달빛도, 불면증에 걸린 별도, 문학적인 어둠도, 아무것도 없었다.

랭스부르가 말했다.

---

* 단어 몸(môme)의 어원을 아는 이는 거의 없다. 중세 프랑스어에서는 장난꾸러기를 마옴(mahom)이라고 불렀는데, 이는 '마호메트의 신도'라는 의미였다. 회교도들이 갖고 있다고 여겨진 단점이나 악덕이 아이들에게도 있다고 암시하는 말이다. 『브리태니커 백과사전』에서. (원주)

"우리가 이 냄새 속에서 살았다니 놀랍군! 어떻게 이 향에 취하지 않았을까?"

콜레주 내부에서 태어나 외부로 쏟아져나오는 길고 거친 칡덩굴이, 마치 침대 밖으로 튀어나온 잠든 아이의 팔처럼 담에 매달려 있었다. 칡덩굴은 아이들의 팔냄새처럼 향기로웠다. 위에서는 높은 가지들이 곤충의 더듬이처럼 움직였다. 복음서의 나뭇가지를 든 사람들 중 한 명인 양, 랭스부르는 덩굴 가지를 꺾어 조심스럽게 손에 쥐었다. 알방은 그가 다른 가지를 하나 더 꺾어 자신에게 주리라 생각했다. 그러면 그는 거절할 참이었다. 동료의 흥분이 그는 약간 거슬렸다. 그렇지만 왕홀을 손에 쥔 로마 황제들처럼 오른손에는 콜레주의 성스러운 가지를 들고 왼손에는 흰 가죽장갑을 든 그는 스스로를 적절한 상징으로 여기고 있었다. 콜레주와 '사교계', 저울의 양쪽 접시에 놓인 각각은 균형을 이루었다.

인도에서 그들은 콜레주의 나무들 그림자를 밟았다. 나무는 콜레주에 속했지만 그림자는 아니다. 그들 발밑의 그림자와 마찬가지로 두 젊은이는 더이상 콜레주에 속하지 않았다. 그러면서도 역시 그림자와 마찬가지로 그들은 약간 거기에 속하기도 했다. 밤나무 꽃잎들이 지칠 줄 모르고 허공에 흩날렸다. 날개 달린 곤충들의 긴 소음이 그들의 얼굴을 스쳤다.

"어렸을 때 난 신앙이 없었어. 파르크에 들어온 지 얼마 안 됐을 때 개종했지. 그랬다니까! 그런데 이후에 불신자가 되지 않은 게 유감스러워. 그랬으면 두번째로 개종할 수 있을 텐데 말이야." 랭스부르가 말했다.

알방은 말이 없었다. 아니, 그는 말을 감당할 수 없었다. 랭스부르가 말을 이었다.

"포스트에 있는 애들을 견딜 수가 없어. 난 외로워 죽을 것 같아. 아! 과거가 있다는 게 뭔지! 정상적인 사생활이 있다면 공부를 할 수 있을 것 같아. (정상적인 사생활이란 보호 그룹을 뜻했다.) 그게 아니면 안 돼. 더이상 견딜 수 없어, 행복하지 않고는 견딜 수 없다고! 난 수직으로 침몰하는 중이야. 밑바닥을 차고 올라와야 해, 그러지 않으면 익사하고 말 거야. 그것도 지체 없이 곧장 말이야! 살기 위해서는! 살기 위해서는! '작은 희망'? 아니, 큰 희망, 우리를 살게 하는 큰 희망이지. 사랑해서 죽는다는 사람들도 있지만, 난 사랑하지 않아서 죽을 것 같아. 이 봄도 벌써 끝나가는데 잃어버린 봄이 되지 않으면 좋겠어. 내 머리를 돌게 하는 게 바로 이 봄 생각이야. 로도스섬의 아이들은 봄이 돌아오면 손을 붙잡고 노래하러 갔지. 나도 합창에 내 목소리를 내고 싶어. 나도 내 손으로 다른 손을 잡고 싶어. 다행히도 페뇨 신부님이 있어. 나를 지도해주시는 분이야. 굉장한 사람이지. 내가 파르크에 들어왔을 때 신앙심이 전혀 없었다고 말했지. 곧 나는 드니를 알게 되면서 독실한 신자가 되었어. 이 관계를 오랫동안 유지할 수 있게 해달라고 매일 무릎 꿇고 간청하기 위해서였어. 그때 나는 독실했어. 그건 다들 알고 있지. 하지만 틀이 덜 잡혀 있었지. 신부님이 내게 틀을 마련해주었어."

"어떤 틀?"

"영적인 틀. 내가 그에게 그랬지. '어쨌든 전 살아야 해요! 너무 외로워요. 전 누군가와 함께 있어야 하는 그런 사람입니다.' 만일 내게 용기가 있었다면, 라헬이 사막에서 그랬듯이 울부짖었을 거야. '제게 아이들을 주세요, 아니면 전 죽을 거예요!'*"

"그러니까 뭐래?"

"그가 묻더군. '스카우트에서 단장을 맡아보면 어떨까요?' 그래서 그에게 나를 거기 소개해달라고 했지. 그랬더니 '나 없이도 귀군은 알아서 잘할 겁니다' 하더라."

"내가 보기에는 그가 널 놓아버린 것 같은데……"

"그래, 오히려 그편이지." 마치 그제야 알았다는 듯 랭스부르는 약간 당황하는 표정이었다. "아! 나를 이 학교에 넣은 사람들은 책임감이 없어. 아주 조금만 있어도 충분할 텐데. '한마디만 해주십시오. 그러면 내 영혼이 나으리다.' 그래, 친구가 되지 않을 거라면 차라리 아이들을 아예 보지 않는 편이 더 나아."

드 프라츠 신부는 세르주의 사진을 찢어버렸었다. 알방은 세르주의 집 앞을 지나치지 않으려 길을 돌아갔다. 랭스부르는 아예 보지 않는 쪽을 선호했다…… 이들은 모두 폭풍우 앞의 작은 범선처럼 고통 앞에서 달아났다.

알방은 다시 침묵을 지켰다. 더이상 웃어야 할지, 충격을 받아야 할지, 놀라야 할지 갈피를 잡을 수 없었다. 강박관념을 벗어나서는 살아갈 수 없을 만큼 그것에 취해 있는 이 삶을 응시하며 당혹스러움을 느꼈다. 일 년 사이 랭스부르의 삶은 얼마나 변한 걸까! 1920년에 젊은 프랑스 문인들이 값지다고 여겼던 그 유명한 불안(『사춘기의 불안』…… 『장 에르블랭의 불안한 삶』**……)은 기숙사생이 아닌 녀석들

* 예레미야서 31장 15절.

** 각각 프랑스 작가 루이 샤두른과 자크 드 라크레텔의 소설로 모두 1920년에 출간되었다.

을 제외하고는 파르크에 존재하지 않았다. 보호 그룹의 학생들은 그들의 행동이 야기하는 문제들과는 별개로 문제없이 생활했다. 그런데 랭스부르는 멋쟁이로 건강하게 살던 사회적 환경에서 쫓겨나자, 끔찍한 욕구불만으로 곤두박질쳤다. 고독이 미치광이를 만들어낸다는 건 모두가 아는 사실이다. 고독이 그를 미치게 했다. "제게 아이들을 주세요, 아니면 전 죽을 거예요!"

허공을 바라보는 시선—실망에 차 종잡을 수 없이 방황하는 그 시선.

"말 한마디 건넬 만한 존재가 하나도 없어. 친구도…… 고양이도…… 지난주 토요일, 전철 안이 몹시 붐벼 다들 빽빽이 몸을 붙이고 서 있었는데, 거기 나이가 열 살에서 열한 살 정도 되어 보이는 사내아이가 하나 있었어. 낯모르는 그애가 내가 자기 아버지인 줄 알았던지 한참 동안 내 손을 잡고 있었지. 기분이 아주 이상했어. 자신이 실수했다는 걸 알아채자 아이는 세차게 손을 뺐어. 그리고 일종의 혐오감을 보이며 이렇게 말하는 거야. '당신이 알려줬어야죠!'—이따금 미래를 그려보며 이런 생각을 해. '자식들이 날 당신이라고 부르면……'"

"그건 보스턴 왈츠의 제목인데. 하긴, 춰야 해서 왈츠를 추긴 했어도 왈츠는 보호 그룹의 관심거리가 아니었지. 언젠가 너도 자식들을 갖게 될 거고, 그러면 안정을 찾게 될 거야."

"가장으로서의 임무는 거룩하다고 생각해." 랭스부르는 엄숙하게 말했다. 그다음 말 또한 흥미로웠다. "그리고 난 그게 뭔지 좀 알아. 많은 아이들이 자라는 모습을 주변에서 지켜보았으니까! 하지만 먼저 직업적으로 자리를 잘 잡아야 해. 우선 아프리카 주둔 부대에 들어가 육군

소위가 될 생각이야. 모로코의 리오테 장군 아래서. 내 능력과 계급이 허락하는 한 난 추락한 조국을 재건하는 데 봉사할 거야. 그러기 위해선 멋진, 가능하다면 없어서는 안 될 장교가 되어야겠지."

1914년 5월의 알방이 가진 건 지식과 육체적 쾌락에 대한 야망뿐이었다. 다른 야망은 전쟁과 함께 생기게 된다. 즉 모험에 대한 야망, 참전에 대한 야망, 형제애에 대한 야망. 이때 그는 은밀하게 그리워하던 콜레주 시절의 형제애를 되찾게 될 터였다. 랭스부르가 표현한 봉사에 대한 야망과 이를 통해 드러나는 야망이 알방에게는 이상했고, 그래서 동료가 낯설게 보였다. 알방이 물었다.

"나중에 네 아들을 파르크에 보낼 거야?"

"물론이지. 애석하게도 프라도 드 라 알 원장 신부는 없겠지만." (그가 원장 신부에게 한 짓을 보면 이 말은 약간 믿기 힘들다.)

"프라도 드 라 알 신부는 불멸의 존재야. 드 프라츠 신부도 그렇고."

"너는? 너도 네 아들을 파르크에 보낼 거야?"

"당연하지!"

랭스부르가 웃었다. 이 두 소년이 모르는 게 있었으니, 바로 같은 시간에 수플리에도, 살랭도, 봉봉도 자신들의 미래를 생각하며 아들을 낳으면 파르크에 보낼 거라고 생각했다는 사실이다. 퇴학생들은 모두 자신의 자식이 다시 파르크에 다니기를 바랐다.

알방은 자신의 아들, 그러니까 아들들 중 첫째의 이름은 세르주로 짓겠다고 생각했다.

그는 망토 주머니에서 두번째 무도회를 위해 준비한 두번째 꽃을 꺼내 내던졌다.

"아드레츠가의 무도회에는 가지 않겠어. 그까짓 무도회 따위! 원한다면 좀더 이야기하자."

"그거 B. A.네."* 랭스부르가 그의 손을 꽉 감싸쥐며 말했다. "꼭 필요한 순간 네가 날 도우려고 나타났구나. 열네 달 동안 내가 이렇게 얘기할 수 있는 사람이 아무도 없었다는 걸 생각해봐……"

랭스부르는 옛날에 파르크에서 있었던 이야기들을 쏟아놓기 시작했다. 알방이 이미 수없이, 말하자면 여섯 번, 일곱 번씩, 이미 너무 많이 들은 내용이었다.

그는 끝없이 이야기를 풀어놓고 또 풀어놓았다! 여자들의 세계와 닮은 곳, 비밀과 공모로 가득한 작은 세계인 파르크에 있을 때처럼 알방은 이제 친구가 아니라 다시금 이미 언급한 쓰레기통이 되었다.

얼마의 간격을 두고 같은 이야기가 다시 나오고, 같은 표현으로 이야기되었다. 유대인들이 길을 걸으며 이야기할 때처럼 랭스부르는 10미터마다 발길을 멈추었다. 그 정도로 그들은 자신들의 이야기에 빠져 있었다. 그런 이유로 예전에 보호 그룹의 소년들은 식당에 앉아서도 먹지를 않았었다. 그 정도로 그들은 수다를 떨었다. 랭스부르는 두번째로 담배에 불을 붙였는데, 역시나 꺼뜨렸다. 그 정도로 그는 수다를 떨었다. 새벽 한시에, 그 나이다운 어리석음 때문에 그는 담배를 피웠다. 알방이 보기에 담배는 정신적 불안을 견디기 위한 수단 같았다. 담배는 불쌍한 녀석의 표시였다. '망령'이라는 말이 그의 머리에 떠올랐다.

* Bonne action. '훌륭한 행동'이라는 뜻으로, 스카우트에서 쓰는 용어. (원주)

알방은 어느 날 세르주와 개혁에 대해 이야기하던 중, 콜레주에서 가장 들떠 있는 동료들이 '망령' 들렸다고 평가했었다. 보호 그룹의 망령이 이 망령 든 자들의 끝없는 수다와 더불어 다시 형태를 갖추어갔다. 알방은 대화의 주제를 '그것' 외의 다른 것으로 돌리려고 두 번이나 시도했다. 그럴 때마다 랭스부르의 얼굴에서 빛이 사라졌다. 갑자기 침묵이 흐르고 맥빠진 분위기가 되었다. 성가신 새 주제에 대해 몇 마디 하긴 했지만 그들은 어찌할 바를 몰라 꼭 곤경에 빠진 사람들 같았다. 알방이 부랴부랴 '그것'으로 되돌아가면, 그는 다시 얼굴을 빛내며 수다스러워지고 생기를 찾았다. 또한 알방은 앞뒤가 맞지 않는 그의 사고에 주목했다. 랭스부르는 "난 공부밖에 없어. 공부가 내 마약이야" 하고는 얼마 지나지 않아 이렇게 말했다. "공부를 할 수가 없어." 이어서 그는 다시 이야기를 쏟아내기 시작했다. 두 소년 사이에 강물이 생겼고, 그것은 점점 더 불어났다. 리오테 장군과 함께든 아니든, 랭스부르는 저쪽 강변에 있었다.

> 랭스부르는 점점 흥분해서 말한다. "파르크는 나에게 꿈과 같은 곳이야. 그곳이 존재했다는 걸 믿을 수가 없어."

삶은 내일 시작된다. 이는 대부분의 청소년들이 갖고 있는 고정관념이다. 부끄러움과 서투름, 무능함으로 인해 그들은 아주 자연스럽게 어려움에 뛰어드는 걸 내일로 미룬다. 왜냐하면 그들에게 달과 성층권을 가르치긴 해도 지상의 일을 시작할 핵심어는 가르쳐주지 않기 때문이다. "바지부터 좀 입고……" "바칼로레아 시험이 끝나면……" "방학이 지난 뒤에……" "군대에서 돌아오면……" 엄격하고도 무미건조한 포스트의 분위기에 갇힌 채 일요일은 가족과 보내면서, 한때 파르크의 우두머리였던 랭스부르는 바보가 되어버렸다. 반면 알방은 '사교계'와 연애로 경험을 쌓으며, 투우로 지극히 흥분해 있던 시절 솔레다드와 한 경험에도 불구하고 열여덟 달 동안 수플리에의 근처에서만 맴돌던 소심함을 지워버렸는데 말이다. 보호자였던 랭스부르는 이제 아무도 보호하지 않았다. 도움을 받아야 하는 쪽은 바로 그였다. 모래톱에 좌초한 채, 그는 젊음의 샘물도 없이 파닥거리며 죽어가고 있었다. 그래서 미래 남자들의 대장, 전쟁의 대장인 그가 열네 달 전부터 보지도 않고 찾지도 않았던, 게다가 파르크 시절에는 습관적으로 얕보고 헐뜯다가 결국 '좋지 않게 헤어졌던' 친구에게 매달리게 된 것이다. 다른 소년들과 마찬가지로 그에게도 역시 "모든 건 내일 시작된다"! 콜레주에서 열심히 살지 않았던 이들은 일단 학교를 벗어나 살게 되는 삶에 대해 과도한 기대를 갖기 마련이다. 하지만 알방은 새로운 생활을 잔뜩 기대하지 않은데다가 호기심도 별로 없었던 터라 콜레주에서 열심히 살았다. 한편 랭스부르는 오로지 콜레주 생활을 다시 시작하는 것 말고는 남자로서의 인생에 대해—게다가 가장으로서의 삶에 대해—아무것도 바라는 게 없는 듯했다. 열네 달 전부터 그의 얼굴은 남성적으로 변했고 이제 막 여자가 된 소녀들처럼 양볼이 쑥 들어갔다. 그러나 그의 영혼은 뒤따르지 않았다. 그는 탄식했다. "아! 과거가 있다는 게 뭔지!" 그리고 이렇게도. "난 열아홉 살이야. 늙었어." 그는 단테의 저주받은 자들처럼 고개를 뒤로 젖혔다.

"이제 콜레주는 잊어버리고 다른 일로 넘어가야 한다는 생각 안 들어? 그래, 사실 넌 아직도 약간 콜레주에 머물러 있는 것 같아…… 난 완전히 벗어났어. 배지를 단 황금 단추 기사단을 되살리고 싶은 건 아니겠지? 정신 차려! 그건 그레뱅박물관이야. 기름 썩은 냄새가 난다고……"

"내가 배신했다고 비난했던 사람이 바로 너잖아. 전에 네가 보호 그룹에 등을 돌리고 돌아섰을 때 똑똑히 보긴 했지. '돌아섰다'? 사실, 넌 보호 그룹을 못 견디게 싫어했어. 넌 어떤 방식으로든 인생을 정비했고, 그래서 이제 만족스럽다고 느끼는 거야. 적지 않은 사람들을 무시하고 말야. 배신자에 이기적이고 엉큼한 자식. 전에는 콜레주를 뜯어고치려 하더니, 이젠 날 뜯어고치려 하네! 하지만 난 바뀔 생각 없어."

그가 알방에게 늘 느끼던 질투심에 더하여 배척당한 자의 잘 알려진 심술궂음(우리가 알다시피 고대 로마인 유베날리스가 언급한 바 있는)과 평판이 실추되어 생긴 심술궂음이 추가되었다.

침묵이 흘렀고, 이 침묵 속에서 알방은 말을 던졌다.

"아! 부인, 이애가 당신 아들인가요? 정말 바보 같군요!"

입술에서 낡고 상투적인 말이 떨어지자마자 그는 자신이 실수했다는 사실을 깨달았다. 그는 이 상투어로 그저 '과거를 뒤적거려' 랭스부르를 약간 더 놀려주고 싶었을 뿐이다. 그런데 그 말이 무례하고 그를 모욕한 것 같다는 생각이 들었다. 랭스부르의 눈시울이 촉촉해졌던 것이다. 아니, 그는 모욕적이라 느끼지 않았다. 다만 마음이 심하게 격동했다.

이 눈물에 알방은 짜증이 났다. 그는 어머니의 눈물이 싫었고 랭스부르의 눈물도 싫었다. 그가 사랑한 눈물은 오로지 세르주의 눈물과 자신의 눈물뿐이었다. 랭스부르는 불만이 차올라 거의 난폭하게 흥분과 신경질을 드러내며 담배 끝을 씹었다. 그는 담배꽁초를 물어뜯어 도로 위에 뱉었다. 알방이 세르주를 놀라게 하려고 여송연 파이프 끝을 물어뜯었듯이. 랭스부르는 정말로 화가 나 있었지만 알방은 허세를 부렸다. 그는 내뱉은 담배 꽁초를 보고 웃었다.

두 젊은이가 나누는 대화는 지성에 대한 것도, 사회생활에 대한 것도, 정치에 대한 것도 아니었다. 말하자면 전혀 이해하지 못하는 것, 전혀 이해할 수 없는 것이 아니라, 그들이 매우 잘 알고 있는 사생활에 대한 것이었다. 따라서 그들이 이야기하는 내용은 어처구니없는 게 아니었고, 둘 중 하나가 자신의 말에 몹시 열중해 있었을 뿐이다. 그러나 그의 과장된 어조, 상대의 단호한 어조, 그들이 이따금 내지르는 말 울음소리 같은 고음의 돌발적인, 혹은 목이 메인 듯한 웃음, 실없는 소리들—모두 열일곱이라는 나이를 지나온 후유증—로 인해, 누군가 그 시간에 거리에 있는 그들을 보았다면(특히 젊은 여자였다면) 이렇게 소리쳤을 것이다. "정말 멍청한 작자들이군!"

알방은 기분이 썩 좋지 않았다. 랭스부르는 이기주의자다. 왜냐하면 스카우트 단장이 될 생각을 하지 않으니까! 그는 사빈을 저버리고 아드레츠가의 무도회도 내팽개쳤는데, 결국은 비난만 받게 됐다. 이게 선행의 결과다. 예상했어야 했는데. 이제 그에게는 단 하나의 욕구밖에 없었다. 이번에는 랭스부르를 내팽개치고 오슈가로 돌아가는 것. 그곳 무도회는 아직 끝나지 않았을 것이다. 새벽 한시, 어쩌면 사빈과 왈츠 한 바퀴를 돌 수 있을지도 모른다. 젊은 남자들은 무릎이 휘청거리지만 지칠 줄 모르는 젊은 여자들은 여전히 무도회장을 돌고 싶어하는 시간이다. 그는 걸음을 재촉하며 동료를 오퇴유 시문 쪽으로 이끌었다. 거기서 택시를 잡았으면 했다.

랭스부르는 다시 말을 쏟아내기 시작했지만 알방의 차가운 태도와 빨라진 걸음 때문인지 전보다는 덜 흥분한 상태였다. 몹시 서두르는 급한 걸음, 속도를 늦추지도 않고 빈 차도를 가로지르는 모습…… 마치 장애물경주에 나선 준마가 허들을 해치우는 듯했다. 그럼에도 불구하고 랭스부르는 말을 쏟아냈다. 방금 자신이 반감을 드러냈던 사람에게 그렇게 말을 쏟아내다니 이상할 정도였다. 그러나 그는 그런 족속이었다. 마치 영혼의 친구에게 말하듯 적에게 모든 걸 쏟아낼 만큼, 그토록 속을 털어놓아야 하는 족속 말이다. 이런 신뢰 없는 신뢰 역시 파르크의 특징 중 하나였다.

> 랭스부르는 자기 특유의 성격을 점점 더 드러낸다. "개심의 욕구와 자기파괴의 욕구가 어우러져 죽도록 긁지 않을 수 없는 끔찍한 옴이 되었다."

그러나 알방은 완고했다. 결국 모든 건 나이 문제일까? 열일곱 살 랭스부르에게서 받아들였던 걸 열아홉 살 랭스부르에게서는 거부하니 말이다. 랭스부르의 집착은 어딘가 끔찍했다. 그는 자신이 가지지 못한 것 때문에 몸을 떨었다. 한편 그에게 최소의 동조만을 드러내는 알방의 거부에도 지독한 면이 있었다. "제게 아이들을 주세요, 아니면 전 죽을 거예요!"라는 말에 비장미를 느끼기보다는 "제기랄. 제기랄. 젠장"이라고 말하는 지독함. 그가 랭스부르에 대해 도덕적 판단을 내려서 그런 건 아니었다. 알방이 그를 증오하다시피 하는 이유는 그에게서 상궤를 벗어난 것, 말하자면 비정상적으로 느껴지는 것을 보았기 때문이다(누군가 "엄마가 아플 때 난 엄마가 싫어!"라고 했던 것처럼). 그리고 비정상적이거나 비정상으로 보이는 모든 것에 생리적인 혐오감을 느끼는 그로서는 드니가 자신의 손가락을 물어뜯는 모습을 보았을 때 미칠 것 같아 견딜 수 없었는데, 그런 드니를 사랑하고 관대하게 봐주다니 랭스부르는 비정상이라고 이미 여러 차례 생각했던 터였다. 여기서 그는 약간 자기모순에 빠진 셈인데, 왜냐하면 그는 보호 그룹의 명예회원일 뿐이었기에 결국은 일종의 배타심에서 나온 생각이라 할 수 있기 때문이다. 즉 그는 오로지 수플리에한테만 관심이 있었다. 이따금 그의 어머니에게 그러는 것처럼, 또 앞으로 애인과 친구에게 그럴 것처럼, 단호하고 남에게 무감각하며 가차없었다.* 불변의 성격. 랭스부르의 세계는 그의 세계가 아니었다. 또한 랭스부르의 문제는 그의 문제가 아니었다(사실 알방에게는 문제가 없었고, 그는 옳건 그르건 문제를 안고 있는 자들은 거의 언제나 바보라고 생각했다). 그는 랭스부르의 불안을 이해할 수 없었다. 이해하고 싶지 않았고, 개입할 생각도 없었다. 무엇보다, 그를 동정하지 않았다. "제기랄. 제기랄. 젠장." 폐쇄적이고, 무감각하고, 가차없고, 융통성 없는 면과 사이가 좋지 않은 친구들을 대할 때 나오는 특별한 잔인함, 그리고 사랑하거나 사랑하는 듯한 인상을 주었던 대상에게서 세차고 잔인하게 등을 돌리는 기술. 스무살이나 먹고도 여자를 유혹할 줄도 모른 채 자기 안에 갇혀 있다며 다 큰 아들을 무시하는 부모처럼, 그는 이 멍청이가 원망스러울 정도였다. 반면 그의 자아는 랭스부르의 자아보다 훨씬 크고 유연해서 침착하고 편하게 장난

---

* 『꿈』을 참고할 것. (원주)

을 칠 결심까지 서 있었다. 그의 눈앞에 삶은 사방으로 문이 열려 있었다. 그가 손을 찔러넣었을 때 사방으로 뻗치던 세르주의 머리카락처럼. 특별 법정의 판사가 피고인의 자기변호를 들을 때와 마찬가지로, 그는 랭스부르의 말에 귀를 기울이지 않았다. 판사는 피고인의 말에 귀기울이지 않는다. 왜냐하면 판결은 이미 결정되어 있으니까.

랭스부르가 알방을 부르주아 취급했던 게 완전히 틀리지는 않았다. 알방의 비난에는 부르주아 정신이 깃들어 있었다. 랭스부르가 알방을 배신자 취급하는 것 또한 완전히 틀리지는 않았다. 야밤의 파르크를 산책하는 이 낭만적인 순례를 제안한 이는 알방이었다. 하지만 그의 '배신'으로 순례는 끝나버렸다. 그렇다, 바로 개혁을 배신했던 때처럼. 그는 스스로의 자유를 시험하여 미묘한 즐거움을 느꼈다. 대부분의 차이가 부자연스러운 세계에서, 모든 게 그에게는 어느 정도 같아 보였다. 그래서 그는 경고도 없이 자신의 진영에서 상대의 진영으로 넘어갔다. 한창 전쟁중인 들쥐가 모르는 사이에 한 참호에서 상대의 참호로 넘어가듯이. 그때부터 이 불행한 소년이 우월감에 시달리는 건 당연한데, 그런 다음엔 우월감을 버리는 데 많은 어려움을 겪게 되는 것이다.

랭스부르는 이 배신자에게 짜증이 났다. 콜레주 생활을 한 터라 그가 알방을 친구들 중 하나로, 순수한 친구로 보는 건 당연하다. 그러나 알방은 이 상황에서 자신이 여자들에게 흥미를 느낀다는 사실을 드러내기가 약간 창피하기도 하고 또 조심스럽기도 하여, 솔레다드와의 일을 숨겼듯이 자신의 이성애적 몽상을 숨겼다. 알방이 랭스부르의 성향에 관해 잘못 생각했듯이 랭스부르도 알방의 성향에 관해 잘못 생각했다. 그들은 서로 동일한 부류라고 믿었지만 실은 그렇지 않았다. 편협하고 매정하여 조심스럽게 대해야 하는 이 존재를 알방은 결국 견디기 힘들었다. 지금 이 순간, 그리고 줄곧, 그는 정당화하고 도발하고 요구하는 신랄함을 보였다. 박해받는 지적인 소수자들의 신랄함. 그는 인생에서 그를 두 번 다시 만나지 않으리라는 걸 알았다(그의 가엾은 어머니는 그가 랭스부르와 친해지기를 그렇게 원했건만!). 그들은 둘 다 오퇴유 시문에 택시가 없을까봐, 택시가 한 대만 있을까봐 걱정했다. 그럴 경우 어쩔 수 없이 그들은 좀더 오래 같이 있어야 할 터였다. 그런데 택시 두 대가 있었다!

"또 보자고, 드 브리쿨 씨. 어쨌든 B. A. 해줘서 고마워."

가로등 불빛 아래, 알방은 동료의 눈동자에서 예전에 여러 번 보았던 기분 나쁜 섬광이 재빠르게 지나가는 걸 보았다. '드 브리쿨 씨' 또한 오래전부터 익숙한 호칭이었다. 랭스부르는 그에게 왼손을 내밀었다. 모욕의 절정. '나는 불행하지 않은데 자기가 불행하다고 분풀이를 하고 있군.' 그들이 함께 보낸 이 세 시간 동안 랭스부르는 신경을 썼던 건지, 잊었던 건지, 아니면 모욕할 의도였는지, 단 한 번도 수플리에라는 이름을 입에 올리지 않았다. 사실 예전에 알방은 어머니와 두 사제에게는 수플리에에 대해 말했지만 랭스부르나 지부아, 또는 살랭에게는 거의 말하지 않았다. 그들은 수플리에를 전혀 좋아하지 않았다. 세르주는 '비밀의 정원'에 속했다. 하지만 이 침묵 속에서 그는 집요한 경멸을 보았고, 이는 오히려 그에게 반대로 작용했다.

그들은 각자 택시를 탔다. 그들의 오월의 밤은 끝났다. 그들은 서로를 좋아하지 않았다. 오래전으로 거슬러올라가는 이 사실을 방금 다시 확인한 셈이다. 이제는 그야말로 알방이 시작한 불화였고, 파르크 시절의 변덕스럽고 일회적이었던 불화와는 매우 다른 양상이었다. 단단하고, 묵직하고, 불투명한, 철과 현무암으로 이루어진 불화.

콜레주에서 가장 가까웠던 친구와의 우정(?)은 이렇게 끝났다. 첫날부터 랭스부르의 질투로 '위험한 관계'였던 우정. 여러 측면에서 알방과 랭스부르는 서로 잘 어울릴 수 있었지만, 관계는 잔인하게 끊겼다.

반면 랭스부르와 드 프라츠 신부는 훨씬 더 심오한 이유로 서로 잘 어울릴 만했지만 영원히 서로에게 낯선 사람으로 남았다.

깊은 상처를 입은 랭스부르가 그다음 일요일 지부아에게 전화해서 모든 걸 완전히 거꾸로 말한 일도 알방은 알지 못했다. 랭스부르는 자기 상황을 알방의 상황으로 바꿔서, 알방이 하릴없이 파르크 주변을 배회하다가 결국 자신에게 전화를 걸어 도움을 청했다고 했다. 이 새로운 '이야기'의 끝은 이러했다. "난 개를 포기했어. 강박증 환자는 좋아할 수가 없거든." 열네 달이 지난 뒤에, 이렇게 그는 파르크에서 개혁을 시행할 때 시작했던 복수를 다시 이어갔다. "저 녀석과 명예를 다툴 거야! 이 싸움으로 녀석이 다시는 일어서지 못하게 하겠어." 그러나 단지 복수만 하려는 건 아니었다. 중요한 건 그를 끌어들여 자기 것으로 삼고 이렇게 그를 자기화하면서 스스로의 외로움을 더는 일이었다. 평소 그는 세상 전체를 자기 것으로 만들고자 얼마나 애썼던가. 이야기를 꾸며내는 취미가 나머지를 완성했다. 랭스부르가 파르크에서 이야기를 꾸며낸 적은 없었는데, 왜냐하면 그곳에서는 모두가 아주 자유롭게, 그리고 영광스레 '이런 일들'을 경험했기 때문이다. 파르크를 나오자마자 그는 가장할 필요가 있다는 걸, 그리고 가장하기와 꾸며내기는 한 발짝 차이라는 걸 깨달았다.

랭스부르는 뭐라고 했을까? 그들이 우연히 만난 걸 안 누군가 랭스부르는 어떠냐고 묻자 알방이 "그는 미쳤어. 신경쇠약 환자야"라고 대답했다는 걸 알았다면 말이다. 마음 깊은 곳에서 필요로 하는 걸 얻지 못할 때 미치게 된다. 랭스부르가 열망하는 걸 가지면 그는 다시 매우 재능 있고 안정적이고 환하게 빛나고 인정 많고 굉장히 뛰어난, 한마디로 파르크에 있을 때처럼 될 것이다. 하지만 무리는, 모든 무리가 그렇듯이, 무엇보다도 복수심을 품는다. 무리를 떠났던 사람들은 몽둥이질을 당해야 할 터였다.

그런데 보다 심각한 문제가 있었다. 드 브리쿨 부인의 집에서 서둘러 의사를 부른 건 이 5월의 밤 바로 다음날이었다. 부인은 대야 가득 피를 토했다. 의사는 알방을 거실로 불러, 그의 어머니가 그주를 넘기지 못할 거라고 했다. 기겁을 한 알방은 옆 건물 카페로 달려가 에두아르 삼촌에게 전화를 했다. "내가 가마. 네 어머니가 어떤지 너도 알지. 쉽게 놀라는 사람이야." 자상한 삼촌이 말했다.

드 브리쿨 부인의 죽음

언제부터인가, 드 브리쿨 부인은 몸을 움직일 때마다—예를 들면 침대를 정리하도록 십 분 정도 일어나 있을 때—혼자 이렇게 묻곤 했다. '앞으로 몇 번이나 더 일어나게 될까? 혹시 이번이 마지막이 아닐까?' 단 한 번, 정말로 그녀가 마지막으로 일어나는 순간이 왔고, 그녀는 정확히 예감했다.

죽어가는 사람들은 어떤 존경의 표시를 받을 권리가 있다고 그녀는 생각해왔지만 이는 완전히 틀린 생각이었다. 그녀가 쓴 편지에 아무도 답장하지 않았다. 우편함에는 인쇄물(보통 모금 편지들)뿐이었다. 그녀의 죽음이, 그녀가 죽을 수도 있고 죽게 되더라도 상관없고, 그녀가 힘주어 전한 얘기들 같은 건 쓸데없고 주책스럽다고 모두가 나름껏 그녀에게 확신시켜주었다. 누군가 우정어린 말 한마디라도 해주면 그녀의 마음이 한동안 따뜻해질 것 같은데, 모두들 그녀에게 그런 말을 하지 않기로 굳게 결심한 듯했다. 아무도, 정말 아무도 하지 않았다. 그녀는 병으로 죽었지만 또한 죽음과 그 방식의 슬픔 때문에 죽었다. 결국 그녀는 사랑받지 못해서 죽었다. "사랑해주세요! 사랑해주세요!" 그러나 그녀를 사랑했던 사람은 그녀의 어머니뿐이었다.

아들을 위해 죽어야 한다는 마음이 그녀 안에 생기기 시작한 건 알방이 무도회를 휩쓸고 다니던 1914년 5월, 바로 그 시기였다. 이 배려의 비극적인 성격은 그 안에 내포된 옹졸함에 의해 더욱 심화되었다. 아들과 간호사와 하인 두 명에 둘러싸여 있었지만 드 브리쿨 부인은 자신이 버림받았다고 생각했는데, 그녀로서는 그럴 만했다. 게다가 자신의 상태가 최악으로 치달을 때 두 하인 중 한 명이, 또는 둘 다 집을 떠나고 말 거라는 생각이 그녀의 머리를 떠나지 않았다. 알방은 마음속 깊이 숨어 있는 비루한 마음으로 병을 앓는 어머니를, 말하자면 우울해져 완전히 자기 자신에만 몰두하는 어머니를 원망했다. 이와 똑같은 비루한 마음으로 드 브리쿨 부인도 언제나 자리를 비우는 아들을, 그녀의 방 밖에 있는 아들을 원망했다. 그녀의 마음을 진정시키는 건 그의 보살핌뿐이었다. 그는 그녀가 원하는 바로 그 순간 조용히 그녀의 침대로 와서 그녀가 지난 추억이나 하소연으로 스스로를 달래는 소리에 귀를 기울이곤 했다. 그가 심부름을 했고, 고용인들은 오히려 그런 일에 서툴렀다. 그는 기꺼이 그녀를 도우며 그녀를 편안하게 했다. 총애하던 아들이 이제 하인으로만 여겨졌다. 죽음이 하는 일이라는 게 바로 이렇다. 하지만 그녀에게 배출구 역할(사빈이나 다른 여자들 이야기를 털어놓는)을 맡길 수 없었던 그는 달아날 궁리만 했다. 우울한 이 모든 일로부터 벗어나는 유일한 은신처가 바로 성교였다. 그 안에 있으면 즉시 안심이 되었다. 드 브리쿨 부인도 이를 알아챘다. 그래도 아들이 죽어가는 어머니가 있는 집을 나서자마자 콧노래를 부르기 시작한다고까지는 상상할 수 없었다. 하지만 그는 그랬다. 왜냐하면 그런 게 자연의 본능이니까. 되어가는 대로 내버려두면 일은 그리 되기 마련이다.

처음엔 알방도 어머니가 죽어가는데 자신은 여자와 사랑을 나누다니, 뭔가 끔찍하다고 생각했다. 그러나 나중에는 사랑과 죽음은 서로 미워하지 않으며 함께 춤을 춘다는 사실을 깨달았다. 어머니가 죽어가는 모습을 보기란 가슴 아프지만, 그는 어느 때보다 즐겁게 사랑을 나누었다.

언젠가 그가 집을 나설 때 어머니는 고함을, 죽음의 절규를 내지르고 싶었다. "날 버리지 마!" 그리고 "넌 죽는다는 게 얼마나 끔찍한지 몰라!" 거기에다가 "날 불쌍히 여겨다오!"까지. 하지만 자존심이 그녀를 가로막았고, 이번에도 아무 말 하지 않았다. 각자가 침묵 속에 갇혀 있었다. 그녀는 아무 말도 하고 싶지 않았고, 그는 무슨 말을 해야 할지 몰랐기 때문이다.

한번은 어머니가 그에게 교대할 간호사를 불러달라고 부탁했다. 위급한 일이었다. 위급했지만 그는 먼저 약속 시간을 바꾸기 위해 애인과 만나기로 한 호텔에 들러야 했다. 호텔 종업원과 애인의 어리석음 때문에 쪽지를 남길 수 없어서 약속은 깨질 가능성이 높았고 관계는 끊어질 위험에 처했다. 그가 애인의 주소를 몰랐기 때문이다. 애인이 늦게 도착할 때까지 그는 기다려야 했다. 간호사 심부름은 위급한 일이었지만 그는 애인과의 문제로 오십여 분이나 낭비했다. 이런 게 아들이고 이런 게 쾌락이다. 또한 이런 게 삶이고 이런 게 죽음이다. 만일 알방에게 아들이 있다면, 그 역시 노인이 된 알방이 숨을 거둘 때 똑같이 행동할 것이다. 횃불이 있는 한 숭고한 횃불릴레이는 계속되기 마련이다.

그가 "내일 저녁에 외출해요"라고 말한다 해도 그녀는 그가 어디서 초대받았는지조차 알지 못했다. 그리고 다음날에도 더 묻지 않았다. 그녀는 잊었다. 어느 시대나 그렇듯이, 무덤 앞에서의 무력함은 소멸의 과정에 앞서 그녀를 신경질적으로 만들었다. 죽음 직전의 분노, 위험하진 않아도 그만큼 음산했다. 알방이 방에 머물러 있는 십여 분 동안 그녀는 자신의 병에 대해, 이어서 의사와 치료, 그리고 간호사에 대해 말했고, 그다음엔 순서를 바꾸어 다시 시작했다. 이게 얼마나 일반적인 태도인지 깨닫기에는 알방은 너무 젊었다. 어머니가 죽음 직전의 이기주의에 갇혀 있는 걸 보면서 그는 별다른 가책 없이 자신의 이기주의에 갇혔다. 그는 오로지 무도회 생각으로만 가득차 있었고, 그녀는 오로지 자신의 죽음에 대한 생각으로만 가득차 있었다.

드 브리쿨 부인은 이 모든 것에 지쳐서 마침내 아들에 대한 사랑을 멈추었다. 하나의 열정이었던 그녀의 사랑은, 열정이 사라질 때처럼 갑자기 사라졌다. 드 브리쿨 부인이 좋아하는 왈츠곡이 있었는데 제목이 〈사랑이 죽을 때〉였다. 바로 그거다! 죽음 직전에 사람이 변하는 건 드문 일이 아니다. 돈키호테는 죽기 며칠 전에 자신의 광기를 깨닫는다.

드 브리쿨 부인의 무언가가 변했다. 그동안에도 많은 물방울들이 떨어졌지만 물항아리가 넘치지는 않았었다. 그런데 이제 넘치기 시작했다. 종말이 가까워지자 육체에서 열기와 함께 그녀가 아들에게 갖고 있던 모든 사랑이 빠져나갔다. 밖에 나간 아들이 늦어지면 그녀는 초조하게 아들의 귀가를 고대했지만, 더이상 그에게 '무슨 일이라도 생겼을까' 걱정하는 과도한 불안이 전혀 아니었다. 그저 아들을 바로 가까이 두고 싶어서였다. 이 두 상태의 차이점을 그녀는 별다른 당혹감 없이 구분했다. 그녀는 결국 그가 초등학교 때는 자기 공부에만, 그리고 콜레주에서는 연애에만 관심을 쏟은 채 집안의 일에는 무관심한 모습만 봐왔다. 이 무관심과 이기심을 그가 철들 나이부터 견뎌온 것이다. 이제는 더이상 견딜 수 없었다. 그녀는 그의 면전에 대고 퍼부었다. "내가 사흘 전에 말했잖아. 물론 넌 기억나지 않을 거다. 아무 관심도 없으니." "넌 내가 어떤지 묻지도 않는구나. 아니 필요 없다…… 아무 관심도 없는 너한테." 그러면 그는 애처롭게 대꾸했다. "아니, 관심 없지 않아요." 예전에 그녀가 "넌 조금이라도 날 사랑하니?" 하고 물었을 때 "그럼요……" 라고 대답할 때만큼이나 애처로웠다. 그녀는 자신에게 다가오는 죽음의 문제로 고집스레 돌아갔다. "머지않아 난 곧 죽을 거다……" 등등. 이렇게 말하면서 그녀는 아들의 대답을 은근히 기대했다. "돌아가신다고요? 어머니도 잘 아시잖아요, 지난 마지막 가래침 검사 결과가 아주 좋았다는 거요……" 또는 "의사 선생님은 낙관적이라고 그랬는데요……" 그러나 아니었다. 그는 아무 말도 하지 않았다. 그는 몇 마디 하더니 대화 주제를 바꾸었다. 그래서 그녀는 자신의 라이트모티프인 '저애는 완전히 아무 관심도 없다'로 결론을 내렸다.

이런 언쟁 이후, 말하자면 방화막이 쳐졌다. 누군가를 위해 살고 싶은, 그 누군가가 더이상 없을 때 우리는 죽을 것이다. 드 브리쿨 부인은 이제 알방을 위해 살고 싶지 않았고, 드 샹토세 씨를 위해서는 더더욱 아니었다. 그래서 그녀는 죽을 것이다. 또는 죽어갈 것이다. 아주 잘된 일이다. 그녀는 아무것도 후회하지 않고 죽을 것이다. 그는 그녀에게 입맞춤하지 않았고, 그녀도 더이상 그에게 입맞춤하지 않았다. 그녀는 사막으로 들어갔다. 랭스부르의 사막보다 더 혹독한 사막, 사막 중의 사막, 더이상 갈증조차 없는 곳으로. 적어도 랭스부르는 갈증을 느끼긴 하지 않는가. 그녀는 코스 일주에 실패했다. 결승점을 몇 미터 앞두고 쓰러져버렸다. 그녀가 아들에게 말했다. "나 때문에 무도회를 놓치는 일이 없으면 좋겠구나. 이제 곧 상중이 되어 넌 더이상 외출할 수 없을 거야. 어쩌면 전쟁이 일어날지도 모르고. 한동안 무도회가 없을 테니, 아마 이번이 네 마지막 시즌일 것 같아. 그러니 할 수 있는 만큼 다 누리도록 해라." 그러나 아들을 보면서, 불행한 어머니의 방에 들어서기 무섭게 인명록을 펼치고 무도회 파트너의 주소를 찾거나 파리의 지도를 보며 그녀가 사는 곳의 길을 확인하거나 또는 당시 탱고춤은 '감당할 수 없었기에' 이탈리아 전통춤 푸를라나를 배우려고 발을 미끄러뜨리는 그의 모습을 보면서 그녀는 마음의 문을 세차게 닫고 더이상 한마디도 하지 않은 채 그에 대한 혐오와 차가운 감정으로만 가득찼다. 비난이 들어설 틈조차 없었다. 곧 그녀는 사라질 것이다. 그러나 푸념하는 희생자로 사라지고 싶지는 않았다. 적어도 더이상은 그러고 싶지 않았다. 왜냐하면 전에는 그렇게 독한 사람이 아니었으니까. 그동안, 너무 오랫동안, 그녀는 자신이 주었던 만큼 받지 못했다. 받을 상대도 없는데 주는 일도 더이상 할 수 없었다. 그녀는 어느 잡지에서, 돌을 숭배하여 돌에 경건하게 입맞춤한다는 야만족에 대해 읽은 적이 있다. '돌에 입맞춤하는 건 이제 지긋지긋해.' 그녀가 특히 더 섬세했다 해도, 섬세함은 여자들의 장점이 아니다. 그녀는 생각했다. "'저애는 감정을 드러내는 성격이 아니야. 원래 그런 애야. 그러니까 그런대로 받아들여야 해.' 그러나 돌려받지 못하는 입맞춤에는 끔찍한 면이 있다는 점을 생각해야 한다. 그에게 뭐라고 말할 수 있을까? "너는 내가 죽어가는 게 보이지 않니? 한 달이 지나면 영원히 나를 떼어내버릴 텐데, 네 인생의 한 달도 내게 못 쓰니?" 그에게 이렇게 말할까? 아니다. 가짜 희생은 안 된다. 진짜 희생이라도 안 된다. 반면 그는 이렇게 생각했다. '만일 내가 상냥한 말을 한다면 어머니는 자신에게 회복 가능성이 없다는 걸 눈치챌 거야.' 따라서 이번에도 모든 게 침묵 속으로 흡수되었다. 그들은 충분히, 아니 지나치게 대화를 나누었다. 어머니가 마지막 정신적 충고를 하고 남겨줄 재산 상황을 설명하고, 자신이 죽은 뒤 즉시 해야 할 일을 알려주었느냐고? 아니다. 그런 얘기는 하지도 않았다. 그는 살아 있다. 그가 알아서 처리할 것이다. 그는 자신이 하고 싶은 대로 할 것이다. 그는 자기 인생을 살 것이다. 그녀는 자신의 죽음을 맞이할 것이다. 현실적인 얘기도, 엄숙한 얘기도 없다. 아무것도 없다. 그러나 이게 그렇게 특별한 일일까? 위독한 병자의 곁에 있는 모든 이들, 그들 중 침묵이 아닌 다른 판단을 할 수 있을 사람이 몇 명이나 될까?

예전에, 아니 얼마 전까지만 해도, 그가 있으면 구름 사이로 햇빛이 비치는 것 같았다. 전에는 그와 함께하는 시간을 마음속으로 열렬히 바라 마지않았다. 그런데 지금은 그녀가 그를 피했다. 그녀는 아들을 문밖으로 내쫓거나 그 비슷한 행동을 했다. 그에게 시선을 주지도 않았다. 이제 머지않아 영원히 보지 못하게 될 아들, 이 세상에서 그녀가 가장 아끼는 존재를 보지 않으려고 시선을 피했다. 이렇게 자기 안에 갇힌 채 비틀거리며 끔찍한 죽음의 모험 언저리까지 나아갔다.

그녀는 숨을 거두는 순간 그를 부르지 않기로 결심했었다. 그리고 그녀의 방, 침대 옆에서 저녁식사를 하게 하던 전과 달리, 점심식사 때처럼 식당에서 혼자 밥을 먹게 했다. 저녁식사 때의 대화가 매우 간소화되긴 했지만 그녀는 그것만으로도 몹시 지친다고 솔직하게, 반쯤 솔직하게 말했다. 이날 이후 그들은 거의 아무것도 아닌 관계가 되었다. 바로 그녀가 바라던 바였다. 그러니 아들이 그녀에게 무슨 말을 할 수 있을까? 죽어가는 자들과 말하는 기술이 분명 있겠지만 열여덟 청년의 마음속에는 없었다. 누구의 마음속인들 그런 게 들어 있겠는가? 어찌되었든 곧 죽을 자와 계속 살아갈 자 사이에 공통의 언어는 없다.

알방은 이와 관련한 가슴 아픈 추억이 있었다. 매일 저녁식사가 끝난 뒤, 아버지는 어머니의 침대 머리맡에 앉아 무릎에는 작은 폭스테리어를 앉히고 다정하게 쓰다듬으며 십오 분가량을 보냈는데, 그러면서 그나 어머니에게 단 한 마디도 건네지 않았다. 분명 미워서 그랬던 건 아니었다. 다만 그들은 서로 할말이 전혀 없었을 뿐이다. 어쩌면 아버지는 아내보다 개가 더 좋았는지도 모른다. 십오 분이 지나면 아버지는 자기 방으로 가서 머리맡의 애독서에 주석을 달았다.

개 다음으로 고양이가 있었다. 드 브리쿨 부인은 자기 방에서 더이상 고양이 블뢰를 보고 싶어하지 않았다. 고양이는 그녀를 귀찮게 했다. 그녀가 이 말을 했을 때, 알방은 생각했다. '내가 고양이에게 입맞춤을 해서 어머니는 질투하는 거야.' 그녀가 남편의 개를 질투한 적은 없었다.

그뿐이 아니었다. 그들에겐 또다른 습관이 있었다. 오래전부터 알방은 저녁식사를 마치면 그녀와 잠깐 이야기를 나눈 뒤 그녀의 침대 앞에 무릎을 꿇고 앉아 함께 주기도문과 성모송, 〈생각하소서〉와 같은 기도문을 암송하고 나서 자기 방으로 올라가곤 했다. 그런데 그녀가 아들에게 말했다.

"넌 이런저런 연극을 충분히 했어. 종교와 관련해서 계속 그렇게 연기할 필요는 없다. 이제 네 방에 가서 기도문을 암송하든지 말든지, 마음대로 하렴."

그가 기도를 한다고! 때때로 드 브리쿨 부인의 방에 들어서며, 그는 정복자의 발걸음으로 걸었다—콜레주에서도 유명했던 정복자의 발걸음—죽어가는 자의 눈앞에서 파렴치하게도 생명력과 건강을 뽐내는 것만 같았다. 얼마 뒤 그는 어머니의 구원을 위해 묵주기도를 올렸다. 밤이 내리는 시간, 그녀는 이제 존재하지 않게 될 나무들과 드넓은 하늘 사이로 망가져가는 자신의 모습을 보았다.

이제 남은 건 아침의 "안녕히 주무셨어요, 어머니?"와 저녁의 "안녕히 주무세요, 어머니"뿐이었다. 사랑 없는 목소리로 하루가 시작되고 끝났다.

'나에게는 나를 사랑하지 않고 나도 사랑하지 않는 아들이 있지.' 그녀는 생각했다. '임종의 고통이 길어지는 무서운 일은 차치하더라도, 이 상황에서 최선은 가능한 한 가장 빨리 이 모든 게 끝나는 거야.'

그렇지만 어느 날 저녁식사 후, 그가 그녀의 손에 입맞춤하러 가까이 다가왔을 때였다. 이제 저녁의 의식은 이걸로 간소화되어 있던 터였다. 그녀가 예기치 않은 질문을 던졌다.

"이따금 세르주의 소식은 듣고 있니?"

"세르주라뇨?"

그녀는 살짝 전율했다.

"간혹 세르주 소식을 듣느냐고."

"아니요." (사실이었다.)

"한 가지, 다시 한번 너에게 말해주고 싶은 게 있는데……"

기침이 시작됐다. 빨개진 얼굴로 그녀는 손이 닿는 거리에 둔 대야를 황급히 쥔 채 그에게 겨우 한마디를 던질 수 있었다.

"나가! 당장 나가! 내 말 안 들리니? 얼른 나가!"

그는 나왔다. 복도에서, 어머니가 끔찍하게 딸꾹질을 하며 토해내는 소리를 들었다. 간호사의 방이 바로 옆이었다. 거기로 가보니 방은 비어 있었다. 그는 벨을 울렸다. 요리사가 올라와 드 브리쿨 부인의 방으로 들어갔다.

딸꾹질이 계속 이어졌다. 그는 꼼짝 않고 복도에 서 있었다. '저러다가 어머니는 폐를 토해내고, 심장을 토해내고, 영혼을 토해내는 게 아닐까? 내가 보는 걸 원치 않아해서 이렇게 저편에 떨어져 있는 동안 말이야.' 딸꾹질이 멈추었다. 요리사가 방에서 나왔다. "부인은 진정되셨습니다. 아드님은 이제 들어가서 주무셔도 좋다고 하셨어요."

"한 가지, 다시 한번 너에게 말해주고 싶은 게 있는데……" 무엇을? 그는 잘 알고 있었다. "아직도 수플리에를 사랑한다면, 다시 만나렴. 그것만이 진실이야. 고집부리는 모습이 바보 같구나."

그녀는 그토록 사랑하던 아들과 사이가 틀어진 채(틀어진 채!) 죽어가면서도 마지막으로 이 사랑의 메시지를 그에게 전하고 싶었다. '무엇보다도 그들이 행복하기를!' 사랑받기만을 원하던 그녀였지만 이제 사랑은 필요 없었다.

그녀는 더이상 세르주에 대해 말할 수 없었고, 그는 그녀에게 세르주에 대해 말하지 않았다. 무슨 소용이 있었겠는가? 그때보다 약간 전에 번역 출간된 이탈리아 소설로 『사랑보다 더』라는 작품이 있었다. 사랑보다 더한 건 뭘까? 헛된 영웅심.

드 브리쿨 부인은 물그릇에 피를 토했다. 쏟아진 핏덩이는 몇 달 후 어둠 속에서 전투기에 맞선 국방부의 포탄이 폭발할 때 붉게 번지는 모습과 모든 면에서 유사했다. 친지들이 죄다 얼간이들이었기에 그녀는 알방의 학교 사제들이나 교사들을 대할 때와 똑같이 무례하게 그들을 대했다. 그 시절에는 미리 알리지도 않고 불시에 상대를 찾아가는 고약한 관습이 있었다. 드 브리쿨 부인은 너무 아파 손님을 맞이할 수 없다는 말을 전하게 했다. 오퇴유까지 먼길을 와야 했던 만큼, 사촌들의 표정이 어떠했을지 짐작하고도 남는다. 그래서 사촌들은 그 어느 때보다도 더, 그녀가 몹쓸 병에, 무기력증과 우울, 신경질에 시달리고 있다고 소문을 퍼뜨렸다. 그녀가 피를 토하는데도 여전히 "순전히 신경성"이라는 말들을 했다. 그럼에도 그녀는 두세 번 사촌들을 맞이했는데, 그들은 호의적인 표정을 짓는 수고조차 들이지 않았다. 드 브리쿨 부인이 자신의 병에 대한 생각으로만 가득차서 오로지 그 얘기만 하며 지긋지긋하게 굴자, 결국 그들은 서둘러 달아났다. 그렇다고 떠나면서 그녀에게 안색에 관한 치하(폐병 환자들이 볼에 띠는 홍조에 대해)의 말을 하지 않았던 건 아니다. "안색이 이렇게 좋은 걸 보니 기쁘네요." 드 브리쿨 부인은 이렇게 황급히 달아나는 모습에 만족하면서도 모욕적이라고 느꼈다. 그녀는 또한 몇몇 친구들이 있었지만 그들을 사랑하기에는 그녀가 너무 똑똑했고, 게다가 콧대가 하도 높아 친구들에 비해 자신이 아깝다고 생각하지 않을 수 없었다. 그래서 자신에게 친구들이 중요하지 않음을 보여줄 작은 계기들을 만들었다. 친구들은 그에 대한 복수로, "그녀를 피곤하게 하지 않으려고" 발길을 끊었다. 브리쿨 가문은 쉽게 사람들을 제거했고, 마찬가지로 그렇게 제거되었다. 처세술을 아는 에두아르 삼촌은 호의의 표시도 없이 슬그머니 발뺌하지는 않았다. 그는 샴페인을 보냈다. 죽어가는 여인은 소스라치게 놀라며 그걸 요리사에게 줘버렸다. 샴페인은 그녀에게 그리 명예롭지 않은 기억들을 불러일으켰다.

성목요일 밤 버림받았다고 믿었던 원장 신부처럼, 드 브리쿨 부인도 버림받았다. 그렇지만 그녀가 현재 죽음 속에서 느끼는 고독은 견디기 어렵지 않았다. 오히려 잘된 일이었다. 그녀의 삶이 아무도 기쁘게 하지 않는데, 그녀 자신에게 뭐가 중요하겠는가? "안 돼! 그럴 수 없어! 난 죽을 수 없어! 너무 오랫동안 행복을 느껴보지 못했어!" 그렇게 절규하던 나날은 끝났다. 이십 년 전부터 그녀는 모든 싸움에서 패배했다. 이제 그녀는 더이상 패배가 존재하지 않는 상태에 들어섰다. 드 브리쿨 부인은 열 개의 방이 있는 집에서 외롭게, 그녀가 사용하지 않는 층에 처박혀 있는 아들 하나와 사나운 가금 네 마리의 봉으로 지냈다. 밤새처럼 눈이 커다랗고 심술궂게 입을 꽉 다문 간호사, 시골 출신으로 독수리의 부리와 눈을 가진 깡마르고 늙은 수녀. 집안의 병자에게 익숙한 그녀는 거만한 사령관처럼 굴었다. 그리고 요리사와 침모. 이 두 여인은 매우 충실했고 어쨌든 믿을 만한 사람들로, 최선을 다해 백작부인을 지키려 했다. 그녀들은 간호사와 수녀가 치마 속 뻔한 곳에다 물건들을 감춰서 훔쳐간다고 비난했다. 가금들의 법석 속에서 드 브리쿨 부인은 죽어갔다. 그리고 이런 문제는 그녀에게 아무래도 상관없었다. 그녀의 머리를 차지하고 있는 건 기도 생각뿐이었다. "신이시여, 이 모든 게 되도록 빨리 끝나게 해주소서! 신이시여, 이 모든 게 되도록 빨리 끝나게 해주소서!" 반복해서 피를 토하고 심신이 점점 쇠약해지는 게(요리사도 말했듯이, 이로써 그녀는 성숙해졌다) 그녀의 유일한 위안이었다. 죽음은 죽음으로 그녀를 위로했다.

그렇지만 마지막 날까지, 그녀는 외모에 신경을 썼다. 자신이 고양이보다도 관심을 두지 않는 집의 하인들과 이제는 사랑하지 않는 아들을 위해서였다. 보통은 치장을 할 때 무척 세심한 그녀지만 마음은 이제 여기 없고, 정신도 다소 나가버린 상태였기에, 말을 잘 듣지 않는 힘빠진 손으로 아무렇게나 했고, 거기다 살면서 한 번도 해본 적 없는 생각—타버린 성냥의 검은 숯으로 눈썹을 그리면 어떨까 하는 생각이 들어 닥치는 대로 그려보았다. 지극히 섬세한 그녀의 이목구비 가운데 두 눈 위로 터무니없이 큰 두 활, 사수의 활이 나타났다. 모든 게 음산해 보였다.

어느 날 불쑥 그녀는 아들에게 말했다.

"난 창피하다."

"뭐가 창피하세요?"

"죽는다는 게 창피해."

처음에 그는 누구라도 할 말을 했다. "어머니가 확실히 돌아가시게 된다는 게 전혀 아니에요……" 등등. 그러고서 맞는 말이지만 냉혹한 말을, 열여덟 살이기에 할 수 있는 냉혹한 말을 했다.

"그리고, 누구나 죽는걸요……"

의사들은 이제 그녀의 '기운을 다시 북돋우는' 데만 신경을 썼다. 그중 한 의사는 샴페인을 권했다. 일종의 고문이었다. 한 달에 한 번, 그리고 대축일에 그녀의 영성체를 위해 방문하는 소교구 보좌신부가 있었다. 아들이 첫영성체를 치렀을 때처럼 그녀는 무슨 일인지도 거의 알지 못한 채, 하지만 선의와 만족스러움까지 느끼며 종부성사를 치렀다. 언제나처럼 그녀는 자신이 높게 평가하지 않는 사제일수록, 더욱 그에게 고해성사를 보고 싶은 마음이 들었다. 즉 신은 자신의 보잘것없는 도구를 통해 신성을 드러냈던 것이다. 사는 동안 그녀를 스쳐갔던 모든 일이 다시 떠올랐다. 낙원에 대한 희망, 거기서 그녀의 어머니를 다시 만날 거라는 희망, 신에게 용서받고 모든 게 잘될 거라는 확신 등등이 누구나 아는 위안을 낳았고, 때때로 그녀의 마음을 평화롭게 했다. 자기 자신 속으로 패주하는 가운데 그녀는 증오심 없이 원장 신부와 드프라츠 신부를 생각하기에 이르렀고, 보좌신부에게 '매우 외로운' 알방을 '지켜봐달라'며 부탁하고 간청했다. "그러시겠다고 저에게 약속해주실 수 있나요?" 어둠이 내릴 때, 그녀는 교회의 품으로 돌아갔다.

처음 피를 토했던 밤의 다음날, 그녀는 아들에게 모시某時에 와달라고 부탁했다. 그는 오 분 늦게 그녀의 방으로 갔다. 그녀가 쌕쌕거리는 소리를 내며 말했다.

"내 방에 오는 게 정말 힘든 일이라는 걸 안다."

그녀는 긴 베개 밑에 둔 책상 서랍 열쇠를 꺼내 그에게 주고는, 서랍에 든 편지 뭉치들과 일기장들을 없애달라고 부탁했다.

"내가 죽은 뒤에 해달라고 할 수도 있지만, 되도록 빨리 하는 편이 나을 것 같아. 포장지에 싸서 오늘 오후 센강에 던져버려라. 열어보지 말라는 말은 할 필요도 없겠지. 그 안에 들어 있는 건 너와는 관계없는 것들이야. 난 너를 전적으로 믿는다."

알방은 믿음을 배반하며 침범했던 물건들을 신뢰 속에서 열고 쌌다. 밖으로 나와 택시를 잡고는 센강으로 가서 그 뭉치를 던졌다. 눈시울이 뜨거워졌지만 눈물은 나오지 않다가 곧 터져나와 얼굴이 엉망이 되었다. 그녀 앞에서 울었다면 어쩌면 최후의 순간 모든 게 무마되었을지도 모른다. 하지만 그는 밖에서만 울었다. 그녀가 죽기 일주일 전에, 그는 마침내 깨어났다. 그는 그녀를 사랑하기 시작했다. 하지만 그녀는 이미 그를 사랑하지 않는 때였다.

바로 얼마 전, 그녀는 아들에게 이상한 말을 했었다. "우리 우정의 측면에서 넌 날 많이 실망시켰어. 난 할 수 있는 만큼 했다." 그들의 '우정'! 그렇다. 고상한 교육자들, 유식한 체하는 교사들, 그토록 소중한 친구들 사이에서 그를 사랑한 사람은 그녀뿐이었다. 그녀는 그의 최고의 친구, 유일한 여자친구이자 유일한 친구였다(그는 세르주가 자신을 사랑하는지에 대해서는 별 관심이 없었다. 그는 세르주를 사랑하는 것만으로 족했으니까. 그러나 적어도 삯마차 안에서 세르주가 그의 사진에 입을 맞추던 순간, 그 놀라운 순간이 있었다. 그건 좋은 우정과는 다른 무엇이었다). 어느 어머니가 그녀처럼 자유로운 정신과 기상천외한 면,

재능(음악과 그림), 평범함에서 벗어난 심오한 독창성을 지닐 수 있겠는가? 그들 둘 다 만족스러워하던 그 천진하고도 끔찍한 분위기를 누가 그녀처럼 돋울 수 있겠는가? 그녀처럼 엉뚱한 어머니를 어떻게 가질 수 있겠는가? 파르크가 그랬듯 그녀 또한 그에게 평생 남을 자국을 남겼다. 피가 나올 때까지 서로 물어뜯고, 속이고, 무분별하게 서로 마음을 열고, 이어서 서로를 두려워했다. 그러면서도 결코 서로에게 싫증나지 않았다—파르크에서 결코 싫증나지 않았듯이. 정말이지, 남녀 사이에서 영원히 오가는 "당신 갑갑한 일 있어?" "아니, 날 갑갑하게 하는 건 바로 당신이야" 같은 대화는 그들 사이에 없을 것이다. 끔찍하게 되풀이되는 그녀의 목소리에 말을 섞는 일은 이제 문제가 안 되었다(죽어가지 않는 여인의 입에서 나오는 말이 특히 끔찍한 법이다). "이 모든 게 되도록 빨리 끝나게 해주소서!"라는 기도와 "어머니가 돌아가시지만 않는다면 아무래도 좋습니다!"라는 절규. 기도와 절규. 하지만 우리는 드 브리쿨 군의 기도가 어땠는지 알고 있다. 유치하고, 비속하고, 영적 가치라곤 전혀 없는 기도. 이 모든 게 남자들과 어린아이들의 일처럼 이루어졌다. 그것도 너무 늦은 때에.

*

이죄 드 테르모르의 시신은 이층에 뉘었고, 수녀가 곁을 지켰다. 그녀가 계속해서 포도주를 청하자 요리사는 자꾸 다시 올라오게 한다며 불평했다. 자신은 이방인이며 도둑인 수녀에게서 명령을 받아야 하는 입장이 아니라면서 말이다. 삼층에서는 아들이 쓰러져 오열하고 있었다. 그는 양손에 머리를 묻었고, 손가락 사이로 눈물이 흘렀다. 목구멍을 타고 뜨거운 불덩이가 지나가 그는 훌쩍거리며 움찔움찔 경련했다. "우리 우정의 측면에서 넌 날 많이 실망시켰어. 난 할 수 있는 만큼 했다." 그들의 '우정'! 그리고 이 겸손함, '난 할 수 있는 만큼 했다'! 얼마나 겸손한가! 세르주와의 관계가 끝났을 때 그는 울지 않았다. 부분적으로는 퇴학 처분으로 인한 흥분 때문이었고, 또 부분적으로는 세르주와의 절교가 눈물 너머의 것이기 때문이었다. 복도로 사람들이 지나갔다. 누군가 들어오지는 않을까 두려웠다. 그는 재빨리 경대로 가 눈물을 가리기 위해 얼굴에 물을 적셨다.

절망의 한가운데서 그는 더이상 머리를 떠나지 않는 사소한 일을 떠올렸다. 엊그제, 어머니가 그에게 말했다. "다섯시 반에 재보니 체온이 여전히 39도였어." 잠시 후, 그야말로 우연히 그의 시선은 어머니가 체온을 적어두는 수첩에 가닿았다. "다섯시 반, 38.7도"라고 쓰여 있었다. 이렇게 사망 전날까지도 드 브리쿨 부인은 자신에게 더 유리한 쪽으로 일을 부풀렸던 것이다.

그의 눈물도 그치는 때가 왔다. 자질구레한 일들이 고통을 몰아내고 자리를 온통 차지했다. 의례, 장례식, 상속, 후견인 모임, 커다란 집과 건사해야 할 두 고용인, 그리고 이사할 가능성…… 벌써부터 집안 고용인들은 그에게 무슨 일을 해야 할지, 모든 일에 대해 그에게 물었다. 마치 그가 콜레주와 로마인들에 대한 것만 빼고는 무엇이든 알고 있기라도 한 양. 그는 세상 물정을 알았고, 삶에 대한 이해는 간결하지만 대단했다—청소년기의 이 년은 성인의 이십 년 삶보다도 더 풍요로운 법이다. 하지만 그는 현실의 심오함을 안다 할지라도, 범속한 현실 앞에서는 당황하고 무방비상태가 되어버린다는 사실을 깨달았다. 다행히도 에두아르 삼촌이 문을 두드렸다! 에두아르 삼촌은 이 소년을 좋아하지는 않았지만 그가 젊고 현실적이지 않기 때문에 모든 일을 자신이 떠맡겠다고 했다. 또한 위로의 말도 잊지 않았다. "불쌍한 네 어머니가 행복한 해방을 맞이했음을 축하하자." 드 브리쿨 부인의 위독한 병으로 모두가 지쳤던 것이다. 그녀는 정말 너무 심했다. 그녀는 여전히 살아 있었다. 그들은 그녀 앞에서 과거의 그녀에 대해 이야기했다. 참새들이 창가에 자리를 잡았다가 마치 그녀가 이미 존재하지 않기라도 한 듯 방안으로 무심히 들어왔다. 에두아르 삼촌이 나간다. 알방은 숭고한 상태로 돌아갈 수 있을 것이다. 그는 다시 울기 시작한다.

과도한 눈물을 흘리며, 세르주와 헤어졌을 때 나오지 않았던 눈물이 있긴 있다는 걸 느껴서 그는 아주 기묘한 기분이 들었다. 한번 더, 어머니와 세르주가 뒤섞였다. 한번 더, 신비한 작용.

사촌들과 어머니의 친구들이 도착했다. 그들의 방문은 죽은 자를 위해서도, 알방을 위해서도 아니었다. 사회적 요직에 자리한 에두아르 삼촌을 위해서였다. 그들은 드 브리쿨 부인에 대한 비난을 무더기로 쏟아냈다. "내 말을 듣고 스위스로 갔어야 했는데……" "그런데 아무도 만나려 하지 않았지! 늘 의사를 갈아치우는 괴벽까지 있고!" 드 브리쿨 부인은 방금 죽음을 맞이한 사람이라기보다 차라리 피고인에 가까웠다. 더욱이, 그녀는 가족들에게 늘 피고인이었다. 그리고 피고인에게는, 아무 일도 해주지 않고 그 사실을 감추지 않아도 괜찮은 법이다.

드 브리쿨 부인의 서류 속에는 자신이 죽은 뒤 지켜주었으면 하는 당부의 말이 있었다. "내가 턱받이를 한 우스운 꼴로 있을 때 아들이 방에 들어오지 않게 하고, 머리 모양은 있는 그대로 놓아두세요." 이렇게 에우리피데스의 폴릭세네*는 죽기 전에 자신의 드레스를 준비했다. 그러나 사실 턱받이는 아무것도 아니었다. 사랑과 마찬가지로, 우스꽝스러움 또한 넘어야 할 하나의 단계일 뿐이다. 게다가 알방은 턱받이를 채우기도 전에 방으로 들어간 터였다.

같은 서류에서, 그녀는 자신의 나이를 부고에 기입하지 말아달라고 했다. 아마도 나이를 밝힐 때 늘 두 살 적게 말하곤 했던 사실을 숨기기 위해서인 듯했다. 아들에 관해서는, 더이상 어떤 것도 중요하지 않다고 판단했다. 동시에 나이 문제는 중요하다고 했다. 아들에 대한 생각은 그녀가 옳았다. 그 모든 것 가운데 중요한 건 하나도 없었으니까.

*

세르주는 장송 드 사이 중고등학교에 반기숙사생으로 들어갔다. 보호 그룹 같은 건 전혀 없는 곳이었다. 1914년 10월, 군수뇌부로 동원된 드 프라츠 신부는 세르주로부터 정성스럽긴 하지만 진부한 편지 몇 통을 받았다(세르주는 글로 자신을 표현할 줄 몰랐다). 신부에게 그는 꺼진 불과 같았다. 일단 파르크를 떠났으니 어쩔 수 없다고 그는 생각했다. 편지는 점점 뜸해지다가 그쳤다. 신부는 슬퍼하지 않았다. 세상에는 언제나 다른 존재들이 있다. 한번은 이렇게 생각했었다. '물론 언젠가 마음이 위안을 찾을 것이다. 하지만 나의 어느 한 부분은 결코 위로

---

* 그리스신화에 나오는 트로이의 마지막 왕 프리아모스의 딸. 처녀의 몸으로 죽게 해달라고 요구했다.

받을 수 없겠지.' 그러나 틀렸다. 그는 완전히 위로받았다. 영원히 계속되기란 어렵다. 망각은 소설가의 분석을 넘어서는 상태다.

'사건' 이후, 세르주는 알방을 다시 보려고 애쓰지 않았다. 그에게 내려진 이중의 금지—그의 부모와 드 프라츠 신부가 내린—가 그를 짓눌렀다. 알방의 마지막 편지에 대해서는 전혀 몰랐다. 그 편지는 신의 남자에 의해 쓰레기통 속으로 들어갔다. 그가 또한 이전에 오고간 모든 편지들까지 버렸다. 세르주는 학교를 떠나며 감히 그 편지들을 달라고 요구할 수 없었다. 그는 '한 마리 작은 새'였다. 그는 한 가지에서 다른 가지로 날아갔다.

드 브리쿨 부인으로부터 알방을 '지켜봐달라'고 부탁받은 교구의 보좌신부가 그에게 편지를 썼다. 알방은 그를 만나러 갔고, 다시 그를 만날 필요는 없겠다고 판단했다. 사제 쪽에서도 (군대에 소집되지 않았음에도 불구하고) 알방에게 다시 편지하지 않았다. 죽어가는 자들의 '청원'은 이런 식으로 처리된다.

알방은 전쟁을 거의 무관심하게 받아들였다. 자신의 삶에 너무 빠져 있던 터라 전쟁에는 관심이 없었다. 게다가 그는 정치에 대해서도 잘 몰랐다. 그가 전쟁과 자신의 인생을 뒤섞으며 전쟁에 관심을 갖게 되는 시기는 아직 도래하지 않았다.*

어머니가 돌아가시자마자, 시즌 마지막 무도회에 대한 이야기가 들려왔다. 밤의 여자들은 춤을 추며 멀어지고, 춤을 추며 어둠 속으로 사라졌다. 그러면 드 게르상주 양은? 그는 무도회에서만 그녀를 만났는 사라진 여자들

* 『꿈』에서 알방이 자발적으로 참전하여 전방으로 나가는 모습을 볼 수 있다. (원주)

데, 이제 더이상 무도회가 없었다. 그들의 공통된 지인, 무도회를 주최하던 집의 여주인들은 이제 이동식 야전병원 일을 맡고 있을지 모른다. 어쩌면 드 게르상주 양도 그 일에 종사하고 있는지도 모른다. 어떻게 하면 그녀를 다시 만날 수 있을까? 어떻게 하면 다시 그녀의 환심을 살 수 있을까? 아주 편리했던 무도회의 틀을 벗어난 만남에 어떤 목적을 부여해야 할까? 그렇게 만나면 너무 앞서가는 걸까? 아니면, 무의미한 걸까? 한때는 자신의 삶과 그녀의 삶이 관계를 맺을 수 있다고 믿었는데, 매우 진지하게 여겨지던 이 계획은 상황이 도와주지 않아 무너져버렸다. 세르주의 부재로 인해 그를 향한 신부의 견고한 사랑이 무너졌듯이. 드 게르상주 양은 당시 공기 요정의 형태로 그려지던 광고 속 담배 연기처럼 되어버렸고, 이어서 연기와 함께 요정은 사라졌다. 알방은 초연한 태도로 그녀에게 말했다. "안녕히! 안녕히!" '안녕히'라고 말하지 않았다면 연기는 어떻게 되었을까?

알방, 다시 파르크로 거슬러 올라가다

몇 달이 지나갔다. 성실하고도 불성실하게, 시간은 흘러간다. '사교계'가 사라지고 파르크가 다시 수면 위로 떠올랐다. 계기가 있었다. 때는 10월, 고전적인 봄은 아니었다. 첫 안개가 끼는 10월, 첫 선선함, 첫 가을비, 이런 것들이 그의 마음을 흔드는 계절이었다. 대체 왜? '수플리에와의 관계'의 서막을 상기시키는 새 학기의 시기였으니까. 어둠이 다시 일찍 내렸고, 사라진 애정의 유령들로 가득찬 어두운 숲의 입구에는 빈 삯마차들이 대기하고 있었다(샤를루아 전투 기간이었던 8월의 어느 날, 그는 평소보다 더 격한 감정에 휩싸여 애인을 찾아가기도 했다. 왜냐하면 이상할 정도로 무겁고 흐린 날씨가 1912년 11월을 생각나게 했던 것이다). 랭스부르도 부분적으로는 옳았다. 파르크, 버릇없고 비겁하고 도벽이 있고 속물근성에 불경스럽고 무절제하고 위선적인 소년들이 있는 파르크는 창부娼婦의 집인 동시에 천사들이 옮겨온 집이었다. 이후 어디에서도, 파르크에서 경험했던 관대함과 강렬함과 장점을 그는 보질 못했다. 자신에게서도, 주변에서도 다른 존재를 '더 훌륭하게 만들고' 싶어하는 욕망을, 다른 존재를 위해 자기 인생의 가장 귀한 보물을 희생하려 하는 욕망을 단 한 번도 다시 보지 못했다. 자신의 냉철한 면모를 더 날카롭게 벼렸던 곳이 바로 이 더없이 저속한 장소였다.

알방이 스페인에 있었을 때를 제외하면 드 브리쿨 부인이 그에게 편지를 쓸 일은 없었다. 어느 날 그가 어머니의 편지를 다시 발견한 건 우연이었다. 어머니는 그에게 스페인 여자들을 조심하라고 충고했다. 사실 그때 그는 황소들을 조심해야 했지만 황소 이야기는 어머니에게 숨기고 있었다. 그 몇 안 되는 편지들에서도 서투르기 짝이 없는 엄마의 모습이 드러났다. 편지는 죽음을 거슬러올라갔다. 속고 실수하는 어머니. 그는 가슴이 메었다. 감정은 편지를 읽으며 더욱 고조되었다.

내가 너를 얼마나 사랑하는지! 정말 견디기 힘들구나. 이 사랑이 나날이 커지고만 있으니.

다른 편지에서는,

천년을 살면 좋겠구나. 천년 동안 너를 사랑하게.

또다른 편지에서는,

내 삶은 믿기지 않을 정도로 네 삶으로 빨려들어갔단다. 이런 너에 대한 나의 사랑이 내 인생의 가장 큰 장애물이 되지 않으면 좋으련만.

얼마나 강렬한 표현인가! 얼마나 놀라운 외침인가! (하지만 이 편지들을 받았을 때 알방은 건성으로, 세르주가 사제의 말을 들을 때처럼 별로 주의를 기울이지 않은 채 읽었다.) 어째서 그가 이런 사랑을 받을 자격이 있었던 걸까? 이 사랑에 대해 얼마나 잘못된 보답을 했던가! "끊임없이 받기만 하고 돌려줄 줄 모르는 게, 무엇보다 돌려줄 줄 모르는 게 소년들이지" 하고 그녀는 아들에게 말했었다. 소년들이 정말 그럴까? 어쨌든 그녀와 그의 사이는 애석하게도 그랬다—그런데, 드 샹토세 씨를 생각하면서 쓴 그녀의 편지는 왜 그렇게 바보 같았을까? 결국 그녀에겐 두 종류의 사랑이 있었던 걸까?

스페인에 간 그에게, 그녀가 걱정하지 않도록 하루도 빠뜨리지 말고 매일 편지나 엽서를 보내라고 요구했던 일도 언급해야겠다. 그는 성실하게 따랐다. 그러나 투우를 한다는 사실은 결코 얘기하지 않았다. 친절했지만 솔직함은 없었다. 이 역시 소년들의 모습이다.

1915년 초, 알방은 노트르담 뒤 파르크라는 글자가 적힌 편지를 받고 극도의 흥분에 휩싸였다. 졸업생 동창회에 가입하라는 회장의 편지였다. 그러니까 그는 (왜인지는 모르겠지만) 이 소중한 학교의 품에 다시 들어와 있었던 것이다! 새 원장 신부가 초대를 권했다. 해묵은 프랑스식 구조가 작동한 셈이다. 블랙리스트, 처벌, 특별사면.

편지에는 콜레주의 소식지가 동봉되어 있었다. 젊은 전사자들의 부고는 초라한 나머지 비통함마저 자아냈다. 교사나 동료들이 작성한 듯했다. 언제나 순응적이고 낙관적이었던 어쩌고저쩌고, 무슨 말을 해야 할지 모를 때, 또는 해야 할 말을 하지 않으려 할 때 언제나 나오는, 사실과는 다른 말들. 만약 젊은 전사자들이 살아남아 죽은 동료들에 관해 글을 썼다면, 자신들 위에 쏟아진 것과 똑같은 거짓 찬양을 해댔을 터였다. 무가치한 자들이 걸물이 되고 불량배들이 미덕의 귀감이 되었다. 이런 글도 있었다. "죽음보다 더 무서운 건 삶의 유혹이었다." 그래서 열아홉 살에 죽지 않으면 안 되었다. 왜냐하면 삶은 '유혹'(말할 필요도 없이 육체적 유혹)을 내포하고 있으니까. 푸하! 부고만 읽어도 소년들—이와 더불어 모든 소년들과 모든 남자들—이 얼마나 인정받지 못하고 사랑받지 못했는지 충분히 알 만했다. 이런 식으로 그들의 마지막을 '장식'하다니.

알방의 마음속에 야심이 싹텄다. 세르주와 공부 생각만 하던 파르크 시절에는 없었던 것이다. 중요하고도 겸손한 야심의 첫번째 싹은, 그를 문밖으로 쫓아낸 이 학교의 졸업생 회장이 되려는 꿈이었다! 그는 회비를 보냈고, 몇 주 뒤 전사한 졸업생들을 위한 미사에 초대하는 편지를 받았다. 미사는 우정의 모임 다음에 거행될 예정이었다. "전쟁이 끝나 매달 정기적으로 열리던 무도회의 전통을 다시 이어갈 수 있기를 기다리면서" 말이다. 갓 만들어진 무덤 위에서 사람들은 미리 입술을 핥으며 드레스 자락 스치는 소리를 고대하고 있었다. 모든 열여덟 살 중고교생 소년들이 상처를 주는 편지를 쓸 때 느끼는 그 비할 데 없는 즐거움을 만끽하며, 알방은 답장을 썼다.

회장님,

노트르담 뒤 파르크의 전사자들과 당신이 벌써부터 꿈꾸고 있는 어리석은 행동을 뒤섞으면서 어떤 거북함도 느끼지 못하시는 듯해 놀랍습니다. 전쟁을 생각하며 느끼는 감정과 마찬가지로, 제가 파르크에서 경험했던 감정 역시 벌써부터 '사교계'의 모임('사교계'라고 쓰는 이유는, 당신이 편지에 쓴 내용을 그렇게밖에 받아들일 수 없었기 때문입니다!)을 준비할 생각을 하는 정신과는 양립할 수 없는 차원에 있습니다.

회장님, 저는 전쟁 이후에 대한 슬픈 예고로서 당신의 편지를 간직하겠습니다. 저는 이 모임에 참석하지 않겠습니다. 파르크와 죽은 동료들의 명예를 생각한다면, 그 모임은 저에게 도움이 되기는커녕 거북함만 줄 겁니다.

동창회장은 편지를 원장 신부에게 보여주었다. 그는 편지를 전혀 이해할 수 없었고, 무엇이 문제인지도 몰랐다. 그러나 원장 신부는 이해했다. 전사자들과 무도회를 엮어서 그 역시 약간 충격을 받은 터였다. 그러나 그 점을 비난하는 알방의 언어를 보니, 그에게는 이제 알방의 비난이 충격적이었다. 알방이 정말로 감당할 수 없는 존재임을 그는 알아차렸다. 그렇게 두번째 원장 신부도, 이전 원장 신부가 그랬듯이 그를 저버렸다.

1915년 4월, 알방은 이상한 꿈을 꾸었다. 샤를루아 전투의 패주 속에서 랭스부르와 프레보텔 신부를 만나는 꿈이었다. 그들 셋은 모두 병사였다. 그리고 이 꿈에서 그는 랭스부르와 함께 전쟁에 참여해서 기뻤고, 자신이 그를 정말 사랑한다는 사실을 깨닫게 되었다……

5월에는 5월 11일 밤, 그는 또다른 놀라운 꿈을 꾸었다. 이 꿈에서 그는 당시 그의 나이, 즉 이제 막 열아홉 살이 되었는데 여전히 콜레주에 다니고 있었다. 세르주는 여전히 열네 살이었다. 알방은 홀을 지나 층계를 올라갔다. 무리 속에 있는 세르주를 지나쳤다. 세르주가 그를 보았을까? 그는 알방에게 어떤 기색도 내비치지 않았다. 목소리도 없고 보지도 못하는 그의 눈먼 얼굴…… 아! 얼마나 현실 같은 꿈인가! 지극히 간단히 말해, 행복이 없는 현실.

1915년 5월 11일의 꿈

갑자기 드 브리쿨 부인이 나타났다. 밝은 회색빛 정장에 유행이 지난 굉장한 모자—길고 날카로운 장식 핀에 갈매기가 앉아 있는 모자를 쓰고 있었다. 소년들이 나올 때 그녀는 교문에 서 있었다. 밤이 되었다. 세르주가 그녀 쪽으로 갔다. 그는 1912년 여름의 비통한 표정을 짓고 있었다. 그리고 소성당 앞에서 알방을 돌아봤는데, 그의 갑작스러운 등장에 놀라면서도 부끄러워하는 기색이었다. 그는 드 브리쿨 부인과 팔짱을 꼈고, 두 사람은 그렇게 어둠이 내리는 밤 속으로 멀어져갔다. 드 브리쿨 부인은 수플리에 쪽으로 고개를 돌리지 않고 앞만 바라보며 말했다. "어두워서 다행이구나. 넌 내 주름을 보지 못하겠지." 알방은 뒤에서 그들을 따라잡으려 애썼다. 하지만 그가 메고 있는 배낭과 잡낭이 너무 무거워 빨리 걸을 수가 없었다(이런, 이번에도 그는 군인이었다!) 그들은 점점 멀어지다가 그를 떠나 사라져갔다…… 알방은 꿈속에서 울었고, 울다가 잠에서 깼다. 눈물이 볼을 타고 흘러 귀로 들어갔고, 베개에서 멈추었다.

이 년이 지난 지금 이 꿈과 눈물에 대해 드 프라츠 신부와 원장 신부는 뭐라고 할까? 여전히 생생하게 피가 흐르는 이 상처에 대해서는? 수플리에라면 이에 대해 뭐라고 할까?

오전 열한시, 알방은 마비된 사람처럼, 여전히 꿈의 충격에 빠져 있었다. 마음속에 이런 것들이 있을 때 일상적인 삶은 얼마나 끔찍하며 얼마나 무의미한가! 면도를 해야 하고 양복점에 가봉하러 가야 하고……

우리 등장인물들의 꿈에는 이 슬픈 아이가 끊임없이 다시 나타났다. 로마가 위기에 처했을 때 카이사르들의 꿈속에 나타났던 제국의 정령처럼, 종종 생각에 잠긴 듯한 이마를 가진 청소년의 모습으로. 드 브리쿨 부인이 세상을 뜨기 얼마 전에 세르주는 그녀의 꿈에 나타났다가 알방의 모습으로 바뀌었다. 이번에는 알방의 꿈에 나타났고, 이번에도 역시 그는 알방이었다. 왜냐하면 드 브리쿨 부인이 그에게 친근하게 말을 놓았고, 아들에게 종종 하던 말을 그에게 했으니 말이다. 어쩔 수 없이, 여기에는 다른 세계에서 온 무언가가 있었다. 그것이 두 존재를 하나로 만들고, 이러한 모습을 정당화했다.

알방은 사회가 두 종류의 사람들로 나뉜다고 생각했다. 방금 그가 울었듯이 한 번은 울었던 사람들과, 울음이 뭔지 짐작도 못하는 사람들. 이 구분은 똑똑한 사람과 바보, 고결한 사람과 죄를 지은 사람, 잘생긴 사람과 못생긴 사람, 부자와 가난한 자 같은 구분에 비견할 만했다. 똑같은 눈물을 흘려본 사람들은 언제나 서로 이해하는 방법을 찾아야만 한다—그러나 어쩌면 이 또한 꿈인지도 모른다.

오후에 그는 또다른 생각이 떠올랐다. 즉, 어느 순간부터 그의 어머니가 세르주를 사랑했다는 생각. 세르주는 그녀가 남편에게서, 연애 상대에게서, 그리고 아들에게서 놓쳤던 '남자'였다. 그러나 그에게서는 놓치지 않았다. 그는 희망과 가능성과 꿈의 남자였으니까. 무엇보다도 그녀는 그를 사랑했고 아들과 혼동했다. 그리고 그에게서 예전의 아들을, 이제는 남아 있지 않은 어린 소년의 모습을 다시 보았다. 그녀는 그를 사랑했다. 연한 무릎과 다른 세상의 윤곽을 지닌 어린애, 즐거움과 빛나는 애정으로 가득한 작은 짐승을 연인으로서, 어머니로서 사랑했다. 불현듯, 알방은 마침내 이해했다. 그녀가 그에 대해 말하며 사용했던 관능적인 표현, 그가 나타났던 꿈들, 그를 집으로 초대하길 바랐던 일, 마침내, 마지막 사건이 터진 이후 알방을 세르주의 품으로 밀어붙이던 놀라운 태도…… 이제 모든 게 너무도 분명해졌다! 먼저 학교와 가정 문제를 뒤섞는 일에 대한 혐오와 명예롭고도 터무니없는 그 '약속' 때문에 그가 놓쳤던 것이다. 세르주와 함께였다면 그녀는 알방과의 냉랭한 관계에서 비롯된 불행으로부터 벗어났을 것이고, 세르주와 알방 또한 '순결한 삯마차'의 힘만으로도 관계를 회복했을 것이다. 어머니가 세르주에게 잘해주길 얼마나 바랐던가! 비록 자신이 잘해줄 순 없었지만 말이다. 그러면 자신이 사랑하는 이를 사랑해주는 어머니를 얼마나 더 많이 사랑했을까!

이렇게 그의 어머니는 그를 사랑했고, 샹토를 사랑했고, 세르주를 사랑했다. 드 프라츠 신부와 그는 세르주를 사랑했고, 랭스부르는 드니를 사랑했고, 지부아는 봉봉을 사랑했다…… 모두가, 어린애든 어른이든, 그들 모두는 믿을 수 없을 정도로 사랑에 빠져 있었다. 사랑이 솟아올라 나뭇가지처럼 그들의 머리를 넘어 우뚝 솟았다. 사랑의 숲에서 자라

난 것들.

그는 놀라운 말을 떠올렸다. “지로드가 왜 너에게 돈을 주는데?” “날 기쁘게 하기 위해서지.” 작은 선물조차 금지되어 있던 파르크에서 그가 무엇으로 세르주를 기쁘게 했던가? 기쁘게 한 적이 전혀 없었다. 그래서 그는 슬펐다.

다음날, 그는 세르주의 소식을 묻기 위해 다른 교구로 배속된 드 프라츠 신부에게 편지를 썼다. 공손하고도 진심어린 호의가 깃든 편지였다. 그러나 그는 답장을 받지 못했다. 원한다면 편지가 사라졌다고 생각해도 된다.

1915년 여름, 덧창이 닫혀 있는 수플리에의 집을 보면서 알방은 지난 시절의 저녁 시간들을 떠올렸다. 세르주를 데려다주며, 그들은 얼마나 자주 아파트 건물 정문 앞을 오락가락했던가? 그들은 헤어져 집으로 돌아갈 마음을 먹지 못했었다. 작별 인사로 악수를 하고도 여전히 헤어질 마음을 먹지 못해, 그렇게 손을 잡은 채로 그대로 있었다. 그는 늘 잉크로 얼룩져 있던 그의 손, 잉크 냄새가 나던 손가락, 약간 짭짤한 맛이 나던 손바닥을 떠올렸다. 세르주의 손을 추억하자 그의 가슴은 물기를 머금은 스펀지처럼 부풀었다. ‘세르주, 나의 귀여운 세르주, 그 사랑스러운 손……’ 그리고 그는 과일 같은 그의 얼굴을 다시 떠올렸다. 어떤 날에는 약간 상한 과일 같고, 저녁나절 거리의 어둠 속에서는 환하거나 반쯤 밝아지는 과일 같은 얼굴. ‘내 갈증을 영원히 풀어준 어떤 얼굴을 위해 난 건배한 거야.’ 갈증은 절대로 사라지지 않음을, 특히나 감히 갈증을 해소하고자 하는 자에게는 더더욱 그렇다는 걸, 다행스럽게도 그는 알지 못했다.

그래서 순전히 즉흥적으로 그는 아파트 정문을 밀고 살그머니 들어가 계단을 올랐다. 밀려오는 감동으로 숨이 막힐 듯했다. 세르주가 매일 오르던 계단, 그리고 그가 사 년 동안 꿈꾸며 그리던 계단! 육층에 도착해서, 그는 복도에 잠시 서 있었다. 온몸에 전율이 일었다. 문, 바닥 깔개…… 풋내기 도둑처럼 심장이 두근거렸다. 마침내 그는 몸을 숙여, 세르주의 손가락이 눌렀던 초인종에 입을 맞추었다. 암사슴들을 위한 시간, 새끼 사슴들을 위한 시간.

1915년 가을, 왠지 모르지만 알방은 터무니없는 생각을 하게 되었다. 어느 날 아침 숲에서 승마를 하고 돌아오는 길이었다. 그는 부츠를 신고, 박차를 달고, 손에 든 채찍으로 부츠를 후려쳤다. 사냥용 넥타이에 사슴 이빨로 만든 핀을 꽂고, 온몸은 땀으로 젖은 채, 자존심 강한 군마의 강력한 기운을 내뿜으며 파르크의 수위실로 가서는 원장 신부와의 면담을 요청했다. 학교 건물의 정면 벽에는 최근에 적은 듯 보이는 낙서, 배신자 도데라는 글자가 쓰여 있었다. 보호 그룹은 사라졌지만 정치계의 바보들이 태연히 그 맥을 이어갔다.

그는 원장 신부에게 무얼 바라는 걸까? 자신이 퇴학당할 당시의 상황을 자기 식대로 이야기하려는 걸까? 아니면 졸업생 동창회장이 형편없는 녀석이라고 격한 표현으로 다시 얘기하려는 걸까? 알 수 없는 일이다. 잠시 후, 수위가 전화 통화를 하더니 원장 신부가 없다고 했다. 그가 방문 기록 카드에 몇 자를 적고 있을 때, 어느 사제가 대기실 홀로 이어지는 문을 반쯤 열다가 멈추었다. 당혹스러워하는 그의 모습을 보고 알방은 새 원장 신부임을 짐작했다.

"원장 신부님이신가요?"

허를 찔린 원장 신부는 그렇다는 뜻으로 살짝 고갯짓을 했다.

"이런! 저는 원장 신부님이 안 계신 줄 알았는데요." 그다지 온순하지 않은 어조로 젊은이는 말했다.

"젊은이에게는 없는 거나 마찬가지요." 원장 신부도 똑같은 어조로 대꾸했다.

알방과 가까워지려던 원장 신부의 노력은 이렇게 무례함 속에서 끝났다. 프라도 신부와 알방 사이에 있었던 상호 열정의 발로가 보기 흉하게 끝났듯이. 그럼에도 불구하고 알방은 승마 복장이 곁들여진 이 사건이 싫지 않았다. 어머니에게 이야기했다면 정말 재미있어했을 텐데! 그는 공공연한 모욕, 실패, 불화 등을 좋아했는데 이유는 간단했다. 다른 사람들 모두가 상처 받아도 그는 이러한 일로 조금도 상처 받지 않았기 때문이다. 그는 에픽테토스와 세네카를 읽었고, 그것도 제대로 읽었다. 독서는 그의 이런 성격을 더욱 강화시키기만 했다. 자신의 강한 힘을 확인하며 그는 만족스러웠다. 근육의 효과가 나타나기 시작했다.

1916년 여름, 알방은 우연히 만난 한 동문으로부터 세르주가 열여덟 살에 산악부대에 들어갔고, 전방에 배치된 지 몇 주 지나지 않아 모범적인 품행으로 훈장을 받았다는 소식을 들었다. 이게 반짝이는 수면 위로 떠오른 그의 마지막 소식이었다. '강렬한 추억을 남긴' 자는 이후 다시 수면 아래로 내려가, 바람조차 건드릴 수 없는 서늘한 저 깊은 곳으로 가라앉았다.

사람들은 어떤 집념으로만 움직인다. 집념이 없는 사제들은 습관에 짓눌린다. 드 프라츠 신부는 자신의 집념으로 무슨 일을 했을까? 이에

답하자면, 그는 집념이 갈망하는 일을 구체적으로 실행했다. 그에게 온당한 삶이란 자신이 좋아하는 것 속에서 살면서, 거기서 결코 나오지 않는 것이다. 혹은 그 삶의 가치를 좀더 분명히 느끼기 위해 밖으로 코만 조금 내놓거나. 드 프라츠 신부는 드 라 알 원장 신부에게 내려진 처벌로 큰 충격을 받았다—깊은 모욕감은 말하지 않더라도, 이 징계 때문에 가슴이 아팠다. 하지만 그의 내면에서는 이런 생각이 들었다. '그가 징계를 받았지, 난 아니야!' 그는 곤란을 타개하는 수완을 지닌 사람이었다. 언제나 멀리 내다보고 공을 들이는 그는, 늘 관심을 쏟으며 관계를 유지해오던 프리메이슨단 주교의 주선으로 모리방 지역 어느 촌락의 사제로 발령받았다. 파르르크에서 문제가 생기면 옮겨가려고 오래전에 이미 정착지로 선택해두었던 곳이었다. 이곳은 루시용의 보수파가 보수파를 선출하는 보수적인 지방으로, 정치에 대한 관심을 촉구하면서도 황금률을 준수함으로써 불미스러운 일에 엮이는 일이 없었다.

작고 낡은 방에 파묻혀 잠든 듯 고요하고 행복하던 그의 은둔생활은 군수뇌부의 고약한 처벌로 중단되었다가, 열 달 뒤 건강 문제로 재개되었다. 구 년의 은둔생활은 인간으로서의 영혼과 교양, 그리고 자신만의 '세상'에 대한 적응력을 지닌 드 프라츠 신부를 신경쇠약 직전까지 몰고 갔지만 그에게 시간은 꿈처럼 흘렀고, 여기서 그는 단 한 순간도 지루해하지 않았다. 자신을 드러내지 않으려는 그의 취향—이는 원장 신부와의 공통점이기도 했다—은 충족되었다. 자녀가 열둘, 열넷 되는 집이 그리 드물지 않은 지방에서 그는 자신의 일이 천직이라 생각했으리라. 그에게는 모터사이클이 한 대 있었고 이걸 타고 주 소재지의 젊은이를 돌보러 다녔다. 시합, 연극 공연, '가족 모임'을 주최하기도

했다. 모든 장소, 어느 곳에서나 사제복은 평민들에게—특히 아이들에게—성스러운 것이었다. 로만 칼라의 사제가—우아함은 진작에 포기한 채—나들이옷을 입은 농부의 아들들과 오후 시간 내내 당구를 치는 광경은 참 묘했다. 그로써 당구의 교육적 장점은 확인된 셈이다. 이때는 이미 드 프라츠 신부가 프레로들을 약간 무시하는 태도로 "자격 있는 학생들만을 위해 라틴어 교육을 잡아둔 건 잘한 일입니다" 하고 원장 신부에게 말하던 시절에서 시간이 한참 지난 때였다. 이 보조 수사의 삶에 비한다면 그가 파르크에서 영위했던 생활은 교회의 왕자와도 같은 삶이었다. 그러나 지금의 삶이 그의 모든 욕구를, 겸손의 취향을 포함한 모든 욕구를 채워주었다. 이 남자에겐 모든 오만함이 다 있었다—출신에 대한, 지성의 불신에 대한, 자신이 부당하게 걸치고 있는 사제복에 대한 오만함과, 돈에 대한 오만은 아닐망정 적어도 돈이 주는 이점에 대한 만족감을 느끼고 있었다. 이 네 겹의 오만은 거창하게 치솟았다가 겸손과 소박함 속으로 다시 떨어졌다. 하지만 자신을 잊은 건 아니었다.

그러나 모르비앙의 소년들은 그리 멋지진 않았다. 멋진 소년들은 파리에 있었다. 랭스부르처럼 예민하거나 브리쿨처럼 우아한 소년, 혹은 안경을 걸친 지적인 소년들을 말하는 게 아니다. 바로 섬세하면서도 피셀*한 파리의 프레로들 말이다. 나이로나 사회적 환경으로나 자신과는 매우 다른 사람들과 밀접하게, 그리고 오로지 그들하고만 오랜 기간 지내다 보면 영향을 받지 않을 수 없다. 가장 늦된 자가 가장 발달한 자

* '피셀(ficelle)'은 교활하다는 의미의 당시 파리 사람들의 용어. (원주)

를 물들이게 된다. 다소 투박한 시골 개구쟁이들과 구 년을 함께하는 동안 드 프라츠 신부의 정신은 약간 편협해지고 많은 부분이 약화되었다. 어떤 호기심도 없는 교양, 그는 자신의 교양으로 살아갔다. '젊은이'들만을 돌보고, 그들을 즐겁게 해주고, 그들로부터 사랑받고, 그들에게 도움을 주는 일에만 몰두했다. 그는 그리스도인이 아니었기에 이 유일한 관심사가 그리스도교 사도의 직분에 의해 밀려나는 일은 물론 없었다. 관심은 도덕주의에 의해 밀려나는 대신 오히려 드높아졌다. 나중에 이에 대해 더 이야기하겠다. 사실 신부의 도덕주의는 그가 지핀 희미한 불에 의해서만 드러났는데, 그 불의 핵심은 영적인 것도 정신적인 것도 아니었다. 그렇기 때문에 그가 파리로 다시 돌아가고자 했다면, 오로지 프레로들을 위해서였다. '늙은 남자'—어쨌든 한 남자—는 죽은 듯했고 정말로 죽었다. '영혼의 비극을 떠맡아, 비극에서 구해내는 일뿐만이 아니라 비극을 유발하는 일까지 맡았던' 파르크의 남자, 소란과 멋진 게임의 애호가, 브리쿨·수플리에 사건의 남자. 모르비앙에 이어 파리 서부 외곽 지역으로 떠날 때도 신부는 생명력을 좇지 않았다. (원장 신부는 말했었다. "평민은 생명력입니다.") 그보다 그는 평온함을 좇았다.

경찰 조사에 따르면, 센에우아즈는 프랑스에서 근친상간이 가장 많이 일어난 지역이다. 물론 드 프라츠 신부는 근친상간과는 아무 관계가 없다. 그럼에도 불구하고 그가 선택한 지역이 시시한 곳은 아니라는 얘기다. 1923년, 마흔다섯 살이 된 드 프라츠 신부는 프리메이슨의 중재 없이 '자유 사제'로서 이 시범 지역의 본당에서 사역을 할 수 있게 되었다. (자유 가톨릭, 자유 교직, 자유 직책, 자유 사제, 이 이야기에서 우리는 얼마나 많은 자유를 만났던가!) 시범 지역은 특수성의 측면에서 제일이었음에도 불구하고 모르비앙처럼 보수적인 곳이었다. 드 프라츠 신부는 자신의 열정을 위해 역시 내면의 평화에 유리한 둥지를 선택했다. 그리고 모르비앙과 마찬가지로 따뜻한 과거의 냄새가 나는 센에우아즈는 (강렬한 태양 등등과 함께) 이 극단적인 무신론자의 마음을 달래주었다. 그는 독채를 하나 사서 자신의 거주지이자 본당 후원회의 새 공간으로 활용했다. 그리고 꺼져가던 청소년 후원회를 맡아 자신의 열정과 재원*으로 다시 불을 지폈다. 이곳의 주임인 프로제 신부 또한 드 프라츠 신부가 오래전에 선택한 사람으로 이 일에 반드시 필요한 존재였다. 이해심 많고 이상적인 반골에 평생 무엇이건 숙고해온 사람. 어디서든 그의 모르비앙은 다시 시작되었다.

드 프라츠 신부는 이 축복받은 안식처에서 십칠 년을 보내며 소중한 새 소년들을 위해 한없는 헌신으로—예의 헌신으로—봉사했다. 브르타뉴에서와 마찬가지로 여기서도 이 남자가 세상에서 품은 전적인 야망은 평민의 아이들이 어른이 되어 그에 대해 이렇게 말하는 거였다. "오! 신부님은 정말 멋진 남자야!" 이보다 좋은 일은, 그에게 한 번 이상 일어났던 일이기도 한데 "저에게 신부님 같은 아버지가 있으면 얼마나 좋을까요" 하는 말을 듣는 것. 믿을 수 없을 정도로 하찮고, 거의 우스꽝스러워 보일 수 있는 야망이지만, 그에겐 아니었다. 왜냐하면 이것은 열정에서 비롯된 야심이었기 때문이다. 이따금 스물다섯이나 서른 살 먹은 앙드레나 로제가 솜털이 약간 난 손가락에 굵은 약혼반지

* Braise. 돈을 뜻하는 프랑스 은어. (원주)

를 끼고 초인종을 눌렀다. 모르비앙의 아기 천사들 중 하나였다. 그러면 그다음날에는 신부의 후한 축하금—"아기는 소중하니까요"—을 받아 더 좋은 아기 배내옷을 마련한 에르드방이나 라르모르의 젊은 여자가 매우 부끄러워하면서도 신부에게 아름다운 편지를 보냈다. 로제 이야기를 하자면, 그는 열 살 된 아들을 데리고 와서 방학 동안 신부에게 맡겼다. 원하지 않는 건 제공되고 죽도록 원하는 건 잔인하게 거절된다는 게 인간사 불변의 법칙이건만, 삶은 신부가 지상에서의 운명을 완수하는 데 필요한 쪽으로 그의 손을 잡고 이끌어주었다.

해가 갈수록 신부는 주변에 어둠을 쌓아갔다. 그는 소중한 소년들만 빼고는 모든 사람들과 관계를 끊었다. 정치적 요직에 자리잡은 두 인물과 친애하는 프로제 신부는 예외였다. 그들은 종종 서로의 집에서 저녁식사를 함께 했다. 그때만 그는 담배를 피우고 보졸레 포도주를 마셨다. 사제로서의 삶을 사는 동안 그는 결코 공개적으로 담배를 피우지 않았고, 식당에서도 일반적인 포도주 이상은 마시지 않았다. 사제로서의 본분을 지켜야 한다는 생각으로 스스로에게 매우 까다롭게 많은 걸 요구했다. 프로제 신부는 대화중 종종 자신의 습관적인 주제로 되돌아가곤 했다. 즉 사제의 소명을 가진 사람을 찾아보기 힘들어졌다거나 미사에 참여하는 남자들의 수가 점점 줄고 있다거나 등등…… 그런 말을 들으면 드 프라츠 신부는 충격을 받고 자리를 떴다. 자신은 믿음이 없어도 남들의 믿음이 사라지고 있다는 말을 들으면 고통스러웠고, 종교에 대해 나쁘게 말하는 것 또한 견딜 수가 없었다.

그가 속인이었다면 무시받으며 살았을 은둔지에서 그는 사제였기 때문에 존경받았다. 어느 관점에서 보더라도 그가 사제직을 선택한 건 잘한 일이었다! 심혈을 기울여야 했던 항해의 종착지에 이르러 신부는 매우 세속적인 생각을 했다. "내 인생은 얼마나 성공적인가!" 언젠가 프라도 드 라 알 원장 신부가 했던 말 "지나가는 이 삶에 너무 깊숙이 발을 들여놓지 마십시오"에 대한 간접적인 응답에 지나지 않았을 뿐이지만 말이다. 그는 더욱 그렇게 생각하는 방식—파르크의 방식—에 익숙해져, 십자가의 성 요한의 말을 되풀이하며 흡족해했다. "인생의 황혼에 이르러 여러분은 사랑으로 심판받을 겁니다." 그리고 삶이 끝나간다는 불안을 진정시켜줄 생각을 찾는 나이가 되자, 그는 언제나 이 말로 되돌아갔다. "내 인생은 얼마나 성공적인가!" 드 프라츠 신부에게 완전히 동의하지 않을 수도 있다. 하지만 그의 의지가 보여주는 놀라운 통일성에는 감탄이 절로 나오리라. "여자와 사는 남자는 자아가 분열되어 있다"고 어느 그리스도인 작가가 말한 바 있다. 드 프라츠 신부는 이중적이었지만 분열되지는 않았다. 그는 단일한 존재였다.

어린 시절 조숙했다면 노년 또한 조숙하지 않을까? 남들보다 좀더 일찍 출발했다면 남들보다 먼저 도착하는 건 당연한 일 아닐까? 드 프라츠 신부는 어린 시절 매우 조숙한 아이였다. 그래서 이른바 '노년의 습격'이라는 현상이 매우 일찍 들이닥쳤는지도 모른다. 예순셋에 그는 심한 피로감을 느꼈고, 기억력이 나빠졌고, 물건들을 잃어버리고, 베레모를 썼고, 정신이 약간 혼미해졌고, 이따금 용기를 잃었다. 그는 줄곧 변명을 했다. 그리고 예전에는 피했던 카드놀이 친구들과 다시 어울리려 애썼다. 바로 얼마 전까지만 해도 "친애하던 선생님"이라고 부르던 사람들을 "친애하는 친구"라고 불렀다. 그는 할말도 없으면서 사람과의 접촉이 필요해서 끊임없이 전화를 해댔다. 그럼에도 소년들과 있을 때는 몸을 다시 곧추세우고 발도 끌지 않았다. 하지만 쉰다섯 살이 넘은 남자는 더이상 멋진 소년들을 돌보지 말아야 한다는 사실을 이미 수년 전에 깨달은 터였다. 그들과는 서로 너무 다른 세계에서 살고 있었다. 이를 그는 어느 날 한 소년과 '공놀이'를 하다가 깨달았다. 신부가 여러 차례 공을 놓치자, 그 소년은 점점 그에게 보내던 공을 줄이더니 나중에는 그들을 지켜보던 다른 소년에게 공을 보냈다. 한동안 세 명이 했지만 어느새 첫번째 소년은 신부를 무시하고 두번째 소년하고만 공을 주고받고 있었다. 이때 신부는 깨달았고, 더이상 공놀이에 끼어들지 않았다.

드 프라츠 신부의 수수께끼 같은 회심과 조용한 죽음

그래도 자신의 삶이 끝나감을 느끼면서 신부는 전보다 더욱 다정스럽게 아이들을 사랑했다. 그는 아이들을 행복하게 하는 데에서 점점 더 많은 기쁨을 느꼈다. 그리고 어느 순간, 이삼십 년 전 자신이 '당시 소년들'에게 덜 다정했다는 생각이 스쳤고, 그랬던 자신에 놀라기도 했다(수플리에를 향한 견고한 사랑과 그와 유사한 또다른 경우를 제외하고는). 많은 사람들이 그렇듯, 나이가 들면서 그는 부드러워졌다—반대로 냉혹해지는 사람들도 있지만. 소년들은 결코 그의 뜻을 거스르지 않았고, 결코 무례하지도, 질투하지도 않았다. 언제나 유순했고, 특별하게 친절하지는 않았지만 늘 착했다. 그는 그들을 위해 좀더 많은 일을 하지 않았던 걸, 보다 주의를 기울여 그들을 지도하지 않았던 걸 후회했다. '머지않아 나는 죽을 테고 그들은 살아 있겠지. 그때 날 어떻게 생각할까?' 그는 그들이 여전히 자신을 지지하는 데, 자신의 사제복이나 나이, 돈, 이름 때문에도 자신을 미워하지 않은 데, 요컨대 자신과 그들 사이의 큰 격차가 전혀 느껴지지 않게 해준 데 고마워했다—그렇지만 때때로 그는 생각했다. '그들의 나이 때에는 모든 게 매우 강한 인상을 남기지. 나는 그들에게 어떤 인상으로 남고, 그들이 성인이 되어서는 어떤 인상으로 남을까?'

이때, 수년에 걸쳐 자신이 당한 부상을 과장해온 전쟁 부상자들에게 생기는 일이 그에게도 일어났다. 요컨대 전쟁 부상자들에게는, 그들이 수없이 교묘히 가장했던 가짜 통증 대신에 진짜 요통이 나타나는 법이다. 무엇보다도 세 가지 사실이 그가 사십 년 넘게 아주 이상한 것으로 취급했던 신과의 화해로 이끌었다(때는 1937년 말이었다).

외부의 그리스도인이 어떻게 화해를 시작했는지, 그 과정은 다음과 같다. 한 젊은이가 강도 행위로 오 개월 구류를 치르고 가석방되었다. 재판받기 전날 그는 신부를 방문했다. 그가 다시 떠날 때, 신부가 그를 포옹하며 말했다. "신께서 자네를 지켜주실 걸세!" 물론 이건 사제로서의 말이었다. 전에 하곤 했던 "귀군을 위해 기도하겠습니다"라는 식의, 거의 예의상일 뿐이던 말은 하지 않았다. 그는 진심이었고, 무엇보다도 격정적이었다. 그가 이와 같은 말을 격정적으로 한 건 정말 처음이었다. 성인이 된 이후 종교적인 감정을 모두 버리고 그 사실을 감추지 않던 그였기에, 신부의 말은 그만큼 더욱 놀라웠다. 이 말은 하나의 예고였다.

드 프라츠 신부를 종교와의 화해로 이끈 '세 가지 사실'은 무엇일까? (앞을 보라.)

첫째는 감사하는 마음이었다—그렇다, 소중한 소년들에게 감사하는 마음처럼. 예순세 살의 이 남자는 자신이 평생 살아온 삶이 젊은 시절 꿈꾸었던 삶과 똑같다는 걸 깨달았다. 견본과 똑같이 만든 모자처럼. 그리고 그는 자신이 단 한 번의 정신적 '시련'도 겪지 않았다고 생각했다(어찌되었든 그에게 그리스도교적 갈등이 없었던 건 아니었다. 하지만 결국 그가 수플리에 사건을 시련으로 여기지 않는 점은 눈여겨볼 필요가 있다……) 저속한 사람들은 무언가를 요구할 때 신을 생각한다. 더 나은 사람들은 감사하는 마음이 들 때 신을 생각한다. 드 프라츠 신부는 누군가에게 감사하고 싶어 참을 수가 없었다. 하지만 감사해야 할 대상이 없었다. 어쩌면 그는 소중한 소년들에게 감사할 수 있었고, 감사해야 했고, 또 그렇게 하지 않을 수 없었을지 모른다. 평생 소년들을 향해 온 그의 삶은 은총의 찬가였으니까. 그가 미소를 띠지 않은 채 떠올리는 소년들도 있었지만, 작은 방의 벽에 붙어 있는 그들의 사진은 당연히 밤낮으로 작은 전등으로 밝혀질 만했다. "나는 왕국의 열쇠를 손에 쥐고 있었는데, 그걸 내 손에 쥐여준 건 바로 그들이었다. 즉 그들, 그리고 내가 믿지 않는 이 종교였다." 그는 종종 이 말을 혼잣말로 되풀이했다. 그러다가 그들이 아닌 다른 무언가에 감사할 필요를 느끼게 되었다.

신께서 우리에게 이 평화를 내려주었다. 이 기나긴 행복을 그에게 허락한 이는 바로 신이 아닐까? 그리고, 일생 내내 사내아이들 속에 푹 잠겨 살았던 삶은 조금도 고행 같은 면이 없으면서도 뭔가 그런 향기를 풍겼다. 이 점이 혼란을 일으켰고 영혼의 평화를 방해했다. 그는 결코 신앙을 갖고 싶다는 욕망을 느껴본 적이 없었다. 그 욕망이 번개처럼 뚝 떨어졌다면 그는 진작에 모욕감을 느꼈으리라. 그는 자신이 신앙심이 깊다고 상상할 수는 있어도, 반항하는 이성이 조금도 없는 신자라고는 상상할 수 없었다. 그런데 하피즈(먼 옛날 페르시아의 이야기꾼)의 고양이는 자고새들을 안심시켜서 보다 편하게 잡아먹기 위해 목에 묵주를 걸었다. 이렇게 드 프라츠 신부가 평생 걸고 있던 묵주는 결국, 어찌되었든 그에게 자국을 남겼다. 너무 오랫동안 목에 걸어둔 목걸이 때문에 목털이 빠져버린 고양이처럼. 그리고 이 흔적은 노예의 목줄 자국과 비슷해졌다.

이렇게 그는 사십 년 동안 그 의미를 생각하지 않고 반복했던 성스러운 말들에 어떤 의미—그리스도교적 의미—를 주려고 노력했다. 그는 잊고 싶은 우스꽝스러운 코미디를 상기시키는 자신의 글들이 실린 계간지 『살아 계신 신』의 몇몇 호들을 버렸다—파르크의 선후배 모두의 특성이던 변함없는 양심이 그의 내면에 여전히 남아 있었던 것이다. 머지않아 모든 게 끝날 것이다. 신이 있다면, 그리고 그 신이 그리스도인들의 신이라면, 아마 신앙의 행위가 그를 구원할 것이다. 설혹 신이 없다 해도, 이 신앙의 행위가 그에게 무슨 부담을 지우겠는가? 자기 자신과의 화해는 결국 누구를 위한 걸까? 임종 순간의 자만심은 물러가라! 정말이지 그 유명한 문장, "주여, 저는 믿습니다! 의심하는 저를 도우러 오소서"는 특히 그를 위해 쓰인 듯했다. 일생을 곡예(지적으로는 아니더라도 적어도 언어 차원에서의)를 부리며 보낸 그는, 역시 곡예를 통해 마지막 시련에 다다를 준비가 충분히 되어 있었다. 게다가 늘 숙고할 필요가 없다고 여겨온 걸 신중하게 생각해보기에는 너무 늦었다. 어쩌면 이제는 지성으로 숙고하기에 충분히 명철한 정신이 없는지도 모른다. 믿고자 하는 의지가 필요했다. 그는 그걸 원했다. 이게 믿는 것일까, 아니면 반쯤 믿는 것일까? 우리는 그가 반쯤 믿는 사람들에게서 스스로의 모습을 발견한다는 걸 안다. 또한 그가 신비한 작용을 좋아한다는 것도. 그리고 그리스도인의 신은, 혹시라도 존재한다면, 신비한 작용을 좋아한다.

감사하는 마음이 그를 '믿음'으로 이끈 유일한 감정은 아니었다. 죽어가는 모든 존재가 그러하듯 방어 본능의 공백이 그를 그쪽으로 기울어지게 했다. 이미 얼마 전부터 그는 편지글을 맺을 때, 혹은 방문객과 작별인사를 할 때 "나를 위해 기도해주세요"라고 했다. 그때까지 살아오며 그가 하지 않던 말이었다. 이는 신앙의 언어이기 이전에 일종의 약자의 언어였다. 이십오 년 전 파르크 시절, 그는 계간지 『살아 계신 신』에 처벌받은 사제들에 관한 글을 써 보냈다. 성 토마스가 한 말에서 영감을 얻은 글로, 즉 저주받은 사제도 여전히 성직자의 빛을 발하고 있어서 주변으로 악마들이 모여들고, 그 악마들은 자신들이 범접할 수 없는 그리스도에 대해 품고 있는 증오심을 그에게 퍼붓는다는 내용이었다(사실, 이런 식으로 지옥을 맞이한다면 지옥에 떨어질 필요도 없다). 정신을 자극하는 이 대목은 드 프라츠 신부의 정신 또한 더욱 자극했다. 그는 이 모든 내용 중 단 한 마디도 믿지 않았고, 심지어 지옥에 떨어지는 사제들이 있다고 가정한다 해도 자신과 그들의 공통적인 면은 전혀 없다고 생각했다. '내가 지옥에? 거참 기대되는군!' 이 주제에 관해 여러 차례 설교할 필요는 없을 것이다. 유다의 죄는 그리스도가 자신을 용서하리라는 걸 믿지 않았다는 데 있다. 원장 신부가, 그다음엔 프로제 신부가 그에게 충분히 이야기했다. "선한 신께서는 당신을 사랑하십니다." 마지막 순간에 그는 뜻밖에도 이 말을 받아들였다. 게다가 『살아 계신 신』의 편집장은 그의 논고가 "매우 곤란하다"고 그 글을 거절하면서, 오늘날 어떤 사제도 저주받지 않았다고 말하지 않았던가? 성 토마스와 악마들은 꺼져버려라! 그렇다면 교회는 파문당한 사제들을 매장하지 않는다는 말인가? 그에게 나약함이란 사후를 두려워하는 자의 나약함이 아니라, 여전히 삶을 두려워하는 자의 나약함이었다.

그는 재기 넘치는 사람이 사회를 기만하며 느끼는, 거의 환희에 찬 만족감을 여러 차례 느껴왔다. 어떤 상황에서든, 그는 사회를 얼마나 잘 속였던가! 그중에서도 가장 교묘한 면은, 속아넘어간 권력을 자신을 위해 이용했다는 점이다. 하지만 너무 극단적이라 그는 약간 두려워하지 않을 수 없었다. 몇몇 도전을 받기도 했지만, 이 단호한 남자에게는 별일 아니었고 쉽게 넘겼다. 그러나 이제는 그의 정신도, 성격도, 신체도 그런 일을 더이상 견딜 수 없었다. 그의 내부에 자리잡은 무장해제된 무언가로 인해 그는 거의 두려울 지경이었고, 적에게 저당잡히기를 꺼리지 않았다. 사회는 정말로 적이었고, 교회는 적이자 친구였다. 랭스부르가 인간적인 따뜻함, 또는 순수한 애정이 필요해서 가톨릭 공동체를 다시 찾았다면, 드 프라츠 신부는 보다 평화롭게 죽음을 맞이하기 위해 가톨릭 공동체를 찾았다. 죽기 전의 평화로운 한순간, 그건 사소하지 않다. 이 집단으로 들어가기 위해 그는, 예를 들어 신을 믿는 문제 등에 대해 어느 정도 양보할 준비가 되어 있었다. 그리고 모든 일이 일종의 안갯속, 말하자면 꿈속에서 일어나기 시작했다. 회심은 이 꿈의 일부였다. 그는 아르스 신부의 글을 읽었다. "사제는 오직 하늘나라에서만 스스로를 이해할 수 있다." 그는 스스로와 타협하기 위해 하늘나라를 기다렸다.

때 이르게 쇠약해진 이 모습을 두고 혹자는 드 프라츠 신부의 이중,

삼중의 위선 때문에 일찍 나타났다고 말할 것이다. 그는 학교 당국을 지지하는 척하며 보수주의를 고수했고, 젊은이들과 올바른 관계를 유지하는 척했지만 비스듬히 어긋나 있었고, 신의 종이었지만 신을 믿지 않았다. 그런데 흔히 말하듯이, 또는 반대로, 이중적인 태도는 정신을 자극해 지성과 경계심을 활기차게 하고, 거기에서 오는 즐거움을 부추겨 결국 청춘의 연장을 보장해주는 것 아닐까? 우리는 이것이 사람마다 다른 문제이며, 드 프라츠 신부가 늙은 건 이중성 때문이 아니라고 생각한다. 그러나 겉보기에 신앙인이라 여겨지던 사람이 정말로 신앙인이 되면서 그 이중적인 모습 중 적어도 하나가 사라지게 된 걸, 그는 싫어하지 않았으리라.

그를 '회심'으로 이끈 세번째 사실은 놀랍지 않을 수 없다. 1936년, 신부는 그의 집안일을 해주던 일련의 여러 남녀를 결혼하지 않은 일흔 살 폴란드 여성인 스니에이코프스카로 교체했다. 그녀는 1932년에 정치적 이유로 조국을 떠나 파리에 살면서 폴란드어, 러시아어, 독일어 번역 일을 했다. 일주일이 지나자 그녀는 다른 사람이라면 삼 년, 또는 삼십 년 뒤에나 보여줄 충실함으로 그에게 봉사했다. 아울러 타고난 종교인인 그녀는 무종교를 있을 수 없는 일로 보았고, 철저히 예식을 지키며, 매일 아침 영성체를 했고, 편협함 없는 깊은 신앙심을 보여주었다. 드 프라츠 신부는 모범적인 원장 신부 곁에서 지냈었고, '회심' 이후에는 특별히 열성적인 본당의 동료들을 다시 찾았을 뿐 아니라 매우 훌륭한 사제인 프로제 신부와 친밀하게 지냈다. 그럼에도 불구하고 스니에이코프스카의 경우는 다른 문제였다. 나치의 위협이 점점 커지면서 폴란드뿐 아니라 양상이 약간 다를지라도 프랑스에서도 그리스도인들에 대한 박해가 일어났음에도, 스니에이코프스카는 기대와 희망 속에서 신앙을 점점 견고하게 다져갔다. 그녀가 보여주는 다른 시대와 다른 세계에 속한 그리스도교에 드 프라츠 신부는 저항할 수 없이 매료되었다. 그는 스니에이코프스카를 이해하지 못하면서도 그녀에게 사로잡히고 빠져들었다. 그녀가 사제의 진실을 의심하지 않고, 정직하게 있는 그대로의 자신으로 사는 데 만족하며 개혁자나 본보기가 되려 하지 않는 만큼 더욱 그랬다. 모로코 사람들에 따르면 연로한 노인이 매일 알몸으로 아주 어린 소년이나 소녀와 함께 잠을 자면 그 싱싱한 육체의 기운이 노인에게 배어들고, 그럼에도 아이의 기운은 매우 왕성하기 때문에 줄어들지 않는다고 한다. 스니에이코프스카와 함께 지내면서 드 프라츠 신부는 풍요롭게 넘쳐흐르는 그리스도교에 배어들었다. 마치 지금까지는 그의 삶에 그리스도교가 도래하지 않았던 것만 같았다. 그녀는 그의 살림을 맡았고, 얼마 지나지 않아서는 그의 영혼도 맡았다. 어린아이들의 남자는 늙은 독신녀의 손길 속에서 마지막을 맞이했다. 또한 그녀는 어린아이가 아닌 사람들 모두에게 시달려 피곤한 드 프라츠 신부의 일을 덜어주기 위해 본당 일도 도왔다.

이렇게 그는 어둠에서 나와 빛을 향해 몸을 일으키려 애썼다. 희망이 빛이라면, 모든 것에 빛과 어둠이 있다면 말이다.

보다 신중한, 적어도 (당연하게도) 요란스럽지 않다는 장점이 있었던, 모색과도 같은 이 회심 이후 열여덟 달이 지난 시절인 지난 1940년 5월 6일 금요일, 저녁식사를 마친 드 프라츠 신부는 선배들이 후배들을 위해 일종의 저녁 수업을 하는 '공부 모임'을 보러 가고 싶지 않았다. 그가 소년들을 보지 않으려는 건 처음 있는 일이었다. 소년들을 보려 하지 않는다니, 자신의 인생은 끝났다고 그는 생각했다. 이러한 무기력 말고는 특별히 느껴지는 게 없었다. 그는 서랍장 위에 놓인 신문의 만화, 〈황금 발의 모험〉을 보고 있었다. 어린이를 위한 만화인 듯했는데(한번은 스물세 살짜리 청년의 손에 들려 있는 걸 보기도 했지만) 바로 얼마 전, 열 살쯤 되는 아이가 이걸 그에게 내밀며 말했던 것이다. "읽고 싶으시면, 자, 받으세요……" 스니에이코프스카가 〈황금 발의 모험〉을 버리려 하자 아이는 말렸다. "안 돼요, 그냥 놔두세요. 너무 재밌어요!" 너무 재밌다고? 그 말 또한 그를 감동시켰다. 그러나 신문을 보고 있는 지금, 만일 그녀가 그걸 버리려 했다면 그는 내버려두었을 것이다. 그가 종부성사를 받기로 마음먹었던 건 바로 이러한 감정, 혹은 감정의 부재 상태에서였다. 그의 마음이 소년들에게서 떨어져나왔다는 사실이 그에게는 죽음의 예고였던 걸까? 아니면 그 사실로 인해 죽음이 결정된 걸까? 마음 내키는 대로 생각할 일이다.

프로제 신부가 그에게 종부성사를 해주었다. 종부성사를 하는 이 호인의 입가에는 종종 미소가 지어졌다. 드 프라츠 신부의 구원을 의심하지 않는 만큼, 드 프라츠 씨의 구원 또한 그에게 조금도 의심의 여지가 없었다. 드 프라츠 신부는 파스칼의 글 속 예수의 말씀을 비틀어 예수가 파스칼에게 이렇게 말하는 모습을 상상해보았다. "내가 네 안에 없다면 너는 나를 찾지 못할 것이다"(젊은이들에게 '선생님'이라 불리는 이들은 젊은이들에게 이 말을 해줘야 할 것이다). 두 신부 모두 원장 신부와 같은 생각이었다. 드 프라츠 신부는 결국 교회에 충실히 봉사했다. 프로제 신부는 많은 걸 이해하고 있었지만 거기에 중요한 의미를 부여하지 않았다. 내 부르짖음이 주께 이르게 하소서, 하고 드 프라츠 신부가 말했을 때, 죽어가는 자의 내면에 하나의 문장이 떠올랐다. "나는 믿지 않습니다." 그러나 그는 그렇게 말하지 않고 신앙의 문장을 말했다. 그리고 프로제 신부가 저희가 청하오니, 주여 보아주소서 하고 말했을 때 그는 이런 생각을 했다. '만일 내가 소리 높여 "나는 믿지 않습니다"라고 말한다면 프로제 신부는 뭐라 할까? 아무 말도 하지 않겠지. 이번에야말로 정말 그는 미소를 짓겠지. 그리고 가엾은 사람, 벌써 정신이 떠났군 하고 생각하며 말하겠지. "무슨 소린가요, 당신이 선한 신을 믿는다는 건 당신이 잘 알잖아요. 자, 나와 함께 해보세요. 한 분이신 주님을 믿나이다……"' 그러면 드 프라츠 신부는 순순히 사도신경을 읊을 것이다. 마음을 다해서. 그거야 물론 그가 믿기 때문이고, 친구와 함께 기도문을 읊는 게 기쁘기 때문이다. "종교는 삶을 돕기 위한 것이 아니라 죽음을 돕기 위한 것"이라고 원장 신부는 말했다. 누가 알겠는가? 어쩌면 마침내 그의 핏속에 신앙이 흐르고 있을지 말이다.

원장 신부가 처음으로, 그리고 유일하게 그에게 입을 맞춘 건 그와의 면담이 끝났을 때였다. 그때 그리스도인이 되었을 거라고 그는 생각했다. 중세의 기사 서임식이 기사를 만들듯이, 그 입맞춤이 그를 그리스도인으로 만들었다. 그때 원장 신부가 특별히 언급했던 '차원'으로 그는 들어섰다. 신앙이 없던 그에게 입맞춤을 한 일은 첫번째 신비한 작용이었다. 그리고 두번째 신비한 작용은, 이 입맞춤을 통해 그가 그리스도인이 된 일이었다. 어쨌든 지금의 그는 그렇게 생각했다. 설령 무신론자라 하더라도 드 프라츠 신부는 그리스도교의 비이성 속에서 언제나 편안했다.

그는 이미 오래전에 유서를 작성해두었다. 상당한 액수가 스니에이코프스카에게 돌아갔고, 나머지는 프로제 신부에게 주어 후원회와 소교구의 성당을 위해 쓰게 했으며 특별히 몇몇 작은 기부도 했다. 그의 상속자들이 그에게 매달렸다.

그다음날, 그는 한층 기운이 없었고 여전히 냉담했다. 이상하고 신비스러운 조우. 그 역시 드 브리쿨 부인처럼 마음을 닫고 죽을 것인가? 스니에이코프스카가 상급생 소년을 올려보내도 되겠느냐고 그에게 물었다. 그는 어린이가 죽어가는 사람을 보아서는 안 된다며 거절했다. 안락의자에 앉은 그의 시선은 방안의 벽에 고정되어 있었다. 벽은 기묘한, 적어도 그 많은 수만으로도 기묘한 일단의 사진들로 뒤덮여 있었다. 영성체하는 소년들, 스카우트 소년들, 축구 선수들, 캠핑 간 소년들, 어깨를 나란히 하고 선 육상부원들, 또는 콜레주 공식 사진기사가 찍은 단체사진—대략 사백 명가량(이중 세 장에만 수플리에의 모습이 담겨 있었다)의 소년들이 있었다. 그의 사제복으로 의미가 생기는 대가족, 사제복 없이는 이 가족에 어떤 의미도 부여할 수 없었다—그리고 사제복을 입은, 두 성직자가 있었다. 모든 사진들이 원장 신부의 사진 한 장을 중심으로 원을 그리고 있었다. 드 프라츠 신부는 원장 신부에 대해 언제나 애정어린 존경심을 늘 간직하고 있었다—그는 특히 원장 신부의 반짝이는 순수함을 사랑했다—뜸하긴 했어도 그들은 서로 서신을 주고받았었는데, 서신이 뚝 끊긴 지도 이제 칠 년이 되었다. 그리고 라테라노의 목자 예수를 찍은 커다란 사진. 열네 살, 축구 선수처럼 넓적다리를 드러낸 모습이었다. 이 사진들을 보면서도, 그는 사진들이 거기 있다는 것 외에 아무것도 느끼지 못했다. 탁자 위에 놓인 작은 조가비 문진이나 사진들이나 다를 바가 없었다. 사진을 붙일 때는 그것들이 평생 잊을 수 없는 일들을 떠오르게 하리라 생각했었다. 하지만 그 잊을 수 없는 일들이 그에게 더이상 떠오르지 않게 된 지 이미 오래였다. 그는 생각했다. '사십팔 시간 전에 죽었어야 했다. 그때 내겐 아직 사랑하는 마음이 있었는데. 이런 모순 속에서 죽어야 하다니!' 그리고 그는 알방이 퇴학당하던 날, 자신의 앞에서 내뱉은 똑같은 말을 떠올렸다. "안 돼요! 이건 너무 부당해요!" 더이상 사랑을 느끼지 않으며 죽는 걸 몹시 기뻐했던 드 브리쿨 부인과는 상반되는 생각이었다.

"왕이 그토록 일했던 어두운 방으로 새벽의 서광이 비치고, 그의 왼편에 있는 성당에서 성가대의 아이들이 아침 미사를 시작할 때, 그(필리프 2세)는 죽었다." 다음날인 일요일 세시에, 전날과 마찬가지로 안락의자에 앉아 있던 드 프라츠 신부가 몸을 일으켰을 땐, 미사도 노래도 없었다. 그러나 살짝 열린 창문을 통해 청소년 회관의 안뜰에서 서로 불평을 쏟아내는, 말하자면 항의하는 사내아이들의 소리가 들려왔다. 프랑스에서 사내아이들끼리 하는 경기는, 축구 시합이든 공차기든 공놀이든 무엇이 되었든, 경기 자체보다 불평하고 투덜대는 게 주된 일이기 마련이다. 들리는 말 중에 알아들을 수 있는 단 한 마디는 "닥쳐!"뿐, 나머지는 새된 트림이었다. 트림이 오랫동안 시간을 끈 뒤에 나오면, 눈물이 나면서 편안해지고, 더불어 다시 기운이 난다. 이제 마음의 고갈이 끝나고 그는 다시 사랑을 느꼈다. 그가 말했다. "저의 주님, 감사합니다! 바로 지금이 죽어야 할 때입니다. 다시 한번 돌아갈 수 있으면 얼마나 좋을까……" 그는 또 이렇게 말했다. "내가 제때 그들을 즐겁게 했던 건 얼마나 잘한 일인가! 지금이라면 너무 늦었을 것이다."

그는 스니에이코프스카를 불렀다. 그녀는 그가 침대에 눕는 걸 도왔다. 그녀가 말했다. "신부님은 저녁 예배중이세요. 하지만 투브냉 신부님은 오실 수 있을 거예요." 그가 대답했다. "그럴 필요 없어요. 신께서 저를 아십니다." 그 또한 원장 신부처럼 신앙의 행동을 하지 않는가!

스니에이코프스카는 신부가 동료를 보지 않으려 하는 데에 그다지 놀라지 않았다. 신께서 신부를 아시며, 또한 그를 훌륭한 사제로 아신다는 걸 그녀는 조금도 의심하지 않았다. 그리고, 오직 자신만이 죽어가는 그를 지켜보고 있다는 사실이 기뻤다.

소년들의 공이 신부의 창문에서 멀지 않은 건물 벽을 후려쳤다. 스니에이코프스카는 화가 나서 일어나 창문을 열고는 조심하라고 고함을 쳤다. 신부가 그녀를 만류했다. "공을 언제나 정확하게 찰 수는 없죠." 창문틀 안으로 들어온 무채색의 사각 하늘에 잿빛 새 네 마리가 천천히, 마지막으로 지나가는 무언가가 지나가듯이 지나갔다.

그는 뜻밖이고도 충실한 여인, 그에게 선뜻 충실했던 이 여인의 손을 잡았다. 쌀가루처럼 흰 작은 손에는 혈관이 오래된 치즈처럼 푸르렀고, 손가락에는 소녀들이 끼는 가느다란 반지가 끼워져 있었다. 그가 잡은 손은 어느 쪽이었을까? 알 수 없다. 두 손이 서로 맞잡고 있었다. 그의 왼쪽에는 왕국의 열쇠인 소년들이, 오른쪽에는 그리스도교를 구현하는 그녀가 있었다. 그녀는 그의 손을 잡고 그가 가야 할 곳으로 인도했다. 좋게 말할 수 있다면, 모든 일이 그처럼 잘되었다. 이런 꿈은 언제나 끔찍하게 끝나기 마련인데 그의 경우는 수월하게 끝났다. 이 역시 신이 그에게 준 행복이었다. 여인의 손을 잡고, 눈은 소년들이 있는 벽 쪽으로 고정시키고, 여전히 그치지 않고 솟는 가슴 벅찬 감동과 함께(아! 이 감동이 끝난다면!). 그의 한평생은 바로 그들이었다. 그들과 그들을 향한 그의 애정. 물론, 매우 세속적인 삶이었다. 그 대단했던 1913년 3월, 그를 향한 원장 신부의 비난은 합당했다. 그렇지만 그 삶의 이 끝에서 저 끝까지 이어지는 아이들 중에는—바다 위 그물을 지탱하는 코르크 조각처럼 그의 삶의 표면을 지탱해주었던 건 바로 그들이었다—그에게 받은 애정 이상으로는, 아니 그만큼도, 누구에게서도 사랑받지 못한 아이들이 있었다. 그는 물질적으로 정신적으로 그들을 돕고 지도했다. 그들을 신뢰했고, 의지가 부족한 그들을 그의 의지로 지지했고, 그들이 보다 행복한 청춘을 보낼 수 있도록 도왔다. 어느 누구도 그가 지녔던 만큼의 존중심을 갖고 그들에게 말하지 않았고, 그런 이는 앞으로도 없을 것이다. 그는 그들 중 누구에게도 배신당하지 않았고, 누구에게도 크게 실망한 적이 없었다. 그는 그들을 있는 그대로 이해하고 존중했으며, 그 역시 그들로부터, 어린 말썽꾸러기들로부터도 존경을 받았다. 때로 소년들은 그들이 사랑할 수 있는 범위에서 그를 사랑하기도 했다. 소년들이 그에게 수도 없이 괴로움을 주긴 했지만, 그가 그들에게서 본 호의(그는 "이 아이들은 그렇게 나쁘지 않습니다"라는 원장 신부의 말을 언제나 떠올리곤 했다)만으로도 인간 존재의 죄를 덮어버리기에 충분하지 않은가? "내 성격 탓에 나는 인간을 사랑하지 않았습니다. 그런데 그들 덕분에 인간을 사랑할 수 있게 되었습니다."

공이 다시 맹렬하게 벽을 두드렸다. 거의 유리창 쪽이었다. 신부는 말리려는 듯 그녀의 손을 꽉 잡고 말했다. "소년들이 놀게 놔두세요." 그는 상체를 일으켜세우고 시선을 벽에 고정했다. 어쩌면 벽 너머에.

그가 말했다. "정말 아름답구나! 아름다워!" 이어서 그의 상체가 다시 베개 위로 쓰러졌고, 그의 존재는 그쳤다. 1940년 5월 7일이었다. 드 프라츠 신부가 독일의 협력자가 되지 않도록 신은 적시에 그를 자기 곁으로 불러들였다.

이 모든 일은 신부에게처럼 스니에이코프스카에게도 고통 없이 일어났다. 성스러운 사제의 죽음은 그녀에게 커다란 위안이 되었다. 더욱이, 고통보다는 죽음이 그녀의 관심을 끌었다.

신은 드 프라츠 신부를 안다. 신부 자신의 말에 따르면 그렇다. 스니에이코프스카는 드 프라츠 신부에 대해 아무것도 알지 못했다. '아무것도'란 바로 이런 걸 가리키는 말이다. 그의 운명이 어쩌면 영원히 고정되던 순간, 그녀는 자신이 생각하는 남자가 아닌 남자, 길에서 우연히 만난 죽어가는 자만큼이나 그녀가 모르는 남자를 사랑했고, 봉사하고, 지지했다. 드 프라츠 신부의 진짜 모습을 알았다면 그녀는 어떻게 했을까? 어떤 반응을 보였을까? 몸서리치며 멀어지는 인간의 모습을 보였을까, 아니면 프로제 신부가 그랬듯이 별다른 어려움 없이 그저 곁에 남아 있는 그리스도인의 모습을 보였을까? 드 프라츠 신부에게 헤아릴 수 없는 신비한 면이 있었다. 스니에이코프스카 또한 그녀만의 헤아릴 수 없는 면을 지녔던 모양이다. 당신과 나처럼.

1961년, 노트르담 뒤 파르크는 헐렸다. 바스크식 펠로타 경기장도 마찬가지였다. 그 자리에 거대한 주차장을 짓기 위해서, 그리고 거주 목적이라기보다는 주민들이 가볍게 넘기지 않을 서비스를 보장할 엄청난 대형 건물을 짓기 위해서였다. 보호 그룹의 '일리아스'는 다른 『일리아스』처럼 종말을 맞이했다. 여기 트로이가 있었노라.* 사제들의 사무실이 헐렸고, 기숙사의 공동 침실이 헐렸고, 매점 창고가 헐렸고 프티트 에스페랑스 정원이 헐렸고, 소성당이 헐렸다. 그리고 성당 안에 있던, 아주 기나긴 이름들이 적힌 대리석판도 헐렸다. 거기엔 다음과 같은 이름들도 있었다.

폴 드 랭스부르, 소위, 23사단 중포병 연대, 베르됭, 1916.

레이몽 지부아, 중사, 132사단 보병 연대, 베르됭, 1916.

위베르 살랭, 소위 후보생, 26사단 산악 보병 대대, 케멜베르크, 1917.

앙드레 라파이, 병사, 29사단 공병대, 생미엘, 1918.

전사

1965년 7월~1967년 3월, 파리.

* 초토화된 트로이를 상기시키는 문구. 영광이 사라지고 황폐해진 자리나 상태를 표현한다.

사랑의 콜레주

앙리 드 몽테를랑은 소설가이자 희곡작가, 에세이스트로서 많은 작품들을 남겼다. 청춘을 주제로 하는 초기작을 비롯해 중년의 성숙한 작품, 그리고 자신의 말년을 반영하듯 주로 비극적인 운명을 그리는 후기작들은 변화무쌍한 그의 인생 역정과 긴밀하게 연관되어 있다. 인간사의 다양한 조건과 모습을 통해 인간성을 관찰하는 그의 작품들은 많은 부분 자전적 성격을 띤다. 『소년들』과 함께 '알방 드 브리쿨의 청춘'이라는 3부작 시리즈를 구성하는 첫번째 소설 『꿈』 또한 몽테를랑 자신의 제1차세계대전 참전 경험을 고스란히 담고 있고, 두번째 소설 『투우사들』은 그가 전쟁 이전에 빠져 있던 투우에 대한 열정을 그린다.

『소년들』의 집필이 시작된 때는 1914년으로, 작품의 실마리가 된 몽테를랑의 퇴학 사건 이 년 후다. 몽테를랑은 집필을 잠시 중단했다가

1929년에 재개하여 1947년에 초고를 완성한다. 그리고 이십여 년이 지난 후인 1969년에 출간되기 전, 1965~67년 사이에 다시 보완한다. 말하자면 이 소설은 그의 '인생 작품'이라 할 수 있다. 즉, 인생의 한 시점을 이해하기 위해 오랜 세월 곱씹으며 설명하고 정당화하고 의미를 찾고자 하는 절대적인 필요에서 나온 작품이라는 점에서 그렇다.

소설의 1부 '아이들의 천국'은 희곡 『왕자가 어린아이인 도시』와 줄거리가 약간 겹친다. 하지만 소설의 보다 풍부한 관찰과 묘사는 이미 희곡에서 다뤘던 주제를 다시 다룬 것을 충분히 정당화한다. 의미를 응축하여 대사에 담아내는 희곡과 달리, 소설에서는 인물의 밀도 있는 생생한 묘사와 더불어 그의 독특한 개성과 친근한 면이 드러난다. 그래서 주인공들, 특히 알방의 생활 속으로 침투해 들어가 그의 사색과 내면의 움직임을 엿볼 수 있다.

『소년들』은 시대를 막론하는 청소년 세계의 문제와 그들의 고독, 독신 사제들의 생활 등 여러 주제를 드러내지만, 중심 테마는 주인공 알방과 세르주 수플리에 사이의 특별한 우정이다. 소설은 세르주를 향한 알방의 티 없는 사랑과, 역시 세르주를 사랑하는 드 프라츠 신부의 배타적이고 맹목적인 사랑, 원장 신부가 말하는 신의 사랑과 성스러운 사랑, 알방 어머니의 아들에 대한 사랑 등 이들이 저마다 사랑을 생각하고 사랑을 하는 다양한 방식을 보여준다.

콜레주의 상급 학년 철학반인 알방은 학교에서 이름난 아홉 명의 친구들과 함께 콜레주의 아카데미 회원으로 선출된다. 이 엘리트 집단 아래에는 몇몇 후배들을 돌보는 '보호 그룹'이 있다. 후배를 돌본다는 소명감으로 선배들은 긴밀하게 결속되어 있다. 알방은 몇 년 전부터, 이

전 학교에서부터 좋아하던 이 년 후배인 세르주에게 몰두해 있던 터, 그를 자신이 보호할 후배로 정한다. 그러면서 둘 사이의 천진무구한 사랑, 특별한 우정이 시작된다. 알방은 이 놀라운 모험을 통해 신기하고 사실 같지 않은 인생의 측면을 차츰 발견하게 된다.

중급 학년을 담당하는 드 프라츠 신부는 세르주에게 한없이 너그럽지만, 세르주가 알방과 친하게 지내고 있는 것을 좋게 보지 않는다. 질투심 때문에 그는 두 소년을 갈라놓으려 한다. 드 프라츠 신부에 대해 말하자면, 무신론자이면서 신부가 된 사람이다. 그는 소년들에게 강하게 끌리지만 실제로 부정한 행동으로 나아가지는 않고, 그의 사랑은 플라토닉으로 남는다. 그는 자신이 느끼는 이 끌림을, 이 사랑을 죄라고 생각하지 않는다.

몽테를랑은 자신이 무신론자라고 단언했는데 종교가 주요 동기로 작용하는 희곡을 여러 편 썼다.* 『소년들』 또한 종교적인 배경을 취한다. 파르크 콜레주는 가톨릭 학교지만 자유롭고 개방적인 분위기다. 소설에서 가톨릭교는 신앙이라기보다는 일종의 분위기나 공동체 정신처럼 보이기도 한다. 원장 신부는 자신의 종교와 콜레주의 정신에 대해 이렇게 설명한다. "'너는 가톨릭이니?' 하고 묻는 것은 '너는 사랑을 믿니?' 하고 묻는 것과 같다고요." 이러한 맥락에서 원장 신부의 행보는 보다 긍정적이고 자연스러운 종교를 탐색하려는 작가의 시도로 보인다. 그의 믿음은 기존 종교처럼 인간의 결핍에 집중하는 게 아니라 도덕적이고 지적인 남성성에 기반한다. 『소년들』에서 종교는 오로지 하

* 예를 들면 『산티아고의 주인』(1947), 『포르루아얄』(1954), 『스페인 추기경』(1960) 등.

나만을 요구하는데, 그것은 사랑, 존재의 보편적인 사랑이다. 바로 여기에서 파르크 콜레주의 교육 원칙이 나온다. "많이 사랑하기. 많이 포용하기. 많이 기도하기."

한편 소설에서 집은 어머니와 아들의 갈등이 벌어지는 장소이자, 자유롭고 고양된 사고와 열정이 있는 콜레주와는 달리 저급한 편견과 사고가 지배하는 공간으로 그려진다. 과부인 알방의 어머니는 죽음을 앞둔 병자로 묘사되면서도 지칠 줄 모르는 호기심으로 가득차 있다. 그녀는 자신의 손아귀에서 막무가내로 빠져나가는 알방과 조금이라도 더 가까워지고 싶어 아들의 정리함을 뒤져 비밀을 알아내기도 한다. 비록 알방 어머니의 무조건적인 사랑은 숨막히고 불건전한 면이 있지만, 소설 속 사랑 중 유일하게 일관성을 보여준다.

알방은 보호 그룹이 주도하는 콜레주의 문란한 분위기에 질려 개혁을 주도하기로 결심한다. 그가 문제로 보는 부분은 소년들 사이의 특별한 우정 자체가 아니라 보호 그룹, 특히 랭스부르와 그의 패거리가 좇는 목적, 즉 육체적 쾌락이다(소설 어디에도 직접 언급되지는 않지만 독자는 그 점을 짐작할 수 있다). 알방 또한 세르주와 육체적 접촉이 있지만 이 관계의 궁극적인 목적은 이런 쾌락이 아니라 후배의 교육, "정신적 고양"이어야 한다고 생각한다. 두 소년은 생활 습관을 바꾸고 다른 학생들의 모범이 되기로 결심한다.

그들이 초콜릿 보관실에 단 둘이 있을 때 드 프라츠 신부가 나타난다. 그는 "파리를 잡기 위해" 둘이서만 있었느냐면서 몰아붙인다. 결국 처음에는 이들의 관계가 종교적 성숙과 자비를 배울 기회가 될 거라며 관대함을 보이던 원장 신부도 부정하다고 지목당한 이 우정에 등을 돌린다. 알방은 "수플리에에게 좋은 사람이라면 누구든 내 친구"라고 여전히 믿으며 드 프라츠 신부에게 세르주를 맡기고 학교를 떠난다.

소설의 2부에서 알방의 사춘기적 변화무쌍함은 세르주에 대한 사랑을 중심으로 고착된다. 알방은 퇴학과 동시에 순수와 평화, 그리고 기대가 있던 인생의 한 시절이 막 끝났음을 깨닫는다. 그러나 그가 세르주에게 보내는 편지에서 드러나듯, 그의 사랑은 변함없다. "신부는 내가 '스무 살쯤 되면 이 모든 일을 비웃게 될 것'이라고 말했어. 그래서 난, 신부가 너를 데려갈 때 네가 보여줬던 마지막 제스처, 다시 와서 나에게 손을 내밀었던 일을 임종의 자리에서까지 떠올릴 거라고 했지."

파르크 콜레주를 떠난 후 알방은 마음을 달래려 애쓴다. 그는 무도회에 나가 사빈과 다른 여자들을 만나지만 여전히 슬픔을 피할 수 없고, 이 년이 지난 뒤에도 "여전히 생생하게 피가 흐르는 이 상처"는 아물지 않는다. 그렇지만 이 고통이 완전히 헛된 것만은 아니다. 사실 세월의 흐름에도 불구하고 세르주는 알방에게 "바람조차 건드릴 수 없는 서늘한 저 깊은 곳"에 가라앉아 있는 "강렬한 추억"으로 남는다.

『소년들』은 행복한 결말을 원하는 감상적인 기대는 채워주지 않는다. 어찌되었든 박탈당한 사랑을 채워줄 수 있을 만한 것은 없으니 말이다. 그러나 오십여 년 전 실패한 것처럼 보였던 이 사랑은 오래전 기억을 더듬는 작가의 향수와 회한의 글쓰기 속에서 어떤 사랑으로도 지워지지 않는 영원한 사랑으로 소생하는 듯 보인다. 그는 자살하기 얼마 전인 1971년 12월에 다음과 같은 글을 남겼다.

"예감과도 같은 꿈이 있다. 그리고 또한 계시의 꿈이 있다. 이것들은 우리에게 스스로에 대해, 또는 세계에 대해 중요한 무언가를 드러내준다. 이상하게도 나는 꿈을 전혀 꾸지 않는다. 그런데 올 연말 즈음에—연말은 언제나 나에게 을씨년스러운 때인데—꿈을 꾸었다. 아주 짧았던 것 같다. 한 이미지 이상도 아니었다. 새벽에 이 꿈이 현실을 잠식해왔다. 꿈에서 나는 까마득히 오래전에 내가 사랑했던 누군가의 모습을 보았다. 그 축복받은 얼굴이 나타나는 순간, 타격을 받은 내 심장 박동이 급격하게 빨라졌고, 그 바람에 나는 깨어났다. 나는 침대 매트리스로 심장의 두근거림을 억누르기라도 하려는 듯 왼쪽 벽 쪽으로 돌아누웠는데, 마치 심장박동이 매트를 뚫고 지나 지구 중심까지 도달할 것 같았다. 이 두근거림이 나를 쓰러뜨려 심장발작에 이르게 했다면 얼마나 기막힌 생의 종말이었겠는가! 글자 그대로 사랑으로 인한 죽음. (……) 그런 까닭에 12월 12일의 꿈은 이 존재가 내 인생을 통틀어 내가 사랑했던 유일한 사람임을, 나의 다른 사랑들은 이 사랑의 흉내일 뿐이라는 것을, 그 사람 이후 행복은 거의 없었다는 것을 보여준다."

유정애

1895년	4월 20일, 부르주아 출신 아버지 조제프 마리 샤를 미용 드 몽테를랑과 귀족 출신 어머니 마르그리트 마리 카뮈자 드 리앙시 사이에서 앙리 드 몽테를랑 태어남. 본명은 앙리 마리 조제프 프레데릭 엑스페디트 미용 드 몽테를랑.
1905~1906년	장송 드 사이 중고등학교에 입학하여 집에서 통학. 이곳에서 훗날 탐정소설 작가가 되는 포르비게를 만남.
1906~1907년	성직자인 개인교사로부터 수업을 받음.
1907~1910년	생피에르 학교에 다님. 이곳에서 루이 아라공을 만남.
1909년	할머니와 루르드 여행중 남부 바욘에서 투우를 접함. 이듬해 스페인에 가서 투우를 배움.
1911년	바칼로레아 1차 시험 합격 이후 생트크롸 드 뇌이 콜레주의 철학반에 입학.
1912년	생트크롸 콜레주에서 이 년 후배인 필리프 지켈과 특별한 우정을 나눴다는 이유로 퇴학당함. 이 사건은 작품 『왕자가 어린아이인 도시』와 『소년들』의 모티브가 됨. 11월에 파리 가톨릭 대학에 입학, 법률 공부를 시작.
1913년	7월, 법학과 일학년 시험에 낙제함. 이 시기에 사교계, 스포츠, 데생에 열중.
1914년	아버지 사망. 몽테를랑은 심장 비대증 수술을 받음. 7월, 제1차세계대전 발발. 8월에 참전을 원했지만 어머니는 자신의 죽음을 직감하며 만류함. 이 시기에 첫 희곡 『추방*L'Exil*』을 쓰며 자신의 문학적 소명을 확인. 『왕자가 어린아이인 도시』

와 『소년들』의 초고도 이 시기에 집필.

1915년 8월, 어머니 사망.

1917년 심장 비대증에도 불구하고 참전.

1920년 1916년부터 쓰기 시작한 『아침의 계승*La relève du matin*』을 파리의 출판사 열한 곳으로부터 거절당한 후 자비로 출간. 병사들의 용기와 우정을 기리고 가톨릭 콜레주의 명예를 노래하는 일종의 산문시로, 이 작품의 몇몇 주제는 『왕자가 어린아이인 도시』와 『소년들』에서 이어짐. 이 책은 곧바로 문학적 명성을 가져다줌.

1921년 7월, 『아침의 계승』으로 몽티옹 상 수상.

1922년 '알방 드 브리쿨의 청춘' 시리즈의 첫번째 작품인 『꿈*Le songe*』 출간. 전선으로 간 알방 드 브리쿨의 생활, 병사들의 우정과 용기를 다룬 소설.

1924년 소설 『올림픽 경기*Les olympiques*』, 에세이 『베르됭 전사자들을 위한 장송곡*Chant funèbre pour les morts de Verdun*』 출간.

1925년 1923년 할머니 사망 후 살던 집을 정리하고 여행을 떠남. 지중해 문화 애호가인 그는 1932년까지 이탈리아, 스페인, 모로코 등지를 여행. 1925년에는 스페인에 거주하며 작은 투우장과 방목장에서 일함. 여기서 투우사의 거장 후안 벨몬트를 만남.

1926년 '알방 드 브리쿨의 청춘' 시리즈의 두번째 소설 『투우사들*Les bestiaires*』 출간. 『꿈』의 주인공 알방 드 브리쿨이 참전하기 이전을 다룬 작품으로, 보다 어린 알방의 투우에 대한 열정, 솔레다드 소녀와의 만남 등을 다룬 성장소설.

1927년 에세이 『욕망의 샘에서*Aux fontaines du désir*』 출간.

1929년 소설 『카스티유의 어린 여자아이*La petite infante de*

Castille』 출간.

1929~1932년 스페인, 지중해를 여행하다 알제에 정착. 소설 『사막의 장미 *La rose du sable*』를 쓰기 시작하면서 글쓰기의 즐거움을 재발견하고, 이 년 반 체류한 후 프랑스로 돌아옴.

1932년 에세이 『죽음과 삶*Mors et vita*』 출간.

1934년 『독신자들*Les célibataires*』 집필에 착수, 같은 해에 출간함. 이 소설로 아카데미 프랑세즈 문학상을 비롯한 유수 문학상들을 수상함. 이후 영어권을 비롯해 독일, 스페인, 체코, 러시아 이탈리아, 터키, 스웨덴에서 번역 출간. 시집 『아직도 행복한 순간*Encore un instant de bonheur*』 출간.

1935년 에세이 『무용한 봉사*Service inutile*』 출간.

1936년 '젊은 여성들' 4부작의 1, 2권인 『젊은 여성들*Les jeunes filles*』과 『여자들에 대한 동정심*Pitié pour les femmes*』 출간. 이 연작 소설로 대대적인 성공을 거두며 이슈가 됨. 시몬 드 보부아르를 비롯한 당대 페미니스트들로부터 부르주아 지식층의 여성혐오를 드러낸다는 비판을 받았음에도 불구하고 1940년 프랑스가 제2차세계대전에 휩싸이기 전까지 백만 권 이상 팔리고, 현재까지 수백만 권의 판매고를 올림. 2006년 프랑스 플라마리옹 출판사에서 펴낸 『죽기 전에 읽어야 하는 책 1001권』에 포함되는 등 20세기의 주요 문학작품 중 하나로 꼽힘. 이후 영어를 비롯하여 14개국 언어로 번역 출간.

1937년 '젊은 여성들' 시리즈 3권 『선의 악마*Le démon du bien*』 출간.

1938년 에세이 『9월의 추분*L'Equinoxe de septembre*』 출간. 아라공과 마찬가지로 히틀러와 연합군 사이에 맺어진 뮌헨협정에 대해 격렬하게 분노하며 비판했던 몽테를랑은 곧 전쟁이 발발할 것을 확신하며 1938년의 사건들과 앞선 몇 년의 시대 상황을 서술하고, 달라디에 정부의 비겁함과 패배주의적 시도를 격렬하게 비난함. 이 책은 1941년 삼 주 동안 나치 점령군에 의해 금지됨.

1939년 7월, '젊은 여성들' 시리즈 4권 『나병에 걸린 여자들*Les lépreuses*』 출간.

1940년 마르세유에 머물다 폐색전증으로 3월 초에 파리로 돌아옴. 5월, 라디오가 없던 몽테를랑은 전쟁 발발 소식을 친구를 통해 알게 됨. 45세가 넘어 더이상 동원 대상이 아니었던 그는 적십자 활동에 참가하려 했지만 거부당함. 좌파 신문 〈마리안〉의 편집장 앙드레 루모의 요청으로 종군기자가 됨.

1941년 파리로 돌아옴. 10월, 친독 성향의 잡지 〈라 제르브*La gerbe*〉에 협조해달라는 알퐁스 드 샤토브리앙의 제안을 거절. 에세이 『6월의 하지*Solstice de juin*』 출간. 이 에세이는 독일 점령군에 의해 프랑스에서 삼 주간 금지되고, 네덜란드, 벨기에에서는 전쟁이 끝날 때까지 금지됨. 독일에 패배한 프랑스를 일깨우기 위해 쓴 이 책은 프랑스를 비판하는 부분적인 애매한 표현들로 인해 해석의 문제를 일으키며, 반유태주의적 작품이 전혀 없고 독일에 협력한 적도 없는 그에게 '나치 부역자'라는 오명을 안김.

1942년 희곡 『죽은 여왕*La reine morte*』 출간. 몽테를랑의 가장 유명한 희곡 중 하나로, 국가에 의해 저지당하는 사랑을 주제로 함.

1943년 희곡 『누구나의 아들*Fils de personne*』 출간. 나치 독일의 게슈타포가 몽테를랑의 가택을 수색함.

1944년 『이해받지 못하는 사람*Un incompris*』 출간.

1946년 희곡 『말라테스타*Malatesta*』 출간.

1947년 희곡 『산티아고의 주인*Le maître de Santiago*』 출간.

1949년 희곡 『내일 해가 뜰 것이다*Demain il fera jour*』 상연.

1951년 희곡 『왕자가 어린아이인 도시*La ville dont le prince est un enfant*』 출간. 1912년 콜레주에서 퇴학당하게 된 이유였던 우정을 소재로 한 작품으로, 1967년 12월 8일 파리의 미셸 극장에서 상연됨.

1954년 소설 『사막의 장미*La rose de sable*』 일부 출간. 몽테를랑이 1930년대에 집필했으나 반식민주의적인 내용 탓에 당대 출간을 포기했던 이 소설을 플롱 출판사에서 작품 속 주인공과 아랍 여자의 사랑 이야기 부분만 펴냄. 희곡 『포르루아얄*Port-Royal*』 출간. 수도원에서 일어나는 개혁과 박해, 희생을 다루는 작품으로, 몽테를랑 희곡 중 최고 걸작으로 꼽힘.

1956년 희곡 『브로셀리앙드*Brocéliande*』 코메디 프랑세즈에서 상연.

1960년 아카데미 프랑세즈의 종신회원으로 선출됨. 희곡 『스페인 추기경*Le cardinal d'Espagne*』 출간. 12월, 코메디 프랑세즈에 의해 파리에서 상연. 이후 보르도, 리옹, 벨기에, 이탈리아, 스위스에서 순회공연.

1963년 소설 『카오스와 밤*Le chaos et la nuit*』 출간.

1964년 희곡 『내전*La guerre civile*』 출간.

1966년 『이 먼지가루와 가서 놀아라*Va jouer avec cette poussière*』 출간.

1968년 『사막의 장미』가 완본으로 출간.

1969년 『소년들*Les garçons*』 출간. 몽테를랑은 『소년들』을 1914년에 쓰기 시작하여 1947년에 초고를 완성하고, 이십여 년 뒤인 1965~67년에 보완함. 에세이 『13번째 세자르*Le treizième César*』 출간.

1971년	마지막 소설 『살인자는 나의 주인*Un assassin est mon maître*』 출간. 건강이 악화되고 거의 반 실명 상태에서 소설 집필을 끝냄.
1972년	2월, 낙상 사고로 몇 주간 병원에 입원. 3월, 1968년에서 1971년까지의 메모를 모은 『저녁의 밀물*La marée du soir*』 출간. 9월 21일 오후 4시, 77세의 몽테를랑은 소파에 앉아 사이안화물 음독 후 권총으로 자살. 상속자 클로드 바레에게 남긴 편지에 이렇게 적다. "사랑하는 클로드, 나는 맹인이 되고 있어. 나는 목숨을 끊을 거야. 자네가 나를 위해 했던 모든 게 다 고맙네. 자네의 어머니와 자네가 나의 유일한 상속자야. 깊은 애정을 담아서." 수첩에는 이런 말을 남기다. "내가 죽는 즉시 증상과 증오라는 두 마리 독수리가 내 시신을 뒤덮고 그들만이 독차지한 채 물어뜯을 것이다."

문학동네 세계문학전집 발간에 부쳐

세계문학은 국민문학 혹은 지역문학을 떠나 존재하는 문학이 아니지만 그것들의 총합도 아니다. 세계문학이라는 용어에는 그 나름의 언어와 전통을 갖고 있는 국민문학이나 지역문학의 존재를 인정하면서 그것을 넘어서는 문학의 보편적 질서에 대한 관념이 새겨져 있다. 그 용어를 처음 고안한 19세기 유럽인들은 유럽문학을 중심으로 그 질서를 구축했지만 풍부한 국민문학의 전통을 가지고 있는 현대의 문학 강국들은 나름의 방식으로 세계문학을 이해하면서 정전(正典)의 목록을 작성하고 또 수정한다.

한국에서도 세계문학 관념은 우리 사회와 문화의 변화 속에서 거듭 수정돼왔다. 어느 시기에는 제국 일본의 교양주의를 반영한 세계문학 관념이, 어느 시기에는 제3세계 민족주의에 동조한 세계문학 관념이 출현했고, 그러한 관념을 실천한 전집물이 출판됐다. 21세기 한국에 새로운 세계문학전집이 필요하다는 것은 명백하다. 우리의 지성과 감성의 기준에 부합하는 세계문학을 다시 구상할 때가 되었다.

문학동네 세계문학전집은 범세계적으로 통용되는 고전에 대한 상식을 존중하면서도 지난 반세기 동안 해외 주요 언어권에서 창작과 연구의 진전에 따라 일어난 정전의 변동을 고려하여 편성되었다. 그래서 불멸의 명작은 물론 동시대 세계의 중요한 정치·문화적 실천에 영감을 준 새로운 작품들을 두루 포함시켰다.

창립 이후 지금까지 한국문학 및 번역문학 출판에서 가장 전문적이고 생산적인 그룹을 대표해온 문학동네가 그간 축적한 문학 출판 경험을 바탕으로 새로운 세계문학전집을 펴낸다. 인류가 무지와 몽매의 어둠 속을 방황하면서도 끝내 길을 잃지 않은 것은 세계문학사의 하늘에 떠 있는 빛나는 별들이 길잡이가 되어주었기 때문이다. 우리가 자부심과 사명감 속에서 그리게 될 이 새로운 별자리가 독자들의 관심과 애정에 힘입어 우리 모두의 뿌듯한 자산이 되기를 소망한다.

문학동네 세계문학전집 편집위원
민은경, 박유하, 변현태, 송병선, 이재룡, 홍길표, 남진우, 황종연

지은이 **앙리 드 몽테를랑**

1895년 파리에서 태어났다. 1934년 장편소설 『독신자들』로 아카데미 프랑세즈 문학상을 비롯한 유수 문학상들을 수상했고, 1936년부터 1939년에 걸쳐 출간된 4부작 소설 '젊은 여성들'로 대대적인 인기를 끌었다. 1960년에는 아카데미 프랑세즈의 종신회원으로 선출되었다. 장편소설 『소년들』 『꿈』 『투우사들』 『사막의 장미』 등과 희곡 『추방』 『왕자가 어린아이인 도시』 『죽은 여왕』 등 다수의 작품을 남겼다. 1972년 반 실명상태에서 음독 후 권총으로 자살했다.

옮긴이 **유정애**

덕성여대 불어불문학과 및 동 대학원을 졸업하고 파리 8대학 여성연구소에서 박사과정을 마쳤다. 현재 전문번역가로 활동하고 있다. 옮긴 책으로는 『그래서 나는 억만장자와 결혼했다』 『페르디낭 할아버지 너무한 거 아니에요』 『더 라이언』 『헬』 『제3의 여성』 『개미: 말의 가치를 일깨우는 철학동화』 등이 있다.

세계문학전집 168

소년들

초판 인쇄 2018년 10월 30일
초판 발행 2018년 11월 7일

지은이 앙리 드 몽테를랑 | 옮긴이 유정애 | 펴낸이 염현숙

책임편집 손예린 | 편집 홍상희 황도옥 오동규 이현정
디자인 강혜림 최미영 | 저작권 한문숙 김지영
마케팅 정민호 정진아 함유지 김혜연 박지영 김수현 | 홍보 김희숙 김상만 이천희
제작 강신은 김동욱 임현식 | 제작처 영신사

펴낸곳 (주)문학동네
출판등록 1993년 10월 22일 제406-2003-000045호
주소 10881 경기도 파주시 회동길 210
전자우편 editor@munhak.com | 대표전화 031)955-8888 | 팩스 031)955-8855
문의전화 031)955-8862(마케팅), 031)955-7972(편집)
문학동네카페 http://cafe.naver.com/mhdn
문학동네트위터 http://twitter.com/munhakdongne
북클럽문학동네 http://bookclubmunhak.com

ISBN 978-89-546-5302-2 04860
978-89-546-0901-2 (세트)

www.munhak.com

문학동네 세계문학전집

1, 2, 3 안나 카레니나 레프 톨스토이 | 박형규 옮김
4 판탈레온과 특별봉사대 마리오 바르가스 요사 | 송병선 옮김
5 황금 물고기 르 클레지오 | 최수철 옮김
6 템페스트 윌리엄 셰익스피어 | 이경식 옮김
7 위대한 개츠비 F. 스콧 피츠제럴드 | 김영하 옮김
8 아름다운 애너벨 리 싸늘하게 죽다 오에 겐자부로 | 박유하 옮김
9, 10 파우스트 요한 볼프강 폰 괴테 | 이인웅 옮김
11 가면의 고백 미시마 유키오 | 양윤옥 옮김
12 킴 러디어드 키플링 | 하창수 옮김
13 나귀 가죽 오노레 드 발자크 | 이철의 옮김
14 피아노 치는 여자 엘프리데 옐리네크 | 이병애 옮김
15 1984 조지 오웰 | 김기혁 옮김
16 벤야멘타 하인학교 – 야콥 폰 군텐 이야기 로베르트 발저 | 홍길표 옮김
17, 18 적과 흑 스탕달 | 이규식 옮김
19, 20 휴먼 스테인 필립 로스 | 박범수 옮김
21 체스 이야기·낯선 여인의 편지 슈테판 츠바이크 | 김연수 옮김
22 왼손잡이 니콜라이 레스코프 | 이상훈 옮김
23 소송 프란츠 카프카 | 권혁준 옮김
24 마크롤 가비에로의 모험 알바로 무티스 | 송병선 옮김
25 파계 시마자키 도손 | 노영희 옮김
26 내 생명 앗아가주오 앙헬레스 마스트레타 | 강성식 옮김
27 여명 시도니가브리엘 콜레트 | 송기정 옮김
28 한때 흑인이었던 남자의 자서전 제임스 웰든 존슨 | 천승걸 옮김
29 슬픈 짐승 모니카 마론 | 김미선 옮김
30 피로 물든 방 앤절라 카터 | 이귀우 옮김
31 숨그네 헤르타 뮐러 | 박경희 옮김
32 우리 시대의 영웅 미하일 레르몬토프 | 김연경 옮김
33, 34 실낙원 존 밀턴 | 조신권 옮김
35 복낙원 존 밀턴 | 조신권 옮김
36 포로기 오오카 쇼헤이 | 허호 옮김
37 동물농장·파리와 런던의 따라지 인생 조지 오웰 | 김기혁 옮김
38 루이 랑베르 오노레 드 발자크 | 송기정 옮김
39 코틀로반 안드레이 플라토노프 | 김철균 옮김
40 어두운 상점들의 거리 파트릭 모디아노 | 김화영 옮김
41 순교자 김은국 | 도정일 옮김
42 젊은 베르테르의 슬픔 요한 볼프강 폰 괴테 | 안장혁 옮김
43 더블린 사람들 제임스 조이스 | 진선주 옮김
44 설득 제인 오스틴 | 원영선, 전신화 옮김
45 인공호흡 리카르도 피글리아 | 엄지영 옮김

46 정글북 러디어드 키플링 | 손향숙 옮김
47 외로운 남자 외젠 이오네스코 | 이재룡 옮김
48 에피 브리스트 테오도어 폰타네 | 한미희 옮김
49 둔황 이노우에 야스시 | 임용택 옮김
50 미크로메가스·캉디드 혹은 낙관주의 볼테르 | 이병애 옮김
51, 52 염소의 축제 마리오 바르가스 요사 | 송병선 옮김
53 고야산 스님·초롱불 노래 이즈미 교카 | 임태균 옮김
54 다니엘서 E. L. 닥터로 | 정상준 옮김
55 이날을 위한 우산 빌헬름 게나치노 | 박교진 옮김
56 톰 소여의 모험 마크 트웨인 | 강미경 옮김
57 카사노바의 귀향·꿈의 노벨레 아르투어 슈니츨러 | 모명숙 옮김
58 바보들을 위한 학교 사샤 소콜로프 | 권정임 옮김
59 어느 어릿광대의 견해 하인리히 뵐 | 신동도 옮김
60 웃는 늑대 쓰시마 유코 | 김훈아 옮김
61 팔코너 존 치버 | 박영원 옮김
62 한눈팔기 나쓰메 소세키 | 조영석 옮김
63, 64 톰 아저씨의 오두막 해리엇 비처 스토 | 이종인 옮김
65 아버지와 아들 이반 투르게네프 | 이항재 옮김
66 베니스의 상인 윌리엄 셰익스피어 | 이경식 옮김
67 해부학자 페데리코 안다아시 | 조구호 옮김
68 긴 이별을 위한 짧은 편지 페터 한트케 | 안장혁 옮김
69 호텔 뒤락 애니타 브루크너 | 김정 옮김
70 잔해 쥘리앵 그린 | 김종우 옮김
71 절망 블라디미르 나보코프 | 최종술 옮김
72 더버빌가의 테스 토머스 하디 | 유명숙 옮김
73 감상소설 미하일 조셴코 | 백용식 옮김
74 빙하와 어둠의 공포 크리스토프 란스마이어 | 진일상 옮김
75 쓰가루·석별·옛날이야기 다자이 오사무 | 서재곤 옮김
76 이인 알베르 카뮈 | 이기언 옮김
77 달려라, 토끼 존 업다이크 | 정영목 옮김
78 몰락하는 자 토마스 베른하르트 | 박인원 옮김
79, 80 한밤의 아이들 살만 루슈디 | 김진준 옮김
81 죽은 군대의 장군 이스마일 카다레 | 이창실 옮김
82 페레이라가 주장하다 안토니오 타부키 | 이승수 옮김
83, 84 목로주점 에밀 졸라 | 박명숙 옮김
85 아베 일족 모리 오가이 | 권태민 옮김
86 폭풍의 언덕 에밀리 브론테 | 김정아 옮김
87, 88 늦여름 아달베르트 슈티프터 | 박종대 옮김
89 클레브 공작부인 라파예트 부인 | 류재화 옮김

90 P세대 빅토르 펠레빈 | 박혜경 옮김
91 노인과 바다 어니스트 헤밍웨이 | 이인규 옮김
92 물방울 메도루마 슌 | 유은경 옮김
93 도깨비불 피에르 드리외라로셸 | 이재룡 옮김
94 프랑켄슈타인 메리 셸리 | 김선형 옮김
95 래그타임 E. L. 닥터로 | 최용준 옮김
96 캔터빌의 유령 오스카 와일드 | 김미나 옮김
97 만(卍)·시게모토 소장의 어머니 다니자키 준이치로 | 김춘미, 이호철 옮김
98 맨해튼 트랜스퍼 존 더스패서스 | 박경희 옮김
99 단순한 열정 아니 에르노 | 최정수 옮김
100 열세 걸음 모옌 | 임홍빈 옮김
101 데미안 헤르만 헤세 | 안인희 옮김
102 수레바퀴 아래서 헤르만 헤세 | 한미희 옮김
103 소리와 분노 윌리엄 포크너 | 공진호 옮김
104 곰 윌리엄 포크너 | 민은영 옮김
105 롤리타 블라디미르 나보코프 | 김진준 옮김
106, 107 부활 레프 톨스토이 | 백승무 옮김
108, 109 모래그릇 마쓰모토 세이초 | 이병진 옮김
110 은둔자 막심 고리키 | 이강은 옮김
111 불타버린 지도 아베 고보 | 이영미 옮김
112 말라볼리아가의 사람들 조반니 베르가 | 김운찬 옮김
113 디어 라이프 앨리스 먼로 | 정연희 옮김
114 돈 카를로스 프리드리히 실러 | 안인희 옮김
115 인간 짐승 에밀 졸라 | 이철의 옮김
116 빌러비드 토니 모리슨 | 최인자 옮김
117, 118 미국의 목가 필립 로스 | 정영목 옮김
119 대성당 레이먼드 카버 | 김연수 옮김
120 나나 에밀 졸라 | 김치수 옮김
121, 122 제르미날 에밀 졸라 | 박명숙 옮김
123 현기증. 감정들 W. G. 제발트 | 배수아 옮김
124 강 동쪽의 기담 나가이 가후 | 정병호 옮김
125 붉은 밤의 도시들 윌리엄 버로스 | 박인찬 옮김
126 수고양이 무어의 인생관 E. T. A. 호프만 | 박은경 옮김
127 맘브루 R. H. 모레노 두란 | 송병선 옮김
128 익사 오에 겐자부로 | 박유하 옮김
129 땅의 혜택 크누트 함순 | 안미란 옮김
130 불안의 책 페르난두 페소아 | 오진영 옮김
131, 132 사랑과 어둠의 이야기 아모스 오즈 | 최창모 옮김
133 페스트 알베르 카뮈 | 유호식 옮김

134 다마세누 몬테이루의 잃어버린 머리 안토니오 타부키 | 이현경 옮김
135 작은 것들의 신 아룬다티 로이 | 박찬원 옮김
136 시스터 캐리 시어도어 드라이저 | 송은주 옮김
137 고독한 산책자의 몽상 장자크 루소 | 문경자 옮김
138 용의자의 야간열차 다와다 요코 | 이영미 옮김
139 세기아의 고백 알프레드 드 뮈세 | 김미성 옮김
140 햄릿 윌리엄 셰익스피어 | 이경식 옮김
141 카산드라 크리스타 볼프 | 한미희 옮김
142 이 글을 읽는 사람에게 영원한 저주를 마누엘 푸익 | 송병선 옮김
143 마음 나쓰메 소세키 | 유은경 옮김
144 바다 존 밴빌 | 정영목 옮김
145, 146, 147, 148 전쟁과 평화 레프 톨스토이 | 박형규 옮김
149 세 가지 이야기 귀스타브 플로베르 | 고봉만 옮김
150 제5도살장 커트 보니것 | 정영목 옮김
151 알렉시·은총의 일격 마르그리트 유르스나르 | 윤진 옮김
152 말라 온다 알베르토 푸겟 | 엄지영 옮김
153 아르세니예프의 인생 이반 부닌 | 이항재 옮김
154 오만과 편견 제인 오스틴 | 류경희 옮김
155 돈 에밀 졸라 | 유기환 옮김
156 젊은 예술가의 초상 제임스 조이스 | 진선주 옮김
157, 158, 159 카라마조프가의 형제들 표도르 도스토옙스키 | 김희숙 옮김
160 진 브로디 선생의 전성기 뮤리얼 스파크 | 서정은 옮김
161 13인당 이야기 오노레 드 발자크 | 송기정 옮김
162 하지 무라트 레프 톨스토이 | 박형규 옮김
163 희망 앙드레 말로 | 김웅권 옮김
164 임멘 호수·백마의 기사·프시케 테오도어 슈토름 | 배정희 옮김
165 밤은 부드러워라 F. 스콧 피츠제럴드 | 정영목 옮김
166 야간비행 앙투안 드 생텍쥐페리 | 용경식 옮김
167 나이트우드 주나 반스 | 이예원 옮김
168 소년들 앙리 드 몽테를랑 | 유정애 옮김
169, 170 독립기념일 리처드 포드 | 박영원 옮김

● 문학동네 세계문학전집은 계속 출간됩니다